本書出版得到國家古籍整理出版專項經費資助

本書爲全國高等院校古籍整理研究工作委員會直接資助規劃項目

中國古典文學基本叢書

韓愈文集彙校箋注

第一册

〔唐〕韓　愈　著
劉真倫　岳　珍　校注

中華書局

圖書在版編目(CIP)數據

韓愈文集彙校箋注/(唐)韓愈著;劉真倫,岳珍校注. —
北京:中華書局,2010.8(2023.5 重印)
(中國古典文學基本叢書)
ISBN 978-7-101-07401-7

Ⅰ.韓… Ⅱ.①韓…②劉…③岳… Ⅲ.①古典詩歌
-作品集-中國-唐代②古典散文-作品集-中國-唐代
Ⅳ.I214.232

中國版本圖書館 CIP 數據核字(2010)第 074294 號

責任編輯:張　耕
責任印製:陳麗娜

中國古典文學基本叢書
韓愈文集彙校箋注
(全七册)
〔唐〕韓　愈 著
劉真倫　岳　珍 校注
*
中華書局出版發行
(北京市豐臺區太平橋西里 38 號　100073)
http://www.zhbc.com.cn
E-mail:zhbc@zhbc.com.cn
三河市宏盛印務有限公司印刷
*
850×1168 毫米 1/32 · 106¼印張 · 14 插頁 · 2500 千字
2010 年 8 月第 1 版　2023 年 5 月第 6 次印刷
印數:7601-8600 册　定價:368.00 元

ISBN 978-7-101-07401-7

目録

卷二

卷三

卷四

卷五

卷六

卷七

卷八

卷九

卷十

卷十一

卷十二

卷十三

卷十四

卷十五

卷十六

卷十七

卷十八

卷二十二

卷二十三

卷二十四

卷二十五

卷二十六

卷二十七

卷三十

卷三十一

卷三十五

卷三十六

前言

在中國唐宋以來一千二百年的思想文化譜系中，韓愈的樞紐地位早已得到學界公認。也正因爲如此，早在宋代，「學者非韓不學」[①]，五百家注韓，韓學就已經成爲顯學。二十世紀初以來，已經問世的韓學著述不下三百種，韓學研究再次呈現繁榮的局面。從世紀初的標點排印本到世紀末的《韓愈全集校注》，韓集文本整理在現代科學研究的軌道上也已經取得了長足的進步。

面對本書的選題，上述的判斷直接逼出兩大疑問：韓集的文本研究還存在推進的餘地嗎？韓集的彙校箋注還有必要重新進行嗎？答案是肯定的。理由有三點：其一，面臨華夏文明的系統更新，當代學術界迫切需要傳統文化資源的深度發掘；其二，一大批新的原始文獻的發現，爲韓集文本研究的進一步深化提供了堅實的基礎；其三，現代科學研究理論方法的進步，也爲韓學研究提供了遠比前人更爲廣闊的發展空間。

就傳統文化資源的發掘而言，韓學應該是一個重要的學術文化增長點。中唐是中國社會由中世紀向近現代轉型的起點，這是當代西方史學界的主流性意見，謝和耐《中國社會史》、費正清《中國：傳統與變遷》都秉持這樣的見解。作爲「結束南北朝相承之舊局面」、「開啓趙宋以降之新局面」的「承先啓後轉舊爲新關捩點之人物」[②]，韓愈率先高舉起道統的大旗，標舉以治國平天下爲目的的心性哲學；以維護大一統爲目的的政治哲學；以弘揚自我、張揚個性、追求自由、追求獨創爲特徵的藝術哲學。爲中國傳統文化的復興與發展開闢了先路，成爲「宋明新儒家之先河」③，爲華夏文明的近現代轉型邁出了關鍵性的第一步。由於中唐開始的社會轉型過程直到今天仍然没有最後完成，這就使得宋元明清直至近現代的思想文化建設面臨著同樣的任務：宋學不得不接著韓學説，現代新儒學不得不接著宋學説。就這一意義而言，韓學研究不僅具有重要的歷史文化價值，也在一定程度上具有現實的意義。

不過，韓學在近現代思想文化系統中的樞紐地位儘管早已得到學界的承認，韓學自身的研究卻相當薄弱。就以高度評價韓愈地位的馮友蘭而言，他的《中國哲學史》上下册共七百四十一頁，韓愈只佔據了兩頁；侯外廬《中國思想通史》六大册共三千五百六十五頁，韓、柳、劉共佔三十三頁；任繼愈《中國哲學發展史》秦漢至隋唐三册共二千二百四十四頁，韓、柳、劉、李共佔十五頁；唐君毅《原道》、《原教》四册共二千三百三十四頁，韓愈僅佔四頁；更多的思想史著作例如牟宗三的唐宋哲學史著作《佛性與般若》二册一千七百五十四頁、《心體與性體》三册一千八百七十三頁中，根本就没有韓愈的位置。思想界的主導性評價是：「韓愈在文學上佔著重要的地位，在學術思想界卻没有特殊貢獻」④、「愈生平致力於文爲多，於學則淺」⑤、「韓愈本人的哲學思想十分貧乏而庸俗」⑥、「其《原道篇》與他文之闢佛之説，若只就其所及之義理而觀，正如其詩所謂『蚍蜉撼大樹，可笑不自量』。」⑦思想界的現狀向我們提示：理論思維的貧乏，根子在文獻研究的滯後。具體説來，長期以來對韓集的文本詮釋單純注重文學藝術層面而忽略思想文化層面的傾向，造成了理論研究的捉襟見肘。就這一意義而言，韓學研究還存在著明顯的薄弱環節。

就史料的發掘而言，陸續問世的一大批罕見的韓文原始文獻，如南宋淳熙元年潮州刻本《昌黎先生集》、淳熙十六年南安軍刻本《韓集舉正》、淳熙十六年南安軍刻本《昌黎先生集》殘卷、包括鐵琴銅劍樓影宋鈔、讀書未見齋影宋鈔在内的《韓集舉正》九部傳鈔本，以及宋代以來陸續出土迄今尚有綫索可供考察的七十餘種韓文石本等，爲今天的韓學研究者提供了遠較前人優越的研究條件。

就研究方法的進步而言，二十世紀百年韓學的曲折經歷，爲當代的韓學研究提供了豐富的經驗與教訓。具體説來，自乾嘉以來接受現代西方科學求實精神從而逐步成型的言必有據的實證學風，到二十世紀末開始突破以隳突叫號、栽贓謾罵爲能事的大批判風氣，韓學研究有了一個初步符合現代科學研究基本規範的學術環境；八十年代以來，融政治、經濟、思想、法律、歷史、文化乃至語言哲學爲一體的社會文化批評，遠遠超越了以階級鬥爭、儒法鬥爭爲標簽的庸俗社會學，爲韓學研究開拓了更爲廣闊的視野。

落實到韓集的文本整理，筆者秉持這樣的見解：作爲華夏文明由中世紀向近現代轉型的關捩點人物，韓文的思想文化價值理應得到更爲全面的深度發掘；作爲宋學乃至現代新儒學的源頭，一千二百年間通過韓學的接受與傳播所體現出來的華夏文明思想文化系統近現代轉型歷程的内在脈絡，理應得到更爲系統的梳理。在筆者的心目中，韓集文本整理的任務，就是辨章學術、考鏡源流。無論是校勘還是注釋、箋疏，都應該立足於實證，著眼於源流梳理。爲達成這一目標，筆者在本書撰著之前，先期完成了以下工作：全面梳理宋元時期各種類型的韓文傳本，釐清宋代各種韓集校本、注本之間紛繁複雜的源流關係，撰寫了《臺灣故宫博物院藏本〈昌黎先生集〉考述》、《宋淳熙南安軍原刻本〈韓集舉正〉考述》、《韓愈〈昌黎先生集〉編次考》、《〈韓集舉正〉文獻來源考實》《朱熹韓集校理文獻來源考實》《論朱熹對方崧卿〈韓集舉正〉的批評——方崧卿、朱熹校勘思想比較研究》、《韓集五百家注引書考》等三十多篇韓集版本考證系列論文⑧；完成了《韓愈集宋元傳本研究》，其中包括現存韓集宋元傳本十三種，亡佚集本一百零二種，選本五十種，引用過韓文的各類學術筆記三百一十種。考察宋代以來陸續出土的韓文石本七十四種，完成了《韓文石本考》。以宋淳熙十六年方崧卿南安軍原刻本爲底本，採用現存九部鈔本中的七部作爲參校版本，並以《韓文考異》以及潮本、祝充本、文讜本、南宋浙本、南宋江西本、南宋閩本、南宋蜀本、魏仲舉本相參證，完成了《韓集舉正彙校》。全面梳理前人尤其是宋人有關韓愈生平以及詩文繫年研究的相關成果，撰寫了《韓愈家世辨疑》、《韓愈「南行逾六旬」考實》等系列論文，完成了《韓文類譜訂補》⑪。全面梳理宋元直至近現代韓愈思想文化的接受與傳播狀況，撰寫了《從明道到載道——唐宋文道關係理論的變遷》、《韓愈「性三品」理論的現代詮釋》、《韓愈、柳宗元、劉禹錫天人關係理論的現代詮釋》、《道統：民族文化傳統——論韓愈道統思想的根本性質》、《五原的創作與道統的確立》、《論韓愈「性體道用」的心性本體理論》、《韓愈的義利觀及其歷史影響》等一批系列論文，完成了《韓文義理箋疏》⑫。在此基礎上，筆者初步確定了韓集的校注體例，並撰寫了《韓愈集彙校前言》、《韓文義理箋疏示例》、《韓愈〈貞曜先生墓誌銘〉語詞訓釋解難》、《朱熹〈韓文考異〉摘疵》等專題論文，完成了《昌黎文録輯校》⑬；一方面將其作爲韓集校注的試編稿，同時也希望由此得到學術界的反饋意見。總而言之一句話：筆者心目中的韓集校注，應該能夠條分縷析地展現一千二百年韓集文本整理的歷史面貌，真正具有現代科學意義上的學術史高度。筆者以爲，這纔是古籍整理的終極追求。

一、韓愈集文本研究現狀及其存在的問題

縱觀千年以來的韓集文本研究狀況，可以大致勾畫出一條U形發展軌迹：千家注杜、五百家注韓，宋代的韓集文本研究已經達到了極盛；通過方崧卿、朱熹的校理，後世的韓集傳本也已經基本定型。元明時期是千年韓學研究的谷底，韓學晦而不彰，韓集流傳也大多承襲朱熹本，没能突破方、朱的樊籬。清中葉以後，韓集整理開始呈現復蘇的勢頭，《韓集點勘》、《韓集箋正》、《讀韓記疑》、《韓集補注》等校勘專著以及顧嗣立、方世舉等人的韓集文本整理著作相繼問世，爲現代韓集文本研究開闢了先路；二十世紀初以後，韓集文本研究開始走上現代學術研究的軌道，迎來了又一個歷史的高峰。

非常有趣的是：二十世紀初以來韓學研究的百年歷程同樣呈現出一條U形發展曲綫：二十世紀前半期，儘管有五四運動反傳統思潮的影響，韓愈作爲新儒學道統以及桐城文章的不祧之祖也長

期處於被批判的地位，但韓學的研究卻没有停頓；即便是在戰火紛飛的三十年代，新問世的韓學專著也有數十種之多。一九四九年至一九七八年的三十年，是百年韓學的谷底，三十年間正式出版的韓學專著僅四種，其中舊著再版三種。八十年代以後，韓學研究再次復蘇，自一九七九年迄今的三十年間，據筆者的不完全統計，正式出版的韓學著述將近二百種，相關的論文數以千計。韓學研究呈現出一派興旺繁榮的景象。

（一）二十世紀前半期韓集文獻研究與文本研究

二十世紀前半期的韓集文本研究上承清代學術緒餘，没能完全脱離舊學的軌道：乾嘉餘裔注重訓詁考證，桐城後學注重批點評論。不過，乾嘉學派的主要成就在經學，子學、史學已經低了一個檔次，集部的研究差距更大，其成就遠不能望經學項背。就清代的韓集文本研究而言，陳景雲以下諸人，其水平固然遠遜於戴段錢王；《點勘》、《箋正》，也遠未能達到《經義述聞》、《讀書雜誌》的高度。所以，乾嘉學派在吸收西學的基礎上逐步形成的現代學術規範，在韓集文本研究的領域内，要到二十世紀初葉才得以體現出來。换言之，二十世紀初葉的韓集文本研究儘管没能擺脱清中葉以來陳景雲等人研究成果的影響，但就研究方法與學術規範而言，已經發生了質的變化。理論研究的情况同樣如此，二十世紀初葉的韓文評論没能完全脱離桐城批點的軌道，但現代西方藝術批評的方法已經開始發生影響，韓文理論批評的水平已經遠非桐城可比。更值得注意的是：二十世紀初葉的學者能夠將實證研究與理論批評結合起來，産生了不少文獻基礎堅實、理論思維明晰的重要成果。

刻版於一九〇〇年的劉成忠《韓文百篇編年》，爲二十世紀的韓文實證研究拉開了序幕。該書以年表的形式編製目録，開卷了然，體例頗爲新穎。近代的韓詩繫年，自方世舉《韓昌黎詩集編年箋注》之後已經相當成熟，近代學術界爲韓文繫年，應該始於此書。該書繫編年考證於題下，不過大多寥寥數語，較爲簡略。如《原道》題下注：「此文之作應在三十一歲答張籍書後，三十六歲送文暢序前，三十九歲上李巽書前。」⑭全書儘管以「編年」名篇，但各篇有圈點，有眉批、夾注，篇末有評論，與傳統的桐城批點並無大異。發表於一九〇九年的李詳《韓詩證選》致力於從《文選》中追溯韓詩語源，全文討論韓詩六十九題近百篇數百條。如《元和聖德詩》一篇，引《離騷》「及前王之踵武」，證「以踵近武」；引張衡《西京賦》「乾池滌藪」，證「搜原剔藪」；引李密《陳情表》「急如星火」，證「急疾如火」；引左思《吴都賦》「峭格周施」，證「廬幕周施」；引楊雄《長楊賦》「天兵四臨」，證「天兵四羅」；引顔延年《侍遊曲阿後湖》「山祇蹕嶠路」，證「嶽祇巃嵸」。大多引證堅實，發前人所未發⑮。發表於一九二六年的陳柱《證韓篇》從經史子集中廣泛追尋韓文語源，其具體引證非常精彩。如引《莊子・大宗師》「副墨之子聞諸洛誦之孫，洛誦之孫聞之瞻明，瞻明聞之聶許，聶許聞之需役，需役聞之於謳，於謳聞之玄冥，玄冥聞之參寥，參寥聞之疑始」，證《原道》「堯以是傳之舜」一段文字文法出處；至於這段文字的取意，則引《孟子・盡心下》「由堯、舜至於湯五百有餘歲，若禹、臯陶則見而知之，若湯則聞而知之；由湯至於文王五百有餘歲，若伊尹、萊朱則見而知之，若文王則聞而知之；由文王至於孔子五百有餘歲，若太公望、散宜生則見而知之，若孔子則聞而知之；由孔子而來至於今百有餘歲，去聖人之世若此其未遠也，近聖人之居若此其甚也，然而無有乎爾，則亦無有乎爾」爲證⑯。深中肯綮，不可移易。發表於一九三四年的徐霞《韓愈詮訂》，於文字訓釋頗多勝義，如《閔己賦》「曰余昏昏其無類兮」，引《爾雅・釋詁》釋「類」爲「善」；《南山詩》「冬行雖幽墨」，引《史記》證「幽墨」即「幽默」；《重雲》「窮冬百草死」，辨「窮冬」當爲「窮秋」；《城南聯句》「何用苦拘儜」，解「拘儜」爲「拘泥」；《鄠人對》「辨一邑里皆無孝」、「辨其祖父皆無孝」，引《廣雅・釋詁》、《左傳》定公八年謂「辨」字「義同徧」⑰。訓釋準確，引證愜當。發表於一九三四年的李嘉言《韓氏繫年訂誤》考訂魏仲舉、顧嗣立、方世舉諸本繫年訛誤，其繫《李員外寄紙筆》於貞元二十年，繫《答張十一功曹》於貞元二十一年，頗堪注意⑱。除此之外，梁廷燦《韓吏部文公集年譜六種考略》、層冰《韓詩劄記》、古直《韓文箋正》、陳柱《劄韓篇》、李澍《與陳柱尊教授論韓文書》、徐震《韓昌黎「南山詩」評釋》、程會昌《與徐哲東先生論昌黎〈南山詩〉記》等篇討論韓文作年、語源、作意，饒宗頤《韓文編録原始》通過趙德《文録》考察韓愈集的編録，孫百急《韓愈的籍貫問題》、趙毓英《韓愈鄉里辨略》考察韓愈鄉貫里籍，陳寅恪《〈順宗實録〉與〈續玄怪録〉》文史互證，都能做到言必有據，引證豐富，體現了現代學術的求實精神。

二十世紀初葉的韓文理論批評仍然沿襲桐城軌道，桐城晚期諸大家尤其活躍，其中吴闓生、林紓貢獻最爲突出。吴闓生的評論大多不脱桐城軌範，如《桐城吴氏古文法》評《雜説》「龍嘘氣成雲」云：「起句破空而入，卓立如山。凡爲文最爭起筆，韓文起筆尤擅勝場，如此句與《雜説》第四首『世有伯樂然後有千里馬』句、《送董邵南序》『燕趙古多感慨悲歌之士』句、《南海神廟碑》『海於天之間爲物最鉅』

句，皆有斬關直入之勢，昔人所謂起筆來得勇猛，即此法也。」[19]但不少評語現代意識較爲濃厚，如《古文範》評《原道》「民不出粟米麻絲，作器皿，通貨財以事其上，則誅」云：「退之此語頗爲新學少年所叢詬。實則今世之法，凡爲國民，皆負有納稅之義務，背此義務，故國法之所不容，於退之之説無異也。且專制之世，視君王若帝天，神聖不可犯。而此文獨曰：『君者，出令者也。』又曰：『不出令則失其所以爲君。』則固具有共和之真精神，而毫不帶專制時代臣下諂佞之臭味，則韓公之識實已敻絶千古矣。」又評「奈之何民不窮且盜也」云：「以上二氏與吾儒並主教化，民所以窮。分利衆而生利少，是爲窮困之源，韓公所論與今世之學説固無以異也。」[20]林紓的批評，理論意識更爲明確。如《春覺齋論文》概括韓愈碑誌特點云：「大抵碑版文字造語必純古，結響必堅騫，賦色必雅樸。往往宜長句者必節爲短句，不多用虚字，則句句落紙，始見凝重。」[21]《韓柳文研究法》比較古文家與道學家短長云：「讀昌黎五原篇，語至平易，然而能必傳者，有見道之能，復能以文述其所能者也。宋之道學家，如程、朱至矣，問有論道之文習誦於學者之口耶？亦以質過於文，深於文者，遂不目之以文，但目之以道。道可喻於心，不能常宣之於口，故無傳耳。」[22]除此之外，如李扶九《古文筆法百篇》、錢基博《韓文讀語》、《韓愈志・韓文籀討集》、胡懷琛《韓柳歐蘇文之淵源》、李辰冬《韓柳的文學批評》、朱自清《論以文爲詩》、程會昌《韓退之〈聽穎師彈琴〉詩發微》、《韓詩〈李花贈張十一署〉發微》等，都對韓文章法結構、藝術手法有不少精闢的分析，體現了二十世紀前半期理論思維的高度。

從總體上評價，二十世紀前半期的韓集文本整理還停留在簡單的標點斷句的層次上，這一類型的韓集整理本，以流行的世界書局本、國學基本文庫本、萬有文庫本、國學基本叢書本爲代表。這一時期還産生了兩種對韓愈全集進行校注批點的整理本：成書於一九〇七年的馬其昶注本和出版於一九二四年的蔣抱玄《注釋評點韓昌黎文集十卷詩全集四卷》。馬其昶本除選録《考異》和五百家注的部分内容之外，還選録了明唐順之至清吴汝綸等二十七家批點。明代唐宋派、清代桐城派的主要成果得到了較爲完整的體現，這是該書的主要特點。該書徵引的沈欽韓《韓集補注》爲作者初注稿本，比通行的廣雅書局刻本多出數條，亦頗爲後代論者所稱道。但校勘注釋非此書所長。就校勘而言，該書以屬於朱熹校理本系統的東雅堂本爲底本，文字一遵朱本，基本上無所改訂；對於清末民初尚存於世的多種韓集宋元刻本，如劉允本、祝充本、文讜本、魏仲舉本、廖瑩中世綵堂本、王伯大本，該書無一採用。就注釋而言，該本注文極爲簡略，不但未能體現乾嘉以來文字、音韻、訓詁等學術領域已經取得的巨大成就，即便是傳統的注疏箋釋，也遠遠未能達到前人的高度；對前人舊注，「倣朱子《離騷集注》例」，一律删去注家名氏，不但混淆泯没了韓文詮釋的歷史演進過程，也不符合現代乃至傳統的學術規範。相比之下，蔣抱玄本雖然於韓集文字校理同樣無所作爲，但所作注釋引證卻要詳實得多。如《感二鳥賦》「愈東歸」，馬本未出注；蔣注：「唐建都長安，公居河南河陽，以貞元十年入長安，在河南西，故曰東歸。」又「見行有籠白鳥白鸜鴿而西者」，魏引樊汝霖注：「舊史《德宗紀》：貞元十一年六月，河陽獻白鳥。」馬注全文照録魏注，而抹去注家名氏；蔣注：「鸜與鴝同，俗名八哥，體本黑色，故時以白者爲瑞。《周禮》：鸜鴿不踰濟。」又「志其一二大者」，馬本未出注；蔣注：「志，記也，同『誌』。」又「承顧問贊教化」，馬本未出注；蔣注引《後漢書》：「皆欲置於左右，顧問省納。」又「累善無所容焉」，馬本未出注；蔣抱玄注引《漢書・劉敬傳》：「周之先自后稷，堯封之邰，積德累善十餘世。」又「出國門而東騖」，祝充注：「騖，音務，馳也。」馬注照録祝注，而抹去注家名氏；蔣注：「東騖，喻東歸也。顔延之文：朔鳥東騖，邊風南埃。」又「念西路之羌永」，馬注録朱熹、姚範、沈欽韓三家之説，而無所按斷；蔣抱玄注：「羌，讀若鏘。反語助詞，與偏、乃同義。」又「增余懷之耿耿」，馬本未出注；蔣注：「耿耿，不安於心也。《詩經》：耿耿不寐。」又「彼中心之何嘉」，馬本未出注；蔣注：「心臟居腹之中央，故曰中心。《詩經》：中心藏之。」又「徒外飾焉是逞」，馬本未出注；蔣注：「謂外貌也。劉勰《文心雕龍》：錦匠之奇，夫豈外飾？蓋自然耳。」又「余生命之湮阨」，馬本未出注；蔣注：「湮，塞也。阨，窮也。」又「汩東西與南北」，祝充注：「《説文》『汩，水流也。』《楚辭》『汩余若將不及』注：『去貌，疾若流水。』」魏注：「汩音聿。」馬本照録祝注、魏注，而抹去祝、魏名氏，完全不知道方成珪《箋正》早已辯證《説文》「汩訓治水」，「其訓水流者，《玉篇》之説也」；蔣注：「汩，漂流也。」又「辱飽食其有數」，馬本未出注；蔣注引《論語》：「飽食終日。」又「得良弼於宵寐」，馬本未出注；蔣注：「《書・説命》：夢帝賚予良弼。《宋書・文帝紀》：願言傳巖，發想宵寐。」[23]兩相對比，得失自見。

除了全集整理本之外，這一時期還有若干韓愈詩文選本流傳甚廣，影響頗大，學術水平也達到了相當的高度。如王懋《韓文評注讀本》、莊適、臧勵龢選注《韓文評注讀本》、高劍華《白話詳注新式標點韓昌黎詩選》、吴瑞書《評注國學讀本韓昌黎文選》、羅蘇洲《韓愈文精選》、李笠選注《韓愈文選》等。其中莊、臧選注本十餘年間再版多達五次，可以看出其受歡迎的程度。在這一時期的衆多選本中，最有資格代表韓集文本整理學術水準的，應該是高步瀛《唐宋詩舉要》、《唐宋文舉要》。高氏爲桐城晚期大家吴汝綸弟子，其書大量採入桐城批點，自不待言。真正值得重視的是：高氏的注釋遠遠超越了同時代的其他韓文注本，體現了二十世紀學術研究的科學規範與學術水準。劉大杰、錢仲聯評價：「本書的注釋詳博謹嚴：凡引書多注篇名卷數，引古書必分别真僞；引用古書注疏以解釋詞義時，也不是單純博徵材料，而是有别擇、有判斷，使讀者有所適從；關於歷史事實、典章制度、地理沿革等方面，引用材料，必取原始，職官典制，往往直接引用《唐六典》、《通典》等書，族姓則引《元和姓纂》等書；有關作家仕履或登科之年，也能做詳核的訂正；有關訓詁音韻方面，必根據《説文》、《廣雅》等書，佚書也必詳其來源，如《一切經音義》引某書等等，而於清儒的研究成果也多所吸收；在闡説文義方面，又能博採前人論述，同時也加入不少新的材料，詳舊注之所未詳。所有這類的注，都超越了宋明以來的某些舊注，具有較高的參考價值。」㉔應該承認：以上評價客觀公正，絶無夸飾標榜之嫌。今試舉兩例於次：關於《石鼓文》，歷來有周宣王、周成王、秦刻等不同的説法，高氏注《石鼓歌》，徵引李吉甫《元和郡縣志》、張淏《雲谷雜記》、汪中《石鼓文證》、張懷瓘《書斷》、竇蒙《述書賦注》、韋應物《石鼓歌》、歐陽修《集古録跋尾》、董逌《廣川書跋》、程大昌《雍録》、鄭樵《通志·金石略》、《宋史·藝文志》、馬端臨《文獻通考》、陳思《寶刻叢編》、楊慎《升庵外集》、王昶《金石萃編》、陸友《研北雜誌》等多種文獻，最後考定爲秦刻，與現代考古學的結論相合，可見其考證功力及現代科學素養。又如韓集中「楊雄」，監本系統諸本均作「楊」，自朱熹訂作「揚」，其後韓集傳本均改作「揚」。高氏考證云：「韓集各本『楊雄』姓皆作『揚』。吳斗南《兩漢刊誤補遺》卷十曰：『《楊震傳》：八世祖喜封赤泉侯。《刊誤》曰：楊氏有兩族，赤泉侯從木，子雲從扌，而楊脩稱曰脩家子雲（答臨淄侯牋），有似震族亦是揚。今書中華陰之族從木從扌相半，未知所從。仁傑按：子雲自序其先食采於晉之楊，號曰楊侯。楊揚字畫易相亂爾。今《千家姓》有從木之楊而無從扌之揚，《集韻》亦云：楊，木也，又姓。至揚則云：飛舉也，又州名。陸法言字書從木之楊注云：本自周宣王子，幽王邑諸楊，號曰楊厚。後并於晉，因爲氏。與子雲自序同。然則子雲、伯起皆氏木名之楊明矣。』段懋堂《經韻樓集》卷五《書漢書楊雄傳後》曰：『劉貢父《漢書注》云：楊氏兩族，赤泉氏從木，子雲自序其受氏從扌，而楊脩書稱脩家子雲，又似震族。貢父所見雄自序必是唐以後僞作。雄果自序其受氏從扌不從木，《漢書音義》及師古注必載其說，何唐以前並無此論，至宋而後有之？（案：吳斗南引劉貢父《兩漢刊誤》，未及子雲自序，斗南按語始引之，正指《漢書》雄傳耳，無所謂唐以後僞序也，段氏此說似誤。）《左傳》、《漢書》家未有謂其字從扌者，脩與雄姓果不同字，斷不云脩家子雲，以啓臨淄侯之蚩笑。脩語正可爲辨僞之一證矣。』王懷祖《讀書雜誌》四之三曰：『漢郎中鄭固碑云：君之子有楊烏之才。烏即雄之子也，而其字從木，則雄姓之不從手明矣。』案：諸家說是，今據以校正。」[25]謹按：楊雄姓氏，南宋以前刻本「楊」、「揚」混用，雖有劉邠《兩漢刊誤》、沈作喆《寓簡》訂作「揚」，吳仁傑《兩漢刊誤補遺》辯作「楊」，但均未發生太大影響。就韓文而言，首先改「楊」爲「揚」的是嘉祐蜀本及《古文關鍵》，但遲至南宋中期，各種韓文傳本仍作「楊」不作「揚」，可見其影響不大。而南宋後期以下，各種文獻中「楊雄」絶大多數定爲「揚雄」。蓋寶慶、紹定之後，理學地位如日中天，朱熹所校訂的韓集成爲權威定本。「自有韓文，歷四百年，《考異》出而始勒成爲定本；自有《考異》，迄今又近八百年，誦習韓文者莫不遵用，更少重定。」[25]高氏敢於懷疑朱本文字，其識見膽略，本來就高人一等。所考詳明精覈，也足以代表二十世紀韓文研究的最高水準。

（二）二十世紀中期韓集文獻研究與文本研究

一九四九年至一九七八年的三十年期間，正式出版的韓學專著僅有四種，其中錢基博《韓愈志》、馬其昶《韓昌黎文集校注》、國學基本叢書本《韓昌黎集》三種爲舊著再版。錢萼孫《韓昌黎詩繫年集釋》雖然出版於一九七五年，但該書完稿於一九五〇年，在嚴格的意義上，還不能説是這一時期的學術產物。此外，童第德《韓集校詮》雖然要到一九八六年纔有機會出版，但此書定稿於一九六八年，真正在這一時期完成的嚴肅的韓學專著，或許只此一部。但據該書卷首吴則虞一九七〇年序：「此稿成於二十年前。」如果嚴格計較，此書仍然只能算作二十世紀前半期的產物。如果把搜索的範圍擴大一些，黃雲眉《韓愈柳宗元文學評價》、章士釗《柳文指要》倒是值得一提。這兩部著作雖然不是專論韓愈，但其中討論韓愈的比重不小，視爲韓學專著也未嘗不可。更重要的是：這兩部著作無論是思維模式還是論辯手法，都典型地體現了這一時期的學術風氣，完全有資格代表這一時期的韓學研究。

還應該指出的是：這一時期産生的韓學研究專著雖然數量不多，質量卻不差。《韓集校詮》、《韓昌黎詩繫年集釋》在注釋及評論方面的造詣，相對於前一時期應該有較大的超越。

一九四九年至一九七八年有關韓愈的專題論文將近百篇，但没有一篇韓集文本研究的專論。如果一定要尋找能夠體現這一時期韓集文獻研究水準的代表作的話，惟萬曼《唐集敍録》足以當之。該書用了將近一萬五千字的篇幅，歷敍宋代以來直至近代韓集整理的主要成果。其中對方崧卿、朱熹的韓集校理以及見存的文讜本、祝充本、魏仲舉本、王伯大本、廖瑩中本都有直接介紹；對錢求赤藏本、崇蘭館藏本、百宋一廛藏本、海源閣藏南宋十二行本等版本的收藏綫索也有所記載。應該承認，在當時的學術條件下能夠撰寫出這樣的文章，實在是很不容易。不過，也正由於條件所限，文章的資料大多間接取自傳世的某些書目題跋，不少版本作者未能目擊手驗，不夠準確的地方也不在少數。

除此之外，還有一些文章雖然不是直接研究韓集文本，但他們對韓文的理解與前人大不一樣，也能夠間接體現這一時期韓集文本詮釋的某些特點。比如，《原道》有「民不出粟米麻絲，作器皿，通貨財，以事其上，則誅」的説法，對其中的「誅」字，高步瀛《舉要》引《廣雅·釋詁》解作「責也」。而這一時期的詮釋則相當統一：「有不聽剥削的，誅無赦。」[27]「君權是絕對的，人民就是應該受剝削被殺頭的。」[28]「韓愈這一套，内容就是君權至上，神聖不可侵犯。要人民種田做工，奉養統治階級，否則殺頭。」[29]「人臣不執行人君的命令來統治人民，人民不忍受統治階級的剝削，不把自己勞動所得的粟米絲麻器皿等物來供奉統治階級，就要誅戮。」[30]實際上，理解這裏的「誅」字，不應該脱離具體的語言環境。《原道》以四科料民：士「行君之令而致之民」，農「出粟米麻絲」，工「作器皿」，商「通貨財」，各司其職，各盡其分。佛道出四民之外，不事生産，不納賦稅，「民焉而不事其事」。所謂「不出粟米麻絲，作器皿，通貨財以事其上」者，明指佛道二氏。是此處所欲「誅」者，正是佛家道家。不過，《原道》處置佛道，止於「人其人，火其書，廬其居」，決不至於殺無赦。釋「誅」爲「殺戮」，並不符合韓文的原意。再如，《原性》有「上之性就學而愈明，下之性畏威而寡罪：是故上者可教而下者可制也」的説法。這一時期的典型詮釋是：「《原性》中所謂『上者可教而下者可制』之説，指的正是上下兩大階級的命運。把吃地租享貢納並支配勞動力的的統治者作爲一種『人性』，而把被剝削的無特權的所謂『民』又作爲一種『人性』。」[31]實際上，韓愈三品之性的區分在於人格類型的差異而不是階級地位的差異，只要回到《原性》的語言環境中就可以一目了然。把韓愈人性論中的「上品之性」認定爲統治階級，「下品之性」認定爲勞動人民，或者説韓愈的上、中、下三品就是指君、臣、民，方便固然方便，可惜不符合事實。事實上，韓愈的《原性》乃至整部韓愈集中，也找不出支持上述判斷的隻言片語。恰恰相反，《原性》一文中所列舉的下品之人，没有一個可以稱爲勞動人民：「叔魚之生也，其母視之，知其必以賄死；楊食我之生也，叔向之母聞其號也，知必滅其宗；越椒之生也，子文以爲大戚，知若敖氏之鬼不食也。堯之朱、舜之均、文王之管、蔡，習非不善也，而卒爲奸。」這一批人物毫無爭議地屬於貴族，怎麼能説韓愈的「下品之性」就一定是指勞動人民？

章士釗《柳文指要》對韓文的詮釋，《送李愿歸盤谷序》可以作爲代表。該書《通要之部》卷六《第韓》評此序爲「韓退之第一惡札」，其説云：「贈序一門，子厚多於退之，而究之無須病也。蓋子厚交道廣，以言酬答，微嫌漫與，而退之則有陰謀存乎其中。何以言之？夫李愿者，晟之子而愬之兄，家世顯赫，而己亦横長雄藩。貪黜無厭，與隱逸相去不知幾千萬里。而以罣吏議，犯輿論，非亟亟規避不可。因謀之於退之，而退之眼鋭，遽以入盤谷之策進。實則盤谷之爲何地？事前愿固未嘗涉足，事後恐亦無一日留。序中所刻畫主人如何不遇於時，將坐茂樹以終日，濯清泉以自潔種種，律之本人，正如水火之不相入，而退之爲蓄意諂諛之故，一味無中生有，妄事渲染以欺天下後世人。」[32]今按：李愿身份，貞元十九年孟州濟源石刻碑陰高從士跋明確記載：「隴西李愿，隱者也。」此跋石本，歐陽修《集古録跋尾》及清初孫承澤《庚子消夏記》、顧炎武《金石文字記》、黄叔璥《中州金石考》等著録。傳世韓集中，方崧卿《舉正敘録》、文讜本、魏仲舉本以及王楙《野客叢書》載黄庭堅校本均據石本收録此跋。此後明確區分兩位李愿的還有署作梁元帝撰、唐陸善經續、元葉森補的《古今同姓名録》，該書卷下載：「二李愿。一唐李晟子，一隱盤谷者。葉森考之：隱盤谷者即晟之子。」[33]此書「二李愿」的記載者當然不可能是梁元帝、陸善經，但必在葉森之前，可以無疑。陳景雲《韓集點勘》云：「同時有兩李愿，一隱盤谷，一爲西平王晟子。南宋慶元中建安魏本此序後附刊高從一記，以證所送之非西平子。按高跋即汪季路與朱子書中所謂家藏盤谷碑本有後語是也。然但以韓序及《和盧郎中送盤谷子》歲月考之，則兩李愿事迹自明，無俟引高記也。序作於貞元十七年，西平子時爲宿衛將，至和盧詩，則元和七年也，西平子方官節度使，皆見唐史，無棲隱事。」[34]以李愿爲西平王李晟之子，始見於宋乾道間李洪所作《跋盤谷圖》，見《芸庵類稿》卷六，元方回《讀盤谷序跋》、明曹安《讕言長語》等承其説。其後閻若璩《潛邱劄記》、王士禎《居易録》、姚範《援鶉堂筆記》等屢有駁議。實際上，盤谷李愿不可能爲西平王李晟之子，有四條確鑿證據：其一：唐人高從士跋及《古今同姓名録》的明確記載；其二，據兩《唐書》本傳，李晟之子李愿貞元初入仕，貞元四年爲太子賓客，貞元九年丁父憂。十二年服闋，仍授太子賓客，尋轉左衛大將軍。元和元年自左衛大將軍遷任夏州刺史夏綏銀節度使。貞元十七年韓愈作序時，西平子正在左衛大將軍任上，歷代史料没有其人在此期間離職隱居的任何記載；其三，據《舊唐書·憲宗紀》，李愿元和六年自夏州節度使遷任徐州刺史武寧節度使，元和十三年爲其弟李愬取代，元和七年韓愈作《和盧郎中送盤谷子》時，李愿正在徐州任上，歷代史料也没有其人在此期間離職隱居的任何記載。其四，韓愈原文引李愿之言曰：「人之稱大丈夫者，我知之矣：利澤施于人，名聲昭于時，坐於廟朝，進退百官，而佐天子出令。其在外，則樹旗旄，羅弓矢，武夫前呵，從者塞途。供給之人各執其物，夾道而疾馳。喜有賞，怒有刑。才畯滿前，道古今而譽盛德，入耳而不煩。曲眉豐頰，清聲而便體，秀外而惠中。飄輕裾，翳長袖，粉白黛緑者，列屋而閒居，妬寵而負恃，爭妍而取憐。大丈夫之遇知於天子，用力於當世者之所爲也。吾非惡此而逃之，是有命焉，不可幸而致也。」在此盤谷李愿明確表示：所謂「人之稱大丈夫者」，「吾非惡此而逃之，是有命焉，不可幸而致也。」是其人未能有入仕之「命」，是以「不可幸致」，並非「惡此而逃之」。身爲「左衛大將軍」的「李晟之子李愿」決不可能有此表述。其人身爲隱士，確鑿無疑。章氏要駁斥前人有關「二李愿」的説法，首先就應該提供證據否定上述記載。章氏的駁論方法倒是獨具特色：「唐室不乏仕隱兩全之人，如孔巢父其最著也。蓋巢父以棲隱於徂徠山，而同時出爲潭州刺史、湖南觀察使，並內遷給事中、御史大夫，如此而謂有兩巢父存在可乎？」[35]據兩《唐書》本傳，巢父「少時」與李白等隱居徂徠山，號竹溪六逸。廣德中入仕，建中末以諫議大夫出爲潭州刺史、湖南觀察史，未行，改荆襄元帥府行軍司馬兼御史大夫。德宗出狩奉天，遷給事中、河中陝華招討使。章氏將「棲隱徂徠」、「出爲潭州刺史」、「內遷給事中」用「同時」二字串聯起來，似乎巢父高卧徂徠，遥控潭州，同時還兼管中朝給事中職事，儼然有當年陶弘景「山中宰相」氣派。實際上，巢父棲隱徂徠在開元年間，下距建中，已四十餘年；而徂徠與潭州、西京，相距也在數千里外。「同時」二字，從何說起？有關前人直接記載盤谷李愿身份的史料，章氏否定得更加乾淨利落：「至少章所引建安魏本此序後之高從一《記》，未列《記》之本文，無從分析。魏本吾從未見過，高《記》因未曾入目。然諒所列證迹未必超越少章勘定幾許，只得置而不議。」五百家注本自民國元年涵芬樓影印之後，流傳甚廣，國內各大圖書館幾至於家庋户藏。如此推託，迹近無賴。至於李愿因爲「罣吏議，犯輿論，非亟亟規避不可」；「因謀之於退之，而退之眼鋭，遽以入盤谷之策進」。繪聲繪色，活靈活現。其史料依據何在，章氏也未作任何交待。這樣的學術研究，在一千二百年的韓學研究史上倒真是獨樹一幟。

童第德與章氏相約分治韓、柳，而《韓集校詮》所達到的學術高度，遠非《柳文指要》所能望其項背。吴則虞《序》推崇《校詮》「移清儒詁經之法以治此」，絶非虚譽。從總體評價，《韓集校詮》長於訓詁，且引證賅博。《自序》謂「宋人重義理而輕訓詁，故於文字通假之例，或有未諳」，可見作者自負不淺。其文字詮釋多用通假之法，不少結論頗具深度，如《元和聖德詩》「擒不濫數」，方崧卿據杭本訂作「藍縷」，《考異》：「『藍縷』無理，『濫數』蓋用《左傳》（襄二十五年）『數俘』之語。」《校詮》：「《公羊》昭二十五年傳：『且夫牛馬維婁。』何休注：『繫馬曰維，繫牛曰婁。』婁爲縷之省借。縷可繫，故引申爲凡繫之稱。《詩·山有樞》：『弗曳弗婁。』毛傳：『婁亦曳也。』《釋文》引馬注：『婁，牽也。』釋婁爲曳爲牽，亦縷字也。公《示兒》詩：『有藤婁絡之。』亦用婁字。藍、濫古字通。《大戴記·文王官人篇》：『藍之以樂。』盧辯注：『藍猶濫也。』擒不藍縷，謂不妄繫縲人民，如不擒二毛、不繫幼弱婦女之類。作藍縷自通，宜兩存之。」此處以「藍」通「濫」、「縷」通「婁」，持之有故，可備一說。但通假之法，切忌牽强，音理相通之外，尚需有語言實證。《別知賦》「知來者之不可以數」，魏本注：「以，一作『比』。」《校詮》云：「『以數』應從此注一本作『比數』爲長。《周禮·大司馬》『比小事大。』鄭注：『比，猶親也。』《文選·晉武帝華林園集詩》李注：『數，猶禮也。』知來者不可比數，言來者不能如楊支使之待我親重有禮數也。」按：「比」確有「親比」一義，《尚書·伊訓》「比頑童」，孔傳：「童稚頑嚚親比之。」《周禮·夏官·大司馬》「比小事大，以和邦國」，鄭玄注：「比，猶親。使大國親小國，小國事大國，相合和也。」「數」確有「禮數」一義，沈約《齊故安陸昭王碑文》「軍麾命服之序，監督方部之數」，《文選》李善注：「數，謂等差也。」應禎《晉武帝華林園集詩》「貽宴好會，不常厥數」，《文選》李善注：「數，猶禮也。《左氏傳》張趯曰：吾得聞此數。」但將出處不同的「比猶親也」、「數猶禮也」牽合爲一，以「親重有禮數」釋

「比數」，歷代文獻未見實證，訓詁學亦無此義例。而校勘一道，非此書所長，其「校勘以魏本爲主」㉟，也不可能有實質性的突破。

在韓集整理方面，錢仲聯《韓昌黎詩繫年集釋》應該能夠代表本期韓集文本研究的最高水準。其校勘「首列《舉正》、《考異》全文，次以祝、魏、廖、王四種影宋、元本爲主，偶及明、清版本，下逮清人考訂，參比同異，擇善而從」，就是一項了不起的突破。八百年來，韓集文本研究惟朱熹是從，「誦習韓文者莫不遵用，更少重定。」而韓文文獻考訂的真正淵藪《韓集舉正》反而被棄置不用，幾希泯滅。在現代韓集整理本中，《集釋》第一個全面徵引《舉正》，爲韓集文本研究指出了向上一路。全書徵引「唐宋至民國二三七種論述」，大多能明引出處，學風較爲嚴謹；「新作補釋近一二〇〇條」㊲，其中也不乏真知灼見。如韓詩繫年，宋人已多考辨，清人方世舉創爲編年體，顧嗣立、方成珪、王元啓等也多有發明。《集釋》考訂作品繫年，大多能原原本本，以方還方、以王還王。但也不乏自出手眼者，如繫《長安交遊者》於貞元九年，繫《遠遊聯句》於貞元十四年春初，繫《青青水中蒲》於貞元九年，即無所依傍。其文字訓釋及語詞典故出處的引證也多有創獲，如引《晉書・應貞傳》「軒冕相襲爲郡望族」證《孟生詩》「諒非軒冕族」；引《易林》「蒿蓬代柱大屋顛仆」證《雜詩四首》「得不覆且顛」。《八月十五夜贈張功曹》「海氣濕蟄熏腥臊」，《集釋》云：「蟄亦濕義，字通作䨽。《集韻》：䨽，小濕，陟立切。」《孟生詩》「應對多差参」，《集釋》云：「差参，即參差，顛倒以押韻。」㊳引證精詳，不在高步瀛之下。

《集釋》也存在若干缺陷。首先，該書對《舉正》只作了部分選録，而没如《前言》所云「全文」徵引，祝、魏本異文則大面積失校。如《符讀書城南》「少長聚嬉戲」，《舉正》：「『少』，讀如『多少』之『少』。《漢·賈誼傳》、《匈奴傳》、《東平王傳》三見。公此詩與劉統軍、李少虛誌亦三用。」《集釋》未出方氏校語。又《城南聯句》「良才插杉檉」，祝、魏本「才」作「材」，《集釋》未出校。《南山詩》「孤檴有巉絶」，祝、魏本「檴」作「撐」。祝注：「上仕檻切，峻貌，又鋤銜切。巉岩，險也。杜詩：巉絶華嶽赤。」魏本《補注》：「《南史》劉孝標《廣絶交論》：『太行孟門，豈云巉絶。』巉，仕檻、仕杉二切。」《集釋》未出校異文，且徵引祝注僅「峻貌」二字，徵引魏注脱音切[39]。不過，《集釋》真正嚴重的失誤集中在兩個方面：其一，未能對舊注的源流關係進行實證性考察。直接的後果，是導致注文去取失當。如：當舊注内容雷同時，往往刪削早出的洪興祖、樊汝霖、祝充等注，而採用晚出的孫汝聽、韓醇等注，蓋五百家注往往以孫、韓列前。其二，是對《舉正》的體例缺乏認識。《舉正》用符號傳達校勘信息，後人採用《舉正》，必須對這批符號進行現代釋讀。《集釋》採用《舉正》，卻完全忽略了這批符號的存在，諸如誤讀空格、忽略訂字符、忽略刪字符、誤讀刪字符爲增字符、忽略增字符、忽略乙字符以及斷句錯誤等情況屢見不鮮，幾乎是全盤誤讀了《舉正》。

（三）二十世紀後期迄今的韓集文獻研究与文本研究

一九七八年迄今的三十年，是韓學研究的又一個高峰期。這一時期發表相關專題論文上千篇，正式出版韓學著作將近二百種，其中韓愈全集整理本十多種，詩文選本三十餘種。無論是文獻研究還是文本研究，這一時期的韓學研究都超越了前兩個時期，達到了歷史的新高度。

在本期上千篇韓學論文中，韓集文獻研究與文本研究的專題論文不是太多。陳杏珍《宋代蜀刻經進詳注韓文與百家注柳文》、楊荷光《文讜和他的韓愈集注》基本上停留在常識性介紹的層面上，常思春《談韓愈集傳本及校理》則初步涉及了韓集的早期傳本㊵。集中討論韓集文獻與文本問題的，是筆者三十多篇系列論文。其中《臺灣故宫博物院藏本〈昌黎先生集〉考述》、《宋淳熙南安軍原刻本〈韓集舉正〉考述》，考察兩種罕見的宋刻原本珍貴典籍的版本價值及其流傳端緒；《韓文石本考》鈎稽中唐至近代出土的韓文石本七十四種，《韓愈〈昌黎先生集〉編次考》討論宋代韓集傳本三大系統的文字、編次及其傳承關係；《論朱熹對方崧卿〈韓集舉正〉的批評》討論方崧卿、朱熹校勘思想的異同，評點《舉正》、《考異》韓文校理的得失，並考察二者對明清以下校勘學理論的影響。㊶

本期的韓文選本爲數衆多，其中不乏有特色的著述。如孫昌武《韓愈選集》（上海古籍出版社一九九六版）選賦一首，文四十六首，詩四十九首，各篇有注釋，有評箋，部分篇目評箋之後有按語，以分析作品意旨，品評藝術特色。更值得注意的是，此書的文字校勘採用了南宋淳熙刻本《昌黎先生集》，是現代韓集整理中第一個採用此本的著作。張清華《韓愈詩文評注》（中州古籍出版社一九九九版）選文七十一首，詩一百三十六首，是現代韓文選本中規模較大的一種。各篇前有評語，後有集説，其注釋簡明準確。全書採録歷代評語一千零七十條，涉及二百二十部著作，可見其繁富。筆者《昌黎文録輯校》（華中科技大學出版社二〇〇二版）鈎輯已經失傳近千年的韓學重要文獻：韓愈同時代的趙德選編的韓文選集《昌黎文録》。並採用現存的十二個珍貴的韓文宋代傳本尤其是臺北故宫博物院所藏南宋淳熙刻本以及其他唐宋史料，對入選作品進行了綜合校理，在韓文的文本整理方面有較大突破。除此之外，童第德《韓愈文選》（人民文學出版社一九八〇版）、陳邇冬《韓愈詩選》（人民文學出版社一九八四版）、黄永年《韓愈詩文選譯》（巴蜀書社一九九〇版）、錢伯城《韓愈文集導讀》（巴蜀書社一九九三版），都是這一時期流傳較廣、影響較大的選本。

本期韓學專著中，吴文治《韓愈資料彙編》（中華書局一九八三版）、陳抗《全唐詩索引：韓愈卷》（中華書局一九九二版）等工具書的問世，爲研究者提供了不少方便。《韓愈資料彙編》選録中唐至「五四」有代表性的評述五百三十多家，本身就具有獨立存在的學術價值。但該書也有兩個比較明顯的缺陷：其一，資料輯録重虚輕實，即注重所謂理論性資料，而忽略實證性史料；其二，版本選擇不甚精到，文獻迻録不甚嚴謹，文字錯漏乃至隨意改訂者時有所見。本期還有部分專著雖然不是專門的文獻學著作，但其中有不小的篇幅涉及文獻問題，如張清華《韓愈年譜彙證》（江蘇教育出版社一九九八版），就比較集中地彙集了韓愈詩文繫年資料。本期集中討論韓集文獻問題的專著，是筆者《韓愈集宋元傳本研究》（中國社會科學出版社二〇〇四版）。此書考察韓愈集現存宋元傳本十三種、已經亡佚的宋元傳本一百零二種、韓文宋元選本五十種、宋元時期有關韓文評論的著述三百一十種。其研究重心集中在兩個方面：具體考察現存的韓愈集宋元刻本的文字、編次及其版本源流；勾稽已經失傳的宋代韓文傳本，並通過對這批失傳的宋代韓學著述的考察，勾畫韓文在宋代流傳的歷史軌迹。

本期韓集整理最突出的成就，應該是《韓愈全集校注》（四川大學出版社一九九六版）。在校勘方面，此書較傳世諸本有較大幅度的突破：該書以通行的廖氏世綵堂本爲底本，並採録了祝充本、文讜本、南宋浙本、南宋江西本、南宋閩本、南宋蜀刻十二行本、張洽池州本、魏仲舉本等八個宋代傳本的異文，對通行的朱熹系統本進行了較大規模的校理；該書全文採録了方崧卿《韓集舉正》，韓集的文本整理八百年來第一次開始擺脱朱熹的陰影，真正得以正本清源；該書採用了陸心源皕宋樓鈔本《韓集舉正》，對流行的四庫珍本進行了初步校訂；該書採用了三個新出土的韓文石本校訂集本，在現代韓集整理中也屬首創。在注釋方面：凡「援引諸家舊説，依何晏《論語集解》之例，悉出其姓名」；舊注引書未注明出處者，「皆核對原文，標明篇卷」。除徵引舊注外，此書不少注釋能自出手眼，如引《墨子·七患》「死又厚爲棺槨」、《釋名·釋喪制》「屍已在棺曰柩」解《南山詩》「墳墓包槨柩」，引《史記·陳涉世家》「甿隸之人」及裴駰《集解》「田民曰甿」解《謝自然詩》「甿俗爭相先」。《詠燈花同侯十一》、《桃林夜賀晉公》、《烽火》、《古風》、《古意》、《夜歌》、《晝月》等詩篇以及若干散文繫年，也都能自出己見。從總體上評價，該書能有意識地遵循傳統的注疏體例，除徵引舊注一一署名取《論語集解》體例之外，如生僻字重見者各爲音訓，「此顏師古注《漢書》、胡三省注《通鑑》之例」；校語注文合爲一體，「如鄭玄之於《毛詩》、三《禮》，李善之於《文選》，顏師古之於《漢書》」，學風較爲嚴謹。此外，該書堅持「校注之作與批點異流」，對歷代批點「嚴格抉擇，凡無關考辨者，概不濫登」，徹底拋棄了前輩學人如高步瀛、錢仲聯等難以割捨的桐城尾巴。全書行文省淨，基本上杜絶了瑣屑蕪雜之病。

《韓愈全集校注》也還存在若干遺憾。在二〇〇〇年武漢唐代文學年會上，海外學者以該書没能採用臺北「故宫博物院」藏本《昌黎先生集》以及《韓集校詮》質疑此書的學術價值。其間雖不無以偏概全之嫌，意見本身卻不容忽視。事實上，該書在校勘、注釋、箋疏三方面都還存在有待推進的巨大空間。今分别陳述於次：

在校勘方面，《韓愈全集校注》存在三大缺陷：其一，若干重要的原始文獻未能採用；其二，已經採用的文獻存在重大遺漏；其三，全書校勘體例未能統一。就第一點而言，除臺北「故宫博物院」藏本《昌黎先生集》之外，尚存於世而未能採用的韓集珍本還有南宋淳熙十六年方崧卿南安軍原刻本計兩種，即日本静嘉堂文庫所藏原陸心源皕宋樓藏本《昌黎先生集》殘卷以及日本大倉集古館所藏原大興朱氏藏本《韓集舉正》。就第二點而言，該書已經用作版本對校的九個宋元傳本中，就有大量的異文尤其是夾注被失之交臂；皕宋樓《韓集舉正》鈔本未能全面出校；宋人年譜中存在的不少異文，也未能充分利用。就第三點而言，全書對《舉正》符號的釋讀未能統一，存在不少誤讀的現象。

在注釋方面，早在《韓愈全集校注》正式出版的信息發佈會上，白敦仁先生就曾經當面指出：《韓愈全集校注》忽略鄭珍《巢經巢文集》是一項重大失誤。事實上，該書的資料採集在兩個方面存在比較大的疏忽：宋人學術筆記對韓文語詞及名物訓詁有非常精到的考釋；清中期以來直至近代不少學術論著都對韓文的訓釋有重要的推進。《韓愈全集校注》對這一部分著述重視不夠，存在一定的缺陷。此外，對前人舊注的源流關係缺乏系統梳理，從而在一定程度上導致了注文的取捨失當、編次失序。

在箋疏方面，《韓愈全集校注》按詩、文分體編年，繫年資料理當完整齊備。但恰恰是在作品繫年考證方面，該書忽略了對前人年譜尤其是宋代諸譜的系統整理。這一缺陷，讓不少有價值的原始文獻失之交臂，也直接影響了作品繫年的學術厚度乃至可信程度，非常可惜。其次，《韓愈全集校注》排斥歷代批點，體例如此，無可厚非；但不少有價值的文學批評史料，如吴闓生、林紓的韓文評論也被放棄，甚爲可惜。此外，韓愈作爲思想家的價值没有得到足夠的重視，韓文義理箋疏没有充分展開，這也是非常可惜的。凡此，都有待於韓集整理工作者予以彌補。

二、解決現存問題的基本思路

針對韓集文本整理中存在的上述問題，本書的解決方案，是更新體例，補充材料，辨析異同，梳理源流。

和絶大多數唐人别集缺乏宋元舊注不同，韓愈集的問題是宋元舊注太多。對古籍整理而言，舊注多固然是好事；但其間相互抄撮，冗雜混亂，不加梳理，也無法使用。本書的作法是：第一步，儘可能完整地搜羅彙集前人尤其是宋元時期有關韓集文字校理、語詞訓釋、義理箋疏的原始資料；第二步，將各家校本、注本以及相關文獻中徵引的上述内容分離出來，成爲一個個獨立的信息單元；第三步，以鄭還鄭，以馬還馬，以作者、文獻爲單位，重新組合，各自成篇；第四步，力求考清這批著述的作者生平及其相關情况；第五步，按時代先後編製上述著作的目録列表；第六步，比較異同，努力鈎稽上述文獻的相互聯係；最後，在校勘、注釋、箋疏中按時代先後以及質量高低有選擇地採録所需資料，務使有所發明者不致埋没，簡單重複者不致濫登，尤其注意顯示相關問題逐步深化逐步解決的歷史脈絡。歸納起來一句話：立足實證，釐清源流。在此基礎上，再考慮舊注的超越。

（一）更新校勘體例

筆者一向認爲：古籍整理的出發點，應該是現代學術研究的證僞原則。有關校勘體例，首先需要考慮的是底本的選擇。南宋以後下至清代中葉，韓集整理基本上以朱熹校理本爲基礎，二十世紀的韓集整理同樣如此。《韓昌黎文集校注》一依東雅堂本；《韓昌黎詩繫年集釋》没有交代底本，其文字仍然屬於這一系統。實際上，世綵堂本並非善本，前人早有定論。陳景雲《韓集點勘》曾批評説：「其人乃粗涉文藝，全無學識者。其博採諸條，不特遴擇失當，即文義亦多疏舛。」[42]《韓愈全集校注》雖然在一定程度上突破了對朱熹的迷信，但其底本仍然選擇了屬於朱本系統的世綵堂本。可見要真正擺脱八百年形成的歷史慣性，又談何容易！筆者認爲，底本選擇的前提是傳世諸本的版本價值鑒定。一般説來，書貴舊本是校勘學的基本原則，這是因爲舊本的流傳層次較少，較爲接近文本的原始面貌。在現存的十二個韓集宋元傳本中，時代最早的應該是屬於北宋監本系統的潮本。潮本之外，時代最早的傳本是祝本。祝本屬於南宋監本系統，而且是作品編次和文字面貌最接近南宋監本原貌的一個版本。潮、祝兩本都屬於監本系統。監本爲官本，與私家校本相比，具有毋庸置疑的權威性。選擇潮、祝兩本爲底本，應該優於世綵堂本。更重要的是：選擇更接近韓文原貌的舊本作底本，有利於擺脱八百年的思維定式，從新的角度重新審視方、朱的韓文校理。這一考慮，完全符合現代西方史學研究的證僞原則，符合現代學術規範。不能證僞的科學不是真正的科學，從這一意義上講，選擇方、朱系統本作爲證僞的對象，並非出於對方、朱本的輕視。恰恰相反，方、朱的權威地位決定了他們必然會成爲韓愈集現代學術研究的突破口。所以筆者在撰著《昌黎文録輯校》的時候，曾嘗試採用祝充本作底本。就現有的反映看來，學術界對這一考慮基本上還是認同的[43]。

韓集校勘存在的第二個問題，是建立在傳世諸本源流考訂基礎上的引校諸本序次安排及其取捨。現存的多種韓集現代整理本普遍存在序次混亂以及取捨失當的問題，原因就在於源流不清。有鑒於此，筆者對現存的韓集宋元傳本進行了較爲徹底的梳理，完成了《韓愈集宋元傳本研究》一書。該書考察了韓愈集現存宋元傳本十三種，鈎稽出已經亡佚的宋元傳本一百零二種，同時考察韓文宋元選本五十種，宋元時期有關韓文評論的著述三百一十種，附考中唐至近代韓文石本七十四種。韓集的傳承源流有了一個較爲清晰的輪廓，韓集的校理也就有了一個分門别類、條分縷析的基礎。在韓集的彙校箋注中，有價值的校勘文獻按如下序次排列：韓集校本爲第一序列，序次爲：潮本、祝充本、文讜本、南宋蜀本、魏仲舉本、王伯大本、張洽本、廖瑩中本，其中前五種逐一出校，後三種只出校與朱熹本不同的異文；宋元總集爲第二序列，其中《文苑英華》、《唐文粹》逐一出校，其餘諸本如《樂府詩集》、《萬首唐人絶句》、《古文關鍵》、《觀瀾文集》、《崇古文訣》、《妙絶今古文選》、《古文集成》、《文章軌範》、《分門纂類唐歌詩》、《增注唐策》、《文髓》、《古文真寶》等，只出校與監本、方朱本不同的異文；第三序列爲韓集校勘專著，其中《舉正》、《考異》逐一出校，其餘諸本如《韓集點勘》、《讀韓記疑》、《韓集補注》、《韓集箋正》等，根據其價值有選擇地出校。

韓集校勘存在的第三個問題，是《韓集舉正》的現代釋讀。這一問題存在兩大難點：第一大難點來自《舉正》自身體例的缺陷：方崧卿校改文字之後，没有完整地出校其底本即南宋監本原有的文字。這就使得後人對方氏文字校改的得失優劣無法進行客觀的比勘評判。所幸屬於監本系統的潮本、祝充本、文讜本、南宋浙本、南宋江西本、南宋閩本、南宋蜀本、魏仲舉本尚存於世，朱熹《考異》也録存了若干異文。對照以上諸本的文字，南宋監本原文的主要部分仍然有希望考索復原。《舉正》釋讀的第二大難點在於：《舉正》缺乏一套完整的體例。四種主要校勘符號的用法雖然作了規定，但其他體例比如空格的體例卻没有交待。此外，這批校勘符號爲方氏獨創，社會接受還存在一定困難，後人釋讀容易出錯。朱熹對這批校勘符號頗不以爲然，《考異·卷首序》批評説：「至於《舉正》，則例多而詞寡，覽者或頗不能曉。」就是針對上述情況而云然。考察傳世的韓集現代整理本可以發現，《舉正》校勘體例以及校勘符號的釋讀，在實際使用中確實存在不少歧異。在將《舉正》的符號系統轉換爲校語的過程中，體例、符號的誤讀，必然導致校語的訛誤，傳世韓集校本大多難免此病。諸如誤讀空格、誤認南宋監本原文爲方崧卿訂正文字、忽略訂字符、忽略乙字符、忽略增字符、忽略删字符、誤讀删字符爲增字符、斷句錯誤等情況屢見不鮮。有鑒於此，筆者耗費了將近八年的功夫，採集到失蹤將近八十年的宋淳熙十六年方崧卿南安軍原刻本以及七部清鈔本，參之以朱熹《韓文考異》徵引的《舉正》文字，證之以潮本、祝充本、文讜本、南宋浙本、南宋江西本、南宋閩本、南宋蜀本、魏仲舉本等屬於監本系統的諸本文字，完成了《韓集舉正彙校》。韓集的彙校箋注，才算是有了一個可靠的工作平臺。

韓集校勘存在的第四個問題，是生僻字、異體字的處理。韓文用字生僻險怪，是韓文詞必己出的創作思想的重要組成部分，也是韓愈本人有意追求的一種審美境界。再加上韓愈曾經專門研究過科斗文、石鼓文，其文字學造詣也達到了相當的高度。惟其如此，韓文中如《南山》、《月蝕》、《石鼎》、《城南》、《元和聖德》、《曹成王碑》等，鈎章棘句，佶屈聱牙。但就文本整理而言，異體字的處理較生僻字更爲困難。在數千年的漢字流衍進程中，古今字、正俗字、同形異構字、同聲通假字，犬牙交錯，紛繁複雜。在具體的語言環境中，尤其是在文學語言環境中，異體字並非都能無條件通用，不少異體字的通用僅僅局限在有限的義項之内。其間似隱若現的種種差異，或體現在語感上，或體現在修辭上，很難用一個「科學」的標準加以規範。所以，現代古籍整理既需要尋求一定程度上的規範統一，也需要辨析異體字在不同語言環境中存在的差異。就韓文而言，異體字的選擇使用是韓愈「師其意不師其辭」的重要手段之一，多用古字，多用本字，多用古韻，多用倒字，本來就是韓文的特點。「古本『汝』多作『女』，『互』多作『牙』，『預』多作『與』，『傲』作『敖』，『叢』作『藂』，『缺』作『鈌』，『二十』、『三十』之爲『廿』、『卅』。」方崧卿早有發現㊹。朱熹訂「門庭」作「門停」，「夾其輈」作「挾其輈」，「五百」作「伍伯」等，也是著眼於古今字、通假字選擇的修辭效果。童第德《韓集校詮》對通假字的辨析尤其精細入微，體現了現代科學的求實精神。從這一意義上講，在古籍整理的領域内，異體字的規範不宜一刀切，適當的辨析是完全必要的。本書異體字處理的原則是：常見異體字、通假字、古今字、正俗字，凡可以無條件通用者，直接改换爲通行體，不出校；但通用範圍有特定限制且語義、語感或修辭效果確有差異以及前人已經出校者，則酌情辨析。辨析的位置，選擇在初次出現或前人初次出校時。此後反復出現，一般不再辨析。

（二）補充新的校勘文獻

現代學術的突破，有賴於新史料的發掘。《韓昌黎詩繫年集釋》對祝充本、魏仲舉本的選録，《韓愈全集校注》對文讜本、翁同書藏本、宋蜀刻十二行本等宋代傳本的採用，就是超越前人的重大突破。不過，也有若干現存的重要文獻，《集釋》、《校注》都未曾採録。其中的原因，有客觀條件的限制，也有主觀抉擇時的考慮不周。本書在《集釋》、《校注》的基礎上採入了不少新的文獻，今擇要分梳於下：

方崧卿淳熙十六年南安軍刻本《韓集舉正》

作爲四庫全書底本的大興朱氏所藏《韓集舉正十卷外集舉正一卷韓集舉正敘録一卷》宋刻原本，今藏於日本大倉集古館。全書除配鈔兩葉外，宋刻原貌完整無缺，具有極高的文獻價值。這一點，持之與現存各傳鈔本對勘即可一目了然。

由於《舉正》特有的一套符號系統較爲複雜，傳抄過程中極易産生訛誤。流行的四庫珍本就存在不少問題，除大批删字符被誤畫作增字符以及大量存在的符號脱逸之外，僅文字的訛誤就將近三百條。如《履霜操》「兒寧不悲」下，四庫珍本脱「杭作母蜀作兒」六字，遺失了重要的異文。《永貞行》「嗚嗅」條《舉正》：「李謝校。杭蜀本作『爭鳴』。」四庫珍本脱「李謝」、「杭蜀」四字，遺失了校勘依據。《將歸贈孟東野房蜀客》，蜀客，人名，四庫珍本誤「客」作「詩」，誤記了人名。《詠燈花》「上四題皆十三年作」，四庫珍本誤「三」作「四」；《師說》題注：「此文當作於貞元末也」，四庫珍本誤「末」作「年」。遺失了重要的編年依據。

瞿氏鐵琴銅劍樓影宋鈔本、韓應陛讀書未見齋影宋鈔本存在的問題也不少，正文錯字者如卷一《履霜操》「母寧不悲」，瞿鈔、韓鈔訛「母」作「毋」；《重雲》「天行令失度」，瞿鈔、韓鈔訛「令」作「今」。注文錯字者如卷一《南山詩》「忻所副」條注文「蜀作『始』」，瞿鈔、韓鈔訛「始」作「姑」；卷二《送文暢師》「重惠安可揭」注文「憂責重山嶽」，瞿鈔、韓鈔訛「責」作「貴」。脱乙字符者如卷二《合江亭》「塵泥」，《舉正》據閣本乙作「泥塵」，瞿鈔脱乙字符；卷十三《愛直》「有其」，《舉正》據閣本、文苑乙作「其有」，瞿鈔、韓鈔脱乙字符。脱删字符者如卷二《嗟哉董生行》「征租更索錢」，《舉正》據閣本删「更」字，瞿鈔脱删字符；「人不識惟有天翁知」，《舉正》據杭本删「有」字，瞿鈔、韓鈔脱删字符。注文脱字如卷十三《燕喜亭記》「凡天作而地藏之以遺其人乎」，《舉正》據石本删「地」字，云：「閣同。」瞿鈔、韓鈔脱注文。卷十五《爲河南令上留守鄭相公啓》「宜爾則爾」條注文「杭蜀皆作止」，瞿鈔、韓鈔脱「作止」二字。正文脱字如卷十八《答殷侍御書》「勤勤綣綣」，瞿鈔脱「綣綣」二字。

現存《舉正》傳鈔本以瞿鈔、韓鈔及四庫珍本質量最高，文津閣四庫全書本以及據文瀾閣四庫全書傳鈔的丁丙八千卷樓鈔本、陸心源皕宋樓鈔本錯訛更多。稍加比較，宋刻原本的價值也就清楚了㊺。

《韓集舉正》傳鈔本

目前有綫索可考的《韓集舉正》傳鈔本共九部，大致可以劃分爲三個系統：影宋鈔本，包括鐵琴銅劍樓影宋鈔本、讀書未見齋影鈔本，以及現藏臺北「中央圖書館」的宋鈔本；四庫全書本，包括文淵閣本、文津閣本、文溯閣本；四庫全書傳鈔本，包括皕宋樓鈔本、八千卷樓鈔本，以及據八千卷樓鈔本重鈔的文瀾閣本。雖然《舉正》宋刻原本尚存，但各本在傳鈔之際都有所校改，其中不少異文訂正了宋刻原本的訛誤，可供校勘㊻。如：

正文字訛：卷八《城南聯句》「紛拄地」，原本「拄」作「柱」。現存監本系統諸本如潮本、祝本、文本、南宋蜀本、魏本均作「拄」，《考異》亦作「拄」。原本誤，四庫珍本作「拄」，是。卷二十八《殿中侍御史李君墓誌銘》「不羸其躬以尚其後人」，按：原本「羸」，丁鈔、陸鈔作「嬴」，與西安碑林所藏石本《大唐故殿中侍御史隴西李府君墓誌銘並序》相合。「嬴」，盈也，滿也，《史記·趙世家》「命乎命乎，曾無我嬴。」《集解》引綦毋邃曰：「言有命祿，生遇其時，人莫知己，責盛盈滿也。」「不嬴其躬」，語出《史記》。石本是，作「羸」、作「羸」，均誤。

注文字訛：卷五《送劉師服》「晳然」條，《舉正》：「今本訛作『淅』。」按：《舉正》所稱「今本」即南宋監本。但屬於南宋監本系統的潮本、祝本、文本、南宋浙本、魏本均作「淅然」，惟方集本作「浙然」。《考異》：「淅，或作『晰』，亦作『晳』，方作『晳』。」則南宋監本原文當作「淅」，宋刻原本字誤。四庫珍本訂作「淅」，是。又卷二十四《河南少尹李公墓誌銘》「君之配曰彭城劉氏夫人」條，《舉正》：「『夫人』下有『封彭城縣君』五字。」按：「五」，原本作「王」，瞿鈔、韓鈔作「三」，均與文意不合。文津本訂作「五」，是。卷三十四《故貝州司法參軍李君墓誌銘》「有道而甚文」，《舉正》：「《左傳》『光又甚文』。」按：「左傳」，原本作「在傳」，顯然爲形訛。丁鈔校改爲「左」，是。卷三十八《謝許受王用男人事物狀》「京兆尹李鄃」，《舉正》：「考之于史信然。」按：「于」，原本作「之」，文津本訂作「舊」，四庫珍本訂作「于」，是㊼。

方崧卿淳熙十六年南安軍刻本《昌黎先生集》殘卷

此本陳振孫《直齋書録解題》卷十六著録。現存殘本一部，所存爲前十卷，今藏於日本靜嘉堂文庫，傅增湘《藏園羣書經眼録》著録。

一般認爲，方崧卿韓集校勘的成果，已經完整地體現在《韓集舉正》之中，方氏集本與之無大出入，文獻價值不會太高。就現存殘本考察，事實並非如此。方氏集本的文字可以分爲三種情況：其一，與《舉正》文字相合；其二，與其底本即南宋監本文字相合；其三，與《舉正》、南宋監本文字均不相合。由於《舉正》没有完整出校監本原文，所以，上述的第二種情況對復原南宋監本意義重大。而上述的第三種情況，則具有重要的校勘價值。今例舉第三種情況的異文於次，以供勘驗：

卷二《縣齋有懷》「偶陪彤廷臣」，方集本「廷」作「庭」，陸鈔同。卷三《鳴鴈》「朔雲多」，方集本作「朝雲」，南宋蜀本、魏本同。《感春四首》「只是勞精神」，方集本從閣本作「只足」，朱本同。《憶昨行》「痁舊作」，方集本從晁李本作「舊痁作」，朱本同。卷四《送區弘南歸》「開書拆衣痕淚晞」，方集本作「開書拆衣淚痕晞」。卷五《招楊之罘》「日巳至」，方集本作「日以至」；「失待栢與馬」，方集本作「失得」，朱本同。《寄盧仝》「五傳」，方集本作「三傳」，朱本同。《酬司門盧四兄》「江湖生目思莫緘」，方集本「目思」作「自思」。《送無本》「緑池坏菡萏」，方集本從柳本「坏」作『披』，朱本同。《寄崔二十六》「服糞壤」，方集本「服」作「眠」，朱本同；「親燧鱅」，方集本「親」作「雜」，文本、朱本同，《送劉師服》「不持」，方集本從曾本『持』作「待」。卷十《酒中留上襄陽李相公》「金釵半醉坐添春」，方集本「坐」作「座」，南宋江西本、南宋蜀本同。

臺北故宫博物院藏南宋淳熙元年刻本《昌黎先生集》

此本爲南宋孝宗淳熙元年杭州刻本，在傳世韓集中，這是刊刻年代最早的一個刻本。它的祖本是北宋徽宗大觀年間潮州刻本，在傳世韓集中，這是唯一的一個屬於北宋監本系統的傳本。這一版本的編排和文字有不少地方與現行傳本有相當大的差距，對考察韓集的流傳，考訂韓文的文字，具有相當高的史料價值和文獻價值[48]。其中有不少異文可供採録，如：

卷二十八《曹成王碑》「持官持身」，諸本「身」作「將」。朱熹訂作「持」，而未出所據，當從潮本。

同上「民皆走死無吊」，諸本「皆」作「交」。潮本文字爲優。

同上「蹶蹶陛陛」，祝本、文本、南宋蜀本「陛陛」作「陛陞」，魏本作「陛陞」，方崧卿出南宋監本作「陛陞」，朱熹訂作「陛陛」，《考異》：「作『陛陛』則韻協，故且從之，然其義亦不可曉。」沈欽韓《補注》：「坒，次也。」方以智《通雅》：「陛陛，猶比比。」高步瀛《唐宋文舉要》：「《爾雅・釋訓》曰：『蹶蹶，敏也。』《詩・蟋蟀》毛傳曰：『蹶蹶，動而敏於事。』方密之《通雅》卷九曰：『比比，猶櫛比之比，退之用陛陛，亦猶比比，主衆多而層次也。』沈曰：『《廣雅》：坒，次也。』步瀛按：方說猶是望文生義，沈以『陛』爲『坒』之通借字，近之，蓋言敏於事而有次第也。」潮本文字爲優[49]。

王伯大《朱文公校昌黎先生文集》

此本寶慶三年刻於南劍州，時伯大爲州通判。其書以朱熹本爲基礎，少量採用五百家注音釋，約以成篇。雖然文獻價值不高，而且傳世諸本大多刊刻粗糙，迄無善本；但詳略得宜，篇幅適中，再加上朱熹的大名，竟成爲此後傳世韓集的通行本。元明清迄至近代，代有翻刻，在韓集流傳中有很大的影響。此本較廖瑩中本爲早出，廖本無論體例還是文字均承襲此本。《韓愈全集校注》不用此本而直用廖本，很容易使人將應屬此本的體例文字誤認爲廖本。而且此本也有若干文字與朱本、廖本均不相同，如卷十五《寄襄陽于相公書》，此本作「至鄧州北寄上襄陽于相公書」。《韓愈全集校注》棄用此本，不妥。

石本

關於石本的價值，前人曾經有過許多精闢的論述。歐陽修「知刻石之文可貴」，是因爲「文字之傳，久而轉失其真」，趙明誠「知石刻可貴」，是因爲「今世所傳退之集多爲人妄加讎校」。董逌認爲：「碑刻之傳於當時者，不可誣也。後世校讎不得原本，因誤就訛，不究其意，隨己所見，致文字錯亂，以疑後學。」[50]石本的長處，就在於避免了長期流傳過程中錯訛的積累，爲古籍的校勘提供了可靠的原始文本。

韓文到底曾經有過多少種刻石，今天已經無法全部稽考。筆者曾廣泛調查韓文石本，對有綫索可考的石本曾逐一考索，逐字摩娑。這批石本包括原石三種，裝本四種，歷代金石家著録六十種，校本十六種，除去重複，可得韓文石本七十四種。其中有文字可供考繹者四十種，題名十六種，有目無文者十七種，篇名不詳者一種[51]。由於體例所限，在《韓愈全集校注》中，除宋人徵引者外，只有《苗蕃志》、《李虛中志》、《裴復志》三篇由筆者本人採録石本異文進行了校勘，大量的石本資料没能得到完整反映，這是非常可惜的。

其他文獻

某些傳世文獻零星保存了韓集宋元傳本的若干重要異文，有待於通過全面的爬梳整理加以採録，如：

選本：宋元時期採録了韓文的選本（包括類書）約在五十種上下。不少選本尤其是早期選本的文字保存了韓文的原始面貌，還没有爲後代校本所竄亂，具有重要的文獻價值。如晏殊《晏元獻公類要》卷十三《假山》「不得著脚力」，傳世諸本「力」作「歷」；「當軒作騈羅」，傳世諸本「作」作「乍」；「有巖若天劃」，傳世諸本「若」作「類」；「歌鼓宴賓客」，傳世諸本「客」作「戚」；「孰謂衛霍奇」，傳世諸本「奇」作「期」；卷二五《送楊巨源少尹致仕序》，傳世諸本無「致仕」二字；卷三七《順宗實録》「昔禹湯以罪己致興」，傳世諸本「禹」作「成」；「至今稱爲賢君」，傳世諸本「君」作「者」。這批異文出自北宋舊本，且爲數不少，其中不乏可取之處。

詩話、筆記及雜説：宋元詩話、筆記及别集雜文之中所引用的韓愈詩文反映了宋元時期韓文傳本的面貌，具有重要的文獻價值。這類文獻數目龐大，需要逐條整理，披沙取金。《韓愈集宋元傳本研究》梳理宋元子部、集部典籍三百餘種，頗有收穫。如黄徹《䂬溪詩話》卷二引《調張籍》「蚍蜉撼大木」，傳世諸本「木」作「樹」；引《北極贈李觀》「莫爲兒女態」，傳世諸本「莫」作「無」。王正德《餘師録》卷二「韓退之」條節引韓文八篇，其中《答劉巖夫書》，傳世諸本「嚴」或作「正」，或作「嵒」，或作「巖」，無一本與此相同。孟棨《本事詩·征異第五》有「韓吏部作《軒轅彌明傳》」條，記石鼎聯句事，所引《石鼎聯句詩》與傳世諸本頗多不同。如「妙匠琢山骨，刳中事調烹」，集本「妙」作「巧」，「琢」作「斲」，「調」作「煎」；「豕腹漲膨亨」，集本「膨」作「彭」；「仍於蚯蚓竅，更作蒼蠅聲」，集本「仍」作「時」，「更」作「微」，「聲」作「鳴」。姚寬《西溪叢語》中，《詠燈花》「黄裏排金粟」一語，此本引作「黄裹」，並引何遜詩「金粟裹搔頭」爲證。其文義較傳世諸本爲優，非常值得注意。契嵩《鐔津文集》有《非韓》三十篇，其《非韓第二》引韓愈《省試顔子不貳過論》「聖人抱誠明之正性，根中庸之正德」，方、朱系統本「正德」作「至德」。《非韓第三》引韓愈《原性》「曰仁曰義曰禮曰智曰信」，其次序與監本、方朱本均不相同，而與《文苑英華》相合。《非韓第二十》引《原道》「絶而相生養之道」，傳世諸本「絶」作「禁」。黄震《黄氏日鈔》卷五十九以整卷篇幅評論韓文，其中也不乏討論文字者，如論《山南鄭相公酬答》詩：「烹斡力健倔，『斡』當作『鮮』；茫漫華墨間，『華』當作『筆』。《音釋序》李少卿云：耵聹，耳垢也，上都挺切，下乃挺切。」凡此，均可供校勘[52]。

（三）補録已用校勘文獻的重要遺漏

《韓昌黎詩繫年集釋》對祝充本、魏仲舉本的採用屬於選録性質，數量有限。《韓愈全集校注》採用的文獻遠遠超過此前的諸家校本，這是毋庸置疑的。不過由於體例所限，在已經採用的文獻中遺漏了不少可以利用的有價值的資料，諸本夾注的異文遺漏尤多，非常可惜。今擇要例舉於下。

現存集本

現存宋元集本十二種，《韓愈全集校注》採用了九種，而且採用的異文數量之多，也遠非前人可比。不過，仍然有相當數量的重要異文被失之交臂，非常可惜。《韓愈全集校注》的校勘工作，是由主編屈守元先生將祝、文、魏三本的重要異文迻録到作爲工作底本的東雅堂本，校語的撰寫由參與改稿的編委等多人承擔。由於篇幅有限，祝、文、魏三本的夾注不可能迻録到工作底本上，這批資料的遺漏也就難以避免了。至於南宋浙本、南宋江西本、南宋閩本、南宋蜀本、張本以及《文苑英華》、《唐文粹》等他校文獻的異文，由校語撰寫者自行採録。文成衆手，也難免遺漏。如：

卷一《元和聖德詩》「疆外之險」，南宋蜀本注：「外，一作『内』。」謹按：蜀爲内地，歷代無視爲「疆外」者。南宋蜀本所出異文，《韓愈全集校注》失收。

卷二《此日足可惜》「聞子適及牆」，潮本注「牆，一作『隍』，一作『城』。」文本注：「牆，一作『隍』，非。」南宋浙本、南宋蜀本、魏本注：「牆，一作『隍』。」按：《説文》：「隍，城池也。有水曰池，無水曰隍。」以上諸本所出異文，《韓愈全集校注》失收。

卷十一《原道》一篇，《韓愈全集校注》所録異文雖然較流行的馬其昶本爲多，但誤注一條，失收異文達十三條之多。如「非天罪也」，「天」下潮本注：「一有『之』字」，祝本、魏本注同；「其所謂德」下《考異》注：「或無此四字，非是」；「吾師亦嘗師之云爾」句末魏注：「一本無『師之』二字」；「舉之於其口」，文本無「其」字；「然後教之以相生養之道」，《考異》：「或無『以』字」；「爲之賈以通其有無」，「通」下潮本、祝本、南宋閩本、魏本注「一作『同』」；「人之類滅久矣」，《文苑》無「久」字；「其事雖殊」，今本《文粹》有「雖」字；「今其言曰」，魏注「其言，一作『之言』」；「責饑之食者曰」，《考異》「之，或作『而』」；「然則古之所謂正心而誠意者」，《文粹》「謂」作「爲」，魏本「意」上多一「其」字；「斯吾所謂道也」，南宋閩本、魏本注「一云『斯道何道也曰斯道也吾所謂也』，一云『斯何道也曰斯吾道也』」；「荀與楊也」，文本、王本、廖本「楊」作「揚」；「然則如之何其可也」，祝本、魏本「其」下注「一作『而』」[53]。以上異文，《韓愈全集校注》全部失收。

年譜

傳世韓愈年譜尤其是洪興祖《韓子年譜》、方崧卿《年譜增考》之中，所徵引的不少韓愈作品反映了韓集兩宋監本的原貌，具有極高的文獻價值，《韓愈全集校注》採用了諸譜的部分繫年資料，可供校勘的異文則很少採用，殊爲可惜。如：

卷三十七《復讎狀》「凡有復父讎者，事發，具其事申尚書省，尚書省集議奏聞」，程俱《韓文公歷官記》作「凡有復父讎者，事發，具事由下尚書省集議」。其文字反映了北宋監本的面貌，《韓愈全集校注》失收。

卷二十二《祭田横墓文》「貞元十一年九月，愈如東京，道出田横墓下」，洪興祖《韓子年譜》：「諸本多作『十九年東如京』。」方崧卿《年譜增考》：「諸本皆作『東如京』，樊澤之又云：或曰舊本作『自東如京』。」魏注：「一作『愈自東如京』。」以上異文，《韓愈全集校注》失收。

卷三《寒食日出遊》「有月莫愁當火令」，《舉正》：「東坡嘗爲李公擇書此詩作『燈火冷』，不知所據何本。」《年譜增考》：「東坡嘗爲李公擇書此詩，又作『有月莫辭燈火冷』，不知當時所據何本也。」所出異文「辭」字，《韓愈全集校注》失收[54]。

失傳集本

現存的宋元集本十二種之外，失傳的宋元集本有一百零二種，其中有佚文可供採輯者五十九種[55]。其中部分文字，《韓愈全集校注》已通過現存集本的校記有所採用，但仍有部分異文有待補充，如：

呂夏卿校本：此書方、朱均曾採用，《鐵琴銅劍樓藏書目録》卷十九「昌黎先生文集四十卷外集十卷」條載此本《石鼎聯句詩序》一篇校語：「自衡山來」，「山」下注：「蔡作『嶽』。」「長頸而高結」下注：「介甫本無『高』字。」「子爲我書吾句」下注：「蔡無『吾句』二字。」「詩旨有似讖喜」，「詩」下注：「介甫作『忠喜』。」「思益苦」，「思」下注：「舊本『吟』。」「劉把筆吾詩云云」下注：「蔡本云：『劉進士把筆則又高吟聯詩』云云。」「又似無足」，「似」下注：「蔡作『驚』。」「植此路傍坑」，「傍」下注：「王作『過』。」「徒示堅重性」，「重」下注：「一作『貞』。」「全勝瑚璉貴」，「勝」下注：「舊本『服』。」[56]

韓醇《新刊詁訓唐昌黎先生文集》：此書魏本曾大量採用，原書清初猶存，《天祿琳琅書目》卷三著録有宋刻本一部，今不傳。雍正間陳景雲作《韓集點勘》，曾有所徵引，其中有少量條目可供校勘。如卷三十八《進撰平淮西碑文表》「所在麻列」，《點勘》：「麻，南宋初蜀人韓仲韶本作『森』。」[57]朱熹曾疑其字當作「森」，《考異》：「麻，或作『成』，方从閣杭苑李謝本。今按：作『麻』殊无理，疑此本是『森』字，誤轉作『麻』，後人見其誤而不得其説，乃改作『成』耳，且公《答孟簡書》亦有『森列』之語可考也。方氏固執舊本，定從『麻』字，舛繆無理，不成文章，固爲可怪。然幸其如此，存得本字，使人得以因疑致察，遂得其真。若更廢『麻』而直作『成』字，則人不復疑，而本字無由可得矣。然則方本雖誤，而亦不爲無功，但不當便以爲是而直廢他本，不復思索參考耳。今以無本，亦未敢輕改，且作『麻』字而著其説，使讀爲『森』云。」朱熹以未見韓醇本，費辭二百餘，而最終不敢改字。現代整理本中，《韓昌黎文集校注》、《韓愈全集校注》均未引及此條。

（四）注釋體例的完善與材料的補充

就注釋體例的完善而言，確定衆多注家的時代先後並根據其傳承關係安排注文的序次及其取捨，是韓集整理必須予以高度重視的關鍵問題。傳統注家輾轉鈔撮的現象相當嚴重，現代整理本既不能兼收並蓄，必要的鑒別抉擇也就在所難免了。抉擇的前提是鑒別，歷代注文的源流關係得以條分縷陳，才能夠有所抉擇。在本書的箋注中，宋代韓集主要注家按如下序次排列：洪興祖、樊汝霖、祝充、文讜、嚴有翼、孫汝聽、韓醇、方崧卿、朱熹、魏仲舉、王伯大、廖瑩中。對現代整理本而言，上述序次的安排絶非小事，現存諸本如《韓昌黎詩繫年集釋》、《韓愈全集校注》不同程度地存在去取失當的問題，原因正在於混淆了諸本的次序。本書的處理原則是：同樣的注文，選用最早的注家。如果後出注文内容較爲豐富，或文字較爲優長，則在採用之後，也對先出諸注有所交待。

就注釋材料的補充而言，最值得重視的，是宋人學術筆記和近現代學術論著。宋代學術筆記大多考辨精詳，如《能改齋漫録》「長頸高結喉」、「辨豪州字」「京索」、「作音佐」、「掎摭」、「短褐袒褕」、「么麽」「居楔」、「梢雲」、「退之全用列子」、「雞三號」、「辯朐肥」、「辨黨」等條，《猗覺寮雜記》「拒地」、「聚飛蚊」、「鉤輈」、「沙蟲猿鶴」、「八桂」、「賫菉葹」、「三省丁寧」、「龍户」、「馬人」、「一發五豝」等條，《西溪叢語》「苴」、「虱」、「勺藥」、「黄裏」、「蝦蟇」、「檠」等條，《學林》「刺刺」、「牛女」、「甂甎」、「京索」、「木蘭」、「饗」、「薄」、「始」等條，《演繁露》「不塞不流」、「小步馬」、「月旦十五日」、「竄名」等條，《緯略》「五夜」、

「珧」等條,《甕牖閑評》「明字有謨郎切」、「少音始紹切」、「瓊」、「杯珓」、「鴻鵠」等條,《芥隱筆記》「退之用丞輔字」、「退之越裳操辨田字」、「閔己賦辨寬字」、「辨口字」、「辨厚字」、「辨垢厚字」、「辨閒字音」、「辨畝字音莫補切」等條,《野客叢書》「慨慷等語」、「作字」、《雲麓漫鈔》「阿爹阿八」等條,《示兒編》「相鼠」、「黽勉」、「聞韶」等條,《貴耳集》「粉白黛黑」等條,《書齋夜話》「招音翹」等條,《齊東野語》「晝寢」等條,《聞見後録》「退之於文不全用《詩》《書》之言」、「文用助字」、「捶楚」等條,《侯鯖録》「玉珧柱」等條,《孫公談圃》「莒陽」等條,《麈史》「古人有曰僕馬走者稱謙損也」、「説文以瓊爲赤玉」等條,《困學紀聞》「詰風伯雨師」、「小點大癡」、「禮鼠」、「鶻吺」、「參拜」等條,均有助於韓文訓釋。近現代學術札記、學術論文以及學術專著中,王鳴盛《蛾術編》、趙翼《廿二史劄記》、錢大昕《潛研堂文集》、翁方綱《石洲詩話》、俞樾《俞樓雜纂》、李詳《韓詩證選》、陳柱《證韓篇》、徐震《韓愈詮訂》、錢基博《韓文讀語》、《韓愈志・韓文籀討集》、蔣抱玄《注釋評點韓昌黎文集十卷詩全集四卷》、高步瀛《唐宋文舉要》、《唐宋詩舉要》、錢仲聯《韓昌黎詩繫年集釋》、童第德《韓集校詮》等,也有不少精彩的内容可供採輯。

除了舊注的採輯之外,利用乾嘉以來語言學研究的成果与方法對韓文進行現代訓釋,是現代韓集整理本超越舊注的可靠保證。在這一方面,高步瀛、童第德已經樹立了卓有成效的典範。童第德以通假訓釋韓文,所得尤多。不過尚需著力的地方仍然不少,如《别知賦》「卒瀾漫而同流」,諸本或作「爛漫」,或作「爛熳」。王元啓《韓集箋正》以爲「下既有『同流』字,則『瀾』字不應從火」;童第德《韓集校詮》以爲三者「同爲疊韻字,不必定以從火爲非」。童氏以「疊韻」爲解,較王氏已經推進了一步。實際上，「瀾漫」、「爛漫」、「爛熳」爲聯綿字。聯綿字繫義於聲，從水從火，無關大雅。但文字雖可通假，義項的選擇，則仍有分成：「爛漫」始見於《莊子·在宥》：「大德不同，而性命爛漫矣。」成玄英疏：「爛漫，散亂也。」「瀾漫」始見於《淮南子·覽冥訓》：「逮至夏桀之時，主闇晦而不明，道瀾漫而不修。」高誘注：「仁義道不復修設，故曰瀾漫。」其字本義爲汎濫，李翱《去佛齋》：「佛法之流染於中國也六百餘年矣，始於漢，浸淫於魏晉宋之間，而瀾漫於梁蕭氏。」即用本義。祝充釋作「大水」，無誤。引申爲蔓延、分散，文讜釋作「散亂」，亦可通。其字又通「汗漫」，《淮南子·俶真訓》「甘瞑於溷澖之域，而徙倚於汗漫之宇」，《太平御覽》卷七十七引作「瀾漫」。引申爲漫無邊際、略無拘檢，劉向《古列女傳》「夏桀末喜」條：「造爛漫之樂，日夜與末喜及宮女飲酒，無有休時。」嵇康《琴賦》：「欨愉歡釋，抃舞踊溢，留連瀾漫，嗢噱終日。」《文選》李善注：「《説文》曰：欨，笑貌也。《通俗篇》曰：樂不勝謂之嗢噱。」五臣注翰曰：「康，安也。欨愉，喜悦貌。釋，縱也。兩手相撫曰抃。踊溢，言跳躍也。留連瀾漫，歡情多也。嗢噱，笑也。」此處記友朋相聚，格物辨理，「始參差以異序，卒瀾漫而同流」，謂其始相齟齬而終趨會同。此「瀾漫」正與《琴賦》同調，形容其雄辯滔滔、興會淋漓之態。綜合考較，此處仍以「瀾漫」較爲傳神。

除前引例證之外，「湮鬱」也可以作爲一個比較典型的例證。《原道》「爲之樂以宣其湮鬱」，諸本或作「湮蔚」，或作「湮鬱」，或作「壹鬱」。實際上，「壹鬱」、「壹壼」、「湮鬱」、「堙鬱」、「抑鬱」、「絪縕」、「烟熅」、「氤氳」爲聯綿字，義繫於聲，均可通假。但文字雖可通假，義項的選擇，則仍有分成：「壹」字有兩音兩義，不可隨意通用。其一，《說文》：「壹，專一也。從壺，吉聲。」徐鍇《繫傳》：「從壺，取其不泄也。」字又通「湮」、「堙」。《莊子・天下》「昔禹之湮洪水」，成玄英疏：「湮，塞也。」《漢書》引賈誼《弔屈原賦》「國其莫吾知兮，子獨壹鬱其誰語」，《史記》引作「堙鬱」。壹鬱、湮鬱，音義並同「抑鬱」，指抑塞鬱悶。韓愈《感二鳥賦》：「余生命之湮阨，曾二鳥之不如。」湮鬱、壹鬱、湮阨，取義略同。其二，《說文》：「壼，壹壼也，從凶，從壺。壺，不得泄也。易曰：天地壹壼。」此處「壹壼」，《易・繫辭下》傳世諸本均作「絪縕」，《釋文》引作「氤氳」，王符《潛夫論》引作「壹鬱」，其音義並同。段玉裁《說文解字注》釋「壹壼」：「《繫辭》傳文，今《周易》作『絪縕』，他書作『烟煴』、『氤氳』。蔡邕注《典引》曰：『烟烟煴煴，陰陽合一，相扶貌也。』張載注《魯靈光殿賦》曰：『烟煴，天地之蒸氣也。』《思玄賦》舊注曰：『烟煴，和貌。』許據《易》孟氏作『壼』，乃其本字，他皆俗字也。許釋之曰不得泄也者，謂元氣渾然，吉凶未分，故其字從吉凶在壺中，會意。合二字爲雙聲疊韻，實合二字爲一字。」《原道》「宣其湮鬱」，意指宣泄其抑塞不平之氣，「湮鬱」、「堙鬱」、「壹鬱」、「抑鬱」均可通用。王符引「壹壼」作「壹鬱」，段玉裁謂「壹壼」之「轉語爲抑鬱」，是「壹鬱」既有「抑鬱」一義，又有「絪縕」一義。此處用「湮鬱」，文義明確；用「壹鬱」，則有可能導致歧義。整理此篇，仍以選用「湮鬱」較爲妥當。

（五）語詞溯源、本事考證與義理箋疏

箋疏的目的，在於辨章學術，考鏡源流。

關於韓文語源出處，前人已經有相當深入的研究。《韓愈集宋元傳本研究》對宋元部分作了比較全面的梳理，此不贅言。近代部分，也頗多精彩。如陳柱《證韓篇》引《莊子·駢拇》：「屬其性乎仁義者，雖通如曾史，非吾所謂臧也；屬其性於五味，雖通如俞兒，非吾所謂臧也；屬其性乎五聲，雖通如師曠，非吾所謂聰也；屬其性乎五色，雖通如離朱，非吾所謂明也。吾所謂臧，非仁義之謂也，臧於其德而已矣；吾所謂臧者，非所謂仁義之謂也，任其性命之情而已矣；吾所謂聰者，非謂其聞彼也，自聞而已矣；吾所謂明者，非謂其見彼也，自見而已矣。」證《原道》「其所謂道，道其所道，非吾所謂道也」一段文字出處，就非常精到。除了引證前人的成果，筆者自己也有不少新的發掘。如卷三十八《進撰平淮西碑文表》「所在麻列」，諸本作「成列」，方崧卿從閣、杭、苑訂「麻」字。《考異》辯難云：「作『麻』殊無理。疑此本『森』字，誤轉作『麻』，後人見其誤而不得其説，乃改作『成』耳，且公《答孟簡書》亦有『森列』之語可考也。方氏固執舊本，定從『麻』字，舛謬無理，不成文章，故爲可怪。」陳景雲曾據李白《夢遊天姥吟留别》「仙之人兮列如麻」爲方氏辯護，但畢竟未能找出「麻列」的語源出處。筆者據唐徐鍔《大寶積經述》「麻列定筵，林攢樂土」判定：「麻列」與「林攢」相對，形容排列繁密，與李白詩取義略同。凡此，都希望能對前人的訓釋有所推進。

韓文語言研究存在一個非常明顯的薄弱環節：對宋明以下近代語言系統的影響研究。韓愈主張陳言務去、詞必己出，其富於獨創性的語言成就，對宋元以下的近代語言系統産生過巨大影響。本書在廣泛追溯韓文語源出處的同時，特别留意後人對韓文特有語彙的接受。一方面，通過後人的採用，更準確地把握這些語彙的内在含義；另一方面，也通過這些語彙含義的流衍，窺測近代語言系統的演變規律與發展軌迹。如《唐故監察御史衛府君墓誌銘》：「君獨不興與俗爲事，樂施置自便。」施置，張施設置。晉常璩《華陽國志》卷八：「永嘉元年春，尚施置關戍至漢安僰道。」晉聞人奭《上孝武帝疏》：「權寵之臣，各開小府。施置吏佐，無益於官，有損於國。」但此處「施置」，與上文取義不同。施，施設，施行。《廣韻》：「施，施設。」《論語·爲政》：「施於有政」，何晏《集解》：「施，行也。」置，棄置，廢置。《晏子春秋·諫上》：「置大立少，亂之本也。」《國語·周語中》：「今以小忿棄之，是以小怨置大德也。」韋昭注：「置，廢也。」《篇海類編》：「置，棄也。」韓文所謂「施置」，謂行、止，進、退，出、處。「施」、「置」反義對文，由此有「取捨」一層含義。蓋其人雖然以煉丹爲務，但出其緒餘，尚能「佐帥政成」，所以銘文評價其「以棄餘，賈於人」。「施置自便」，即出處進退，一任取捨。此義始見韓文，後人採用者亦不少見。如宋洪适《向侍郎挽詩》：「剸裁無肯綮，施置不拘牽。」趙鼎《論防邊第一疏》：「今臣備員督府，近在闕庭。施置之間，已多齟齬。」可以看出：「施置」一語雖經前人使用，但韓文已賦予新義，正所謂「師其辭不師其意」。類似的例證，韓集中比比皆是。

韓愈詩文作品的繫年考證是本書箋疏工作的重點之一。有關這項工作，宋人、清人的十餘種年譜已經爲我們提供了相當堅實的基礎。本書作品繫年的原則，是儘可能完整、系統地反映前人尤其是宋人的考證成果。不過，前人的著述不可能完全符合現代學術的要求，各家年譜的結論也還存在不少相互牴牾的地方。所以，採用前人年譜，鑒別、整理的功夫是必不可少的。以宋人年譜而論，由於唐代史料尤其是歷朝實録尚存於世，宋人年譜的價値是不言而喻的。但五百家注所附《韓文類譜》

所録諸譜並非完本，即以洪興祖《韓子年譜》爲例，脱佚的内容就頗爲可觀：貞元七年辛未，有《送齊皞序》；十年甲戌，有《贈張童子序》；十五年己卯，有《汴泗交流詩》、《賀白兔狀》；十七年辛巳，有《送李愿歸盤谷序》；十八年壬午，有《上巳日燕太學聽彈琴序》；十九年癸未，有《與陳京給事書》；二十年甲申，有《貞女峽》、《和張十一功曹》、《謝李員外》諸詩。永貞元年乙酉，公以今年春遇赦，夏秋離陽山，竢命於郴者三月，至秋末始受法曹之命，時有《郴州祈雨》及郴口諸詩；自郴至衡，有《謁衡嶽廟詩》；自衡至潭，有湘中諸詩。元和十二年丁酉，有東征往還疇唱諸詩。十四年己亥，公自京師至潮，有《路旁堠》、《武關西逢配流吐蕃》、《食曲河驛》、《過南陽》、《題臨瀧寺》；至韶州，有《寄張使君》、《酬張使君惠書》、《贈元十八協律》、《初南食貽元十八》、《答柳柳州食蝦蟇》諸詩。十五年庚子，自袁趨京師至棗陽縣，有《題廣昌館詩》；至襄州，有《醉中留别李相公詩》。筆者根據現存佚文對諸譜文字進行增補、修訂，完成了《韓文類譜訂補》。本書所採用的，就是整理之後的文字。

韓文本事的考證，宋人已經進行得相當充分，現代學術界在若干方面又有新的進展，但尚待解決的問題依然不少。比如，卷十《送張侍郎》。孫汝聽注：「元和十二年，張賈初自兵部侍郎出爲華州刺史。」《舉正》云：「張賈時自兵侍出守華州，閣本作『侍御』，非。」南宋蜀本作「侍御」，題下注「徹」字。《韓愈全集校注》訂作「侍御」，並考辨云：「平蔡之役，裴度爲宣慰處置使，汴宋節度使韓弘爲都統。度以七月受命，八月庚申（三日）出京，甲申（二十七日）至行營郾城。行至宜陽，遣韓愈往汴州説韓弘使協力。詩寫使汴成功，爲去汴時送汴幕參佐張侍御也。侍御即侍御史，殘宋丁本注謂張侍御爲張徹，以韓愈《祭張給事文》及徹墓誌考之，其說或是。方崧卿謂華州刺史張賈，則爲過華州作，與詩意不合。」上述的推測實際上不能成立，理由如下：其一，作詩地點不合。據原詩分析：「司徒東鎮馳書謁，丞相西來走馬迎。」上句指宣武節度使韓弘加司徒領淮西行營兵馬都統，東鎮汴州途經此地，其人馳書往謁；下句指裴度以宰相身份出爲淮西宣慰處置等使，自長安西來東去郾城行營，途中也經過此地，其人走馬相迎。則其地必在長安以東、汴州以西。華州正好符合這一條件，而汴州則不符合這一條件。按《校注》的解釋，此詩作於「去汴時送汴幕參佐張侍御」。作爲韓弘幕僚的「張侍御」雖然可以在「丞相西來」時「走馬迎」，但裴度出使期間並無駐節汴州的記載，所以「丞相西來」絶不可能是來汴州。至於「司徒東鎮」時「馳書謁」，則完全没有必要。因爲「張侍御」身爲韓弘部屬，本來就在汴州。實際上，華州刺史兼領鎮國軍使、潼關防禦使。中唐時期，凡中原有事，以後勤主管出守華州乃是慣例，乾元間劉晏、建中初董晉即其先例。「張賈時自兵侍出守華州」，身負淮西戰場的後勤重任，迎來送往，絶非虚文。其二，贈詩對象身份不合：「兩府元臣今轉密，一方逋寇不難平。」其人迎來送往，强化了「兩府元臣」的聯繫，從而爲淮西戰役的勝利提供了保障。那麼此人的地位應該和「兩府元臣」相當，才能具有這樣的分量。如此重大的責任，絶非一位名不見經傳的小小「侍御」所能承擔，而兵部侍郎張賈卻符合這個身份。其實，《舉正》的記載並非孤證，韓集有《次潼關先寄張十二閣老使君》，詩作於元和十二年十二月平蔡返京路過潼關時，較前詩晚四個月。《舉正》注：「張賈。」孫汝聽注：「張閣老，即謂華州刺史也。」詩云：「荆山已去華山來，日出潼關四扇開。刺史莫辭迎候遠，相公親破蔡州迴。」所謂「迎候遠」，与前詩的「走馬迎」同一情事。此外，韓集尚有《奉和兵部張侍郎酬鄆州馬尚書祇召途中見寄開緘之日馬帥已再領鄆州之作》。《舉正》注：「張賈、馬總也。」此外，《竇氏聯珠集》卷九録褚藏言《竇牟傳》亦稱張賈爲「兵部侍郎」。張賈有《送劉禹錫發華州》(《全唐詩》卷三百六十六)，可以視爲張賈身在華州的内證。由此可見：《舉正》載張賈爲兵部侍郎，淮西戰役期間出守華州，應該是信而有徵。相反，以張徹爲韓弘幕僚卻没有任何史料依據。張徹元和四年進士，元和九年始入潞州郗士美幕府[58]。元和十二年八月郗入爲工部尚書，在正常情況下，元和十二年八月郗士美撤幕之前，張徹應在潞州。《祭張給事文》所謂「亦佐梁師」，即參佐張弘靖宣武軍幕府，其事在元和十四年(八一九)八月之後。至長慶元年(八二一)張弘靖移鎮幽州，張徹從行，終至遇害。就現有史料考察，元和十二年八月韓愈作《送張侍郎》時，張徹尚在潞州幕。即便不排除張徹提前出幕的可能性，但斷言此時張徹已經參佐韓弘幕府，仍然需要史料支持。没有直接的史料，這一推測不能成立。

義理箋疏是韓集文本研究最爲突出的薄弱環節。這一缺陷，既影響了學術界對韓文思想文化價值的準確定位，也影響了當代思想文化建設對傳統文化資源的整合與吸收。爲此，筆者曾以思想範疇爲單位，對韓文中理論價值較爲集中的重點篇目進行過專門的梳理。結果僅《原道》一篇就將近十萬字，收入本書，顯然不太合適。本書對這一問題的處理原則是：對韓文的思想内涵及其對宋明學術界的影響，點到即止，不作分析引證。諸如以「相悖相仇」爲特徵的天人關係理論，以「性体道用」爲特徵的心性本体理论，以五常的存養放棄爲標準的性三品理論，以「利民爲公」爲特徵的義利觀，以教道兼重、理事兼重爲特徵的政治思想，以内聖外王並重爲特徵的踐履思想，以「反身而誠」爲途徑的踐形之道，以學統治統分立爲特徵的終極關懷要求，以文道一體爲特徵的文道關係理論，以及備受爭議的「道統」、「紀綱」、「尊孟」、「尊王攘夷」、「尊君誅民」等問題，本書的箋疏都保持在文字訓釋以及史料梳理的層面上。具體的理論分析，收入《韓文義理箋疏》。

有關韓文的理論批評，重點仍然在宋元與近代。宋元時期的批評史料，《韓愈集宋元傳本研究》第二編《選本》和第三編《詩文評》進行過較爲全面的梳理。其中收録唐宋選本五十種，宋元詩話七十八種，宋元筆記一百二十三種，雜説一百零九種。可以説，重要的批評史料大致已經網羅其中，此處不作詳細陳述。近代的批評史料，比較集中的是桐城批點。但這批材料無論在思想内容方面還是理論素養方面都可以説是良莠不齊，需要非常審慎地加以篩選。此外，二十世紀以來的上千篇論文也有不少可供採擷的成分，但和桐城批點一樣，鑒别的功夫是必不可少的。排除掉這批材料中的文字垃圾之後，近代學術界的理論建樹還是相當可觀的。即如桐城的篇章脈絡之學，也不乏有價值的理論精品。如林紓梳理《原道》結構云：「此篇要旨，全在『端』、『末』兩字。端是仁義道德，末是日用飲食之類。推極至於刑政倫常。蓋云：聖人之道，端末皆備；而佛老之道，不惟紊其端，而且害其末。通篇尊古而絀今，四用『古』字，六用『今』字，其鄭重出之者，斥其徇於今不能復古，不能復古，即所以昧先王之大道。欲推原大道所在，則不能不闢佛老也。起手分按仁義道德四者之真際，是通篇主意已定矣。先提老子之小仁義，以老子之言，較佛氏爲古。老子周人，而佛氏自漢明帝時始入中國。若老、佛對舉，其中煞費周章，故先闢老氏。闢老氏，即闢其小仁義而不知道之大源也。所謂公言，即聖人之道；所謂私言，特老子之道。將道字界限，已劃清楚矣。若即插入佛氏，又嫌無根，於是拈『道』字擡高一提。言孔子没後，秦火焚書，大道一厄；漢宗黄、老，大道一厄；晉、魏、梁、隋奉佛，大道又一厄。點出佛氏之害道，輕輕從『秦火』三句之下帶出。以下將佛、老並舉，歸到本位，便毫不著力矣。其曰『孰從而聽』者，以佛、老勢盛，仁義消沉也。其曰『孰從而求』者，以儒者竟棄其本師，而師佛、老也。既不之聽，又不之求，由不求其端，不訊其末，所以至此。『端』、『末』二字於此清出，爲全篇之關鍵。以下古今對舉成文。言古，即聖人之道；言今，即佛、老之教。自『古之時』起，至『害爲之備、患爲之防』止，言聖道之與老子異也：聖人語常，而老子好奇。『今其言曰』四字，則從老氏者之言也。『是故君者，出命者也』，是言聖道與佛氏異也：聖人務實，佛氏尚空，『今其法曰』四字，則從佛氏之言者也。再將帝王一提，則佛、老並闢。兩『今』氣分帖佛、老。『今其言曰：何曷不爲太古之無事』，是斥老氏之消淨無爲也；『今也欲治其心、而外天下國家，滅其天常』，是斥佛氏之虚無寂滅也。前兩段分按老、佛，此段則將聖人修、齊、平、治工夫作一串説。凡無爲者不足平治，寂滅亦不足平治也。『今也舉夷狄之法而加之先王之教之上』句，是重佛氏之罪，言其深於老氏。此時文勢又側注到佛氏矣。凡此汶汶泯泯之時，大道爲老、佛所淆亂，由不知仁義道德之源也。故再將題首四字，高高一提。見得貞固不搖之氣，自明爲知道源者。以下敘聖人之道平易近情，匹夫匹婦皆能行之。及其至，雖聖人亦所不能。故作結穴一語曰：『斯吾所謂道，非向所謂老與佛之道也。』於是上溯堯舜，及於孟軻而止。意孟軻以下，道統即在昌黎之一身。再將荀、楊撇開，則一身之証道益實矣。其下『火書』、『廬居』數語是餘波，無關於道源也。」[59]這段文字異常精彩，其超越傳統的桐城批點不僅在於篇幅較長，其理論思維的細密、邏輯層次的清晰，都遠非早期桐城的「草蛇灰綫」可比。此外，陳柱《證韓篇》討論韓文的創新精神：「自東漢以後，秉筆之士皆本於文以爲文，迭相師仿。隨風飄摇，囿於時習。韓昌黎出，乃奮臂疾呼，獨與世反。於當時所醉心摹擬之文，悉廢而不屑，而獨求之於經，探之於子，運之於史，斯已異矣。乃更進而求之於詩，化詩入文，廓小爲大，則其手段豈不更詭哉！夫然，故其文雖襲而愈見其變，雖陳而愈見其新。」其融會經史子集爲一爐的思路，對韓文的特點確實有所悟入。此後風靡港臺的「以詩爲文」之説，即由此引申而來。這樣看來，精心選擇有價值的理論批評文字，也是韓集整理必不可少的一項工作。

通過上文的陳述，筆者希望能夠傳達出這樣一個觀點：古籍整理絶對不是瑣屑冗雜的餖飣之學。它的真正價值，在於利用現代科學研究手段，發掘傳統文化精華。具體説來，通過對語料、史料乃至思想文化原始資料的系統梳理，探索傳統文化的演進軌迹與內在規律，這就是筆者心目中的辨章學術，考鏡源流。筆者一向認爲，語言系統的更新也就同時意味著思想系統的更新，古文運動的實質是思想啓蒙。現代西方哲學界普遍認爲：人類對世界的探究經歷了三個階段：本體論階段、認識論階段、語言哲學階段。上古哲學關注的焦點是客觀世界的形上本體，近代哲學則更爲關注主客體關係，探究人類對客觀世界的認識能力及其界限。到了十九世紀末二十世紀初，認識論問題被歸結爲語言問題。哲學不再是理論，而是對思想進行邏輯闡釋的語言分析與語言批判過程[60]。從這一意義上講，韓集文本詮釋的最終目的，是展現華夏文明一千二百年近現代社會轉型歷程中思想文化系統發展演變的内在脈絡。爲此，本書特别注重對語料、史料乃至思想文化原始資料的系統貫通。本書最終是否達到了這樣的境界，筆者固然不敢過於自信。但這一追求貫穿了全書的撰著，相信能得到讀者的認同。

在一千二百年的韓學研究歷程中，二十世紀的韓學研究可以被視爲與宋代韓學雙峰並峙的又一座高峰。百年韓學與千年韓學同樣呈現出U形曲綫的現象提示我們：韓學的興盛，以社會文化環境的開放寬鬆爲前提。和二十世紀後半期相比，今天的環境應該説要寬鬆得多。一大批罕見的韓集原始文獻陸續問世，也爲今天的韓學研究者提供了遠較前人優越的研究條件。也正因爲如此，筆者相信，本書的撰著，能夠爲當代的韓學理論研究提供一部符合現代學術規範、反映當代學術水準的經典性、權威性的韓文文本，爲韓學研究的進一步深入，提供一個堅實可靠的工作平臺。

①歐陽修《書舊本韓文後》，《全宋文》第十七册，成都：巴蜀書社一九九一年排印本，卷七一八，第四五九頁。

②陳寅恪《論韓愈》，金明館叢稿初編，上海古籍出版社一九八〇年版，第二九六頁。

③馮友蘭《韓愈李翱在中國哲學史中之地位》，《清華週刊》第三七卷九一十一期，一九三二年五月，第三頁。

④楊東蓴《中國學術史講話》，北新書局一九三二年版，第二三〇頁。

⑤鍾泰《中古哲學史》，商務印書館一九三四年版，第一七九頁。

⑥趙紀彬《中國哲學思想》，中華書局一九四八年版，第一四二頁。

⑦唐君毅《中國哲學原論・原道篇》卷三，臺北：臺灣學生書局一九八六年版，第四〇一頁。

⑧《臺灣故宮博物院藏本〈昌黎先生集〉考述》，《文獻》二〇〇二年第二期。《宋淳熙南安軍原刻本〈韓集舉正〉考述》，《華中科技大學學報》二〇〇四年第六期。《韓愈〈昌黎先生集〉編次考》，《中國典籍與文化論叢》第八輯。《〈韓集舉正〉文獻來源考實》，臺北「中央研究院」《中國文哲研究通訊》第十四卷第三期。《朱熹韓集校理文獻來源考實》，《天中學刊》二〇〇五年第一一二期。《論朱熹對方崧卿〈韓集舉正〉的批評——方崧卿、朱熹校勘思想比較研究》，臺北「中央研究院」《中國文哲研究集刊》第二一期。《韓集五百家注引書考》，《周口師院學報》二〇〇三年第一一六期。

⑨《韓愈集宋元傳本研究》，中國社會科學出版社二〇〇四年版。

⑩《韓文石本考》，《唐研究》第七卷、第八卷，北京大學出版社二〇〇一、二〇〇二版。

⑪《韓愈「南行逾六旬」考實》，《殷都學刊》二〇〇三年第一期。

⑫《從明道到載道——唐宋文道關係理論的變遷》，《文學遺產》二〇〇五年第五期。《韓愈「性三品」理論的現代詮釋》，《山東師大學報》二〇〇四年第四期。《韓愈、柳宗元、劉禹錫天人關係理論的現代詮釋》，《周口師院學報》二〇〇五年第一期。《道統：民族文化傳統——論韓愈道統思想的根本性質》，《原道》第十一輯。《五原的創作與道統的確立》，《周口師院學報》二〇〇六年第一期。《論韓愈「性體道用」的心性本體理論》，《周口師院學報》二〇〇七

年第一期。《韓愈的義利觀及其歷史影響》,《平頂山學報》二〇〇七年第一期。

⑬《韓愈集彙校前言》,南京: 鳳凰出版社二〇〇六版《中國古代文學文獻國際學術研討會論文集》。《韓文義理箋疏示例》,《唐代文學研究》第十一輯。《昌黎文録輯校》,華中科技大學出版社二〇〇二年版。《韓愈〈貞曜先生墓誌銘〉語詞訓釋解難》,《華中科技大學學報》二〇〇六年第五期。《朱熹〈韓文考異〉摘疵》,《古漢語研究》二〇〇三年第二期。

⑭劉成忠選評《韓文百篇編年》三卷,清光緒二十六年食舊堂石印本。

⑮李詳《韓詩證選》,《國粹學報》第五卷第四一八期,一九〇九年。

⑯陳柱《證韓篇》,《國學專刊》第一卷三期,一九二六年九月。

⑰徐震《韓愈詮訂》,《中央大學文藝叢刊》第一卷第二期,一九三四年十月。

⑱李嘉言《韓氏繫年訂誤》,《文學季刊》第一卷二期,一九三四年四月。

⑲吴闓生、李剛已《桐城吴氏古文法》,臺北: 臺灣中華書局,一九七〇年版。

⑳吴闓生《古文範》四卷,臺北: 臺灣中華書局《中華國學叢書》一九七〇年版。

㉑林紓《春覺齋論文》,都門印書局一九一二年鉛印本。

㉒林紓《韓柳文研究法》,上海: 商務印書館一九一五年鉛印本。

㉓蔣抱玄評注《注釋評點韓昌黎文集十卷詩全集四卷》,上海會文堂書局一九二四年鉛印本。

㉔劉大杰、錢仲聯《唐宋文舉要·前言》,上海古籍出版社一九八〇年版。

㉕高步瀛《唐宋文舉要甲篇》八卷,北平: 直隸書局一九三四年鉛印本。

㉖錢穆《朱子新學案》,成都: 巴蜀書社一九八六年版,第一七五〇頁。

㉗侯外廬《中國思想通史》，人民出版社一九五九年版，第三三六頁。
㉘王芸生《韓愈和柳宗元》，《新建設》一九六三年第三期，第五六頁。
㉙王芸生《再論韓愈和柳宗元》，《新建設》一九六三年第十一期，第一〇二頁。
㉚楊榮國等《簡明中國哲學史》，人民出版社一九七三年版，第二〇七頁。
㉛侯外廬《中國思想通史》，人民出版社一九五九版，第三三六頁。
㉜章士釗《柳文指要》，北京：中華書局一九七一年版。卷六，第一五八五頁。
㉝侯外廬《中國思想通史》，人民出版社一九五九版，第三三六頁。
㉞陳景雲《韓集點勘》，清雍正五年（一七二七）東吴陳氏刻本。
㉟章士釗《柳文指要》，北京：中華書局一九七一年版。卷六，第一五九四頁。
㊱童第德《韓集校詮》，北京：中華書局，一九八六年版，卷首第一頁、第三頁、正文第二十一頁、第十九頁、《凡例》第一頁。
㊲以上諸條，參見馬亞中《錢仲聯先生對學術文化與教育事業的貢獻》，《蘇州大學學報》二〇〇四年第一期。
㊳錢萼孫《韓昌黎詩繫年集釋》，上海：古典文學出版社一九五七年版。
㊴以上諸條，參見劉益國《〈韓愈全集校注〉詩歌部分與〈韓昌黎詩繫年集釋〉之異同》，《四川師範大學學報》一九九九年第三期。
㊵見《文獻》一九九二年第一期、《四川社科界》一九九八年第一期、《周口師專學報》一九九七年第一期。
㊶見《文獻》二〇〇二年第二期、《華中科技大學學報》二〇〇四年第六期、《唐研究》第七卷、第八卷、《中國典籍與文化論叢》第八輯、《中國文哲研究集刊》第二十一期。

㊷陳景雲《韓集點勘·書後》，清雍正五年（一七二七）東吴陳氏刻本。

㊸請參見朱玉麒、張學松撰寫的書評，《唐研究》第八卷，北京大學出版社二〇〇二版；《唐代文學研究年鑒》（二〇〇三年），廣西師大出版社二〇〇四版。

㊹參見《論朱熹對方崧卿〈韓集舉正〉的批評——方崧卿、朱熹校勘思想比較研究》，臺北「中央研究院」《中國文哲研究集刊》第二十一期，二〇〇二年九月。

㊺參見《宋淳熙南安軍原刻〈韓集舉正〉考述》，《華中科技大學學報》二〇〇四年第六期。

㊻參見《〈韓集舉正〉現存傳鈔本及其釋讀》，《周口師院學報》二〇〇四年第六期。

㊼關於《韓集舉正》的釋讀校理，請參見《韓集舉正彙校》。

㊽參見《臺灣故宫博物院藏本〈昌黎先生集〉考述》，《文獻》二〇〇二年第二期。

㊾有關以上諸條文字校訂的詳細情況，請參見《昌黎文録輯校》（華中科技大學出版社二〇〇二版），第二六二、二七四頁。

㊿歐陽修《集古録跋尾》（光緒十三年行素草堂刻本），卷八，第八葉下；趙明誠《金石録》（臺北新文豐出版公司一九八二年版《石刻史料新編》第十二册），卷二十九，第五葉上、第八葉下；董逌《廣川書跋》（臺北：臺灣商務印書館一九八六年影文淵閣四庫全書本），卷九，第一葉上。

(51)參見《韓文石本考》，《唐研究》第七卷、第八卷，北京大學出版社二〇〇一、二〇〇二版。

(52)有關宋元選本採録韓文的情況以及宋元詩話、筆記及别集徵引韓文的情況，請參見《韓愈集宋元傳本研究》第二編、第三編，中國社會科學出版社二〇〇四版。

(53)以上三條，請參見《韓愈全集校注》（四川大學出版社一九九六版），第四〇八頁、第五十七頁、第二六六六、九一一、六八六頁；《昌黎文録輯校》第十頁、第二十一頁、第六十四——七十二頁。
㊴以上三條，請參見《韓愈年譜》（中華書局一九九一年版），第十一、二十九、四十五頁；《韓愈全集校注》第一八三六、一二七五、二八一頁。
㊵有關韓集宋元傳本的情況，請參見《韓文宋元傳本研究》第一編。
㊶瞿鏞《鐵琴銅劍樓藏書目録》，光緒二十三年武進董氏誦芬室刊本，卷十九，第五葉上。
㊷韓醇《新刊詁訓唐昌黎先生文集》，影文淵閣四庫全書本，卷一，第三葉下。
㊸參見阮堂明《張徹生年小考》，《文學遺産》二〇〇二年第三期。
㊹林紓評選《古文辭類纂選本》十卷，上海：商務印書館一九二六年鉛印本。
㊺參見《從明道到載道——唐宋文道關係理論的變遷》，《文學遺産》二〇〇五年第五期。

凡例

本書對韓集的整理包括三方面的内容：彙校、注釋和箋疏。校勘單列居前，注、箋合一居後，以符號【彙校】、【箋注】分隔。

一、校勘體例

本書以「彙校」爲名，目的是儘可能完備地搜羅宋元以前的相關文獻，對韓集文本進行綜合校理。韓集宋元舊本主要區分爲兩大系統：兩宋監本系統；方崧卿、朱熹校理本系統。王伯大本、張洽本、廖瑩中本全文照録朱熹本，不具有獨立的文獻價值，本書原則上不出校；但少量不同於朱本且確有文獻價值的異文不在此限。宋代總集《文苑英華》、《唐文粹》全文出校。自《古文關鍵》以下，其文字大多採自監本，少量採自方、朱校理本。本書的校理原則是：凡與監本及方、朱校理本相同者，一般不予出校，只出校與二者不同而且確有價值的異文。宋代以後的韓文傳本，無論是别集本還是總集本，亦比照上述原則處理。

本書對所採文獻的處理分爲三種情況：全書採録通校、全篇採録通校、只採録特定異文有選擇地出校。全書採録的文獻，在各卷卷首注明其存佚狀況，各篇内不再一一出注；凡收録韓文全篇並被本書全文採録通校的文獻，在相關篇目題注中標明。所據版本，參見「引用書目及其簡稱」。只採録特定異文的文獻，在相關條目校語中標明。所據版本，參見卷末附録的「主要參考文獻」。

校語序次：校記中先出傳世諸本異同，再録韓集校勘專著校語。《舉正》校語全數録入，《考異》校語，只選録不重復《舉正》者，其餘諸書，擇善而從。

校改原則：底本正確，只出校參校諸本有價值的異文；底本錯誤，出校諸本異文。改定正文之後，選擇出處最早者作爲校改依據。凡明顯屬於音訛、形訛的錯字，如已、己、巳，戊、戌、戍等，原則上直接改正，不出校；但前人已經出校者不在此限。

異體字：凡常用異體字、通假字、古今字、正俗字，原則上選擇通行體，不出校。但以下兩種情況不在此限：專名用字，如人名、地名、書名、年號等；語義、語感或修辭效果存在差異或前人已出校者。

諱字：凡常見諱字，無論宋諱還是清諱，原則上直接回改，不出校。但唐諱、前人已經出校者以及四庫本擅自改動内容者不在此限。

韓集正文間有小字側注，此爲韓文原注。本書正文保留此類注文，外加圓括弧以示區別。

二、注釋體例

本書的注釋包括三項内容：文字訓釋、典制名物訓釋、人物生平考證。

本書採録舊注的原則是：宋元舊注搜羅力求完備；明清以下，擇善而從。各條注文中，舊注按時代列前，新增的引證材料列後。對舊注的辨析梳理列於該條注文之下，並加「謹按」二字以資識别。

前人舊注，輾轉鈔撮者多。本書的處理原則是：凡内容相近者，只録存時代最早的一家，其餘各家概從删削，不作記録；但後出注文内容更爲完整，或文字較爲優長者，則録存此注，並記録前此注家名目。

舊注徵引文獻，率多節録，繁冗一省，眉目自清。本書徵引文獻，亦循此例。

舊注徵引文獻節録得當者，本書照録原文。凡節録失當或文字錯訛太甚者，本書另行節引，標示爲「某注引某書云」。存「某注」字樣，表明舊注已引及該書，標示名目，以示尊重；「某注云」不在引文之内而在引文之外，表明所引内容爲本書另行節録。

三、箋疏體例

本書的箋疏包括四項内容：語詞溯源、本事考證、義理箋疏、理論批評。

凡舊注中討論作品創作背景及創作年代的文字，無論是否在題注之中，本書均移入題注之内。前人舊説，輾轉販掠者多。本書的處理原則是：凡内容相近者，只録存時代最早的一家，其餘各家概從删削，不作記録；但後出文字觀點更爲警策，或思想更爲明晰者，則録存此文，並記録前此諸家名目。

凡針對韓文的具體章句進行批評的文字，均列於該條文字的箋疏之内。

凡針對作品全篇的主題意旨、創作手法以及藝術成就進行評論的文字，無論是題注、夾注還是旁批、眉批，均移入篇末注中。

四、校勘引用書目及其簡稱

（一）底本：

南宋孝宗淳熙元年錦谿張監税宅翻刻潮州本《昌黎先生集》，該本計正集四十卷、外集十卷、附外集一卷。潮本闕卷，採用祝充本補足，並在各卷卷首題下注明（簡稱「潮本」）。

南宋紹熙重刻本祝充《音注韓文公文集》，該本計正集四十卷外集十二卷（簡稱「祝本」）。

（二）通校版本（所有異文一一出校）：

南宋中期蜀刻文讜注、王儔補注《新刊經進詳補注昌黎先生文集》，該本計正集四十卷、外集十卷、遺文三卷、志三卷。凡闕卷在該卷卷首題下注明，各篇不另出注（簡稱「文本」）。

方崧卿淳熙十六年南安軍刻本《昌黎先生集》，該本殘存前十卷，今藏於日本靜嘉堂文庫。十卷之外此本均闕，各卷不另出注（簡稱「方集本」）。

南宋中期浙刻本《昌黎先生文集》，該本殘存一至九共計九卷。此九卷內有脱文，在各篇題注中注明。九卷之外此本均闕，各卷不另出注（簡稱「南宋浙本」）。

南宋中期江西刻本《昌黎先生文集》，該本殘存第十卷計一卷。此卷之內有脱文，在各篇題注中注明。此卷之外此本均闕，各卷不另出注（簡稱「南宋江西本」）。

南宋中期閩刻本《昌黎先生集》，該本殘存第十一至十六共計六卷。凡此六卷之內有脱文，在各篇題注中注明。六卷之外此本均闕，各卷不另出注（簡稱「南宋閩本」）。

南宋中期蜀刻十二行本《昌黎先生文集》，該本計正集四十卷、外集十卷。凡闕卷在該卷卷首題下注明，各篇不另出注（簡稱「南宋蜀本」）。

南宋寧宗慶元六年建安魏仲舉刊本《新刊五百家注音辯昌黎先生文集》，該本計正集四十卷、外集十卷、序傳碑記一卷、韓文類譜一卷、韓集考異十卷（簡稱「魏本」）。

宋方崧卿《韓集舉正》，該本計正集十卷、外集一卷、敍録一卷，本書採用影日本大倉集古館藏方崧卿淳熙十六年南安軍刻本。謹按：此本間有訛誤，據鐵琴銅劍樓影宋鈔本、讀書未見齋影宋鈔本、四庫珍本、文津閣四庫全書本、八千卷樓鈔本、皕宋樓鈔本及《考異》訂正，不另出校。詳細情況，請參見《韓集舉正彙校》（簡稱「舉正」）。

宋朱熹《昌黎先生集考異》十卷，本書採用上海古籍出版社一九八一年影印山西祁縣圖書館藏南宋理宗紹定二年張洽刻本。謹按：此本間有訛誤，據南京圖書館藏五百家注本所附《晦庵朱侍講先生韓文考異》及王伯大本、廖瑩中本訂正，不另出校。詳細情況，請參見《韓文考異彙校》（簡稱「考異」）。

宋李昉等《文苑英華》一千卷，中華書局一九六六年影印南宋寧宗嘉泰四年刊刻配明嘉靖四十五年重刻本。《文苑英華》一書，宋代有兩種傳本，方崧卿《韓集舉正》引用者爲原稿本，今傳本則爲周必大、彭叔夏校訂本。凡今傳本文字與《韓集舉正》所引不合者，校語中稱作「今苑本」（簡稱「苑本」）。

宋姚鉉《唐文粹》一百卷，四部叢刊影印元翻宋小字本。凡今傳本文字與宋人所引不合者，校語中稱作「今粹本」（簡稱「粹本」）。

（三）參校版本（有選擇地出校特定異文）：

南宋理宗寶慶三年王伯大本《朱文公校昌黎先生文集》，本書採用明洪武二十一年書林王宗玉重刻本，該本計正集四十卷、外集十卷、集傳遺文二卷（簡稱「王本」）。

南宋理宗紹定二年張洽池州刻本《昌黎先生集》，該本殘存第十二至十八卷共計七卷。此七卷外此本均闕，各卷不另出注（簡稱「張本」）。

南宋度宗咸淳間廖瑩中世綵堂刻本《昌黎先生集》，該本計正集四十卷、外集十卷、遺文一卷（簡稱「廖本」）。

清陳景雲《韓集點勘》四卷，清雍正五年東吴陳氏刻本（簡稱「陳景雲注」）。

清王元啓《讀韓記疑》十卷，嘉慶五年王尚玨刻嘉慶二十二年鍾洪印本（簡稱「王元啓注」）。

清沈欽韓《韓集補注》一卷，清光緒十七年廣雅書局刻本（簡稱「沈欽韓注」）。

清方成珪《韓集箋正》五卷，國家圖書館藏原稿本（簡稱「方成珪注」）。

唐竇常等《竇氏聯珠集》五卷，南宋淳熙五年王崧湖北蘄州刊本（簡稱「聯珠」）。

唐韋莊《又玄集》三卷，古典文學出版社一九五七年影印日本享和三年（一八〇三）江户昌平坂學問所官板本（簡稱「又玄」）。

宋郭茂倩《樂府詩集》一百卷，文学古籍刊行社一九五五年影宋本（簡稱「樂府」）。

宋董棻《嚴陵集》九卷，清光緒二十三年桐廬袁氏漸西村舍叢刻本（簡稱「嚴陵」）。

宋朱熹《楚辭後語》六卷，人民文學出版社一九五三年影印宋端平刻本（簡稱「後語」）。

宋洪邁《萬首唐人絶句》一百卷，明嘉靖十九年陳敬學德星堂刻本（簡稱「絶句」）。

宋吕祖謙輯、蔡文子注《東萊吕成公古文關鍵》二十卷，國家圖書館藏宋刻本（簡稱「關鍵」）。
宋林之奇選編、吕祖謙集注《東萊集注類編觀瀾文集》甲集二十五卷、乙集二十五卷（存七卷）、丙集二十卷（存十卷），國家圖書館藏宋刻本（簡稱「觀瀾」）。
宋樓昉《迂齋標注諸家文集》五卷，國家圖書館藏宋刻本（簡稱「標注」）。
宋樓昉《迂齋先生標注崇古文訣》三十五卷，國家圖書館藏元刻本（簡稱「文訣」）。
宋劉克莊《分門纂類唐宋時賢千家詩選》二十二卷，宛委別藏本（簡稱「千家詩」）。
宋真德秀《文章正宗》二十四卷，元至正元年高仲文刻明修本（簡稱「正宗」）。
宋李庚輯、林師蕆增輯《天台前集》三卷，明刻本（簡稱「天台」）。
宋湯漢《東澗先生妙絶今古文選》四卷，國家圖書館藏元刻本（簡稱「妙絶」）。
宋鄭虎臣《吴都文粹》十卷，清活字印本（簡稱「吴都」）。
宋王霆震《新刻諸儒批點古文集成前集》七十八卷，國家圖書館藏宋刻本（簡稱「集成」）。
宋謝枋得《疊山先生批點文章軌範》七卷，國家圖書館藏元刻本（簡稱「軌範」）。
宋趙孟奎《分門纂類唐歌詩》一百卷，宛委別藏本（簡稱「唐歌詩」）。
宋佚名《增注唐策》十卷，明正德十四年汪燦刻本（簡稱「唐策」）。
宋周應龍《文髓》九卷附録一卷，明宣德三年周岐鳳刻本（簡稱「文髓」）。
宋黄堅編、明神宗增訂《諸儒箋解古文真寶》前集十卷、後集十卷，明萬曆十一年司禮監刊本（簡稱「真實」）。

宋李昉等《太平御覽》，北京：中華書局一九六〇年影印本（簡稱「御覽」）。

宋王欽若等《册府元龜》，北京：中華書局一九六〇年影印明崇禎刻本（簡稱「元龜」）。

宋晏殊《晏元獻公類要》一百卷，四庫全書存目叢書影清鈔本（簡稱「類要」）。

宋宋綬《新刊古今歲時雜詠》四十六卷，明石城書屋鈔本（簡稱「雜詠」）。

唐白居易、宋孔傳《唐宋白孔六帖》一百卷，國家圖書館藏明刻本（簡稱「六帖」）。

宋佚名《錦繡萬花谷》前集四十卷後集四十卷續集四十卷，北京：書目文獻出版社一九九八年影印本（簡稱「萬花谷」）。

宋祝穆《方輿勝覽》七十卷，揚州：江蘇廣陵古籍刻印社一九九二年影印本（簡稱「勝覽」）。

宋祝穆《新編古今事文類聚》前集六十卷、後集五十卷、續集二十八卷、别集三十二卷，富大用《事文類聚》新集三十六卷、外集十五卷，祝淵《事文類聚》遺集十五卷，日本：中文出版社一九八九年影印明萬曆甲辰刻本（簡稱「類聚」）。

宋陳詠《全芳備祖》前集二十七卷、後集三十一卷，北京：農業出版社一九八二年影印日本宫内廳書陵部藏宋刻本配徐世昌舊藏鈔本過録本（簡稱「備祖」）。

宋謝維新《古今合璧事類備要》前集六十九卷、後集八十一卷、續集五十六卷、别集九十四卷、外集六十六卷，明夏相嘉靖間刻本（簡稱「備要」）。

宋裴良甫《十二先生詩宗集韻》二十卷，國家圖書館藏宋刻本（簡稱「詩宗」）。

五、箋注引用書目及其簡稱

祝充《音注》本有紹興末張杓原刻本與紹熙重刻本之别。前者爲繁本，後者爲簡本，二者文字互有出入。紹熙重刻本尚存；紹興原刻本雖已亡佚，但五百家注徵引尚夥。今據兩本文字參互校補，不另出校（簡稱「祝充注」）。

文讜注、王儔補注《新刊經進詳補注昌黎先生文集》（簡稱「文讜注」、「王儔注」）。

魏仲舉刊本《新刊五百家注音辯昌黎先生文集》（簡稱「魏仲舉注」）。

宋人韓集注本失傳者，洪興祖注、樊汝霖注、嚴有翼注、孫汝聽注、韓醇注佚文主要見於魏仲舉五百家注本，本書徵引以上五家注文，凡採自魏本者，均直接稱引，不再加「魏引」云云。但少量條目引自他書者，則稱「某引」云云。各本徵引文字有異者，參互校補，不另出校。

宋人韓集注本失傳者，凡佚文散見於祝充注、文讜注、方崧卿《年譜增考》、朱熹《考異》、魏仲舉注、王伯大注、廖瑩中注，本書徵引時，優選先出者，各條分别注明「祝引」、「文引」、「方引」、「朱引」、「魏引」、「王引」、「廖引」云云。各本徵引文字有異者，參互校補，不另出校。

明蔣之翹輯注《唐韓昌黎集》五十一卷附録一卷，明崇禎六年蔣氏三徑草堂刻本（簡稱「蔣之翹注」)。

清顧嗣立《昌黎先生詩集注》十一卷,清康熙三十八年長洲顧氏秀野草堂刻本(簡稱「顧嗣立注」)。

清林雲銘《韓文起》十二卷,清康熙三十二年刻本(簡稱「林雲銘注」)。

清盧軒《韓筆酌蠡》三十卷,清雍正八年刻本(簡稱「盧軒注」)。

清方世舉《韓昌黎詩集編年箋注》十二卷,乾隆二十二年雅雨堂刻本(簡稱「方世舉注」)。

清高澍然《韓文故》十三卷,清道光間刻本(簡稱「高澍然注」)。

清黄鉞《昌黎先生詩增注證訛》十一卷,清咸豐七年四明鮑氏刻本(簡稱「黄鉞注」)。

蔣抱玄《注釋評點韓昌黎文集十卷詩全集四卷》,上海會文堂書局一九二四年鉛印本(簡稱「蔣抱玄注」)。

馬其昶《韓昌黎文集校注》,上海:古典文學出版社一九五七年版(簡稱「馬其昶注」)。

高步瀛《唐宋詩舉要》,上海古籍出版社一九七八年版(簡稱「高步瀛注」)。

高步瀛《唐宋文舉要》,上海古籍出版社一九八二年版(簡稱「高步瀛注」)。

錢仲聯《韓昌黎詩繫年集釋》,上海古籍出版社一九八四年版(簡稱「錢仲聯注」)。

童第德《韓集校詮》,北京:中華書局一九八六年版(簡稱「童第德注」)。

韓文繫年,主要採用魏本所附《韓文類譜》。需要説明的是:魏本所附諸譜並非完本,筆者根據現存佚文對諸譜文字有所修訂。本書直接採用修訂後的文字，文中不再逐一説明。詳細情況，請參見《韓文類譜訂補》。

呂大防《韓吏部文公集年譜》（簡稱「呂譜」）。
程俱《韓文公歷官記》（簡稱「程譜」）。
洪興祖《韓子年譜》（簡稱「洪譜」）。
樊汝霖《韓文公年譜》（簡稱「樊譜」）。
方崧卿《年譜增考》（簡稱「增考」）。
方崧卿《韓文年表》（簡稱「方表」）。

清人及近人年譜：

林雲銘《韓文公年譜》（簡稱「林譜」）。
顧嗣立《昌黎先生年譜》（簡稱「顧譜」）
黄鉞《昌黎先生年譜》（簡稱「黄譜」）。
方成珪《昌黎先生詩文年譜》（簡稱「方譜」）。
蔣抱玄《考正韓文公年譜》（簡稱「蔣譜」）。

卷一

（原本卷十一）此卷以潮本爲底本，以祝本、文本、南宋閩本、南宋蜀本、魏本對校。

原道①〔一〕

博愛之謂仁〔二〕，行而宜之之謂義〔三〕，由是而之焉之謂道〔四〕，足乎己無待於外之謂德〔五〕。仁與義爲定名，道與德爲虚位〔六〕。故道有君子小人②〔七〕，而德有凶有吉③〔八〕。老子之小仁義〔九〕，非毁之也，其見者小也。坐井而觀天，曰天小者，非天小也④〔一〇〕。彼以煦煦爲仁〔一一〕，孑孑爲義〔一二〕，其小之也則宜。其所謂道，道其所道，非吾所謂道也；其所謂德⑤，德其所德，非吾所謂德也〔一三〕。凡吾所謂道德云者，合仁與義言之也，天下之公言也⑥；老子之所謂道德云者，去仁與義言之也，一人之私言也⑦。

周道衰，孔子没〔一四〕，火于秦〔一五〕，黄老于漢⑧〔一六〕，佛于晉魏梁隋之間⑨〔一七〕。其言道德仁義者⑩，不入于楊，則入于墨⑪〔一八〕；不入于老，則入于佛〔一九〕。入于彼，必出于此⑫。入者主之⑬，出者奴之；入者附之，出者汙之⑭。噫！後之人其欲聞仁義道德之説，孰從而聽之？老者曰：孔子，吾師之弟子也〔二〇〕。佛者曰：孔子，吾師之弟子也〔二一〕。爲孔子者習聞其說〔二二〕，樂其誕而自小也〔二三〕，亦曰：吾師亦嘗師之云爾⑮。不惟舉之於其口⑯，而又筆之於其書⑰〔二四〕。噫！後之人雖欲聞仁義道德之說，其孰從而求之？

甚矣，人之好怪也！不求其端，不訊其末⑱〔二五〕，惟怪之欲聞。古之爲民者四〔二六〕，今之爲民者六〔二七〕；古之教者處其一，今之教者處其三〔二八〕；農之家一，而食粟之家六；工之家一，而用器之家六；賈之家一，而資焉之家六。奈之何民不窮且盜也！

古之時人之害多矣。有聖人者立，然後教之以相生養之道⑲。爲之君，爲之師〔二九〕，驅其蟲蛇禽獸而處之中土⑳。寒然後爲之衣〔三〇〕，飢然後爲之食〔三一〕。木處而顛〔三二〕，土處而病也，然後爲之宮室〔三三〕。爲之工以贍其器用〔三四〕，爲之賈以通其有無㉑〔三五〕，爲之醫藥以濟其夭死〔三六〕，爲之葬埋祭祀以長其恩愛〔三七〕，爲之禮以次其先後㉒〔三八〕，爲之樂以宣其湮鬱㉓〔三九〕，爲之政以率其怠勌㉔〔四〇〕，爲之刑以鋤其强梗〔四一〕。相欺也，爲之符璽斗斛權衡以信之㉕〔四二〕；相奪也，爲之城郭甲兵以守之㉖〔四三〕。害至而爲之備，患生而爲之防㉗。今其言曰：聖人不死，大盜不止；剖斗折衡㉘〔四四〕，而民不爭。嗚呼！其亦不思而已矣！如古之無聖人，人之類滅久矣㉙。何也？無羽毛鱗介以居寒熱也〔四五〕，無爪牙以爭食也㉚〔四六〕。

是故君者，出令者也；臣者，行君之令而致之民者也㉛；民者，出粟米麻絲㉜，作器皿〔四七〕，通貨財，以事其上者也〔四八〕。君不出令，則失其所以爲君；臣不行君之令而致之民㉝，民不出粟米麻絲㉞，作器皿，通貨財，以事其上，則誅〔四九〕。今其法曰：必棄而君臣，去而父子，禁而相生養之道㉟〔五〇〕，以求其所謂清淨寂滅者〔五一〕。嗚呼！其亦幸而出於三代之後㊱，不見黜於禹、湯、文、武、周公、孔子也㊲；其亦不幸而不出於三代之前㊳，不見正於禹、湯、文、武、周公、孔子也㊴。

帝之與王㊵，其號雖殊㊶，其所以爲聖一也〔五二〕；夏葛而冬裘，渴飲而飢食，其事雖殊㊷，其所以爲智一也。今其言曰㊸：曷不爲太古之無事？是亦責冬之裘者曰：曷不爲葛之之易也？責飢之食者曰㊹：曷不爲飲之之易也？

傳曰：「古之欲明明德於天下者，先治其國㊺；欲治其國者，先齊其家；欲齊其家者，先修其身；欲修其身者，先正其心；欲正其心者，先誠其意。」〔五三〕然則古之所謂正心而誠意者㊻，將以有爲也〔五四〕。今也欲治其心而外天下國家㊼，滅其天常〔五五〕，子焉而不父其父，臣焉而不君其君，民焉而不事其事。孔子之作《春秋》也，諸侯用夷禮則夷之〔五六〕，夷而進於中國則中國之㊽〔五七〕。經曰：「夷狄之有君，不如諸夏之亡㊾〔五八〕。」《詩》曰：「戎狄是膺，荆舒是懲〔五九〕。」今也舉夷狄之法而加之先王之教之上〔六〇〕，幾何其不胥而爲夷也〔六一〕！

夫所謂先王之教者何也？博愛之謂仁，行而宜之之謂義，由是而之焉之謂道[50]，足乎己無待於外之謂德。其文[51]：《詩》、《書》、《易》、《春秋》；其法：禮、樂、刑、政；其民：士、農、工、賈[52]；其位：君臣、父子、師友、賓主、昆弟、夫婦；其服：麻、絲[53]；其居：宮室；其食：粟米、蔬果、魚肉[54]〔六二〕。其爲道易明，而其爲教易行也[56]。是故以之爲己，則順而祥；以之爲人，則愛而公；以之爲心，則和而平；以之爲天下國家[57]，無所處而不當。是故生則得其情，死則盡其常[58]〔六三〕，郊焉而天神假[59]〔六四〕，廟焉而人鬼饗[60]〔六五〕。曰：斯道也[61]，何道也？曰：斯吾所謂道也[62]，非向所謂老與佛之道也。堯以是傳之舜，舜以是傳之禹，禹以是傳之湯，湯以是傳之文、武、周公，文、武、周公傳之孔子，孔子傳之孟軻。軻之死，不得其傳焉[63]〔六六〕。荀與楊也[64]，擇焉而不精，語焉而不詳〔六七〕。由周公而上，上而爲君，故其事行；由周公而下，下而爲臣，故其説長。然則如之何其可也[65]？曰：不塞不流，不止不行〔六八〕。人其人，火其書，廬其居〔六九〕，明先王之道以道之，鰥寡孤獨廢疾者有養也[66]〔七〇〕，其亦庶乎其可也[67]。

【彙校】

①〔原道〕本篇又載《文苑英華》卷三六三、《唐文粹》卷四三，據校。

②〔道有君子小人〕潮本「小人」上多一「有」字，今苑本、粹本、祝本、文本、南宋閩本、南宋蜀本、魏本同。《舉正》出南宋監本「道有君子有小人」，删下「有」字，云：「李、謝從古本校删，《文苑》同。古本亦唐之舊也，此後不言唐本，以别於令狐氏本也。」朱熹從方本，《考異》：「『子』下或有『有』字。」今從方本。

③〔有凶有吉〕苑本作「有吉有凶」。

④〔非天小也〕潮本「小」作「罪」，粹本、《關鍵》、祝本、文本、南宋閩本、魏本同。潮本「天」下注：「一有『之』字。」祝本、魏本注同。南宋蜀本、苑本作「天之罪」。《舉正》出南宋監本「非天罪也」，云：「别本『罪』一作『小』。《尸子》(《廣澤篇》)曰：井中視星，所視不過數星。」朱熹訂作「天小」，《考異》：「『天』下或有『之』字。『小』，方作『罪』。今按：韓公未必用《尸子》語，正使用之，作『罪』亦非文意。」《河南程氏遺書》卷七：「坐井觀天，非天小，只被自家入井中，被井筒拘束了。」朱熹當從二程。今從《舉正》所引「别本」。

⑤〔其所謂德〕句下潮本注：「一無上四字。」祝本、魏本注同。《考異》：「或無此四字，非是。」

⑥〔公言也〕潮本「公言」下注：「一有『者』字。」文本、南宋閩本、魏本注同。南宋蜀本「公言」下多一「者」字。《舉正》：「别本『言』下一有『者』字，《文録》與蜀本皆無之。」《考異》：「『言』下或皆有『者』字。」

⑦〔私言也〕潮本「私言」下注：「一有『者』字。」文本、南宋閩本、魏本注同。《舉正》：「别本『言』下一有『者』字，《文録》與蜀本皆無之，《文苑》存下語『者』字，李本校同。」謹按：今苑本「私言」下無「者」字。《考異》：「『言』下或

皆有『者』字，或惟下句有之。」

⑧〔黄老于漢〕潮本注：「趙無『黄』字。」祝本、魏本注同。文本注：「一無『黄』字。」南宋蜀本注同。《舉正》出南宋監本「黄老于漢」，云：「《文録》無『黄』字。」《考異》：「或無『黄』字。」

⑨〔晉魏梁隋〕潮本「晉魏梁隋」作「晉宋齊梁魏隋」，今苑本、《關鍵》、祝本、文本、南宋閩本、南宋蜀本、魏本同。《西山讀書記》作「晉宋魏齊梁隋」。明馮琦《經濟類編》作「晉宋魏隋齊梁」，文讜注引張芸叟《韓愈上下篇》作「晉宋齊梁」。南宋蜀本、魏本注：「王本作『魏晉梁隋』，吕本作『晉魏梁隋』。」謹按：此引「王本」應爲王仲至本，此引吕本當爲吕大防或吕夏卿校本。《舉正》據閣本訂「晉魏梁隋」四字，云：「杭同。校本一云：南舉晉、梁，北舉魏、隋故也。《文苑》作『晉梁魏隋』，蜀作『魏晉宋梁齊』。」《考異》：「諸本作『晉宋齊梁魏隋』，蜀本作『魏晉宋梁齊』，方從閣、杭本。」今從粹本。

⑩〔道德仁義者〕《確論》「德」下多一「云」字，明馮琦《經濟類編》、林希元《新刊正續古文類鈔》、王世貞《正續名世文宗》、鍾惺《古文備體奇鈔》同。

⑪〔則入于墨〕潮本此句下多「不入于墨，則入于老」八字，苑本、《關鍵》、祝本、文本、南宋閩本、南宋蜀本、魏本同。南宋蜀本注：「一無此八字。」《舉正》删此八字，云：「閣與蜀本、粹皆無，李、謝删。」《考異》：「諸本此下有『不入于墨，則入于老』二語。」今從粹本。

⑫〔必出于此〕潮本「必」上注：「一有『則』字。」祝本、南宋閩本、魏本注同。《考異》：「句上方有『則』字。」謹按：今本《舉正》未出此條。明茅坤《唐宋八大家文鈔》「于」作「乎」。

⑬〔入者主之〕南宋閩本注：「主，一作『王』。」《舉正》出南宋監本「入者王之」，云：「三本同上。」《考異》：「主，方作

『王』。今按：作『主』乃與下文三韻皆協，作『王』非是。」

⑭〔入者附之出者汙之〕潮本兩「者」字下注：「一作『則』。」南宋閩本、魏注同。苑本注：「集『者』作『則』。」文本、南宋蜀本兩「者」字作「則」。南宋蜀本注：「附，一作『隆』。」魏本、苑本注同。祝本「附」作「隆」，注：「隆，一作『附』。」《舉正》：「蜀本作『入則隆之，出則汙之』，晁本亦作『隆』。」《考異》：「者，或皆作『則』。附，或作『隆』，皆非是。」

⑮〔吾師亦嘗師之云爾〕魏本注：「一本無『師之』二字。」粹本、《西山讀書記》無「師之」二字。《舉正》出南宋監本「吾師亦嘗師之云爾」，刪「師之」二字，云：「三本皆刪，《文苑》有。」朱熹從方本，《考異》：「諸本『嘗』下有『師之』字。」謹按：此處「吾師」指孔子。「吾師亦嘗師之云爾」，謂孔子曾經師事老子。下文「筆之于書」者，即指記載上述說法的《禮記》、《孔子家語》等書。刪去「師之」二字之後，「吾師」指當代儒師，「云」爲動詞，謂時俗經師如此言說，「筆之于書」遂失去依託。據此，「師之」二字不宜刪削。

⑯〔舉之於其口〕文本、《軌範》無「其」字，元謝應芳《辨惑編》、《經濟類編》同。

⑰〔筆之於其書〕《軌範》無「其」字，《經濟類編》同。

⑱〔不訊其末〕粹本「訊」作「計」。

⑲〔教之以相生養之道〕潮本無「以」字，祝本、《確論》同。《考異》：「或無『以』字。」今從苑本。《軌範》、《真寶》「養」上多一「相」字，《辨惑編》、《經濟類編》、明唐順之《文編》、《唐宋八大家文鈔》同。

⑳〔處之中土〕《軌範》「之」作「其」，《經濟類編》同。《確論》「土」下多一「焉」字。

㉑〔通其有無〕潮本注：「通，一作『同』。」祝本、南宋閩本、魏本注同。《舉正》據杭、蜀、苑本訂作「同」。謹按：今苑本作「通」。朱熹從諸本，《考異》：「通，方作『同』。」

㉒〔次其先後〕苑本注：「次，一作『節』。」

㉓〔宣其湮鬱〕「湮鬱」，祝本作「湮蔚」，文本作「湮欝」，粹本作「壹鬱」。《舉正》訂「壹」字作「壹鬱」，云：「閣本、杭本作『壹』，蜀本作『堙』，《文苑》作『湮』。按《史記・賈誼傳》：『獨堙鬱其誰語。』《漢書》作『壹鬱』。『壹』當作『𡔞』，《集韻》𡔞音咽。𡔞鬱，不得泄也，平、入聲通用。『湮』與『𡔞』亦音義同也。作『壹』則非。」朱熹從方本，《考異》：「壹，或作『湮』，或作『堙』。今按字書：壹𡔞，吉凶在壺中不得泄也。即今之氤氳字。壹、湮，古蓋通用，故《漢書》但作『壹』耳。」謹按：「壹」字有兩音兩義，不可隨意通用。其一，《説文》：「壹，專一也。從壺，吉聲。」徐鍇《繫傳》：「從壺，取其不泄也。」字又通「湮」、「堙」。《莊子・天下》「昔禹之湮洪水」，成玄英疏：「湮，塞也。」《漢書》引賈誼《弔屈原賦》「國其莫吾知兮，子獨壹鬱其誰語」，《史記》引作「堙鬱」。壹鬱、湮鬱，音義並同「抑鬱」，指抑塞鬱悶。韓愈《感二鳥賦》：「余生命之湮阨，曾二鳥之不如。」湮鬱、壹鬱、湮阨，取義略同。其二，《説文》：「𡔞，壹𡔞也，從凶，從壺。壺，不得泄也。易曰：天地壹𡔞。」此處「壹𡔞」，《易・繫辭下》傳世諸本均作「絪緼」，《釋文》引作「氤氳」，王符《潛夫論》引作「壹鬱」，其音義並同。段玉裁《説文解字注》釋「壹𡔞」：「《繫辭》傳文，今《周易》作『絪緼』，他書作『烟煴』、『氤氳』。蔡邕注《典引》曰：『烟烟煴煴，陰陽合一，相扶貌也。』張載注《魯靈光殿賦》曰：『烟煴，天地之蒸氣也。』《思玄賦》舊注曰：『烟煴，和貌。』許據《易》孟氏作『𡔞』，乃其本字，他皆俗字也。許釋之曰不得泄也者，謂元氣渾然，吉凶未分，故其字從吉凶在壺中，會意。合二字爲雙聲疊韻，實合二字爲一字。」此處「宣其湮鬱」，意指宣泄其抑塞不平之氣，「湮鬱」、「堙鬱」、「壹鬱」、「抑鬱」均

可通用。王符引「壹竟」作「壹鬱」，段玉裁謂「壹竟」之「轉語爲抑鬱」，是「壹鬱」既有「抑鬱」一義，又有「絪縕」一義。此處用「湮鬱」，文義明確；用「壹鬱」，則有可能導致歧義。今從苑本。

㉔〔率其怠勌〕苑本、《確論》「勌」作「倦」。童第德注：「《説文》：『倦，罷也。』段玉裁曰：『罷者，遣有罪也。引伸爲休息之稱。倦與力部『券』義少別。』（《説文》：）『券，勞也。从力，卷省聲。』段曰：『輈人：終日馳騁，左不楗。書楗或作券。鄭云：券，今倦字也。據此則漢時已倦行券廢矣。』按：『卷』爲疲倦字本字，『倦』借字，『勌』從卷不省，爲『卷』之後出字。」

㉕〔符璽斗斛權衡〕《舉正》據杭、蜀、苑、粹本删「權衡」二字。謹按：今苑本、今粹本均有此二字。朱熹從諸本，《考異》：「方無『權衡』字，非是。」

㉖〔城郭甲兵〕《關鍵》、《集成》、《文訣》「甲兵」作「兵甲」。

㉗〔患生而爲之防〕《軌範》「生」作「至」，《文編》同。

㉘〔剖斗折衡〕南宋蜀本、魏本「剖」作「掊」。《考異》：「剖，或作『掊』。」謹按：「剖」、「掊」音義俱同，可以通用。《集韻》上聲四十五厚：「掊，擊也。普后切，音剖。」《禮部韻略》：「掊，被口切，擊也。又普厚切同，又與剖同，又候韻。」《莊子・逍遥遊》「吾爲其無用而掊之」，司馬彪注：「掊，擊破也。」《胠篋》「掊擊聖人」，成玄英疏：「掊，打也。」《戰國策・宋策》「剖傴之背」，高誘注：「剖，劈也。」木華《海賦》「剖卵成禽」，《文選》李善注：「剖，猶破也。」

㉙〔類滅久矣〕苑本無「久」字。

㉚〔爭食〕「爭」下苑本注：「集有『其』字。」文本、魏本「爭」下多一「其」字，注：「一無『其』字。」

㉛〔而致之民者也〕粹本「之」作「其」。《舉正》：「閣本『之』作『其』，《文粹》亦然，恐非。」《考異》：「之，或作『其』，非是。」

㉜〔出粟米麻絲〕粹本、《集成》、《古今合璧事類備要》「麻絲」作「絲麻」。

㉝〔臣不行君之令〕潮本「不」下多一「能」字，今苑本、今粹本、《關鍵》、祝本、文本、南宋閩本、南宋蜀本、魏本同。「能」下潮本注：「趙無『能』字。」祝充注：「一無『能』字。」文本、南宋閩本、魏本注同。謹按：「臣不行君之令」與「臣不能行君之令」，性質完全不同，今從《文録》删「能」字。句末文讜注：「一本有『則失其所以爲臣』。」南宋閩本、魏本注同。祝本、南宋蜀本、苑本、《關鍵》句下多「則失其所以爲臣」七字，祝充注：「一無上七字。」苑本注同。《舉正》出南宋監本「臣不能行君之令而致之民」，删「能」字，云：「文録、文苑皆無『能』字。文苑此下有『失其所以爲臣』一語，閣本、蜀本無之。」朱熹從方本，《考異》：「諸本『不』下有『能』字，無『而致之民』四字，而句下有『則失其所以爲臣』一語。」

㉞〔粟米麻絲〕潮本「麻絲」作「絲麻」，今苑本、粹本、《關鍵》、祝本、南宋閩本、南宋蜀本、魏本同。朱熹作「麻絲」，《考異》：「或作『絲麻』，篇内並同。」今從文本。

㉟〔禁而相生養之道〕「禁」，契嵩《鐔津文集》卷十八《非韓二十》引作「絶」。《軌範》、《真寶》「養」上多一「相」字，《經濟類編》、《文編》同。

㊱〔其亦幸〕粹本無「亦」字。

㊲〔不見黜於〕句首《軌範》、《真實》多一「而」字，《經濟類編》同。

㊳〔不幸而不出〕粹本「出」上多一「得」字。

㊴〔不見正〕句首《軌範》、《真實》多一「而」字。

㊵〔帝之與王〕《辨惑編》「王」作「聖」。

㊶〔其號雖殊〕潮本「雖」作「名」，苑本、粹本、祝本、文本、南宋閩本、魏本同。祝本「名」下注：「一有『雖』字。」南宋閩本注同。魏本注：「一作『其號雖殊』。」苑本注同。朱熹從監本，《考異》：「『名』下或有『雖』字。」《關鍵》作「其號名雖殊」。南宋蜀本作「其號雖殊」，明王禕《大事記續編》、《經濟類編》、《文編》、《唐宋八大家文鈔》同。《文訣》、《軌範》、《確論》作「其號各殊」，明賀復徵《文章辨體彙選》同。今從南宋蜀本。

㊷〔其事雖殊〕南宋閩本「雖」下注：「一無『雖』字。」祝本無「雖」字，文本、魏本、《西山讀書記》同。祝本「事」下注：「一有『雖』字。」魏注同。《舉正》出南宋監本「其事雖殊」，删「雖」字，云：「蜀本上下二語皆有『雖』字，古本及苑、粹無之，謝删。」今苑本、今粹本有「雖」字。朱熹從方本，《考異》：「『事』下或有『雖』字。」

㊸〔今其言曰〕魏本注：「其言，一作『之言』。」潮本「其言」作「之言」，今苑本、《關鍵》、祝本、文本、南宋閩本同。潮本注：「之，一作『其』。」祝本、文本、南宋閩本、苑本注同。《舉正》據蜀本訂作「其」，云：「苑、粹同。」朱熹從方本，《考異》：「其，或作『之』。」今從粹本。

㊹〔責飢之食者〕《考異》：「之，或作『而』。」

㊺〔先治其國〕苑本注：「治，一作『理』。」謹按：「治」爲唐高宗名諱，唐人例避爲「理」。但避諱之法，非必改字，闕

筆亦可。韓集中屢用「治」字，此處不必改字。

㊻〔所謂正心而誠意〕粹本「謂」作「爲」。《軌範》、《真寶》無「而」字，《經濟類編》同。魏本「意」上多一「其」字。

㊼〔外天下國家〕潮本「天下國家」作「國家天下者」，今苑本、《關鍵》、祝本、文本、南宋閩本、南宋蜀本、魏本同，今粹本、《集成》作「國家天下」。《舉正》出南宋監本「外天下國家者」，從杭、蜀、苑本、粹本删「者」字。《考異》：「方作『國家天下』，句下或有『者』字，皆非是。」謹按：《考異》所引方本與《舉正》不同。今從《舉正》。

㊽〔夷而進於中國〕《舉正》出南宋監本「夷而進於中國」，據閣本删「夷而」二字。云：「杭同，蜀有。」朱本同方本，《考異》：「句上或有『夷而』字。」

㊾〔不如諸夏之亡〕南宋蜀本、苑本、粹本句末多一「也」字。謹按：《論語·八佾》原文有「也」字，王充《論衡·問孔》引文無「也」字。

㊿〔之謂道〕苑本脱「謂」上「之」字。

51〔其文〕潮本注：「文，一作『教』。」祝本、南宋閩本、南宋蜀本注同。文本作「教」，注：「一作『文』。」《舉正》出南宋監本「其文」，云：「杭、蜀同，文苑作『其書』。」謹按：今苑本作「其文」。《考異》：「文，或作『書』，或作『教』。」

52〔士農工賈〕南宋蜀本「工賈」作「工商」。

53〔麻絲〕潮本「麻絲」作「絲麻」，苑本、粹本、《關鍵》、祝本、文本、南宋閩本、南宋蜀本、魏本同。《舉正》出南宋監本「絲麻」，乙作「麻絲」，云：「此篇古本三『麻絲』字皆同，蜀本、《文苑》尚可考。」今從方本。

54〔蔬果魚肉〕粹本、《西山讀書記》、《集成》「蔬果」作「果蔬」。《舉正》出南宋監本「蔬果」，據閣本乙作「果蔬」，云：

「蜀、苑、粹同，李校。」謹按：今苑本作「蔬果」。朱熹從方本，《考異》：「或作『蔬果』。」

56〔而其爲教〕潮本注：「一無『而』字。」祝本、南宋閩本、魏本注同。南宋蜀本、《軌範》無「而」字，《經濟類編》同。粹本、《確論》無「其」字。《舉正》訂「而」字，作「而爲教易行」，云：「閣本與《文粹》作『而』，蜀本與《文苑》作『其』。」今苑本作「而其爲教」。朱熹從諸本，《考異》：「或無『而』字，方無『其』字。」

57〔天下國家〕苑本「國」上多一「爲」字。

58〔盡其常〕文本「常」作「哀」。

59〔天神假〕「假」，《朱子語類》卷一二五、卷一三七引作「格」，《唐宋八大家文鈔》同。

60〔人鬼饗〕苑本「饗」作「享」，《軌範》同。謹按：「饗」、「享」，通假字。「饗」，祭獻。《禮記·曲禮下》「五官致貢曰享」，孔傳：「享，獻也，致其歲終之功於王謂之獻也。」「享」，鬼神享用。《左傳》僖公五年：「民不和，神不享矣。」朱駿聲《説文通訓定聲》：「饗，假借爲享。《禮記·月令》『大饗帝』，注：『徧祭五帝也。』《樂記》『食饗之禮』，疏謂宗廟祫祭。《郊特牲》『合聚萬物而索饗之也』，注：『祭其神也。』又《儀禮·士虞禮》『祝饗』，注：『告神饗也。』《少牢禮》『尚饗』，注：『歆也。』」《説文》：「饗，鄉人飲酒也。从食从鄉，鄉亦聲，許兩切。」段注：「《豳風》：『朋酒斯饗，曰殺羔羊。』傳曰：『饗，鄉人飲酒也。』其牲，鄉人以狗，大夫加以羔羊。許君所本也，饗字之本義也。孔冲遠曰：『鄉人飲酒而謂之饗者，鄉飲酒禮尊事重，故以饗言之。』此不知『亯燕』之亯正作『亯』。亯，獻也。《左傳》作『亯』爲正字，《周禮》、《禮記》作『饗』爲同音假借字。猶之《左傳》作『宴』爲正字。宴，安也。《禮經》、《周禮》作『燕』爲同音假借字也。冲遠證之以用樂或上取，其説迂曲矣。至若毛詩云『我將我亯』，下文云『既右饗之』；云『以亯以祀』，下文云『神保是饗』；云『亯以騂犧』，下文云『是饗是宜』。毛詩之例，凡獻於上曰『亯』，凡食其獻曰『饗』。《左傳》用字正同。凡《左氏》『亯燕』字皆作『亯』，惟『用人其誰饗之』，字作『饗』。」

⑹〔斯道也〕祝本、文本、南宋蜀本、魏本無「也」字。《舉正》出南宋監本「斯道也何道也」，據蜀本删「何」上「也」字，云：「苑、粹同。」謹按：今苑本、今粹本有此「也」字。朱熹存此「也」字，《考異》：「『何』上方無『也』字。」

⑹〔斯吾所謂道也〕《軌範》、《真寶》「所謂」上多一「之」字，《經濟類編》同。「所謂」下南宋蜀本多一「之」字。潮本注：「一云『斯道何道也曰斯道也吾所謂也』。」祝本句末注：「一云『斯道何道也曰斯道也吾所謂也』。一云『斯何道也曰斯吾道也』。」南宋閩本、魏本注同。《舉正》：「蜀本作『斯道也吾所謂之道也』，《文粹》無『所謂』字，李本删。」今粹本有「所謂」二字。《考異》：「『斯道也何道也，或作『斯何道也』；『斯吾所謂道也』，或作『斯道也吾所謂之道也』；又或無『所謂』字。皆非是。」

⑹〔不得其傳焉〕潮本注：「得，趙作『絶』。」祝本、魏本注同。謹按：「不絶其傳」，謂周孔之道代代相傳，未曾斷絶。韓愈早年即持此論。貞元十九年所作《送浮屠文暢師序》云：「道莫大乎仁義，教莫正乎禮樂刑政，施之於天下，萬物得其宜；措之於其躬，體安而氣平。堯以是傳之舜，舜以是傳之禹，禹以是傳之湯，湯以是傳之文、武，文、武以是傳之周公、孔子。書之於册，中國之人世守之。」「世守之」，即「不絶其傳」。下文謂荀與揚「擇焉而不精，語焉而不詳」，《讀荀》評價荀子：「考其辭，時若不粹，要其歸，與孔子異者鮮矣。」評價楊雄：「因雄書而孟氏益尊，則雄者亦聖人之徒歟。」謂荀與楊「大醇而小疵」，是荀、楊雖有小疵，而不失大體，仍爲道統傳人。「不得其傳」，則摒荀、楊於道統之外。「不絶其傳」見於《文録》，趙德《昌黎文録序》謂昌黎「所履之道，則堯、舜、禹、湯、文、武、周、孔、孟軻、楊雄所授受服行之實」，正好與「不絶其傳」相印證。由此可以判定：直到元和十四年冬離開潮州前，韓愈的儒學傳承系統中仍然有荀、楊的位置。元和十五年秋作《與孟尚書書》：「孟子雖賢聖，

不得位，空言無施，雖切何補？　然賴其言，而今學者尚知宗孔氏、崇仁義、貴王賤霸而已，其大經大法皆亡滅而不救，壞爛而不收。所謂存十一於千百，安在其能廓如也？　漢氏已來，羣儒區區修補，百孔千瘡，隨亂隨失，其危如一髮引千鈞，緜緜延延，寖以微滅。」荀、楊的地位開始發生變化，「不得其傳」的思想開始萌生，應在此時。而最終擯荀、楊於道統之外，應該在韓愈晚年修訂文集時。

64〔荀與楊也〕魏本「楊」作「揚」。《考異》未出校，但王本、廖本、《確論》、《正宗》、《西山讀書記》、《集成》均作「揚」。全書「楊雄」，以上諸本亦大多作「揚雄」，其校改依據當來自朱本。謹按：南宋中期以前的版刻中，楊雄姓氏「楊」、「揚」混用者屢見不鮮，南宋中期以後下及元明清時期的版刻中，楊雄姓氏逐漸統一爲「揚」，顯然有朱熹的影響。但朱熹之前，韓集監本系統諸本均作「楊」，不作「揚」。高步瀛先生曾據《漢書》、《漢郎中鄭固碑》等考定楊雄姓氏作「楊」不作「揚」，參見《唐宋文舉要》。

65〔如之何其可也〕潮本注：「其，一作『而』。」祝本、魏本注同。朱熹作「而」，《軌範》同。《考異》：「而，方作『其』。今按：此句復是問詞，其下乃答語。」

66〔癈疾者〕潮本「癈」作「廢」，苑本、粹本、祝本、文本、南宋閩本、南宋蜀本、王本、《文訣》、《集成》、《確論》同。祝充注：「上音『廢』。《周禮》：以辨其貴賤長幼癈疾。注謂癃病。」謹按：據祝注，祝氏紹興原刻本當作「癈」，今傳紹熙重刻本當據注文改字。《舉正》、《考異》均未出校，而《關鍵》、魏本、廖本、《西山讀書記》、《軌範》作「癈」，則南宋監本及方、朱當作「癈」。又祝引《周禮》語，今傳紹熙重刻本及魏本所引紹興原刻本均有誤，今據《周禮・地官・小司徒》訂正。《説文》段注：「癈固，則經傳所云廢疾也。如痞、聾、跛、躃、斷者、侏儒皆是。癈爲正字，廢爲假借字。」今從《關鍵》。

㊼〔庶乎其可也〕《滹南集》卷三十五：「凡作序而併言作之之故者，此乃序之序，而非本序也。若記若詩若誌銘皆然，人少能免此病者。退之《原道》等篇，末云：作原道、原性、原毁，歐公《本論》云：『作本論。』猶贅也。」謹按：據王若虚所記，此篇篇末當有「作原道」三字。但今傳韓集歷代傳本，除《原鬼》篇末有「作原鬼」三字外，其餘諸篇均無此類字樣。不知王氏所見爲何種版本，録此存疑。

【箋注】

〔一〕樊汝霖注：「《淮南子》以《原道》首篇，許氏箋云：『原，本也。』公所作《原道》、《原性》等篇，史氏謂其奥衍宏深，與孟軻楊雄相表裏，而佐佑六經。誠哉是言！」謹按：「原」字本義爲泉水之源，《説文》：「原，水泉本也。」引申爲事物的本原，《禮記·孔子閑居》：「必達於禮樂之原。」鄭玄注：「原，猶本也。」用作動詞，謂推究本原。《易·繫辭下》：「《易》之爲書也，原始要終，以爲質也。」孔穎達《正義》：「言《易》之爲書，原窮其事之初始，乾『初九，潛龍勿用』，是原始也；又要會其事之終末，若『上九亢龍有悔』，是要終也。」《漢書·薛宣傳》：「《春秋》之義，原心定罪。」顔師古注：「原，謂尋其本也。」此韓愈名篇之本意。其後發展爲文體，明吴訥《文章辨體》：「文體謂之原者，先儒謂始於退之之《五原》，蓋推其本原之義以示人也。」明賀復徵《文章辨體彙選》卷四百三十一：「原，水所發也。文而曰『原』，謂窮極事物之理，若水之有原也。」

《原道》乃至《五原》的創作年代，歷來歧説甚多。就現存直接證據考察，《性原》一篇，楊倞全文引入《荀子注》。其書成於元和十三年，見楊倞《自序》。則《五原》作於此前，應無疑問。契嵩《非韓・十四》以爲韓子「作《原道》最在前」，甚至早於貞元十八年所作之《馬彙行狀》，是爲了證明「韓子既壯，精神明盛，始見道理，廼覺佛説之爲至」。其説毫無根據，不可憑信。《河南程氏遺書》卷十八載程頤語，論「退之晚來爲文所得處甚多」，舉「軻之死不得其傳」爲例，似乎以《原道》爲晚年之作。但此條末夾注：「《原性》等文皆少時作。」又似以《五原》爲早年所作。王疇注引張芸叟《韓愈上下篇》：「昔張籍嘗諷愈排釋老不若著書，愈亦嘗以書反復之。既而《原道》、《原性》等篇，皆籍激而作之也。」張籍上書韓愈在貞元十四年，則《五原》之作，應在貞元十四年之後。《舉正》於此卷之末注云：「此卷所作，多不得其年月。程伊川曰：『《原性》等文，多少時作。』按公上李巽書曰：『謹獻舊文一卷，扶樹教道，有所明白。』或曰：此語當指《原道》等文也。公上書之日尚在江陵，年未四十。以《原道》等爲舊文，蓋所作舊矣。」則《原道》作年，當在永貞元年十二月九日上書李巽之前。朱熹《考異》於《原性》題下注云：「《五原》篇目既同，當是一時之作。《與兵部李侍郎書》所謂『舊文一卷，扶樹教道，有所明白』者，疑即此諸篇也。然則皆是江陵以前所作，程子獨以《原性》爲少作，恐其考之或未詳也。」清李光地《榕村語録》卷八：「韓昌黎《原道》，某斷他是晚年作，朱子説是二十餘歲時作，決不然。」《榕村語録》卷十九：「韓文公二十來歲，數傳道，多一揚雄；三十歲作《送文暢序》，又少一孟子，都是識見未定。到四十歲作《原道》，便斬釘截鐵云：『軻之死不得其傳』，卓有定見矣。至《與孟尚書書》乃是晚年之作，耑提出孟子，以爲功不在禹下，而自己幾幸續在後，荀揚半字不提起，學識精進如此。」近現代學者中，劉成忠《韓文百篇編年》「此文之作應在三十一歲答張籍書後，三十六歲送文暢序前，三十九歲上李巽書前。」李長之據《李員外寄紙筆》中「虞卿正著書」一語，推測其所著應爲《五原》，並據方譜定此詩作於永貞元年，從而判定《五原》之作，在永貞元年春夏之交待命郴州時（重慶勝利出版社一九四五年版《韓愈》第三十九頁）。但據錢仲聯《韓昌黎詩繫年集釋》，李伯康以紙筆及黄柑贈韓愈，在貞元二十年。據此，《五原》作年，定在貞元二十年前後較爲妥當。今人童第德定《原道》作年爲元和八年四十六歲以後，其理由是：「《進學解》稱孟子、荀卿優入聖域，對孟荀還是並稱的。此文則説荀子是擇焉不精，把他排出道統之外，以孟子直接孔子。這是韓愈的最後定論，似乎不是三十八歲以前的作品，而是四十六歲以後的作品。」（人民文學出版社一九八〇年版《韓愈文選》第二百二十九頁）謹按：孟子時代在荀子之前，「以孟子直接孔子」，用不著將荀子排出道統之外。事實上，韓愈創作《原道》一文之初，荀子、楊雄都在儒學傳承統緒之内，《文録》的「不絶其傳」即是明證。所謂「軻之死不得其傳焉」的説法，形成於韓愈晚年修改文集時，不能據此斷定《原道》一文就是韓愈晚年作品。至於「擇焉而不精，語焉而不詳」一語，更不能作爲「將荀子排出道統之外」的證據。在《讀荀子》一文中，韓愈同樣認爲「荀與楊，大醇而小疵」，但他仍然將荀、楊作爲「聖人之徒」看待。在韓愈眼中，荀子之辭雖然「時若不粹」，但「與孔子異者鮮」。荀子仍然是「存而醇者」，仍然是「老師大儒」，仍然在軻、雄之列亦即儒學道統之列。「時若不粹」、「大醇而小疵」，並不妨礙其置身於道統之内。所以，童氏以「擇焉不精」作爲排荀子於道統之外的證據，實際上並不準確。真正排除荀、楊於道統之外的，應該是「不得其傳」一語。但《文録》的存在已經表明：《原道》的原始面貌是「不絶其傳」，改爲「不得其傳」，發生在韓愈晚年修改文集時。换句話説，依據「不得其傳」來考訂《原道》的創作時間，也是不可靠的。後人考訂《原道》作年，大多參考張、方兩家的考證，定在貞元後期。綜合考較，《五原》作年，當以貞元二十年（八〇四）前後較爲近真。

〔二〕高步瀛注：「《論語・顔淵篇》：『樊遲問仁，子曰：愛人。』《孟子・離婁下》曰：『仁者愛人。』《説苑・脩文篇》曰：『積愛爲仁。』《國語・周語下》韋注曰：『博愛於人爲仁。』」謹按：「仁」字本義，指人類以親善友愛爲特徵的價值理性，《説文》：「仁，親也，從人，從二。」引申爲道德範疇，《論語・顔淵》：「樊遲問仁，子曰：愛人。」《論語・學而》：「汎愛衆而親仁。」《孟子・離婁下》：「仁者愛人。」《墨子・經上》：「仁，體愛也。」《荀子・大略》：「人，愛也，故親。」《韓非子・解老》：「仁者，謂其中心欣然愛人也。」《新書・道術》：「心兼愛人謂之仁。」《説苑・脩文》：「積恩爲愛，積愛爲仁，積仁爲靈。靈臺之所以爲靈者，積仁也。神靈者，天地之本，而爲萬物之始也。」「博愛」一詞，始見於《孝經》。《古文孝經・三才章第八》：「是故先之以博愛，民莫遺其親。」孔傳：「博愛，汎愛衆也。先垂博愛之教以示親親也，故民化之而無有遺其親者也。」《春秋繁露・爲人者天》：「先之以博愛，教以仁也。」《國語・周語下》：「言仁必及人。」韋昭注：「博愛於人爲仁。」《漢書・谷永傳》：「王者恭行道德，承順天地，博愛仁恕，恩及行葦。」顔師古注：「言政化所及，仁道霑被，雖草木至賤，無所殘傷。」《原人》所謂「一視而同仁，篤近而舉遠」，即韓愈「博愛」義界。

〔三〕吕本中《紫微雜説》：「行而宜之之謂義。義者，見於行事者也。事有體有用，義則其用也，道則體也，故曰：『配義與道。』《易》曰：『和順於道德而理於義。』又曰：『方其義也。』義常别作一事説，正是用處也。」高步瀛注：「《禮記・中庸》曰：『義者，宜也。』《孟子・離婁上》曰：『義，人之正路也。』」謹按：「義」字本義爲「儀」，謂自我之儀容風範。《説文》：「義，己之威儀也，從我羊。」就從羊而言，其字又有美善之義。從内在德性的角度理解，「義」爲人的善良本性。《詩・大雅・文王》：「宣昭義問。」毛傳：「義，善。」《道德經》第十九章：「絶仁棄義。」王弼注：「仁義，人之善也。」《孟子・公孫丑上》：「其爲氣也，配義與道。」趙岐注：「義謂仁義，可以立德之本也。」《淮南子・齊俗》：「爲義者布施而德。」從外在行爲規範的角度理解「義」，强調行爲的合理性，即《荀子・大略》「義，理也，故行」；强調行爲的恰如其分，即《禮記・中庸》「義者，宜也」。其中既包括内在的自我道德良知，也包括外在的社會行爲規範。《周易・繫辭下》：「天地之大德曰生，聖人之大寶曰位。何以守位？曰：仁。何以聚人？曰：財。理財正辭、禁民爲非曰義。」韓愈之説，兼内外而言之，溯源其始，應出《繫辭》。「行」，踐履。「而」，且。「宜」，當。《説文》：「宜，所安也。」《吕氏春秋・當賞》：「主之賞罰爵禄之所加者宜。」高誘注：「宜，猶當也。」《玉篇》：「宜，當也。」此處爲使動用法，謂使之恰如其分。其賓語「之」爲代詞，指代上語「博愛之仁」。所謂「宜之」，即「使之宜」，使「愛」有所節制，恰如其分。《原性》論「七情」，要求「動而處其中」、「求合其中」。所謂「處其中」、「合其中」，也就是「宜之」。就《原道》而言，「愛而宜」、「愛而公」，即爲「義」之義界。

〔四〕文讜注：「之，往也。」孫汝聽注：「是，謂仁義。之焉，適也。」高步瀛注：「《禮記·中庸》曰：『率性之謂道。』鄭注曰：『循性行之之謂道。』又曰：『道，猶路也。』」謹按：「道」，《説文》作「𨗨」，云：「道，所行道也。從辵，從𩠐。」其本義爲道路。從道路引申出「經由」一義，《爾雅·釋詁下》：「繇訓道也。」《史記·晁錯傳》集解引臣瓚曰：「道，由也。」字又通作「導」，《説文》：「古文道從𩠐、寸。」桂馥《説文義證》以爲「即導」。此句要害在「是」、「焉」二字：「是」爲代詞，指代上文「義」字；「焉」亦爲代詞，其義略同於「於此」、「於是」，指代上文「仁」字。「由是而之焉之謂道」，即由「義」之「仁」之謂「道」。「道」是由「義」到達「仁」的途徑，即《答李翊書》所謂「仁義之途」。韓愈此説，以「仁」爲體，以「道」爲用，其理論淵源應該是《大學》：「天命之謂性，率性之謂道。」郭店楚簡《性自命出》謂「性自命出，命自天降，道始於情，情生於性」。可知性體道用，正是思孟學派區别於老莊乃至荀韓的根本特徵。此後《孟子·離婁上》「義，人之正路也」、楊雄《法言·問道》「道，若塗若川，車航混混，不捨晝夜」，也約略觸及這層含義。

〔五〕孫汝聽注：「仁義足於己也。」高步瀛注：「《禮記·樂記》曰：『德者，得也。』《周禮·師氏》鄭氏

注：『在心爲德。』《詩·皇矣》孔疏引服虔曰：『在己爲德。』」謹按：《道德經》第五十一章：「道生之，德畜之。」王弼注：「物生而後畜，畜而後形。何由而生？道也；何得而畜？德也。」《莊子·天地》：「物得以生謂之德。」《管子·心術上》「天之道，虛其無形。虛則不屈，無形則無所位牾，無所位牾，故偏流萬物而不變。德者道之舍，物得以生，生知得以職道之精。故德者，得也，得也者，其謂所得以然也。以無爲之謂道，舍之之謂德。故道之與德無間，故言之者不別也。」據道家之説，道爲萬物之本，萬物得道以生，物所得於道者即是德。是道即德，德即道；道爲萬物之德，德爲一物之道；道爲全，德爲分；道爲共名，德爲殊相。儒家論「德」，特別强調其内在於身心的性質。《禮記·鄉飲酒義》：「德也者，得於身也。」鄭玄注：「得身者，謂成己令名。」孔穎達疏：「是行善於其身，謂身之所行者得於理也。」《左傳》桓公二年孔疏：「德者得也，謂内得於心，外得於物。在心爲德，施之爲行，德是行之未發者也。而德在於心不可聞見，故聖王設法以外物表之。」《周禮》鄭玄注「在心爲德」、《皇矣》服虔注「在己爲德」，均以人自身得之於道者爲德。且儒家的道特指仁義之道，与道家的自然之道也有所不同。周敦頤《通書·誠幾德第三章》「道之得於心者謂之德」，王安石《答韓求仁書》謂「道之在我者爲德」，突出人的主體性質，這是儒家之「德」與道家之「德」的明顯差異。

〔六〕文讜注：「《易》（《説卦》）載孔子之言曰：『立天之道，曰陰與陽；立地之道，曰柔與剛；立人之道，曰仁與義。』《原道》之作，蓋本乎立人之意。」《野客叢書》卷十七「原道中語」條：「韓退之《原道》有曰：『道與德爲虛位。』或者往往病之，謂退之此語似入於佛老。僕謂不然。退之之意蓋有所自，其殆祖後漢徐幹《中論》乎？ 幹有《虛道》一篇，亦曰：『人之爲德，其猶虛器與？ 器虛則物注，滿則止焉。故君子常虛其心而受之。』退之所謂『虛位』，即幹所謂『虛器』也。言雖異而意則一。」謹按：虛位：無固定内涵之抽象符號。《春秋繁露・陰陽位第四十七》：「陽以南方爲位，以北方爲休；陰以北方爲位，以南方爲休；陽至其位而大暑熱，陰至其位而大寒凍；陽至其休而入化於地，陰至其伏而避德於下。是故夏出長於上，冬入化於下者，陽也；夏入守虛地於下，冬出守虛位於上者，陰也。」蓋陽、陰各以南、北爲正位，二者循環不息，故其位有虛實之分。張九齡《謝中書侍郎狀御批》：「此職擇才，十年虛位。」蓋「中書侍郎」爲一職位，得其人，其位爲實；不得其人，則其位爲虛。定名：指具有固定内涵的具體概念。《孔叢子・敍世》：「夫物有定名，而論有一至。是故有可以一言而得其極，雖十言不能奪者。惟析理即實爲得，不以濫麗費辭爲賢也。」「道」爲先秦諸子共同使用的抽象符號，其具體内涵各不相同：道家之道爲自然，儒家之道爲仁義，墨家之道爲兼愛，法家之道爲刑名。所以《易傳》、《禮記》、《論語》、《孟子》均區分「君子之道」、「小人之道」，楊雄《法言・問道》云：「適堯舜文王者爲正道，非堯舜文王者爲他道。」韓愈謂「道有君子有小人」，即本於此。

〔七〕方成珪注：「《易・泰卦》：君子道長，小人道消。」高步瀛注：「《否・彖傳》：『小人道長，君子道消。』《禮記・中庸》：『君子之道闇然而日章，小人之道的然而日亡。』《繫辭下》曰：『陽一君而二民，君子之道也；陰二君而一民，小人之道也。』」

〔八〕孫汝聽注：「文十八《左氏》云：孝敬忠信爲吉德，盜賊藏姦爲凶德。」

〔九〕文讜注：「《史記》（《老莊申韓列傳》）：老子，楚苦县人也，姓李氏，名耳，字伯陽，謚曰聃，周守藏室之史也。見周之衰，遂去，乃著書上下篇，言道德之意五千餘言而去，莫知其所終。其言（下篇第三十八章）曰：失道而後德，失德而後仁，失仁而後義，失義而後禮。夫禮者，忠義之簿，而亂之首也。」

〔一〇〕宋林子長《箋解》：「《前漢·馬援傳》援曰：『子陽井底蛙耳，妄自尊大。』即是《原道》『坐井而觀天曰天小者』之説奪胎换骨來。」（《論學繩尺》卷三）童第德注：「『坐井觀天』，『坐』非『起坐』之『坐』，『坐猶守也』，見《左氏》桓十二年杜注。謂守井口而觀井中之天，故見天小。公正用《尸子》義而易其辭，即詞必己出之意。朱謂未必用《尸子》，似欠審諦。」《左傳》桓十二年：「楚伐絞，軍其南門。坐其北門，而覆諸山下，大敗之。」杜注：「坐，猶守也。覆，設伏兵而待之。」

〔一一〕孫汝聽注：「煦煦，小惠貌。」魏仲舉注：「煦，況宇切。」王本注：「煦，香句切。」廖本注：「煦，煦音詡。」蔣抱玄注：「煦煦，佈施貌。」高步瀛注：「案煦與呴、姁字並通借。《漢書·東方朔傳》：『愉愉呴呴。』顔注曰：『呴呴，言語順也。』《韓信傳》：『言語姁姁。』顔注曰：『姁姁，和好貌也。』」謹按：《慎子》：「與天下於人，大事也，煦煦者以爲惠，而堯、舜無德色；取天下於人，大嫌也，潔潔者以爲汙，而湯、武無愧容。」《文選》載東方朔《非有先生論》：「故卑身賤體，説色微辭，愉愉呴呴終無益於主上之治，即志士仁人不忍爲也。」李善注：「愉愉呴呴，和說之貌也。《孝經鉤命決》曰：歡忻慎懼，嘔嘔喻喻。呴與嘔同，音吁。」此句之意，謂老子以和顏悦色、小恩小惠爲仁。

〔一二〕沈欽韓注：「《莊子・駢拇》：屈折禮樂，呴俞仁義。《老子》上篇：大道廢焉有仁義。」蔣抱玄注：「孑孑，守小信也。」高步瀛注：「《釋名・釋兵》曰：『狹而短者曰孑，盾孑小稱也。』是孑孑亦小貌。或曰：《漢書・高惠高后文功臣表》顏注曰：『孑然，獨立貌。』」謹按：《詩・鄘風・干旄》：「孑孑干旄。」《毛傳》：「孑孑，干旄之貌。」孔穎達疏：「言建孑孑然之干旄。」《詩・大雅・雲漢》疏：「孑然，孤獨之貌。」《關尹子・一宇》：「所謂聖人之道者，胡然孑孑爾，胡然徹徹爾，胡然堂堂爾，胡然臧臧爾。惟其能遍偶萬物，而無一物能偶之，故能貴萬物。」《廣韻》：「孑，單也。」陳奐《詩毛氏傳疏》：「孑孑猶桀桀，特立之意。」孑孑本義爲孤獨，引申爲特立獨行。此句之意，謂老子以特立獨行爲義。《老子》雖鄙薄仁義，但並未界定仁義内涵。《莊子・駢拇》：「屈折禮樂，呴俞仁義，以慰天下之心者，此失其常然也。」陸德明《經典釋文》：「呴，況於反，李況付反。本又作傴，於禹反。俞音臾，李音喻。本又作呴，音詡。謂呴喻顏色爲仁義之貌。」成玄英疏：「呴俞，猶嫗撫也。嫗撫偏愛之仁，呴俞執迹之義。」《莊子・馬蹄》：「及至聖人，蹩躠爲仁，踶跂爲義，而天下始疑矣。」陸德明《經典釋文》：「蹩躠踶跂，皆用心爲仁義之貌。」成玄英疏：「蹩躠，用力之貌；踶跂，矜恃之容。夫淳素道消，澆僞斯起，踶跂恃裁非之義，蹩躠夸偏愛之仁，於是宇内分離，蒼生疑惑，亂天之經，自斯而始矣。」所謂「煦煦爲仁」、「孑孑爲義」，當出於此。

〔一三〕陳柱《證韓篇》：「此段蓋本於《莊子·駢拇篇》：『屬其性乎仁義者，雖通如曾史，非吾所謂臧也；屬其性於五味，雖通如俞兒，非吾所謂臧也；屬其性乎五聲，雖通如師曠，非吾所謂聰也；屬其性乎五色，雖通如離朱，非吾所謂明也。吾所謂臧，非仁義之謂也，臧於其德而已矣；吾所謂臧者，非所謂仁義之謂也，任其性命之情而已矣；吾所謂聰者，非謂其聞彼也，自聞而已矣；吾所謂明者，非謂其見彼也，自見而已矣。』此昌黎文之所從脱胎，其痕跡顯然矣。」

〔一四〕文讜注：「孔子生於魯襄公二十一年冬十一月庚子，卒於魯哀公十六年夏四月己丑。計以周靈王時生，敬王時卒。」謹按：文讜注記孔子生於魯襄公二十一年（前五五二），見《公羊傳》、《史記·孔子世家》作魯襄公二十二年。孔子卒於魯哀公十六年（前四七九），見《史記·孔子世家》。

〔一五〕文讜注：「秦始皇時，丞相李斯上言曰：天下已定，百姓力農，今諸生好古，惑亂黔首。臣請史官非《秦記》及天下敢有藏《詩》、《書》、百家語者悉燒之。」孫汝聽注：「秦始皇二十四年，丞相李斯請史官非《秦記》皆燒之；非博士官所職，天下敢有藏《詩》、《書》、百家語者，悉詣守尉雜燒之。令下三十日不燒，髡爲城旦。」謹按：此引見《史記·秦始皇本紀》、《李斯列傳》。「二十四」，《史記》原文作「三十四」。

〔一六〕文讜注：「《前漢·藝文志》：道家者流：《黄帝四經》四篇，《黄帝銘》六篇，《黄帝君臣》一篇，《雜黄帝》五十八篇。注云：起六國時，與《老子》相似。竇太后好黄帝老子言，景帝及諸竇不得不讀老子，尊其術。竇后，景帝之母。孝惠元年曹參爲齊相，天下初定，悼惠王富於春秋，參盡招諸老先生問所以安百姓。聞膠西有盖公善治黄老言，使人厚幣請之。既見盖公，盖公爲言治道貴清静而民自定。參於是避正室，舍盖公焉。其治要用黄老術，故相齊九年，齊國安集，大稱賢相。」謹按：此引見《漢書·藝文志》、《漢書·外戚傳》、《漢書·曹參傳》。

〔一七〕文讜注：「東晉孝武帝、宋明帝、齊世祖、梁武帝、魏太武、隋文帝皆崇奉佛法。」

〔一八〕文讜注：「謂周衰之時。《前漢·藝文志》：《墨子》七十一篇。注云：『名翟，爲宋大夫，在孔子後。』《列子》(《楊朱篇》晉張湛)注云：『楊朱，或云字子居，戰國時人，後於墨子。楊朱與禽滑釐辯論，其説在愛己，不拔一毛以利天下，與墨子相反。』然按陸德明(《經典釋文》卷二十八)：『楊戎字子居。』恐子居非楊朱也。」「不入于墨，則入于老」句下，文讜注：「謂秦漢之間。」

〔一九〕文讜注：「謂晉宋齊梁魏隋之間。」

〔二〇〕孫汝聽注：「老者，謂學老子者。吾師之弟子，謂孔子但可在弟子之列。」《莊子·天運篇》：「孔子行年五十有一而不聞道，乃南之沛見老聃。」《太平御覽》卷六一七引《莊子》：「孔子見老聃，歸，三日不談。弟子問曰：『夫子見老聃，將何規哉？』孔子曰：『吾與汝處於魯之時，人用意如飛鴻者，吾走狗而逐之；用意如井魚者，吾爲鈎繳以投之。吾今見龍，合而成體，散而成章，乘乎雲氣，而養乎陰陽。余口張不能噏，舌出不能縮，又何視哉？』」北周釋道安《二教論・君爲教主第三》：「孔子問禮於老聃，則師資之義存矣。」

〔二〕孫汝聽注：「佛者，亦謂學佛者。」高步瀛注：「《困學紀聞》卷十七曰：『佛者曰：孔子，吾師之弟子也。蓋用佛書三聖弟子之説，謂老子、仲尼、顔子也。《緯文瑣語》云。』萬蔚亭希槐《集證》：『陳耀文《天中記》引唐釋法琳《破邪論》云：佛遣三弟子震旦教化：儒童菩薩彼稱孔子，光淨菩薩彼稱顔回，摩呵迦葉，彼稱老子。』步瀛按：此説出《清淨法行經》，釋道安《二教論》引之，見釋道宣《廣弘明集》卷八。」謹按：此引見北周釋道安《二教論・服法非老第九》。《清淨法行經》爲晉宋間人僞撰，已佚。隋釋智顗《維摩經玄疏》卷一以及唐釋法琳《破邪論》卷上、《辯正論》卷一均引稱孔子爲「儒童菩薩」；南朝劉宋釋慧通《駁顧道士夷夏論》（《弘明集》卷七）、唐釋湛然《摩訶止觀輔行弘決》卷六之三則引稱孔子爲「光淨童子」、「光淨菩薩」。至於直接徵引佛道之説證《原道》者，則始見於宋末羅壁，《識遺》卷十八「三教」條云：「三教各植門庭，互有詆訾。儒者闢天堂地獄輪廻懺悔之非，據理而論，非過攻也。若二氏自相詆訾，則釋氏云：摩訶迦葉下生世間，號曰老子。老氏云：老君遣關尹騎白象下天竺，於靜飯夫人口中託生爲佛。又云：老聃入秦，西歷流沙，化胡爲仙。此皆二氏各以求勝之論也。至二氏於儒教，《莊子》首言孔子問禮老聃。釋氏《佛地經》云：寶輪王下生，號伏羲；吉祥菩薩下生，號女媧；如意菩薩下生，號孔子；月明儒童下生，爲顔子。昌黎《原道》謂『佛者曰：孔子吾師之弟子也』本此。」

〔二二〕孫汝聽注：「爲孔子者，謂學孔子者。」童第德注：「《論語·述而篇》『抑爲之不厭』、《陽貨篇》『女爲《周南》、《召南》矣乎』，《皇疏》皆云『爲猶學也』，是其證。」

〔二三〕孫汝聽注：「誕，欺也。」高步瀛注：「《呂氏春秋·應言篇》高注：誕，詐也。」

〔二四〕文讜注：「《家語》：孔子常問禮於老聃。」高步瀛注：「呂伯恭《觀瀾文集》乙集注曰：『《家語·觀周篇》：孔子謂南宫敬叔曰：吾聞老聃博古知今，通禮樂之原，明道德之歸，則吾師也，今將往矣。敬叔與俱至周，問禮於老聃。』步瀛按：後人以《家語》爲王肅僞撰，可爲筆之於書之證。又《列子·仲尼篇》：『商太宰曰：孰者爲聖？孔子曰：西方之人，有聖者焉。』此亦後人僞託，然竟以孔子爲知有佛矣。」元謝應芳《辨惑編》卷四：「孔子師老聃之説肇於《莊子》，莊子師老子，故其著譏侮古今聖賢，獨推老子，甚至假説孔子言語譽之。後來漢儒輯《禮記》，承其言曰：『聞之老聃。』《史記·老子傳》復增許多老子訓孔子言語，鮒作《家語》，因據爲證，由是堅後學之信。不知《莊子》一書多架空寓言，時孔子未遠，知天下崇信其學，故託時所最重者尊其師，庶幾聃之道益隆，此莊子抑孔子尊老子之迹也。後儒不察《禮記》、《家語》、《史記》出《莊子》後，見孔子萬世師表，不應無所自來，而問老聃一語備詳諸書，莫知始自《莊子》。」明孫緒《沙溪集》卷十六：「韓退之作《原道》曰：『老子曰，孔子，吾師之弟子也。爲孔子者習聞其説，樂其誕而自小也，亦曰：吾師亦嘗師之云爾。不惟舉之於口，而又筆之於書。』韓子之意，是謂孔子未嘗師老氏也。他日作《師説》乃曰：『聖人無常，師郯子、萇弘、師襄、老聃。』是又以爲孔子師之，而亦筆之於書矣。」謹按：《禮記・曾子問》引孔子曰：「昔者吾從老聃助葬於巷黨，及堩，日有食之。老聃曰：『丘！止柩就道右，止哭以聽變。』既明反，而後行，曰：『禮也。』反葬，而丘問之曰：『夫柩不可以反者也。日有食之，不知其已之遲數，則豈如行哉！』老聃曰：『諸侯朝天子，見日而行，逮日而舍奠。大夫使，見日而行，逮日而舍。見星而行者，唯罪人與奔父母之喪者乎！日有食之，安知其不見星也？且君子行禮，不以人之親痁患。』吾聞諸老聃云。」又曰：「吾聞諸老聃曰：天子崩，國君薨，則祝取羣廟之主而藏諸祖廟，禮也。卒哭成事，而後主各反其廟。」又曰：「吾聞諸老聃曰：昔者史佚有子而死，下殤也，墓遠。召公謂之曰：『何以不棺斂於宫中？』史佚曰：『吾敢乎哉！』召公言於周公。周公曰：『豈不可！』史佚行之。下殤用棺衣棺，自史佚始也。」又答子夏問曰：「吾聞諸老聃曰：昔者魯公伯禽有爲爲之也。今以三年之喪從其利者，吾弗知也。」《史記・老莊申韓列傳》：「孔子適周，將問禮於老子。」又云：「孔子去，謂弟子曰：『鳥，吾知其能飛；魚，吾知其能游，獸，吾知其能走。走者可以爲罔，游者可以綸，飛者可以爲矰。至於龍，吾不能知其乘風雲而上天。吾今日見老子，其猶龍邪！』」

〔二五〕魏仲舉注：「訊，問也。」

〔二六〕文讜注：「士、農、工、商爲四民。此篇凡稱古者，皆指帝王之世。」《關鍵》：「成公元年：古者有四民，有士民，有商民，有農民，有工民。」謹按：此引見《穀梁傳》。《尚書・周官》：「司空掌邦土，居四民，時地利。」孔傳：「冬官卿，主國空土以居民，士農工商四人。使順天時，分地利，授之土。」《管子·内業》：「先王使農、士、商、工四民交能易作，終歲之利無道相過也。」《國語·齊語》引管子語「四民者勿使雜處」，又云：「昔聖王之處士也，使就閑燕；處工，就官府；處商，就市井；處農，就田野。」

〔二七〕文讜注：「加以佛老。」孫汝聽注：「四，謂士、農、工、商賈，加佛、老爲六。」

〔二八〕孫汝聽注：「聖人之教一，加佛老爲三。」謹按：歷代批評佛教者，大多從虚耗國費、擾亂教化著眼。北魏司徒崔浩「常謂虚誕，爲世費害」（《魏書·釋老志》）。李瑒斥佛教爲「鬼教」，謂其「棄家絶養，既非人理，尤乖禮情，堙滅大倫，且闕王貫」（《魏書·李孝伯傳》）。陽固請「絶談虚窮微之論，簡桑門無用之費。以存元元之民，以救饑寒之苦」（《魏書·陽尼傳》）。南齊有託名張融的《三破論》，謂佛教「入國而破國」、「入家而破家」、「入身而破身」。其説云：「入國而破國者，誑言説僞，興造無費，苦克百姓，使國空民窮。不助國，生人減損。況人不蠶而衣，不田而食，國滅人絶，由此爲失，日用損費，無纖毫之益。五災之害，不復過此。」「入家而破家，使父子殊事，兄弟異法，遺棄二親，孝道頓絶，憂娱各異，歌哭不同，骨血生讐，服屬永棄，悖化犯順，無昊天之報。五逆不孝，不復過此。」「入身而破身：人生之體，一有毁傷之疾，二有髡頭之苦，三有不孝之逆，四有絶種之罪，五有亡體從誡，唯學不孝。何故言哉？誡令不跪父母，便競從之；兒先作沙彌，其母後作阿尼，則跪其兒。不禮之教，中國絶之，何可得從？」（《弘明集》卷八梁劉勰《滅惑論》引）唐初傅奕作《高識傳》十卷，列六朝以來批評佛教者二十五人：魏太武、宋世祖、周高祖、唐高祖、王度、顔延之、蕭摹之、周朗、虞愿、張普惠、李瑒、衛元嵩、顧歡、邢子才、高道讓、盧思道、蔡謨、劉晝、楊衒之、荀濟、章仇子陀、劉惠琳、范縝、李緒、傅奕。各家所説，略見唐釋道宣《廣弘明集》卷六、卷七《敍列代王臣滯惑解》。其後狄仁傑、李嶠、辛替否、姚崇、楊炎、常衮、李叔明、彭偃、裴伯言等均有論列，參見兩《唐書》本傳。其中李嶠謂「道人私度者幾數十萬」（《新唐書·李嶠傳》），辛替否謂「十分天下之財，而佛有七八」（《新唐書·辛替否傳》），彭偃謂「天下僧、道不耕而食，不織而衣，廣作危言險語以惑愚者。一僧衣食，歲計約三萬有餘，五夫所出，不能致此」。且「料其所出，不下今之租稅三分之一」（《唐會要》卷四十七《議釋教上》）。韓愈所言，與以上諸家一脈相承。

〔二九〕高步瀛注：「《孟子·梁惠王下》引《書》曰：天降下民，作之君，作之師。」

〔三〇〕陳柱《證韓篇》：「此段蓋自《墨子·辭過篇》化出：古之民未知爲衣服，時衣皮帶茭，冬則不輕而温，夏則不輕而清。聖王以爲不中人之情，故作誨婦人，治絲麻，梱布絹，以爲民衣。」《周易·繫辭下》：「黄帝堯舜垂衣裳而天下治。」《越絶外傳·記地傳第十》：「黄帝造衣裳。」（《越絶書》卷八）董巴《漢輿服志》：「上古衣毛而冒皮，後世聖人易之以絲麻，觀翬翟之文，榮華之色，乃染帛以效之，始作五采，成以爲服。黄帝堯舜垂衣裳，蓋取諸乾坤有文，故上衣玄而下裳黄。」（《太平御覽》卷六百九十）

〔三一〕陳柱《證韓篇》：「此段蓋自《墨子·辭過篇》化出：古之民未知爲飲食，時素食而分處，故聖人作誨男耕稼樹藝，以爲民食。」賈誼《新書》：「神農嘗百草之實，察容鹹苦之味，教民食穀。」（《太平御覽》卷八三七）陸景《典略》：「神農嘗百草，嘗五穀，蒸民乃粒食。」（《太平御覽》卷七十八）

〔三二〕文讜注：「顛，墜也。」魏仲舉注：「顛，隕也。」

〔三三〕金王若虛《滹南集》卷三十五：「退之《原道》云：『寒然後爲之衣，饑然後爲之食，木處而顛，土處而病也，然後爲之宫室。』三『然後』字慢卻本意。」陳柱《證韓篇》：「此段蓋自《墨子·辭過篇》化出：古之民未知宫室，時就陵阜而居，穴處而下，潤濕傷民，故聖王作爲宫室。」《周易·繫辭下》：「上古穴居而野處，後世聖人易之以宫室，上棟下宇，以待風雨。」《初學記》卷二十四引《世本》：「禹作宫室。」又引《白虎通》：「黄帝作宫室。」

〔三四〕《周易·繫辭下》：「（包犧氏）作結繩而爲網罟，以佃以漁。」「神農氏作斲木爲耜，揉木爲耒，耒耨之利以教天下。」《越絶外傳·記地傳第十》：「后稷産穡制器械。」（《越絶書》卷八）

〔三五〕《周易·繫辭下》載神農氏「日中爲市，致天下之民，聚天下之貨，交易而退，各得其所。」又曰：「神農氏没，黄帝堯舜氏作，通其變使民不倦。」王弼注：「通物之變，故樂其器用不懈倦也。」

〔三六〕《世本》：「神農和藥濟人。」（《事物紀原》卷七）《吕氏春秋·審分覽第五·勿躬》：「巫彭作醫。」《淮南子·修務》：「神農乃如教民播種五穀，相土地宜燥濕肥墝高下，嘗百草之滋味，水泉之甘苦，令民知所避就。當此之時，一日而遇七十毒。」《帝王世紀》：「黄帝四目，又使岐伯嘗味百草，典醫療疾。」（《太平御覽》卷七十九）

〔三七〕《周易·繫辭下》：「古之葬者，厚衣之以薪，葬之中野，不封不樹，喪期无數。後之聖人易之以棺椁。」王子年《拾遺記》：「庖犧使鬼物以致羣祠，以犧牲登薦百神，則祭祀之始也。」《黄帝内傳》：「黄帝始祀天祭地，所以明天道。」（《事物紀原》卷二引）

〔三八〕《禮記·曲禮》：「聖人作爲禮以教人，使人以有禮，知自別於禽獸。」鄭玄注：「三王之世，禮始興焉。」《禮記·樂記》：「樂者敦和，率神而從天；禮者別宜，居鬼而從地。故聖人作樂以應天，制禮以配地。」班固《白虎通德論·崩薨》：「禮始於黄帝，至堯舜而備。」

〔三九〕孫汝聽注：「宣，導也。湮，塞也。」《山海經·大荒西經》：「祝融生太子長琴，是處搖山，始作樂風。」《周易·豫·象》：「雷出地，奮。先王以作樂崇德，殷薦之上帝，以配祖考。」《禮記·樂記》：「昔者舜作五弦之琴以歌《南風》，夔始制樂以賞諸侯。」

〔四〇〕祝充注：「勩，與倦同，疲也，懈也。《莊子》《大宗師》：學道不勩。」《左傳》襄公十四年：「天生民而立之君，使司牧之，勿使失性。有君而爲之貳，使師保之，勿使過度。是故天子有公，諸侯有卿，卿置側室，大夫有貳宗，士有朋友，庶人工商皁隸牧圉皆有親暱，以相輔佐也。」《左傳》昭公十七年記郯子曰：「昔者黄帝氏以雲紀，故爲雲師而雲名；炎帝氏以火紀，故爲火師而火名；共工氏以水紀，故爲水師而水名；大皞氏以龍紀，故爲龍師而龍名。我高祖少皞摯之立也，鳳鳥適至，故紀於鳥，爲鳥師而鳥名。鳳鳥氏，曆正也；玄鳥氏，司分者也；伯趙氏，司至者也；青鳥氏，司啟者也；丹鳥氏，司閉者也。祝鳩氏，司徒也；鴡鳩氏，司馬也；鳲鳩氏，司空也；爽鳩氏，司寇也；鶻鳩氏，司事也。五鳩，鳩民者也。五雉爲五工正，利器用、正度量，夷民者也。九扈爲九農正，扈民無淫者也。自顓頊以來，不能紀遠，乃紀於近，爲民師而命以民事，則不能故也。」

〔四一〕蔣抱玄注：「强梗，强横而梗阻也。《淮南子》：『鋤其强梗。』亦作『强鯁』。」謹按：今本《淮南子》未見此語。高步瀛注：「《方言・二》曰：梗，猛也。韓趙之間曰梗。」《尚書・吕刑》：「穆王訓夏贖刑。」孔傳：「吕侯以穆王命作書訓，暢夏禹贖刑之法，更從輕以佈告天下。」又曰：「度作刑以詰四方。」孔傳：「度時世所宜，訓作贖刑，以治天下四方之民。」《吕氏春秋・審分覽第五・君守》：「臯陶作刑。」高誘注：「虞書曰：臯陶，蠻夷猾夏，寇賊姦宄，女作士師，五刑有服。」

〔四二〕文讜注：「《莊子》（《胠篋篇》）成玄英注云：『符者，分而爲兩，合而成一，即今之銅魚、木契也。璽者，王者之玉，握之以攝君天下也。』《前漢志》（《律曆志》）：『十斗爲斛。衡，平也。權，重也。衡所以任權而均物，平輕重也。』師古曰：『錘者，稱之權也。』」孫汝聽注：「符者，分而爲二，後世銅虎竹使之類是也。璽者，天子之印，以玉爲之。權，稱錘。衡，稱衡也。」《説文》：「符，信也。漢制以竹，長六寸，分而相合。」《孫子・九地》：「夷關折符，無通其使。」《史記・孝文本紀》：「與郡國守相爲銅虎符、竹使符。」《集解》：「應劭曰：『銅虎符第一至第五，國家當發兵，遣使者至郡合符，符合乃聽受之。竹使符皆以竹箭五枚，長五寸，鐫刻篆書，第一至第五。』張晏曰：『符以代古之圭璋，從簡易也。』」《索隱》：「《漢舊儀》：銅虎符發兵，長六寸。竹使符出入徵發。《説文》云：『分符而合之。』小顔云：『右留京師，左與之。』《古今注》云：『銅虎符，銀錯書之。』張晏云：『銅，取其同心也。』」《左傳》襄公二十九年：「季武子取卞，使公冶問，璽書追而與之。」杜預注：「璽，印也。」孔穎達疏：「蔡邕《獨斷》云：『璽，印也，信也。天子璽白玉螭，虎紐。古者尊卑共之。』《月令》曰：『周封璽。』季武子使公冶問，璽書，此諸侯大夫印稱璽也。」衛宏《漢舊儀》：「諸侯王印，黄金橐駝鈕，文曰璽；列侯，黄金印龜鈕，文曰印；丞相、將軍，黄金印龜鈕，文曰章；中二千石，銀印龜鈕，文曰章；千石、六百石、四百石，銅印鼻鈕，文曰印。」（《初學記》卷二十六）《尚書·舜典》：「同律度量衡。」孔傳：「律法制及尺丈、斛斗、斤兩，皆均同。」《禮記·月令·仲春》：「同度量，平權衡。」鄭玄注：「丈尺曰度，斗斛曰量，稱上曰衡，稱錘曰權。」《廣雅》：「秤謂之衡，錘謂之權。」

〔四三〕《吕氏春秋·審分覽第五·君守》：「夏鯀作城。」高誘注：「鮌，禹父也。築作城郭。」《管子》：「内謂之城，外謂之郭。」（《太平御覽》卷一百九十三）《太白陰經》：「上古庖犧氏之時，弦木爲弓，剡木爲矢；神農氏之時，以石爲兵，故砮石中矢鏃；黄帝之時，以玉爲兵；蚩尤之時，爍金爲兵，割革爲甲，始制五兵。」（《太平御覽》卷三百三十九）

〔四四〕文讜注：「此《莊子·胠篋篇》之言。」孫汝聽注：「《莊子》：聖人不死，大盗不止。焚符破璽，而民朴鄙；掊斗折衡，而民不爭。」《莊子·胠篋》：「聖人不死，大盗不止。雖重聖人而治天下，則是重利盗跖也：爲之斗斛以量之，則並與斗斛而竊之；爲之權衡以稱之，則並與權衡而竊之；爲之符璽以信之，則並與符璽而竊之；爲之仁義以矯之，則並與仁義而竊之。」「故絶聖棄知，大盜乃止；焚符破璽，而民朴鄙；掊斗折衡，而民不爭；殫殘天下之聖法，而民始可與論議。」

〔四五〕魏仲舉注：「介，甲也。」

〔四六〕《吕氏春秋·恃君》：「凡人之性，爪牙不足以自守衛，肌膚不足以扞寒暑，筋骨不足以從利辟害，勇敢不足以卻猛禁悍。然且猶裁萬物，制禽獸，服狡蟲，寒暑燥濕弗能害，不惟先有其備，而以羣聚邪！羣之可聚也，相與利之也。利之出於羣也，君道立也。故君道立則利出於羣，而人備可完矣。」

〔四七〕孫汝聽注：「皿者，飲食之器。」

〔四八〕文讜注：「農出粟米麻絲，工作器皿，商賈通貨財。皿，音眉永切，《説文》：飯食之用器也，象形。」

〔四九〕高步瀛注：「《廣雅·釋詁一》曰：『誅，責也。』《禮記正義·曲禮上》鄭注曰：『誅，罰也。』案：民不出粟米麻絲云云，近人多訾之。然在民權未明之時，所見只如此。即孟子固言『民爲貴』者，亦云『治於人者食人』，有何能獨責退之邪？」童第德注：「誅爲殺戮，又釋責罰。揆之『不教而殺謂之虐』之義，此文應以作責罰解爲是。」謹按：「誅」本義爲「討」，「殺戮」一義，另有「殊」字承當。《説文》：「誅，討也。从言朱聲，陟輸切。殊，死也。从歺朱聲。漢令曰：『蠻夷長有罪，當殊之。』市朱切。」二者音義俱通，典籍中率多通用，由是「誅」字兼有「殺戮」、「糾責」兩義。《説文》段注：「誅，討也。凡殺戮、糾責皆是。」但二者之間，仍有區別。《説文》段注：「凡漢詔云殊死者，皆謂死罪也。死罪者首身分離，故曰殊死。殊謂死也。《廣韻》曰：殊，陟輸切。殊，殺字也，從歺。歺五割切。『殺』同『殊』。據此，知『殊殺』字作『殊』，與『誅責』字作『誅』迥別矣。《周禮》：『八曰誅，以馭其過。』禁殺戮、禁暴氏、野盧氏皆云誅之，此誅責也。《公羊傳》：『君親無將，將而誅焉。』此殊殺也。當各因文爲訓。」就字義而言，此處「誅」字可以有三解：其一，責備。《周禮·天官·大宰》：「八曰誅，以馭其過。」鄭玄注：「誅，責讓也。」賈公彦疏：「臣有過失，非故爲之者，誅，責也，則以言語責讓之。」《論語·公冶長》：「宰予晝寢。子曰：朽木不可雕也，糞土之牆不可杇也。於予與何誅？」何晏注引孔曰：「誅，責也。今我當何責於女乎？深責之。」其二，責罰。《禮記正義·曲禮上》：「以足蹙路馬芻，有誅。齒路馬，有誅。」鄭玄注：「誅，罰也。」其三，誅殺。《尚書·胤征》：「羲和尸厥官，罔聞知，昏迷于天象，以干先王之誅。《政典》曰：先時者殺無赦，不及時者殺無赦。」《孟子·梁惠王下》：「聞誅一夫紂矣。」「誅」即「殺」。就語義而言，此處「誅」字應釋作「責罰」。蓋《原道》以四科料民：士「行君之令而致之民」，農「出粟米麻絲」，工「作器皿」，商「通貨財」。各司其職，各盡其份。佛、道出四民之外，不事生産，不納賦税，「民焉而不事其事」。所謂「不出粟米麻絲，作器皿，通貨財以事其上」者，明指佛道二氏。是此處所欲「誅」者，正是佛家道家。不過，《原道》處置佛道，止於「人其人，火其書，廬其居」，決不至於殺無赦。釋「誅」爲殺戮，與韓文本意不合。高步瀛注、童第德注訓作「責罰」，是。

〔五〇〕孫汝聽注：「而，皆謂汝也。」

〔五一〕文讜注：「清淨寂滅，謂佛老之害。《漢書·藝文志》：道三十七家，九百九十三篇，其流蓋出於史官，歷記成敗、存亡、禍福、古今之道，然後秉要執本，清虛以自守。此君人南面之術也。及放者爲之，則欲絶去禮學，兼棄仁義，曰獨任清虛，可以爲治。按《景德傳燈録》，佛家以灰化爲寂滅，一曰滅度，一曰告寂。」孫汝聽注：「清淨謂老，寂滅謂佛也。」童第德注：「上段自『古之時人之害多矣』至『無爪牙以爭食也』爲闢老，此段自『是故君者出令者也』至『不見正于禹、湯、文、武、周公、孔子也』爲闢佛。『清淨』自指佛言，非謂老。又案《史記·老子列傳》『老子無爲自化，清靜自正』，《曹相國世家》『蓋公爲言治道貴清靜』，其字作『清靜』不作『清淨』，亦可爲此文非謂老之證。」謹按：《道德經》第三十九章：「天得一以清，地得一以寧。」河上公《章句》：「言天得一故能垂象清明，地得一故能安靜不動摇。」《道德經》第四十五章：「躁勝塞，靜勝熱，清靜爲天下正。」《老子想爾注》：「道人當自重精神，清靜爲本。」其字正作「清靜」。清靜，梵語「梵摩」之意譯，指遠離罪過帶來的煩惱。《俱舍論》：「暫永遠離一切惡行煩惱垢，故名爲清淨。」寂滅，梵語「涅磐」之意譯。意謂滅除煩惱，度脱苦海，進入寂靜無爲之境地。《雜阿含經》卷二十二載世尊説法：「一切行無常，是則生滅法。生者既復滅，俱寂滅爲樂。」

〔五二〕文讜注：「《白虎通》（《號篇》）曰：帝王者，號也。號者，功之表也。所以表功明德，號令臣下者也。德合天地者稱帝，仁義合者稱王，别優劣也。』」

〔五三〕文讜注：「《禮記·大學》之文。」

〔五四〕魏引尹彦明云：「介甫謂退之『正心誠意將以有爲』非是，蓋介甫不知道也。正心誠意便休，卻是釋氏也。正心誠意乃所以將有爲也，非韓子不能至是。」謹按：此引尹焞之説，今本《和靖尹先生文集》未見。

〔五五〕文讜注：「《法言》《問道篇》曰：『孰有書不由筆，言不由舌，吾見天常，爲帝王之筆舌也。』（李軌）《注》云：『天常，五常也。』」孫汝聽注：「天常，猶天倫也。」

〔五六〕孫汝聽注：「僖二十三年《左氏》：杞子卒，用夷禮，故曰子。」《關鍵》：「《左傳》僖二十七年春：杞桓公來朝，用夷禮，故曰子。」

〔五七〕文讜注：「周衰道喪，夷狄之君反爭盟於中國，晉、鄭中國之諸侯反從夷狄之亂。則中國之人幾何而不爲夷也？《春秋》安得不爲之作而救之哉？故孔子進吴、楚，黜滕、杞，狄晉、鄭，疾亂之甚者也。」謹按：文讜注所謂「進吴、楚，黜滕、杞，狄晉、鄭」，參見以下諸條：《春秋》襄二十九年：「吴子使札來聘。」《穀梁傳》曰：「吴其稱子何也？善使延陵季子，故進之也。」《春秋》哀十三年：「公會晉侯及吴子于黄池。」《穀梁傳》：「黄池之會，吴子進乎哉！遂子矣。吴，夷狄之國也，祝發文身，欲因魯之禮，因晉之權，而請冠端而襲。其藉于成周，以尊天王。吴進矣！吴，東方之大國也，累累致小國以會諸侯，以合乎中國。吴能爲之，則不臣乎？吴進矣！」《春秋》莊二十三年：「荆人來聘。」《穀梁傳》：「其曰人，何也？舉道不待再。」范甯《集解》：「明聘問之禮，朝宗之道，非夷狄之所能，故一舉而進之。」《公羊傳》：「荆何以稱人。始能聘也。」何休《解詁》云：「明夷狄能慕王化，修聘禮，受正朔者，當進之，故使稱人也。」《春秋》隱七年：「滕侯卒。」《穀梁傳》：「滕侯無名。少曰世子，長曰君，狄道也。其不正者名也。」范甯《集解》：「戎狄之道，年少之時稱曰世子，長立之號曰君。其非正長嫡，然後有名爾。責滕侯用狄道也。」《春秋》僖二十三年：「杞子卒。」《左傳》：「杞成公卒，書曰子。杞，夷也。」杜注：「成公始行夷禮，以終其身，故於卒貶之。杞實稱伯，仲尼以文貶稱『子』，故《傳》言「書曰子」以明之。」《傳例》：「杞入春秋稱侯，莊二十七年絀稱伯，至此用夷禮，貶稱子。」《春秋》僖二十七年：「杞子來朝。」《左傳》：「杞桓公來朝，用夷禮，故曰子。」杜注：「杞，先代之後，而迫於東夷，風俗雜壞，言語衣服有時而夷，故杞子卒，《傳》言其夷也。今稱朝者，始於朝禮，終而不全，異於介葛盧，故唯貶其爵。」《春秋》僖二十九年：「杞子來盟。」《左傳》杜注：「杞復稱子，用夷禮也。」《春秋》昭十二年「晉伐鮮虞。」《穀梁傳》：「其曰晉，狄之也，其狄之何也？不正。其與夷狄交伐中國，故狄稱之也。」《春秋》成三年：「鄭伐許。」《穀梁傳》范甯《集解》：「鄭從楚而伐衛之喪，又叛諸侯之盟，故狄之。」《公羊傳》何休《解詁》：「謂之鄭者，惡鄭襄公與楚同心，數侵伐諸夏。自此之後，中國盟會無已，兵革數起，夷狄比周爲黨，故夷狄之。」

〔五八〕文讜注此句云：「亡，無也。傷時諸夏之亡君，曰：夷狄猶不如是爾。」高步瀛注：「皇侃《義疏》曰：『言夷狄雖有君主，而不及中國無君也。』故孫綽曰：『諸夏有時無君，道不都喪；夷狄强者爲師，理同禽獸也。』釋惠琳曰：『有君無禮，不如有禮無君也。』邢叔明（昺）《疏》曰：『言夷狄雖有君主而無禮義，中國雖偶無君，若周、召共和之年，而禮義不廢。』亦同皇義。自程子始謂『此孔子言天下當世大亂，無君之甚，若曰：夷狄猶有君，不若諸夏之亡君也。』朱子《論語集注》從之。」謹按：高步瀛注謂邢昺疏「亦同皇義」，不確。至判斷「夷狄猶有君」之説「自程子始」，亦不確。《論語·八佾》：「子曰：夷狄之有君，不如諸夏之亡也。」何晏《集解》：「包曰：諸夏，中國。亡，無也。」梁皇侃《義疏》：「此章爲下僭上者發也。諸夏，中國也。亡，無也。言中國所以尊於夷狄者，以其名分定而上下不亂也。周室既衰，諸侯放恣，禮樂征伐之權不復出自天子。反不如夷狄之國尚有尊長統屬，不至如我中國之無君也。」宋邢昺疏：「此章言中國禮義之盛，而夷狄無也。舉夷狄則戎蠻可知。諸夏，中國也。亡，無也。言夷狄雖有君長而無禮義，中國雖偶無君，若周召共和之年，而禮義不廢。故曰：夷狄之有君不如諸夏之亡也。」據邢疏，「如」當訓作「及」，謂夷狄即便有君也不如諸夏無君；據皇疏，「如」當訓作「似」，謂夷狄猶且有尊長統屬，不似諸夏上下尊卑一並混亂。就字義訓釋而言，二説皆可通。但落實到《原道》一文，則當用皇疏。蓋文中「夷狄之有君，不如諸夏之亡」與「戎狄是膺，荆舒是懲」並列，作爲論點「諸侯用夷禮則夷之，夷而進於中國則中國之」的引證材料。「是膺是懲」對應「用夷禮則夷之」，「夷狄之有君」對應「進於中國則中國之」。文讜以「夷狄猶不如是爾」解此句，與皇侃《義疏》相合，其説頗具識力。蓋韓愈雖然屢言夷夏之辨，但韓愈所辨夷夏，其分野在文化而不在血緣。在韓文中，出身於漢族的吴元濟被斥爲「淮夷」、「羌夷」，與此相類的還有梁崇義、陳少游、劉辟、李錡等，原因就在於他們漠視民族國家觀念，熱衷於「行河朔舊事」，代表割據分裂的胡夷文化；而出身於河北叛鎮甚至身爲異族的田弘正、李惟簡、楊燕奇、烏重胤、張茂昭、程執恭等人屢受褒揚，原因就在於他們敢於反對分裂動亂，維護中央集權，代表崇尚一統的華夏文化。「尊王攘夷」的目的，就是要確立大一統的民族國家至高無上的權威。承認這一原則的就是華夏文化，不承認這一原則的就是胡夷文化。《程氏經説》卷七記伊川語：「夷狄且有君，不如諸夏之僭亂，無上下之分也。」《河南程氏遺書》卷九：「此孔子言天下當世大亂，無君之甚，若曰：夷狄猶有君，不若諸夏之亡君也。」程氏的思想實際上來源於韓愈，韓愈的思想則可以上溯至皇侃。朱熹《論語集注》從程説，進一步擴大了此説的影響。《論語精義》徵引宋代諸家之説：謝良佐、楊時、尹焞等從皇疏，范祖禹、吕大臨、陳祥道等從邢疏。如謝良佐云：「天下豈有無君之國哉？夷狄與中國一也。至於論禮樂法度刑政之所加，財賦之所出，此特其俗耳。中國定哀之時，陪臣執國命，政在大夫，禮樂法度，誰其尸之？安在其爲君臣之義也！若夷狄之有君，令之必聽，敺之必從，其有如是乎。以是度之，不如夷狄之有君也。」陳祥道云：「禮義存則雖無君而與有君同，禮義亡則雖有君而與無君等。賈誼曰：法立而不犯，令行而不逆，細民向善，大臣至順，故臥赤子於天下之上而安，植遺腹，朝委裘而天下不亂。此所謂夷狄之有君不如諸夏之亡也。」諸家辯説紛繁，可見韓愈此説思想價值之豐富。

〔五九〕文讜注：「《頌·閟宫》詩之文。鄭云：膺，當。懲，艾也。僖公與齊威舉義兵，北當戎與狄，南艾荆及羣舒，天下無敢禦之。」

〔六〇〕文讜注：「《禮記·檀弓篇》曰：『南宫縚之妻之姑之喪。』公之句法蓋本乎此。」

〔六一〕《爾雅·釋詁下》：「胥，皆也。」《詩·小雅·角弓》：「民胥然矣。」鄭箋：「胥，皆也。」

〔六二〕陳衍《石遺室論文》卷四：「《原道》篇中云：『有聖人者立……以長其恩愛。』又曰：『其文詩書……果蔬魚肉。』而《賢良三策》已言之，曰：『人受命於天，固超然異於羣生，入有父子兄弟之親，出有君臣上下之誼，會聚相遇，則有耆老長幼之施，粲然有文以相接，歡然有恩以相愛，此人之所以貴也。生五穀以食之，桑麻以衣之，六畜以養之，服牛乘馬，圈豹檻虎，是其得天之靈，貴於物也。』詞意大同，但董歸功於天，韓歸功於聖人，其詞亦有繁簡之異耳。」

〔六三〕孫汝聽注：「盡其常者，謂終得其天年。」

〔六四〕文讜注：「假，至也，音格。」魏仲舉注：「假音格。」《詩·商頌·玄鳥》：「四海來假。」鄭箋：「假，至也。」《經典釋文》：「假音格。」《集韻》：「各額切。」

〔六五〕孫汝聽注：「《周禮》(《春官·大宗伯》)：『祀天神，祭地示，饗人鬼。』假，至也。人鬼，祖宗也。」

〔六六〕魏引《補注》：「（《横浦心傳録》卷上）或問張子韶曰：湯學於伊尹，韓愈乃謂其傳自禹；楊雄自比孟子，是得其傳者，而愈以謂軻死無傳。何也？先生曰：禹之道，堯舜之道也，伊尹得以授湯。置伊尹而言禹，亦無害也。楊雄雖自比孟子，而愈以小疵譏之，其言無傳，則捨之矣。元劉壎《隱居通議》卷一：「自孟子推明道統，見於七篇之末章。其後韓文公作《原道》，伊川公序明道，皆承其意推明之。」陳柱《證韓篇》：「此文殆本於莊、孟。《莊子·大宗師》云：『副墨之子聞諸洛誦之孫，洛誦之孫聞之瞻明，瞻明聞之聶許，聶許聞之需役，需役聞之於謳，於謳聞之玄冥，玄冥聞之參寥，參寥聞之疑始。』《孟子·盡心下篇》云：『由堯、舜至於湯五百有餘歲，若禹、臯陶則見而知之，若湯則聞而知之；由湯至於文王五百有餘歲，若伊尹、萊朱則見而知之，若文王則聞而知之；由文王至於孔子五百有餘歲，若太公望、散宜生則見而知之，若孔子則聞而知之；由孔子而來至於今百有餘歲，去聖人之世若此其未遠也，近聖人之居若此其甚也，然而無有乎爾，則亦無有乎爾。』蓋昌黎之文，其意則取之《孟子》，而文法則以人名連環而下，乃本之《莊子》。惟《莊子》之文逆推而上，而昌黎則順數而下。逆順之勢既殊，則世之知者遂少耳。」

〔六七〕文讜注：「東坡云：韓愈近世豪傑之士，如《原道》中言語雖有疵病，自孟子之後能將許大見識尋求古人，自亦難得。觀其斷曰：孟子醇乎醇。荀、楊擇焉而不精，語焉而不詳。若不是他有見識，豈千餘年後便斷得如此分明？如楊雄言《老子》，謂之道德有取焉爾，至於槌提仁義，絶滅禮學爲無取。若以老子『剖斗折衡，而民不爭』，『聖人不起』爲救時反本之言爲無取，尚可恕；如老子言『失道而後德，失德而後仁，失仁而後義，失義而後禮』則不識道理，不成言語，卻言其言道德則有取。楊子亦自不見此，其與韓愈相去遠矣。」謹按：此引東坡語，見《蘇軾文集》卷六十五《韓愈優於楊雄》。此段文字，魏本題注引「樊曰」已引及，惟所引文字較此爲略。故此處録存文讜注。魏注引補注：「宛丘（《韓愈論》）論公《原道》，亦曰：愈者，擇焉而不精，語焉而不詳，而健於言。」

〔六八〕孫汝聽注：「不塞不流，不止不行者，言佛老之道不塞不止，則聖人之教不流不行也。」程大昌《演繁露》續集卷三「韓文用古法」條：「韓愈《原道》曰：『不塞不流，不止不行。』其語脈本自《易》出，《易》曰『不恥不仁，不畏不義』也。《項羽傳》曰：『聞大王不聽不義。』注曰：『凡不義之事皆不聽順也。』」

〔六九〕文讜注：「王荆公云：『禮樂之壞，聖人所深惜。老聃、莊周何其不仁也，不悉取百家焚燒之，則神何由降？明何由出？韓愈所謂不塞不流者，善言也。』歐陽公《本論》云：『今堯舜三代之政，其説尚傳，其具皆在。誠能講而修之，行之以勤，而浸之以漸，使民皆樂而趣焉，則充行乎天下，而佛無所施矣。《傳》曰：物莫能兩大，自然之勢也。奚必曰『火其書』而『廬其居』哉。」」謹按：此引王安石語，今本《臨川先生文集》未見，《全宋文》亦未見採録，可供輯佚。歐陽修《本論下》：「今堯舜三代之政，其説尚傳，其具皆在，誠能講而修之，行之以勤，而浸之以漸，使民皆樂而趣焉，則充行乎天下，而佛無所施矣。《傳》曰：物莫能兩大，自然之埶也。奚必曰火其書而廬其居哉。」

〔七〇〕《禮記·禮運》：「大道之行也，天下爲公。選賢與能，講信脩睦，故人不獨親其親，不獨子其子。使老有所終，壯有所用，幼有所長，矜寡孤獨廢疾者皆有所養。男有分，女有歸。貨惡其弃於地也，不必藏於己；力惡其不出於身也，不必爲己。是故謀閉而不興，盜竊亂賊而不作，故外户而不閉，是謂大同。」

原性①〔一〕

性也者，與生俱生也〔二〕。情也者，接於物而生也。性之品有三，而其所以爲性者五；情之品有三，而其所以爲情者七②〔三〕。曰③：「何也？」曰：性之品有上中下三④。上焉者，善焉而已矣⑤；中焉者，可導而上下也⑥；下焉者，惡焉而已矣。其所以爲性者五：曰仁，曰義，曰禮，曰信，曰智⑦。上焉者之於五也，主於一而行於四⑧〔四〕；中焉者之於五⑨，一也不少有焉則少反焉⑩〔五〕，其於四也混；下焉者之於五也，反於一而悖於四〔六〕。性之於情，視其品。情之品有上中下三，其所以爲情者七：曰喜，曰怒，曰哀，曰懼，曰愛，曰惡，曰欲〔七〕。上焉者之於七也，動而處其中⑪；中焉者之於七也，有所甚，有所亡，然而求合其中者也⑫；下焉者之於七也，亡與甚⑬，直情而行者也⑭。情之於性視其品〔八〕。

孟子之言性曰：人之性善〔九〕；荀子之言性曰：人之性惡〔一〇〕；楊子之言性曰⑮：人之性善惡混〔一一〕。夫始善而進惡，與始惡而進善，與始也混而今也善惡⑯〔一二〕，皆舉其中而遺其上下者也，得其一而失其二者也〔一三〕。叔魚之生也，其母視之，知其必以賄死〔一四〕；楊食我之生也⑰，叔向之母聞其號也，知必滅其宗〔一五〕；越椒之生也，子文以爲大戚⑱，知若敖氏之鬼不食也〔一六〕。人之性果善乎？后稷之生也，其母無災；其始匍匐也⑲，則岐岐然⑳，嶷嶷然〔一七〕。文王之在母也，母不憂㉑；既生也，傅不勤；既學也，師不煩〔一八〕。人之性果惡乎？堯之朱，舜之均〔一九〕，文王之管蔡〔二〇〕，習非不善也㉒，而卒爲姦㉓；瞽叟之舜㉔，鯀之禹㉕〔二一〕，習非不惡也，而卒爲聖㉖〔二二〕。人之性善惡果混乎？故曰：三子之言性也，舉其中而遺其上下者也，得其一而失其二者也。

曰：然則性之上下者，其終不可移乎㉗？曰：上之性，就學而愈明；下之性，畏威而寡罪。是故上者可學㉘，而下者可制也。其品則孔子謂不移也㉙〔二三〕。曰：今之言性者異於此㉚，何也？曰：今之言者㉛，雜佛老而言也㉜。雜佛老而言者㉝，奚言而不異〔二四〕？

【彙校】

①〔原性〕此篇又載《荀子》楊倞注（古逸叢書影宋唐仲友淳熙八年刊本）、《文苑英華》卷三六三、《唐文粹》卷四十三，據校。

潮本注：「原性，一作『性原』。」祝本、文本、南宋閩本、魏本注同。楊倞注、粹本題作「性原」。《舉正》出南宋監本「原性」，乙作「性原」，云：「性原，三本皆同，今本例倒之。」朱熹從監本，《考異》：「方作『性原』。今按：《原道》、《原人》、《原鬼》之例，作《原性》爲是。」

②〔而其所以爲性者五而其所以爲情者七〕楊倞注、粹本無二「者」字。魏本注：「一本作『情之品有其所以爲情者七』，無『三而』二字。」《舉正》出南宋監本「爲性者五」、「爲情者七」，據閣本删二「者」字，云：「杭同，李、謝並删，蜀本與《文苑》存二字。」《考異》：「二語諸本或皆無『而』字，方本皆無『者』字，皆非是。」

③〔曰〕祝本注：「一無『曰』字。」南宋閩本、魏本注同。《考異》：「或無『曰』字。」潮本「何」上無「曰」字，注：「一有『曰』字。」今從楊倞注。

④〔上中下三〕粹本無「三」字。

⑤〔善焉〕楊倞注無「焉」字。

⑥〔導而上下〕楊倞注、粹本、契嵩《非韓第三》「導」作「道」。

⑦〔曰仁曰義曰禮曰信曰智〕苑本、契嵩《非韓第三》作「曰仁曰義曰禮曰智曰信」，楊倞注、粹本作「曰仁曰禮曰信曰義曰智」。《舉正》訂「禮」、「信」、「義」三字，作「曰仁曰禮曰信曰義曰智」，云：「三本同。禮、信去仁爲近，下文

自可考。」朱熹從方本,《考異》:「方從閣杭蜀本。云:『禮、信去仁爲近,諸本多作曰仁曰義曰禮曰智曰信。』今按:方本以五行相生之序而言,諸本以四方相對一位居中而言,理皆可通。但竊意諸本語陳,而韓公亦頗尚異,恐方本或得之。」

⑧〔而行於四〕契嵩《非韓第三》、文本「於」作「之」。《舉正》據閣本訂作「之」,云:「粹同。」朱熹從監本,《考異》:「於,方作『之』。」〔四〕孫汝聽注:「主於一,謂主於仁也。」

⑨〔中焉者之於五〕《舉正》出南宋監本「中焉者之於五」,云:「句絶。」「五」下,文本、南宋閩本、南宋蜀本、魏本多一「也」字,《考異》同。

⑩〔一也不少有焉則少反焉〕潮本注:「一無『一』字。」祝本、南宋閩本注同。魏本注:「一本無『一也』二字。」南宋閩本、南宋蜀本無「也」字。潮本注:「反,一作『及』。」祝本、南宋閩本、魏本注同。契嵩《非韓第三》「反」作「及」。南宋蜀本同。《舉正》據閣本增「一」字,作「一也不少有焉則少反焉」,云:「李、謝校,潮本同上。一,謂仁也,言不少存乎仁則少畔乎仁。杭本上語同閣本,蜀本倒『一也』二字,然『反』皆作『及』,則非也。」朱熹從蜀本倒「一也」作「也一」,「也」字屬上句,作「一不少有焉則少反焉」,《考異》:「下句方及諸本皆非也。方以『一』爲『仁』,亦非是。此但言中人之性於五者之中,其一者或偏多或偏少,其四者亦雜而不純耳。『反』字則方得之。」

⑪〔處其中〕文本「處」作「取」。潮本注:「其,一作『於』。」祝本、文本、南宋閩本、魏本注同。粹本無「其」字。《舉正》據蜀、苑訂作「其」。朱熹從方本,《考異》:「其,或作『於』,非是。」

⑫〔其中者也〕契嵩《非韓第三》無「者」字。

⑬〔亡與甚〕魏本「亡」上多一「無」字。《舉正》據蜀本增「無」字，云：「諸本皆闕『無』字。」朱熹從監本，《考異》：「句上方有『無』字，非是。」

⑭〔而行者也〕契嵩《非韓第三》無「者」字。

⑮〔楊子〕楊倞注、王本、廖本「楊」作「揚」。

⑯〔夫始善而進惡與始惡而進善與始也混而今也善惡〕潮本二「與」字皆作「歟」，且「善惡」下多一「歟」字，今苑本、今粹本、祝本、文本、南宋閩本、南宋蜀本、魏本同。《舉正》據閣本訂二「與」字，删句末「歟」字，云：「李校。《文苑》亦皆作『與』字，蜀本與《文粹》末語『歟』字皆無。則知李校當矣。」朱熹從方本，《考異》：「與，諸本多作『歟』，『善惡』下又有『歟』字。今按：二『與』字皆當讀如字而爲句首，猶言『及』也。作『歟』而爲句絶者皆非。《左傳》：『夫弗及而憂，與可憂而樂，與憂而弗害，皆取憂之道也。』語勢亦相似。」童第德注：「『始善而進惡歟』，爲公質問孟子語，以孟子言人性善也。『始惡而進善歟』，爲公質問荀子語，以荀子言人性惡也。『始也混而今也善惡歟』，爲公質問揚子語，以揚子言人性善惡混也。公分性爲三品，三子各言一品，故下承之曰『皆舉其中而遺其上下者也，得其一而失其二者也』。『歟』、『與』古通用，若去「善惡」下『與』字，讀『與』如字，則詞義已足，更無問難之意。此三語果爲何人語？如爲三子語，三子實無此語；如爲公語，則必有三『與』字，而後上下文義貫通，不應删末後『歟』字明甚。方、朱二氏殆偶未審耳。至《左氏》昭元年傳『勿及而憂』，指齊國子；『可憂而樂』，指陳公子招；『憂而勿害』，指魏齊子。皆總承上文言之，故連用三『與』字。與公此文作問難語不同。《左氏》雖有此語勢，非公所用，不得援以爲例也。」謹按：以上三語概括孟、荀、揚三家人性理論。「始善而進惡」謂孟子，蓋孟子以爲人性本善，惟「自暴」、「自棄」，乃成惡習；「始惡而進善」謂荀子，蓋荀子以爲人性本

惡，「化性起僞」，乃始爲善；「始也混而今也善惡」謂楊子，蓋楊子以爲人性善惡相混，「修其善則爲善人，修其惡則爲惡人」。韓愈認爲：三子所言，皆可上可下的中人之性，而非「不可移」的上智下愚之性。所以下文云：「皆舉其中而遺其上下者也，得其一而失其二者也。」童氏以爲「三子實無此語」，未免膠固。今從楊倞注。

⑰〔楊食我〕楊倞注「楊」作「揚」。祝充注：「食，音寺。《左傳》（昭二十八年）：『晉殺祁盈及楊食我』，注：『楊，叔向邑。食我，叔向子伯石也。』」魏仲舉注：「舊本『食我』音『異俄』。」

⑱〔以爲大戚〕粹本「子文」作「文子」。祝本注：「一無『大』字。」南宋閩本、魏本注同。《考異》：「或無『大』字。」潮本無「大」字，注：「一有『大』字。」今從楊倞注。「戚」，楊倞注作「慼」。謹按：「戚」、「慼」可通用。《詩・小雅・小明》「自詒伊戚」，《左傳》僖公二十四年引作「慼」。

⑲〔匍匐〕潮本「匍匐」作「匐匍」，今從楊倞注。

⑳〔岐岐然〕苑本「然」作「焉」。

㉑〔毋不憂〕《考異》：「或無『毋』字。」

㉒〔習非不善〕祝本「習」作「皆」。

㉓〔爲姦〕苑本「姦」作「奸」。謹按：「姦」、「姧」，正俗字，「姧」、「奸」，古今字。《説文》段注：「姦，厶也。厶下曰：『姦衺也。』二篆爲轉注，引申爲姦宄之偁。俗作『姧』，其後竟用『奸』字。」

㉔〔瞽叟〕苑本「叟」作「瞍」。謹按：「叟」本字作「叜」，老也。「瞍」本字作「瞍」，盲也。此處「叟」爲「瞍」之假借。《説文》：「叜，老也。从又从灾，穌后切。」段注：「今字作叟。」《説文》：「瞍，無目也。从目叜聲，穌后切。」段

注：「『無目』與『無牟子』別。無牟子者，黑白不分；無目者，其中空洞無物。故《字林》云：『瞍，目有朕無珠子也。』瞽者才有朕而中有珠子，瞍者才有朕而中無珠子，此又瞽與瞍之別。凡若此等皆對文則別，散文則通。如《詩箋》云：『瞽，矇也。』《史記》云『瞽叟盲』，皆是。散文則通也。人偁爲瞽叟，其實則盲者也。凡作『瞽瞍』者，字誤也。《國語》：『瞽獻曲，瞍獻賦，矇誦。』此對文則別也。」朱駿聲《説文通訓定聲》：「瞍，假借爲『叜』。《孟子》『瞽瞍』，《吕覽》正作『叜』。」

㉕〔鯀之禹〕楊倞注「鯀」作「鮌」。謹按：「鯀」、「鮌」，異體字。《説文》：「鯀，魚也。从魚系聲，古本切。」段注：「此未詳爲何魚。系聲讀古本切，亦未詳所以，恐古音不同今讀也。禹父之字古多作『⿰骨系』，作『⿰骨玄』，《禮記》及《釋文》作『⿰魚累』。《廣韻》曰：『禹父⿰骨系。』《尚書》本作『鯀』，按『鯀』乃『鯀』譌。」《廣韻》：「鯀，《説文》曰：『魚也。』亦作『鮌』。」

㉖〔爲聖〕南宋閩本「聖」下注：「一有『人』字。」潮本「聖」下多一「人」字，祝本、南宋蜀本、魏本、今苑本、粹本同。祝本注：「一無『人』字。」魏本注同。《舉正》出南宋監本「卒爲聖人」，據蜀本删「人」字，云：「苑同，謝删。」朱熹從方本，《考異》：「(聖)下或有『人』字。」今從楊倞注。

㉗〔其終不可移乎〕潮本無「其」字，今苑本、粹本、祝本、文本、南宋閩本、南宋蜀本、魏本同。苑本注：「集有『其』字。」《舉正》據蜀、苑增「其」字。朱熹從方本，《考異》：「或無『其』字。」今從楊倞注。

㉘〔上者可學〕潮本注：「學，一作『教』。」祝本、南宋閩本、魏本注同。文本、南宋蜀本、粹本「學」作「教」。《舉正》出南宋監本「上者可學」，云：「閣、蜀同。苑、粹皆作『可教』。」謹按：今苑本作「學」。朱熹訂作「教」，《考異》：「教，方作『學』。」謹按：楊雄《法言・修身》：「學者所以修性也。視聽言貌思，性所有也。學則正，否則邪。」以

「學」爲「正」、「邪」之分野。韓愈《論語筆解·陽貨篇》釋「性相近也習相遠也」、「惟上智與下愚不移」云：「上文云『性相近』，是人可以習而上下也。此文云『上下不移』，是人不可習而遷也。二義相反，先儒莫究其義。吾謂上篇（《季氏篇》）云：『生而知之上也，學而知之次也，困而學之，又其次也，困而不學，民斯爲下矣。』與此篇二義兼明焉。」以「學」爲「移」與「不移」的關鍵。且上文明云：「上之性，就學而愈明。」是此處作「學」不作「教」，至爲明顯。蓋孟、韓之所謂善性，指人自身内在的道德理性；程、朱之所謂善性，指外在的「天地之性」。前者自足於内，後者則高踞於「氣質之性」之上。朱熹改「學」爲「教」，與程、朱改《大學》「親民」爲「新民」同一故智，不可等閑視之。

㉙〔孔子謂〕文本「謂」上多一「所」字。

㉚〔言性者〕潮本「性」下注：「一有『情』字。」祝本、魏本注同。苑本注：「集有『情』字。」《考異》：「『性』下或有『情』字。」文本、南宋蜀本「性」下多一「情」字，文本注：「一無『情』字。」

㉛〔今之言者〕苑本、粹本「言」下多一「性」字。

㉜〔佛老〕楊倞注「佛老」作「老佛」，下同。

㉝〔雜佛老而言者〕楊倞注「言」下多「之也」二字。《舉正》據杭、蜀本「言」下增「也」字。朱熹從方本，《考異》：「或無『也』字。今按：此篇之言過荀揚遠甚，其言五性尤善。但三品之説太拘，又不知性之本善，而其所以或善或惡者由其稟氣之不同爲未盡耳。」

【箋注】

〔一〕此篇作年，諸譜失考，方譜收入「無年可考」諸篇中。此篇楊倞全文引入《荀子注》。楊書成於元和十三年，見楊倞《自序》。則《五原》作於此前，應無疑問。《河南程氏遺書》卷十八：「《原性》等文皆少時作。」《考異》：「又此五原篇目既同，當是一時之作。《與兵部李侍郎書》所謂『舊文一卷，扶樹教道，有所明白』者，疑即此諸篇也。然則皆是江陵以前所作，程子獨以《原性》爲少作，恐其考之或未詳也。」

〔二〕《孟子·告子上》：「生之謂性。」趙岐注：「凡物生同類者皆同性。」《白虎通義·情性》：「性者，生也。」《禮記·中庸》：「天命之謂性。」鄭玄注：「天命，謂天所命生人者也，是謂性命。木神則仁，金神則義，火神則禮，水神則信，土神則知。《孝經説》曰：性者，生之質。命，人所稟受度也。」《荀子·正名》：「生之所以然者謂之性。」楊倞注：「人生善惡，故有必然之理，是所受於天之性也。」

〔三〕《困學紀聞》卷五：「《白虎通》云：《禮運》記曰：『六情，所以扶成五性也。』五性：仁義禮智信，韓子《原性》與此合。」

〔四〕孫汝聽注：「主於一，謂主於仁也。」

〔五〕王元啓注：「少有少反，謂或少有而未極乎純，或少反而未至於戾。朱子『偏多』、『偏少』之説，似未密合。」

〔六〕魏仲舉注：「悖，亂也，蒲昧切。」

〔七〕文讜注：「《禮記·禮運》之文。」《禮記·禮運》：「何謂人情？喜、怒、哀、懼、愛、惡、欲，七者弗學而能。」

〔八〕王元啓注：「《原性》正意已畢，此下辨三子言性之偏。」

〔九〕文讜注：「（《孟子·滕文公上》）滕文公見孟子，孟子道性善，言必稱堯舜。」

〔一〇〕文讜注：「（《荀子》）《論性篇》曰：人之性惡，其善者僞也。故枸木必待檃括然後直，鈍金必待磨厲然後利。今之性惡，必待師法然後正，得禮義然後治。」

〔一一〕文讜注：「（《法言》）《修身篇》云：『人之性也善惡混，修其善則爲善人，修其惡則爲惡人』。」

〔一二〕王元啓注：「此三句順其意而申衍之，下乃置辨。」

〔一三〕《論衡·本性篇》「孟軻言人性善者，中人以上者也；孫卿言人性惡者，中人以下者也；楊雄言人性善惡混者，中人也。」

〔一四〕文讜注：「（《國語》）《晉語》：叔魚生，其母視之，曰：『是虎目而豕喙，鳶肩而牛腹，谿壑可盈。是不可饜也，必以賄死。』遂不視。後昭公十四年，邢侯殺叔魚。叔魚，晉大夫，叔向母弟羊舌鮒也。」

〔一五〕文讜注：「《左傳》昭公二十八年：初，晉叔向娶於申公巫臣氏，生伯石，一名楊食我。伯石始生，子容之母走謁諸姑，曰：『長叔姒生男。』姑視之，及堂，聞其聲而還，曰：『是豺狼之聲也。狼子野心，非是，莫喪羊舌氏矣！』遂弗視。是年夏六月，晉殺祁盈及食我，遂滅羊舌氏。亦見《晉語》。」孫汝聽注：「昭二十八年《左傳》：叔向生子伯石，叔向之母視之，及堂，聞其聲而還。曰：是豺狼之聲也。狼子野心，非是，莫喪羊舌氏矣。遂弗視。至是果滅。伯石，食我字也。食采於楊，故號楊食我。」

〔一六〕文讜注：「《左傳》宣公四年：初，楚司馬子良生子越椒。子文曰：『必殺之。是子也，熊虎之狀而豺狼之聲。弗殺，必滅若敖氏矣。』子良不可，子文以爲大慼。及將死，聚其族曰：『椒也知政，乃速行矣，無及於難。』且泣曰：『鬼猶求食，若敖氏之鬼不其餒而！』及子越爲令尹，楚子遂滅若敖氏。」

〔一七〕文讜注：「后稷，帝嚳之子。其母有邰氏，曰姜原，出見巨跡，踐而身動，居期而生。《生民》詩曰：『誕彌厥月，先生如達。不坼不副，無災無害。』又曰：『誕實匍匐，克岐克嶷。』鄭云：『岐岐然意有所知，嶷嶷然有所別識。』」魏仲舉注：「嶷，魚立切。」

〔一八〕樊汝霖注：「《國語》：『文王在母不憂，在傅弗勤，處師弗煩。』」文讜注：「《國語》(《晉語四》)晉胥臣之言。注云：『體不變，故不憂。』」

〔一九〕文讜注：「堯之子丹朱，舜之子商均，皆不肖。」

〔二〇〕文讜注：「管叔鮮、蔡叔度，文王之子、武王之弟也。武王既崩，成王少，周公旦專王室。管、蔡疑周公之爲不利於成王，乃挾武庚以作亂。周公承成王命，伐武庚，殺管叔而放蔡叔。」

〔二一〕文讜注：「舜父瞽叟，禹父鯀。」

〔二二〕王元啓注：「右三節一一援古作證，所謂善言天者必有驗於人也。」

〔二三〕文讜注：「《論語》（《陽貨》）載孔子之言曰：『性相近也，習相遠也。惟上智與下愚不移。』」

〔二四〕韓醇注：「《原性》之説，其旨蓋懼當時之人溺於佛老而胥爲夷也，故其終云云。」

原毁①〔一〕

古之君子，其責己也重以周〔二〕，其待人也輕以約〔三〕。重以周，故不怠〔四〕；輕以約，故人樂爲善。聞古之人有舜者②，其爲人也，仁義人也〔五〕。求其所以爲舜者責於己曰：「彼，人也；予，人也。彼能是，而我乃不能是？」早夜以思③，去其不如舜者，就其如舜者〔六〕。聞古之人有周公者④，其爲人也，多才與藝人也⑤〔七〕。求其所以爲周公者責於己曰⑥：「彼，人也；予，人也。彼能是，而我乃不能是⑦？」早夜以思，去其不如周公者，就其如周公者⑧〔八〕。舜，大聖人也，後世無及焉；周公，大聖人也，後世無及焉。是人也乃曰：「不如舜，不如周公，吾之病也。」〔九〕是不亦責於己者重以周乎⑨？其於人也，曰：

「彼人也，能有是，是足爲良人矣；能善是⑩，是足爲藝人矣！」〔一〇〕取其一，不責其二⑪，即其新，不究其舊，恐恐然惟懼其人之不得爲善之利⑫。一善易修也，一藝易能也，其於人也，乃曰：「能有是，是亦足矣。」曰：「能善是，是亦足矣⑬。」是不亦待於人者輕以約乎⑭？今之君子則不然⑮。其責人也詳〔一一〕，其待己也廉〔一二〕。詳，故人難於爲善；廉，故自取也少。己未有善，曰：「我善是，是亦足矣。」己未有能⑯，曰：「我能是，是亦足矣。」外以欺於人，内以欺於心，未少有得而止矣，是不亦待於己者已廉乎⑰？其於人也，曰：「彼雖能是，其人不足稱也；彼雖善是，其用不足稱也。」舉其一，不計其十；究其舊，不圖其新。恐恐然惟懼其人之有聞也〔一三〕，是不亦責於人者已詳乎？夫是之謂不以衆人待其身⑱，而以聖人望於人，吾未見其尊己也。

雖然，爲是者有本有原⑲：怠與忌之謂也〔一四〕。怠者不能修〔一五〕，而忌者畏人修〔一六〕。吾常試之矣，嘗試語於衆曰：「某良士〔一七〕，某良士。」其應者，必其人之與也〔一八〕；不然，則其所疏遠不與同其利者也；不然，則其畏也。不若是，强者必怒於言，懦者必怒於色矣。又嘗語於衆曰：「某非良士，某非良士。」其不應者⑳，必其人之與也；不然，則其所疏遠不與同其利者也；不然，則其畏也。不若是，强者必説於言，懦者必説於色矣㉑。是故事修而謗興，德高而毁來。嗚呼！士之處此世㉒，而望名譽之光、道德之行〔一九〕，難已㉓！將有作於上者㉔，得吾説而存之，其國家可幾而理歟㉕！

【彙校】

①〔原毀〕此篇又載《文苑英華》卷三六三、《唐文粹》卷四十三，據校。粹本「原毀」作「毀原」。《舉正》出南宋監本「原毀」，乙作「毀原」，云：「《毀原》、《性原》，三本皆同，今本例倒之。」朱熹從監本，《考異》：「方作『毀原』。」

②〔古之人〕粹本無「人」字。《考異》：「或無『人』字。下同。」

③〔早夜以思〕粹本「早」作「蚤」。《考異》：「早，或作『蚤』。」

④〔古之人〕粹本無「人」字。

⑤〔多才與藝〕粹本「才與」作「材多」。

⑥〔求其所以爲周公者責於己曰〕文本注：「一本無『責於己』三字，有『而爲之大聖人也』字。」魏本注：「趙云：『求其所以爲周公者而爲之。』」《舉正》據閣本訂「求其所以爲周公者責於己」十一字作「責於己爲周公者」，云：「《文録》、《文苑》皆同，李、謝校。」謹按：今苑本同監本，朱熹從監本，《考異》：「閣本不成文理，而方從之，誤矣。」

⑦〔乃不能是〕苑本無「乃」字。

⑧〔去其不如周公者就其如周公者〕《舉正》據閣本訂「去其不如周公者就其如周公者」作「求其所以爲周公者而爲之」，云：「《文録》、《文苑》皆同，李、謝校。」謹按：今苑本同監本。朱熹從監本。

⑨〔責於己者〕文本無「於」字。《舉正》據閣本訂「己」作「身」，云：「《文苑》同，李、謝校。」按：今苑本作「己」。朱熹從方本，《考異》：「身，或作『以』。」王本、廖本從朱本。

⑩〔能善是〕潮本「善」作「有」，苑本、粹本、祝本、文本、南宋閩本、魏本同。《舉正》出南宋監本「能有是」，云：「蜀本『有』作『善』，然閣本、舊本皆兩作『有』字。」朱熹訂作「善」，《考異》：「善，方作『有』，非是。」今從南宋蜀本。

⑪〔不責其一〕祝本注：「責，一作『取』。」南宋閩本注同。《考異》：「責，或作『取』。」

⑫〔惟懼〕粹本無「惟」字。

⑬〔曰能善是是亦足矣是〕句下南宋蜀本注：「一無此九字。」《考異》：「本或無此（曰能善是是亦足矣）八字，非是。」

⑭〔是不亦〕粹本無「是」字。《舉正》據閣本删「是」字，云：「蜀、《文粹》同，李、謝删。」朱熹從方本，《考異》：「句上或有『是』字。」

⑮〔今之君子則不然〕潮本注：「趙無『則不然』字。」祝本、南宋閩本、魏本注同。文本注：「一無『則不然』字。」粹本無此三字。《舉正》删「則不然」三字，云：「杭本、《文録》、《文粹》並同，李、謝删，蜀本有下三字。」朱本存此三字，《考異》：「方無『則不然』字。」

⑯〔己未有能〕魏本「己未有能」作「己有未能」，注：「未有，一本並作『有未』。」

⑰〔是不亦待於己者〕王本、廖本無「是」字。《舉正》據閣本訂「於己」作「其身」，云：「《文苑》同，李、謝校。」謹按：今苑本作「於己」。朱熹從方本，《考異》：「或作『於』己。」文本「己」作「以」。

⑱〔夫是之謂不以衆人待其身〕祝本注：「一無『之』字。」文本、南宋閩本、南宋蜀本、魏本無「之」字。南宋閩本注：「一作有『之』字。」魏本注同。《舉正》據蜀本删「之」字，云：「《文苑》同，《文粹》作『夫如是謂』。」謹按：今苑本作「夫之謂」，粹本作「夫如是謂」。朱熹存「之」字，《考異》：「方無『之』字，或作『夫如是』。」方成珪注：「此『不』字疑衍。」童第德注：「『不』字非衍，『衆人』當作『聖人』，『聖』誤爲『衆』耳。上文言：『古之君子求其所以爲舜、周公者責於己。舜，大聖人也，周公，大聖人也。乃曰不如舜，不如周公，是不亦責於己者重以周乎？』是古之君子能以聖人自待者也。此言今之君子待己廉，故曰：『不以聖人待其身，而以聖人望於人，吾未見其尊己也。』兩『聖人』字皆承上『舜大聖人』、『周公大聖人』而來，不以聖人自待，故曰『未見尊己』。如方説衍『不』字，以衆人自待，則不得云『尊己』也。此篇上下文未嘗以『聖人』與『衆人』對言，作『衆人』無來歷。詞語突出，前後亦不聯貫矣。」謹按：衆人，一般人、普通人，與君子、聖人相對。《孟子·告子下》：「君子之所爲，衆人固不識也。」此處「衆人」即普通人，同時又與「己」相對，指他人。蓋其人以「聖人」爲標準要求普通人：「舉其一，不計其十；究其舊，不圖其新。」而其對待自身，則遠遠低於這一標準。「不以衆人待其身」，謂不能以對待他人亦即普通人的標準來對待自身。童説牽强，且無本改字，不妥。

⑲〔有本有原〕《舉正》：「杭本無下『有』字，蜀本與《文苑》存之。」《考異》：「或無『有』字。」

⑳〔其不應者〕《舉正》：「閣本無『者』字。」《考異》：「或無『者』字，非是。」

㉑〔强者必説於言懦者必説於色矣〕二「説」字，今苑本、粹本、文本、南宋蜀本作「悦」。

㉒〔士之處此世〕粹本無「此」字。南宋蜀本注：「一無『世』。」《舉正》：「蜀本無『世』字。」《考異》：「或無『世』字，非是。」

㉓〔難已〕潮本「已」作「矣」，苑本、粹本、祝本、文本、南宋閩本、南宋蜀本、魏本同。《舉正》據閣本訂作「已」，云：「謝校。」朱熹從方本，《考異》：「已，或作『矣』。」今從方本。

㉔〔將有作於上者〕潮本「作」作「仕」，今苑本、粹本、祝本、文本、南宋閩本、南宋蜀本、魏本同。潮本注：「一作『化』。」祝本、南宋閩本、南宋蜀本、魏本注同。《舉正》據館本訂作「作」，云：「《文苑》作『化』，今本多作『仕』。」朱熹從方本，《考異》：「作，或作『仕』，或作『化』。」今從方本。

㉕〔其國家可幾而理歟〕粹本「而」作「於」。潮本「歟」作「也」，苑本、粹本、祝本、文本、南宋閩本、南宋蜀本、魏本同。魏本注：「也，一作『歟』。」句末《文苑》注：「一作『可幾於理也歟』。」朱熹訂作「歟」，《考異》：「歟，或作『也』。」今從朱本。

【箋注】

〔一〕韓醇注：「終篇之言曰：『將有仕於上者，得吾説而存之，其國家可幾而理。』意當時必有毁譽之不公者。公初求仕時，當有激而作，故曰：『士之處此世而望名譽之光，道德之行，難矣。』則其言誠有旨云。」

此篇作年，諸譜失考，方譜收入「無年可考」諸篇中。

〔二〕魏仲舉注：「周，悉也。」王元啓注：「重就一事言之，不淺嘗而遽止；周就事事言之，不得少而遽足。」謹按：周，完備。《左傳》文公三年：「君子是以知秦穆之爲君也，舉人之周也，與人主壹也。」杜預注：「周，備也。」

〔三〕樊汝霖注：「此蓋孔子（《論語·衛靈公》）所謂『躬自厚而薄責於人』之意。」王元啓注：「下文『不究其舊』之謂輕，『不責其二』之謂約。」謹按：約，簡約。《管子·桓公問》：「事約而易從，求寡而易足。」

〔四〕不怠，不懈怠。《尚書·微子》：「降監殷民，用乂讎斂，召敵讎不怠。」孔傳：「下視殷民，所用治者，皆重賦傷民，斂聚怨讎之道。而又亟行暴虐，自召敵讎不解怠。」

〔五〕文讜注：「《孟子》（《離婁下》）曰：『舜由仁義行，非行仁義也。』」

〔六〕樊汝霖注：「（《孟子·滕文公上》）顔淵曰：『舜，何人也？予，何人也？有爲者亦若是。』文意蓋本此。」

〔七〕孫汝聽注：「《書》（《金縢》）周公曰：『予仁若考，多才多藝，能事鬼神。』」

〔八〕樊汝霖注：「（《孟子·滕文公上》）公明儀曰：『文王我師也，周公豈欺我哉！』此公之謂也。」

〔九〕病，錯誤、缺點。《家語·在厄》：「孔子聖賢，其所刺譏，皆中諸侯之病。」

〔一〇〕藝人，才藝優越之人。《尚書·立政》：「大都小伯，藝人，表臣百司。」孔傳：「大都邑之小長，以道藝爲表幹之臣。」

〔一一〕詳，周詳、繁冗。《莊子・天道》：「本在於上，末在於下；要在於主，詳在於臣。」成玄英疏：「詳，繁多也。主道逸而簡要，臣道勞而繁冗。」《荀子・非相》：「傳者久則論略，近則論詳。」楊倞注：「詳，周備也。」

〔一二〕「廉」本義爲偪仄。《説文》：「廉，仄也。从广兼聲，力兼切。」段注：「此與廣爲對文，謂偪仄也。廉之言斂也。堂之邊曰廉。天子之堂九尺，諸侯七尺，大夫五尺，士三尺。堂邊皆如其高。賈子曰『廉遠地則堂高，廉近地則堂卑』是也。堂邊有隅有棱，故曰廉。廉，隅也。又曰：『廉，棱也。』引伸之爲清也，儉也，嚴利也。許以仄晐之。仄者，圻堮陖陗之謂。今之筭法謂邊曰廉，謂角曰隅。」自「仄」引申出「斂」、「儉」、「清」諸義，由是「廉」有「少」義。司馬遷《報任少卿書》：「事親孝，與士信，臨財廉取，予義分別有讓，恭儉下人。」此處「待己也廉」，謂對待自己簡約而寬鬆。

〔一三〕童第德注：「恐恐然，懼貌。《楚辭・離世篇》『心鞏鞏而不夷』，王逸注：『鞏鞏，拘攣貌。』《靈懷篇》『志蛩蛩而懷顧』，王逸注：『蛩蛩，懷憂貌。』以『拘攣』釋『不夷』，夷，悦也。不悦既憂也。『鞏』、『蛩』皆從巩聲，『鞏』之義爲韋束，『蛩』爲獸名，皆非其本義。公蓋以本字易之，故作『恐恐然』。」謹按：恐恐，惶遽不安貌。此語始見韓文，後人採用者甚多。如宋趙湘《諫鼓銘》：「夏之桀，商之受，諫器具設也。將設之，則朝夕恐恐然，懼有人立其器之前也，懼其器之鳴也，懼其將有諫也。」（《南陽集》卷五）宋石介《與君貺學士書》：「嘗謂流俗益弊，斯文遂喪。恐恐焉大懼聖人之道絶於地，欲以一毫髮一縷絲維持之。」（《徂徠集》卷十五）宋劉敞《魯法論》：「孔子亦教之愛民而已耳，何爲恐恐然，懼不能贖民於他國。」（《公是集》卷四十）

〔一四〕忌，妒嫉。《左傳》襄公十四年：「文子曰：君忌我矣。弗先，必死。」

〔一五〕修，修習，包括品德與才藝的修習。《禮記・學記》：「故君子之於學也，藏焉，修焉，息焉，遊焉。」鄭玄注：「修，習也。」《後漢書・和熹鄧皇后紀》：「帝知后勞心曲體，歎曰：『修德之修勞，乃如是乎！』」

〔一六〕樊汝霖注：「《書・秦誓》曰：『人之有技若己有之，人之彦聖其心好之，不啻如自其口出，是能容之。』此公所謂也。其曰『謂人莫己若』，其曰『人之有技媢嫉以惡之』，則公所謂怠與忌者也。或者乃引《中庸》『夫婦可與知』之論、孔子『後生可畏』之語，謂公以一善一藝待人爲非是，然則孔子之所謂『薄責於人』者，非耶？」

〔一七〕蔣抱玄注：「《書經》（《秦誓》）：『番番良士，旅力既愆，我尚有之。』」

〔一八〕與，黨與，同盟。《荀子・强國》：「今已有數萬之衆者也，陶誕比周以爭與。」楊倞注：「與，謂黨與之國也。」《後漢書・寇榮傳》：「〔榮〕性矜絜自貴，於人少所與。」李贤注：「與，黨與也。」

〔一九〕蔣抱玄注：「《漢書・淮南王安傳》：『好書鼓琴，不喜弋獵狗馬馳騁，亦欲以行陰德拊循百姓流名譽。』」

原人①〔一〕

形於上者謂之天，形於下者謂之地，命於其兩間者謂之人〔二〕。形於上，日月星辰皆天也；形於下，草木山川皆地也；命於其兩間，夷狄禽獸皆人也〔三〕。曰：「然則吾謂禽獸曰人②，可乎？」曰：非也。指山而問焉③，曰：山乎④？曰山可也。山有草木禽獸，皆舉之矣〔四〕。指山之一草問焉曰：山乎？曰山則不可。故天道亂⑤，而日月星辰不得其行；地道亂，而草木山川不得其平；人道亂，而夷狄禽獸不得其情⑥。天者，日月星辰之主也；地者，草木山川之主也；人者，夷狄禽獸之主也。主而暴之，不得其爲主之道矣。是故聖人一視而同仁⑦，篤近而舉遠〔五〕。

【彙校】

①〔原人〕此篇又載《文苑英華》卷三六六、《唐文粹》卷四十三，據校。粹本「人」作「仁」。《舉正》：「杭本作『仁』。」《考異》：「人，或作『仁』。」

②〔謂禽獸曰人〕《舉正》出南宋監本「然則吾謂禽獸曰人可乎」，據杭、蜀、苑、粹刪「曰」字。謹按：今苑本、今粹本

有「曰」字。朱熹從方本，《考異》：「『人』上或有『曰』字。」

③〔指山而問〕《舉正》：「李從舊本校作『指南山而問』。」《考異》：「『山』上或有『南』字，非是。」

④〔曰山乎〕《舉正》：「杭本、苑、粹皆無語上三字，閣本、蜀本有之。」謹按：今苑本、今粹本有此三字。《考異》：「或無此（曰山乎）三字。」

⑤〔故天道亂〕《舉正》出南宋監本「故天道亂」，據閣本删「故」字，云：「苑、粹同，蜀本有。」謹按：今苑本、今粹本有「故」字。朱熹從監本，《考異》：「方無『故』字。」

⑥〔不得其情〕粹本「情」作「性」。

⑦〔一視而同仁〕《舉正》：「《文苑》作『同人』，蜀本『一作人』。」謹按：今苑本同監本。《考異》：「仁，或作『人』，非是。」

【箋注】

㈠此篇作年，諸譜失考，方譜收入「無年可考」諸篇中。

㈡蔣抱玄注：「兩間，即天地之間也。天地曰兩儀。《易繫辭疏》：『掛一以象三者，就兩儀之間，於天數之中，分掛其一，而配兩儀，以象三才也。』」

㈢夷狄，夷狄戎蠻之省稱，概指中土華夏之外四方諸族。《論語・八佾》：「子曰：夷狄之有君，不如諸夏之亡也。」宋邢昺疏：「舉夷狄則戎蠻可知。」《春秋公羊傳》隱公二年「公會戎于潛」，何休

注：「東方曰夷，南方曰蠻，西方曰戎，北方曰狄。」禽獸，鳥類動物與獸類動物。《孟子・滕文公上》：「草木暢茂，禽獸繁殖，五穀不登，禽獸偪人。」引而申之，凡生物皆可稱禽獸。《大戴禮記・易本命》：「有羽之蟲三百六十，而鳳凰爲之長；有毛之蟲三百六十，而麒麟爲之長；有甲之蟲三百六十，而神龜爲之長；有鱗之蟲三百六十，而蛟龍爲之長；倮之蟲三百六十，而聖人爲之長。此乾坤之美類，禽獸萬物之數也。」而倮蟲類動物之中，又可以區分爲兩類：有禮者爲人，無禮者爲禽獸。《儀禮・喪服》：「禽獸知母而不知父，野人曰：『父母何算焉。』都邑之士則知尊禰矣。」鄭玄注：「都邑之士則知尊禰，近政化也。」《孟子・滕文公下》：「無父無君，是禽獸也。」《禮記・曲禮上》：「鸚鵡能言，不離飛鳥；猩猩能言，不離禽獸。今人而無禮，雖能言，不亦禽獸之心乎？夫唯禽獸無禮，故父子聚麀。是故聖人作爲禮以教人，使人以有禮，知自別於禽獸。」夷狄不知禮儀，也被歸入禽獸一類。《左傳》襄公四年「勞師於戎諸華必叛」注：「諸華，中國。戎，禽獸也。」韓愈《唐正議大夫尚書左丞孔公墓誌銘》：「遠人急之則惜性命，相屯聚爲寇，緩之則自相怨恨而散，此禽獸耳。」亦持此說。倮蟲類動物還可以細分爲三類：人、夷狄、禽獸。「夷狄禽獸皆人也」，即首發此說。伊川謂「禮一失則爲夷狄，再失則爲禽獸」（《二程遺書》卷二上），其思想淵源顯然出自韓愈。此說以爲華夏文明高於蠻夷文明，其民族優越感或大漢族主義傾向應該批判。但排除掉這層含義之後，上述說法仍然存在合理的因素：按現代文化人類學的觀點，人類文明的發展歷程中，確實經歷過不識母子的血親雜交階段、知母而不知父

的母姓族羣階段、以父系傳承爲依據的氏族部落階段。按韓、程的説法：人類文明發展初期，人知母而不知父，事實上與禽獸没有區别，屬於動物人；即便是夷狄戎蠻能識父母，能立君長，但缺乏禮儀，仍然屬於野蠻人；只有禮儀完備，上下有序，纔能算得上文明人。動物人、野蠻人、文明人，其差異不在種族優劣，而在文明程度。這纔是「禽獸」、「夷狄」、「人」三分法的真諦。

〔四〕舉，總括。《漢書·嚴助傳》：「且秦舉咸陽而棄之，何但越也。」顔師古注：「舉，總也。言總天下乃至京師皆棄也。」

〔五〕樊汝霖注：「或曰：聖人之所以異於墨者，以其有别焉爾。今曰『一視而同仁』，則是以待人之道待夷狄，以待夷狄之道待禽獸也。而可乎？曰：不然。舜命九官，蠻夷猾夏，則命皋陶作士；疇若予上下草木鳥獸，則命益作朕虞。及其終，則摠命之曰：咨女二十有二人，欽哉，惟時亮天功。其命官雖殊，然其所以施仁政於天下則一也。」

原鬼①〔一〕

有嘯於梁，從而燭之，無見也，斯鬼乎〔二〕？曰：非也，鬼無聲〔三〕。有立於堂，從而視之，無見也，斯鬼乎？曰：非也，鬼無形。有觸吾躬，從而執之，無得也，斯鬼乎②？

曰：非也③，鬼無聲與形〔四〕，安有氣？曰：鬼無聲也，無形也，無氣也，果無鬼乎？曰：有形而無聲者④，物有之矣，土石是也；有聲而無形者，物有之矣，風霆是也⑤〔五〕；有聲與形者，物有之矣，人獸是也；無聲與形者，物有之矣，鬼神是也。曰：然則有怪而與民物接者⑥〔六〕，何也？曰：「是有二説⑦：有鬼，有物。」⑧〔七〕漠然無形與聲者，鬼之常也。民有忤於天⑨，有違於時⑩，有爽於物〔八〕，逆於倫，而感於氣，於是乎鬼有託於形⑪，有憑於聲以應之，而下殃禍焉。皆民之爲也⑫。其既也〔九〕，又反乎其常〔一〇〕。曰：「何謂物？」曰：成於形與聲者，土石風霆人獸是也；反乎無聲與形者⑬，鬼神是也；不能無形與聲者⑭，物怪是也〔一一〕。故其作而接於民也無恒。故有動於民而爲福，亦有動於民而爲禍⑮〔一二〕，亦有動於民而莫之爲禍福。適丁民之有是時也〔一三〕，作原鬼⑯〔一四〕。

【彙校】

①〔原鬼〕此篇又載《文苑英華》卷三六三、《唐文粹》卷四十三，據校。

②〔斯鬼乎〕文本句下多「鬼無氣」三字。

③〔非也〕句下潮本注：「一有『鬼無氣』字。」南宋閩本注同。南宋蜀本、魏本句下多「鬼無氣」三字。《舉正》出南宋監本「曰非也鬼無氣」，據杭本删「鬼無氣」三字，云：「《文粹》同，李、謝删。」朱熹從方本，《考異》：「此上或有

『鬼無氣』，三字非是。」

④〔有形而無聲〕南宋閩本無「有」字。

⑤〔風霆〕粹本「霆」作「雷」。

⑥〔然則有怪〕南宋蜀本注：「有，一作『見』。」《舉正》：「蜀本『有』作『見』。」《考異》：「有，或作『見』。」

⑦〔是有二説〕《舉正》出南宋監本「曰是有二説」，據閣本删「説」字，云：「蜀同。杭本作『二説』，無下四字。李從閣本，謝從杭本。」朱熹從方本，《考異》：「『二』下或有『説』字。或有『説』字而無下四字。」

⑧〔有鬼有物〕潮本無此四字，祝本、南宋閩本、魏本、苑本、粹本同。潮本注：「一有『有鬼有物』字。」祝本、南宋閩本、魏本注同。苑本注：「集有『有鬼有物』字。」《舉正》出南宋監本「有鬼有物」，云：「閣、蜀同。杭本無下四字。李從閣本，謝從杭本。」朱熹從方本，《考異》：「或有『説』字而無下四字。」今從文本。

⑨〔民有忤於天〕「民」，文本、南宋蜀本、魏本作「人」。

⑩〔有違於時〕潮本「時」作「民」，祝本、文本、南宋閩本、南宋蜀本、魏本、苑本、粹本同。南宋蜀本注：「民，一作『時』。」《舉正》出南宋監本「有違於民」，云：「蜀本『民』作『時』。」朱熹從方本，《考異》：「民，或作『時』。」今從南宋蜀本所引或本。

⑪〔有託於形〕粹本「託」作「成」。《舉正》據閣本訂「託」作「形」。朱熹從方本，《考異》：「形，或作『託』。」

⑫〔皆民之爲也〕魏本無「皆」字。南宋蜀本「民」作「人」。「爲」下潮本注：「一有『之』字。」祝本注同。魏本注：「一作『皆民之爲之也』。」文本、南宋蜀本「也」上有「之」字。《舉正》出南宋監本「皆民之爲也」，云：「《文苑》『也』上

再有『之』字。」謹按：今苑本「也」上無「之」字，注：「集有『之』字。」朱熹本「也」上有「之」字，《考異》：「或無『之』字。」

⑬〔反乎無聲〕「乎」，潮本作「其」，祝本、南宋閩本、魏本、今苑本同。祝本注：「其，一作『乎』。」魏本注同。《舉正》據杭、蜀、苑、粹訂作「乎」。朱熹從方本，《考異》：「乎，或作『其』，非是。」今從粹本。

⑭〔不能無形與聲者〕句上潮本多「不能有形與聲」六字，祝本、文本、南宋閩本、南宋蜀本、魏本、苑本同。「不能有形與聲」下南宋閩本注：「一無上六字。」「不能無形與聲」下潮本注：「一無上六字。」祝本注：「一本無『不能有形與聲』六字，一本無『不能無形與聲』六字。」魏本注同。文本注：「一無『不能無形與聲者』七字。」南宋蜀本注：「一本先云『無形與聲』。」《舉正》出南宋監本「不能有形與聲不能無形與聲」，云：「杭本無上語六字，蜀本、《文苑》皆有之。」朱熹從方本，《考異》：「或無上六字，或無下六字。」謹按：物怪亦鬼神，皆以無形無聲爲正常狀態，託於形憑於聲者爲反常狀態。其中能回歸正常狀態者爲鬼神，不能回歸正常狀態者爲物怪。「不能無形與聲者」，謂不能反乎其常也。且上文既已云「嘯梁」、「立堂」、「觸躬」、「與民物接」，可知其物必有形或有聲。「不能有形與聲」爲衍文，今從粹本刪。

⑮〔故有動於民而爲禍亦有動於民而爲福〕《舉正》：「杭、蜀本皆先言『爲福』。」《考異》：「本或先言『爲福』。」

⑯〔作原鬼〕原鬼《舉正》出南宋監本「作原鬼」，據閣本刪「作」字，云：「蜀本、《文粹》同，李刪。」朱熹從監本，《考異》：「方從閣、蜀、粹無『作』字。今按：古書篇題多在後者，如荀子諸賦正此類也。但此篇前已有題，不應複出，故且從諸本存『作』字。」

【箋注】

〔一〕韓醇注：「儒譏墨明鬼，而孔子『祭如在』；譏祭如不祭者，曰『我祭則受福』，不明鬼哉？公於是作《原鬼》。」蔣抱玄注：「《説文》：『陰气賊害爲鬼。』疑亦刺時相者，終篇『適丁民之有是時』句原意具在。或以譏《明鬼》而作，非也。」

此篇作年，諸譜失考，方譜收入「無年可考」諸篇中。

〔二〕《説文》：「鬼，人所歸爲鬼。从人，象鬼頭。鬼，陰气賊害，从厶。凡鬼之屬皆从鬼。居偉切。䰟，古文从示。」段注：「人所歸爲鬼。以疊韵爲訓。《釋言》曰：『鬼之爲言歸也。』郭注引尸子：『古者謂死人爲歸人。』《左傳》子産曰：『鬼有所歸，乃不爲厲。』《禮運》曰：『魂氣歸於天，形魄歸於地。』从儿，由象鬼頭，自儿而歸於鬼也。『从厶』二字今補。厶讀如私，鬼陰气賊害，故从厶。陰當作侌，此説从厶之意也。神陽鬼陰，陽公陰私。居偉切。」

〔三〕王元啓注：「『非也』謂非鬼之常，無形與聲乃其常。」

〔四〕魏引補注：「李石曰：公子彭生託形於豕，晉文公託聲於牛。韓子謂鬼無聲與形，未盡也。」王元啓注：「李石之言譏公此論爲未盡。余謂此即後文所云物怪是也。李氏於公此篇義旨尚未畢窺，輒敢妄爲論説，此可爲遜志讀者戒也。」

〔五〕魏仲舉注：「霆，雷也。」蔣抱玄注：「雷之餘聲曰霆。《禮記》（《孔子閑居》）：『風霆流形，庶物露生。』」

〔六〕王元啓注：「有怪而與民物接，即嘯梁、立堂、觸躬之類。」

〔七〕「物」有「鬼魅」一義，其本字爲「𩲡」，讀作「媚」，通作「魅」、「鬽」。《漢書・宣元六王傳》：「諸子書或反經術，非聖人，或明鬼神，信物怪。」顏師古注：「物亦鬼。」楊樹達《漢書窺管》：「物當讀爲鬽。」《龍龕手鏡》：「𩲡（古）鬽魅（二正），眉秘反。魑魅，老物精也，亦鬼神恠也。」《隋書・蕭吉傳》：「房陵王時爲太子，言東宮多鬼𩲡，鼠妖數見。」或解爲「鬼物」，《史記・扁鵲倉公列傳》：「乃出其懷中藥予扁鵲，飲是以上池之水，三十日當知物矣。」司馬貞《索隱》：「案舊説云：上池水，謂水未至地，蓋承取露及竹木上水，取之以和藥，服之三十日，當見鬼物也。」或解爲「鬼神」，《漢書・郊祀志》：「高祖初起，殺大虵。有物曰：『蛇，白帝子。而殺者赤帝子也。』」顏師古注：「物，謂鬼神也。」《説文》：「鬽，老精物也。从鬼彡。彡，鬼毛。魅，或从未聲。录，古文。𩳁，籒文从彖首。从尾省聲，密祕切。」段注：「鬽，老物精也。各本作『精物』，今依《蕪城賦》、《王莽傳》二注正。《論衡》曰：『鬼者，老物之精也。』《漢書・藝文志》有『神鬼精物』之語，則作『精物』亦通。《周禮》以夏日至致地示物鬽。注曰：『百物之神曰鬽。』引《春秋傳》：『螭鬽魍魎。』按今《左傳》作『魅』。《釋文》：『本作鬽。』服虔注云：『魅，怪物。』或云：魅人面獸身而四足，好惑人，山林異氣所生。」朱駿聲《説文通訓定聲》：「鬽，老物精也。从鬼彡彡鬼毛，會意。或从鬼，未聲。古文从鬼省尾省聲。籒文从录省尾省聲。字亦作𩲡。《廣雅・釋天》『物神謂之鬽』，《周禮》『凡以神仕者致地示物鬽』，《左》宣三傳『螭魅罔兩』，注：『怪物也。』」

〔八〕魏仲舉注：「爽，差也。」

〔九〕魏仲舉注：「既，盡也。」

〔一〇〕王元啓注：「反乎其常，反乎『無聲與形』之常。」

〔一一〕《史記·天官書》：「所見天變，皆國殊窟穴，家占物怪，以合時應。」

〔一二〕樊汝霖注：「按《左氏》、《國語》：周惠王十五年，有神降於莘。王問諸内史，過對曰云云。有得神以興，亦有以亡。夏之興也，祝融降於崇山；其亡也，回禄信於聆隧。商之興也，檮杌次於丕山；其亡也，夷羊在牧。周之興也，鸑鷟鳴於岐山；其衰以杜伯射王於鄗。動於民而爲禍福，其斯之謂歟。」

〔一三〕蔣抱玄注：「丁，當也。《詩經》《大雅·雲漢》：『寧丁我躬。』按：是時中原之亂甫平，陸贄罷相，白志貞、裴延齡輩相繼用事，故有是説。」「時」本義爲「是」，《爾雅·釋詁》：「時，是也。」引申爲「善」。《詩·小雅·頍弁》「爾殽既時」，毛傳：「時，善也。」此處指時尚、時俗風氣。

〔一四〕魏引補注：「李石曰：退之作《原鬼》，與晉阮千里相表裏。至作《羅池碑》，欲以鬼威揭人，是爲子厚求食也。《送窮文》雖出游戲，皆自叛其説也。退之以長慶四年寢疾，帝遣人召之曰：骨谻國世與韓氏相仇，欲同力討之。天帝之兵欲行陰誅，乃更藉人力乎。當是退之數窮識亂，爲鬼所乘。不然，平生强聒，至死無用。」王元啓注：「詳此篇後二節之意，謂鬼之下殃禍者本於忤天、違民、逆倫、爽物，是貴修德以禳之。若尋常物怪，直須視之若無，大概即《左傳》（莊十四年）『妖由人興』之意。」

行難①〔一〕

或問：「行孰難？」曰：「捨我之矜〔二〕，從爾之稱。」〔三〕「孰能之？」曰：「陸先生參何如②？」〔四〕曰：「先生之賢聞天下③，是是而非非。貞元中自越州徵拜祠部員外郎〔五〕。京師之人日造焉，閉門而拒之滿街。愈嘗往間客席④〔六〕，坐定⑤，先生矜語其客曰：『某，胥也〔七〕。某，商也。其生某任之，其死某誄之〔八〕。某與某，可人也⑥？任與誄也非過歟？』⑦皆曰⑧：『然。』愈曰：『某之胥，某之商，其得任與誄也有由乎？抑有罪不足任與誄之邪？』⑨先生曰：『否，吾惡其初〔九〕。不然，任與誄也何尤？』〔一〇〕愈曰：『苟如是，先生之言過矣！昔者管敬子取盜二人爲大夫於公〔一一〕，趙文子舉管庫之士七十有餘家〔一二〕，夫惡求其初？』〔一三〕先生曰：『不然，彼之取者賢也。』愈曰：『先生之所謂賢者，大賢歟？抑賢於人之賢歟⑩〔一四〕？齊也，晉也，且有二與七十⑪，而可謂今之天下無其人邪⑫？先生之選人也已詳。』〔一五〕先生曰：『然。』愈曰：『聖人不世出〔一六〕，賢人不時出⑬〔一七〕，千百歲之間儻有焉⑭〔一八〕，不幸而有出於胥商之族者，先生之説傳⑮，吾不忍赤子之不得乳於其母也！』⑯〔一九〕先生曰：『然。』」

他日，又往坐焉⑰。先生曰：「今之用人也不詳。位乎朝者，吾取某與某而已，在下者多于朝⑱，凡吾與者若干人。」愈曰：「先生之與者盡於此乎？其皆賢乎⑲？抑猶有舉其多而没其少者乎？」⑳〔二〇〕先生曰：「固然，吾敢求其全㉑。」愈曰：「由宰相至百執事凡幾位〔二一〕？由一方至一州凡幾位？先生之得者，無乃不足充其位邪㉒〔二二〕？不早圖之，一朝而舉焉㉓，今雖詳且微㉔〔二三〕，其後用也必粗。」〔二四〕先生曰：「然。」退語其人曰：「乃今吾見孟軻㉕。」〔二五〕

【彙校】

①〔行難〕本篇又載《文苑英華》卷三七八，據校。

②〔陸先生參〕廖本注：「《李習之集》『參』作『傪』。」謹按：陸參名諱，權德輿《唐故使持節歙州諸軍事守歙州刺史賜緋魚袋陸君墓誌銘并序》、《太常博士舉人自代狀》均作「參」，《元和姓纂》、《郎官石柱題名》亦作「參」。後者石刻尚存，可以覆按。李翺集卷七《與陸傪書》、卷十三《陸歙州述》、卷十七《陸傪檻銘》作「傪」。但今傳《李文公集》世無善本，「傪」字誤。

③〔賢聞天下〕潮本「聞」下多一「於」字，今苑本、祝本、文本、南宋閩本、南宋蜀本、魏本同。《舉正》據閣本删「於」字，云：「《文苑》同，李、謝删。」朱熹從方本，《考異》：「『聞』下或有『於』字。」今從方本。

④〔愈嘗往間客席〕苑本「愈」作「某」。文本、南宋閩本、南宋蜀本、魏本「嘗」作「常」。祝本注：「間，一作『問』。」文本、南宋蜀本、魏本注同。祝本注：「客，一作『賓』。」南宋閩本、魏本、苑本注同。南宋蜀本作「賓」，注：「賓，一作『客』。」《舉正》訂「嘗」字，云：「杭本『間』作『問』，蜀本『客』作『賓』，蓋誤。《文苑》作『嘗』。」朱熹從方本，《考異》：「嘗，或作『常』；間，或作『問』；客，或作『賓』。」

⑤〔坐定〕南宋蜀本注：「一無『坐定』。」《舉正》删「坐定」二字，云：「閣本、杭本、《文苑》皆删二字。」朱熹從方本，《考異》：「『席』下或有『坐定』二字。」

⑥〔可人也〕苑本注：「可，一作『何』。」潮本「可」作「何」，祝本、文本、南宋閩本、南宋蜀本、魏本同。潮本注：「何，一作『可』。」祝本注同。《舉正》據閣、杭本訂作「可」，云：「《文苑》同。『可人』見《禮記》，鄭注曰：言此人可也，但居惡人之中，使之犯法。蜀本『可』作『何』，『罪』作『過』，下語作『皆應曰』，恐非。」朱熹從方本，《考異》：「可，或作『何』。方據《禮記》，是也。然詳下文韓公之語，似以陸公雖嘗任誅此人，復自疑於有罪，則頗有薄其門地之意，而以薦引之力自多者。恐須作『何』字，語勢乃協，更詳之。」姚範《援鶉堂筆記》卷四二：「某與某可人也，言任之、誅之者爲可人，不應任、誅此胥商也，非陸自謂。」王元啓注：「上文『任某』、『誅某』，是泛舉他人，非陸自謂。此云『可人』，是指爲任、爲誅之人，非所任、所誅之人。若所任、所誅之人，則已明説爲胥商，何須復問？朱子此一節注似皆誤。」謹按：方氏所引《禮記》，見《雜記下》：「管仲遇盜，取二人焉，上以爲公臣。曰：其所與游辟者，可人也。」今從苑本。

⑦〔任與誅也非過歟〕祝本注：「也，一作『之』。」南宋閩本、魏本注同。文本「也」作「之」，注：「之，一作『也』。」《考異》：「也，或作『之』。」文本注：「過，一作『罪』。」潮本「過」作「罪」，苑本、祝本、南宋閩本、南宋蜀本、魏本、王本、廖本同。潮本注：「罪，一作『過』。」祝本、南宋閩本、南宋蜀本、魏本注同。今從文本。

⑧〔皆曰〕祝本「皆」下注：「一有『應』字。」南宋閩本、魏本注同。苑本「皆」下多一「應」字。《考異》：「『曰』上或有『應』字。」

⑨〔任與誅〕潮本「任與誅」作「誅而任」，苑本、祝本、文本、南宋閩本、魏本同。祝本注：「一作『任與誅』。」南宋閩本、魏本注同。《舉正》出南宋監本「誅而任」，云：「蜀本作『不足任與誅之邪』。」朱熹訂作「任而誅」，《考異》：「方作『誅而任』；而，或作『與』。」今從南宋蜀本。

⑩〔賢歟〕魏本「歟」上多一「者」字。

⑪〔二與七十〕句末南宋閩本注：「一有『焉』字。」潮本「十」下多一「焉」字，苑本、祝本、文本、南宋蜀本、魏本同。祝本注：「一無『焉』字。」魏本注同。《舉正》出南宋監本無「焉」字，云：「蜀本下有『焉』字，李、謝皆删。」《考異》：「下或有『焉』字。」今從方本。

⑫〔無其人邪〕祝本「人」下注：「一有『也』字。」魏本注同。潮本「人」下多一「也」字，南宋閩本、南宋蜀本同。《舉正》出南宋監本「無其人也邪」，據閣本、蜀本删「也」字，云：「《文苑》同。」朱熹從方本，《考異》：「『人』下或有『也』字。」今從苑本。

⑬〔聖人不世出賢人不時出〕苑本作「聖人不世生賢人不時出」，注：「生，川《文粹》作『出』。」謹按：今粹本未收此

篇。《文獻通考》卷二百四十八著録有宋人眉山成叔陽編後村劉氏序《唐三百家文粹》四百卷，所謂「川文粹」，當即此本。二「人」字下，潮本多一「之」字，祝本、文本、南宋閩本、南宋蜀本、魏本同。《舉正》出南宋監本「聖人之不世出賢人之不時出」，删二「人」字，云：「閣本無二『人』字，《文苑》無二『之』字，仍上語作『世生』，李、謝皆從閣本。」朱本從監本存二「人」字，從方本删二「之」字，《考異》：「人，方皆作『之』；或并有二字；世出，或作『世生』。」今從朱本。

⑭〔千百歲〕祝本注：「歲，一作『年』。」南宋閩本、魏本注同。《考異》：「歲，或作『年』。」

⑮〔先生之説〕南宋閩本「生」作「王」，注：「王，一作『生』。」

⑯〔乳於其母也〕魏本注：「一無『於』字。」潮本無「於」字，文本、南宋閩本、南宋蜀本同。南宋閩本注：「一有『於』字。」《舉正》：「蜀與《文苑》皆無『於』字。」謹按：今苑本有「於」字。《考異》：「或無『於』字。」

⑰〔又往坐焉〕苑本注：「集無『坐』字。」潮本無「坐」字，祝本、文本、南宋閩本、南宋蜀本、魏本同。《舉正》據閣本、苑本增「坐」字。朱熹從方本，《考異》：「或無『坐』字。」今從方本。

⑱〔多于朝〕魏本注：「于，一作『乎』。」文本「于」作「乎」。

⑲〔其皆賢乎〕《舉正》據杭本删「其皆賢乎」四字，云：「李删。」朱熹從監本，《考異》：「方無此四字。」

⑳〔而没其少者乎〕潮本注：「没，一作『缺』。」祝本、南宋閩本、魏本注同。潮本注：「少，一作『細』。」南宋蜀本注同。祝本注：「一作『細』，又作『一』。」南宋閩本、魏本注同。句末文本注：「一作『其細者邪』。」魏本注：「乎，一作『耶』。」《舉正》訂「缺」、「少」二字，作「而缺其少乎」，云：「杭本作『缺』，蜀本作『没』，下並同。李、謝從杭

本。」朱本同方本。《考異》：「缺，或作『没』；少，或作『細』，或作『一』；『乎』上方有『者』字。今按：此言人之才或不全備，姑舉其可取之多而略其可棄之少也。」謹按：今傳《舉正》「少」下無「者」字，與《考異》所引不同。

㉑〔吾敢求其全〕潮本注：「其，一作『於』。」祝本、魏本注同。苑本、文本、南宋閩本「其」作「於」，南宋閩本注：「於，一作『其』。」苑本注：「於，集作『其』。」《考異》：「其，方作『於』。今按：作『其』語意爲近，但陸公此句正不敢必求全才之意，而下文韓公又以太詳而不早責之，殊不可曉。當更考之。」童第德注：「陸公言：今之用人不詳，『位乎朝者吾取某與某，在下者吾與者若干人。』雖自謂不敢求其全，然以在下者之衆，而陸公既與人不求備，何以僅得若干人？正坐選人太詳之故。一旦登朝，需人共理，此區區若干人必不足用。如不及早旁求，他日必有濫竽充數之事。公責其不足充位，故曰『今雖詳其後用也必粗』。文義明白，無可懷疑。不知朱子何以云『不可曉』，殆偶未審耳。」謹按：陸參此處以「固然」二字，正面回答「舉其多而没其少」的質疑，正自詡其取材嚴格。所以下文韓愈以爲陸參選材過於求全，責其「太詳」，「得者不足充其位」。文意順暢，並無「不可曉」之處，朱氏理解有誤。

㉒〔充其位邪〕潮本「位」下多一「也」字，今苑本、祝本、文本、南宋閩本、南宋蜀本、魏本同。《舉正》删「也」字，云：「閣本無，杭、蜀有。以《文録》、《文苑》考之，閣本爲正。」朱熹從方本，《考異》：「『位』下或有『也』字。」今從方本。句末魏本注：「一無『邪』字。」

㉓〔一朝而舉焉〕南宋蜀本注：「舉焉，一作『索之』。」《舉正》：「蜀本云：劉本作『而索之』。」《考異》：「或作『索之』。」

㉔〔今雖詳且微〕祝本「且」作「而」。魏本注：「歐本無『且微』字。」苑本無「且微」二字，注：「集有『且微』二字。」《舉

正》據杭本删「且微」二字，云：「《文苑》同，歐、謝删，蜀本有之。」朱熹從方本，《考異》：「此下或有『且微』字，非是。」

㉕〔退語其人曰乃今吾見孟軻〕此句潮本作：「先生曰：然。子之言孟軻不如。」傳世諸本並同。潮本注：「一云：『先生曰然退語其人曰乃今吾見孟軻』。」祝本、南宋閩本注同。魏本注：「趙本云：『先生曰然退語其人曰乃今吾見孟軻』。」《舉正》出南宋監本「子之言孟軻不如」，云：「《文録》作：『退語其人曰乃今吾見孟軻』，謝本用此。」《考異》：「《文録》作：『退語其人曰乃今吾見孟軻』。」高澍然注：「上云『往坐』，則『退語』乃公自謂。以孟軻指參，於本文爲添説。若謂參退語人，以孟軻指公，據本旨『從爾之稱』，但當責其言，今並贊其人，亦爲添説。而趙本即趙德《文録》，親炙公文者，不宜有此誤。其趙本亦後人竄改邪？此結語確是僞撰，而易於惑人，故辨之。」童第德注：「趙本是也。此文題曰『行難』，首數語即釋『行難』之義，爲公稱述陸公之行而作。篇末『退語其人曰乃今吾見孟軻』，正是親崇陸公之意。『退語』從上『往坐』來，明爲稱陸公之辭，何得指爲陸公稱公之語？如作『子之言孟軻不如』，全篇皆稱頌陸公，末忽作自贊語，首唯亦不相應。公作此文在貞元十八年，公年三十有五。其後元和十五年，公年五十有三，作《與孟尚書書》，有『韓愈之賢不及孟子』之語。是時公已老矣，尚自謙不及孟子，而謂三十五歲時公齒方壯，乃高自稱許，謂『孟軻不如』邪？有以知其必不然矣。高氏反以趙本爲誤，殆未之思耳。」今從《文録》。

【箋注】

〔一〕文讜注：「言之非難，行之爲難。故以名篇。」魏仲舉注：「行，下孟切。」

此篇作年，方成珪、蔣抱玄注繫於貞元十八年。方譜：「以《與陸員外書》考之，當繫是年。」蔣抱玄注：「公《與祠部陸參員外書》在貞元十八年。參以十六年自越州召拜祠部員外郎，公方離徐州，未仕於京師也。按此亦爲十八年作。」王元啓注：「貞元十八年，參佐權德輿知貢舉。公與書曰：『愈獲幸於執事將一年。』是公初見參在貞元十七年。是篇即十七年作。」謹按：文中謂陸參「自越州徵拜祠部員外郎，京師之人日造焉，閉門而拒之滿街，愈常往間客席。」當作於陸參入京未久，且韓愈未除四門博士時。韓愈除四門博士在貞元十七年秋冬之間，見方崧卿《年譜增考》。又韓愈貞元十八年所作《與祠部陸員外書》云：「愈之獲幸於左右，其足跡接於門牆之間，陞乎堂而望乎室者，亦將一年於今矣。」則此篇作年，當在貞元十七年（八〇一）。

〔二〕魏仲舉注：「矜，夸也。」謹按：矜，自夸。《尚書·大禹謨》：「汝惟不矜，天下莫與汝爭能；汝惟不伐，天下莫與汝爭功。」孔傳：「自賢曰矜，自功曰伐。」孔穎達疏：「矜與伐俱是誇義。」

〔三〕蔣抱玄注：「稱，衡量也。」謹按：稱，稱揚、舉薦。《管子·大匡》：「凡於父兄無過，州里稱之，吏進之，君用之。」《左傳》宣公十六年：「禹稱善人，不善人遠。」杜注：「稱，舉也。」

〔四〕文讜注：「陸參，吳郡人。」魏仲舉注：「參，字公佐。」陸參，兩《唐書》無傳，今鈎稽其生平可知者如次：陸參，字公佐，吳郡人（權德輿《陸君墓誌銘》）。蚤孤，與兄隱居於越。貞元初始試佐環衛，歷大理評事、攝監察御史裏行佐黔中。貞元八年爲浙江東道義勝軍副使、殿中侍御史內供奉賜緋魚袋（權德輿《太常博士舉人自代狀》）。十二年，所從既罷，繼之者以重禮禮君，終不能屈(《陸君墓誌銘》),退居於田(《陸歙州述》)。十六年,徵拜祠部員外郎(《陸君墓誌銘》)。十八年二月十八日出刺歙州(韓愈《送陸歙州詩序》)。在途發瘍,夏四月丙子二十八日卒於洛師,享年五十五(《陸君墓誌銘》)。

〔五〕孫汝聽注:「參以殿中侍御史内供奉佐浙東軍,居六七年。貞元十六年,徵拜祠部員外郎。」《元和郡縣志》卷二十六江南道越州(都督府),今浙江紹興。《新唐書·百官志一》尚書省禮部:「祠部郎中(從五品上)、員外郎(從六品上)各一人,掌祠祀、享祭、天文、漏刻、國忌、廟諱、卜筮、醫藥、僧尼之事。」

〔六〕間,參與。《左傳》莊公十年:「肉食者謀之,又何間焉!」杜預注:「間,猶與也。」

〔七〕蔣抱玄注:「庶人在官者胥。《周禮》(《宰夫》):『七曰胥,掌官敍以治敍。』又胥,吏也。即公家所用掌理案牘之吏,稱書辦。」胥,官府小吏。《逸周書·作雒》:「凡工、賈、胥、市、臣、僕,州里,俾無交爲。」朱右曾《校釋》:「胥,庶人,在官給徭役。」

〔八〕文讜注:「《禮記·檀弓篇》:『士之有誄,自魯莊公始。』鄭云:『誄,累也。累其功德以爲謚。』」孫汝聽注:「某任之,謂所舉所任之人也。任,保任也。誄,累也。人生有德行,死而後累引其行跡爲謚,今之行狀是也。」

〔九〕文讜注:「惡,烏路切。」孫汝聽注:「初,謂爲胥與商也。」魏仲舉注:「惡,烏故切。」

〔一〇〕文讜注:「尤,甚也。」

〔一一〕樊汝霖注：「《禮記》：管仲遇盜，取二人焉。上以爲公臣。曰：其所與由辟也可人也。敬子，仲之謚也。」文讜注：「敬子，管仲也。事見《禮記・雜記下》。」

〔一二〕樊汝霖注：「《禮記》：趙文子所舉於晉國，管庫之士七十有餘家。生不交利，死不屬其子焉。文子，晉之大夫。」文讜注：「文子，晉國卿，名武，趙朔之子。鄭云：管庫之士，府史以下官長所置也，舉之於君，以爲大夫、士。管，鍵也，庫物所藏。事見《禮記・檀弓下》。」

〔一三〕文讜注：「惡，音烏。」王元啓注：「惡求其初，即《原毁篇》『不究其舊』之意。」

〔一四〕王元啓注：「賢於人之賢，此即取一不責二之意。」

〔一五〕詳，周詳、繁冗。《莊子・天道》：「本在於上，末在於下；要在於主，詳在於臣。」成玄英疏：「詳，繁多也。主道逸而簡要，臣道勞而繁冗。」《荀子・非相》：「傳者久則論略，近則論詳。」楊倞注：「詳，周備也。」

〔一六〕蔣抱玄注：「《漢書・伍被傳》：『夫蓼太子知略不世出，非常人也。』」謹按：不世出，世所希有。《漢書・蒯通傳》：「此所謂功無二於天下，略不世出者也。」顔師古注：「言其計略奇異，世所希有。」《漢書・杜周傳》：「朱博忠信勇猛，材略不世出。」顔師古注：「言其希有也。」

〔一七〕蔣抱玄注：「《中庸》：『溥博淵泉，而時出之。』」謹按：時出，待其時而出。不時出，不得其時則不出。《禮記・中庸》鄭玄注：「言其臨下普徧，思慮深重，非得其時，不出政教。」童第德注：

「《孟子外書·性善辨》：『千年一聖，猶旦暮也。』《鬻子·第四》：『聖人在上，賢士百里而有一人，則猶無有也；王道衰微，暴亂在上，賢士千里而有一人，則猶比肩也。』見《顏氏家訓·慕賢篇》『古人云：千載一聖，猶旦暮也；五百年一賢，猶比膊也』盧文弨注。公語蓋本此。」

〔一八〕儻，或許。《史記·東越列傳》：「計殺餘善，自歸諸將，儻幸得脱。」

〔一九〕蔣抱玄注：「《書·康誥》：『如保赤子，心誠求之。』」

〔二〇〕孫汝聽注：「舉其多而没其少，謂取其長而略其短也。」童第德注：「多少，猶言善惡、賢否、優劣。《吕覽·謹聽》：『聽者自多而不得』，高注：『自多，自賢也。』《漢書·張耳傳》『上多足下』，顏注釋『多』爲『重』，爲稱美之辭。《管子·海王》『大男食鹽五升少半』，房注：『少半，猶劣薄也。』《史記·曹相國世家》『以爲豈少朕與』，《索隱》：『少者，不足之詞。』按：不足則劣薄矣。『舉其多而没其少』，猶言舉其善而没其惡，孫氏謂『取其長而略其短』，是也。朱子云『舉其可取之多而略其可棄之少』，『多少』從本義解，未諦。」

〔二一〕蔣抱玄注：「供使領者曰執事。《左傳》（僖公二十六年）：『使下臣犒執事。』百執事，謂百官也。」

〔二二〕文讜注：「充，稱也。」

〔二三〕微，精細。《易·繫辞下》「幾者動之微」，孔穎達疏：「初動之時，其理未著，唯纖微而已。」

〔二四〕魏仲舉注：「粗，聰徂切，大也，疎也，物不精也。」

〔二五〕蔣抱玄注：「孟軻以好辯名，故云。」

對禹問①〔一〕

或問曰：堯舜傳諸賢〔二〕，禹傳諸子〔三〕，信乎〔四〕？曰：然。然則禹之賢不及於堯與舜也歟？曰：不然。堯舜之傳賢也，欲天下之得其所也〔五〕；禹之傳子也，憂後世爭之之亂也〔六〕。堯舜之利民也大②，禹之慮民也深。曰：然則堯舜何以不憂後世？曰：舜如堯，堯傳之；禹如舜，舜傳之。得其人而傳之，堯舜也；無其人而不傳③，慮其患而不傳者④，禹也。舜不能以傳禹，堯爲不知人；禹不能以傳子，舜爲不知人。堯以傳舜爲憂後世⑤，禹以傳子爲慮後世。

曰：禹之慮民也則深矣⑥，傳之子而當不淑〔七〕，則奈何？曰：時益以難理。傳之人則爭，未前定也；傳之子則不爭，前定也〔八〕。前定雖不當賢，猶可以守法；不前定而不遇賢，則爭且亂。天之生大聖也不數⑦〔九〕，其生大惡也亦不數。傳諸人得大聖，然後人莫敢爭⑧；傳諸子得大惡，然後人受其亂⑨。禹之後四百年然後得桀〔一〇〕，亦四百年然後得湯與伊尹〔一一〕。湯與伊尹不可待而傳也⑩，與其傳不得聖人而爭且亂，孰若傳諸子⑪？雖不得賢，猶可守法⑫。

曰：孟子之所謂天與賢則與賢，天與子則與子者，何也？曰：孟子之心，以爲聖人不苟私於其子以害天下〔一二〕。求其説而不得〔一三〕，從而爲之辭〔一四〕。

【彙校】

①〔對禹問〕此篇又載《文苑英華》卷三六七、《唐文粹》卷四十五，據校。

②〔利民〕潮本注：「利，一作『慮』。」祝本、魏本注同。文本、南宋蜀本「利」作「慮」。

③〔無其人而不傳〕南宋蜀本注：「一無『而不傳』。」苑本注：「『不傳』二字，集作『不得如己』。」朱熹刪「而不傳」三字，《考異》：「此下方有『而不傳』三字。」

④〔慮其患而不傳〕潮本「不傳」作「不得如己」，祝本、文本、魏本同。潮本注：「一作『慮其患而不傳者』。」祝本、魏本注同。《舉正》訂作「不傳」，云：「今本作『不得如己』，考之閣與杭、蜀、苑、粹皆只同上，不知誰氏所校也。蜀本無上語『而不傳』三字。」《考異》：「而不傳，或作『而不得如己』，非是。」今從苑本。

⑤〔憂後世〕潮本「憂」作「愛」，今從苑本。

⑥〔禹之慮民也〕《舉正》出南宋監本「禹之慮民也」，據閣、苑本刪「民」字。朱熹從方本，《考異》：「『慮』下或有『民』字。」

⑦〔大聖也〕「聖」下文本多一「人」字。

⑧〔人莫敢爭〕《考異》：「或無『人』字。」

⑨〔人受其亂〕粹本「受」作「授」。潮本注：「亂，一作『禍』。」祝本、魏本注同。文本、南宋蜀本、「亂」作「禍」，文本注：「禍，一作『亂』。」南宋蜀本注同。《考異》：「亂，或作『禍』。」

⑩〔湯與伊尹不可待〕苑本無複出「湯與伊尹」四字。「不可待」，粹本作「不得」，南宋蜀本作「不可得」。《舉正》出南宋監本「不可待」，云：「蜀本作『得』。」《考異》：「待，或作『得』。」

⑪〔傳諸子〕潮本「諸」作「之」，粹本、祝本、文本、南宋閩本、南宋蜀本、魏本同。《舉正》據閣、苑本訂作「諸」。《考異》：「諸或作之」今從苑本。

⑫〔猶可守法〕《舉正》出南宋監本「猶可守法」，據閣本乙「守法」作「法守」。朱熹從監本，《考異》：「方從閣作『法守』，非是。」

【箋注】

〔一〕樊汝霖注：「萬章問曰：『人有言：至於禹而德衰，不傳於賢而傳於子，有諸？』孟子曰：『不然也。天與賢則與賢，天與子則與子』云云。公乃設問而爲之答。且曰：孟子之心，以爲聖人不苟私於其子以害天下，求其説而不得從，而爲之辭。大抵孟子之説主天命，而公以人事言之爾。其致一也。」

此篇作年，諸譜失考。方譜列入「無年可考」諸篇中。謹按：柳宗元有《舜禹之事》一篇論禪讓，此篇則討論傳子與傳賢，所論均爲君權傳承問題，頗堪注意。蓋封建君主一向自詡君權神授，其合法性與合理性決不容臣下置喙。韓、柳同時思考這一問題，體現了中唐政治思想的時代高度。就中唐政壇的具體狀況而言，君權傳承問題得以成爲一個需要討論的問題，應該是在德宗、順宗、憲宗權力交接的貞元、元和之交。疑本篇作年，即在此前後。

〔二〕《史記·五帝本紀》：「堯立七十年，得舜二十年而老，令舜攝行天子之政，薦之於天，堯辟位凡二十八年而崩。堯知子丹朱之不肖，不足授天下，於是乃權授舜。授舜則天下得其利而丹朱病，授丹朱則天下病而丹朱得其利。堯曰：『終不以天下之病而利一人。』而卒授舜以天下。堯崩，三年之喪畢，舜讓辟丹朱於南河之南。諸侯朝覲者不之丹朱而之舜，獄訟者不之丹朱而之舜，謳歌者不謳歌丹朱而謳歌舜。舜曰：『天也夫！』而後之中國踐天子位焉。舜子商均亦不肖，舜乃豫薦禹於天，十七年而崩。三年喪畢，禹亦乃讓舜子如舜讓堯子。諸侯歸之，然後禹踐天子位。」《史記·夏本紀》：「帝舜薦禹於天爲嗣，十七年而帝舜崩。三年喪畢，禹辭避舜之子商均於陽城。天下諸侯皆去商均而朝禹，禹於是遂即天子位，南面朝天下，國號曰夏后，姓姒氏。」

〔三〕《史記·夏本紀》：「帝禹東巡狩至于會稽而崩，以天下授益。三年之喪畢，益讓帝禹之子啓，而辟居箕山之陽。禹子啓賢，天下屬意焉。及禹崩，雖授益，益之佐禹日淺，天下未洽，故諸侯皆去益而朝啓。曰：『吾君帝禹之子也。』於是啓遂即天子之位，是爲夏后帝啓。」

〔四〕文讜注：「堯子丹朱、舜子商均皆不肖，故堯禪舜，舜禪禹。禹之子啓賢，天下屬意焉。」

〔五〕蔣抱玄注：「《孟子》：『得其所哉，得其所哉。』」謹按：得其所，得行其志。《孟子·萬章上》：「昔者有饋生魚於鄭子產，子產使校人畜之池。校人烹之，反命曰：『始舍之圉圉焉，少則洋洋焉，攸然而逝。』子產曰：『得其所哉，得其所哉。』」趙岐注：「圉圉，魚在水羸劣之貌。洋洋，舒緩摇尾之貌。攸然，迅走水趣深處也。故曰：得其所哉。重言之，嘉得魚之志也。」

〔六〕此處「憂」音義俱同「慮」。《集韻》：「憂，於救切，慮也。《詩序》『百姓見憂』，徐邈讀。」

〔七〕魏仲舉注：「淑，善也，殊六切。」蔣抱玄注：「不淑，不良也。《詩經》：『遇人不淑。』」

〔八〕蔣抱玄注：「《中庸》：『言前定則不跲，事前定則不困。』」

〔九〕文讜注：「數，色角切。」蔣抱玄注：「不數，謂不常有也。」

〔一〇〕《史記·夏本紀》：「帝桀之時，自孔甲以来而諸侯多畔夏。桀不務德而武傷百姓，百姓弗堪。迺召湯而囚之夏臺，已而釋之。湯脩德，諸侯皆歸湯。湯遂率兵以伐夏桀，桀走鳴條。桀謂人曰：『吾悔不遂殺湯於夏臺，使至此。』湯乃踐天子位，代夏朝天下。」裴駰《集解》：「徐廣曰：『從禹至桀十七君，十四世。』」駰案：《汲冢紀年》曰：『有王與無王，用歲四百七十一年矣。』」

〔一一〕《史記·殷本紀》：「伊尹名阿衡。阿衡欲干湯而無由，乃爲有莘氏媵臣，負鼎俎，以滋味説湯，致於王道。或曰：伊尹處士，湯使人聘迎之，五反然後肯往從湯。言素王及九主之事，湯舉任以國政。」

〔一二〕蔣抱玄注：「《後漢書·孟嘗傳》：『臣不敢苟私鄉曲，竊感禽息，亡身進賢。』」

〔一三〕孫汝聽注：「謂孟子求堯舜禹傳授之説而不得也。」

〔一四〕蔣抱玄注：「《孟子》（《公孫丑下》）『又從而爲之辭』，謂不得已而爲是言也。」

雜説四首①〔一〕

龍噓氣成雲②〔二〕，雲固弗靈於龍也③。然龍乘是氣，茫洋窮乎玄間④〔三〕。薄日月〔四〕，伏光景〔五〕，感震電〔六〕，神變化〔七〕，水下土〔八〕，汩陵谷〔九〕。雲亦靈怪矣哉！

雲，龍之所能使爲靈也⑤；若龍之靈，則非雲之所能使爲靈也⑥。然龍弗得雲⑦，無以神其靈矣。失其所憑依〔一〇〕，信不可歟⑧！

異哉！其所憑依，乃其所自爲也。《易》曰：「雲從龍。」既曰龍，雲從之矣〔一一〕。

【彙校】

①〔雜説四首〕此題四篇，又載《文苑英華》卷三六一、《唐文粹》卷四十七，據校。「四首」二字，魏本作題下側注。苑本及《舉正》出南宋監本無此二字。朱熹從監本存此二字，《考異》：「或作『三首』，其一作『題崔山君傳』。」

②〔龍嘘氣成雲〕潮本「龍」下多一「之」字，苑本、祝本、文本、南宋閩本、魏本、《關鍵》、《正宗》、《軌範》、《真寶》同。《真寶》注：「一無『之』字。」《舉正》出南宋監本「龍之嘘氣」，據杭、蜀、苑、粹删「之」字。謹按：今苑本有「之」字。朱熹從方本，《考異》：「『龍』下或有『之』字。」今從粹本。

③〔弗靈〕魏本注：「弗，一作『不』。」苑本注：「弗，集作『不』。」

④〔茫洋窮乎玄間〕潮本「茫」上注：「一有『而』字。」祝本、《關鍵》、《正宗》注同。苑本、文本、南宋蜀本有「而」字。魏本注：「一本作『而茫茫』云云。」苑本注：「玄，《文粹》作『文』。」謹按：今粹本「玄」作「無」。《舉正》：「蜀本（茫洋）上有『而』字。」《考異》：「『氣』下或有『而』字。」

⑤〔使爲靈也〕潮本注：「靈，一作『雲』。」南宋閩本、魏本、苑本注同。雲龍之能使爲雲也《舉正》據閣本訂作「雲」。朱熹從監本，《考異》：「靈，方從閣本作『雲』，非是。」

⑥〔若龍之靈則非雲之所能使爲靈也〕《關鍵》無此十四字。

⑦〔弗得〕祝本注：「弗，一作『不』。」南宋閩本注同。魏本作「不」，注：「不，一作『弗』。」《考異》：「弗，或作『不』。」

⑧〔信不可〕粹本無「信」字。《舉正》出南宋監本「信不可歟」，據杭本删「信」字，云：「苑、粹同。」謹按：今苑本有

「信」字。朱熹從監本，《考異》：「方無『信』字，非是。」

【箋注】

〔一〕此數篇作年，諸譜失考。《舉正》：「此卷所作，多不得其年月。」方譜附於無年可考諸篇中。蔣抱玄注：「玩其語氣，非一時作。」

〔二〕魏仲舉注：「嘘，呵也。」高步瀛注：「《莊子·齊物論》篇《釋文》云：吐氣曰嘘。」

〔三〕孫汝聽注：「茫洋，飛騰貌。窮，極也。玄間，天地之表。」蔣抱玄注：「茫，同芒。（漢嚴遵）《道德指歸論》（《聖人無常心篇》）：『當此之時，溷沈太虛，霑溺至和。民忘心意，芒洋浮游，失其所惡，而獲其所求。』玄間，謂太空也。」高步瀛注：「《說文》：『玄，幽遠也。』茫洋，猶漭瀁。《家語·致思篇》王（肅）注云：『漭瀁，廣大貌。』與『茫洋』同。」童第德注：「茫洋，亦作『望羊』。《家語·辯樂篇》『曠如望羊』，王肅曰：『望羊，遠視也。』又作『望洋』、『盳洋』。《莊子·秋水篇》『望洋向若而歎』，司馬（彪）、崔（譔）本作『盳』，《釋文》云：『盳洋，猶望羊，仰視貌。』仰視必遠，『仰視』與『遠視』同。引申爲凡遠之稱。此文『茫洋』當訓『遠』，孫氏以『飛騰』釋之，未諦。一本作『茫茫』。『茫茫』，遠貌，與『茫洋』意同。」謹按：「茫洋」、「芒洋」、「漭瀁」、「望羊」、「望洋」、「盳洋」、「望陽」、「望佯」，聯綿字繫聲不繫文，以上諸詞皆可通用。本義爲仰視，引申爲遠視、遼遠、遼闊無際貌、漫無邊際貌、遨遊馳騁貌。《論衡·骨相篇》：「傳言黄帝龍顔，顓頊戴午，帝嚳駢齒，堯眉八彩，舜目重瞳，禹耳三漏，湯臂再肘，文王四乳，武王望陽，周公背僂，皋陶馬口，孔子反羽。」《釋名・釋姿容》：「望佯：佯，陽也。言陽氣在上，舉頭高似若望之然也。」

〔四〕魏仲舉注：「薄，追也。」高步瀛注：「《廣雅・釋言》曰：『薄，附也。』」

〔五〕魏仲舉注：「伏，掩也。」蔣抱玄注：「《漢書・武帝紀》：『薦于泰畤，光景並見，其赦天下。』」謹按：此處「光景並見」，謂日月並見。光，日光。景，月光。高步瀛注：「《晉語二》韋注曰：『伏，隱也。』」童第德注：「景，古『影』字。《顔氏家訓・書證篇》云：『至晉世葛洪《字苑》傍始加彡，音於景反。』段玉裁云惠定宇說：漢《張平子碑》即有『影』字，不始於葛洪。漢末所有之字，洪亦採集而成，非自造也。」

〔六〕高步瀛注：「《淮南・原道篇》高注曰：『感，動也。』《詩・十月之交》『燁燁震電』，毛傳曰：『震，雷也。』」

〔七〕孫汝聽注：「神，不可測也。」高步瀛注：「《管子・水地篇》曰：龍生於水，被五色而游，故神欲小則化如蠶蠋，欲大則藏於天下，欲上則淩於雲氣，欲下則入於深泉。變化無日，上下無時，謂之神。」

〔八〕魏仲舉注：「水，浸也。」謹按：水有「浸泡」一義。《周禮・秋官・柞氏》：「冬日至，令剥陰木而水之。」賈公彦疏：「至秋以水漬之。」高步瀛注：「水，如《左》昭三十年『防山以水之』之水。」謹按：水又有「淹没」、「淹灌」一義。《左傳》昭公三十年：「吴子執鍾吾子，遂伐徐，防山以水之。」

杜預注：「防壅山水以灌徐。」此當用「淹没」義。蔣抱玄注：「《詩經》（《邶風・日月》）：『照臨下土。』」

〔九〕祝充注：「汩，越筆切。」魏仲舉注：「汩，漂没也。」謹按：汩，本義爲治水，音聿。引申爲「治」，反訓爲「亂」。又自「亂」引申出「汩没」一義，音「骨」。魏仲舉注訓作「漂没」，是；祝充注作「越筆切」，不確。《説文》：「汩，治水也。从水曰聲，于筆切。」段注：「《天問》『不任汩鴻，師何以尚之』，王云：『汩，治也。鴻，大水也。』引伸之，凡『治』皆謂『汩』。《書序》『汩作』，汩，治也。『汩』本訓『亂』，如『亂』之訓『治』。故《洪範》『汩陳其五行』，汩，亂也。上文『淈』訓『濁』，而《釋詁》云：『淈，治也。』郭景純云：『淈汩同。』俗音古忽切，訓『汩没』、『汩亂』。」《楚辭・哀時命》「弱水汩其爲難兮，路中斷而不通」，洪興祖補注：「汩音骨，一于筆切。」蔣抱玄注：「《晉書・杜預傳》：『刻石爲二碑，紀其勲績。一沉萬山之下，一立峴山之上。曰：焉知此後不爲陵谷乎。』」

〔一〇〕孫汝聽注：「憑依，猶勢位也。」蔣抱玄注：「《左傳》：（僖公五年）『神所憑依，將在德矣。』」

〔一一〕文讜注：「雲從龍，《易・乾卦》孔子之言。龍以喻君，雲以喻臣。」

善醫人者①，不視人之瘠肥〔一〕，察其脉之病否而已矣；善計天下者，不視天下之安危，察其紀綱理亂而已矣②〔二〕。天下者人也，安危者肥瘠也，紀綱者脉也③。脉不病，雖瘠不害，脉病而肥者死矣。通於此説者，其知所以爲天下乎④！

夏殷周之衰也⑤，諸侯作而戰伐日行矣⑥。傳數十王而天下不傾者⑦〔三〕，紀綱存焉耳。秦之王天下也⑧，無分勢於諸侯〔四〕，聚兵而焚之〔五〕。傳二世而天下傾者⑨〔六〕，紀綱亡焉耳。

是故四支雖無故⑩〔七〕，不足恃也，脉而已矣⑪；四海雖無事⑫，不足矜也，紀綱而已矣。憂其所可恃，懼其所可矜，善醫善計者爲之⑬；《易》曰「視履考祥」⑭〔八〕，善醫善計者爲之⑮。

【彙校】

①〔善醫人者〕潮本無「人」字，苑本、祝本、文本、南宋閩本、魏本同。南宋閩本注：「一有『人』字。」魏本注同。《舉正》出南宋監本「善醫者」，云：「蜀本『醫』下有『人』字，苑、粹亦然，校本多删之。」謹按：今苑本無「人」字。朱熹從方本，《考異》：「『醫』下或有『人』字。」今從粹本。

②〔紀綱理亂〕潮本注：「一云『紀綱之亂否』。」祝本、南宋閩本、魏本注同。苑本注：「一作『紀綱之善否』。」《舉正》出南宋監本「紀綱理亂」，云：「蜀本同上，《文苑》作『紀綱之亂否』。」謹按：今苑本同監本。朱熹作「紀綱之理亂」，《考異》：「方無『之』字。『理亂』或作『亂否』。」

③〔紀綱者〕潮本「紀綱」作「綱紀」，祝本、文本、南宋閩本、南宋蜀本同。《舉正》出南宋監本「綱紀者脉也」，乙「綱紀」作「紀綱」，云：「蜀本、苑、粹同。」朱熹從方本，《考異》：「紀綱，或作『綱紀』。」今從方本。

④〔所以爲天下〕《舉正》：「閣本無『以』字。」《考異》：「閣無『以』字。」

⑤〔夏殷周〕魏本「殷」作「商」。

⑥〔諸侯作〕祝本注：「作，一作『僭』。」文本、南宋閩本、魏本注同。南宋蜀本作「僭」。《舉正》：「蜀本作『僭』。」《考異》：「作，或作『僭』。」

⑦〔數十王〕祝本「王」作「主」。

⑧〔王天下〕苑本「王」下多一「於」字，注：「集無此字。」

⑨〔傳二世〕潮本注：「世，一作『帝』。」祝本、南宋閩本、魏本注同。粹本作「帝」。《舉正》據閣本訂作「帝」，云：「苑、粹同。」謹按：今苑本同監本。朱熹從監本，《考異》：「世，方作『帝』。」謹按：前人避諱，或改字，或闕筆。韓集中「世」字屢見，此處不煩改字。

⑩〔四支〕文本「支」作「肢」。

⑪〔脉而已矣〕苑本無「矣」字。

⑫〔四海雖無事〕「四海」，潮本注：「四海，一作『天下』。」祝本、文本、南宋閩本、《考異》注同。南宋蜀本作「天下」，魏本同。南宋蜀本注：「天下，一作『四海』。」魏本注同。

⑬〔善醫善計者爲之〕潮本「爲之」作「謂之扶與之」，祝本、文本、南宋閩本、魏本同。潮本注：「一作『謂之天持與之』。」文本、南宋閩本注同。「扶」下祝本注：「一有『持』字，一作『天持與之』。」魏本注同。苑本、粹本、南宋蜀本作「謂之天扶與之」，南宋蜀本注：「謂，一作『爲』。一無『天扶與之』。」苑本注：「扶，集作『扶持』。」《舉正》訂

「天扶」二字，作「善醫善計者謂之天扶與之」，云：「閣與蜀本、苑、粹皆同，杭本只作『善醫計者謂之扶與之』。」朱熹從方本，《考異》：「諸本或無『天』字，扶，或作『持』。今按：此句未詳，疑有誤字。」今從南宋蜀本所引或本。

⑭〔善醫善計者謂之天扶與之易曰視履考祥〕王元啓注：「此十七字皆當定爲衍文删去。」

⑮〔善醫善計者爲之〕魏本注：「一作『善計善醫者爲之』。」苑本「醫」下多一「者」字。文本作「善計善醫者爲之」。《舉正》出南宋監本「善醫善計者爲之」，删「醫」下「善」字，云：「杭、蜀、《文粹》同。」朱熹從監本，《考異》：「善計，方無『善』字。」

【箋注】

〔一〕祝充注：「瘠，音籍，瘦也。《禮記》（《月令》）：『瞻肥瘠。』」

〔二〕蔣抱玄注：「紀綱，典章法度也。《書經》：『亂其紀綱。』」《尚書・五子之歌》「今失厥道，亂其紀綱，乃厎滅亡」，孔傳：「言失堯之道，亂其法制，自致滅亡。」

〔三〕文讜注：「《史記》（《夏本紀》裴駰集解）徐廣曰：『從禹至桀，十七君，十四世。』」（《殷本紀》集解引《汲冢紀年》）『有王與無王，用歲四百九十六年。』」（《史記・周本紀》集解）皇甫謐曰：周凡三十七王，八百六十七年。」

〔四〕孫汝聽注：「無分勢於諸侯，謂罷侯置守。」魏仲舉注：「分，扶問切。」蔣抱玄注：「秦廢封建，置郡縣，天下事權歸於一人。」

〔五〕孫汝聽注：「始皇取天下兵聚之咸陽，鑄以爲金人十二。」

〔六〕文讜注：「（《史記·秦始皇本紀》）秦始皇并六國，有天下，至子胡亥遽亡。應劭曰：『始皇欲以一至萬，示不相襲。始者，一也，故胡亥稱二世皇帝。』」蔣抱玄注：「秦亡於孺子嬰。二世，謂二代，非謂秦二世也。」

〔七〕蔣抱玄注：「《國語》（《鄭語》）：『調五味以適口，剛四支以衛體。』」

〔八〕文讜注：「《履卦》上九：『視履考祥，其旋元吉。』（王弼）注云：『禍福之祥，生乎所履；處履之極，履道成矣。故可視履而考祥。』」孔穎達《正義》：「視履考祥者，祥，謂徵祥。上九處履之極，履道已成。故視其所履之行，善惡得失，考其禍福之徵祥。」

談生之爲《崔山君傳》①〔一〕，稱鶴言者〔二〕，豈不怪哉？然吾觀於人，其能盡其性而不類於禽獸異物者希矣〔三〕。將憤世嫉邪長往而不來者之所爲乎〔四〕？

昔之聖者②，其首有若牛者〔五〕，其形有若蛇者〔六〕，其喙有若鳥者③〔七〕，其貌有若蒙倛者〔八〕。彼皆貌似而心不同焉，可謂之非人邪？即有平脅曼膚④〔九〕，顏如渥丹〔一〇〕，美而佷者⑤。其貌則人⑥，其心則禽獸⑦，又惡可謂之人邪⑧？

然則觀貌之是非，不若論其心與其行事之可否爲不失也⑨。怪神之事，孔子之徒不言〔一一〕。余將特取其憒世嫉邪而作之，故題之云爾。

【彙校】

①〔談生之爲〕粹本「之爲」作「云」。苑本注：「之爲，《文粹》作『云』。」《舉正》：「杭本『之』作『云』，無『爲』字，《文粹》同。」《考異》：「之，或作『云』，而無『爲』字，非是。」

②〔昔之聖者〕潮本「聖」下注：「一有『人』字。」祝本、南宋閩本、魏本注同。苑本、文本、南宋蜀本「聖」下有「人」字。文本注：「一無『人』字。」《舉正》據閣本訂「者」字作「昔之聖者」，云：「《文粹》同。蜀作『聖人』，《文苑》作『聖人者』。謝從閣本，李從蜀本。」朱熹從方本，《考異》：「者，或作『人』，或并有二字。」

③〔喙有若鳥者〕《舉正》出南宋監本「喙有若鳥者」，云：「閣本作『馬』。考《尸子》『禹長頸鳥喙』，閣本訛也。」《考異》：「鳥，閣作『馬』。」方成珪注：「《初學記》、《御覽》引《尸子》並作『鳥喙』，劉子《新論·命相篇》作『鳥喙』，《緯略》同。」童第德注：「《淮南·修務訓》：『皋陶馬喙，是謂至聖，決獄明白，察於人情。』高注：『喙若馬口。』又見《白虎通義》及《論衡》。《初學記》十二引《元命苞》：『堯爲天子，夢馬喙子，得皋陶，命爲大理。』是『喙若馬』謂皋陶。公此文但言『昔之聖者』，皋陶亦聖者也，閣本作『馬』不訛。諸本作『鳥』，謂禹，義得兩通。至『鳥』又作『烏』，烏亦鳥也，但小有異同耳。」

④〔即有〕苑本無「即」字。

⑤〔美而佷者〕「佷」，苑本、祝本、文本、南宋閩本、南宋蜀本作「很」，粹本、魏本、王本、廖本作「狠」。謹按：「佷」、「很」，古今字。「很」、「狠」，正俗字。均可通用。其本字作「很」，違逆乖戾。《國語・吴語》「今王將很天而伐齊」，韋昭注：「很，違也。」《説文》：「很，不聽从也。一曰：行難也。一曰：盭也。从彳艮聲，胡懇切。」段注：「盭，弼戾也。狠，犬鬥聲。今俗用『狠』爲『很』，許書『很』、『狠』義別。從犬艮聲。五還切。」《説文》無「佷」字，《玉篇》：「佷，户懇切，戾也。本作『很』。」《國語・晉語九》：「宣子曰：『宵也佷。』對曰：『宵之佷在面，瑶之佷在心。』」韋昭注：「佷，佷戾，不從人也。」樊汝霖注：「《左氏》襄二十六年傳：『宋公子佐惡而婉，太子痤美而狠。』」

⑥〔其貌則人〕潮本注：「貌，一作『面』。」南宋閩本、魏本注同。苑本注：「《文粹》作『貌則人矣』。」《舉正》出南宋監本「其貌則人」，據閣本删「其」字。朱從方本，《考異》：「上或有『其』字，貌，或作『面』。」

⑦〔其心則禽獸〕《舉正》出南宋監本「其心則禽獸」，據閣本删「獸」字。朱熹從監本，《考異》：「方無『獸』字。」

⑧〔惡可謂之人邪〕苑本注：「邪，集作『也』。」潮本「邪」作「也」，粹本、祝本、南宋閩本、魏本同。《舉正》據閣本訂作「邪」，云：「《文苑》同。杭本『邪』作『也』，上文同。《列子》曰：『庖犧氏、女媧氏、神農氏、夏后氏，蛇身人面牛尾虎鼻，皆有非人之狀，而有大聖人之德；夏桀、殷紂、魯桓、楚穆，狀貌七竅皆同，而有禽獸之心。』公言未免有所祖述也。」朱熹從方本，《考異》：「邪，或作『也』。」

⑨〔行事之可否〕粹本無「可否」二字。《舉正》出南宋監本「行事之可否」，據閣本删「可否」二字，云：「杭同，李、謝删。」朱熹從監本，《考異》：「方從閣、杭無『可否』字，非是。」

【箋注】

〔一〕孫汝聽注：「談生者，談姓，不知其名。」沈欽韓注：「山君，疑虎也。《漢書·五行志》成帝鴻嘉三年：『鄭躬等盜庫兵，劫略吏民，衣繡衣，自號山君。』或是盜也。」

〔二〕沈欽韓注：「《酉陽雜俎》、《闕史》並載病鶴患瘡，得人血塗之。然須三世是人，其血方中用。豈指此事耶？」蔣之翹注：「鶴言，如遼東華表鶴言。又太康二年大雪，南州人見二鶴於橋下曰：『今茲寒不減堯崩年。』又蘇耽死後，有鶴飛來，口劃作書字之類是也。當亦不稽之言，不足深考。」謹按：上引鶴言，均與此篇情狀不合。《酉陽雜俎》卷二：「同州司馬裴沆常說：再從伯自洛中將往鄭州。在路數日，晚程，偶下馬，覺道左有人呻吟聲。因披蒿萊尋之荆叢下，見一病鶴，垂翼俛咮，翅下瘡壞無毛，且異其聲。忽有老人白衣曳杖數十步而至，謂曰：『郎君年少，豈解哀此鶴耶？若得人血一塗，則能飛矣。』裴頗知道，性甚高逸。遽曰：『某請刺此臂血不難。』老人曰：『君此志甚勁，然須三世是人，其血方中。郎君前生非人，唯洛中葫蘆生三世是人矣。郎君此行非有急切，可能卻至洛中干葫蘆生乎？』裴欣然而返，未信宿至洛。乃訪葫蘆生，具陳其事，且拜祈之。葫蘆生初無難色，開襆取一石合，大若兩指，援針刺臂滴血，下滿其合。授裴曰：『無多言也。』及至鶴處，老人已至。喜曰：『固是信士。』乃令盡其血塗鶴，言與之結緣。復邀裴曰：『我所居去此不遠，可少留也。』裴覺非常人，以丈人呼之，因隨行。纔數里，至一庄，竹落草舍，庭廡狼籍。裴渴甚求茗，老人指一土龕：『此中有少漿，可就取。』裴視龕中有一杏核，一扇如笠，滿中有漿，漿色正白。乃力舉飲之，不復饑渴，漿味如杏酪。裴知隱者，拜請爲奴僕。老人曰：『君有世間微禄，縱住亦不終其志。賢叔真有所得，吾久與之遊，君自不知。今有一信，憑君必達。』因裹一襆，物大如羹椀，戒無竊開。復引裴視鶴，鶴所損處毛已生矣。又謂裴曰：『君向飲杏漿，當哭九族親盡。且以酒色爲戒也。』裴還洛中，路閱其附信，將發之，襆四角各有赤蛇出頭，裴乃止。其叔得信即開之，有物如乾大麥飯升餘。其叔後因遊王屋，不知其終。裴壽至九十七矣。」《藝文類聚》卷七十八引《搜神記》：「遼東城門有華表柱，忽有一白鶴集柱頭。時有少年舉弓欲射之，鶴乃飛徘徊空中而言曰：『有鳥有鳥丁令威，去家千歲今來歸，城郭如故人民非，何不學仙冢壘壘。』遂高上冲天。」《初學記》卷三引劉敬叔《異苑》：「太康二年冬大寒，南州人見二白鶴於橋下曰：『今兹寒不減堯崩年。』於是飛去。」《藝文類聚》卷九十引《列仙傳》：「蘇耽去後，忽有白鶴十數隻，夜集郡東門樓上。一隻口畫作書字，言曰：『城郭是，人民非，三百甲子當復歸。』咸謂是耽。」

〔三〕蔣抱玄注：「《漢書·西域傳》：『殊方異物，四面而至。』」

〔四〕孫汝聽注：「長往不來，謂隱遯不仕也。」蔣抱玄注：「《漢書·鄒陽傳》：『今使不羈之士與牛驥同皁，此鮑焦所以憤於世也。』《後漢書·趙壹傳》：壹作《刺世嫉邪賦》以抒其怨憤。」

〔五〕文讜注：「《帝王世紀》：神農氏，姜姓也。人身牛首，有聖德。教天下種穀，故號神農氏。」

〔六〕文讜注：「太昊包犧氏，風姓也。蛇身人首，有聖德。女媧氏亦然，是爲女皇也。」

〔七〕樊汝霖注：「《尸子》：禹長頸鳥喙。」文讜注：「《白虎通》（《聖人》）曰：皋陶鳥喙，是謂至誠。」

〔八〕祝充注：「倛，方相也，音欺。《荀子》：『仲尼之狀，面如蒙倛。』其注云：『其首蒙茸然，故曰蒙倛。韓侍郎云：四目爲方相，兩目爲蒙倛。』韓侍郎正謂公也。按：楊倞注《荀子》時爲大理評事，公爲刑部侍郎。此語豈親授於公耶？」《説郛》卷六下引宋蕭參《希通録》：「《荀子》：『仲尼之狀如蒙倛。』韓退之注：『四目爲方相，兩目爲倛。』楊倞注：『倛蒙茸。按：《子虛賦》蒙公先驅，《慎子》云：毛嬙、西施，天下之至姣也。衣之以皮倛，則見之者皆走也。』若是，則『蒙』、『倛』爲二物。倛，音欺。《韻略》無此字，有『魌』字類。楊倞説非。」謹按：楊雄《羽獵賦》「蚩尤並轂，蒙公先驅」，《漢書》師古注引服虔曰：「蒙公，蒙恬也。」又引孟康曰：「神名也。」《文選》李善注引如淳曰：「蒙公，髦頭也。」《荀子》楊倞注：「倛，方相也。其首蒙茸然，故曰蒙倛。《子虛賦》曰：『蒙公先驅。』韓侍郎云：『四目爲方相，兩目爲倛。』倛，音欺。《慎子》曰：『毛嬙、西施，天下之至姣也。衣之以皮倛，則見之者皆走也。』」類、倛《集韻》：「倛，淮南祈雨土偶人曰倛。」

〔九〕文讜注：「曼，美也。《楚辭·天問》云：『平脅曼膚，何以肥之？』蓋謂紂也。」

〔一〇〕孫汝聽注：「《詩》（《秦風·終南》）：『顏如渥丹，其君也哉。』渥，厚漬也。言顏如厚漬之丹也。」

〔一一〕孫汝聽注：「《論語》（《述而》）：『子不語怪力亂神。』《崔山君傳》稱鶴言，是爲怪也。」

世有伯樂〔一〕，然後有千里馬〔二〕。千里馬常有①，而伯樂不常有。故雖有名馬〔三〕，秖辱於奴隸之手②，駢死於槽櫪之間〔四〕，不以千里稱也。

馬之千里者，一食或盡粟一石。今之食馬者不知其能千里而食也③〔五〕。是馬也雖有千里之能④，食不飽，力不足，才美不外見⑤。且欲與常馬等不可得⑥，安求其能千里也？

策之不以其道〔六〕，食之不能盡其材〔七〕，鳴之而不能通其意。執策而臨之曰〔八〕：「天下無良馬！」⑦嗚呼！其真無馬邪⑧？其真不識馬邪⑨〔九〕？

【彙校】

①〔千里馬常有〕《舉正》：「《文苑》無此『千里』字。」謹按：今苑本有此二字。《考異》：「或無『千里』字。」

②〔秖辱於奴隸之手〕「秖」，文本作「衹」，苑本、王本作「祇」。高步瀛注：「秖，當作『衹』，今俗作『祇』。《五經文字》衣部曰：『衹，止移切，適也。』作『祇』訛。《說文·示部》『祇』字段注曰：『唐石經『衹』字皆從衣。正用張參字樣。而張參以前，顏師古注《竇嬰傳》曰：『衹，適也，音支，其字从衣。』豈師古太宗朝刊定經籍皆用此說歟？宋《類篇》則『衹』、『祇』皆云『適也』，不畫一。《韻會》則从示之『祇』訓『適也』。近日經典訓適者皆不从衣，與唐不合。』」謹按：「衹」、「秖」、「祇」、「衹」均可通用，今作「只」。《左傳》僖公十五年：「晉未可滅，而殺其君，衹以成惡。」杜預注：「衹，適也。」張衡《思玄賦》：「天長地久歲不留，俟河之清秖懷憂。」《文選》李善注：「秖，適

也。」《詩・小雅・我行其野》：「成不以富，亦祇以異。」毛傳：「祇，適也。」《左传》昭公二十五年：「臣不忍其死，君命祇辱。」杜預注：「祇，適也。」苑本、粹本、祝本、文本、南宋閩本、魏本「隸」下多一「人」字。祝本注：「一無『人』字。」文本、南宋閩本、魏本注同。苑本注：「集無『人』字。」朱熹本有「人」字，《考異》：「或無『人』字。」

③〔今之食馬者不知其能千里而食也〕粹本無「今」字。潮本無「之」字，苑本、粹本、祝本、南宋閩本、魏本同。魏本注：「本作『今之食馬者』。」《舉正》出南宋監本「今食馬者」，删「今」字，云：「蜀本有『今』字，杭本與苑、粹皆無之。」謹按：今苑本有「今」字。《考異》：「句上或有『今』字。『食』下疑脱一『石』字。」今從文本。

④〔是馬也〕潮本無「也」字，苑本、粹本、祝本、南宋閩本、魏本同。祝本注：「一有『也』字。」魏本注同。苑本注：「集有『也』字。」《舉正》：「蜀有『也』字。」朱熹增「也」字，《考異》：「方無『也』字。」今從文本。

⑤〔才美不外見〕苑本、粹本「才」作「材」。謹按：「才」、「材」，通假字。《易・繫辭下》「象者材也」，晉韓伯注：「材，才德也。」《禮記・中庸》「必因其材而篤焉」，鄭玄注：「材，謂其質性也。」《説文》：「材，木梃也。从木才聲，昨哉切。才，艸木之初也。从丨上貫一，將生枝葉。一，地也。凡才之屬皆从才。昨哉切。」段注：「凡『才』、『材』、『財』、『裁』、『纔』字以同音通用。从丨上貫一，將生枝葉也。一，地也。『一』謂上畫也，『將生枝葉』謂下畫。才有莖出地而枝葉未也，故曰『將』。艸木之初而枝葉畢寓焉，生人之初而萬善畢具焉，故人之能曰才，言人之所藴也。凡艸木之字：才者，初生而枝葉未見也；屮者，生而有莖有枝也；㞢者，枝莖益大也；出者，益兹上進也。此四字之先後次弟。」

⑥〔且欲與常馬等〕南宋蜀本「且」上多一「而」字。粹本、文本無「且」字。《舉正》出南宋監本「且欲與常馬等」，云：「《文粹》無『且』字，蜀本『且』作『而』。」朱熹從方本，《考異》：「或無『且』字，『且』或作『而』，今按：『且』字恐當在

『等』字下。」

⑦〔無良馬〕《舉正》出南宋監本「執策而臨之曰天下無良馬」，據苑本删「良」字。朱熹從方本。

⑧〔真無馬邪〕文本、南宋蜀本「馬」下多一「也」字。《考異》：「諸本二『無』字下皆有『良』字。閣、杭本皆脱『其真無馬邪』五字。」

⑨〔其真不識馬邪〕潮本注：「識，一作『知』。」祝本、文本、南宋閩本、魏本、苑本注同。粹本、南宋蜀本「識」作「知」。粹本「知」下多一「也」字。《舉正》訂「知」字，增「也」字，作「其真不知馬也邪」，云：「以《文苑》定。蜀本下文同，而『馬』上有『良』字，則非也。閣與杭本皆脱『其真無馬邪』一語，然他語並同上。李本只校從閣本，然考之文勢，恐誠脱誤也。」謹按：今苑本同監本。朱熹本作「其真不知馬也」，《考異》：「知，或作『識』，而無『也』字。」

【箋注】

〔一〕文讜注：「王逸注《楚辭》（《懷沙》）：伯樂姓孫，名陽。《石氏星經》云：伯樂，天星名，主典天馬。孫陽善馭，故以爲名。《列子》（《説符》）云：伯樂，秦穆公時人。考其年代，不相當。」高步瀛注：「《莊子·馬蹄篇》曰：『伯樂曰：我善治馬。』《釋文》曰：『樂音洛，姓孫名陽，善馭馬。』」

〔二〕文讜注：「（《漢書》）《漢武紀》應劭曰：大宛舊有天馬種，蹋石汗血。汗從前肩髆出如血，號一日千里。（《後漢書·馬援傳》）馬援云：……昔有騏驥，一日千里。伯樂見之，昭終不惑。」蔣抱玄注：「《史記·趙世家》：『繆王日馳千里馬攻徐偃王，大破之。乃賜造父以趙城。』」高步瀛注：

「《韓詩外傳》卷七曰：『使驥不得伯樂，安得千里之足？造父亦無千里之手矣。』」

〔三〕蔣抱玄注：「《晉書·石勒載記》：『劉琨遣張儒遺勒書。勒遺琨名馬珍寶，厚賓其使，謝歸以絶之。』」

〔四〕魏仲舉注：「駢，並也，蒲眠切。」蔣抱玄注：「《後漢書·馬援傳》：『今者歸老，更欲低頭與小兒曹共槽櫪而食，併肩側身於怨家之朝乎？』按：槽櫪，亦作『槽歷』，養馬之所也。」高步瀛注：「《漢書·楊雄傳》顔注曰：『駢，並也。』《説文》曰：『槽，養嘼之食器。』《方言》卷五曰：『櫪，或謂之皁。』郭注曰：『養馬器也。』錢子樂《箋疏》曰：『槽、皁聲義並近。』」謹按：槽，泛指牲畜食器。櫪，特指養馬之槽。《説文》：「槽，畜獸之食器。從木曹聲。昨牢切。」段注：「槽，嘼之食器。嘼，六嘼也。馬櫪曰槽。《方言》：『櫪，梁宋齊楚北燕之間謂之樎皁。』皁與槽音義同也。」

〔五〕祝充注：「食馬者，食音嗣。」文讜注：「食馬者，食音嗣。下『食之』同。」高步瀛注：「《説苑·辨物篇》曰：『十斗爲一石。』」

〔六〕文讜注：「策，馬箠也。」

〔七〕祝充注：「食，音嗣。」

〔八〕蔣抱玄注：「策，鞭也。《禮記》（《曲禮上》）：『君車將駕，則僕執策立於馬前。』」

〔九〕王元啓注：「此公《駑驥吟》所爲作也。」高步瀛注：「《楚策》四汗明見春申君曰：『夫驥之齒至矣。服鹽車而上太行，蹄申膝折，尾湛胕潰，漉汁灑地，白汗交流。中阪遷延，負轅不能上。伯樂遭之，下車攀而哭之，解紵衣以羃之。驥於是俛而噴，仰而鳴，聲達於天，若出金石聲者，何也？彼見伯樂之知己也。』此文反用其意。《呂覽·知士篇》曰：『今有千里之馬於此，非得良工，猶若弗取。良工之與馬也，相得則然後成，譬之若枹之與鼓。夫士亦有千里，高節死義，此士之千里也，能使士待千里者，其惟賢者也。』與此文可以互證。」

讀荀子①〔一〕

始吾讀孟軻書②，然後知孔子之道尊，聖人之道易行，王易王，霸易霸也〔二〕。以爲孔子之徒没〔三〕，尊聖人者，孟氏而已③〔四〕。晚得楊雄書④，益尊信孟氏⑤。因雄書而孟氏益尊〔五〕，則雄者亦聖人之徒歟⑥〔六〕。

聖人之道不傳于世⑦。周之衰，好事者各以其説干時君⑧〔七〕，紛紛藉藉相亂⑨〔八〕，六經與百家之説錯雜〔九〕。然老師大儒猶在⑩〔一〇〕。火于秦，黄老于漢⑪，其存而醇者，孟軻氏而止耳⑫，楊雄氏而止耳⑬。及得荀氏書，於是又知有荀氏者也。考其辭，時若不醇粹⑭〔一一〕；要其歸，與孔子異者鮮矣。抑猶在軻雄之間乎⑮？

孔子刪詩書，筆削春秋〔一二〕，合於道者著之，離於道者黜之⑯，故《詩》、《書》、《春秋》無疵⑰〔一三〕。余欲削荀氏之不合者附于聖人之籍⑱〔一四〕，亦孔子之志歟！

孟氏，醇乎醇者也⑲〔一五〕；荀與楊⑳，大醇而小疵㉑〔一六〕。

【彙校】

①〔讀荀子〕此篇又載《文苑英華》卷三六〇、《唐文粹》卷四十六，據校。祝本注：「一無『子』字。」魏本注同。苑本題作「讀荀卿子說」。《舉正》出南宋監本「讀荀子」，據杭、蜀本刪「子」字。朱熹從方本，《考異》：「『荀』下或有『子』字。」

②〔孟軻書〕苑本無「書」字。

③〔孟氏而已〕苑本「孟氏」作「孟子」，下同。「已」下文本、南宋蜀本、魏本、苑本多一「矣」字。

④〔楊雄〕「楊」，魏本、王本、廖本作「揚」。

⑤〔益尊信〕苑本「益」作「蓋」。

⑥〔則雄者〕「雄」下潮本注：「一有『也』字。」祝本、南宋閩本、魏本注同。苑本、南宋蜀本「雄」下多一「也」字。《考異》：「『雄』下或有『也』字。」

⑦〔不傳于世〕苑本「于」作「乎」。

⑧〔各以其説〕「其」下潮本注：「趙本有『所能』字。」祝本、南宋閩本、魏本注同。《舉正》：「《文録》『其』下有『所能』字。」《考異》：「『其』下或有『所能』字。」

⑨〔紛紛藉藉〕「藉藉」，苑本、粹本、祝本、文本作「籍籍」。謹按：「藉」、「籍」，通假字。

⑩〔老師〕粹本「老」作「先」。

⑪〔黄老于漢〕潮本注：「一無『黄』字。」祝本、魏本注同。《舉正》：「《文録》、閣本皆無『黄』字。」《考異》：「或無『黄』字。」

⑫〔孟軻氏而止耳〕粹本「止」作「已」。《考異》：「耳，或作『矣』。」

⑬〔楊雄氏而止耳〕粹本「止」作「已」。魏本無此六字。

⑭〔時若不醇粹〕「時」下潮本注：「一有『有』字。」祝本、魏本注同。苑本、文本、南宋蜀本「時」下多一「有」字。《舉正》出南宋監本「時若不醇粹」，據閣本删「醇」字，云：「李、謝删。」朱熹從方本，《考異》：「『時』下或有『有』字。『不』下或有『醇』字。」

⑮〔抑猶〕「抑」下潮本注：「一有『其』字。」祝本、魏本注同。文本「抑」下多一「其」字。《考異》：「『抑』下或有『其』字。」

⑯〔黜之〕祝本注：「黜，一作『去』。」南宋閩本、魏本注同。粹本「黜」作「去」。《舉正》據閣本「黜」下增「去」字，云：「李、謝校。杭、蜀無『黜』字。」朱熹從方本，《考異》：「或無『黜』字，或無『去』字。」

⑰〔無疵〕「疵」，苑本、祝本、魏本訛作「疪」，下同。童第德注：「疪，當作『疵』。」謹按：疵，瑕疵。疪，風濕病。《素

問・痺論》：「風、寒、濕三氣雜至，合而爲痺也。」二者音義俱不相同，當爲形訛。

⑱〔余欲〕苑本「余」作「予」。「余」、「予」，古今字。《説文》：「余，語之舒也。从八，舍省聲。𠔏，二余也，讀與余同。以諸切。」段注：「余，語之舒也。語，《匡謬正俗》引作詈。《左氏傳》：『小白余敢貪天子之命，無下拜。』此正詈之舒。亏部曰：『亏，於也。象氣之舒亏。』然則余亏異字而同音義。《釋詁》云：『余，我也。余身也。』孫炎曰：『余，舒遲之身也。』然則余之引伸訓爲我。《詩》、《書》用『予』不用『余』。《左傳》用『余』不用『予』。《曲禮下篇》：『朝諸侯分職授政任功，曰：予一人。』注云：『覲禮曰伯父寔來，余一人嘉之。』余、予古今字。凡言古今字者，主謂同音，而古用彼今用此異字。若禮經古文用余一人，禮記用予一人。余、予本異字異義，非謂予、余本即一字也。顔師古《匡謬正俗》不達斯恉，且又以予上聲、余平聲爲分別，又不知古音平上不甚區分，重悂貤繆。《儀禮漢讀考》糾之詳矣。从八，象气之分散。舍省聲。以諸切。」《説文》：「予，推予也。象相予之形。」段注：「予、與古今字。《釋詁》曰：『台朕賚畀卜陽，予也。』按：『推予』之『予』假借爲『予我』之『予』，其爲『予』字一也。故台朕陽與賚畀卜皆爲予也。《爾雅》有此例，《廣雅》尚多用此例。予我之予，《儀禮》古文、《左氏》皆作余。鄭曰：『余、予古今字。』象相予之形。象以手推物付之。余吕切，古予我字亦讀上聲。」

⑲〔醇乎醇者也〕潮本注：「趙云『孟氏醇如也』。」祝本、南宋閩本、魏本注同。苑本注：「集作『孟氏醇如也』。」《舉正》出南宋監本「孟氏醇乎醇者也」，據閣本删「醇乎」二字，云：「李、謝删，《文録》亦作『孟氏醇如也』。」朱熹從監本，《考異》：「方從閣無『乎醇』字，或作『醇如也』，皆非是。」

⑳〔荀與揚〕粹本「揚」作「雄」。《舉正》訂作「雄」，云：「閣本、杭本、《文録》、《文粹》並同，蜀作『揚』。」朱熹從蜀本，《考異》：「揚，方作『雄』，非是。」

㉑〔荀與楊大醇而小疵〕潮本注：「趙云『荀與雄文大醇而小疵』。」祝本、南宋閩本、魏本注同。苑本注：「集作『荀與雄文大醇而小疵』。」

【箋注】

〔一〕樊汝霖注：「《荀子》三十二篇，其《非十二子篇》以子弓並仲尼，謂子思孟軻略法先王而不知其統。其《性惡篇》謂人之性惡，禮義生于聖人之僞。此其抵捂不合于道，而公所欲削者歟？」文讜注：「《前漢·藝文志》：『《孫卿子》三十三篇。』注云：『名況，趙人，爲齊稷下祭酒，有列傳。』顔師古曰：『本曰荀卿，避宣帝諱，故曰孫。』」孫汝聽注：「荀卿名況，趙人。齊襄王時爲稷下祭酒，避讒適楚。春申君以爲蘭陵令。春申君死，而荀卿廢。著書數萬言而卒，因葬蘭陵。」沈欽韓注：「楊倞注《荀子》，多引韓侍郎，蓋倞承公意而爲注也。」

此篇作年，諸譜失考，方譜録入「無年可考」諸篇之中。謹按：楊倞《荀子注》引「韓侍郎」説凡八條。其書成于元和十三年十二月，見楊倞《荀子序》。據沈欽韓注，則韓愈讀荀，必在此前，可備一説。

〔二〕高步瀛注：「《孟子·滕文公下》曰：『大則以王，小則以霸。』」

〔三〕孫汝聽注：「徒，謂諸弟子。」

〔四〕高步瀛注：「《孟子·公孫丑上》：『乃所願則學孔子也。』又曰：『自有生民以来未有孔子也。』」

〔五〕高步瀛注：「《法言·吾子篇》曰：『古者楊、墨塞路，孟子辭而闢之，廓如也。後之塞路者有矣，竊自比於孟子。』《淵騫篇》曰：『請問孟軻之勇。曰：勇於義而果於德，不以貧富貴賤死生動其心，於勇也其庶乎！』又《君子篇》曰：『或問孟子知言之要，知德之奥，曰：非苟知之，亦允蹈之。或曰：子小諸子，孟子非諸子乎？曰：諸子者，以其知異於孔子者也。孟子異乎不異？』案：子雲推尊孟子如此，故云『因雄書而孟氏益尊』也。」

〔六〕方成珪注：「《集》中屢稱揚雄：《與馮宿論文》盛推雄所著《太玄》，以桓譚謂勝老子未爲知雄，而獨賞其弟子侯芭勝《周易》之贊。夫《周易》經四聖人手，窺其奥尚難，況勝之乎？時貞元十四年，公年三十一，氣盛好奇，故于雄文極其傾倒也。其先《答崔立之書》（貞元十二年年二十九），以雄爲豪傑士，與屈原、孟子、司馬遷、相如埒。後有書《答張籍》，專與孟相頡頏，則因籍原書有『執事與孟子、揚雄相若』一語，非誠以揚爲孟後一人也（貞元十三年，年三十）。《送孟東野序》或云在貞元十九年（公年三十六），與兩司馬文並稱其善鳴。迨元和六、七年間（公年四十四五），有《答劉正夫書》，又與兩司馬、劉向並稱爲漢文之最。八年作《進學解》（公年四十六），亦有『子雲相如同工異曲』之言。皆但稱其能文章，未嘗言其有道德也。惟《讀荀》及《原道》二篇，季申方氏不得其年月，而據上李巽書『謹獻舊文一卷，扶樹教道，有所明白』等語，從或説指《原道》諸文（見《舉正》），然究非確證。竊以公《答李翊書》之旨定公之文，《原道》當在《讀荀》後。《讀荀》之文，所謂『餘有得而取心注手，汩汩然來』之候也，時尚稱雄爲『聖人之徒』，而與荀同以

『大醇小疵』目之，視孟氏之醇乎醇既有間矣。《原道》之文，則所謂『浩乎沛然醇而後肆』之候也，能直決爲『孟子死不得其傳』，並詆揚與荀『不精不詳』，已明明屏二子于道統之外，其書之弊不但小疵可知。公于是乎又進一解矣。晚年《與孟尚書書》（元和十四年年五十二），孔子後專推孟子，于雄絶不之及，且謂『漢氏以來羣儒區區修補』，要即《原道》『不得其傳』之意耳！蓋公自識古書正僞後，道愈明，見愈卓，宜其温故知新，不主故常也如此。今特綜其前後之文，即一端以類考焉，亦可見古大儒之學，未始不與年俱進云。」

〔七〕孫汝聽注：「好事者，如韓非、申不害、田駢、慎到之屬。」

〔八〕蔣抱玄注：「紛紛藉藉，雜亂而衆多也。《漢書》：『羽旄紛紛。』又：『它它藉藉，填阬滿谷。』」謹按：《漢郊祀歌·練時日》：「駕飛龍，羽旄紛。」高步瀛注：「《漢書·劉屈氂傳》顔注：『籍籍，猶紛紛也。』」謹按：《漢書·敍傳》：「鄭衛荒淫，風流民化，湎湎紛紛。」顔師古注：「紛紛，雜亂也。」《漢書·司馬相如傳》顔師古注引郭璞曰：「藉藉，言交横也。」《漢書·燕刺王劉旦傳》：「髮紛紛兮寘渠，骨籍籍兮亡居。」顔師古注：「籍籍，從横貌也。」

〔九〕蔣抱玄注：「百家，謂諸子也。《史記》（《五帝本紀》）：『《尚書》獨載堯以來，而百家言黄帝，其文不雅馴。』」王褒《洞簫賦》：「鏤鏤離灑，絳脣錯雜。」高步瀛注：「《莊子·天運》曰：『丘治《詩》、《書》、《禮》、《樂》、《易》、《春秋》六經。』《天下篇》曰：『其在於詩書禮樂者，鄒魯之士搢紳先生多能明之。詩以道志，書以道事，禮以道行，樂以道和，易以道陰陽，春秋以道名分。其数散於天下而設於中國者，百家之學時或稱而道之。天下大亂，賢聖不明，道德不一，天下多得一察焉以自好。』」

〔一〇〕孫汝聽注：「老師大儒，即孟子、荀卿是也。」高步瀛注：「《史記·孟子荀卿列傳》曰：『齊襄王時，荀卿最爲老師。』《列女傳·母儀·孟母傳》曰：『及孟子長，學六藝，卒成大儒之名。』案：此文尚未指實荀卿，則但渾言之耳。」

〔一一〕醇粹，精純不雜。《楚辞·远游》：「玉色頩以脕顔兮，精醇粹而始壯。」《尚書·説命中》：「惟厥攸居，政治惟醇。」孔傳：「其所居行皆如所言，則王之政事醇粹。」

〔一二〕蔣抱玄注：「筆謂記載，削謂删除也。古用竹簡，有所竄改則削去之。《尚書序》：『夫子作《春秋》，筆則筆，削則削。』」

〔一三〕蔣抱玄注：「疵，累也。」謹按：疵，瑕疵。《玉篇》：「疵，疾資切。病也，亦瑕疵。」

〔一四〕魏仲舉注：「籍，書也。」王元啓注：「削荀氏之不合者，如《非十二子》、《性惡》之類。」

〔一五〕蔣抱玄注：「醇，純潔也。」《玉篇》：「醇，時均切。粹精也，專也，厚也。」

〔一六〕文讜注：「《宋景文公筆記》云：韓退之稱孟軻曰『醇乎醇者也』，至荀況、楊雄『大醇而小疵』，余謂未之盡。孟之學也雖醇，於用緩；荀雖疵，於用切；楊則立言可矣，不近於用。」魏引補注：「伊川曰：荀卿才高而其言多過，子雲才短而其言多失。然皆未免夫駁者也。退之以大醇歸之，蓋韓子待人以恕。」孫汝聽注：「小疵，謂有不合于孔子者。」

讀鶡冠子〔一〕

《鶡冠子》十有六篇①〔二〕，其詞雜黄老刑名②〔三〕。其《博選篇》四稽五至之説當矣③〔四〕，使其人遇其時④〔五〕，援其道而施於國家，功德豈少哉⑤〔六〕！《學問篇》稱「賤生于無所用⑥，中流失船，一壺千金」者⑦〔七〕，余三讀其辭而悲之〔八〕。文字脱謬〔九〕，爲之正三十有五字〔一〇〕，乙者三〔一一〕，滅者二十有二⑧〔一二〕，注者十有二字云⑨〔一三〕。

【彙校】

①〔十有六篇〕南宋蜀本注：「六，一作『九』。」《舉正》：「今《鶡冠子》自《博選》至《武靈王問》凡十九篇，此只云十六篇，未詳。」朱熹訂「六」作「九」，《考異》：「九，方作『六』。云：今《鶡冠子》自《博選》至《武靈王問》凡十九篇，此只云十六篇，未詳。今按：方蓋不見或本已作『九』也。」陸佃《鶡冠子序》：「自《博選》篇至《武靈王問》凡十有九篇。而退之讀此云十有六篇者，非全書也。」《四庫提要》：「佃，北宋人，其時古本韓文初出，當得其真。今本韓文乃亦作十九篇，殆後來反據此書以改韓集。」

②〔雜黄老〕《舉正》：「閣本無『雜』字。」《考異》：「或無『雜』字，非是。」

③〔五至〕《舉正》：「閣本作『五室』。」《考異》：「至，或作『室』。」

④〔使其人遇其時〕《舉正》刪「時」上「其」字，云：「謝校刪。」朱熹從方本，《考異》：「『遇』下或有『其』字。」

⑤〔功德〕句上祝本注：「一有『其』字。」南宋閩本、南宋蜀本、魏本注同。《舉正》：「蜀本上有『其』字。」《考異》：「句上或有『其』字。」

⑥〔學問篇稱〕文本無「稱」字。魏本注：「稱，一作『所稱』。」

⑦〔一壺千金〕南宋蜀本注：「壺，一作『瓠』。」《考異》：「壺，或作『瓠』，音義同。」

⑧〔滅者〕潮本注：「滅，一作『減』。」祝本「滅」作「減」，文本、南宋閩本、南宋蜀本、魏本同。祝本注：「減，一作『滅』。」南宋閩本、魏本注同。《考異》：「滅，方作『減』。」

⑨〔注者十有二字〕魏本「十」上多一「二」字。《舉正》出南宋監本「注者」，刪「者」字，云：「三本同。」朱熹從方本，《考異》：「諸本『注』下有『者』字。」

【箋注】

〔一〕樊汝霖注：「西漢《藝文志》有《鶡冠子》一篇，其下箋云：『楚人居深山，以鶡鳥羽爲冠。』而《唐志》云：『《鶡冠子》三卷。』豈漢時遺缺，至唐而全耶？漢唐皆以爲道家者流。公謂其辨施于國家功德豈少，而柳子厚作《辨鶡冠子》則曰：『得其書而讀之，盡鄙淺言也。』二公所見不同如此。」祝充注：「鶡音曷，似雞，鬥必至死。楚人居深山，以鶡鳥羽爲冠，故曰鶡冠子。班固曰：道家者流。」文讜注：「《前漢・藝文志》道家流有《鶡冠子》一篇。注云：『楚人居深山，以鶡鳥羽爲冠。』鶡，何葛切，似雉。而《唐志》云：『《鶡冠子》三卷。』此云十六篇，豈漢時遺闕，至唐而全耶？抑《唐志》所謂三卷，即十六篇也。」謹按：《漢志》所謂「篇」，即後世所謂「卷」。《漢書・武帝紀》：「咸以書對，著之於篇。」顔師古注：「篇，謂竹簡也。」《黄氏日抄》卷五十五：「鶡似雞，以死鬭，楚俗以飾冠，示武也。至今西班稱鶡弁云。」

此篇作年，諸譜失考，方譜録入「無年可考」諸篇之中。

〔二〕沈欽韓注：「陸佃《序》曰：『自《博選》至《武靈王問》凡十有九篇，而退之云十六篇者，非全書也。』案《藝文志》兵家有《龐煖》三篇，蓋雜入《鶡冠子》中，故篇數多於舊。」謹按：《鶡冠子》卷數，《漢書・藝文志》作一篇（卷），《隋志》、兩《唐志》、《宋志》、《崇文總目》、《通志》、《郡齋讀書志》、《直齋書録解題》作三卷，《玉海》作四卷。其書篇數，《崇文總目》、《郡齋讀書志》、《資治通鑑外紀》作「十五篇」，《寓簡》作「十八篇」，《直齋書録解題》作「十九篇」。今存陸佃注本分爲三卷，凡十九篇。《玉海》卷五十三：「今本《博選》至《學問》，分爲四卷。」是宋代所傳十五篇者，闕《學問第十五》以下《世賢第十六》、《天權第十七》、《能天第十八》、《武靈王第十九》四篇。敦煌卷子本有此書貞觀三年抄本，存卷上凡九篇：《博選》、《著希》、《夜行》、《天則》、《環流》、《道端》、《近迭》、《度萬》、《王鈇》，其編次與陸佃本完全相合。則唐宋時期各家傳本雖篇卷有異，其編次並無不同。篇數有異，乃各家傳本自身存逸多寡不同，並非意味著存在編次不同的多種傳本。據此可以判定：韓愈所見十有六篇的《鶡冠子》，應闕《天權》以下三篇。陸佃以爲退之所讀「非全書」，是。沈欽韓以爲十九篇者係「《龐煖》三篇雜入《鶡冠子》」，無據。

〔三〕孫汝聽注：「《漢·藝文志》又有法家名家者流，刑名謂此也。」

〔四〕孫汝聽注：「《博選》，《鶡冠子》第一篇。《博選篇》云：道有四稽：一曰天，二曰地，三曰人，四曰命。人有五至：一曰百己，二曰什己，三曰若己，四曰斯役，五曰徒隸。」《黄氏日抄》卷五十五：「其五至之説，見於首篇。始謂北面事君則伯己者至謳藉詼咄則徒隸者至。是痛上之人不禮下也。」

〔五〕劉向《別録》：「鶡冠子常居深山，以鶡爲冠，故號鶡冠子。」（《藝文類聚》卷六十七）袁淑《真隱傳》：「鶡冠子，或曰楚人。隱居幽山，衣被履空，以鶡爲冠。莫測其名，因服成號，著書言道家。馮諼常師事之，後顯於趙，鶡冠子懼其薦己也，乃與諼絶。」（《藝文類聚》卷三十六）

〔六〕孫汝聽注：「《學問》，《鶡冠子》第二篇。」謹按：據敦煌卷子本、陸佃注本，《鶡冠子》第二篇爲《著希第二》。據陸佃注本，《學問》爲第十五篇。孫汝聽注不確。

〔七〕祝充注：「《爾雅》曰：『瓠，壺也。』《國語》云：『苦匏不材于人，共濟而已。』注云：『佩匏可以渡水。』」孫汝聽注：「《詩》『八月斷壺』，壺，瓠也。佩瓠可以渡水。」《鶡冠子》陸佃注：「壺，瓠也。

佩之可以濟涉，南人謂之腰舟。」《黄氏日抄》卷五十五：「若中流失船一壺千金，是傷己之不遇時也。文公豈有感於其言者乎。」

〔八〕《黄氏日抄》卷五十五：「《鶡冠子》十六篇，韓子悲其人之不遇。」

〔九〕蔣抱玄注：「脱謬，脱略而謬誤也。」

〔一〇〕此處「正」爲校勘術語，謂刊正錯訛文字。

〔一一〕蔣抱玄注：「讀書以筆志其止處曰乙，字有遺脱勾其旁而增之亦曰乙。」童第德注：「《史記·滑稽·東方朔傳》：『朔初入長安，至公車上書，凡用三千奏牘。公車令兩人共持舉其書，僅然能勝之。人主從上方讀之，止輒乙其處。讀之二月乃盡。』『乙』謂以筆斷其句讀，即《説文》『有所絶止而識之』也。與公此文所謂『乙』異義。錢氏大昕《十駕齋養新録》云：『鄉會試有塗改添注之例。洪容齋引《貽子録》云：燭下寫試無誤筆，即題其後云：並無揩改塗乙注。如有，即言字數。』蓋唐宋已有之。按：抹去曰塗，勾改曰乙。」謹按：「乙」本義爲屈曲，《説文》：「乙，象春艸木冤曲而出，陰气尚彊，其出乙乙也。與丨同意。乙承甲，象人頸。」此處「乙」爲校勘術語，謂勾轉倒文。

〔一二〕馬其昶注引沈欽韓曰：「（《爾雅》）《釋器》：『滅謂之點』，注：『以筆滅字爲點。』」蔣抱玄注：「滅，謂抹去也。」謹按：此處「滅」爲校勘術語，謂删去衍文。

〔一三〕曾國藩《求闕齋讀書録》卷八：「正者，正訛也。乙者，上下倒置也。滅者，塗去也。注者，添綴於旁也。」

讀儀禮〔一〕

余嘗苦《儀禮》難讀，又且行于今者蓋寡①〔二〕，沿襲不同〔三〕，復之無由。考于今，誠無所用之②。然文王周公之法制粗在於是，孔子曰：吾從周。謂其文章之盛也。古書之存者希矣③，百氏雜家④，尚有可取⑤，況聖人之制度邪？于是掇其大要奇辭奥旨著于篇〔四〕，學者可觀焉⑥。惜乎吾不及其時，進退揖讓于其間〔五〕。嗚呼盛哉！

【彙校】

①〔又且行于今〕潮本注：「且，一作『其』。」祝本、文本、南宋閩本、南宋蜀本、魏本注同。又且行于今《舉正》：「蜀本『且』作『其』。」朱熹《考異》：「其，方作『且』。」

②〔誠無所用之〕文本注：「之，一作『云』。」南宋蜀本注同。潮本「之」作「云」，祝本、南宋閩本、魏本同。潮本注：「云，一作『之』。」祝本、南宋閩本、魏本注同。《舉正》據閣本訂作「之」，云：「蜀同，杭作『云』。」朱熹從方本，《考異》：「之，或作『云』。」今從文本。

③〔古書之存者〕《舉正》出南宋監本「古書之存者」，據杭本刪「之」字，云：「李刪。」朱熹從監本，《考異》：「方無『之』字。」

④〔百氏雜家〕祝本注：「家，一作『説』。」南宋閩本、南宋蜀本、魏本注同。文本「家」作「説」，注：「説，一作『家』。」《考異》：「家，或作『説』。」

⑤〔尚有可取〕《舉正》出南宋監本「尚有可取」，據杭本刪「有」字，云：「李刪。」朱熹從監本，《考異》：「方無『有』字。」

⑥〔學者可觀焉〕《舉正》出南宋監本「著于篇學者可觀焉」，據蜀本刪「學」字。朱熹從監本，《考異》：「方無『學』字。」

【箋注】

〔一〕孫汝聽注：「《儀禮》十七篇，周之舊典，漢高堂隆生所傳者也。此外又有三十九篇，河間王獻之，遭巫蠱倉卒之難，竟不施行，今亡矣。」韓醇注：「唐明經有三科，《儀禮》其一也。今書具在，凡十七篇。」

此篇作年，諸譜失考，方譜録入「無年可考」諸篇之中。

〔二〕文讜注：「自《冠禮》凡七篇。」

〔三〕蔣抱玄注：「《禮記》(《樂記》)：『五帝殊時，不相沿樂；三王異世，不相襲禮。』」

〔四〕文讜注：「掇，拾也，音都括切。」蔣抱玄注：「掇，義同撮。大要，大略之要旨也。《漢書》：『陳咸叩頭謝曰：具曉所言，大要教咸讇也。』」顔師古注：「大要，大歸也。」掇，本義爲拾取。《詩·周南·芣苢》：「采采芣苢，薄言掇之。」毛傳：「掇，拾也。」引申爲選取。《漢書·董仲舒傳》：「仲舒所著皆明經術之意，及上疏條教，凡百二十三篇。而説春秋事得失，聞舉玉杯蕃露清明竹林之屬復數十篇，十餘萬言，皆傳於後世。掇其切當世施朝廷者著于篇。」

〔五〕蔣抱玄注：「進退揖讓，爲古之儀節。《論語》(《子張》)：『子夏之門人小子當洒掃應對進退則可矣。』又(《八佾》)：『君子無所爭，揖讓而升，下而飲，其爭也君子。』」

讀墨子①〔一〕

儒譏墨以尚同、兼愛、尚賢、明鬼②。而孔子畏大人〔二〕，居是邦不非其大夫③〔三〕，《春秋》譏專臣〔四〕，不尚同哉〔五〕？孔子泛愛親仁〔六〕，以博施濟衆爲聖〔七〕，不兼愛哉〔八〕？孔子賢賢〔九〕，以四科進褒弟子〔一〇〕，疾殁世而名不稱④〔一一〕，不尚賢哉〔一二〕？孔子祭如在，譏祭如不祭者〔一三〕，曰我祭則受福〔一四〕，不明鬼哉〔一五〕？

儒墨同是堯舜〔一六〕，同非桀紂〔一七〕，同修身正心以治天下國家⑤〔一八〕，奚不相悦如是哉？余以爲辯生于末學⑥〔一九〕，各務售其師之説⑦，非二師之道本然也。孔子必用墨子〔二〇〕，墨子必用孔子〔二一〕。不相用，不足爲孔墨〔二二〕。

【彙校】

①〔讀墨子〕此篇又載《唐文粹》卷四十六，據校。此篇文本闕末葉，自「曰我祭則受福」以下文字據世綵堂本抄配，不取。

②〔尚同兼愛尚賢明鬼〕《舉正》據閣本訂二「上」字，作「上同上賢」，云：「下同。考《墨子》本書及《漢・藝文志》當作『上』。」朱熹從方本，《考異》：「『上』或作『尚』。」童第德注：「《書序》孔疏引鄭氏云：『尚者，上也。』尊而重之若天書然，故曰尚書。是『尚』、『上』義同，古時通用。」

③〔居是邦不非其大夫〕粹本、南宋蜀本「不非其大夫」作「也事其大夫之賢者」。

④〔疾殁世〕粹本、文本、南宋蜀本、魏本「殁」作「没」。謹按：「殁」、「没」，古今字。《玉篇》：「殁，莫骨切。死也，落也，盡也，今作没。」

⑤〔修身〕南宋蜀本「修」作「脩」。謹按：「修」、「脩」，通假字。《説文》：「修，飾也。从彡攸聲，息流切。脩，脯也。从肉攸聲，息流切。」段注：「修，飾也。巾部曰：『飾者，㕞也。』又部曰：『㕞者，飾也。』二篆爲轉注。飾即今之拭字，拂拭之則發其光采，故引伸爲文飾。女部曰：『妝者，飾也。』用飾引伸之義。此云修飾也者，合本義引伸義而兼舉之。不去其塵垢不可謂之修，不加以縟采不可謂之修。修之从彡者，洒㕞之也，藻繪之也。修者，治

也。引伸爲凡治之偁。匡衡曰：『治性之道，必審己之所有餘，而强其所不足。』从彡攸聲，息流切。經典多假肉部之『脩』。脩，經傳多假『脩』爲『修治』字。」

⑥〔余以爲〕粹本「余」作「予」。謹按：「余」、「予」，古今字。

⑦〔務售其師〕粹本「售」作「集」。

【箋注】

〔一〕樊汝霖注：「世之學者因臨川王氏詩有『孔墨必相用，自古寧有此』之語，意謂孟子排楊墨，公排釋老，自比孟子，不當有相用之説。然學者必知孟子歸斯受之之意，然後識公《讀墨》之旨云。」孫汝聽注：「墨子名翟，宋大夫。《漢·藝文志》云：『著書七十一篇。今存者十二篇，有《節用》、《兼愛》、《尚賢》、《明鬼神》、《非命》、《尚同》等諸篇。』明鬼神在《尚同》篇中，無別篇也。」魏引補注：「伊川先生曰：或問退之讀墨一篇如何，曰：此一篇意亦甚好。但言不謹嚴，便有不是處。至若言孔子《尚同》、《兼愛》與墨子同，則甚不可也。」

此篇作年，諸譜失考。方譜列入「無年可考」諸篇中。

〔二〕文讜注：「何晏云：『大人即聖人，與天地合其德也。』」孫汝聽注：「《論語》：『君子有三畏：畏天命，畏大人。』」《論語·季氏》：「孔子曰：君子有三畏：畏天命，畏大人，畏聖人之言。」何晏集解：「順吉逆凶，天之命也。大人即聖人，與天地合其德。深遠不可易知，測聖人之言也。」

〔三〕文讜注：「答子貢之言。居是邦也，事其大夫之賢者。」孫汝聽注：「《荀子》(《宥坐篇》)：『子路問：魯大夫練而牀，禮歟？子不答。以告子貢，子貢曰：汝問非也。君子居是邦，不非其大夫。』」

〔四〕文讜注：「孔子作《春秋》，内大夫專伐則去氏，如『翬帥師』、『溺會齊師』之類。」《春秋》隱公四年：「秋，翬帥師會宋公陳侯蔡人衛人伐鄭。」杜預注：「公子翬，魯大夫。不稱公子，疾其固請强君以不義也。諸外大夫貶皆稱人，至於内大夫貶則皆去族稱名。於記事之體，他國可言某人而已，魯之卿佐不得言魯人，此所以爲異也。」《春秋》莊公三年：「春，王正月，溺會齊師伐衛。」杜預注：「溺，魯大夫，疾其專命而行，故去氏。」

〔五〕尚同：崇尚服從。《墨子·尚同》：「天下之所以亂者，生於無政長。是故選天下之賢可者立以爲天子。天子立，以其力爲未足，又選擇天下之賢可者置立之以爲三公。天子三公既以立，以天下爲博大遠國，異土之民，是非利害之辯，不可一二而明知。故畫分萬國，立諸侯國君。諸侯國君既已立，以其力爲未足，又選擇其國之賢可者置立之，以爲正長。正長既已具，天子發政於天下之百姓，言曰：『聞善而不善皆以告其上，上之所是必皆是之，所非必皆非之。上有過則規諫之，下有善則傍薦之。』凡里之萬民，皆尚同乎鄉長。凡鄉之萬民，皆上同乎國君。」

〔六〕《論語·學而》：「子曰：弟子入則孝，出則悌，謹而信，泛愛衆而親仁。行有餘力，則以學文。」

〔七〕文讜注：「(《論語·雍也》何晏集解)孔曰：『君能廣施恩惠，濟民於患難，堯舜至聖猶病其難。』」《論語·雍也》：「子貢曰：『如有博施於民，而能濟衆，何如？可謂仁乎？』子曰：『何事於仁，必也聖乎。堯舜其猶病諸。』」

〔八〕《墨子·兼愛》：「天下兼相愛則治，相惡則亂。今諸侯獨知愛其國不愛人之國，是以不憚舉其國以攻人之國；今家主獨知愛其家而不愛人之家，是以不憚舉其家以篡人之家；今人獨知愛其身不愛人之身，是以不憚舉其身以賊人之身。是故諸侯不相愛則必野戰，家主不相愛則必相篡，人與人不相愛則必相賊。君臣不相愛則不惠忠，父子不相愛則不慈孝，兄弟不相愛則不和調。天下之人皆不相愛。强必執弱，富必侮貧，貴必傲賤，詐必欺愚。凡天下禍篡怨恨其所以起者，以不相愛生也。是以仁者非之。既以非之，何以易之？子墨子言曰：以兼相愛交相利之法易之。然則兼相愛交相利之法將奈何哉？子墨子言：視人之國若視其國，視人之家若視其家，視人之身若視其身。是故諸侯相愛則不野戰，家主相愛則不相篡，人與人相愛則不相賊。君臣相愛則惠忠，父子相愛則慈孝，兄弟相愛則和調。天下之人皆相愛，强不執弱，衆不劫寡，富不侮貧，貴不傲賤，詐不欺愚，凡天下禍篡怨恨可使毋起者。」

〔九〕文讜注：「子夏之言。（《論語·學而》何晏集解）孔曰：『以好色之心好賢，則善。』」孫汝聽注：「子曰：賢賢易色」《論語·學而》：「子夏曰：賢賢易色。」

〔一〇〕文讜注：「四科，謂德行、言語、政事、文學。」《論語·先進》：「子曰：從我於陳蔡者，皆不及門也。德行：顔淵、閔子騫、冉伯牛、仲弓；言語：宰我，子貢；政事：冉有、季路；文學：子游、子夏。」

〔一一〕文讜注：「可曰：『疾，猶病也。』」《論語・衛靈公》：「君子疾没世而名不稱焉。」

〔一二〕尚賢，尊重賢才。《墨子・尚賢》：「國有賢良之士衆，則國家之治厚；賢良之士寡，則國家之治薄。故大人之務，將在於衆賢而已。尚賢者，政之本也。」

〔一三〕洪興祖注：「《語》云：『吾不與祭如不祭。』言祭如不祭者吾所不與。與，許也。」文讜注：「包氏曰：孔子或出或病，而不自親祭，使攝者爲之。故不致敬於心，與不祭同也。」童第德注：「包氏《論語注》曰：『孔子或出或病，而不自親祭，使攝者爲之。不致肅敬其心，與不祭同。』朱子《論語集注》從包氏説。如洪解，則當讀『吾不與』句，『祭如不祭』句，别爲一義。」《論語・八佾》：「祭如在，祭神如神在。子曰：吾不與，祭如不祭。」何晏集解：「包曰：孔子或出或病，而不自親祭，使攝者爲之。不致肅敬於心，與不祭同。」朱熹《集注》：「與，去聲。言己當祭之時，或有故不得與，而使他人攝之。則不得致其如在之誠，故雖已祭，而此心缺然，如未嘗祭也。」謹按：據包氏説，「與」當讀作去聲「預」，謂參與。據洪氏説，「與」當讀作上聲「語」，謂稱許。《論語・述而》：「子曰：與其進也，不與其退也。」韓愈解「吾不與祭如不祭」爲孔子「譏祭如不祭者」，與傳統經學大異其趣。韓愈《論語筆解》解此語云：「義連上文，禘自既灌而往，吾不欲觀之矣。蓋魯僖公亂昭穆，祭神如神在，不可躋而亂也。故下文云：『吾不與祭。』蓋嘆不在其位，不得以正此禮矣。故云『如不祭』，言魯逆祀，與不祀同焉。」洪氏之説，乃韓文正解。童氏以爲「别爲一義」，是。惟包氏解當於「與」下斷句，洪氏解則「與」字與下文連讀，童説誤。

〔一四〕孫汝聽注：「《禮記》（《禮器》）孔子曰：『我戰則克，祭則受福。』」

〔一五〕《墨子·明鬼》：「昔三代聖王既没，天下失義，諸侯力正，是以存夫爲人君臣上下者之不惠忠也，父子弟兄之不慈孝弟長貞良也，正長之不强於聽治，賤人之不强於從事也。民之爲淫暴寇盜賊，以兵刃毒藥水火退無罪人乎道路率徑，奪人車馬衣裘以自利者並作。由此始，是以天下亂。此其故何以然也？則皆以疑惑鬼神之有與無之别，不明乎鬼神之能賞賢而罰暴也。今若使天下之人借若信鬼神之能賞賢而罰暴也，則夫天下豈亂哉。」

〔一六〕《禮記·中庸》：「仲尼祖述堯、舜，憲章文、武。」《墨子·節葬》：「吾上祖述堯舜禹湯文武之道者也。」

〔一七〕《禮記·大學》：「堯舜率天下以仁，桀紂率天下以暴。」《墨子·法儀》：「爲不善以得禍者，桀紂幽厲是也；愛人利人以得福者，禹湯文武是也。」

〔一八〕《禮記·大學》：「古之欲明明德於天下者，先治其國；欲治其國者，先齊其家；欲齊其家者，先修其身；欲修其身者，先正其心；欲正其心者，先誠其意。」《墨子·修身》：「是故先王之治天下也，必察邇來遠，君子察邇而邇修者也。見不脩行見毁，而反之身者也，此以怨省而行修矣。」

〔一九〕末學，後學。謝靈運《撰征賦》：「闕里既已千載，深儒流於末學。」

〔二〇〕孫汝聽注：「爲孔子之學者必用墨子，取其與孔子合者而已。」

〔二一〕孫汝聽注：「爲墨子之學者必用孔子，折衷於聖人之言其可也。」

〔二二〕洪興祖注：「《列子》云：『孔丘墨翟無地而爲君，無官而爲長。』又古語云：『墨翟突不及黔，孔丘席不及煖。』孟子以前皆以孔墨並稱，則墨亦大賢。孟子特以其非中道，其流不能無弊，故闢之耳。《藝文志》曰：墨家者流，蓋出於清廟之守，茅屋采椽，是以貴儉；養三老五更，是以兼愛；選士大射，是以尚賢；宗祀嚴父，是以右鬼；順四時而行，是以非命；以孝視天下，是以尚同。此其所長也。退之《讀墨》蓋出於此。莊孟荀卿之論皆斥其所短也。」嚴有翼注：「《墨子》之書誣稱孔晏之事，《孔叢子》載《詰墨》一篇，蓋嘗辨明之矣。以孔子之道較之，不啻胡越。孟子著書，疾其兼愛無父，力排而禽獸之。其言曰：『楊墨之道不熄，孔子之道不著。能言距楊墨者，聖人之徒也。』今退之乃謂『孔子必用墨子，墨子必用孔子』，抑何乖刺如是耶？若以孔墨爲必相用，則孟子距之爲非矣。其《與孟簡書》則又取孟子距楊墨之說，以謂向無孟氏，皆服左衽而言侏離矣。故推尊孟子，以爲其功不在禹下，意以已之排佛老可以比肩孟氏也。殊不知言之先後自相矛盾，可勝其說哉！」魏引蔡夢弼注：「此分邪正末學之辨也。謂非孔子之正不足以知墨子之邪，無墨子之邪不足以明孔子之正。故曰：不相爲用不足爲孔墨。學者於此又何疑焉。」

卷二

（原本卷十二）此卷以潮本爲底本，以祝本、南宋閩本、南宋蜀本、魏本對校。文本闕此卷。

獲麟解①〔一〕

麟之爲靈昭昭也〔二〕。詠於《詩》〔三〕，書於《春秋》②，雜出於傳記百家之書，雖婦人小子皆知其爲祥也。然麟之爲物③，不畜於家，不恒有於天下。其爲形也不類〔四〕，非若馬牛犬豕豺狼麋鹿然④〔五〕。然則雖有麟，不可知其爲麟也。角者，吾知其爲牛；鬣者〔六〕，吾知其爲馬。犬豕豺狼麋鹿⑤，吾知其爲犬豕豺狼麋鹿⑥。惟麟也不可知⑦。不可知，則其謂之不祥也亦宜〔七〕。

雖然⑧，麟之出，必有聖人在乎位〔八〕，麟爲聖人出也。聖人者必知麟，麟之果不爲不祥也。又曰：麟之所以爲麟者，以德不以形⑨。若麟之出不待聖人，則其謂之不祥也亦宜哉⑩。

【彙校】

①〔獲麟解〕此篇又載《唐文粹》卷四十六，據校。南宋蜀本此篇闕。

②〔書於春秋〕潮本注：「書，一作『載』。」祝本、南宋閩本、魏本注同。《舉正》出南宋监本「書於春秋」，云：「舊本皆作『書』。」《考異》：「書，或作『載』。」

③〔麟之爲物〕「物」下魏本多一「也」字。

④〔馬牛犬豕犲狼麋鹿然〕祝本「馬牛」作「牛馬」。魏本、王本、廖本「犲」作「豺」，下同。粹本「然」作「之狀」。《舉正》出南宋監本「犲狼麋鹿然」，云：「李、謝校同。杭本作『麋鹿之狀』，蜀本只作『麋鹿狀』，無『之』字。」《考異》：「馬牛，或作『牛馬』。然，或作『之狀』。或無『之』字，皆非是。」

⑤〔犲狼〕粹本「犲」作「豺」。

⑥〔犲狼麋鹿〕粹本「犲」作「豺」。「鹿」下潮本注：「一有『也』字。」祝本、魏本注同。南宋閩本有「也」字。《舉正》出南宋監本「知其爲犬豕犲狼麋鹿也」，删「也」字，云：「蜀本、《文粹》同，謝删。」朱熹作「犬豕豺狼麋鹿」，《考異》：「『鹿』下或有『也』字。」

⑦〔不可知〕魏本「知」下注：「一有『也』字。」

⑧〔雖然〕粹本無「然」字。

⑨〔不以形〕魏本「形」下注：「一有『也』字。」《考異》：「『形』下或有『也』字。」

⑩〔則其謂之不祥也亦宜哉〕王本、廖本無「其」字。粹本無「哉」字。《舉正》出南宋監本「亦宜哉」，删「哉」字，云：

「三本同。」朱熹從方本，《考異》：「『宜』下或有『哉』字。」

【箋注】

〔一〕樊汝霖注：「《春秋》魯哀公十四年西狩獲麟，三傳之説各不同。公既作此解，李習之嘗書以贈陸員外傪。曰：『韓愈非兹世之文，古之文也。其詞與意適則孟軻既没，亦不見其有過於斯者。嘗書其一章曰《獲麟解》，其他可以類知也。』」孫汝聽注：「《爾雅》曰：『麟，麕身牛尾一角。』」魏引補注：「宋遠孫曰：《關雎》之應實無麟，而若麟之瑞；《春秋》之作實有麟，而非麟之時。」

此篇作年，諸譜失考。《舉正》：「李本題云：元和七年，麟見東川，疑公因此而作。然李翺嘗書此文以贈陸傪，傪死於貞元十八年，則此文非元和間作也。」《考異》：「此文有激而託意之詞，非必爲元和獲麟而作也。」王元啓注：「此公不遇時作。李翺嘗書此文以贈陸傪，當在貞元十七年參調無成之歲。」謹按：李翺有《與陸傪書》薦韓愈於陸氏：「我友韓愈，非兹世之文，古之文也；非兹世之人，古之人也。其詞與其意適，則孟軻既没，亦不見有過於斯者。當其下筆時，如他人疾書寫之，誦其文不是過也。其詞乃能如此。嘗書其一章曰《獲麟解》，其他可以類知也。」韓愈初見陸氏在貞元十七年，見《行難》。則此篇之作，當在貞元十七年（八〇一）之前。《與陸傪書》云：「李觀之文章如此，官止於太子校書郎，年止於二十九。」李觀卒於貞元十年，見《李元賓墓銘》。則此篇之作，當在貞元十年（七九四）之後。

〔二〕孫汝聽注：「《禮記》（《禮運》）：『麟鳳龜龍謂之四靈。』」蔣抱玄注：「《老子》『俗人昭昭』，（王弼）注：『耀其光也。』」吴陸璣《毛詩草木鳥獸蟲魚疏》卷下：「麟，麕身、牛尾、馬足、黄色、圓蹄。一角，角端有肉。音中鐘吕，行中規矩，遊必擇地，詳而後處。不履生蟲，不踐生草，不羣居，不侣行，不入陷阱，不罹羅網。王者至仁則出。今并州界有麟，大小如鹿，非瑞麟也。故司馬相如（子虚）賦曰：『射麋脚麟。』謂此麟也。」

〔三〕魏引補注：「（《詩·周南》）《麟之趾》是也。」

〔四〕蔣抱玄注：「《左傳》（僖公二十四年）：『召穆公思周德之不類，故糾合宗族于成周而作詩。』」

〔五〕蔣抱玄注：「《説文》：『麋，鹿之大者。』」

〔六〕祝充注：「鬛，音獵。《説文》：『髮鬛。』《禮記》：『夏后氏黄馬蕃鬛。』」謹按：《禮記·明堂位》：「夏后氏駱馬黑鬛，殷人白馬黑首，周人黄馬蕃鬛。」蔣抱玄注：「鬛，馬領上毛也。」

〔七〕孫汝聽注：「《左氏傳》：西狩獲麟。叔孫氏之車子鉏商獲之，以爲不祥，以賜虞人。仲尼觀之曰：『麟也。』然後取之。」

〔八〕蔣抱玄注：「相傳麟似鹿而大，牛尾馬蹄，有肉角一，背毛五彩腹毛黄。不履生草，不食生物。聖人出王道行則見云。」

師說①〔一〕

古之學者必有師。師者，所以傳道受業解惑也〔二〕。人非生而知之者，孰能無惑？惑而不從師，其爲惑也終不解矣。生乎吾前，其聞道也固先乎吾〔三〕，吾從而師之；生乎吾後，其聞道也亦先乎吾，吾從而師之②。吾師道也，夫庸知其年之先後生於吾乎③？是故無貴無賤，無長無少，道之所存，師之所存也④。

嗟乎⑤！師道之不傳也久矣，欲人之無惑也難矣。古之聖人，其出人也遠矣，猶且從師而問焉⑥；今之衆人，其下聖人也亦遠矣⑦，而恥學於師。是故聖益聖，愚益愚。聖人之所以爲聖，愚人之所以爲愚⑧，其皆出於此乎⑨？愛其子，擇師而教之；於其身也⑩，則恥師焉。惑矣！彼童子之師，授之書而習其句讀者⑪〔四〕，非吾所謂傳其道解其惑者也。句讀之不知，惑之不解，或師焉，或不焉。小學而大遺，吾未見其明也。

巫醫樂師百工之人不恥相師⑫〔五〕。士大夫之族曰師曰弟子云者，則羣聚而笑之。問之則曰：「彼與彼，年相若也，道相似也⑬。位卑則足羞，官盛則近諛。」⑭〔六〕。嗚呼！

師道之不復，可知矣。巫醫樂師百工之人，君子鄙之⑮。今其智乃反不能及⑯，其可怪也歟⑰！

聖人無常師〔七〕，孔子師郯子、萇弘、師襄、老聃⑱〔八〕。郯子之徒⑲〔九〕，其賢不及孔子〔一〇〕。孔子曰：「三人行，則必有我師。」⑳是故弟子不必不如師㉑，師不必賢於弟子㉒。聞道有先後，術業有專攻，如是而已。

李氏子蟠〔一一〕，年十七，好古文，六藝經傳皆通習之〔一二〕。不拘於時，請學於余㉓。余嘉其能行古道㉔〔一三〕，作《師説》以貽之㉕〔一四〕。

【彙校】

①〔師説〕此篇又載《唐文粹》卷四十七，據校。南宋蜀本此篇闕。

②〔吾從而師之〕《舉正》：「閣本只存下一語，然諸本皆再出。」《考異》：「閣本無下一句，非是。」

③〔夫庸知〕潮本注：「庸，一作『豈』。」祝本、南宋閩本、魏本注同。《舉正》據閣本訂作「豈」，云：「杭、粹同，蜀本作『庸豈知』。」朱熹從方本，《考異》：「庸，方從閣杭作『豈』。或并有二字而無『夫』字，皆非是。」

④〔師之所存也〕魏本注：「存，一作『資』。」《舉正》出南宋監本「師之所存也」，據閣本删「也」字，云：「杭同，蜀有。」朱熹從監本，《考異》：「方無『也』字。」

⑤〔嗟乎〕《舉正》：「杭本與《文粹》『嗟』上皆有『咨』字。」謹按：今粹本無「咨」字。《考異》：「上或有『咨』字，非是。」

⑥〔猶且〕《舉正》：「蜀本『且』作『已』。」《考異》：「且，或作『已』，非是。」

⑦〔其下聖人也〕潮本「下」作「去」，粹本、祝本、南宋閩本、魏本同。潮本注：「去，一作『下』。」祝本、南宋閩本、魏本注同。粹本無「也」字。《舉正》訂「去」作「下」，云：「杭、蜀同，謝校。」朱熹從方本，《考異》：「下，或作『去』，非是。」今從方本。

⑧〔所以爲愚〕粹本「爲愚」下多一「者」字。

⑨〔出於此乎〕魏本注：「乎，一作『矣』。」

⑩〔於其身也〕魏本無「也」字。

⑪〔習其句讀者〕潮本「者」下多一「也」字，祝本、南宋閩本、魏本同。《舉正》出南宋監本「習其句讀者也」，删「也」字，云：「杭、蜀同，李删。」朱熹從方本，《考異》：「『者』下或有『也』字。」今從粹本。

⑫〔巫醫〕魏本「醫」作「毉」，下同。謹按：「醫」、「毉」，異體字。《説文》：「醫，治病工也。殹，惡姿也；醫之性然。得酒而使，从酉。王育說。一曰殹，病聲。酒所以治病也。《周禮》有醫酒。古者巫彭初作醫。於其切。」《集韻》：「醫，於其切，或从巫。俗作毉，非是。」

⑬〔道相似也〕魏本注：「似，一作『類』。」

⑭〔官盛〕潮本注：「盛，一作『大』。」祝本、南宋閩本、魏本注同。官盛《舉正》：「蜀本作『官大』，『官盛任使』，《中

庸》語。」《考異》：「盛，或作『大』。」

⑮〔君子鄙之〕魏本注：「鄙之，一作『不齒』。」粹本「鄙之」作「不齒」。《舉正》據閣本訂作「不齒」，云：「杭同，蜀本作『鄙之』。」朱熹從方本，《考異》：「鄙之，或作『鄙之』。」童第德注：「孔子學琴於師襄，樂師非君子所不齒，應以作『鄙之』爲是。」

⑯〔其智〕粹本「智」作「知」。謹按：「智」、「知」音義俱通，經典多通用。《集韻》：「智、智、知，知義切。《說文》：『識詞也。』一曰知也，或作智知。」《釋名》：「智，知也。無所不知也。」《荀子・正名》：「知而有所合謂之智。」

⑰〔其可怪也歟〕魏本注：「一無『其』字。」潮本無「其」字，粹本、祝本、南宋閩本同。潮本注：「一有『其』字。」祝本、南宋閩本注同。《舉正》出南宋監本「其可怪也歟」，云：「蜀本與此本有『其』字，他本多無。」朱熹從方本，《考異》：「或無『其』字。」今從方本。

⑱〔孔子師郯子萇弘〕潮本無「孔子師郯子」五字，粹本、祝本、南宋閩本、魏本同。魏本注：「蔡本有『孔子師』三字。」《舉正》出南宋監本「聖人無常師」，云：「杜預《左氏》注語。蜀本下有『孔子師』三字，劉龍圖、蔡文忠本皆存之。」朱熹增「孔子師郯子」五字，《考異》：「(老聃)句絶。方無『孔子師郯子』五字，而讀下六字連下句『郯子之徒』爲句。」今從朱本。

⑲〔郯子之徒〕《舉正》：「校本一云：『郯子』下當有『數子』二字，其上當存『孔子師』三字爲是。」《考異》：「今按：孔子見郯子在適周見萇弘、老聃之前。而『聖人無常師』，本杜氏注問官名語。故此上句既敍孔子所師四人，而再舉郯子之徒，則三子在其中矣。方氏知當存『孔子師』字，而不知當并存上『郯子』二字，乃以下『郯子』二字屬上句讀之，而疑郯子之下更有『數子』二字，誤矣。」

⑳〔孔子曰〕《舉正》出南宋監本「孔子曰三人行則必有我師」，據杭本删「曰」字，云：「李删。《論語》本無『則』字，是『曰』字似不當有。」《考異》：「『子』下或有『曰』字。方從杭本。」

㉑〔是故弟子不必不如師〕潮本無「是」字，祝本、南宋閩本、魏本同。「故」上南宋閩本注：「一有『是』字。」魏本注同。粹本「故」上有「是」字，「不必不如」作「未必不知」。《舉正》據蜀、粹增「是」字，作「是故弟子不必不如師」。朱熹從方本，《考異》：「或無『是』字。」今從方本。

㉒〔不必〕粹本「不」作「未」。

㉓〔請學於余〕粹本「余」作「予」。謹按：「余」、「予」，古今字。《舉正》出南宋監本「請學於余」，據杭本删「請」字，云：「《文粹》同，李删。」謹按：今粹本有「請」字。朱熹從方本，《考異》：「上或有『請』字。」

㉔〔余嘉其能行〕今粹本無複出「余」字。《舉正》出南宋監本「余嘉其能行古道」，據杭本删複出「余」字，云：「《文粹》同，蜀本亦無下『余』字，李删。」朱熹從監本，《考異》：「方無下『余』字。」

㉕〔以貽之〕粹本「貽」作「詒」。謹按：「貽」、「詒」，異體字。《玉篇》：「貽，弋之切，玄貝也。亦作『詒』，遺也。」

【箋注】

〔一〕洪興祖注：「柳子厚《答韋中立書》云：『今之世不聞有師，有輒譁笑之以爲狂人。獨韓愈奮不顧流俗，犯笑侮，收召後學，作《師説》，因抗顔而爲師。世果羣怪聚罵，指目牽引而增與爲言辭。愈以是得狂名，居長安，炊不暇熟，又挈挈而東西。如是者數矣。』又《報嚴厚輿書》云：『僕才能勇敢不如韓退之，故不爲人師。人之所見有同異，無以韓責我。』余觀退之《師説》云：『弟子不必不如師，師不必賢於弟子。』其言非好爲人師者也。學者不歸子厚歸退之，故子厚有此説耳。」

此篇作年，方崧卿定於貞元末，方成珪繫於貞元十八年。《舉正》：「李蟠，貞元十九年進士，此文當作於貞元末也。」方譜：「文爲李蟠作。蟠，貞元十九年進士，此當作於蟠未第之時，姑附於此。」謹按：據此篇韓醇注、方崧卿注，李蟠登貞元十九年進士第。則此篇之作，當在貞元十九年（八〇三）春末之前。

〔二〕蔣抱玄注：「《孟子》：『傳先王之道。』授業，傳以學業也。《漢書·董仲舒傳》：『弟子傳以久次相授業，或莫見其面。』《莊子》（《徐無鬼》）：『以不惑解惑，復於不惑。』」謹按：《孟子》有「守先王之道」（《滕文公下》）、「行先王之道」（《離婁上》）語，無「傳先王之道」一語。《韓非子·外儲説左上》：「墨子之説，傳先王之道，論聖人之言。」

〔三〕蔣抱玄注：「《論語》（《里仁》）：『朝聞道，夕死可矣。』」

〔四〕祝充注「讀，音豆。」《舉正》：「讀，音『豆』。《周禮·天官》注、徐邈讀馬融《笛賦》作『句投』，徒鬭切。何休《公羊序》『失其句讀』不音。山谷《和黄冕仲詩》只從如字。」蔣抱玄注：「凡經書成文，語絶處謂之句；語未絶而點分之以便誦詠，謂之讀。相傳秘書有校書式：凡句絶則點於字之旁，讀分則點於字之中間。」

〔五〕蔣抱玄注：「《周禮·春官》：『樂師掌國樂之政。』百工，猶言各種工匠。《考工記》：『國有六職，百工與居一焉。」」

〔六〕方成珪注：「《中庸》『官盛』，與此異義。」童第德注：「《中庸》『官盛任使』，鄭玄云：『大臣皆有屬官所任使，不親小事也。』《正義》：『官盛，謂官之盛大，有屬官者當令任使屬官，不可以小事勞大臣。』如《正義》所解，公此文用『官盛』字自通。一本作『大』，『大』、『盛』義同。」

〔七〕童第德注：「此語見《左氏》昭十七年『郯子來朝』章『學在四夷猶信』下杜注。與《諫臣論》『官以諫爲名』，見《漢書・蓋寬饒傳》，皆用古人成語。」

〔八〕祝充注：「郯音談，國名。《左氏》（昭公十七年）：『仲尼聞之，見於郯子而學之。』」蔣抱玄注：「郯子，少昊氏之後，封於郯。《左傳》：郯子來朝，孔子問少昊氏以鳥名官之故。孔子至周，問禮於老聃，訪樂於萇弘。師襄，春秋魯之樂官。《史記》（《孔子世家》）『孔子學鼓琴師襄子』，《索隱》：『《家語》師襄子曰：吾雖以擊磬爲官，然能於琴。蓋師襄子魯人，《論語》謂之擊磬襄是也。』」

〔九〕韓醇注：「孔子至周，問禮於老聃，訪樂於萇弘。《史記》曰：『孔子學鼓琴於師襄子。』《左氏傳》曰：『郯子來朝，孔子問少昊氏以鳥名官之故。』」魏仲舉注：「萇，音長。」

〔一〇〕魏引補注：「方舟李石曰：孔子問禮老聃，學樂萇弘，問官名郯子。博約琢磨，前言往行，又有如遲任、史佚、臧文仲述其語言文章，以益其天縱之資。要以師周公爲始也。故曰：孔子習周公。」

〔一一〕韓醇注：「蟠，貞元十九年進士。」李蟠，兩《唐書》無傳，其生平不詳。《唐會要》卷七十六：「元和元年四月，才識兼茂明于體用科：元稹、韋惇、獨孤郁、白居易、曹景伯、韋慶復、崔綰、羅讓、崔護、薛存慶、韋珩、李蟠、元修、沈傳、蕭俛、柴宿及第。」《册府元龜》卷六百四十四：「才識兼茂明於體用科人：第三次等元稹、韋惇。第四等獨孤郁、白居易、曹京伯、韋慶復。第四次等崔韶、羅讓、崔護、元修、薛存慶、韋珩。第五上等蕭俛、李蟠、沈傳師、柴宿。」

〔一二〕蔣抱玄注：「六藝，禮、樂、射、馭、書、數也。《周禮·》：『養國子以道，乃教之六藝：一曰五禮，二曰六樂，三曰五射，四曰五馭，五曰六書，六曰九數。』」

〔一三〕蔣抱玄注：「《禮記》（《檀弓》上）：『夫仲子亦猶行古之道也。』」

〔一四〕蔣抱玄注：「貽，同『遺』。《詩經》（《邶風·靜女》）：『貽我彤管。』」

進學解①〔一〕

國子先生晨入太學〔二〕，招諸生立館下②〔三〕，誨之曰：「業精于勤〔四〕，荒于嬉〔五〕；行成于思〔六〕，毁于隨〔七〕。方今聖賢相逢，治具畢張③〔八〕，拔去兇邪④〔九〕，登崇俊良⑤〔一〇〕。占小善者率以録〔一一〕，名一藝者無不庸〔一二〕。爬羅剔抉⑥〔一三〕，刮垢磨光〔一四〕。蓋有幸而獲選，孰云多而不揚？諸生業患不能精，無患有司之不明[7]；行患不能成，無患有司之不公。」

言未既〔一五〕，有笑于列者曰〔一六〕：「先生欺余哉[8]！弟子事先生，于茲有年矣[9]。先生口不絶吟於六藝之文[10]〔一七〕，手不停披於百家之編〔一八〕，記事者必提其要[11]〔一九〕，纂言者必鉤其玄〔二〇〕。貪多務得〔二一〕，細大不捐〔二二〕，焚膏油以繼晷[12]〔二三〕，恒矻矻以窮年[13]〔二四〕。先生之於業[14]，可謂勤矣〔二五〕。抵排異端〔二六〕，攘斥佛老〔二七〕；補苴罅漏〔二八〕，張皇幽眇〔二九〕。尋墜緒之茫茫[15]〔三〇〕，獨旁搜而遠紹〔三一〕。障百川而東之[16]〔三二〕，迴狂瀾於既倒〔三三〕。先生之於儒，可謂有勞矣[17]〔三四〕。沉浸醲鬱[18]〔三五〕，含英咀華〔三六〕；作爲文章，其書滿家。上規姚姒〔三七〕，渾渾無涯[19]〔三八〕；《周誥》、《殷盤》〔三九〕，佶屈聱牙〔四〇〕；《春秋》謹嚴，《左氏》浮誇；《易》奇而法，《詩》正而葩〔四一〕；下逮《莊》、《騷》，太史所録〔四二〕，子雲、相如〔四三〕，同工異曲〔四四〕。先生之於文[20]，可謂閎其中而肆其外矣[21]〔四五〕。少始知學，勇於敢爲〔四六〕；長通於方〔四七〕，左右具宜[22]〔四八〕。先生之於爲人[23]，可謂成矣〔四九〕。然而公不見信於人，私不見助於友，跋前疐後[24]〔五〇〕，動輒得咎〔五一〕。暫爲御史，遂竄南夷[25]〔五二〕。三年博士[26]，冗不見治〔五三〕。命與仇謀〔五四〕，取敗幾時[27]〔五五〕。冬暖而兒號寒[28]，年豐而妻啼飢[29]〔五六〕。頭童齒豁〔五七〕，竟死何裨〔五八〕？不知慮此，而反教人爲[30]？」

先生曰：「吁！子來前！夫大木爲宗〔五九〕，細木爲桷〔六〇〕，欂櫨侏儒〔六一〕，椳闑店楔〔六二〕，各得其宜，施以成室者，匠氏之工也㉛〔六三〕；玉札丹砂，赤箭青芝，牛溲馬勃〔六四〕，敗鼓之皮〔六五〕，俱收並蓄〔六六〕，待用無遺者，醫師之良也；登明選公〔六七〕，雜進巧拙〔六八〕，紆餘爲妍〔六九〕，卓犖爲傑㉜〔七〇〕，校短量長㉝〔七一〕，惟器是適者㉞〔七二〕，宰相之方也。昔者孟軻好辯，孔道以明，轍環天下㉟〔七三〕，卒老于行；荀卿守正，大論是弘㊱〔七四〕，逃讒于楚，廢死蘭陵〔七五〕。是二儒者，吐辭爲經〔七六〕，舉足爲法〔七七〕，絶類離倫〔七八〕，優入聖域〔七九〕，其遇於世何如也㊲？今先生學雖勤而不繇其統，言雖多而不要其中〔八〇〕，文雖奇而不濟於用，行雖修而不顯於衆㊳。猶且月費俸錢㊴〔八一〕，歲靡廩粟㊵〔八二〕，子不知耕，婦不知織。乘馬從徒㊶〔八三〕，安坐而食〔八四〕，踵常途之促促㊷〔八五〕，窺陳編以盜竊㊸〔八六〕。然而聖主不加誅，宰臣不見斥㊹，茲非其幸歟㊺？動而得謗，名亦隨之，投閑置散〔八七〕，乃分之宜。若夫商財賄之有亡㊻〔八八〕，計班資之崇庳〔八九〕，忘己量之所稱㊼〔九〇〕，指前人之瑕疵〔九一〕，是所謂詰匠氏之不以杙爲楹㊽〔九二〕，而訾醫師以昌陽引年㊾〔九三〕，欲進其豨苓也㊿〔九四〕。

【彙校】

①「進學解」本篇又載《舊唐書·韓愈傳》、《文苑英華》卷三五三、《册府元龜》卷七七〇、《唐文粹》卷四六、《新唐書·韓愈傳》，據校。南宋蜀本自「商財賄之有亡」以前文字脱佚。

②〔招諸生〕兩《唐書》「招」作「召」。《考異》：「招，或作『召』。」洪邁《容齋五筆》卷五：「宋景文修《唐書・韓文公傳》，全載其《進學解》、《諫佛骨表》、《潮州謝上表》、《祝鱷魚文》，皆不甚潤色，而但換《進學解》數字，頗不如本意。『招諸生立館下』，改『招』字爲『召』。既言先生入學，則諸生在前，招而誨之足矣。何召之爲？」謹按：「招」、「召」音義俱通。《説文》：「招，手呼也。从手召，止摇切。召，評也。从口刀聲，直少切。」《楚辭・招魂》王逸注：「招者，召也。以手曰招，以言曰召。」

③〔治具畢張〕潮本「畢」作「必」，粹本、祝本、南宋閩本、魏本同。《舉正》訂作「畢」，云：「新、舊史同，義爲是。」朱熹從方本，《考異》：「畢，或作『必』。」童第德注：「『必』爲『畢』之借字。于鬯云：《管子・霸言篇》：『聖人將功必知。』必知，畢知也。《戰國・秦策》曰：『四國必從。』盧見曾刻宋本『必』作『畢』，鮑亦改『必』爲『畢』。《説文》八部云：『爾詞之必然也。』《玉篇》八部作『詞之畢也』。並可證矣。《爾雅・釋魚》『鮅鱒』，《廣韻》質韻引『鮅』作『䱸』，亦足旁證。吴闓生云：古者必、畢通用，至晉宋猶然。《晉書・鳩摩羅什傳》莫不必盡、《姚萇載記》吾事必矣、《宋書・劉穆之傳》朝野同異穆之莫不必知、《檀道濟傳》逋逃必至，皆以『必』爲『畢』。《干寶傳》『帝王之跡莫不必書』，王鳴盛校云：『必當作有。』昧其義矣。于、吴二氏所舉『必』、『畢』通用之例，明確可信。又按：《吕氏春秋・仲春紀》『寢廟必備』，《禮記・月令》『必』作『畢』。《山海經》、《文選・東京賦》之怪鳥『畢方』，《法苑珠林》引《白澤圖》作『必方』。《周禮・考工記・弓人》『天子圭中必』，鄭注：『必，讀如鹿車縪之縪。』《詩・瞻彼洛矣》『鞞琫有珌』，《釋文》『珌又作　』亦可佐證。方氏以作『畢』爲是，不悟『必』、『畢』之固可通假也。」今從《舊唐書》。

④〔拔去兇邪〕粹本「兇」作「凶」。謹按：「凶」本義爲險惡、不吉。「兇」本義爲恐懼。《説文》：「凶，惡也。象地穿

交陷其中也。許容切。兇，擾恐也。从人在凶下。《春秋傳》曰：『曹人兇懼。』許拱切。」但二者均有兇狠、兇惡一義，古籍率多通用。《山海經·北山經》：「有獸焉，其狀如貆而赤豪，其音如榴榴，名曰孟槐，可以禦凶。」曹植《責躬》：「將置于理，元兇是率。」

⑤〔登崇俊良〕「俊」，粹本、《新唐書》作「畯」。《舉正》訂作「畯」，云：「古文《尚書》『俊』皆作『畯』。杭、蜀本，新、舊史、苑、粹並同，他文石本亦多用『畯』字。」朱熹從方本。童第德注：「《說文》：『俊，材千人也。畯，農夫也。』二字古通用。《書·洪範》『俊民用章』、『俊民用逹』，《史記·宋微子世家》兩『俊』字皆作『畯』。僞《古文尚書·太甲》『旁求俊彦』，《釋文》：『俊本作畯。』是其例。『俊』本字，『畯』借字。」謹按：「俊」、「畯」字通。《說文》段注：「《尚書》以畯爲俊，《山海經》以俊爲舜。」朱駿聲《說文通訓定聲》：「《周禮·籥章》『以樂田畯』，司農注：『古之先教田者，即《郊特牲》之司嗇與饗農之農也。』按：『畯』之爲言『俊』也，　衆農者也。」吴大澂《說文古籀補》：「古『畯』字從田、從允，與『俊』通。」

⑥〔爬羅剔抉〕《新唐書》「爬」作「杷」。《舉正》出南宋監本「爬羅」，云：「蜀本、舊史同上，新史、苑、粹只用『把』字。」謹按：今苑本、今粹本作「爬」。《考異》：「爬，或作『把』，方云：『音義同。』」童第德注：「《說文》：『把，握也。杷，收麥器。』段玉裁曰：『引伸之義爲引取，與掊捊義略同。』《漢書·贡禹传》『捽中杷土』，顔師古曰：『杷，手掊之也。音蒲巴反，其字从木。』是其例。新史、苑、粹作『把』，爲『杷』之借字，『爬』爲後出字。」

⑦〔有司之不明〕「不」下祝本注：「一有『能』字。」魏本注同。《舉正》：「杭本作『不能明』。」《考異》：「之不，或作『不能』。」

⑧〔欺余〕苑本、粹本、祝本「余」作「予」。謹按：「余」、「予」，古今字。

⑨〔于兹有年矣〕「年」，潮本作「時」，苑本、祝本、南宋閩本、魏本同。魏本注：「时，一作『日』。」苑本注：「集作『日』。」《舉正》出南宋監本「于兹有時矣」，云：「新、舊史作『有年』，然閣本、蜀本、《文苑》皆同上。考舊史：公時以職方下遷，蓋非久於博士。」朱熹作「年」，《考異》：「年，方作『時』。今按：此文恐非職方左遷時作，説見下條。」今從兩《唐書》。

⑩〔口不絶吟〕《舉正》：「吟，新史用『唫』字。」《考異》：「吟，或作『唫』。」童第德注：「古『吟』字或借『唫』爲之。《詩·板》『民之方殿屎』，毛亨曰：『殿屎，呻吟也。』《釋文》：『吟本又作唫，同。』《禮記·檀弓》鄭注『吟息』，《釋文》：『吟，本或作唫。』《漢書·息夫躬傳》『秋風爲我唫』，《匈奴傳》『今歌唫之聲未絶』，顔師古皆云：『唫，古吟字。』『唫』、『吟』雖異字，『唫』從『金』聲，『金』又從『今』聲，語根相同，故得通假。顔謂『唫古吟字』，『唫』、『吟』非古今字，『唫』爲『吟』之假借。方氏謂『通用者非』，不悟經典久已通用。殆偶未審邪？」

⑪〔記事〕《考異》：「記，或作『紀』。」

⑫〔焚膏油〕「焚」，兩《唐書》、《册府元龜》作「燒」。《舉正》：「新、舊史、《文苑》『焚』皆作『燒』。」謹按：今苑本作「焚」。《考異》：「焚，或作『燒』。」

⑬〔恒矻矻以窮年〕「恒」，兩《唐書》作「常」，《册府元龜》作「嘗」。潮本注：「矻矻，一作『兀兀』。」南宋閩本注同。祝本、魏本作「兀兀」。祝本注：「兀兀，一作『矻矻』。」魏本注：「兀兀，一作『矶矶』。」朱熹作「兀兀」，《考異》：「兀兀，方作『矻矻』。」謹按：今本《舉正》未出此條。

⑭〔先生之於業〕潮本無「於」字，祝本、南宋閩本、魏本同。《舉正》出南宋監本「先生之業」，云：「新、舊史同。杭、

蜀本、苑、粹之下皆有『於』字。」朱熹從方本，《考異》：「『之』下或有『於』字。」今從苑本、粹本。

⑮〔尋墜緒之茫茫〕祝本注：「茫茫，一作『芒芒』。」魏本注同。《新唐書》作「芒芒」。《舉正》：「茫茫，新史作『芒芒』。」《考異》：「茫茫，或作『芒芒』。」

⑯〔障百川而東之〕「障」，《新唐書》作「停」。洪邁《容齋五筆》卷五：「障百川而東之，改『障』字爲『停』。本言川流横潰，故障之使東。若以爲『停』，於義甚淺。」《舉正》：「舊史『障』作『停』，豈字誤？《禮記》（《祭法》）『鯀鄣鴻水』，音章。」《考異》：「障，或作『停』。」童第德注：「作『停』是也。『停』與『亭』古字通，見《文選》謝靈運《初去郡》詩李善注。《史記・始皇本紀》：『禹鑿龍門，通大夏，決河亭水放之海。』《正義》：『亭，平也。』按：『亭水放之海』，即《書・吕刑》所云『禹平水土』，言能順水行平治之，導使歸海也。史云『亭水』，公云『停川』，其義正同。若作『障川』，『障』，塞也，防也，壅也。爲水者決之使導，防水則水壅，必將横決。《禮記》（《祭法》）稱『鯀障洪水而殛死』，語本《尚書・洪範》：『鯀陻洪水，汨陳其五行，鯀則殛死。』正以不能導水入海而致死。此文當本作『亭』，『亭』、『停』古通用，故《舊史》作『停』。『停』、『障』形近，故又誤作『障』。方氏疑『停』爲『障』之誤，不悟作『障』則水不能東入海矣。《始皇紀》『亭水』，《李斯傳》作『渟水』，義同。『停』、『渟』皆『亭』之後出字。」謹按：障，堤防，引申爲阻塞。《吕氏春秋・貴直》：「人主之患，欲聞枉而惡直言，是障其源而欲其水也？」高誘注：「障，塞也。」此處「障」爲譬喻，即上文「抵排」、「攘斥」，所謂「障百川而東之」，謂韓愈阻斷佛老汎濫之路，使學者復歸儒學正途，以此「廻狂瀾於既倒」。退一步言：即便治水，壅障與疏決也並不衝突，並非只能疏導不能壅障。《吕氏春秋・愛類》：「禹於是疏河決江，爲彭蠡之障，乾東土，所活者千八百國。」童氏謂「障則水不能東入海」，未免膠固。且「亭」字決無「疏決」一義，恰恰相反，所謂「平也」即「渟蓄」。「渟」本字爲「汀」，《集韻》：「汀、

秄、渟，《説文》：『平也。』謂水際平地。或从平、从亭。渟，水止曰渟。」童説誤，不可信從。魏本注：「之，蔡作『走』。」苑本注：「之，一作『走』。」

⑰〔可謂有勞矣〕祝本注：「一無『有』字。」潮本無「有」字，今苑本、魏本同。潮本注：「一有『有』字。」魏本注同。《舉正》增「有」字，云：「新、舊史、杭、蜀、苑、粹皆出『有』字。」朱熹從方本，《考異》：「或無『有』字。」今從《舊唐書》。

⑱〔沉浸醲鬱〕潮本注：「醲，一作『釀』。」南宋閩本、魏本、苑本注同。祝本「醲」作「濃」，注：「濃，一作『之』。」《舉正》出南宋監本「醲鬱」，云：「《文粹》作『釀鬱』。」謹按：今粹本作「醲」。《考異》：「醲，或作『釀』。」

⑲〔渾渾無涯〕「無」，苑本、《新唐書》作「亡」。《舉正》：「杭本作『之涯』，新史作『亡涯』，古無、亡通。」《考異》：「無，或作『亡』，或作『之』，非是。」

⑳〔先生之於文〕潮本注：「文，趙作『德』。」祝本注：「文，一作『德』。」魏本注：「『文』一作『德』者非。」粹本、南宋閩本作「德」。南宋閩本注：「德，一作『文』。」今苑本作「作」，注：「作，集作『文』。」《舉正》出南宋監本「先生之於德」，云：「《文録》、《文粹》、杭、蜀本作『德』，舊史、《文苑》作『儒』，新史只作『得』。」謹按：今本兩《唐書》均作「文」。朱熹從監本作「文」，《考異》：「文，方作『德』，或作『儒』，或作『得』，非是。」

㉑〔閎其中〕苑本「閎」作「宏」。

㉒〔左右具宜〕潮本注：「具，一作『且』，一作『其』。」魏本注同。《新唐書》、祝本、南宋閩本作「其」，祝本注：「其，一作『且』，一作『具』。」南宋閩本注同。《舉正》：「舊史、《文粹》同，杭本作『且宜』，蜀本、新史、《文苑》作『其宜』。」

謹按：今苑本作「具宜」。《考異》：「具，或作『其』，或作『且』。」

㉓〔先生之於爲人〕潮本、祝本、南宋閩本注：「一無『爲』字。」《考異》注同。苑本、魏本無「爲」字，魏本注：「於人，一作『於爲人』。」

㉔〔跋前疐後〕魏本注：「疐，一作『躓』。」苑本注：「疐，集作『躓』。」兩《唐書》、南宋閩本「疐」作「躓」。南宋閩本注：「躓，一作『疐』。」洪邁《容齋五筆》卷五：「改『跋前疐後』爲『躓後』，韓公本用《狼跋》詩語，非『躓』也。」《舉正》出南宋監本「跋前躓後」，云：「新、舊史同。《詩》『載疐其尾』，《説文》作『躓』，義通。」朱熹從方本，《考異》：「『躓』多作『疐』。」謹按：《説文・叀部》：「疐，礙不行也。」《爾雅・釋言》：「疐，仆也。」《詩・豳風・狼跋》：「狼跋其胡，載疐其尾。」毛傳：「老狼有胡，退則跆其尾。」《説文・足部》：「躓，跆也。」《六書故》：「躓，行有罥戾失足也。」馬融《長笛賦》「馳趣期而赴躓」，《文選》李注：「躓，謂顛仆也。」王筠《説文釋例・異部重文》：「《叀部》『疐』與《足部》『躓』同。」

㉕〔遂竄南夷〕潮本注：「遂，一作『逐』。」祝本、南宋閩本、魏本注同。《考異》：「遂，或作『逐』。」童第德注：「『遂』與上文『暫』對文，『遂』當訓『竟』，言竟竄南夷也。義本《漢書・霍光傳》『小事不足遂』顔注。作『逐』與『竄』義複，疑與『遂』形近致訛。」

㉖〔三年博士〕《舊唐書》「年」作「爲」。洪興祖《韓子年譜》：「公貞元四年壬午授四門博士，元和丙戌爲國子博士，丁亥分教東都生，今年又自郎官下遷，凡四爲博士矣。此先言『暫爲博士』，繼言『三爲博士』，則自丙戌而後三歷此官也。若云『三年』，則自元年夏赴召，至四年春尚爲博士，首尾四年矣。」樊汝霖注：「公元和初權知國子博士，避謗求分教東都，三歲即真也。《舊傳》作『三爲博士』，蓋公貞元十八年爲四門博士，元和初自江陵掾入

爲國子博士，至是元和七年，自尚書外郎爲之，作『三爲博士』亦可。」《舉正》據《舊唐書》訂作「爲」，云：「謂貞元末爲四門博士，元和初爲國子博士，今復下遷。諸本多作『三年』，樊謂公元和元年六月爲博士，四年六月還都官。史謂三歲爲真，蓋三年也。」《增考年譜》：「丙戌爲博士，丁亥分教東都生，不可釐爲二。《舊史》及古本皆作『三爲博士』，蓋後人以二『爲』字相比，遂易其一也。」朱熹從監本作「年」，《考異》：「年，方作『爲』。今按《洪譜》，則樊説爲是，當作『三年』，唐本詩注、《行狀》皆有『三年』字，何煩曲説乎？然洪亦附『三爲』之説，則又誤矣。」謹按：朱氏所云「唐本詩注」，指洪興祖《韓子年譜》所引唐本，見《崔十六少府攝伊陽以詩及書見投因酬三十韻》一篇《考異》。

㉗〔取敗幾時〕祝本注：「取，唐史作『其』。」魏本注同。苑本注：「集作『其』。」粹本、《册府元龜》、《新唐書》作「其」。《舉正》據閣本訂作「其」，云：「新舊史、《文粹》同，蜀作『取』。」朱熹從監本，《考異》：「取，方作『其』。」

㉘〔冬暖〕《册府元龜》、廖本「暖」作「煖」。謹按：「暖」、「煖」，異體字。《集韻》：「煗，乃管切。《説文》：『温也。』或作煖、暖、㬉。」

㉙〔年豐而妻啼飢〕南宋閩本注：「豐，一作『登』。」潮本作「登」，苑本、粹本、《册府元龜》、祝本、魏本同。祝本注：「一作『之』。」魏本注：「一作『豐』。」苑本注：「集作『豐』。」《舉正》出南宋監本「年豐」，云：「新、舊史同上，蜀本作『登』。」朱熹從方本。今從《舊唐書》。

㉚〔而反教人爲〕廖本注：「或無『而』字。」《文訣》、真賓無「而」字。「反」下魏本多一「以」字，注：「一作『反教人爲』。」

㉛〔各得其宜施以成室者匠氏之工也〕以上三句，潮本作「各得其施以成室屋者，匠氏之功也。」粹本同。潮本注：

「施，一作『宜』。」今苑本作「各得其施，施於成室者，匠氏之工也。」注：「其施，集作『宜』。工，《文粹》作『功』。」祝本作「各得其宜以成室屋者，匠氏之功也。」注：「宜，一作『施』。一無『屋』字。」南宋閩本作「各得其宜，施以成室者，匠氏之功也。」注：「一無『宜』字。一有『屋』字。」魏本作「各得其宜以成室屋者，匠氏之功也。」注：「宜，一作『施』。一無『屋』字。蔡本『功』作『工』。」《舉正》訂「工」字，作「各得其宜，施以成室者，匠氏之工也」，云：「新、舊史、《文苑》同。蜀本作『各得施，施以成屋室者，匠氏之功也』，《文粹》同此。」朱熹從方本，《考異》：「或無『宜』字，『室』下有『屋』字，『工』作『功』。」今從《舊唐書》。

㉜〔卓犖爲傑〕潮本注：「卓犖，一作『犖犖』。」祝本、南宋閩本、魏本注同。《舉正》：「杭本與新史皆作『犖犖』。」謹按：今本《新唐書》作「卓犖」。《考異》：「或作『犖犖』。」

㉝〔校短量長〕《册府元龜》「校」作「較」。苑本「量」作「論」，注：「論，集作『量』。」

㉞〔惟器是適者〕魏本注：「是，一作『所』。」

㉟〔轍環天下〕魏本注：「一作『轅環天下』。」

㊱〔荀卿守正大論是弘〕潮本作「荀卿守正大論以興」，注：「守正，一作『宗王』。論，一作『倫』。」今苑本作「荀卿宗王大倫是宏」，注：「宗王，集注一作『守正』。論是宏，一作『倫以興』。」《册府元龜》作「荀卿宋玉大論是弘」。粹本、祝本、南宋閩本、魏本作「荀卿宗王大論以興」。祝本、注：「宗王，一作『守正』。」南宋閩本、魏本注同。祝本注：「論，一作『倫』。」南宋閩本、魏本注同。魏本注：「以興，一作『是宏』。」《新唐書》作「荀卿宗王大倫以興」。《舉正》訂「守正」、「論是宏」五字，作「荀卿守正大論是弘」，云：「以舊史定。《文苑》『是弘』作『以興』，上文皆同。蓋因國初以諱避也，潮本尚可考，閣本亦只作『大論』。以『正』爲『王』，以『論』爲『倫』，是杭本也。而新史

又易爲『宗王』，其訛益甚，故詳及之。」朱熹從方本。今從《舊唐書》。

㊲〔其遇於世〕苑本注：「遇，一作『進』。」《舉正》：「舊史『遇』作『進』，恐非。」謹按：今本《舊唐書》作「遇」。《考異》：「遇，或作『進』。」

㊳〔學雖勤而不繇其統言雖多而不要其中文雖奇而不濟於用行雖修而不顯於衆〕以上四「而」字，《舊唐書》、《册府元龜》無。《舉正》：「閣本『顯』作『洎』，然新、舊史、蜀本皆同上。舊本無四『而』字。」《考異》：「顯，或作『洎』，舊史無此上四『而』字。」

㊴〔俸錢〕《考異》：「俸，或作『奉』。」謹按：「俸」、「奉」字通。《説文》：「奉，承也，从手从廾。丯聲，扶隴切。」《玉篇》：「俸，房用切，俸禄也。」朱駿聲《説文通訓定聲》定爲轉注：「《廣雅·釋詁》四：『奉，禄也。』《漢書·高后紀》：『列侯幸得餐錢奉邑。』注：『粟米曰奉。』《王莽傳》：『其令公奉舍人賞賜皆倍故。』注：『所食之奉也。』字亦作『俸』。《周禮·大宰》注『禄若月奉也』，《釋文》：『或作俸。』」

㊵〔歲靡廩粟〕《册府元龜》「靡」作「縻」。苑本注：「靡，集作『縻』。」

㊶〔乘馬從徒〕《舉正》：「李本校作『乘馬而途』，然閣本、新、舊史皆同上。」《考異》：「從，或作『而』，非是。」

㊷〔踵常途之促促〕《册府元龜》「常」作「嘗」。苑本注：「促促，《文粹》作『役役』。」潮本「促促」作「役役」，粹本、祝本、南宋閩本、魏本同。潮本注：「役役，一作『促促』。」祝本、魏本注同。《舉正》出南宋監本「促促」，云：「閣本、新、舊史、《文苑》皆同。杭、蜀本作『役役』，非。促音『齪』，公《張署墓誌》：『抑首促促就食。』與此同。《史記·申屠嘉贊》：『娖娖廉謹。』娖與促音義通。《集韻》『齪』下二字皆出。《選》（陸機《豫章行》）詩有『促促薄暮

景』，義不可合也。」朱熹從方本，《考異》：「諸本多作『役役』。」謹按：《文選》六臣注：「促促，短貌。」《張署墓誌》所用「促促」與「娖娖」通，拘謹貌。《史記》「娖娖」，《漢書》作「躖」，字又作「齪齪」，韓愈《與于襄陽書》：「世之齪齪者既不足以語之，磊落奇偉之人又不能聽焉。」義與「娖娖」同。「役役」，行役疲憊貌。《莊子·齊物論》：「終身役役，而不見其成功。」郭象注解「役役」爲「疲役」。又白居易《閉關》：「迴顧趨時者，役役塵壤間。」取義亦同。以上諸義此處均可通用，不必拘泥。今從《舊唐書》。

㊸〔竊陳編以盜竊〕潮本「編」作「篇」，《册府元龜》、粹本、祝本、南宋閩本、魏本同。祝本注：「篇，一作『編』。」南宋閩本、魏本注同。《舉正》據蜀本訂作「編」，云：「新、舊史同。」朱熹從方本，《考異》：「編，或作『篇』。」今從《舊唐書》。《册府元龜》「盜」作「逃」。

㊹〔宰臣〕魏本注：「臣，一作『相』。」

㊺〔茲非其幸歟〕「茲」，《舊唐書》、苑本、《册府元龜》作「此」。潮本無「其」字，祝本、南宋閩本、魏本同。潮本注：「非，一作『非其』。」祝本、南宋閩本注同。魏本注：「一作『茲非其幸歟』，一作『此非其利哉』。」「幸歟」，《舊唐書》作「幸哉」，苑本、《册府元龜》作「利哉」。苑本注：「《文粹》作『幸歟』。」《舉正》出南宋監本「茲非其幸歟」，云：「新史、《文粹》同，蜀本無『其』字，舊史與《文苑》作『此非其利哉』。」朱熹從方本，《考異》：「或無『其』字，或作『此非其利哉』。」廖本脱「茲」字。今從方本。

㊻〔有亡〕兩《唐書》、《册府元龜》「亡」作「無」。謹按：「亡」、「無」，通假字。《説文》：「無，亡也。从亡無聲。」段注：「凡所失者、所未有者，皆如逃亡然也。此『有無』字正體。而俗作『無』。『無』乃『霖』之隸變。『霖』之訓『豐』也。與『無』義正相反。然則隸變之時，昧於亡爲其義，霖爲其聲。有聲無義，殊爲乖繆。古有假『霖』爲

『橆』者。要不得云本無二字，漢隸多作『橆』可證也。或假『亡』爲『無』者，其義同，其音則雙聲也。」

㊼〔忘己量之所稱〕魏本注：「己量，一作『量己』。」《新唐書》、祝本、南宋閩本作「量己」。祝本、南宋閩本注：「一作『己量』。」《舉正》據蜀本訂作「己量」，云：「苑、粹同，新、舊史皆作『量己』。」謹按：今本《舊唐書》作「己量」。《考異》：「或作『量己』，非是。」

㊽〔是所謂〕苑本注：「所謂，集作『猶』。」《册府元龜》「所謂」作「猶」。

㊾〔醫師以昌陽引年〕「以」上粹本、南宋蜀本多一「不」字。《册府元龜》無「以」字。《舉正》：「苑、粹『以』上有『不』字，蜀本、新、舊史無之。」謹按：今苑本無「不」字。《考異》：「『以』上或有『不』字。今按《本草》：『昌蒲一名昌陽。』作『不以』者非是。」

㊿〔欲進其豨苓也〕苑本「豨」作「稀」。《册府元龜》、南宋蜀本「豨」作「豬」。南宋蜀本注：「豬，一作『豨』。」

【箋注】

〔一〕樊汝霖注：「《進學解》出於東方朔《客難》、揚雄《解嘲》，而公過之。孫樵所謂『韓文公以《進學解》窮』者，此也。」高步瀛注：「《禮記經解》孔疏引皇氏曰：『解者，分析之名。』《説文》曰：『解，判也。』《廣雅·釋詁三》曰：『解，説也。』」劉勰《文心雕龍·書記》：「解者，釋也。解釋結滯，徵事以對也。」吴訥《文章辨體》：「解者，亦以講釋解剥爲義，其與説亦無大相遠也。」徐師曾《文體明辨》：「按《字書》：『解者，釋也。』因人有疑而解釋之也。揚雄始作《解嘲》，世遂倣之。其文以辨釋疑惑解剥紛難爲主，與論、説、議、辯蓋相通焉。」賀復徵《文章辨體彙選》：「解者，釋猶豫也。必設爲問對以極其情，則諷誦之間而猶豫自釋矣，其義蓋始於《七發》等篇。《文選》乃遂以七爲體，非知言也。至韓子作《進學解》，而始以解名篇。」

此篇作年，吕大防繫於貞元二十一年，程俱繫於左遷國子博士之後，洪興祖繫於元和八年癸巳三月乙亥之前，方崧卿《舉正》、《增考》、《年表》、蔣抱玄注繫於元和七年，方成珪繫於元和八年。吕譜：「貞元二十一年乙酉：是年順宗永貞元年，時有《進學解》。」程譜：「華州刺史奏華陰令柳澗罪，將貶之，愈上疏請辨曲直，既按澗有犯，愈由是左遷國子博士。久之，作《進學解》。執政聞之，遷比部郎中史館修撰。」洪譜：「八年癸巳：《實録》云：『八年三月乙亥，國子博士韓愈比部郎中史館修撰。』《新史》云：『愈數黜官，又下遷，乃作《進學解》以自喻。執政覽之奇其才。』《舊史》云：『執政覽其文而憐之，以其有史才，改比部郎中史館修撰。』然則執政憐其數黜，且以有史才，故除是官，非止奇其能文而遷擢之也。《新史》務簡，遂失其實。時宰相武元衡、李吉甫、李絳也。公除官制曰：『太學博士韓愈，學術精博，文力雄健，立詞措意，有班、馬之風，求之一時，甚不易得。加以性方道直，介然有守，不交勢利，自致名望。可使執簡，列爲史官，記事書法，必無所苟。仍遷郎位，用示褒升。』白居易詞也。」《舉正》：「元和七年作。」《增考》：「按：《進學解》元和七年作，所謂『三爲博士』是也。」韓醇注：「據《本傳》云：再爲國子博士。既才高，數黜官，又下遷，乃作《進學解》以自喻。執政奇其才，改比部郎中史館修撰。元和八年三月二十三日也。」方譜：「是年春作。」謹按：洪譜引《憲宗實録》：「元和七年二月乙未，職方員外郎韓愈爲國子博士。元和八年三月乙亥國子博士韓愈守比部郎中、史館修撰。」此篇作年，應在七年（八一二）二月之後，八年（八一三）三月之前。

〔二〕蔣抱玄注：「國子，公卿大夫之子也。《周禮》（《師氏》）：『以三德教國子。』」按：晉始立國子學，其後或置或廢。北齊曰國子寺，隋又改寺爲學，煬帝又改學爲監，唐代因之。」高步瀛注：「唐國子、太學分爲二學，退之爲國子博士，此文太學自指國子監，蓋唐之國子監當古之太學也。」韓愈自職方員外郎左遷國子博士，在七年二月乙未，至八年三月乙亥拜比部郎中史館修撰，見洪譜引《憲宗實録》。《新唐書・百官志三》國子監：「國子學博士五人，正五品上。掌教三品以上及國公子孫從二品以上曾孫爲生者。五分其經以爲業。」

〔三〕蔣抱玄注：「諸生，諸弟子也。《史記・叔孫通傳》：『高帝悉去秦苛儀法。羣臣飲酒爭功，或拔劍擊柱。叔孫通曰：臣願徵魯諸生與臣弟子共起朝儀。』」

〔四〕業精于勤，謂事業專精於勤奮。此語始見韓文，後人採用者甚多。如宋周麟之《洪興祖特贈直敷文閣制》：「頃在庠序，業精于勤。凡先朝之睿文，無不手自纂綴。」（《海陵集》卷二十）周必大《跋蕭御史殿試真卷》：「蓋祖宗時士人業精于勤，往往習慣如自然，非若後來之鹵莽也。」（《文忠集》卷四十八）元許有壬《祭劉傳之御史文》：「惟公業精於勤，學本於儒。」（《至正集》卷六十九）

〔五〕嬉，逸樂。張衡《歸田賦》：「諒天道之微昧，追漁父以同嬉。」業荒於嬉，謂事業荒廢於逸樂。此語始見韓文，後人採用者甚多。如宋黄彦平《王氏二子字辭》：「未聞萬物，能裕兩儀？行成於勤，業荒於嬉。」（《三餘集》卷四）朱翌《十月旦讀子美北風吹瘴癘羸老思散策之句初寮嘗作十詩因次其韻其八》：「少時不解事，日日荒于嬉。投老又懶惰，得一或十遺。」（《灊山集》卷一）周麟之《周綰除國子祭酒制》：「今圜冠峩如，大裾襜如，闔闔乎其中者日益衆。欲使之業不荒于嬉，行不毁于隨，則必有諸老先生相與倡率而作成之。」（《海陵集》卷十四）

〔六〕思，思索、思考。《論語・爲政》：「學而不思則罔，思而不學則殆。」此處「思」相對於「隨」而云然，指深思熟慮，即《論語・公冶長》「三思而後行」。行成于思，謂行動的成功取決於事前的深思熟慮。此語始見韓文，後人採用者甚多。如宋周必大《幸學詔》：「夫孝於事親，忠於事君，學之本也；業精於勤，行成於思，學之序也。」（《文忠集》卷一百四）徐元杰《徐士龍授國子博士王璞授太學博士制》：「業精於勤，行成于思，必以荒嬉毁隨爲戒。」（《楳埜集》卷七）元王義山《京庠賦社麗澤魁籍序》：「吾業精矣，業精于勤，荒于嬉；吾行成矣，行成于思，毁于隨。」（《稼村類藁》卷六）

〔七〕蔣抱玄注：「隨，謂不經意也。如隨手、隨便之類。」童第德注「《詩・民勞》『無縱詭隨』，毛亨曰：『詭隨，詭人之善，隨人之惡者。』公用隨字本此。」謹按：「隨」有聽任、放任一義。《史記・魏世家》：「聽使者之惡之，隨安陵氏而亡之。」張守節《正義》：「隨，猶聽也。」《韓非子・喻老》：「夫物有常容，因乘以導之，因隨物之容。」王先慎《集解》：「物有定形，乘其機以引導之，不待雕琢，而聽其自然以成形。」此處「隨」相對于「思」而云然，指放縱、隨意。行毀于隨，謂行動毀敗於輕率隨意。此語始見韓文，後人採用者甚多。如周必大《梅州重脩學記》：「勉爾行業，爲時俊良。毋毀於隨，毋嬉以荒。」（《文忠集》卷五十八）李劉《榮州到任謝丞相》：「伏念某才不瘉人，學徒泥古。招諸生於館下，幾毀於隨。」（《四六標準》卷五）方大琮《延平人材》：「毋荒于嬉，毋毀于隨，挺挺然自拔于流俗者，則學校之光也。」（《鐵菴集》卷二十六）

〔八〕蔣抱玄注：「《史記·酷吏傳序》：『法令者，治之具，而非制治清濁之源也。』畢，皆也。《詩經》《小雅·無羊》：『畢來既升。』」治具必張，謂法律制度完善齊備。此語始見韓文，後人採用者甚多。如宋楊億《謝賜詔書欽恤刑獄表》：「政經載肅，治具畢張。矧於流爍之辰，獨軫縲纍之苦。」（《武夷新集》卷十三）《賀明堂禮畢表》：「行教化之所未行，紹禮樂之所未紹。祭典咸秩，治具畢張。」（《祠部集》卷十四）沈遘《代人進新脩禄令表》：「彝倫攸敍，率祖宗之規模；治具畢張，盡帝王之能事。」（《西溪集》卷七）

〔九〕拔去兇邪，謂剷除邪惡。此語始見韓文，後人採用者甚多。如宋張守《謝除禮部侍郎表》：「伏遇皇帝陛下駕御英豪而大有爲，拔去凶邪而罔不服。」（《毘陵集》卷三）許應龍《特進左丞相兼樞密使鄭清之特授觀文殿大學士醴泉觀使兼侍讀制》：「屬當更化之初，首任秉鈞之重。收召耆哲，拔去凶邪。」（《東澗集》卷四）李劉《賀史丞相除少傅》：「矧如拔去兇邪，收洪範威福之柄；

且復芟夷煩亂，整素王筆削之功。」（《四六標準》卷十五）

〔一〇〕蔣抱玄注：「畯，寒畯之畯。畯良，謂在野之良士也。」謹按：登崇俊良，謂提拔重用賢才。此語始見韓文，後人採用者甚多。如宋石介《上孔中丞書》：「獨決萬幾，登崇俊良。黜逐纖人，革故鼎新。」（《徂徠集》卷十三）李廌《金鑾賦》：「於穆皇王，登崇俊良。爰自謫逐，乃命作牧，乃命爲郎，乃寘紫微，乃居玉堂。」（《濟南集》卷五）唐庚《祭宋承之文》：「聖神嗣興，改易法度，登崇俊良。」（《眉山文集》卷十）

〔一一〕祝充注：「占，之贍切。式遵遺占。」魏仲舉注：「占，去聲。」謹按：顔延年《陶徵士誄》「式遵遺占」，《文選》李善注：「占，去聲。《漢書》曰：『陳遵口占作書。』占，謂口隱度其事令人書也。」《後漢書・袁敞傳》：「自獄中占獄吏，上書自訟。」章懷注：「占謂口授也，《前書》曰『陳遵憑几口占書吏』是也。」此「占」字義爲口授，與本文義異，祝注不確。本文「占」字義爲固有、具有、擁有，《廣韻》：「占，固也，章豔切。」《集韻》：「占，章豔切，固有也。」蔣抱玄注：「《易經》（《繫辭下》）：『小人以小善爲无益而弗爲也。』録，取也，擇其人其事之可取者。《公羊傳》（成公八年）：『録伯姬也。』凡言録用或録取者皆本此。」

〔一二〕蔣抱玄注：「《史記・儒林傳》：『郡國縣道邑有所聞者，當與計偕詣太常，得受業如弟子。一歲皆輒試，能通一藝以上補文學掌故缺。』庸，登庸之庸同也。《書經》（《堯典》）：『疇咨若時登庸。』」

〔一三〕祝充注：「爬，蒲巴切。義與第五卷『把』字同。抉，挑也。」魏仲舉注：「爬，蒲巴、蒲麻二切。抉，於決切。」蔣抱玄注：「爬，蒲巴切，音琶。爬羅，謂搜刮一切。剔抉，挑剔也，謂摘取而出之也。」謹按：爬羅，網羅、搜羅。此語始見韓文，後人採用者甚多。如宋鄭獬《送方元忠》：「剖發露光鋩，爬羅無縫罅。」（《鄖溪集》卷二十四）劉弇《送曾靈永赴舉》：「剽竊摸青黃，爬羅盡砂礫。」（《龍雲集》卷六）李彌遜《舍人林公時旉集句後序》：「爬羅牽挽，僅相比屬。」（《筠谿集》卷二十二）剔抉，揀擇揚棄。此語始見韓文，後人採用者甚多。如宋文同《都官員外郎錢君墓誌銘》：「盡取所有書日夜考究，騰高入深，裒擥剔抉，無所不得。」（《丹淵集》卷三十七）徐積《李陽冰篆》：「聖人作樂有大本，剔抉淫哇完古音。」（《節孝集》卷十四）鄭俠《代連州謝宣諭表》：「先皇帝剔抉訛弊，庸正邦經。」（《西塘集》卷七）

〔一四〕蔣抱玄注：「垢，塵垢之垢。」高步瀛注：「《禮記・明堂位》鄭注曰：『刮，摩也。』《說文》曰：『垢，濁也。』案：此二句言搜擇人材而磨礲之，使底於成也。」刮垢磨光，刮去塵垢，磨出光華，指鍛煉磨礪。此語始見韓文，後人採用者甚多。如宋毛滂《得真定倅謝執政啓》：「惟憫窮悼屈，本出於至公；然刮垢磨光，卒成於委曲。」（《默堂集》卷五）王之道《代宋景陽到無爲任謝執政啓》：「謂任賢使能，當在所先；故刮垢磨光，亦或不捨。」（《相山集》卷二十六）陳淵《除察院回外官賀狀》：「刮垢磨光，方幸聖時之不棄；揚清激濁，實虞公議之難諧。」（《默堂集》卷十一）

〔一五〕蔣抱玄注：「既，盡也。未既，未盡也。枚乘《七發》：『客見太子有悅色也，遂推而進之。太子曰：善，願復聞之。客曰：未既。』」

〔一六〕蔣抱玄注：「列，班位也。《論語》(《季氏》)：『陳力就列。』」

〔一七〕高步瀛注：「《文選·上林賦》李善注：『六藝，六經也。』」

〔一八〕高步瀛注：「《莊子·天下篇》：『百家之學，時或稱而道之。』」宋孫奕《示兒編》卷七「句法同」條：「退之《進學解》曰『口不絶吟於六藝之文，手不停披於百家之篇』，句法使夏侯湛《抵疑》曰『志不輟著述之業，口不釋雅頌之音』。」

〔一九〕蔣抱玄注：「《漢書·藝文志》：『古之王者世有史官，君舉必書。左史記言，右史記事。』」

〔二〇〕孫汝聽注：「玄，幽深也。」魏引補注：「《陳齊之語録》云：『沈浸醲鬱含英咀華』至『子雲相如同工異曲』，此退之作文章法也。『記事者必提其要纂言者必鉤其玄』，是亦學文術也。」蔣抱玄注：「纂，集而修之也。《國語》(《周語上》)：『纂修其緒。』玄，理之深奥者爲玄。《老子》：『玄之又玄，衆妙之門。』」高步瀛注：「《漢書·藝文志》有楊雄《訓纂篇》。又《漢書·司馬遷傳贊》曰：『至孔氏籑之。』顔注曰：『籑，與撰同。』撰，《説文》作『譔』。是『纂』、『籑』、『撰』、『譔』字並通。」謹按：鉤玄提要，謂探究精微，抉取要義，此語始見韓文，後人採用者甚多。如金史秉直《莊靖集序》：「其於觴詠之間，給談笑，助諧謔，敍人情，狀物態，鉤玄提要，據古論今，左右逢原。」(《莊靖集》卷首)元袁桷《上王尚書》：「是用忘揣顓蒙，惠徼恩育，鉤玄提要。」(《清容居士集》卷三十九)元許有壬《漢雋序》：「爲事而設，則提要鉤玄，非苟於簡也。」(《至正集》卷三十

三）明楊慎《周官音詁序》：「爲《周官音詁》一編，以爲鉤玄提要之助。」（《升菴集》卷二）

〔二一〕貪多務得，謂貪心求多，志在必得。此語始見韓文，後人採用者甚多。如宋范祖禹《右侍禁墓誌銘》：「讀史傳必反復詳洽然後進，不貪多務得。」（《范太史集》卷五十二）慕容彥逢《投獻書》：「迺究觀經史諸子百家之言，雖貪多務得，不問精粗。而性質顓蒙，過目輒忘。」（《摛文堂集》卷十三）李綱《論進兵劄子》：「今之諸將貪多務得，見他人之兵，則垂涎以思并吞。」（《梁谿集》卷八十四）

〔二二〕蔣抱玄注：「捐，棄也。《漢書·灌夫傳》：『侯自我得之，自我捐之。』」謹按：細大不捐，謂無論大小，一攬無餘。此語始見韓文，後人採用者甚多。如宋慕容彥逢《請益書》：「究觀經史諸子百家之言，細大不捐，必欲盡得古人之所聞。」（《摛文堂集》卷十三）呂祖謙《祭魯秀才文》：「我封我植，細大不捐。付之歲晏，干雲參天。」（《東萊集》卷八）樓鑰《祭族兄心上人》：「纂言記事，細大不捐。出其緒餘，翰墨詩篇。」（《攻媿集》卷八十三）

〔二三〕蔣抱玄注：「《法苑珠林》（《懲惡篇》）：『譬如燈炷，唯賴膏油。』」高步瀛注：「《左氏春秋》孔疏曰：『脂之澤者爲膏。』《說文》曰：『晷，日景也。』」謹按：膏，燈油。鮑照《秋夜》：「夜久膏既竭，啓明旦未央。」焚膏繼晷，謂挑燈苦讀，日以繼夜。此語始見韓文，後人採用者甚多。如宋陸佃《舉進士王昇狀》：「焚膏繼晷，率常達旦。」（《陶山集》卷四）楊時《蔡奉議墓誌銘》：「君亦感激奮勵，焚膏繼晷不少懈。」（《龜山集》卷三十）汪應辰《謝解啓》：「焚膏繼晷，探求聖賢之用

心；東帶遠遊，周覽山川之秀氣。」（《文定集》卷十七）

〔二四〕祝充注：「兀，音窟。《選》（王褒《聖主得賢臣頌》）『終日矻矻』，注：『勤作也。』後同。」孫汝聽注：「兀，用心貌。」魏仲舉注：「兀，音窟，又苦骨切。」蔣抱玄注：「《莊子》（《齊物論》）：『和之以天倪，因之以曼衍，所以窮年也。』」高步瀛注：「《漢書・王褒傳・聖主得賢臣頌》『終日矻矻』，注引應劭曰：『矻矻，勞極貌。』如淳曰：『健作貌。』顔曰：『如淳説是。矻，音口骨反。』五百家注引孫曰：『兀兀，用心貌。』恐臆説。」矻矻窮年，謂終年勤苦。此語始見韓文，後人採用者甚多。如宋高登《水漲謝邑宰送米》：「心知一字不堪煮，矻矻窮年黄卷中。」（《東溪集》卷上）舒璘《答績溪王宰》：「矻矻窮年，無益後進。」（《舒文靖集》卷上）李廷忠《通王運使》：「矻矻窮年，誰念焚膏之苦；漫漫長夜，徒興扣角之悲。」（《橘山四六》卷一）

〔二五〕王元啓注：「可謂勤矣，此即後文所謂『勤學』。」

〔二六〕祝充注：「觝，音邸，角觸。《淮南子》（《説山》）：『兕牛之動以觝觸。』」魏引補注：「異端，異説也。《語》（《爲政》）：『攻乎異端。』觝，音底。」蔣抱玄注：「觝，音邸，與『抵』、『牴』、『詆』皆同。」謹按：觝排異端，謂抨擊排斥異端邪説。此語始見韓文，後人採用者甚多。如宋歐陽澈《送吴教授古詩》：「觝排異端志不拔，真欲礪行參昌黎。」（《歐陽修撰集》卷四）陳宓《有宋北溪先生主簿陳公墓誌銘》：「發明正學，求其指歸，則有《道學體統》等四篇；觝排異端，中其膏肓，則有《似道》、《似學》二辨。」（《北溪外集》）魏了翁《韓愈不及孟子論》：「愈當觝排異端之日，又非若

異時慕舜周公之心比也。」(《鶴山集》卷一百一)

〔二七〕蔣抱玄注：「攘，排之去也。《論語》尊周室攘夷狄。」謹按：攘斥佛老，謂排斥佛道二家。此語始見韓文，後人採用者甚多。如黄庭堅《劉咸臨墓誌銘》：「石介守道，攘斥佛老。君得其書，奉以師保。」(《山谷集》卷二十三)鄒浩《孟子解義序》：「攘斥佛老，則庶幾孟子之功。」(《道鄉集》卷二十七)清全祖望《題真西山集》：「慈湖初見西山，因以其命訊日者，戒其須忘富貴利達之心。由今觀之，西山未能終身踐此言也。然則其不能攘斥佛老，固其宜耳。」(《鮚埼亭集外編》卷三十一)

〔二八〕宋姚寬《西溪叢語》卷上：「苴，《説文》展賈切。土苴，糟魄物。又云：不真物。一音子余切，訓包也。韓文公《進學解》『補苴罅漏』，當讀作平聲。」潮本注：「苴，子于切。」祝充注：「苴，子與切，所以藉履。又子余切，《前漢》(《賈誼傳》)：『冠雖敝不以苴履。』罅，呼訝切。」孫汝聽注：「苴，包苴也。」魏引補注：「苴，所以藉履也。」魏仲舉注：「苴，子魚切。罅，呼訝切。」《舉正》：「『衣弊不補，履決不苴』，《吕氏春秋》語。」高步瀛注：「此言罅漏者補苴之，微眇者張大之，喻闡明道義也。」謹按：「苴」有「補」義。刘向《新序·刺奢》：「今民衣弊不補，履決不苴。」補苴，彌補、填補。此語始見韓文，後人採用者甚多。如王安石《漣水軍淳化院經藏記》：「補苴調𦗩，冀以就完。」(《臨川文集》卷八十三)蘇轍《進策第五道》：「補苴缺漏，疏剔棼穢。」(《欒城應詔集》卷九)黄庭堅《鄂州通城縣學資深堂記》：「凡宫室不能風雨，器用不可薦羞，皆彌縫補苴使無憾。」(《山谷集》卷十七)《説文》：「罅，裂也。从缶虖聲，呼迓切。」罅漏，漏洞。此語始見韓文，後人採用者甚多。如陸龜蒙《讀襄陽耆舊傳因作詩五百言寄皮襲美》：「先崇周孔室，大懼隳結構。次補荀孟垣，所貴亡罅漏。」(《甫里集》卷一)尹洙《故金紫光禄大夫秘書監致仕上柱國清河縣開國子食邑六百户食實封一百户張公墓誌銘并序》：「索材簡器，補葺罅漏。」(《河南集》卷十七)蘇頌《屯田郎中知博州梁君墓誌銘》：「留之累日，摘其罅漏以示吏。」(《蘇魏公文集》卷五十八)

〔二九〕孫汝聽注：「眇，微也。」《舉正》：「『抗辭幽説，閎意眇旨』，見楊子《解難》。」蔣抱玄注：「張皇，與張大同。《書經》(《康王之誥》)：『張皇六師。』幽眇，與『幼眇』同。《漢書》：『念窮極之不還兮，惟幼眇之相羊。』」謹按：《漢書・外戚列傳》顔師古注：「幼眇，猶窈窕也。相羊，翺翔也。」此「幼眇」猶「窈窕」，與本篇義異，蔣説未諦。《漢書・元帝紀》「窮極幼眇」，顔師古注：「幼眇，讀曰要妙。」《老子》：「不貴其師，不愛其資，雖智大迷，是謂要妙。」「幼眇」、「要妙」，精深微妙，本篇「幽眇」即取此義。此語始見韓文，後人採用者甚多。如陳師道《次韻夏日》：「句裏江山徒指顧，舌端幽眇致張皇。」(《後山集》卷六)劉跂《歲寒堂記》：「仰止其艱勤，宣暢其幽眇。」(《學易集》卷六)李綱《易傳内篇序》：「即象數之幽眇，究理義之精微。」(《梁谿集》卷一百三十四)

〔三〇〕蔣抱玄注：「墜緒，謂已絶之道統也。茫茫，廣大貌。《左傳》(襄公四年)：『芒芒禹迹，畫爲九州。』」謹按：墜緒，已經斷絶的皇統。《尚書・五子之歌》：「荒墜厥緒，覆宗絶祀。」孔傳：「太康失其業以取亡。」謝靈運《撰征賦》：「懼帝系之墜緒，故黜昏而崇賢。」引申爲學術傳統。《漢顯宗開佛化法本内傳》：「今胡神亂夏，人主信邪，正教失蹤，玄風墜緒。」（《廣弘明集》卷一）

〔三一〕旁搜遠紹，謂廣泛搜羅、旁徵博引。此語始見韓文，後人採用者甚多。如宋華鎮《方時發尚書索至序》：「採黄卷之至言，取時儒之成説，旁搜遠紹，具載無遺。」（《雲溪居士集》卷二十九）楊時《周憲之墓誌銘》：「凡至安危治亂之機，必旁搜遠紹，極其規諫。」（《龜山集》卷三十六）周必大《帝王經世圖譜題辭》：「分門類事者固多，其能旁搜遠紹、合異爲同則鮮矣。」（《文忠集》卷五十四）

〔三二〕蔣抱玄注：「《書》（《禹貢》）『江漢朝宗于海』，傳：『百川以海爲宗。』」謹按：此語後人模仿者甚多，如宋汪藻《鎮江府月觀記》：「千嶂所環，中横巨浸，風濤日夜，駕百川而東之。」（《浮溪集》卷十八）程俱《賀直河引回河勢表》：「皇帝陛下德合二儀，澤流諸夏，王道大順，合百川而東之。」（《北山集》卷二十）元陸文圭《萬松堂記》：「方傾耳聽之，雄風颯然，衆竅怒號，如海濤萬頃，浩浩湯湯，澎湃觸石，駭逸奔雷，攏百川而東之也。」（《牆東類稿》卷八）

〔三三〕迴狂瀾于既倒，此語後人模仿者甚多，如蘇軾《告文宣王祝文》：「回狂瀾於既倒，支大厦於將傾。」（《東坡全集》卷九十九）陸佃《除中書舍人謝丞相荆公啓》：「遵大道之甚夷，障狂瀾于既倒。」（《陶山集卷十三》）王安中《回謝時宰免書》：「邦治時定，若泰山而四維；人心式訛，回狂瀾於既倒。」（《初寮集》卷七）張震《武侯祠》：「力挽狂瀾休轉石，功虧累土不成層。」（《全蜀藝文

志》卷十一)《挽李子陽》:「笔端力挽狂瀾倒,袖裏親携太華来。」(《秋澗先生大全文集》卷十九)

〔三四〕王元啓注:「可謂有勞矣,此即後文所謂『言多』。」

〔三五〕蔣抱玄注:「沈浸,漸漬也。醲郁,濃厚也。」此語始見韓文,後人採用者甚多。其義有二:其一,「沈浸」作動詞,謂沉潛玩味。醲郁,謂淳厚濃郁。如宋胡寅《進士梁君墓誌銘》:「勵志求道,沉浸醲郁。殊途百慮,一歸於正。」(《斐然集》卷二十六)林之奇《與曾裘父書》:「大抵諸公於子雲之精義處,當沉浸醲郁,以求其深造自得之學。」(《拙齋文集》拾遺)洪适《賀朱提刑到任啓》:「肅括洪深,不言而備四時之氣;沈浸醲郁,所著皆約六經之文。」(《盤洲文集》卷五十二)其二,「沈浸」、「醲郁」均爲形容詞,謂深厚醇正。如朱熹《與張欽夫别紙》:「其學大抵明白勁正,而無深潛縝密沈浸醲郁之味。」(《晦庵集》卷三十)劉崇之《祭文》:「爲書滿家,金薤琳瑯。沉浸醲郁,温潤鏗鏘。」(《文忠集》附録卷一)趙善括《上蘇侍郎書》:「道大而世不容,才高而用不盡。沈浸醲郁,付之子孫。」(《應齋雜著》卷三)

〔三六〕孫汝聽注:「英,亦花也。」魏引補注:「張子韶曰:文字有眼目處當涵泳之,使書味存于胷中,則益矣。韓子曰:『沈浸醲郁,含英咀華。』正謂此。」魏仲舉注:「咀,在吕切,嚼也。」謹按:含、咀,謂玩味、體悟。英、華,謂藝術精華。此語始見韓文,後人採用者甚多。如宋李綱《故祕書省祕書郎黄公墓誌銘》:「孔翠之祥,乃以文鳴。含英咀華,休有俊聲。」(《梁谿集》卷一百六十八)樓鑰《高端叔墓誌銘》:「佛氏大藏經五千卷,讀之再過,他可知也。含英咀華,以昌其文。」(《攻媿集》卷一百三)周必大《跋陳従古梅詩》：「秉燭快讀，雖未容含英咀華，固可望之止渴矣。」
(《文忠集》卷十七)

〔三七〕祝充注：「姒，徐里切。姚姒，舜禹姓。梁劉孝綽《安成康王碑》：『虞夏革運，姚姒之姓已分。』」

〔三八〕祝充注：「渾，胡本切。」孫汝聽注：「揚子(《法言》)曰：『虞夏之書渾渾爾。』謂規學此虞夏之書也。」蔣抱玄注：「渾渾，無端緒之貌。《素問》(《瘧論篇》)：『無刺渾渾之脉。』」謹按：渾渾，無邊無際貌。《淮南・俶真》：「渾渾蒼蒼，純樸未散。」高誘注：「渾渾蒼蒼，混沌大貌。」

〔三九〕孫汝聽注：「周誥，謂《大誥》、《康誥》、《酒誥》、《洛誥》之屬。殷盤，謂《盤庚》三篇。」

〔四〇〕祝充注：「佶，其乙切。屈，求勿切。聱，牛交切。元結曰：『聱者謂其不相聽從。』」韓醇注：「聱，《廣雅》謂不入人語也。」孫汝聽注：「佶屈、聱牙，皆艱澁貌。」《示兒編》卷十九：「《進學解》『佶屈聱牙』，《唐元結傳》作『聱齖』。」方成珪注：「佶，正也，又壯健也，無別義。此當作『詰』，《晉書・衛恒傳》：『研桑不能數其詰屈。』」蔣抱玄注：「『佶』與『詰』同。蔡邕《篆勢》：『研桑不能數其詰屈，離婁不能覩其隙間。』聱牙，義亦同上。」高步瀛注：「『佶屈』即『結詘』，《廣雅・釋詁一》：『結，曲也。』《釋詁四》曰：『結，詘也。』又作『詰詘』，《說文・敍》：『隨體詰詘。』段注曰：『詰詘，猶今言屈曲也。』」謹按：宋陸佃《埤雅・釋蟲》「蝤蠐」條：「《爾雅》曰：『蝎，蛣蝎。』又曰：『蝤蠐，蝎。』蓋蝎一名蝤蠐，一名蛣蝎。佶，屈曲貌，以形舉也。」是陸佃以「佶」通「蛣」。

《説文》：「蛣，蛣䖦，蝎也。从虫吉聲，去吉切。」是「蛣䖦」即「佶屈」，「以形舉也」。《集韻》入聲上・九迄「曲勿切」：「䖦、䖦，蟲名。《説文》：『蛣䖦也。』或从『屈』。」其字正音「屈」。「蛣䖦」爲蟲名，即蝎，引申爲屈曲之狀。《後漢書・竇武傳》：「有大蛇自榛草而出，徑至喪所，以頭擊柩，涕血皆流，俯仰蛣屈，若哀泣之容，有頃而去。」可知「佶屈」即「蛣屈」、「蛣䖦」，信而有徵。許慎之「詰詘」，蔡邕之「詰屈」，《水經注》之「結絀」，均一音之轉。佶屈聱牙，謂文字艱澀難以誦讀。此語始見韓文，後人採用者甚多。如宋釋居簡《跋九峰了應溈山警策後》：「楊雄之文，佶屈聱牙，終有俟於後世。」（《北磵集》卷七）黄震《謝王尚書舉著述科》：「文章之正氣，明白洞達，是曰大廷之陳謨。佶屈聱牙，特順方言而作誥。」（《黄氏日抄》卷九十三）元劉壎《樊宗師文》：「九十之老，齒豁而音微，又雜以方言，安得不佶屈聱牙。」（《隱居通議》卷十五）

〔四一〕蔣抱玄注：「葩，華也。今人稱《詩經》爲『葩經』本此。」

〔四二〕孫汝聽注：「莊，謂《莊子》。騷，謂《離騷》。太史所録，謂司馬遷《史記》。」

〔四三〕蔣抱玄注：「楊雄字子雲，司馬相如，皆西漢大文學家，後人謂之楊馬。」

〔四四〕同工異曲，謂形式雖異，精彩相同。此語始見韓文，後人採用者甚多。如宋洪适《賀允中資政殿大學士致仕制》：「强識博聞，學周公仲尼之道；同工異曲，有相如楊雄之風。」（《盤洲文集》卷十九）《答張縣尉》：「異曲同工，已有飄飄之氣；博聞强識，必成灼灼之名。」（《盤洲文集》卷五十七）吴泳《答程季與書》：「漢相如子雲同工異曲，唐陳子昂孤騫獨步國朝。」（《鶴林集》卷二

十七）

〔四五〕王元啓注：「可謂閎其中而肆其外矣，此即後文所謂『文奇』。」閎中肆外，謂内涵深厚、文筆恣肆。此語始見韓文，後人採用者甚多。如宋洪适《與交代沈正言啓》：「以習是勝非之學，爲閎中肆外之文。」（《盤洲文集》卷五十九）李劉《代回楊評事謝求薦》：「惟某官騰茂蜚英，閎中肆外。」（《四六標準》卷三）詹初《書詹國録先生集後》：「探研道玅，則根極本原；品藻經疑，則直陳指要。隨事日録，則體驗益親；適興詩篇，則性靈攸發。其諸閎中肆外，流於既溢者乎！」（《寒松閣集》卷三）

〔四六〕勇于敢爲，謂當仁不讓、敢作敢爲。此語始見韓文，後人採用者甚多。如歐陽修《尹師魯墓誌銘》：「遇事無難易，而勇於敢爲。」（《歐陽文忠公集》卷二十八）蘇轍《亡兄子瞻端明墓誌銘》：「見義勇於敢爲，而不顧其害。」（《欒城後集》卷二十二）樓鑰《祭陳司户文》：「君之于義，勇于敢爲。親舊有急，匍匐救之。」（《攻媿集》卷八十四）

〔四七〕蔣抱玄注：「方，法術也。《易經》（《繫辭上》）：『方以類聚。』」

〔四八〕左右具宜，謂才學廣博，無所不宜。此語始見韓文，後人採用者甚多。如王安石《何郯知永興軍制》：「藝文之學，政事之材，左右具宜，以有聲績。」（《臨川先生文集》卷第四十九）王安禮《祭吴相公文》：「宏材廣業，左右具宜。」（《王魏公集》卷七）陸佃《吏部尚書除尚書右僕射制》：「安危攸繫，左右具宜。」（《陶山集》卷十）

〔四九〕王元啓注：「此即後文所謂『行修』。」高步瀛注：「《詩·猗嗟》鄭箋：『成，猶備也。』《論語·憲問篇》曰：『可以爲成人矣。』」

〔五〇〕祝充注：「跋，躐也。疐，音致，礙不行也。一作人爾切，疐，跆也。《詩》（《豳風·狼跋》）：『狼跋其胡，載疐其尾。』注：『進退有難。』」韓醇注：「《詩》：『狼跋其胡，載疐其尾。』注：『跋疐，顛倒貌。老狼有胡，進則跋其胡，退則疐其尾。言進退兩難也。』」跋前疐後，謂進退維谷。此語始見韓文，後人採用者甚多。如楊萬里《張魏公傳》：「臣以孤蹤，跋前疐後，動輒掣肘，陛下將安用之？」（《誠齋集》卷一百十六）陸游《謝錢參政啓》：「憐其跋前疐後，姑令全進退之。」（《渭南文集》卷十）陳亮《謝羅尚書啓》：「直情徑行，視毁譽如風，而不恤跋前疐後，方進退惟谷以堪驚。」（《龍川集》卷十八）

〔五一〕動輒得咎，一舉一動都難免獲罪。此語始見韓文，後人採用者甚多。如宋尹洙《論朝政宜務大體疏》：「臣所慮者，上下相同，動輒得咎。刻薄之風，寖以成俗。」（《河南集卷十八》）李廌《送黃集虛赴任知州并序》：「雖轗窮年，動輒得咎。而居貧守道，愈困愈堅。」（《濟南集》卷四）李綱《辭免河北河東路宣撫使第五劄子》：「遭罹讒謗，動輒得咎，積憂成疾，心力殫耗。」（《梁谿集》卷四十七）

〔五二〕孫汝聽注：「謂貞元十九年爲監察御史謫陽山令也。」

〔五三〕潮本注：「治，平聲。」韓醇注：「《楚詞》（《九章·思美人》）：『雖過失猶弗治。』」魏仲舉注：

「治，陳之切。」王元啓注：「見音現，謂官冗不足彰治理之才。」沈欽韓云：「言善最弗聞。《周禮・小宰》：『二曰以敍進其治。』注：『治，功狀也。』」蔣抱玄注：「冗，雜亂也。」高步瀛注：「韓引見《九章・惜誦》，謂職雖冗曠，君相猶不治其罪也。王、沈二説較舊説義長，然『治』雖作『功狀』解，而仍讀平聲，古人用韻之例多如此。」童第德注：「『見』如字讀亦通。治，理也，謂居冗官不爲上官所重，置之不理，即同官及下僚亦輕視之。」冗不見治，謂事務雜亂，難見事功。此語始見韓文，後人採用者甚多。如宋趙鼎臣《謝路帥啟》：「試吏踰年，課裁自脱，居官積日，冗不見治。」（《竹隱畸士集》卷十一）王安中《謝除中書舍人表》：「長而無述，幾驚過隙之駒；冗不見治，坐跂垂天之翼。」（《初寮集》卷四）李廷忠《再謝時漕薦舉》：「如某者，拙無與比，冗不見治。」（《橘山四六》卷六）

〔五四〕命與仇謀，猶「與仇謀命」，謂向仇家謀求運氣，猶與虎謀皮。此語始見韓文，後人採用者甚多。如宋陳師道《送王元均貶衡州兼寄元龍二首》：「先生英氣蓋區中，命與仇謀得老窮。」（《後山集》卷六）虞儔《王貫之有詩留别因次其韻》：「命與仇謀從此逝，病兼貧至向來同。」（《尊白堂集》卷二）洪适《謝張建康舉十五年前陞陟啓》：「獄皆文致，既剗跡于周行；命與仇謀，即灰心于榮進。」（《盤洲文集》卷五十七）

〔五五〕童第德注：「此文『取』字與《柳子厚墓誌銘》『詡詡强笑語以相取下』之『取』同爲語詞，《孟子》『楊子取爲我』義同。又作『趣』，《顔氏家訓・止足篇》『人生衣趣以覆寒露，食趣以塞飢乏耳』，

『趣』亦語詞。作『取』爲長。」

〔五六〕啼飢號寒，謂家道貧困，難免飢寒。此語始見韓文，後人採用者甚多。如宋胡宏《與秦會之書》：「尋壑經丘，勸課農桑，以供衣食。不如是，則啼飢號寒。」（《五峰集》卷二）王之望《上宰相書》：「畀以一官，免待遠次。則啼饑號寒之屬，庶不殞於溝壑。」（《漢濱集》卷九）洪适《乞勿繫大獄干證人劄子》：「其家啼飢號寒，遂擠溝壑。」（《盤洲文集》卷四十一）

〔五七〕蔣抱玄注：「頭童，謂髮禿如孩提也。豁，落也。」高步瀛注：「《釋名·釋長幼》曰：『牛羊之無角者曰童，山無草木曰童。』案：人老髮禿，如山無草木，故曰頭童。《漢書·楊雄傳》顔注：『豁，開也。』」頭童齒豁，頭禿齒缺，謂極度衰老。此語始見韓文，後人採用者甚多。如蘇軾《赴英州乞舟行狀》：「六十之年，頭童齒豁，疾病如此。理不久長。」（《東坡全集》卷六十五）陳師道《謝正字啓》：「頭童齒豁，敢辭乳媪之譏；聞淺見輕，但畏金根之謬。」（《後山集》卷十五）周行己《鄧子同墓誌》：「雖有良質美才，生則溺耳目恬習之事，長則師世儒崇尚之言。至頭童齒豁，不知反一言以識諸身。」（《浮沚集》卷七）

〔五八〕高步瀛注：「《釋·瞻卬》鄭箋曰：『竟，猶終也。《鄭語》韋注曰：『裨，益也。』」

〔五九〕潮本注：「宋，音盲。」祝充注：「宋，音盲，又莫郎切。《爾雅》：『宋廇謂之梁。』屋大梁也。」韓醇注：「《説文》云：『宋，屋大梁也。』」魏仲舉注：「宋，武方、莫郎二切，又音盲。」《爾雅·釋宫》：「宋廇謂之梁。」郭璞注：「屋大梁也。」邢昺疏：「宋，音亡。廇，力又反。梁，屋大梁也。」

《説文》：「杗，棟也。从木亡聲，武方切。」

〔六〇〕祝充注：「《詩》（《魯頌・閟宫》）：『松桷有梴。』《左氏傳》（襄公二十八年）『子尾抽桷擊扉。』注：『桷，椽也。』」魏仲舉注：「桷，音角。」《爾雅・釋宫》：「桷謂之榱。」郭璞注：「屋椽。」陸德明《音義》：「桷，音角。榱，疎追反。《説文》云：『秦名屋椽也。周謂之榱，齊魯謂之桷。』《字林》云：『周人名椽曰榱，齊魯名椽曰桷。』椽，直專反。」邢昺疏：「桷，屋椽也，一名榱椙。沈云：齊魯名桷，周人名榱。《易》曰：『鴻漸于木，或得其桷。』《左傳》子産曰『棟折榱崩，僑將壓焉』是也。」

〔六一〕祝充注：「欂櫨，上音不，下音盧。」韓醇注：「欂，柱也。櫨，柱上跗。」孫汝聽注：「三者皆屋上短柱。欂一名枅，櫨一名楶。侏儒一名棁，字或作株櫨。」魏仲舉注：「欂，音薄。櫨，音盧。」謹按：欂櫨，斗栱。侏儒，梁上短柱。《爾雅・釋宫》：「其上楹謂之棁，閞謂之槉，柱上欂也。亦名枅，又曰楮，栭謂之楶。」郭璞注：「棁，侏儒柱也。槉，柱上欂也，亦名枅，又曰楶，即櫨也。」邢昺疏：「楹，柱也。上楹，梁上短柱。一名棁，一名侏儒柱。閞，亦作栟，一名枅，一名楮，一名欂，一名槉，柱上方木是也。栭，即櫨也。欂櫨，謂斗栱也。」

〔六二〕吴曾《能改齋漫録》卷七「㞐楔」條：「韓退之《進學解》『楔』字，《增廣韓集注》曰：『楔，音屑，杙也。』予曰：非也。此蓋從《韻略》所注。按陸德明《音義》是『古點反』，《爾雅》曰：『棖謂之楔。』疏曰：『棖者，門兩旁長木，一名楔。』李巡曰：『棖，謂梱上兩旁木。』《禮記・玉藻》云：『君入門，士介拂棖。』鄭氏注曰：『棖，門楔也。』凡退之所言八物，各見於《禮記》、《爾雅》，惟『扂』一字無之。《爾雅》宫室類雖言『坫端』，止謂堂角端而非扂也。予按：齊顔之推《家訓》載古樂府歌百里奚詞曰：『百里奚，五羊皮。憶别時，烹伏雌，吹扊扅，今日富貴忘我爲。』引蔡邕《月令章句》曰：『鍵，關牡也，所以止扉，或謂之剡移。』然則當時貧困，并以門牡木作薪炊耳。《聲類》作『扊』，又或作『扂』。然則『扂』者，關牡耳。所以退之配以『棖』、『闑』、『楔』，皆門所用也。前注以『楔』爲『杙』，非也。蓋杙者橛也，橛者闑也，退之不應重用橛義。」祝充注：「棖，音限，户回切，户樞也。闑，魚列切。《説文》：『闑，門梱。』《爾雅》：『在地者謂之臬。』注：『即門橜也。』《禮記》(《玉藻》)：『君入門介拂闑。』扂，徒默切，《廣韻》：『閉門也。』又音琰，《聲類》扊又作扂，關牡也。楔，音屑，杙也。《爾雅》：『棖謂之楔。』注：『門兩旁木。』」韓醇注：「棖，户樞。闑，門限。扂，關牡。楔，門兩旁木。」魏仲舉注：「棖，烏回切。扂，亭砧切。楔，先列切。」

〔六三〕《舉正》：「《淮南子》曰：『賢王之用人也，猶巧工之制木也：大者以爲舟航、棟梁，小者以爲楫楔，脩者以爲櫚榱，短者以爲朱儒枅櫨，無小大脩短皆得其所宜，規矩方圓各有所施。天下之物莫凶於雞毒烏頭也，然而良醫橐而藏之，有所用也。是故林莽之材猶不棄者，而况於人乎。』公言蓋祖於此。」

〔六四〕祝充注：「溲，音瘦。牛溺，主水腫腹脹。」

〔六五〕孫汝聽注：「七者皆藥名也。玉泉，一名玉札，生藍田山谷。赤箭，生陳倉山谷及太山、少室。

青芝，出泰山。牛溲，牛溺。馬勃，馬屁菌也，生濕地及腐木上。敗鼓皮，主蠱毒，出本草。」蔣抱玄注：「玉札，出藍田，即玉屑。丹砂，即硃砂也。《書》（《禹貢》）『礪砥砮丹』，疏：『丹者丹砂也。』赤箭，草名。初生一莖，直上高三四尺，狀如箭稈。其根暴乾可以入藥，謂之天麻。青芝，草名，出泰山。」

〔六六〕俱收並蓄，謂各取所長，兼納包容。此語始見韓文，後人採用者甚多。如宋慕容彦逢《神宗皇帝聖政頌》：「課試任子，甄用公族，較短較長，俱收並蓄。」（《摛文堂集》卷十二）宋釋居簡《請印鐵牛住靈隱茶湯榜》：「俱收並蓄，待用無遺。荐醍醐一味之醇，擷芝术衆芳之助。」（《北磵集》卷八）王洋《代張帥謝除待制表》：「録善棄瑕，急堯帝親賢之意；兼收並蓄，無商王求備之心。」（《東牟集》卷九）

〔六七〕登明選公，謂提拔人才公開，選拔人才公正。此語始見韓文，後人採用者甚多。如宋傅察《代文帥賀郡守啓》：「方觀政績之成，登明選公。佇聽褒書之下，未遑馳問。」（《忠肅集》卷中）史浩《餘姚尉到任謝提刑秦啓》：「故於揚清激濁之辰，已有登明選公之量。」（《鄮峰真隱漫録》卷二十七）周麟之《張宗元除將作監制》：「朕奬拔寒素，登明選公。」（《海陵集》卷十九）

〔六八〕雜進巧拙，謂搭配使用不同人才。此語始見韓文，後人採用者甚多。如宋周必大《謝舉狀啓》：「惟待士以恕，而取之至公，故録人之長而略其所短。豈特周爰咨諏，副皇華之遺；固將襍進巧拙，敦宰相之方。遂容無用之才，並綴兼收之列。」（《文忠集》卷二十一）李劉《代王丞上丞相》：「大臣以至公爲心，令匹夫無不被其澤。敢以尚能起拜之賤，仰依雜進巧拙之仁。」（《四六標準卷二》）李梅亭《通董制置》：「豈但顯不遺故舊之仁，亦足覘雜進巧拙之量。」（《翰苑新書》續集卷十）

〔六九〕蔣抱玄注：「《上林賦》：『紆餘逶迤，經營乎其内。』」謹按：「紆餘」本義爲曲折逶迤。《文選·上林賦》五臣注劉良曰：「紆餘，委蛇屈曲貌。」此處「紆餘」，謂從容舒徐。此義始見韓文，後人亦有採用者。宋釋契嵩如《山游唱和詩集敘》：「優游紆餘，吟嘯自若。」（《鐔津集》卷十二）李綱《拙軒記》：「言出乎口，紆餘爲妍；予獨澁訥，其味淡然。」（《梁谿集》卷一百三十二）陳亮《歐陽文粹後敍》：「公之文雍容典雅，紆餘寬平，反復以達其意，無復毫髮之遺。」（《歐陽文粹》卷末）

〔七〇〕祝充注：「犖，吕角切。」蔣抱玄注：「《魏志·陳矯傳》陳登謂矯曰：『博聞彊記，奇逸卓犖，吾敬孔文舉。』」謹按：卓犖，超卓殊絶。《後漢書·班固傳》：「卓犖乎方州，羨溢乎要荒。」章懷注：「卓犖，殊絶也。」

〔七一〕蔣抱玄注：「校，計校也。《論語》（《泰伯》）：『犯而不校。』」校短量長，比較衡量得失短長。此語始見韓文，後人採用者甚多。如馮宿《魏府狄梁公祠堂碑》：「婁伊侈謀，將易儲皇。公陳不可，校短推長。」黄庭堅《章明揚墓碣》：「鄙夫在堂，校短量長，明揚一觴。」（《山谷集》卷二十四）鄒浩《策問》：「宰相之勳，非自爲而成之也。舉賢授能，以盡人材，校短量長，以分事務而已。」（《道鄉集》卷二十九）

〔七二〕惟器是適，謂選擇官員，只考慮人盡其才。此語始見韓文，後人採用者甚多。如宋毛滂《上時相書》：「宰相執大柄以進退百官，而分職不可缺一，較短量長，惟器是適而已。」（《東堂集》卷八）周麟之《褚籍除工部郎官制》：「朕用人之方，惟器是適，謂賢者不可以職拘也。」（《海陵集》卷十八）李洪《除左帑謝廟堂啓》：「朝廷之治，惟器是適者，宰相之方。」（《芸庵類稿》卷六）

〔七三〕孫汝聽注：「轍，車跡也。環，循環也。」

〔七四〕《舉正》：「公文此段亦原於《選》李康《運命論》所謂『孟軻荀卿，從容正道，不能維其末者』是也。李論全意多同。」

〔七五〕孫汝聽注：「《史記》：荀卿遊於齊，三爲祭酒。齊人或讒荀卿，荀卿乃適楚，春申君以爲蘭陵令。春申死，而荀卿因家蘭陵。」

〔七六〕蔣抱玄注：「（《晉書·文苑傳》）曹毗文：『吐辭則藻落揚班，抗心則志擬高鴻。』」吐辭爲經，謂脱口而出，即成經典。此語始見韓文，後人採用者甚多。如蘇軾《告文宣王祝文》：「嗟嗟元王，以道而鳴。肆筆成書，吐辭爲經。」（《東坡全集》卷九十九）慕容彦逢《神宗皇帝聖政頌》：「肆筆成書，吐辭爲經。河洛之瑞，雲漢之明。」（《摛文堂集》卷十二）孫覿《宋故左中大夫直秘閣知蕲州軍州事郗公墓誌銘》：「猗歟郗公，河岱之英。早以文鳴，吐辭爲經。」（《鴻慶居士集》卷三十四）

〔七七〕蔣抱玄注：「《禮記》（《祭義》）：『一舉足而不敢忘父母。』」舉足爲法，謂一言一行成爲後人效法的榜樣。此語始見韓文，後人採用者甚多。如宋周煇《清波雜志》卷九：「張無垢貶南安凡十有四年，寓處僧舍，未嘗出門户。其一話一言，舉足爲法，警悟後學宏矣。」明鄒元標《重修張公讀書堂記》：「混沌剖判，樸茂未漓。入孝而出弟，耕食而鑿飲。吐辭爲經，舉足爲法，文與行出於一。」（《貴州通志》卷四十）《晦庵主意》：「吐辭爲經，舉足爲法，人謂孟子之學然也。而不知所以啓其鑰者，實本於受業之日。」（《羣書會元截江網》卷三十三）

〔七八〕絶類離倫，超羣出衆。此語始見韓文，後人採用者甚多。如宋李覯《易論第四》：「然而絶類離倫，衆之所非。」（《盱江集》卷三）王安中《祭宋龍圖文》：「維公英特，絶類離倫。」（《初寮集》卷八）孫覿《宋故左朝議大夫直顯謨閣致仕汪公墓誌銘》：「矯矯汪公，絶類離倫。名滿四海，行配古人。」（《鴻慶居士集》卷三十七）

〔七九〕蔣抱玄注：「《漢書·賈捐之傳》：『臣聞堯舜，聖之盛也，禹入聖域而不優。』」童第德注：「《漢書·賈捐之傳》『禹入聖域而不優』，臣瓚曰：『禹之功德裁入聖人區域，但不能優泰耳。』公語本此。似於荀卿不免少褒。」謹按：優入聖域，從容到達聖人境界。此語始見韓文，後人採用者甚多。如宋蘇頌《祭楊侍講》：「孔鄭諸賢，古訓是承。優入聖域，闢其閈閎。」（《蘇魏公文集》卷七十）劉子翬《聖傳論·孟子》：「自得者，得之於心也。心無所得，而蹈規守矩，終出勉强，不能從容優入聖域。」（《屏山集》卷一）張九成《題晁無咎學説》：「學不貴於言語，要須力於踐履。踐履到者其味長，乃盡見聖人用處。古之人所以優入聖域者，蓋自此路入也。」（《橫浦集》卷十九）

〔八〇〕潮本注：「要，平聲。」

〔八一〕蔣抱玄注：「《漢書·蓋寬饒傳》：『寬饒爲人剛直高節，志在奉公。家貧，奉錢月數千，半以給吏民爲耳目言事者。』」

〔八二〕潮本注：「靡，平聲。」祝充注：「靡，音縻。《易》《中孚·九二》：『吾與爾靡之。』」蔣抱玄注：「靡，猶費也。」

〔八三〕孫汝聽注：「徒，謂徒御也。」魏仲舉注：「從，才用切。」蔣抱玄注：「從徒，謂後有隨從也。」乘馬從徒，謂前呼後擁。此語始見韓文，後人採用者甚多。如宋李覯《上蔡學士書》：「藍衫木簡，便稱官人，乘馬從徒，平接有位，國之常刑將焉用也。」（《盱江集》卷二十八）王安石《寄平甫》：「乘馬從徒真擾擾，求田問舍轉悠悠。」（《臨川文集》卷二十一）晁補之《廣州推官楊府君墓表》：「欲見府君乘馬從徒而來。」（《雞肋集》卷六十三）

〔八四〕蔣抱玄注：「《戰國策》《秦策一》：『夫徒處而致利，安坐而廣地，其勢不能。』」安坐而食，謂不勞而食。此語始見韓文，後人採用者甚多。如宋楊時《論時事劄子》：「夫力田與安坐而食，其勞佚相反矣。」（《龜山集》卷四）林之奇《論兵農劄子》：「承平之時，大梁之兵安坐而食，不知有江淮農民之勤。」（《拙齋文集》卷六）虞儔《請復軍士運糧舊制劄子》：「夫軍士安坐而食，飽食而嬉，習成驕惰，此一害也。」（《尊白堂集》卷六）

〔八五〕蔣抱玄注：「魏文帝《蒼舒誄》：『惟人之生，忽若朝露。促促百年，亹亹行暮。』」童第德注：

「《莊子・齊物論》：『衆人役役。』又云：『終身役役，而不見其成功。』公云『常途役役』，本之《莊子》。應以作『役役』爲長。公《與李翺書》『役役逐隊』，《答侯繼書》『無朝夕役役之勞』，皆用『役役』字。」謹按：役役，勞苦不息貌。郭象注「終身役役而不見其成功」云：「夫物情無極，知足者鮮。故得此不止，復逐於彼。皆疲役終身，未厭其志，死而後已。故其成功者無時可見也。」郭象注「衆人役役」云：「馳騖於是非之境也。」

〔八六〕蔣抱玄注：「陳編，舊書也。」

〔八七〕投閑置散，謂置於閑職，不受重用。此語始見韓文，後人採用者甚多。如宋王安禮《青州謝上表》：「投閑置散，灰絶望於復然；宣化承流，氣已衰於再鼓。」（《王魏公集》卷五）張耒《黄州謝到任表》：「投閑置散，於分爲宜。」（《柯山集》卷三十一）劉安節《饒州謝到任》：「投閑置散，誰曰非宜。」（《劉左史集》卷一）

〔八八〕蔣抱玄注：「《周禮》：『大宰之職，以九賦斂財賄。』」

〔八九〕潮本注：「庳，音卑。」祝充注：「庳，音卑，下也。《吕氏春秋》（《下賢》）：『確乎其節之不庳也。』《太玄經》（《玄瑩》）：『山川福庳而禍高。』」蔣抱玄注：「班資，謂居官之資望也。」

〔九〇〕潮本注：「稱，去聲。」

〔九一〕孫汝聽注：「前人，謂在己之前，謂貴顯者。」

〔九二〕祝充注：「詰，契吉切，責也。《周禮》：『以詰邦國。』杙，音弋。即《莊子》（《人間世》）『求狙猴之杙者斬之』。杙，橜也，楹柱也。」孫汝聽注：「杙小而楹大，故愈以杙自喻。」蔣抱玄注：「杙，音弋，小木樁也。」

〔九三〕吴曾《能改齋漫録》卷十五「昌蒲昌陽」條：「昌蒲、昌陽，兩種物也。陶隱居云：『生石磧上細者爲昌蒲。生下濕地大根者爲昌陽，不可服食。』而《聖濟經》乃云：『昌蒲謂之昌陽。』以其得神而昌，蓋取岐伯所謂得神者昌，失神者亡。然昌蒲、昌陽豈同本也哉？以今觀之：昌陽待泥土而生，昌蒲一有泥滓則死矣。其理甚明，蓋經意之失，當自韓退之《進學解》『訾醫師以昌陽引年』。則退之亦以昌陽爲昌蒲矣。東坡《石昌蒲贊序》亦有昌蒲、昌陽之辨。」樊汝霖注：「昌陽，《本草》昌蒲。注：『生石磧上，概節者良。生下濕地大根乃是昌陽，不可服。』東坡云：『不知退之即以昌陽爲昌蒲耶？抑謂其似是而非不可以引年也？』」祝充注：「訾，音紫。昌陽，昌蒲也，一寸九節，久服延年。」孫汝聽注：「菖蒲味辛温，無毒，久服輕身不忘，延年益心智，一名昌陽。生上洛池澤及蜀郡嚴道。」蔣抱玄注：「訾，詆毁也。昌陽，菖蒲別名。《吕氏春秋》《任地》：『冬至後五十七日，菖始生。菖者，百草之先生者。』引，延也。《禮記》《王制》：『凡三王養老皆引年。』」謹按：以「昌陽」爲「昌蒲」別名，不始於韓愈，吴曾所辨不確。魏張揖《廣雅·釋草》：「卬、昌陽，菖蒲也。」《廣雅疏證》：「《説文》：『茚，昌蒲也。郱，茚也。』茚與卬同，亦作䒢。』《玉篇》：『茚，五唐切，菖蒲也。䒢，語兩切，草生池水邊。』《廣韻》：『茚，五剛切，菖蒲別名。又魚兩切。』《集韻》：『䒢，語兩切，菖蒲也。或作茚。』《神農本草》：『菖蒲久服輕身，不忘，不迷惑，延年。一名昌陽。』陶注云：『今處處有。生石磧上，槩節爲好；生下濕地大根者名昌陽。此藥甚去蟲並蚤蝨。』《藝文類聚》引吴普《本草》云：『菖蒲，一名堯韭，一名昌陽，亦作昌羊。』《淮南·説林訓》云：『昌羊去蚤蝨而來蚙窮。』高誘注云：『昌羊，昌蒲也。』《名醫别録》云：『白昌，一名水宿，一名莖蒲。』陳藏器云：『一名昌陽，生水畔，人亦呼爲菖蒲，與石上菖蒲别。根大而臭，一名水菖蒲。』案：此與陶注『生下濕地根大者名昌陽』正合。但《本草經》及吴普《本草》並云：『菖蒲，一名昌陽。』恐俱是大名，不分水石也。且《管子·地員篇》云：『山之上其草蘄白昌。』又云：『其山之旁。有彼黄垂，及彼白昌。』似生石上者亦名白昌也。《周官·醢人》：『朝事之豆，其實昌本。』鄭注云：『昌蒲垂也。』公食大夫，《禮》（《醢人》）『醢醢醢昌本』注云：『昌本，昌蒲本菹也。』僖三十年《左傳》『饗有昌歜』，杜注云：『昌蒲菹也。』《韓非子·難篇》：『文王嗜菖蒲菹。』《吕氏春秋·任地篇》：『冬至後五旬七日，昌始生。昌者，百草之先生者也。』」

〔九四〕祝充注：「狶，音喜，又音希。楚人呼猪爲狶，狶苓乃猪苓也。」蔣抱玄注：「狶苓，一名猪苓，菌類植物。生於楓樹，其塊黑如豬矢，故名。表皮深褐色，内部黄褐色，入藥。」童第德注：「吴仁傑（《離騷草木疏》）云：『《本草》：菖蒲久服輕身不忘，延年不老。一名昌陽，謂生石上菖蒲紫花者。《漢武帝内傳》云：九疑仙人聞中岳有石上菖蒲，食之長生，故來採之。《抱朴子》云：韓蘩服菖蒲十三年，身上生毛，日視書萬言皆誦之，冬袒不寒。菖蒲須得石上一寸九節，紫花尤善。故李衛公《平泉草木記》有《芳蓀詩》，自注云：茅山溪中謂之溪蓀，其花紫色。又《寄茅山孫鍊師詩》云：石上溪蓀發紫茸。昌黎蓋曰：引年當用溪蓀，若進稀苓，則謬矣。』按：吴説可補東坡所疑，故節録之。」高步瀛注：「嬉、隨韻。逢、張、良、庸、光、揚、精、明、成、公皆韻。年、文、編、玄、捐、勤皆韻。蓋退之合真諄臻文欣元魂痕寒恆删山先仙爲一部也。老、眇、紹、倒、勞韻。華、家、涯、誇、葩韻。録、曲韻。爲、宜韻。文、人自爲韻。友、咎韻。夷、治、時、飢、裨爲韻。桷、楔、室韻。芝、皮、遺韻。拙、傑、適韻。工、良、方自爲韻。明、行韻。弘、陵韻。法、域韻。統、中、用、衆韻。粟、織、食、竊、斥韻。之、宜、庳、疵韻。」

本政①

周之政文〔二〕。既其弊也②〔三〕，後世不知其承〔四〕，大敷古先〔五〕，遂一時之術以明示民③〔六〕；民始惑教，百氏之説以興。其言曰〔七〕：天下可爲也。彼之政仁矣，反於誼④〔八〕；此之政敬矣，戾於忠⑤〔八〕。我其周從乎⑥〔一〇〕？曰：周不及殷。其殷從乎？曰夏，曰虞，曰陶唐，曰三皇氏，曰遂古之初。暴孽情⑦〔一一〕，飾淫志⑧，枝辭琢正〔一二〕，紛紊糾射⑨〔一三〕，以僻民和〔一四〕，以導民亂。嗚呼！道之去世，其終不復矣乎？

長民者發一號，施一令，民莫不悱然非矣⑪〔一五〕。謂不可守，遽變而從之〔一六〕。譬將適千里，及門而復，後雖矻矻⑩〔一七〕，決不可曁⑫〔一八〕。原其始，固有啓之者也⑬。聞於師曰：古之君天下者，化之不示其所以化之之道。及其弊也，易之不示其所以易之之道〔一九〕。政以是得，民以是淳。其有作者，知教化之所繇廢〔二〇〕，抑詭怪而暢皇極⑭〔二一〕，伏文貌而尚忠質〔二二〕，茫乎天運〔二三〕，窅爾神化〔二四〕，道之行也，其庶已乎⑮〔二五〕！

【彙校】

①〔本政〕此篇又載《文苑英華》卷三六一，據校。

②〔既其弊也〕潮本無「其」字，祝本、南宋閩本、南宋蜀本、魏本同。「既」下潮本注：「一有『其』字，一有『有』字。」祝本、南宋閩本、魏本注同。《舉正》增「有」字，作「既有弊也」，云：「杭本『有弊』，蜀本與《文苑》作『其弊』。」朱熹訂作「既其弊也」，《考異》：「其，方作『有』，或無『其』字。今按：猶言『既而弊矣』，『既』字又似『及』字。」《箋正》：「『周之政文既』五字爲句。《博雅》：『既，盡也。』《左・桓元年》傳曰：『日有食之既。』是公句法所本。」謹按：「既」通「曁」，及也。《周禮・地官・閭胥》：「聚衆庶，既比則讀法。」鄭注：「四者及比，皆會聚衆民，因以讀法以勑戒之。故書『既』爲『曁』。杜子春讀『既』爲『曁』。」《世説新語・品藻》：「劉尹至王長史許清言，時苟子年十三，倚床邊聽。既去，問父曰：劉尹語何如尊？」今從苑本。

③〔遂一時之術〕《舉正》：「《文苑》『遂』作『逐』。」謹按：今苑本作「遂」。《考異》：「遂，或作『逐』。」《箋正》：「當從

《文苑》本作『逐』。」

④〔反於誼〕魏本「誼」作「義」。方成珪注：「『義』作『誼』，宋人避太宗廟諱也。」謹按：宋太宗名匡義，義興縣改宜興縣，即避諱之一例。

⑤〔戾於忠〕《舉正》據杭本句下增一「居」字，作「居我其周從乎」，云：「《文録》、《文苑》同，蜀本無『居』字。」朱熹再增一「何」字作「何居」，《考異》：「方無『何』字，或無『居』字。今按：何居，準《檀弓》音姬。大率此篇僻澀，必其少作，今或有所未通，闕之可也。」謹按：此句語意本自通暢，方據杭本增字，遂至扞格。朱又無本改字，語雖稍通，惜無據依，不如仍依舊本爲是。

⑥〔我其周從乎〕潮本注：「我，一作『在』，一作『居』。」祝本注：「我，一作『吾』。」《考異》、魏本注同。

⑦〔暴孽情〕南宋蜀本注：「暴，一作『泰』。」《考異》：「孽，或作『泰』。」謹按：「暴」、「泰」以形近致訛，「孽」字與之無關。朱熹此條當轉引南宋蜀本注而誤植位置。

⑧〔飾淫志〕祝本「志」作「忠」。

⑨〔紛紊糾射〕「糾」，南宋蜀本、王本、廖本作「紏」。謹按：「糾」、「紏」音義本不相通。「糾」，居黝切，舉也。「紏」，他口切，絲黄色。但典籍中混用者甚多。《玉篇》：「紏，他口切，亦作『黈』字。黈，他口切，黄色，或作『紏』。」或以爲「紏」爲「糾」之俗體，見《正字通》。

⑩〔悱然非矣〕「非矣」二字，今苑本無。《舉正》：「閣本無『然非』二字，蓋闕誤。」《考異》：「或無『然非』二字。」

⑪〔後雖矻矻〕「後」，潮本、祝本、南宋閩本、魏本無，「雖」上注：「一有『後』字。」《舉正》出南宋監本「後雖矻矻」，據

蜀本、苑本删「後」字。謹按：今苑本有「後」字。朱熹存「後」字，《考異》：「方無『後』字。」今從南宋蜀本。

⑫〔決不可暨〕南宋蜀本「暨」作「洎」。《舉正》：「謝本作『洎』。」《考異》：「暨，或作『洎』。」

⑬〔有啓之者〕「有」下魏本多一「以」字。

⑭〔抑詭怪〕《舉正》訂「怪」字，云：「諸本皆作『怪』，此本作『類』。」謹按：「此本」，指南宋監本。《考異》：「怪，或作『類』。」

⑮〔庶已〕苑本注：「已，集作『矣』。」南宋閩本「已」作「矣」，魏本「已」作「幾」。《箋正》：「已，疑當作『幾』。」童第德注：「顔師古《漢書·宣帝紀》、《禮樂志》、《藝文志》注皆云：『已，語終辭。』『已』爲語終辭，義與『矣』同。『其庶已乎』，即『其庶矣乎』。方説非。」

【箋注】

〔一〕樊汝霖注：「周衰文弊，老子之徒莊周唱爲太古之説曰：『聖人不死，大盜不止。焚符破璽，而民樸鄙。剖斗折衡，而民不爭。殫殘天下之聖法，而民始可與論議。』公於《原道篇》既詳辨而排之矣，至是又作《本政》云。」方成珪注：「此篇是公少作，《原道》文乃晚年論著，不待深於文者始知之也，樊説謬甚。」

此篇作年，諸譜失考。方譜録入「無年可考」諸篇中，《箋正》則定爲少作，蔣抱玄注：「作自何年無考，玩文氣，似少作。」

〔二〕文，禮樂制度。「周之政文」，謂周代政教的特徵是禮樂制度高度完備。《論語・子罕》：「文王既没，文不在兹乎？」何晏《集解》引孔安國曰：「言文王雖已没，其文見在此。」皇侃《義疏》：「言昔文王聖德，有文章以教化天下也。文王今既没，則文章宜須人傳。傳文章者非我而誰？故云：文王既没，文不在兹乎。言此我當傳之也。」朱熹《四書集注》：「道之顯者謂之文，蓋禮樂制度之謂。」《論語・八佾》：「子曰：周監於二代，郁郁乎文哉。吾從周。」何晏《集解》引孔安國曰：「言周文章備於二代，當從周也。」皇侃義疏：「郁郁，文章明著也。言以周世比視於夏殷，則周家文章最著明大備也。」邢昺疏：「此章言周之禮文尤備也。郁郁，文章貌。言以今周代之禮法文章迴視夏商二代，則周代鬱鬱乎有文章哉。」朱熹《四書集注》引尹氏曰：「三代之禮至周大備，夫子美其文而從之。」

〔三〕方成珪注：「『周之政文既』五字爲句。《博雅》：『既，盡也。』《左》桓元年傳曰『日有食之既』，是公句法所本。」童第德注：「此本作『既弊也』，與朱子所稱或本同，詞義明白。若作『既其弊也』，則『既』當讀爲『暨』，暨，及也。朱熹又謂『既』字又似『及』字。不悟『既』與『暨』古通用，『暨』即『及』。《周禮・閭胥》『既比則讀法』，鄭注：『故書既爲暨。杜子春讀既爲暨。』是其證。至『左桓元年』當作『春秋桓三年』，『日有食之既』，方氏以五字爲句，亦非。非公所本。」

〔四〕孫汝聽注：「夏之政忠，忠之敝，小人以野，故殷人承之以敬。敬之敝，小人以鬼，故周人承之以文。文之敝，小人以僿，故救僿莫若以忠。不知其承，謂不能救之以忠也。」沈欽韓注：「《詩》

傳：承，繼也。言後世不曉周之繼世大，能布二代之善法，但見一時文弊，爲衰周之跡如此。」《禮記·表記》：「子曰：夏道尊命，事鬼敬神而遠之，近人而忠焉。先祿而後威，先賞而後罰，親而不尊。其民之敝，惷而愚，喬而野，朴而不文。殷人尊神，率民以事神，先鬼而後禮，先罰而後賞，尊而不親。其民之敝，蕩而不靜，勝而無恥。周人尊禮尚施，事鬼敬神而遠之，近人而忠焉。其賞罰用爵列，親而不尊。其民之敝，利而巧，文而不慚，賊而蔽。」《漢書·董仲舒傳》：「王者有改制之名，亡變道之實。然夏上忠，殷上敬，周上文者，所繼之捄當用此也。繼治世者其道同，繼亂世者其道變。今漢繼大亂之後，若宜少損周之文致，用夏之忠者。」《史記·高祖本紀》：「太史公曰：夏之政忠，忠之敝，小人以野，故殷人承之以敬。敬之敝，小人以鬼，故周人承之以文。文之敝，小人以僿，故救僿莫若以忠。」

〔五〕魏仲舉注：「敷，布也。」蔣抱玄注：「敷，陳也。大敷，即侈陳之意。」

〔六〕蔣抱玄注：「從心所欲曰遂。或作『逐』，亦通。」

〔七〕孫汝聽注：「其言，謂百氏之言也。」

〔八〕反，違背。《國語·周語下》：「言爽，日反其信。」韋昭注：「反，違也。」

〔九〕仁矣反於義，謂夏之政；敬矣戾於忠，謂商之政。

〔一〇〕《論語·八佾》：「子曰：周監於二代，郁郁乎文哉。吾從周。」

〔一一〕魏仲舉注：「孽，魚列切。」

〔一二〕魏引補注：「枝辭，謂枝蔓也。」謹按：枝辭，不正之辭。《易·繫辭下》：「中心疑者其辭枝。」孔穎達疏：「中心於事疑惑，則其心不定，其辭分散，若閑枝也。」此語始見韓文，後人採用者甚多。如宋田錫《上開封府判書》：「願敷斯志，罔避枝辭。」（《咸平集》卷四）宋釋契嵩《廣原教》：「其言欲文，其理欲簡，其勢不可枝辭蔓說。」（《鐔津集》卷二）蘇頌《元豐己未三院東閣作》：「搆虛爲實盡枝辭，直道公心自不欺。」（《蘇魏公文集》卷十）沈欽韓注：「『琢』當爲『椓』。《詩箋》訓：『椓，破。』」謹按：「琢」，「椓」之假借。「椓」，擊也，擿也，破也。《詩·小雅·正月》：「民今之無祿，天夭是椓。」鄭箋：「民於今而無祿者，天以薦瘥夭殺之。是王者之政，又復椓破之，言遇害甚也。」《說文》：「琢，治玉也。从玉豖聲，竹角切。椓，擊也。从木豖聲，竹角切。」《集韻》：「𣀔、椓、𢦟、豛，《說文》：『擊也。』一曰：擿也。或从手，从戈，从殳。」

〔一三〕紛紊，紛紜雜亂。此語始見韓文，後人採用者甚多。如宋許翰《論配享劄子》：「楊子起於經術殘缺，衆說紛紊，世故危厲之時。」（《襄陵文集》卷四）劉爚《戊辰四月上殿奏劄》：「朝綱方整，而紛紊之漸已萌；政事方修，而懈弛之形已露。」（《雲莊集》卷十七）楊萬里《天問天對解》：「鴻荒靈怪，幽深紛紊，何可得而言哉。」（《誠齋集》卷九十六）蔣抱玄注：「射，音亦，厭也。糾正厭煩之謂。」謹按：《詩·小雅·車舝》「好爾無射」，鄭箋：「射，厭也。我愛好王無有厭也。」《爾雅·釋詁下》：「射，厭也。」《釋文》：「字又作『斁』，同。」糾，舉也。《左傳》昭公六年「糾之以政」，杜注：「糾，舉也。」《後漢書·蔡茂傳》：「洛陽令董宣舉糾湖陽公主，帝始怒收宣，既而赦之。」《魏書・景穆十二王傳》：「性尤貪殘，恣情聚斂，爲中尉糾彈，削除官爵。」糾射，與「舉糾」、「糾彈」相近，謂彈劾抨擊。此語始見韓文，後人亦有採用者。如晁説之《碎義》：「經本一意者，紛紊糾射之説。」（《景迂生》集卷十三）晁説之《恥新》：「儒生於六藝，務新相尚，紛紊糾射不已。」（《景迂生集》卷十四）

〔一四〕蔣抱玄注：「《説文》：『僻，避也。』」謹按：僻，邪僻。此處爲使動用法，使之邪僻。《詩・大雅・板》「民之多辟」，鄭箋：「民之行多爲邪僻。」《釋文》：「辟，匹亦反，邪也。」民和，社會和諧。《左傳》桓公六年：「謂其三時不害而民和年豐也。」

〔一五〕祝充注：「悱，敷尾切。《論語》（《述而》）『不悱不發』，注：『必待其人口悱悱乃後發。』」魏仲舉注：「悱，音芳尾切。」蔣抱玄注：「悱，音斐，憤而未能言之貌。」《論語・述而》：「子曰：不憤不啓，不悱不發。」何晏集解引鄭玄曰：「孔子與人言，必待其人心憤憤、口悱悱，乃後啓發爲之説也。」皇侃義疏：「憤，謂學者之心思義未得，而憤憤然也。悱，謂學者之口欲有所諮而未能宣，悱悱然也。」朱熹《四書集注》：「憤者，心求通而未得之意。悱者，口欲言而未能之貌。」

〔一六〕祝充注：「遽，其據切。」

〔一七〕韓醇注：「矻矻，堅也。」孫汝聽注：「矻矻，用心貌。」魏仲舉注：「矻，苦骨反，又口黠切。」王褒《聖主得賢臣頌》「終日矻矻」，《漢書》顔注引應劭曰：「矻矻，勞極貌。」

〔一八〕魏仲舉注：「暨，至也。」蔣抱玄注：「暨，及也，遠也。他本或作『洎』，義同。」

〔一九〕樊汝霖注：「《繫辭》：『通其變使民不倦，神而化之使民宜之。』是之謂歟？」

〔二〇〕蔣抱玄注：「繇，音由，義同。《易經》：『其所繇來者漸矣。』」

〔二一〕魏仲舉注：「皇極，大中之道。」蔣抱玄注：「《書經》（《洪範》）：『五皇極。』爲天子建立準則，爲萬民取法也。」

〔二二〕周之政文，其弊在於「僿」。《史記·高祖本紀》裴駰《集解》引徐廣曰：「僿，一作『薄』。」《集解》又引鄭玄曰：「文，尊卑之差也。薄，苟習文法，無悃誠也。」是「僿」、「薄」即《韓非子·五蠹》所謂「儒以文亂法」。司馬遷以爲「救僿莫若以忠」，《史記·高祖本紀》裴駰集解引鄭玄曰：「忠，質厚也。」是「伏文貌而尚忠質」一語，當本於司馬遷。此語爲本篇主旨，其思想淵源，應出自孔子「民可使由之，不可使知之」（《論語·泰伯》）。

〔二三〕蔣抱玄注：「天運，天行旋轉也，亦作氣數解。」謹按：天運，犹天命。《六韜·順啓》：「天運不能移，時變不能遷。」此句謂天命微茫，難以確知，則任其茫然可矣。

〔二四〕祝充注：「窅，音窈。」蔣抱玄注：「窅爾，深遠之貌。」謹按：神化，教化。《文子·精誠篇》：「刑罰不足以移風，殺戮不足以禁姦，唯神化爲貴。」此句謂教化微妙，難以究詰，則任其窅然可矣。

〔二五〕庶，差不多。《論語·先進》「回也其庶乎」，何晏《集解》：「言回庶幾聖道。」

守戒①〔一〕

《詩》曰：「大邦維翰。」〔二〕《書》曰②：「以蕃王室。」③〔三〕諸侯之於天子，不惟守土地奉職貢而已〔四〕，固將有以翰蕃之也〔五〕。

今人有宅於山者④〔六〕，知猛獸之爲害，則必高其柴援⑤〔七〕，而外施窞穽以待之⑥〔八〕；宅於都者，知穿窬之爲盜〔九〕，則必峻其垣牆〔一〇〕，而内固扃鐍以防之⑦〔一一〕。此野人鄙夫之所及⑧〔一二〕，非有過人之智而後能也。今之通都大邑〔一三〕，介於屈强之間⑨〔一四〕，而不知爲之備。噫，亦惑矣！野人鄙夫能之⑩，而王公大人反不能焉。豈材力有所不足歟⑪？蓋以爲不足爲而不爲耳⑫。

天下之禍莫大於不足爲而不爲⑬，材力不足者次之⑭。不足爲者，敵至而不知；材力不足者⑮，先事而思，則其於禍也有間矣〔一五〕。彼之屈强者，帶甲荷戈〔一六〕，不知其多少。其緜地則千里⑯〔一七〕，而與我壤地相錯⑰〔一八〕，無有丘陵江河洞庭孟門之關〔一九〕。其間又自知其不得與天下齒〔二〇〕，朝夕舉踵引頸⑱〔二一〕，冀天下之有事〔二二〕，以乘吾之便〔二三〕。此其暴於猛獸穿窬也甚矣！嗚呼，胡知而不爲之備乎哉⑲。賁育之不戒〔二四〕，童子之不抗〔二五〕；

魯雞之不期，越雞之不支⑲〔二六〕。今夫鹿之於豹⑳，非不巍然大矣〔二七〕。然而卒爲之禽者㉑〔二八〕，爪牙之材不同，猛怯之資殊也㉒〔二九〕。

曰：「然則如之何而備之？」㉓曰：「在得人。」

【彙校】

①〔守戒〕此篇又載《文苑英華》卷三六八、《文粹》卷七十八，據校。

苑本「戒」作「誡」。謹按：「戒」、「誡」，通假字。《説文》：「戒，警也。从廾持戈，以戒不虞。居拜切。誡，敕也。从言戒聲，古拜切。」朱駿聲《説文通訓定聲》：「戒，爲誡。《儀禮·士冠禮》：『主人戒賓。』注：『警也，告也。』《鄉射禮》注：『語也。』《聘禮》：『戒上介。』注：『猶命也。』《左》宣十二傳：『軍政不戒而備。』注：『勑令也。』《獨斷》：『戒書戒敕刺史及三邊營官。』《被敕文》曰：『有詔敕某官。』是爲戒敕也。誡，敕也。从言，戒聲。與諽略同。字亦作⿰口戒。《荀子·彊國》：『發誡布令而敵退。』注：『教也。』《越絶書篇敍外傳記》：『譏惡爲誡。』呂靜《韻集》：『誡，訶也。』經傳皆以『戒』爲之。」

②〔書曰〕廖本「曰」訛作「可」。

③〔以蕃王室〕粹本「蕃」作「藩」，下同。

④〔今人〕祝本「今人」作「今之」，苑本作「今之人」。

⑤〔柴援〕《舉正》訂「援」作「楥」，云：「楥，籬也，欄也，字從木。」朱熹從方本。

⑥〔外施窖穽〕南宋蜀本「施」作「峻」，注：「峻，一作『施』。」粹本「窖」作「陷」。

⑦〔内固扃鐍以防之〕魏本「固」下多一「其」字，無「以防之」三字。

⑧〔野人鄙夫〕《考異》：「或無『人鄙』二字。」

⑨〔屈强〕苑本注：「屈，《文粹》作『倔』，下同。」粹本「屈」作「倔」，下同。《考異》：「屈，或作『倔』。」

⑩〔野人鄙夫能之〕《舉正》：「杭本只作『野夫能之』。」

⑪〔材力有所不足〕潮本「力」下多「爲之而」三字，祝本、南宋閩本、南宋蜀本同；魏本多「爲之」二字。南宋蜀本注：「一無『有』。」潮本無「所」字，苑本、祝本、南宋閩本、南宋蜀本、魏本、王本、廖本同。《舉正》出南宋監本「豈材力爲之而有不足歟」，删「之而」二字，云：「杭、文苑同，蜀本只無『而』字。」謹按：今苑本無「爲之而」三字。朱熹從方本，《考異》：「『爲』下或有『之而』二字，或只有『之』字。今詳文勢，疑『爲』字衍。」今從粹本。

⑫〔以爲不足爲而不爲〕潮本「以爲」作「以謂」，祝本、南宋閩本、南宋蜀本、王本、廖本同。粹本無「而不爲」三字。今從苑本。

⑬〔不足爲而不爲〕潮本注：「一無『而不爲』字。」南宋閩本、南宋蜀本、魏本注同。祝本注：「一無『而不爲』三字，非。」粹本無「而不爲」三字。《舉正》出南宋監本「莫大於不足爲而不爲」，據閣、蜀、苑、粹删「而不爲」三字。按：今苑本有「而不爲」三字。朱熹從方本，《考異》：「句下或有『而不爲』三字。今按文勢，疑『足』字衍，下句『不足爲者』放此。」

⑭〔不足者〕潮本「足」下注：「一有『爲』字。」南宋閩本、魏本注同。苑本無「者」字。

⑮〔材力不足者〕潮本「足」下注：「一有『爲』字。」南宋閩本、魏本注同。《舉正》出南宋監本「材力不足爲者」，刪「爲」字，云：「二語『爲』字，杭、蜀、苑、粹並無。」朱熹從方本，《考異》：「『足』下或有『爲』字，非是。」

⑯〔緜地〕苑本「緜」作「綿」。謹按：「緜」、「綿」，古今字。《玉篇》：「緜，彌然切，新絮也，纏也。緜緜，不絕。今作『綿』。」

⑰〔而與我〕《舉正》出南宋監本「而與我壤地相錯」，據閣、杭、文苑刪「而」字。謹按：今苑本有「而」字。朱熹從監本，《考異》：「方無『而』字。」

⑱〔引頸〕《舉正》：「閣本作『領』。」《考異》：「頸，或作『領』。」

⑲〔越雞〕苑本注：「越，一作『蜀』。」潮本「越」作「蜀」，粹本、祝本、南宋閩本、南宋蜀本、魏本、王本、廖本同。王元啓注：「詳公上下文義，『蜀雞』當作『越雞』。」《太平御覽》九百十八引司馬彪曰：「越雞，小雞也。魯雞，大雞也，今蜀雞也。」今從苑本。

⑳〔鹿之於豹〕潮本「於」作「與」，祝本、南宋閩本、南宋蜀本、魏本同。南宋蜀本注：「與，一作『於』。」《舉正》據蜀本訂作「於」，云：「苑、粹同。」朱熹從方本，《考異》：「於，或作『與』，非是。」今從苑本。

㉑〔卒爲之禽〕苑本「禽」作「擒」。

㉒〔猛怯〕苑本「怯」訛作「法」。

㉓〔如之何〕粹本無「如」下「之」字。

【箋注】

〔一〕韓醇注：「唐自安史亂後，河南、河北地裂爲七八。蔡在當時最爲近地，而成德、淄青連結爲援。所謂『今之通都大邑介於屈强之間而不知爲之備者』，此公《守戒》之所以作。終之曰『如之何而備之，曰在得人』，及裴度平蔡，而公之言驗矣。太和間杜牧作《守論》亦公之遺意歟？」

此篇作年，諸譜失考。方譜録入「無年可考」諸篇中。《義門讀書記》：「似爲董晉鎮宣武而作。汴居淄青、淮蔡之中，南北二寇所窺伺，所謂介於屈强也。」謹按：韓愈爲董晉觀察推官，在貞元十二年七月至十五年二月之間。何焯所推，可備一説。

〔二〕孫汝聽注：「《詩・大雅・板》之文。翰，幹也。」蔣抱玄注：「翰，屏障也。」謹按：翰，垣幹、楨幹，謂輔弼。《詩・大雅・板》「大邦維屏，大宗維翰」，毛傳：「翰，幹也。」鄭箋：「王當用公卿諸侯及宗室之貴者爲藩屏垣幹，爲輔弼，無疏遠之。」《詩・大雅・崧高》：「維申及甫，維周之翰。」毛傳：「翰，幹也。」鄭箋：「申，申伯也。甫，甫侯也。皆以賢知入爲周之楨幹之臣。四國有難，則往扞禦之，爲之蕃屏。」孔穎達疏：「維此申伯及此甫侯，維爲周之卿士楨幹之臣。若四表之國有所患難，則往捍禦之，爲之蕃屏。」

〔三〕孫汝聽注：「《尚書・微子之命》之文。蕃，籬也。」蔣抱玄注：「蕃，同藩，藩籬也。」謹按：蕃，蕃屏。《尚書・微子之命》「率由典常，以蕃王室」，孔傳：「循用舊典，無失其常，以蕃屏周室。」陸德明《音義》：「蕃，方元反，本亦作『藩』。」

〔四〕蔣抱玄注：「職貢，職方所貢之物也。《國語》(《魯語下》)：『分異姓以遠方之職貢。』」

〔五〕翰蕃，扞禦、蕃屏。

〔六〕蔣抱玄注：「宅，居也。」

〔七〕孫汝聽注：「柴援者，樹柴爲援也。」王元啓注：「《説文》徐鍇曰：『師行野次，豎散木爲區落，名曰柴籬。』」童第德注：「《楚辭·愍懷》：『樹枳棘與薪柴。』孫解本之。謝靈運《田南樹園激流植援詩》：『插槿當列墉。』即指植援，謂以列槿爲籬也。《周禮·考工記·冶人》『援四之』，鄭司農云：『援，直刃也。』植木爲籬，形似列直刃，『援』之義蓋自『直刃』引申，無專字。至從木之『楥』，《説文》訓『履法』，讀若『指撝』。俗作『楦』。《集韻》乃始訓『楥』爲『欄』，爲後起義。方氏顧從之，殆未深考邪？」蔣抱玄注：「柴楥，籬笆也。『楥』讀喧去聲，俗作『楦』。」謹按：「楥」字，《爾雅》、《説文》已見。《説文》：「楥，履法也。从木爰聲，讀若指撝，吁券切。」《爾雅·釋木》：「楥，柜枊。」郭璞注：「未詳。或曰：枊當爲柳。柜柳，似柳，皮可煮作飲。」陸德明《音義》：「楥，孫音袁，又于眷反。」邢昺疏：「楥，一名柜抑。郭云：『未詳。或曰：枊當爲柳。拒柳，似柳，皮可煮作飲。』以時驗而知也。」《集韻》平聲二十二元于元切：「楥，木名，柳。一曰：欄也。」此音「袁」。又《集韻》去聲三十三于眷切：「楥，木名。《爾雅》：『楥，柜柳。』一曰籬也。」此音「綫」。「籬」、「欄」一義，字書雖始見《集韻》，但實際使用卻不始於宋代。徐鍇《説文解字繫傳》：「籬援多作『楥』，臣以爲楥即籬落之柱也。所以助籬，故謂之楥。從手作援木，因呼樹木株爲楥。又從木作此椶字。故謝靈運云『石門所居激梳植椶』，又梁簡文帝詩曰『風吹梅椶香』是也。于券反。」童說膠固，不可信從。

〔八〕魏引補注：「窞穽，坎穴也。」魏仲舉注：「窞，徒敢切。穽，慈井切。」蔣抱玄注：「窞穽，穿地爲深坑也，亦作『陷阱』。《中庸》：『驅而納諸罟擭陷阱之中。』」

〔九〕魏仲舉注：「穿窬，亦穴也。上通爲穿。」蔣抱玄注：「穴墻曰窬。穿窬，諺語『鑽狗洞』也。《論語》（《陽貨》）：『其猶穿窬之盜也與。』」

〔一〇〕蔣抱玄注：「峻，高也。低墻曰垣。」

〔一一〕祝充注：「鐍，音訣。扃鐍，鎖鑰也。《莊子》：『固扃鐍。』」孫汝聽注：「扃，關也。鐍，鎖也。」魏仲舉注：「鐍，古穴切。」蔣抱玄注：「扃鐍，箱篋前鎖處也。鐍，音玦。」《莊子・胠篋》：「攝緘縢，固扃鐍。」成玄英疏：「扃，關鈕也。鐍，鎖鑰也。」

〔一二〕蔣抱玄注：「野人，庶民也。《孟子》（《滕文公上》）：『無君子莫治野人。』鄙夫，卑鄙之人。《論語》：『鄙夫可與事君也與哉。』」謹按：《論語・陽貨》「鄙夫」，皇侃、邢昺均解爲「凡鄙之人」。朱熹《四書集注》：「鄙夫，庸惡陋劣之稱。」此處「鄙夫」與「野人」對舉，當解作「凡鄙」爲妥。

〔一三〕蔣抱玄注：「通都，都會之四通八達者。」

〔一四〕孫汝聽注：「介，猶間也。屈强，謂當時方鎮也。」祝充注：「屈，渠物切。强，居亮切，又巨兩切。」魏仲舉注：「屈，渠勿切。」蔣抱玄注：「居中曰介。不順從曰屈强。《漢書》：『奈欲以新造未集之越屈强於此。』」謹按：「屈强」、「倔强」，固執强横，今作「倔犟」。《史記·匈奴列傳》：「楊信爲人剛直屈彊。」《漢書》顔師古注：「屈，音其勿反。彊，音其兩反。」《漢書·陸賈傳》「乃欲以新造未集之越屈强於此」，顔師古注：「屈，音其勿反。屈强，謂不柔服也。」《鹽鐵論·論功》：「倔强倨敖，自稱老夫。」明張之象注：「倔，音掘。倔强，梗戾貌。」《玉篇》：「倔，巨勿切，倔强。」《集韻》上聲三十六養巨兩切：「强、彊，巨兩切。勉也。或从畺。」

〔一五〕蔣抱玄注：「有間，有辨别也。《淮南子》（《俶真》）：『溝中之斷則醜美有間矣。』」

〔一六〕蔣抱玄注：「荷，以肩承之也。《詩經》（《曹風·候人》）：『彼候人兮，何戈與祋。』」

〔一七〕蔣抱玄注：「緜地，緜長不絶之地也。《穀梁傳》（成公二年）：『一戰緜地五百里，焚雍門之茨。』」謹按：緜地千里，猶土地綿延千里。《穀梁傳》文公十四年：「長轂五百乘，緜地千里。」范甯《集解》：「緜，猶彌漫。」

〔一八〕蔣抱玄注：「壤地，土地也。《孟子》（《滕文公上》）：『夫滕壤地褊小。』錯，交錯也，相互之意。」

〔一九〕孫汝聽注：「《戰國策》：『三苗之居，左彭蠡之波，右洞庭之水。殷紂之國，左孟門而右漳滏。』」蔣抱玄注：「洞庭，湖名，在湖南境，長二百里。孟門，山名，在龍門山北。」

〔二〇〕蔣抱玄注：「引爲同類曰齒。」《管子·弟子職》：「同嗛以齒。」尹知章注：「齒，類也。謂食者則以其所盡之類而進。」

〔二一〕蔣抱玄注：「舉踵引頸，皆企望之貌。《呂氏春秋》(《順説》)：『莫不延頸舉踵而願安利之。』按：『引』與『延』皆長之義。」

〔二二〕蔣抱玄注：「冀，希望也。」

〔二三〕蔣抱玄注：「乘，因也。謂因便宜而取之也。」

〔二四〕祝充注：「賁，音奔。」蔣抱玄注：「賁育，孟賁、夏育。《戰國策》：(《秦三》)『賁育之勇焉而死。』」

〔二五〕孫汝聽注：「(《漢書·蒯通傳》)蒯通曰：『孟賁之狐疑，不如童子之必至。』賁育，古之勇力士也。孟賁生拔牛角。夏育，衛人，力舉千鈞。」

〔二六〕孫汝聽注：「《莊子》：『越雞不能伏鵠卵，魯雞固能之矣。』魯雞，大雞也。」《莊子·庚桑楚》成玄英疏：「越雞，荆雞也。魯雞，今之蜀雞也。」郭庆藩《集释》引司馬彪、向秀云：「越雞，小雞也。或云：荆雞也。」《爾雅·釋畜》：「雞大者蜀。」郭璞注：「今蜀雞也。」郝懿行《義疏》：「蜀蓋大雞之名。蜀雞，一名魯雞。」

〔二七〕蔣抱玄注：「巍然，高大之貌。」

〔二八〕蔣抱玄注：「禽，同『擒』。《左傳》(僖公三十三年)：『禽之以獻。』」

〔二九〕孫汝聽注：「鹿無爪牙而性又怯，故卒爲豹禽也。」

圬者王承福傳①〔一〕

圬之爲伎②，賤且勞者也。有業之其色若自得者，聽其言，約而盡〔二〕。問之，王其姓，承福其名，世爲京兆長安農夫③。天寶之亂，發人爲兵〔三〕，持弓矢十三年，有官勳〔四〕。棄之來歸〔五〕，喪其土田〔六〕，手鏝衣食〔七〕，餘三十年。舍於市之主人〔八〕，而歸其屋食之當焉〔九〕。視時屋食之貴賤而上下其圬之傭以償之〔一〇〕，有餘，則以與道路之廢疾餓者焉④〔一一〕。

又曰：粟，稼而生者也〔一二〕；若布與帛，必蠶績而後成者也；其他所以養生之具⑤，皆待人力而後完也⑥。吾皆賴之。然人不可徧爲〔一三〕，宜乎各致其能以相生也。故君者，理我所以生者也⑦，而百官者，承君之化者也⑧。任有小大⑨，惟其所能，若器皿焉。食焉而怠其事〔一四〕，必有天殃，故吾不敢一日捨鏝以嬉⑩〔一五〕。夫鏝，易能可力焉，又誠有功，取其直⑪〔一六〕，雖勞無愧⑫，吾心安焉。夫力，易强而有功也〔一七〕；心，難强而有智也⑬。用力者使於人，用心者使人〔一八〕，亦其宜也⑭。吾特擇其易爲而無愧者取焉⑮。

嘻！吾操鏝以入貴富之家有年矣⑯。有一至者焉，又往過之，則爲墟矣；有再至三至者焉，而往過之，則爲墟矣〔一九〕。問之其鄰⑰，或曰：噫！刑戮也。或曰：身既死，而其子孫不能有也。或曰⑱：死而歸之官也。吾以是觀之，非所謂食焉怠其事⑲，而得天殃者邪？非彊心以智而不足⑳，不擇其才之稱否而冒之者邪㉑？非多行可愧，知其不可而强爲之者邪㉒？將貴富難守，薄功而厚饗者邪㉓？抑豐悴有時，一去一來，而不可常者邪㉔？吾之心憫焉，是故擇其力之可能者行焉。樂富貴而悲貧賤，我豈異於人哉㉕！

又曰：功大者，其所以自奉也博㉖，妻與子皆養於我者也㉗。吾能薄而功小，不有之可也㉘。又，吾所謂勞力者㉙，若立吾家而力不足，則心又勞也。一身而二任焉，雖聖者不可能也。

愈始聞而惑之，又從而思之，蓋賢者也，蓋所謂獨善其身者也〔二〇〕。然吾有譏焉：謂其自爲也過多，其爲人也過少，其學楊、朱之道者邪？楊之道㉚，不肯拔我一毛而利天下㉛〔二一〕。而夫人以有家爲勞心，不肯一動其心以蓄其妻子㉜，其肯勞其心以爲人乎哉㉝？雖然，其賢於世之患不得之而患失之者〔二二〕，以濟其生之欲、貪邪而亡道以喪其身者㉞，其亦遠矣！又其言有可以警余者，故余爲之傳，而自鑒焉㉟〔二三〕。

【彙校】

①〔杇者王承福傳〕此篇又載《文苑英華》卷七九三、明抄本《名賢集選》卷三五。謹按：晏殊《集選》見録於《中興館閣書目》、《直齋書録解題》及《宋史》本傳，方崧卿《舉正》曾經引用。今傳明抄本《集選》僅抄撮《文苑》以成篇，未必是晏公原本。但明抄本不少文字與今傳本《文苑》不同，仍具有一定參考價值，據校。

苑本、《集選》「杇」作「圬」。《舉正》據杭、蜀本訂「杇」作「圬」，云：「圬音烏。《左傳》（襄公三十一年）：『圬人以時塓館宮室。』杜注：『圬人，塗者。』題語正本此。《説文》用『杇』字。」朱熹從方本，《考異》：「圬，或作『杇』。今按：《論語》作『杇』字。」謹按：「杇」、「圬」音義俱同，古籍率多通用。《論語·公冶長》：「糞土之牆不可杇也。」《史記》引作「圬」。《集解》引王肅曰：「圬，墁也。」《説文》：「杇，所以涂也。秦謂之杇，關東謂之槾。从木亏聲，哀都切。」段玉裁注：「《論語》曰：『糞土之牆，不可杇也。』秦謂之杇，關東謂之槾。從木，按此器今江浙以鐵爲之，或以木。《戰國策》：『豫讓變姓名，入宮塗廁，欲以刺襄子。襄子如廁，心動，執問塗者，則豫讓也。刃其杅，曰：欲爲智伯執讎。』杅，謂涂廁之杇。今本皆作『扞』，侯旰切，繆甚。『刃其杅』，謂皆用木而獨刃之。以楷下云『古用木，故從木』例之，疑『杅』古全用木。故『杇』、『槾』古字也，『釫』、『鏝』今字也。」《玉篇》：「圬，於姑切，泥墁也。杇同。」

②〔杇之爲伎〕苑本、《集選》、王本、廖本「杇」作「圬」。王本、廖本「伎」作「技」。謹按：「伎」、「技」字通。《史記·孟嘗君列傳》「無他伎能」，裴駰《集解》：「伎，亦作『技』。」《説文》：「伎，與也。从人支聲。《詩》曰：『鞫人伎忒。』渠綺切。」段注：「舁部曰：『與者，黨與也。』此『伎』之本義也。《廣韻》曰：『侶也。』不違本義。俗用爲『技巧』之『技』。」《集韻》：「技，巨綺切。《説文》：『巧也。』通作『伎』。」

③〔長安農夫〕南宋蜀本注：「一無『夫』。」《舉正》據杭本、蜀本删「夫」字，云：「李删。」朱熹從監本，《考異》：「方無『夫』字。」

④〔廢疾餓者〕魏本注：「廢，一作『癈』。」《集選》「餓」作「飢」。

⑤〔其他〕潮本「他」作「佗」。謹按：「佗」同「他」，《左傳》隱公元年：「佗邑唯命。」《説文》：「佗，負何也。从人它聲，徒何切。」段注：「《小雅》：『舍彼有罪，予之佗矣。』《傳》曰：『佗，加也。』此『佗』本義之見於經者也。『佗』之俗字爲『駝』，爲『馱』。隸變佗爲『他』，用爲彼之偁。古『相問無它乎』，衹作『它』。」《玉篇》：「他，吐何切，誰也。本亦作『佗』。」《集韻》：「佗、他，湯何切。彼之稱。或从也。通作它。」今從苑本。

⑥〔後完〕苑本「完」下注：「蜀本有『者』字。」《集選》、南宋蜀本、魏本「完」下多一「者」字。

⑦〔理我所以生者〕潮本「生」作「出令」，苑本、《集選》、祝本、南宋閩本、南宋蜀本、魏本同。苑本注：「『出令』二字，蜀本作『生』。」《集選》注同。《舉正》據閣本、杭本訂作「生」。朱熹從方本，《考異》：「方從閣、杭本如此，諸本『生』字或作『出令』。今按：『所以出令』與《原道》意同，似當從之。然詳考上文有三『生』字，故此言『君者理我之所以生者』，正承上文而言也。若作『出令』，則與上下文意皆不協矣，今當以方本爲正。」今從方本。

⑧〔承君之化者也〕《舉正》據閣本、杭本删「也」字，云：「李删。」朱熹從監本，《考異》：「方從閣、杭無『也』字，非是。」

⑨〔任有小大〕「小大」，苑本、《集選》、潮本、南宋閩本作「大小」。苑本注：「集作『小大』。」今從祝本。

⑩〔不敢一日捨鏝〕潮本注：「一日捨鏝，趙作『捨鏝一日』。」祝本、魏本注同。南宋閩本注：「一作『捨鏝一日』。」

《舉正》：「《文録》作『捨鏝一日』。」《考異》：「或作『捨鏝一日』。」

⑪〔取其直〕《集選》「取」上多一「敢」字。

⑫〔雖勞無愧〕南宋蜀本、魏本「愧」作「媿」。謹按：「愧」、「媿」，異體字。《説文》：「媿，慙也。从女鬼聲。愧，媿或从恥省。俱位切。」

⑬〔難强而有智〕《舉正》據閣本删「有」字，云：「李、謝删。」朱熹從監本，《考異》：「方無『有』字。」

⑭〔亦其宜也〕魏本注：「一作『亦有其宜也』。」

⑮〔吾特擇其易爲而無愧者取焉〕潮本注：「特，一作『故』。」祝本、南宋閩本注同。苑本注：「集作『故』。」《考異》：「特，或作『故』。」南宋蜀本、魏本「特」作「故」，南宋蜀本注：「故，一作『特』。」魏本注同。

⑯〔入貴富之家〕潮本「入」下多一「於」字，《集選》、祝本、南宋閩本、南宋蜀本、魏本同。「貴富」，《集選》、祝本作「富貴」。《舉正》出南宋監本「入於富貴之家」，據杭本、蜀本删「於」字。朱熹從方本，《考異》：「『入』下或有『於』字。」今從苑本。

⑰〔問之其鄰〕潮本無「之」字，祝本、南宋閩本、魏本同。「問」下潮本注：「一有『之』字。」祝本、南宋閩本、魏本注同。《舉正》據杭本、蜀本增「之」字。朱熹從方本，《考異》：「或無『之』字。」今從苑本。

⑱〔或曰〕「或」下苑本注：「集有『則』字。」祝本、魏本多一「則」字。祝本注：「一無『曰』字，」魏本注：「一無『則』字，一無『曰』字，一無『則曰』二字。」「曰」下南宋閩本、南宋蜀本注：「一無『曰』字。」《考異》：「或無『曰』字。」今從苑本。

⑲〔食焉怠其事〕潮本「焉」下注：「一有『而』字。」祝本、南宋閩本注同。《考異》：「『焉』下或有『而』字。」苑本、《集選》、魏本「焉」下多一「而」字，魏本注：「一無『而』字。」

⑳〔彊心以智〕南宋蜀本、魏本、王本、廖本「彊」作「强」。謹按：「彊」、「强」，通假字。《説文》：「彊，弓有力也。从弓畺聲，巨良切。强，蚚也。从虫弘聲。𧖲，籀文强。从蚰从彊，巨良切。」段注：「强，蚚也。下云：『蚚，强也。』二字爲轉注。《釋蟲》曰：『强，醜捋。』郭曰：『以腳自摩捋。』假借爲『彊弱』之『彊』。从虫弘聲。此聲在六部。而强在十部者，合韵也。巨良切。𧖲，籀文强，从蚰从彊。據此則『强』者古文。秦刻石文用『强』，是用古文爲小篆也。然以『强』爲『彊』，是六書之假借也。」

㉑〔才之稱否〕魏本「才」作「材」。謹按：「才」、「材」，通假字。

㉒〔知其不可而强爲之者邪〕句末苑本注：「十字蜀本作『知其不可能而强爲之者耶』。」潮本作「知己之不可彊而爲之者邪」，《集選》、祝本、南宋閩本、魏本同。「彊」下潮本注：「一云『知其不可能』。」南宋閩本、魏本注同。祝本注：「彊，一作『能』，又一本作『知其不可能』。」南宋蜀本作「知其己不可强而爲之者邪」，注：「知其己，一作『知己之』。强，一作『能』。」《舉正》據閣本訂「能」字，作「知己之不可能而爲之者邪」，云：「杭作『知其不可能』，蜀本『能』上有『强』字。」朱熹作「知其不可而强爲之者邪」，《考異》：「杭本『可』下有『能』字。蜀本『能』上有『强』字。方從閣本作『知己之不可能』，又無『强』字。今按：此數本語意皆與上文『不擇其才之稱否』者相複，又與本句『多行可愧』者不相承。惟杭、蜀本近是。但『能』字亦未安，而『强』字當在『而』字下耳。今參取二本，定爲『知其不可而强爲之』，則其上下文之義皆暢矣。」今從朱本。

㉓〔薄功而厚饗者邪〕南宋蜀本「饗」作「享」。「饗」下潮本注：「一有『之』字。」祝本、南宋閩本注同。苑本注：「蜀

本有『之』字。」南宋蜀本、魏本「饗」下多一「之」字。南宋蜀本注：「一無『之』字。」魏本注同。《舉正》出南宋監本「薄功而厚饗之者邪」，據杭、蜀本刪「之」字，云：「李刪。」朱熹存「之」字，《考異》：「方無『之』字。」

㉔〔而不可常〕苑本無「而」字。

㉕〔豈異於人〕《集選》「豈」作「其」。

㉖〔自奉也博〕「奉」下《集選》多一「者」字。

㉗〔養於我者〕《舉正》：「閣本『者』作『類』。」《考異》：「者，閣作『類』，非是。」

㉘〔有之可也〕《舉正》：「閣本作『有小可也』，疑。」《考異》：「之，閣作『小』，非是。」

㉙〔吾所謂勞力者〕「勞力」，魏本作「力勞」。「者」下潮本注：「一有『也』字。」祝本、南宋閩本注同。苑本注：「集有『也』字。」魏本有「也」字，注：「一無『也』字。」《舉正》據蜀本刪「也」字，云：「謝刪。」朱熹從方本，《考異》：「句下或有『也』字。」

㉚〔楊之道〕「楊」下苑本、南宋蜀本多一「朱」字。《舉正》：「蜀本上有『然』字。」《考異》：「句上或有『然』字，非是。」

㉛〔拔我一毛〕苑本「毛」作「毫」。

㉜〔以蓄其妻子〕潮本注：「蓄，一作『藩』。」南宋閩本注同。祝本、魏本注：「蓄，一作『蕃』。」《集選》「蓄」作「畜」。朱熹訂作「畜」，《考異》：「畜，或作『蕃』。」謹按：「蓄」、「畜」，通假字。《説文》：「蓄，積也。从艸畜聲，丑六切。畜，田畜也。《淮南子》曰：『玄田爲畜。』蓄，《魯郊禮》畜从田从茲。茲，益也。丑六切。」段注：「田畜謂力田之蓄積也。《貨殖列傳》曰：『富人爭奢侈，而任氏獨折節爲儉，力田畜。田畜人爭賤賈，任氏獨取貴善，非田畜所

出弗衣食。」艸部曰：『蓄，積也。』畜與蓄義略同。畜从田，其源也；蓄从艸，其委也。」朱駿聲《説文通訓定聲》：「蓄，假借爲『畜』。《晉語》『蓄力一紀』，注：『養也。』」

㉝〔勞其心以爲人乎哉〕《集選》「其」作「之」，魏本無此字。苑本「乎」作「者」。

㉞〔貪邪而亡道〕潮本注：「亡，一作『忘』。」祝本、南宋閩本注同。苑本注：「亡，集作『忘』。」魏本「亡」作「忘」。《考異》：「亡，或作『忘』。」

㉟〔而自鑒焉〕潮本「鑒」作「覽」，祝本、南宋閩本同。潮本注：「覽，一作『覺』，一作『鑒』。」祝本注同。南宋蜀本、魏本「鑒」作「覺」，南宋蜀本注：「覺，一作『覽』。」魏本注：「覺，一作『鑒』，又一作『覽』。」《舉正》據杭、蜀本訂作「覽」。朱熹訂作「鑒」，《考異》：「方作『覽』，或作『覺』。今疑『自鑒』或當作『日覽』。」今從苑本。

【箋注】

〔一〕樊汝霖注：「按《孟子》（《滕文公》）：『陳相見孟子道許行之言』、又『彭更問士無事而食不可也』二章，孟子有『食於人』及『食功』之説。王承福所言蓋有合於孟子，故公爲之傳。」祝充注：「杇音烏，鏝也。論語：『不可杇也。』」韓醇注：「《説文》：『杇，所以塗也。』秦謂之杇，關東謂之槾。」魏仲舉注：「杇音烏，或作圬、釫、槾。槾，或作墁、鏝。」

此篇作年，諸譜失考。方譜録入「無年可考」諸篇中。王元啓注：「自天寶末年丙申至貞元二年公入京之歲丙寅，適三十年。今云『餘三十年』，則又在公入京之後數年。」蔣抱玄注：「玩

『十三年』、『三十年』兩語，作傳當在貞元十五、六年間。」謹按：自天寶十四載乙未（七五五）下推四十三年，爲貞元十四年戊寅（七九八）。此篇作年，當在此後數年間。在此期間，韓愈於貞元十七年入京調選，得授四門博士。十九年拜監察御史，其年冬貶陽山令。則此篇之作，當在貞元十七年（八〇一）至十九年（八〇三）之間。

〔二〕約，簡約，省約。《孫子·虛實》：「能以衆擊寡者，則吾之所與戰者約矣。」杜牧注：「約，猶少也。」《漢書·文帝紀》：「除秦煩苛，約法令，施德惠。」顔師古注：「約，省也。」言約而盡，謂語言精練而説理透闢。宋王安中《故簽書大名府判官驪公事周之美墓誌銘》：「其行方而有常，言約而盡。」（《初寮集》卷八）《朱子語類》卷二十六：「程子之言約而盡。」元陳櫟《中庸口義自序》：「放之則彌六合，卷之則退藏於密。其味無窮，皆實學也，其言約而盡矣。」（《定宇集》卷一）

〔三〕《舊唐書·玄宗紀下》：「天寶十四載十一月丙寅，范陽節度使安禄山率蕃漢之兵十餘萬，自幽州南向詣闕，以誅楊國忠爲名。甲戌，以常清爲范陽平盧節度使兼御史大夫，令募兵三萬以禦逆胡。甲申，以京兆牧榮王琬爲元帥，命高仙芝副之，於京城召募，號曰天武軍，其衆十萬。」

〔四〕孫汝聽注：「勳，謂柱國、護軍之類。」沈欽韓注：「官謂武散官。《六典》：從一品驃騎大將軍至從九品陪戎校尉、下陪戎副尉。勳級十二轉爲上柱國，比正二品，至一轉爲武騎尉，比從七品，以酬勳秩。」

〔五〕自「天寶之亂發人爲兵」，至「持弓矢十三年」然後「來歸」，則王承福歸長安，當在大曆三年（七六八）。

〔六〕蔣抱玄注：「土田，即地産也。」

〔七〕祝充注：「鏝，母官切。鏝，杇具。《爾雅》：『鏝謂之杇。』」《爾雅·釋宫》：「鏝謂之杇。」郭璞注：「泥鏝。」陸德明音義：「鏝，本或作『槾』，又作『墁』，同。亡旦、武安二反。《説文》云：『鐵杇也。』杇，音烏，又音胡。李云：『泥鏝，一名杇，塗工之作具。』《説文》云：『所以塗也。秦謂之杇，關東謂之槾。』」

〔八〕舍，住宿。《禮記·檀弓上》：「孔子之喪，有自燕來觀者，舍於子夏氏。」此謂寄居，蓋其人不置房産。市，商业区，唐長安有三市。班固《西都賦》：「九市開場，貨别隧分。」《文選》李善注引《漢宫闕疏》：「長安立九市，其六市在道西，三市在道東。」

〔九〕孫汝聽注：「當，謂所當之直。」

〔一〇〕童第德注：「吾友王星賢培德云：《夏官·周禮夏官·槀人》：『書其等以饗工，乘其事試其弓弩，以上下其食而誅賞。』公用『上下』字本此。」

〔一一〕孫汝聽注：「廢，謂廢缺，如四支不足之類。」

〔一二〕魏仲舉注：「稼，種也。」謹按：稼，耕種。《詩·魏風·伐檀》：「不稼不穡，胡取禾三百廛兮？」鄭箋：「種之曰稼。」

〔一三〕孫汝聽注：「徧爲者，謂一一爲之也。」蔣抱玄注：「徧爲，謂事事爲之也。」《詩・邶風・北門》：「我入自外，室人交徧讁我。」陸德明《釋文》：「徧，古遍字。」

〔一四〕孫汝聽注：「《左氏》：『食其食，敢怠其事。』」謹按：《左傳》未見此語。

〔一五〕嬉，逸樂。張衡《歸田賦》：「諒天道之微昧，追漁父以同嬉。」

〔一六〕蔣抱玄注：「直，與『值』通，物價曰直。」謹按：直，工錢、報酬。《後漢書・班超傳》：「爲官寫書，受直以養老母。」

〔一七〕魏仲舉注：「强，其量切，下並同。」

〔一八〕童第德注：「《孟子・滕文公上》：『無君子莫治野人，無野人莫養君子。』又云：『或勞心，或勞力。勞心者治人，勞力者治於人。』爲公所本。《國語・魯語》：『君子勞心，小人勞力，先王之訓也。』《左傳》襄公九年：『君子勞心，小人勞力，先王之制也。』是勞心者爲君子，勞力者爲小人，稱爲『先王之訓』、『先王之制』，春秋時已盛行矣。」

〔一九〕孫汝聽注：「墟，丘墟，謂廢田也。」魏仲舉注：「墟，丘於切。」

〔二〇〕孫汝聽注：「《孟子》（《盡心上》）：『窮則獨善其身。』」

〔二一〕孫汝聽注：「《孟子》（《盡心上》）謂：『楊子取爲我，拔一毛而利天下不爲也。』」

〔二二〕孫汝聽注：「（《論語・陽貨》）孔子曰：『鄙夫可與事君也歟哉？其未得之也，患得之；既得之，患失之。』」

〔三〕自鑒，自誡。「鑒」有「鑒戒」、「鑒察」一義。《玉篇》：「鑑，同鑒。鑒，古銜、古懺二切。察也。」

五箴（并序）①〔一〕

人患不知其過，既知之，不能改，是無勇也②。余生三十有八年③，髮之短者日益白，齒之摇者日益脱。聰明不及於前時④，道德日負於初心⑤，其不至於君子而卒爲小人也昭昭矣⑥〔二〕。作五箴以訟其惡云〔三〕。

游箴

余少之時⑦，將求多能，蚤夜以孜孜⑧〔四〕；余今之時⑨，既飽而嬉⑩，蚤夜以無爲⑪〔五〕。嗚呼⑫！余乎其無知乎⑬？君子之棄而小人之歸乎⑭〔六〕？

言箴

不知言之人⑮，烏可與言⑯？知言之人默然⑰，而其意已傳。幕中之辯⑱〔七〕，人反以汝爲叛⑲；臺中之評〔八〕，人反以汝爲傾⑳〔九〕。汝不懲邪㉑〔一〇〕？而呶呶以害其生邪㉒〔一一〕？

行箴㉓

行與義乖〔一二〕，言與法違。後雖無害，汝可以悔㉔。行也無邪，言也無頗〔一三〕。死而不死，汝悔而何〔一四〕？宜悔而休，汝惡曷瘳㉕〔一五〕？宜休而悔，汝善安在？悔不可追㉖，悔不可爲。思而斯得㉗，汝則弗思㉘〔一六〕。

好惡箴

無悖而好㉙〔一七〕，不觀其道；無悖而惡，不詳其故。前之所好，今見其尤〔一八〕。從也爲比〔一九〕，捨也爲讎㉚。前之所惡，今見其臧〔二〇〕。從也爲愧㉛，捨也爲狂㉜。維讎維比，維狂維媿㉝。於身不祥㉞，於德不義㉟。不義不祥，維惡之大。幾如是爲，而不顛沛㊱〔二一〕？齒之尚少〔二二〕，庸有不思〔二三〕。今其老矣，不慎胡爲㊲〔二四〕！

知名箴

內不足者，急於人知㊳。霈焉有餘㊴〔二五〕，厥聞四馳〔二六〕。今日告汝，知名之法。勿病無聞㊵〔二七〕，病其曄曄㊶〔二八〕。昔者子路，惟恐有聞〔二九〕。赫然千載㊷〔三〇〕，德譽愈尊。矜汝文章，負汝言語〔三一〕。乘人不能㊸，揜以自取㊹〔三二〕。汝非其父，汝非其師。不請而教，誰云不欺？欺以賈憎㊺〔三三〕，揜以媒怨〔三四〕。汝曾不寤㊻〔三五〕，以及於難㊼〔三六〕。小人在辱，亦克知悔。及其既寧㊽，終莫能戒㊾。既出汝心，又銘汝前。汝如不顧㊿，禍亦宜然[51]〔三七〕。

【彙校】

①〔五箴并序〕此篇又載《文苑英華》卷七九一、《唐文粹》卷七八、《金石存》卷五、《金石萃編》卷一三五，又岳珂《寶真齋法書贊》卷二十四著録「米元暉韓退之《五箴帖》」一條，據校。

苑本「箴」下多「五首」二字，廖本同。

②〔是無勇〕祝本注：「一無『是』字。」南宋閩本、魏本注同。苑本注：「《文粹》無此字。」潮本無「是」字，粹本、《萃編》、南宋蜀本同。潮本注：「一有『是』字。」《舉正》出南宋監本「是無勇也」，據杭本删「是」字，云：「《文粹》同，李、謝删。」朱熹存此字，《考異》：「方無『是』字。」

③〔余生三十有八年〕苑本、粹本「余」作「予」。潮本「三」作「四」，苑本、米友仁手書本、祝本、南宋閩本、南宋蜀本、魏本同。韓醇注：「公生大曆戊申，四十有八年，則元和十年也。」南宋蜀本注：「四，一作『三』。」魏本注同。苑本注：「四，《文粹》作『三』。」洪興祖注：「四十有八年，當作『三十有八年』。按貞元十八年《與崔羣書》云：『左車第二牙脱去，兩鬢半白，頭髮五分亦白。』又《祭老成文》云：『吾年未四十，而視茫茫，而髮蒼蒼，而齒牙動摇。自今年來，蒼蒼者或化而爲白矣，動摇者或脱而落矣。』此云：『髮之短者日益白，齒之摇者日益脱。』明年《感春》云：『冠欹感髮禿，語誤悲齒墮。』以此觀之，公未四十時屢有此歎，知作『四十八』爲誤矣。」《舉正》訂作「三」，云：「三本同。洪、樊辨證詳矣。」朱熹從方本，《考異》：「三，或作『四』。」今從粹本、《萃編》。

④〔不及於前〕米友仁手書本「於」作「于」。《考異》：「『於』或作『于』，下語同。」謹按：「于」、「於」，古今字。「于」本字爲「亏」，《説文》：「亏，於也。象气之舒亏。从丂从一。一者，其气平之也。羽俱切。今變隸作『于』。」「於」本字爲「烏」，《説文》：「烏，孝鳥也，象形。孔子曰：『烏，呼也。』取其助气，故以爲烏呼。[illegible]，古文烏，象形。

於，象古文烏省。哀都切。」段注：「亐，於也。於者，古文烏也。烏下云：『孔子曰：烏亐呼也。取其助气，故以爲烏呼。』然則以『於』釋『亐』，亦取其助气。《釋詁》、《毛傳》皆曰：『亐，於也。』凡《詩》、《書》用『亐』字，凡《論語》用『於』字。蓋『于』、『於』二字在周時爲古今字，故《釋詁》、《毛傳》以今字釋古字也。凡言『於』，皆自此之彼之詈，其气舒于。按今音：于，羽俱切；於，央居切；烏，哀都切。古無是分別也。自周時已分別於爲屬辭之用，見於羣經爾雅，故許仍之。於，象古文烏省。此即今之『於』字也，象古文烏而省之，亦革省爲革之類。此字蓋古文之後出者，此字既出，則又『于』、『於』爲古今字。《釋詁》、《毛傳》鄭注經皆云：『亐，於也。』凡經多用『于』。凡傳多用『於』。」

⑤〔日負於初〕米友仁手書本「負於」作「務于」。

⑥〔至於君子〕米友仁手書本「於」作「于」。

⑦〔余少之時〕苑本注：「余，《文粹》作『于』。下同。」祝本注：「余，一作『于』。」南宋閩本注同。魏本注：「余，一作『予』，下並同。」潮本「余」作「于」，粹本、《萃編》、南宋蜀本同。潮本注：「于，一作『余』。」南宋蜀本注同。《舉正》訂作「于」。朱熹從監本，《考異》：「余，方從閣杭蜀本作『于』。今按：方説不爲無據。然與所證之文初不相似，況下文有『嗚呼余乎』，則此『于』字皆是『余』字明矣。」今從苑本。

⑧〔蚤夜〕《萃編》、米友仁手書本「蚤」作「早」。蔣抱玄注：「蚤，同『早』。」高步瀛注：「蚤，『早』之借字。」朱駿聲《説文通訓定聲》：「蚤，假借爲『早』。《周語》：『若皆蚤世猶可。』《詩・七月》：『四之日其蚤。』《禮記・禮器》：『不麾蚤。』《漢書・劉向傳》：『不可不蚤慮。』《楊雄傳》：『吾纍忽焉而不蚤睹。』」

⑨〔余今之時〕祝本注：「余，一作『于』。」南宋閩本注同。潮本「余」作「于」，粹本、《萃編》、南宋蜀本同。潮本注：

「于，一作『余』。」南宋蜀本注同。《舉正》訂作「于」，云：「三本、《文粹》同。《左傳》欒書曰：『于民生之不易，于勝之不可保。』杜注：『于，曰也。』」今從苑本。

⑩〔既飽而嬉〕《金石存》無「既」字。《萃編》「嬉」作「僖」。

⑪〔蚤夜以無爲〕潮本、南宋閩本、《萃編》、魏本「蚤」作「早」。祝本「無」作「无」。

⑫〔嗚呼〕《萃編》「嗚」作「烏」。

⑬〔余乎其無知乎〕苑本、粹本、米友仁手書本「余」作「予」。米友仁手書本無「其無知乎」四字。祝本「無」作「无」。魏本注：「一無『乎』字。」《考異》：「或無『乎』字。」

⑭〔君子之棄〕米友仁手書本「棄」作「業」。

⑮〔不知言之人〕苑本作「不知人之言」。

⑯〔烏可與言〕潮本注：「烏，一作『焉』。」祝本、南宋閩本、魏本注同。《考異》：「烏，或作『焉』。」

⑰〔知言之人默然〕苑本「知言之人」作「知人之言」。苑本注：「然，《文粹》作『焉』。」粹本、《萃編》「然」作「焉」。《舉正》據杭本訂作「焉」，云：「李校。」朱熹從方本，《考異》：「焉，或作『然』。」

⑱〔幕中之辯〕祝本「辯」作「辨」。

⑲〔以汝爲叛〕苑本「以汝」作「汝以」，注：「《文粹》作『以汝』，下同。」米友仁手書本無「汝」字。《舉正》出南宋監本「人反以汝爲叛」，乙「以汝」作「汝以」，云：「范、李、謝本所校並同。」朱熹從監本。

⑳〔以汝爲傾〕苑本「以汝」作「汝以」。米友仁手書本無「汝」字。《舉正》出南宋監本「人反以汝爲傾」，乙「以汝」作

「汝以」，云：「范、李、謝本所校並同。」朱熹從監本，《考異》：「『以汝』，方並作『汝以』。今按：近世校本務爲新奇，多作倒語，文乖字逆，幾類歐陽公所譏石公操作字之怪，殊失韓公立言本意。今悉正之，不敢從也。」

㉑〔汝不懲邪〕米友仁手書本作「汝之懲耶」。

㉒〔害其生邪〕米友仁手書本「邪」作「耶」。謹按：「邪」、「耶」，正俗字。《廣韻》：「邪，以遮切，琅琊郡名。俗作『耶』、『琊』，亦語助。又似嗟切。」《干禄字書》：「耶、邪，上通下正。」

㉓〔行箴〕潮本注：「行箴，一作『悔箴』。」南宋蜀本、魏本注同。《舉正》：「蜀本作『悔箴』。」《考異》：「行，或作『悔』。」王元啓注：「此箴專論悔之當否，標題當作《悔箴》。作『行』則與『言』分二欵，首句『言』、『行』並舉，先已自乖其例。」

㉔〔汝可以悔〕魏本注：「一作『雖悔可追』。」

㉕〔汝惡曷瘳〕苑本、粹本「瘳」作「廖」。

㉖〔悔不可追〕南宋蜀本注：「追，一作『止』。」苑本注：「追，《文粹》作『止』。」粹本、《萃編》「追」作「止」。《舉正》據閣、杭本訂作「止」。朱熹從監本，《考異》：「諸本皆同。而方從閣、杭以『追』爲『止』。今按：草書『追』字近似『止』字，二本偶以轉寫致誤。而方乃以好怪取之，不復計其文義之通塞，可一笑也。」

㉗〔思而斯得〕粹本「斯」作「思」。

㉘〔汝則弗思〕苑本「弗思」作「勿思」，注：「勿思，《文粹》作『弗思』。」

㉙〔無悖而好〕潮本注：「悖，一作『善』。」祝本、南宋蜀本、魏本注同。苑本注：「悖，集作『善』。」南宋閩本「悖」作

「善」，注：「善，一作『悖』。」《舉正》訂作「悖」，云：「杭、蜀同，李、謝校。」朱熹從監本，《考異》：「善，方從杭、蜀作『悖』。今按：二本蓋由下句而誤，方亦不顧文義而取之也。」

㉚〔捨也爲讎〕苑本、米友仁手書本「捨」作「舍」。謹按：「捨」、「舍」，通假字。《説文》：「捨，釋也。从手舍聲。書冶切。舍，市居曰舍。从亼屮，象屋也。口象築也。始夜切。」段注：「捨，釋也。釋者，解也。按經傳多假舍爲之。舍，市居曰舍。此市字非買賣所之，謂賓客所之也。舍可止，引伸之爲凡止之偁。《釋詁》曰：『廢稅赦舍也。』凡止於是曰舍，止而不爲亦曰舍，其義異而同也。猶置之而不用曰廢，置而用之亦曰廢也。《論語》：『不舍晝夜。』謂不放過晝夜也。不放過晝夜，即是不停止於某一晝一夜。以今俗音讀之，上去無二理也。古音不分上去，『舍』、『捨』二字義相同。」

㉛〔從也爲愧〕苑本、《萃編》、《金石存》、魏本「愧」作「媿」。

㉜〔捨也爲狂〕苑本、米友仁手書本「捨」作「舍」。

㉝〔維狂維媿〕祝本、南宋閩本、南宋蜀本「媿」作「愧」。

㉞〔於身不祥〕米友仁手書本「於」作「于」。

㉟〔於德不義〕米友仁手書本「於」作「于」。

㊱〔而不顛沛〕《萃編》「沛」作「怖」。

㊲〔不慎胡爲〕苑本「慎」作「謹」，注：「謹，集作『慎』，疑避諱而改。」

㊳〔急於人知〕米友仁手書本「於」作「于」。

㊴〔需焉有餘〕「需」，苑本、粹本作「沛」，《萃編》作「怖」。祝本注：「焉，一作『然』。」南宋閩本注同。《考異》：「焉，或作『然』。」苑本、粹本、南宋蜀本、魏本「焉」作「然」。南宋蜀本注：「然，一作『焉』。」魏本注同。苑本注：「然，集本、《文粹》作『焉』。」

㊵〔勿病無聞〕米友仁手書本「勿」作「忽」。

㊶〔病其曄曄〕米友仁手書本「曄曄」作「昱昱」。

㊷〔赫然千載〕《金石存》「赫然」作「燚然」。

㊸〔乘人不能〕米友仁手書本「乘」作「秉」。

㊹〔揜以自取〕苑本、粹本、《萃編》「揜」作「掩」，下同。苑本注：「掩，集作『揜』，下同。」

㊺〔欺以賈憎〕潮本「憎」作「增」。

㊻〔汝曾不寤〕《萃編》作「汝不曾悟」。南宋蜀本「汝」作「女」。米友仁手書本、魏本「寤」作「悟」。高步瀛注：「『寤』、『悟』字通。」

㊼〔以及於難〕米友仁手書本「於」作「于」。

㊽〔及其既寧〕潮本注：「及其，一作『其及』。」祝本、南宋閩本、南宋蜀本、魏本注同。《舉正》：「謝本作『其及』。」《考異》：「或作『其及』。」

㊾〔終莫能戒〕《萃編》「戒」作「誡」。

㊿〔汝如不顧〕《萃編》、米友仁手書本「如」作「知」。

(51)〔禍亦宜然〕潮本注：「亦，一作『則』。」祝本注同。魏本注：「一作『辱則宜然』。」南宋蜀本注：「禍，一作『辱』。」苑本、粹本、《萃編》「禍亦」作「辱則」，苑本注：「辱則，集作『禍亦』。」《舉正》訂作「辱則」，云：「三本同。」朱熹從監本，《考異》：「方作『辱則』。」

【箋注】

〔一〕此篇石本，明趙均《金石林時地考》卷下著録於陝西，注云：「李寂篆書。」孫克弘《古今石刻碑帖目》卷下著録於「臨洮府」，明末于奕正《天下金石志》卷六録於「西安府」。清李光暎《觀妙齋金石文考略》卷十四著録此石，注云：「嘉祐八年李寂篆書。」此後畢沅《關中金石記》卷五亦著録此篇，以爲「筆格方整可觀」。孫星衍《寰宇訪碑録》卷六著録於陝西西安。吴玉搢《金石存》卷五、王昶《金石萃編》録存原文。吴氏跋云：「右昌黎《五箴》，書之者爲狄道李寂。山谷跋是書，作李康年。又有《李康年篆書心經跋》云：『江夏李康年，字樂道。』是寂一名康年，樂道其字也。」《金石萃編》著録：「石高三尺五寸六分，廣二尺二寸四分。二十四行，行三十二字，篆書。」並録首題「狄道李寂書」，末署「大宋嘉祐八年春二月初吉」、「宣和六年三月既望男玠摹上石」、「姚彦刊」。」王氏跋云：「按昌黎《五箴》，據舊刻朱子校昌黎文集，有不同者數處。序文「不能改無勇也」，集作『是無勇也』；《遊箴》『于少之時』，集作『余少之時』；『既飽而僖』，集『僖』作

「嬉」；《好惡箴》「無悖而好」，集作「無善而好」，注云：「善，方從杭蜀作悖。」此碑作「誖」，是與杭蜀本同誤；「而不顛沛」，集作「沛」；《知名箴》「沛焉有餘」，集作「霈」；「辱則宜然」，集作「禍亦宜然」，注云：「禍亦，方作辱則。」似方本多取石刻，而朱子則從本集原文也。」謹按：方崧卿並未徵引石刻，其文字多與石本相同，是因爲方氏多取閣本與祥符杭本，主要反映的是北宋舊本面貌。今傳潮本屬於北宋監本系統，上述異文，潮本多與石本相合，可以證實本文的判斷。朱熹所取多爲南宋監本文字，與北宋傳本相比較，校改已多，出入較大。從這一意義上講，李寂所書石本的主要價值，正在於反映了北宋傳本的原始面貌。王氏反以朱本爲「本集原文」，不妥。岳珂《寶真齋法書贊》卷二十四著録「米元暉韓退之《五箴帖》」一條：「行書五十七行，尾記二行，又自跋二十三行，徐兢題草書十二行。」末署尾記：「紹興乙丑中冬元暉爲汝文書。」下有米、徐、岳三跋，末有贊。岳珂跋云：「右米元暉書唐韓昌黎《五箴》帖真蹟一卷，宣和書學博士徐兢跋于後。卷有十印，皆是米氏，後有徐氏二印，元暉一印，字特古雅，豈三谷所遺者耶？嘉定庚午歲八月與諸帖同得之。」

此篇作年，吕大防、洪興祖、方崧卿《舉正》、《年表》、蔣抱玄注均繫於永貞元年（八〇五）。吕譜：「貞元二十一年乙酉：是年順宗永貞元年，時有《五箴》。」洪譜：「順宗永貞元年乙酉：《五箴序》云『余生三十有八年』，則其箴蓋是年作。所謂『幕中之辯』，蓋謂在徐州時；『臺中之評』，則謂爲御史時也。」《舉正》：「吕譜於永貞元年，時掾江陵。」方譜：「以序文『余生三十有八年』句，定爲是年作。」

〔二〕蔣抱玄注：「昭昭，彰明較著也。《中庸》：『斯昭昭之多。』」

〔三〕蔣抱玄注：「自責曰訟。《論語》：『吾未見能見其過而内自訟者也。』」《論語·公冶長》何晏集解引包曰：「訟，猶責也。言人有過，莫能自責。」

〔四〕蔣抱玄注：「蚤夜，猶言早暮也。孜孜，勤勉不怠之意。《書經》：『予思日孜孜。』」高步瀛注：「《説文》：『早，晨也。』《説文》：『孜，汲汲也。』」《尚書·益稷》孔傳：「已思日孜孜不怠，奉承臣功而已。」孔穎達疏：「孜孜者，勉功不怠之意。」

〔五〕蔣抱玄注：「無爲，無所事也。《論語》：『無爲而治者。』」謹按：此處「無爲」，指無所事事。《論語》「無爲」，指因勢利導，以德化人。《論語·衛靈公》：「子曰：無爲而治者，其舜也與？夫何爲哉！恭己，正南面而已矣。」何晏《集解》：「言任官得其人，故無爲而治。」蔣注引文不確。《詩·陳風·澤陂》：「寤寐無爲，涕泗滂沱。」與此略近。

〔六〕高步瀛注：「時、能（古音在之部）、孜、嬉、爲、知、歸韻。」

〔七〕洪興祖注：「幕中之辯，謂在徐州時。」樊汝霖注：「此謂佐董晉、張建封於汴、徐二州時。」

〔八〕洪興祖注：「臺中之評，謂爲御史時。」

〔九〕樊汝霖注：「此謂爲監察御史，坐論天旱人飢，出爲陽山令。」

〔一〇〕懲，制止。《詩·小雅·沔水》：「民之訛言，寧莫之懲。」毛傳：「懲，止也。」

〔一一〕祝充注：「呶呶，尼交切。」魏仲舉注：「呶，讙聲。」蔣抱玄注：「呶呶，喧囂不已也。」高步瀛注：「呶，《説文》：『讙聲也。』大徐音女交切。言、傳韻。辯、叛韻。評、傾、懲、生韻。」

〔一二〕蔣抱玄注：「乖，違也。」

〔一三〕魏仲舉注：「頗，普禾切。」蔣抱玄注：「頗，偏也。《書經》：『無偏無陂，遵王之義。』《釋文》：『陂，舊本作頗。』」高步瀛注：「《廣雅·釋詁二》曰：『頗，衺也。』」《尚書·洪範》孔傳：「偏，不平。陂，不正。言當循先王之正義以治民。」孔穎達疏：「爲人君者，當無偏私，無陂曲，動循先王之正義。」《左傳》昭公十二年「書辭無頗」，杜預注：「頗，偏也。」

〔一四〕孫汝聽注：「行與義乖，言與法違，雖無害，猶當悔也。行也無邪，言也無頗，雖至于困躓幾死而不死，汝其可悔乎？言不當悔也。」沈欽韓注：「汝悔而何，而何，言不當悔。（《漢書》）《匡衡傳》『解何』與此同義。」

〔一五〕蔣抱玄注：「瘳，病愈也。《書經》：『厥疾弗瘳。』」《尚書·説命上》：「若藥弗瞑眩，厥疾弗瘳。」孔氏傳：「若如服藥，必瞑眩極，其病乃除。」孔穎達疏：「藥之攻病，先使人瞑眩憒亂，病乃得瘳。」

〔一六〕高步瀛注：「乖、違韻。害、悔韻。邪、頗、何韻。休、瘳韻。悔、在韻。追、爲、思韻。」

〔一七〕孫汝聽注：「悖，亂也。而，汝也。」魏仲舉注：「悖，蒲昧切。」蔣抱玄注：「悖，逆也。」高步瀛注：「『愛好』之『好』與『美好』之『好』古本同讀，後人『愛好』字讀去聲，『美好』字讀上聲。此《箴》『好』與『道』韻，讀上聲，而仍坐『愛好』解。」

〔一八〕蔣抱玄注：「尤，過也。《論語》：『多聞闕疑，則寡尤。』」《論語·爲政》：「多聞闕疑，慎言其餘，則寡尤。」何晏集解引包曰：「尤，過也。疑則闕之，其餘不疑，猶慎言之，則少過。」

〔一九〕蔣抱玄注：「比，偏黨也。《論語》：『君子周而不比。』」《論語·爲政》：「子曰：君子周而不比。」何晏集解引孔曰：「忠信爲周，阿黨爲比。」皇侃義疏：「君子常以忠信爲心，而無相阿黨也。」邢昺疏：「言君子常行忠信，而不私相阿黨。」

〔二〇〕蔣抱玄注：「臧，善也。《詩經》：『何用不臧。』」《詩·邶風·雄雉》：「不忮不求，何用不臧。」毛傳：「忮，害。臧，善也。」鄭箋：「我君子之行，不疾害，不求備於一人，其行何用爲不善。」

〔二一〕祝充注：「沛，音貝。」蔣抱玄注：「人事挫折曰顛沛。《論語》：『顛沛必於是。』」《論語·里仁》：「造次必於是，顛沛必於是。」何晏《集解》引馬融曰：「造次，急遽。顛沛，偃仆。雖急遽偃仆不違於仁也。」陸德明《音義》：「沛音貝，僵仆也。」皇侃義疏：「言雖復身有急遽之時，亦必心存於仁也。言雖身致僵仆，亦必心不違於仁也。」邢昺疏：「言君子之人雖身有急遽偃仆之時，而必守於是仁道而不違去也。」

〔二二〕蔣抱玄注：「齒，年齡也。」

〔二三〕蔣抱玄注：「庸，助詞，與『豈』字、『寧』字同義。《左傳》（莊公十四年）：『庸非貳乎。』」謹按：此處「庸」當訓作「或許」。《左傳》僖公十五年：「吾聞唐叔之封也，箕子曰『其後必大』，晉其庸可冀乎？」

〔二四〕高步瀛注：「好、道韻。惡、故韻。尤、讎韻。臧、狂韻。比、媿韻。大、沛韻。思、爲韻。」

〔二五〕蔣抱玄注：「霈，音『沛』，義亦同。」高步瀛注：「霈，同『沛』。《公羊》文十四年《解詁》：『沛，有餘貌。』」

〔二六〕魏仲舉注：「聞，聲聞也，音問。」

〔二七〕蔣抱玄注：「無聞，無名也。《論語》（《子罕》）：『四十五十而無聞焉。』」

〔二八〕蔣抱玄注：「曄曄，讀若『煜』，盛貌。《漢書》：『世祖曄曄。』」謹按：《漢書·敍傳》：「世宗曄曄，思弘祖業。」顔師古注：「曄曄，盛貌也。」高步瀛注：「《説文》：『曅，光也。』字一作『曄』。《後漢書·班固傳》章懷注：『曄曄，美茂之貌。』《漢書·楊雄傳·反離騷》顔注曰：『曄曄，光盛。』」

〔二九〕樊汝霖注：「《論語》：『子路有聞，未之能行，惟恐有聞。』蘇東坡解云：『前所聞者未能行，恐後有所聞，行不給也。或曰：聞，聲聞也，未能行其實而得其聲，故不欲其有聞也。』後一説正謂公此云。」

〔三〇〕高步瀛注：「《詩·生民》毛傳曰：『赫，顯也。』」

〔三一〕高步瀛注：「《周禮·夏官·大司馬》鄭注：『負，猶恃也。』」

〔三二〕蔣抱玄注：「揜，襲取也。」《穀梁傳》「揜禽旅」，范甯集解：「揜取衆禽。」陸德明音義：「揜，於檢反，本亦作『掩』。」

〔三三〕祝充注：「賈，音古。」高步瀛注：「《左》桓十年：『虞叔曰：將焉用此，其以賈害也。』杜注：『賈，買也。』《釋文》曰：『賈，音古。』」謹按：賈，招致。陸機《豪士賦》：「懼萬民之不服，則嚴刑峻制，以賈傷心之怨。」

〔三四〕蔣抱玄注：「媒，介也。」高步瀛注：「《漢書·司馬遷傳》顔注曰：『媒，如媒娉之媒。』」謹按：媒，招致。韋應物《冰賦》：「氣奪天時，干陰陽也；內熱飲之，媒其疾也。」

〔三五〕蔣抱玄注：「寤，覺也。」高步瀛注：「《孟子·公孫丑上》趙注曰：『曾，猶乃也。』」

〔三六〕高步瀛注：「《廣韻》二十八翰曰：『難，患也，奴案切。』」

〔三七〕此文用韻，據《廣韻》：知，平聲支韻；馳，平聲支韻。法，入聲乏韻；曄，入聲葉韻。聞，平聲文韻；尊，平聲魂韻。語，上聲語韻；取，上聲麌韻。師，平聲脂韻；欺，平聲之韻。怨，去聲願韻；難，去聲翰韻。悔，去聲隊韻；戒，去聲怪韻。前，平聲先韻；然，平聲仙韻。

後漢三賢贊①〔一〕

王充者何？會稽上虞。本自元城，爰來徙居②〔二〕。師事班彪〔三〕，家貧無書。閱書於肆，市肆是遊〔四〕。一見誦憶〔五〕，遂通衆流〔六〕。閉門潛思〔七〕，《論衡》以修〔八〕。爲州治中〔九〕，自免歸歟〔一〇〕。同郡友人，謝姓夷吾〔一一〕。上書薦之〔一二〕，待詔公車。以病不行〔一三〕，年七十餘③。乃作《養性》，一十六篇〔一四〕。肅宗之時〔一五〕，終于永元〔一六〕。

王符節信，安定臨涇〔一七〕。好學有志，鄉人所輕④。憤世著論，潛夫是名〔一八〕。述赦之篇，以赦爲賊。良民之患⑤，其旨甚明〔一九〕。皇甫度遼，聞至乃驚。衣不及帶，屣履出迎。豈若雁門，問雁呼卿〔二〇〕。不仕終家，吁嗟先生⑥〔二一〕！

長統公理⑦〔二二〕，山陽高平〔二三〕。謂高幹有雄志而無雄才⑧，其後果敗，以此有聲〔二四〕。倜儻敢言⑨〔二五〕，語默無常，人以爲狂生。州郡會召〔二六〕，稱疾不就〔二七〕，著論見情〔二八〕。初舉高第尚書郎⑩，後參丞相軍事〔二九〕。卒不至于榮⑪。論説古今，發憤著書，昌言是名〔三〇〕。友人繆襲，稱其文章，足繼西京⑫。四十一終⑬，何其短耶⑭！嗚呼先生〔三一〕。

【彙校】

①〔後漢三賢贊〕題下王本、廖本多「三首」二字。

②〔徙居〕南宋蜀本「徙」訛作「徒」。

③〔年七十餘〕童第德注：「按《論衡・自紀篇》云：『章和二年罷州家居，年漸七十，時可懸輿。曆數冉冉，庚辛域際，雖懼終徂，愚猶沛沛。乃作養性之書凡十六篇。』《太平御覽》卷七百二十引《會稽典録》曰：『王充年漸七十，作養生之書凡十六篇。』《後漢書》本傳：『年漸七十，志力衰耗，乃造養性書十六篇。』諸書皆作『漸』，不作『餘』。此文『年七十餘』，『餘』與上文『歟』、『吾』、『車』韻，顯非訛字，疑公誤記。或曰：和帝永元十二年（庚子），仲任年七十四。十三年辛丑，年七十五。《自紀篇》有『庚辛域際』語，公蓋以《養性書》作於和帝永元十二、三年庚辛之際，故校『漸』作『餘』邪？或曰惠棟云：古文『域』作『或』，猶『記』作『己』。《説文》：『際，壁會也。』《孟子》趙注：『際，接也。』《訂鬼篇》曰：『病人且死，殺鬼之至者，庚辛之神也。』庚辛或際，謂將殞没也。二説不同，願共詳之。」謹按：《論衡・自紀篇》：「建武三年，充生。」王充生於光武帝建武三年（公元二七年），至章帝章和二年（公元八七年）六十一歲，可稱「年漸七十」。則「庚辛域際」，當指和帝永元二年庚寅（公元九〇年）、永元三年辛卯（公元九一年）。如指永元十二、三年（公元九九至一〇〇年），則七十三、四歲，當云「年漸八十」。王充準確卒年不詳，今人大多定爲「約公元九七年」，即和帝永元九年前後。享年約七十一歲上下。其作《養性書》在「庚辛域際」，即和帝永元二年、三年之間，時年六十四、五歲。稱爲「年漸七十」差可，稱爲「年七十餘」則不可。此當爲韓愈本人誤記，不必曲爲之説。

④〔鄉人所輕〕潮本注：「人，一作『里』。」祝本、南宋閩本、魏本注同。《舉正》增「爲」字作「爲鄉人所輕」，云：「三本

同，李、謝校。」朱熹從方本，《考異》：「或無『爲』字。人，或作『里』。」孫汝聽注：「《後漢書·王符傳》符少好學，有志操。與馬融、竇章、張衡、崔瑗等友善。安定俗鄙庶孽，而符無外家，爲鄉人所賤。」

⑤〔良民之患〕《舉正》據閣本訂「患」作「甚」字，云：「王符《述赦篇》曰：『今日賊良民之甚者莫大於數赦。』公全具此語。」朱熹從方本，《考異》：「甚，或作『患』。」童第德注：「『患』當依方季申校作『甚』。」謹按：《後漢書》原文「以赦爲賊良民之甚」，「賊」字爲動詞，義爲「殘害」。「甚」爲副詞，上承爲「賊」之補語，以限定「賊」之程度。此處「患」字與「賊」字同爲名詞作賓語，但「賊」爲上句，「患」屬下句，二者並不存在修飾關係。《後漢書》原文與此篇語序、字義俱不相同，不宜比附。

⑥〔吁嗟先生〕魏本「吁嗟」作「嗟吁」。

⑦〔長統公理〕《舉正》據蜀本「長」上增「仲」字。朱熹從方本，《考異》：「或無『仲』字。」

⑧〔謂高幹〕潮本「謂」上多一「自」字，祝本、南宋閩本、南宋蜀本、魏本同。祝本注：「一無『自』字。」南宋閩本、魏本注同。《舉正》出南宋監本「自謂高幹」，據閣、杭本删「自」字，云：「李、謝删。」朱熹從方本，《考異》：「句上或有『自』字。」今從方本。

⑨〔倜儻敢言〕南宋蜀本注：「倜，一作『俶』。」《舉正》據蜀本訂作「俶」，云：「字與傳合。」朱熹從方本，《考異》：「俶，或作『倜』。」謹按：「倜」本字，「俶」假借字。《説文》：「倜，倜儻，不羈也。从人从周。未詳。他歷切。俶，善也。从人叔聲。《詩》曰：『令終有俶。』一曰始也。昌六切。」《史記·魯仲連傳》「好奇偉俶儻之畫策」，《索隱》引《廣雅》云：「俶儻，卓異也。」《正義》：「俶，天歷反。」《漢書·司馬相如傳》「俶儻瑰瑋」，顏師古注：「俶儻，猶非常也。俶，音吐歷反。」

⑩〔初舉高第尚書郎〕南宋蜀本注：「一無『高第』。」《舉正》出南宋監本「初舉高第尚書郎」，據閣、蜀本删「高第」字，云：「李删。」朱熹從方本，《考異》：「『舉』下或有『高第』字。今按：本傳無『高第』字。」

⑪〔卒不至于榮〕魏本「于」作「於」。

⑫〔文章足繼西京〕《舉正》：「考本傳當作『才章』，公三贊未嘗私立一語。」《後漢書・仲長統傳》：「友人東海繆襲常稱統才章足繼西京董、賈、劉、楊。」

⑬〔四十一終〕《舉正》據閣本「一」下增「而」字，云：「李、謝校。」朱熹從監本，《考異》：「『一』下方有『而』字。」孫汝聽注：「《後漢書・仲長統傳》統每論説古今及時俗行事，常發憤歎息，因著論，名曰《昌言》，凡三十四篇，十餘萬言。獻帝遜位之歲，統卒，年四十一。友人東海繆襲稱統文章足繼西京董、賈、劉、楊。襲字熙伯，辟御史府，後至尚書光禄勳。」

⑭〔何其短耶〕魏本、王本、廖本「耶」作「邪」。

【箋注】

〔一〕樊汝霖注：「《後漢》王充、王符、仲長統三人者同傳，公爲之贊，各不滿百言，而敍事略無遺者。」

此篇作年，諸譜失考，方譜録入「無年可考」諸篇中。謹按：《後漢書》王充、王符、仲長統同傳，蓋三人均屬沉跡下僚，而能以著述自見者。韓愈有《爭臣論》云：「君子居其位則思死其官，未得位則思修其辭以明其道。」又《答崔立之書》云：「將耕於寬閑之野，釣於寂寞之濱，求國家之遺事，考賢人哲士之終始，作唐之一經。」則此篇之作，當在貞元年間求仕不得之際。揆其時日，約當在八年（七九二）登第之後，十二年（七九六）辟汴之前。

〔二〕孫汝聽注：「充字仲任，其先魏郡元城人。父誦，徙居上虞。」蔣抱玄注：「爰，助詞，於是之義。」《論衡·自紀篇》：「王充者，會稽上虞人也，字仲任。其先本魏郡元城，一姓孫。一幾世嘗從軍有功，封會稽陽亭。一歲倉卒國絶，因家焉。以農桑爲業，世祖勇任氣，卒咸不揆於人，歲凶横道傷殺，怨讎衆多。會世擾亂，恐爲怨讎所擒，祖父汎舉家擔載，就安會稽，留錢唐縣，以賈販爲事。生子二人，長曰蒙，少曰誦。誦即充父。祖世任氣至蒙、誦滋甚，故蒙、誦在錢唐，勇勢凌人，末復與豪家丁伯等結怨，舉家徙處上虞。」

〔三〕孫汝聽注：「《後漢書·王充傳》）充到京師，授業太學，師事扶風班彪。」蔣抱玄注：「班彪，東漢安陵人，字叔皮。繼司馬遷之《史記》作《漢書》，未成，其子固續成之。」《後漢書·王充傳》章懷注引袁山松《後漢書》：「充幼聰明，詣太學，觀天子臨辟雍，作《六儒論》。」

〔四〕蔣抱玄注：「肆，店鋪也。《漢書·食貨志》：『開市肆以通之，設庠序以教之。』」

〔五〕蔣抱玄注：「誦憶，讀而記憶之也。《南史·梁宗室傳》：『尤好《東觀漢記》，略皆誦憶。』」

〔六〕孫汝聽注：「（《後漢書·王充傳》）好博覽，而不守章句。家貧無書，常遊洛陽市肆，閲所賣書。一見輒能誦憶，遂博通衆流百家之言。」蔣抱玄注：「衆流，諸子百家也。」

〔七〕蔣抱玄注：「潛，靜也，又索也。」

〔八〕孫汝聽注：「充歸鄉里，屏居教授。以爲俗儒守文，多失其言，乃閉門潛思，著《論衡》八十五篇二十餘萬言。」韓醇注：「充所爲《論衡》，初中土未有傳者，蔡邕入吴，始得之，常祕以爲談助。其後王良爲會稽守，亦得其書。及還許下，時人稱其才進。或曰：不見異人，當得異書。」《後漢書·王充傳》：「後歸鄉里，屏居教授。仕郡爲功曹，以數諫爭不合去。充好論説，始若詭異，終有理實。以爲俗儒守文，多失其真，乃閉門潛思，絶慶弔之禮。户牖牆壁各置刀筆，著《論衡》八十五篇，二十餘萬言。」《後漢書·王充傳》章懷注引袁山松《後漢書》：「充所作《論衡》，中土未有傳者。蔡邕入吴始得之，恒祕玩以爲談助。其後王朗爲會稽太守，又得其書。及還許下，時人稱其才進。或曰：不見異人，當得異書。問之，果以《論衡》之益。由是遂見傳焉。《抱朴子》曰：時人嫌蔡邕得異書，或搜求其帳中隱處，果得《論衡》，抱數卷持去。邕丁寧之曰：『唯我與爾共之，勿廣也。』」《隋書·經籍志》：「《論衡》二十九卷，後漢徵士王充撰。」

〔九〕蔣抱玄注：「治中，州刺史之佐吏。居中治事，故曰治中。」《論衡·自紀篇》：「在縣，位至掾功曹。在都尉府，位亦掾功曹。在太守，爲列掾五官功曹。行事入州，爲從事。以元和三年徙家，辟詣楊州部丹陽、九江、廬江，後入爲治中。材小任大，職在刺割。章和二年，罷州家居。」

〔一〇〕孫汝聽注：「(《後漢書·王充傳》：)刺史董勤辟充爲從事，轉治中，自免還家。」蔣抱玄注：「《論語》(《公冶長》)：『子在陳曰：歸與，歸與。』」

〔一一〕蔣抱玄注：「謝夷吾，字堯卿，永平中爲鉅鹿太守。」《後漢書·方術列傳》：「謝夷吾，字堯卿，會稽山陰人也。少爲郡吏，太守第五倫擢爲督郵。舉孝廉，爲壽張令。稍遷荆州刺史，遷鉅鹿太守。以儀序失中，左轉下邳令。豫剋死日，如期果卒。」

〔一二〕《後漢書·王充傳》章懷注引謝承《後漢書》：「夷吾薦充曰：充之天才，非學所加。雖前世孟軻、孫卿，近漢揚雄、劉向、司馬遷，不能過也。」

〔一三〕孫汝聽注：「（《後漢書·王充傳》）：友人同郡謝夷吾上書薦充才學，肅宗特詔公車徵。以病不行。」

〔一四〕《後漢書·王充傳》：「年漸七十，志力衰耗，乃造《養性書》十六篇，裁節嗜欲，頤神自守。」

〔一五〕蔣抱玄注：「肅宗，東漢章帝也。」

〔一六〕蔣抱玄注：「永元，東漢和帝年號。」童第德注：「肅宗爲章帝廟號，永元爲和帝年號。和帝廟號穆宗，仲任卒於永元中，此文『肅』字爲『穆』字之訛。」謹按：永元，和帝年號，公元八九年至一〇五年。《後漢書·王充傳》：「永元中病卒於家。」

此文用韻，據《廣韻》：虞，平聲虞韻；居，平聲魚韻；書，平聲魚韻。遊，平聲尤韻；流，平聲尤韻；修，平聲尤韻。歟，平聲魚韻；吾，平聲模韻；車，平聲魚韻；餘，平聲魚韻。篇，平聲仙韻；元，平聲元韻。

〔一七〕祝充注：「涇，音經。涇，濁水也。《詩》『涇以渭濁』，注：『涇渭相入而清濁異。』後漢長陵臨涇岸，頹壅其流。」《後漢書·王符傳》：「王符字節信，安定臨涇人也。」

〔一八〕孫汝聽注：「符著《潛夫論》三十六篇，以譏當時得失。不欲章顯其名，故號曰《潛夫論》。」《後漢書·王符傳》：「自和安之後，世務游宦，當塗者更相薦引。而符獨耿介不同於俗，以此遂不得升進。志意藴憤，乃隱居著書三十餘篇，以譏當時失得。」《隋書·經籍志》：「潛夫論十卷，後漢處士王符撰。」

〔一九〕孫汝聽注：「《述赦篇》言：今日賊良民之甚者，莫大于數赦。養稂莠者傷禾稼，惠姦宄者賊良民。」

〔二〇〕樊汝霖注：「度遼將軍皇甫規解官歸安定，鄉人有以貨得鴈門太守者亦還家。書刺謁規，規卧不起。既入而問：『卿前在郡，食鴈美乎？』有須，王符在門。規素聞符名，衣不及帶，屣履出迎。時人爲之語曰：『徒見二千石，不如一逢掖。』」

〔二一〕蔣抱玄注：「吁嗟，嘆息之聲。《詩經》（《周南·麟之趾》）：『于嗟麟兮』『吁』、『于』同。」此文用韻，據《廣韻》：涇，平聲青韻；輕，平聲清韻；名，平聲清韻。賊，入聲德韻；明，平聲庚韻；驚，平聲庚韻；迎，平聲庚韻；卿，平聲庚韻；生，平聲庚韻。

〔二二〕魏仲舉注：「仲長統，字公理。」

〔二三〕《後漢書·仲長統傳》：「仲長統，字公理，山陽高平人也。」

〔二四〕樊汝霖注：「（《後漢書·仲長統傳》）統年二十，游學青徐并冀之間。并州刺史高幹素貴，有名士多歸附。時統過幹，幹訪以當時之事。統謂幹曰：『君有雄志而無雄才，好士而不擇人，所以爲君深誡。』幹雅自多，不納其言。未幾，幹以并州叛，卒至於敗。并冀之士皆以是異統。」樊汝霖注：「高幹，袁紹甥也。」

〔二五〕祝充注「倜，他歷切。」蔣抱玄注：「倜儻，不羈也，猶言不拘束也。《史記》（《司馬相如列傳》）：『瓌偉俶儻。』『俶』字亦作『倜』字。」

〔二六〕魏引補注：「本傳云：州郡命召。」

〔二七〕《後漢書·仲長統傳》：「統性俶儻，敢直言，不矜小節，默語無常。時人或謂之狂生。每州郡命召，輒稱疾不就。」

〔二八〕蔣抱玄注：「統嘗著論一首，皆葆性真、鄙富貴之言。」

〔二九〕樊汝霖注：「（《後漢書·仲長統傳》）尚書令荀郁（彧）聞統名，奇之，舉爲尚書郎。後參曹操丞相軍事。」

〔三〇〕《後漢書》章懷注：「昌，當也。《尚書》曰：『汝亦昌言。』」《隋書·經籍志》：「仲長子昌言十二卷，録一卷，漢尚書郎仲長統撰。」

〔三一〕此文用韻，據《廣韻》：平，平聲庚韻；聲，平聲清韻；生，平聲庚韻；情，平聲清韻；榮，平聲庚韻；名，平聲清韻；京，平聲庚韻；生，平聲庚韻。

諱辯①〔一〕

愈與李賀書②〔二〕，勸賀舉進士〔三〕。賀舉進士有名③，與賀爭名者毁之曰④：「賀父名晉肅〔四〕，賀不舉進士爲是〔五〕，勸之舉者爲非。」聽者不察也⑤，和而唱之〔六〕，同然一辭。皇甫湜曰〔七〕：「若不明白⑥〔八〕，子與賀且得罪。」〔九〕愈曰：「然。」

律曰：「二名不偏諱。」釋之者曰：「謂若言徵不稱在，言在不稱徵是也。」〔一〇〕律曰〔一一〕：「不諱嫌名。」〔一二〕釋之者曰：「謂若禹與雨、丘與蓲之類是也。」〔一三〕蓲與丘同音，烏蓲，（蓲與丘同音，烏蓲，草名。）草名⑦。今賀父名晉肅，賀舉進士⑧，爲犯二名律乎？爲犯嫌名律乎？父名晉，子不得舉進士；若父名仁，子不得爲人乎⑨？

夫諱始於何時？作法制以教天下者〔一四〕，非周公、孔子歟？周公作詩不諱〔一五〕。（若曰⑩：「克昌厥後。」又曰：「駿發爾私。」）⑪孔子不偏諱二名。（若曰⑫：「宋不足徵。」又曰：「某在斯。」）《春秋》不譏不諱嫌名⑬，（若衛桓公名完⑭，康王釗之孫實爲昭王⑮〔一六〕。）曾參之父名晳，曾子不諱昔。（若曰：「昔者吾友。」）又曰：「裼裘而吊。」）⑯周之時有騏期〔一七〕，漢之時有杜度⑰〔一八〕，此其子宜如何諱⑱？將諱其嫌，遂諱其姓乎？將不諱其嫌者乎？漢諱武帝名「徹」爲「通」〔一九〕，不聞又諱「車轍」之「轍」爲某字也；諱呂后名「雉」爲「野雞」〔二〇〕，不聞又諱「治天下」之「治」爲某字也⑲。今上章及詔〔二一〕，不聞諱「滸」、「勢」、「秉」、「饑」也⑳〔二二〕。惟宦官宮妾乃不敢言「諭」及「機」，以爲觸犯〔二三〕。（以「諭」爲近代宗廟諱，以「機」爲近玄宗廟諱。）士君子立言行事宜何所法守也㉑？今考之於經，質之於律〔二四〕，稽之以國家之典㉒，賀舉進士爲可邪㉓？爲不可邪？凡事父母得如曾參，可以無譏矣；作人得如周公、孔子，亦可以止矣㉔。今世之士不務行曾參、周公、孔子之行㉕，而諱親之名則務勝於曾參、周公、孔子，亦見其惑也。夫周公、孔子、曾參卒不可勝，勝周公、孔子、曾參，乃比於宦者宮妾㉖，則是宦者宮妾之孝於其親賢於周公、孔子、曾參者耶？

【彙校】

①〔諱辯〕此篇又載《唐文粹》卷四六，據校。

篇題「諱辯」，五代王定保《唐摭言》卷十引作「辨諱」；《關鍵》作「辯諱」。

②〔愈與李賀書〕潮本「李」上多「進士」二字，粹本、祝本、南宋閩本、南宋蜀本、魏本同。南宋蜀本注：「一無『進士』。」《舉正》出南宋監本有「進士」二字，云：「蜀本無『進士』二字。」朱熹刪「進士」二字，《考異》：「『李』上方有『進士』二字，非是。」何焯《義門讀書記》卷三一：「唐時能爲詩賦應舉者皆稱進士，方本不爲非。但無之句法較

簡健。」今從朱本。

③〔賀舉進士有名〕粹本無「名」字，「有」字屬下句。句末魏本注：「一本無『賀舉進士』、『名』。」《舉正》據杭本刪「名」字，云：「《文粹》同，蔡刪。蔡本複出『賀舉進士』四字亦刪。」朱熹從監本存「名」字，《考異》：「此公自言嘗勸李賀舉進士，而賀從己説舉進士，有名稱，故與之爭名者毀之也。今方氏乃從諸本刪去『名』字，而以『有』字屬下句，遂使複出四字爲剩語，而『爭名』二字無所承，故諸本亦有覺其誤者，而并刪四字以從省，雖若小勝方本，然要爲失韓公本指而不究毀者之情也。」

④〔毀之曰〕《舉正》出南宋監本「毀之曰」，據閣本刪「之」字，云：「李、謝刪。」朱熹從監本，《考異》：「方本又無『之』字，亦非是。」

⑤〔聽者不察也〕魏本注：「一無『也』字。」潮本無「也」字，粹本、祝本、南宋閩本、南宋蜀本同。「察」下潮本注：「一有『也』字。」祝本、南宋閩本注同。《舉正》出南宋監本「聽者不察也」，云：「蜀本與《文粹》無『也』字，然閣本有之。」朱熹從方本，《考異》：「或無『也』字。」今從《關鍵》。

⑥〔若不明白〕魏本注：「一本無此四字。」潮本無此四字，粹本、祝本、南宋閩本、南宋蜀本同。「曰」下潮本注：「一有『若不明白』字。」祝本、南宋閩本、南宋蜀本注同。《舉正》據閣本增「不明白」三字，作「皇甫湜曰不明白」，云：「李、謝校，蜀本作『若不明白』，杭本闕三字。」朱熹從嘉祐蜀本作「若不明白」，《考異》：「方無『若』字。」今從朱本。

⑦〔烏蓲草名〕正文「烏蓲」下小字夾注「蓲與丘同音烏蓲草名」九字，潮本無，祝本、南宋閩本、魏本同。粹本「蓲」下有小字夾注：「與丘同音。烏，草之名。」南宋蜀本「蓲」下有小字夾注：「與兵（丘）同音。烏蓲，與（草）之名。」

《舉正》據閣、杭、蜀三本於句末補小字夾注「『藘』與『丘』同音，烏藘，草名。」九字，云：「注文九字，三本並同。」朱熹句末有此九字，見王本、張本、廖本。《考異》：「或無此下注字。」謹按：《説文》：「藘，草也。」陸德明《釋文》：「烏藘，草也。張揖云：未秀曰烏藘。」《爾雅·釋草》郭璞注：「似葦而小，實中，江東呼爲烏藘。」謹按：正文「烏藘」下小字夾注爲韓愈自注，非後代注家之注。今從方本。

⑧〔賀舉進士〕魏本無「賀」字。

⑨〔父名晉肅子不得舉進士若父名仁子不得爲人乎〕潮本無「肅」字，粹本、祝本、南宋閩本、魏本同。「晉」下潮本注：「一有『肅』字。」祝本、南宋閩本、魏本注同。粹本「子」上多一「而」字。《舉正》出南宋監本「爲犯嫌名律乎」，云：「此下二十字閣本無，李、謝删，杭、蜀本有之。」可知方崧卿删去「父名」至「人乎」共計二十字，則南宋監本亦當有此「肅」字。朱熹從南宋監本存「肅」字，作「父名晉肅，子不得舉進士，若父名仁，子不得爲人乎」，《考異》：「諸本『嫌名律乎』下皆有此二十字，方本無之，非是。」粹本「仁」下多一「則」字。《義門讀書記》卷三十一：「二十字詞氣不類公文，杭本無之，是也。況又非律非經，夾和在此，亦錯雜無序。」今從南宋蜀本。

⑩〔若曰〕粹本作「周公曰」。《舉正》訂作「周公曰」，云：「三本並同，今本作『若曰』非。」朱熹從監本。

⑪〔若曰克昌厥後又曰駿發尔私〕以上十二字，潮本作小字夾注，祝本、南宋閩本、南宋蜀本、魏本、王本、廖本同。粹本十三字亦作小字夾注。謹按：此當爲韓愈自注，非後人所注。逕作正文不當，移入注釋亦不可。今作小字加圓括號以示區別，下同。

⑫〔若曰〕粹本作「孔子曰」。《舉正》訂作「孔子曰」，云：「三本並同，今本作『若曰』非。」朱熹從監本。

⑬〔春秋不譏不諱嫌名〕祝本「名」下多一「者」字。魏本注：「一本作『於春秋不諱嫌名者』。」

⑭〔若衛桓公〕粹本無「若」字。《考異》：「注『若衛桓公』，或無『若』字。」

⑮〔康王釗之孫實爲昭王〕南宋蜀本注：「一無『康王』至『昭王』字。」

⑯〔若曰〕粹本作「曾子曰」。《舉正》訂作「曾子曰」，云：「三本並同，今本作『若曰』非。」朱熹從監本，《考異》：「注字『若曰』，三處並同。方本一作『周公』，一作『孔子』，一作『曾子』。」

⑰〔周之時有騏期漢之時有杜度〕「騏期」、「杜度」下潮本注：「一有『者』字。」祝本、南宋閩本、魏本同。《舉正》出南宋監本「周之時有騏期者漢之時有杜度者」，删二「者」字，云：「杭、蜀同。董彦遠曰：騏期，以《姓苑》考之爲『朞』。又李涪謂杜操字伯度，魏人以武帝諱，謂杜度，公誤用也。然張仲景方自有杜度，公所用出此。」朱熹從方本，《考異》：「『期』字、『度』字下或並有『者』字。」

⑱〔此其子宜如何諱〕「子」上南宋蜀本多一「二」字。魏本「此其子」作「此於其字」，注：「一無『於』字。」

⑲〔不聞又諱治〕「又諱」下潮本注：「一無上二字。」祝本、魏本注同。南宋閩本無「又諱」二字，注：「一有『又諱』字。」《舉正》：「閣本無『又諱』二字，杭、蜀本皆存之。」《考異》：「或無『又諱』二字。」

⑳〔滸勢秉饑〕南宋蜀本「饑」作「飢」。

㉑〔士君子立言〕潮本注：「立言，一作『言語』。」祝本、南宋閩本、南宋蜀本、魏本注同。粹本「立言」作「言語」。《舉正》據杭本訂作「言語」，云：「謝校。」朱熹從方本，《考異》：「或作『立言』。」

㉒〔稽之以〕魏本「以」作「於」。

㉓〔賀舉進士爲可邪爲不可邪〕「賀」下祝本注：「一無『舉』字，非。」魏本注同。《考異》：「或無『舉字』。」祝本、南宋

蜀本、魏本「邪」作「耶」。「爲可」下潮本注：「邪，趙作『與』。」祝本注：「一無『耶』字，趙作『與』字。」魏本注同。粹本、南宋閩本無上「邪」字，「爲可」下南宋閩本注：「一有『邪』字，一作『與』。」《舉正》出南宋監本「爲可邪爲不可邪」，從閣本删「邪爲」二字，云：「杭、蜀本只無上『邪』字。」朱熹從監本存「邪爲」二字，《考異》：「或無『邪』字，方無『邪爲』二字。」

㉔〔可以無譏矣亦可以止矣〕以上二「矣」字下，南宋閩本注：「一作『邪』。」潮本「矣」作「也」，祝本、魏本同。祝本注：「也，一作『矣』，一作『耶』。」魏本注同。粹本「矣」作「邪」。《舉正》訂二「矣」字作「邪」，云：「杭、蜀同，謝校。」朱熹訂作「矣」，《考異》：「矣，或並作『也』，方並作『邪』。」今從南宋閩本。

㉕〔今世之士〕粹本「士」作「事」。

㉖〔乃比於宦者宫妾〕潮本「者」作「官」，粹本、祝本、南宋閩本、南宋蜀本、魏本同。潮本注：「官，趙皆作『者』。」祝本、魏本注同。南宋閩本注：「一皆作『者』。」《舉正》據《文録》訂作「者」，云：「蜀本同。」朱熹從方本，《考異》：「者，或作『官』，下同。」今從方本。

【箋注】

〔一〕洪興祖注：「李賀父名晉肅，邊上從事。賀年七歲，能歌詩。時愈與皇甫湜未信，過其父，使賀賦詩，立就，自目曰《高軒過》。二人大驚。他日舉進士，或謗賀不避家諱，公特著《諱辯》一篇。又《幽閑鼓吹録》云：『賀以歌詩謁愈，愈送客歸困，解帶旋讀。首篇《雁門太守行》云：黑雲壓城城欲摧，甲光向日金魚開。卻插帶急命邀之。』又云：『張昭論舊君諱云：周穆王諱滿，至定王時有王孫滿者。厲王諱胡，至莊王之子名胡。其比衆多。退之《諱辯》取此意。』」樊汝霖注：「《舊史》公傳云：李賀父名晉肅，不應進士。而愈爲賀作《諱辨》，令舉進士。蓋以是罪公。而《新史》則書其事於賀傳，云：以父名晉肅，不肯舉進士。愈爲作《諱辨》，然亦卒不就舉。」

此篇作年，方崧卿定於元和中期，方成珪繫於元和六年。《舉正》：「李賀死於元和十年，公分司東都日始識賀，此文當作於元和中年也。」方成珪注：「長吉《高軒過》詩自注：『韓員外愈、皇甫侍御湜見過，因而命作。』當爲職方時也。《諱辯》亦當作於是年。至十一年而長吉赴玉樓之召矣。」謹按：李賀應河南府試，王禮錫《李長吉評傳》、錢仲聯《李賀年譜會箋》定在元和三年，周閬風《詩人李賀》定在元和四年。朱自清《李賀年譜》定在元和五年。王、朱、周三譜雖繫年不同，但繫其事於韓愈爲河南令時則相同。朱、周、錢三譜雖繫年不同，但繫其事於《十二月樂辭》則相同。朱自清《李賀年譜》：「是年韓愈爲河南令，賀應河南府試，作《十二月樂辭》，獲雋。冬，舉進士入京。或毀賀曰：『父名晉肅，子不得舉進士。』韓愈爲作《諱辯》。」錢仲聯《李賀年譜會箋》：「賀就河南府試，有《河南府試十二月樂辭並閏月》，舉主爲河南尹杜兼。」謹按：河南府試舉主爲河南尹，與河南令無關。則李賀應河南府試，與韓愈爲河南令無關。但《諱辯》一篇作於洛陽，則無疑問。韓愈自元和二年夏秋間以國子博士分教東都，四年改都官員外守東都省，五年爲河南縣令，六年夏秋之間入爲職方員外郎。是元和二年夏秋之間至六年夏秋之間，韓愈均在洛陽。至於皇甫湜行跡，自元和三年登賢良方正科授陸渾尉，已在洛陽。《高軒過》題下李賀自注：「韓員外愈皇甫侍御湜見過因而命作。」此「員外」爲都官員外。據此，知元和四、五年間，皇甫湜已改侍御史分司東都，元和五年在洛，見《唐故中散大夫秘書監致仕上柱國賜紫金魚袋贈左散騎常侍東平吕府君（讓）墓誌銘并序》。至元和八年四月，始南歸睦州，見皇甫湜《睦州録事參軍廳壁記》。是元和四年至八年，皇甫湜均在洛陽。李賀府試題目爲《河南府試十二月樂辭並閏月》。在韓愈、皇甫湜同處洛陽的元和二年至六年期間，元和四年閏三月，元和六年閏十二月，見陳垣《二十史朔閏表》。而元和六年，李賀已入爲奉禮郎，見朱自清《李賀年譜》。是李賀應河南府試，當在元和四年。則《諱辯》之作，當在元和四年（八〇九）冬河南府試之後，元和五年春（八一〇）禮部會試之前。

〔二〕樊汝霖注：「賀字長吉，係出鄭王後。」《太平廣記》卷四十九引唐張讀《宣室志》：「隴西李賀，唐鄭王之孫。」謹按：李賀，兩《唐書》有傳，其生平如次：李賀，字長吉，宗室鄭王之後（張讀《宣室志》），祖籍隴西成紀（李賀《昌谷詩》），世居河南府福昌縣之昌谷（李賀《始爲奉禮憶昌谷山居》）。生於貞元七年（宋琬《昌谷注敍》）。元和三年韓愈爲國子博士分司東都，李賀以歌詩謁，其《鴈門太守行》得韓愈激賞（唐張固《幽閑鼓吹》）。四年，韓愈、皇甫湜連騎造門，面試《高軒過》一篇（朱自清《李賀年譜》）。其年冬賀應河南府試（周閬風《詩人李賀》），爭名者毁之。韓愈爲作《諱辯》，然亦未能就禮部試。六年，以恩澤得官（王鳴盛《十七史商榷》卷八十九），授奉禮郎。八年，以病辭官，歸昌谷。九年秋，至潞州依張徹（朱自清《李賀年譜》）。十二年歸昌谷卒（王琦《李賀詩歌集注》），年二十七（杜牧《李賀集序》）。參見傅璇琮等《唐才子傳校箋》。

〔三〕朱自清《李賀年譜》：「按：應進士舉與就進士試非一事；一鄉貢入京，一赴禮部試也。鄉貢進士例於十月二十五日集户部，正月乃就禮部試。賀已應舉，即爲進士，惟未赴禮部耳。毁之者意在不使就試，至其舉進士，乃既成之局，彼輩因無如何也。唐制，舉進士未第者曰進士，曰舉進士，通稱曰秀才，得第者曰進士第，曰前進士，與後世異。」

〔四〕沈欽韓注：「杜甫集有《公安送李晉肅入蜀》詩，王應麟云：即李賀之父。」謹按：李晉肅，兩《唐書》無傳，其生平不詳。《唐摭言》卷十「韋莊奏請追贈不及第人近代者」條：「李賀字長吉，唐諸王孫也。父瑨肅，邊上從事。」知晉肅爲唐宗室之後。杜甫大曆三年秋作《公安送李二十九弟晉肅入蜀余下沔鄂》，知晉肅大曆三年前後曾經入蜀。崔教《邵伯祠碑記》：「貞元九年，龍集癸酉。陝縣令李晉肅虔奉新政，恭惟昔賢，請刻石書。」（《全唐文》）知晉肅貞元九年前後曾爲河南道陝州陝縣令。

〔五〕韓醇注：「唐康軿《劇談録》云：元稹明經中第，願與賀交，賀不許。元和初，稹舉制策，爲禮部郎中，因議賀父名晉肅，不合舉進士。公爲著《諱辨》以明之。序所謂『賀舉進士有名，與賀爭名毁之』，意指此歟？」樊汝霖注：「公《與李賀書》，今亡矣。所謂《諱辯》者，此也。其曰『與賀爭名者』，按《劇談録》，其元稹耶？然考之史，稹未嘗爲禮曹也。」

〔六〕蔣抱玄注：「唱，同『倡』，吹唱也。《禮記》(《樂記》)：『壹倡而三歎。』」

〔七〕魏仲舉注：「湜，音植。」皇甫湜，《新唐書》有傳，其生平如次：皇甫湜，字持正，睦州新安人。生於大曆十二年(姚範《援鶉堂筆記》卷三十三)。元和元年擢進士第(晁公武《郡齋讀書志》卷四中)，爲裴均荆南從事(皇甫湜《荆南節度判官廳壁記》)。元和三年登賢良方正科第三等，策語太切，權倖惡之(《舊唐書·憲宗紀上》)，授陸渾尉。元和四年爲侍御史，分司東都(《高軒過》題下李賀自注)。竇曆年間，以侍御史、内供奉(皇甫湜《題浯溪石》)爲李渤桂管觀察從事(唐莫休符《桂林風土記·隱仙亭》)。大和二年爲李逢吉山南東道節度使府從事，大和三年歸洛(皇甫湜《華陽集序》)。歷官祠部(司空圖《題柳柳州集後》)、工部郎中。辨急使酒，數忤同省，乃自求分司東都。大和八年三月庚午裴度爲東都留守(《舊唐書·文宗紀下》)，辟爲尚書工部郎分司、東都留守判官(《華陽集序》)。大和九年八月猶在世(《諭業》)，卒年當在此後不久。參見傅璇琮等《唐才子傳校箋》、劉真倫《皇甫湜行年考》。

〔八〕蔣抱玄注：「明白，剖辨清楚也。《老子》：『明白四達能無知。』」

〔九〕蔣抱玄注：「《詩經》(《小雅·雨無正》)云：『不可使得罪于天子。』」

〔一〇〕孫汝聽注：「鄭玄注《曲禮》云：孔子之母名徵在。言在不言徵，言徵不言在。」

〔一一〕蔣抱玄注：「律，法律也。即今之法令。」

〔一二〕孫汝聽注：「不諱嫌名，《曲禮》之文也。嫌名，謂聲音相近。」

〔一三〕祝充注：「蓲，音丘。烏蓲，草名。《詩音義》：江東呼爲烏蓲。」童第德注：「《禮記・曲禮上》『禮不諱嫌名』，鄭玄曰：『爲其難辟也。嫌名，謂音聲相近。若禹與雨，丘與區也。禹與雨並于矩反，一讀雨，音于許反。丘與區並去求反，一讀區，音羌虬反，又丘于反。案漢和帝名肇，不改京兆郡。魏武帝名操，陳思王詩云：脩阪造雲日。是不諱嫌名。』《正義》云：『今謂禹與雨音同而義異，丘與區音異而義同，此二者各有嫌疑。禹與雨有同音嫌疑，丘與區有同義嫌疑，如此者不諱。若其音異義異，全是無嫌，不涉諱限。必其音同義同，乃始諱也。』《荀子・大略篇》『言之信者在乎區蓋之間』，楊倞注：『器名區者，與丘同義。《漢書・儒林傳》：唐生褚生應博士弟子選，試誦説有法。疑者丘蓋不言。丘與區同也。』郝懿行曰：『古者讀區爲丘。謂疑曰丘蓋，以音同借爲區蓋耳。』顏師古氏《匡謬正俗・三》：『古語丘區同聲。』《正義》謂丘與區有同義嫌疑，楊氏亦謂丘與區同義，與鄭注及《釋文》不合，疑非。《廣韻》十虞：『區，豈俱切。蓲，憶俱切，草名。又去鳩、烏侯二切。』公此文『區』作『蓲』，蓋以同部字易之。或原作『區』，與鄭同，從艸者乃後人增之歟？」顏師古《匡謬正俗》卷三「禹宇丘區」條：「或問曰：『《曲禮》云：禮不諱嫌名。』鄭注云：『嫌名，即禹與宇，丘與區。』其義何也？ 答曰：康成鄭君此釋蓋舉異字同音，不須諱耳。區字既是，故引爲例。『禹』、『宇』二字，其音不別。『丘』之與『區』，今讀則異。然尋按古語，其聲亦同。何以知之？ 陸士衡《元康四年從皇太子祖會東堂詩》云：『巍巍皇代，奄宅九圍。帝在在洛，克配紫微。普厥丘宇，時罔不綏。』又晉宮閣名所載某舍若干區者，列爲丘字。

則知『區』、『丘』音不別矣。且今江淮田野之人猶謂『區』爲『丘』，亦古之遺音也。今之儒者不曉其意，競爲解釋。或云：『禹』、『宇』是同聲，『丘』、『區』是聲相近，二者並不須諱，並爲詭妄。或云：『宇』、『禹』、『區』、『丘』並是别音相近，乃讀『禹』爲于舉反，故不須諱。並爲詭妄，不詣其理。」

〔一四〕蔣抱玄注：「法制，法律制度之合稱。《禮記》《月令》：『命有司修法制。』」

〔一五〕孫汝聽注：「克昌厥後，駿發爾私，謂文王名昌，武王名發也。」

〔一六〕祝充注：「釗，音昭。周康王名。《書》《顧命》：『用敬保元子釗。』」童第德注：「《史記·周本紀》：『康王卒，子昭王瑕立。』此文『孫』字爲『子』字之訛。」

〔一七〕沈欽韓注：「余知古《渚宮故事》：悼王時，魏吴起來奔，以爲令尹。悼王薨，魯陽公騏期及陽城君殺王母闕姬而攻起。」

〔一八〕祝充注：「杜操字伯度，曹魏時人。以其名同武帝，故因以其字呼之。又去其伯字，呼杜度。」孫汝聽注：「杜度，漢章帝時爲齊相，見衛恒四體書。」沈欽韓注：「張懷瓘《書斷》：杜度字伯度，御史大夫延年孫。蕭子良云：『本名操，爲魏武帝諱改爲度。』非也。按蔡邕《勸學篇》云：『齊相杜度，美守名篇。』蔡中郎不應預爲曹氏諱也。」謹按：唐代文獻中，有作「杜度」者，亦有作「杜操字伯度」者。《晉書·衛瓘傳》：「漢興而有草書，不知作者姓名。至章帝時齊相杜度號善作篇。後有崔瑗、崔實，亦皆稱工。杜氏結字甚安，而書體微瘦。崔氏甚得筆勢，而結字小疎。」

唐竇臮《述書賦》卷上竇蒙注：「杜操字伯度，京兆人，終後漢齊相。章帝貴其蹟，詔上章表，故號章草。今見章草書五行。」

〔一九〕魏引補注：「謂徹侯爲通侯，蒯徹爲蒯通之類。」

〔二〇〕《漢書·郊祀志第五上》：「其聲殷殷云野雞夜鳴」，顔師古注：「野雞，亦雉也。避吕后諱，故曰野雞。」

〔二一〕蔣抱玄注：「章，表疏也。」

〔二二〕樊汝霖注：「以滸、勢、秉、饑爲近太祖、太宗、代宗、玄宗廟諱。蓋太祖名虎，太宗名世民，代祖名昺，玄宗名隆基。」魏仲舉注：「滸，呼古反。」

〔二三〕孫汝聽注：「以『論』近代宗諱，『機』近玄宗諱。代宗諱豫，玄宗諱見上。」

〔二四〕蔣抱玄注：「質，質對也。」

訟風伯①〔一〕

維兹之旱兮②，其誰之由？我知其端兮〔二〕，風伯是尤〔三〕。山升雲兮澤上氣③〔四〕，雷鞕車兮電摇幟〔五〕。雨侵侵兮將墜④〔六〕，風伯怒兮雲不得止。暘烏之仁兮念此下民⑤〔七〕，閟其光兮不鬬其神〔八〕。嗟風伯兮，其獨謂何⑥？我於爾兮，豈有其他？求其時兮修祀事〔九〕，羊甚肥兮酒甚旨。食足飽兮飲足醉，風伯之怒兮誰使？雲屏屏兮吹使醨之〔一〇〕，氣將交兮吹使離之。鑠之使氣不得化⑦〔一一〕，寒之使雲不得施⑧。嗟爾風伯兮⑨，欲逃其罪又何辭⑩？上天孔明兮〔一二〕，有紀有綱〔一三〕；我今上訟兮⑪，其罪誰當？天誅加兮不可悔，風伯雖死兮人誰汝傷⑫〔一四〕？

【彙校】

①〔訟風伯〕此篇又載《文苑英華》卷三五七，據校。

潮本注：「訟，一作『譏』。」祝本、魏本注同。南宋蜀本注：「訟，一作『訴』，一作『譏』。」苑本作「譏」，注：「譏，一作『訟』。」《舉正》：「杭本作『譏』，蜀本作『訟』，古本如《文苑》亦作『譏』。蜀本總目只作『譏』，是後題出於續校也。然此文謂『今我上訟兮』，則『訟』字自有義，姑從蜀本。」《考異》：「訟，或作『譏』，非是。」

②〔維茲之旱〕《舉正》出南宋監本「維」作「誰」，云：「《文苑》無『之』字。」謹按：今苑本有「之」字。《考異》：「或無『之』字。」

③〔山升雲〕苑本「升」作「外」。

④〔雨侵侵兮將墜〕潮本「侵」作「⿱雨侵」，魏本同。今苑本、南宋蜀本作「濅」，祝本作「⿱雨浸」。潮本「墜」上多一「欲」字，今苑本、祝本、南宋閩本、南宋蜀本、魏本同。「欲」下南宋蜀本注：「一無『欲』。」《舉正》訂「侵侵」二字，作「雨侵侵

兮將墜」，云：「三本皆作『侵』，杭本作『將欲墜』，蜀本、《文苑》同上。」朱熹訂「寖寖」二字，作「雨寖寖兮將墜」，《考異》：「方作『侵侵』。『將』下或有『欲』字。」謹按：「浸」、「濅」、「霈」，古今字，「浸」、「侵」，通假字。《廣韻》：「浸，漬也，漸也，子鳴切。濅，上同，出《說文》。寖，上同，出《字林》。」《說文》：「侵，漸進也。从人又持帚，若埽之進。又，手也。七林切。」段注：「漸，當作『趣』。趣，進也。侵之言駸駸也。水部：『浸淫，隨理也。』浸淫，亦作『侵淫』。又『侵陵』亦漸逼之意。」朱駿聲《說文通訓定聲》：「浸，假借爲『侵』。《易・象下傳》：『浸而長也。』疏：『漸進之名。』《莊子・大宗師》：『浸假而化，予之左臂。』注：『漸也。』又疊韵連語。《漢書・食貨志》：『浸淫日廣。』注：『猶漸染也。』《史記・司馬相如傳》：『浸潯衍溢。』《索隱》：『猶漸浸也。』」今從方本。

⑤〔暘烏之仁〕南宋蜀本注：「暘，一作『陽』。」

⑥〔其獨謂何〕潮本「獨」作「將」，苑本、祝本、南宋閩本、南宋蜀本、魏本同。潮本注：「將，一作『獨』。」祝本、南宋閩本、南宋蜀本、魏本注同。苑本注：「將，集作『獨』。」方崧卿訂作「獨」，《舉正》：「三本同。」朱熹從方本，《考異》：「獨，或作『將』。」今從文本。

⑦〔氣不得化〕潮本注：「氣，一作『雲』。」祝本、南宋閩本注同。魏本注：「舊本作『使雲不得化』。」苑本注：「氣，集作『雲』。」南宋蜀本「氣」作「雲」，注：「雲，一作『氣』。」《考異》：「氣，或作『雲』。」

⑧〔雲不得施〕潮本注：「雲，一作『氣』。」祝本、南宋閩本注同。魏本注：「舊本作『使氣不得施』。」苑本注：「雲，集作『氣』。」南宋蜀本「雲」作「氣」。注：「氣，一作『雲』。」《舉正》出南宋監本「寒之使雲不得施」，云：「杭本作『氣不得施』，蜀本與《文苑》同上。」《考異》：「雲，或作『氣』。」

⑨〔嗟爾風伯兮〕潮本無「兮」字，祝本、南宋閩本、魏本同。潮本注：「一有『兮』字。」祝本、南宋閩本、魏本注同。方

崧卿出南宋監本「嗟爾風伯」，《舉正》：「蜀本下有『兮』字。」朱熹有「兮」字，《考異》：「方無『兮』字。」今從苑本。

⑩〔欲逃其罪又何辭〕潮本「又」上多一「其」字，今苑本、祝本、南宋閩本、南宋蜀本、魏本同。方崧卿出南宋監本「其又何辭」，從苑本删「其」字。朱熹從方本，《考異》：「『又』上或有『其』字。」今從方本。

⑪〔我今上訟兮〕苑本注：「我今，集作『今我』。」潮本作「今我」，祝本、南宋閩本、南宋蜀本、魏本。方崧卿出南宋監本「今我上訟」，乙作「我今」，《舉正》：「《文苑》與古本同，李校。」朱熹從方本，《考異》：「我今，或作『今我』。」今從苑本。

⑫〔風伯雖死兮人誰汝傷〕今苑本注：「雖，一作『之』。汝，一作『爾』。」潮本「汝」作「爾」，祝本、南宋閩本、南宋蜀本、魏本同。潮本注：「爾，趙作『汝』。」祝本、南宋閩本注：「爾，一作『汝』。」魏本注：「趙本作『女傷』。」方崧卿訂「之」、「汝」二字，作「風伯之死兮人誰汝傷」，《舉正》：「以《文苑》定，《文録》亦作『汝』。」《考異》：「雖，方作『之』，非是。汝，或作『爾』。」今從苑本。

【箋注】

〔一〕樊汝霖注：「德宗貞元十九年，正月不雨，至七月甲戌始雨。公時爲四門博士，作此專以刺權臣裴延齡、李齊運、李寔等壅蔽聰明，不顧旱飢，專於誅求。使人君恩澤不得下流，如風吹雲而雨澤不得墜也。是年冬，公拜御史，竟以言旱饑謫陽山令。」魏引補注：「晁氏曰：旱以喻時澤不下流，風以比小人寔爲此病，雲以媲君子欲施而不可得，以夫爲此厲者間之也。」沈欽韓注：「延齡死久矣，與李齊運皆死於貞元十二年，舊注誤。」

此篇作年，樊汝霖、方成珪、蔣抱玄繫於貞元十九年（八〇三）。方譜：「樊澤之謂是年官四門博士時作。」

〔二〕蔣抱玄注：「端，原因也。《孟子》（《公孫丑下》）：『惻隱之心，仁之端也。』」

〔三〕孫汝聽注：「《吕氏春秋》：『風師曰飛廉。』」蔣抱玄注：「風伯，風神也。《史記·司馬相如列傳》：『召屏翳誅風伯而刑雨師。』注：『正義曰：風伯，字飛廉。』尤，埋怨也。《論語》（《憲問》）：『不怨天，不尤人。』」

〔四〕魏引補注：「上亦升也。」

〔五〕魏仲舉注：「幟，旗也，尺志切。」蔣抱玄注：「《隋書·音樂志》：『電鞭激，雷車遽，虹旌靡，青馭。』」

〔六〕祝充注：「霈，與『浸』同。《楚辭》：『不霈近兮愈疎。』」孫汝聽注：「霈霈，欲雨之貌。『霈』與『浸』同。」蔣抱玄注：「寖寖，謂漸漬而不驟也。《前漢書·成帝紀》：『寖以成俗。』」童第德注：「《漢書·成帝紀》：『黨與寖廣。』《禮樂志》『恩愛寖薄。』顔師古皆曰：『寖，古浸字。』浸，漸也。按：顔氏所謂古文，非古文、籀文之古文，古對今言，謂今隸省，古體則不省耳。孫釋『霈霈』爲『欲雨』，不如顔釋『漸』爲長。本書作『霈』，『霈』亦『寖』之省。」謹按：侵侵，漸漸。《漢書·酷吏傳·田延年傳》「浸浸日多」，顔師古注：「浸，漸也。」《楚辭·大司命》「不寖近兮愈疏」，王逸

注：「湏，稍也。」祝注亦未諦。

〔七〕樊汝霖注：「暘烏，日名，見《廣雅》。」蔣抱玄注：「暘烏，與『陽烏』同。阮籍《大人先生傳》：『亦觀夫陽烏游於塵外。』」

〔八〕魏仲舉注：「閟，閉也。」蔣抱玄注：「閟，音秘，與『閉』同。引申之，凡引而不發者皆謂之閟。《詩》（《鄘風·載馳》）：『我思不閟。』」

〔九〕孫汝聽注：「《周禮》：『以槱燎祀司中司命風師雨師。』唐制以立春後丑日祀風師，此謂求其時也。」蔣抱玄注：「祀事，《詩經》（《小雅·楚茨》）：『祝祭于祊，祀事孔明。』」

〔一〇〕孫汝聽注：「屏屏，雲聚貌。醨，薄也，音離。」蔣抱玄注：「屏屏，層層也。醨，與『漓』通，薄也。」謹按：屏屏，層叠貌。此語始見韓文，後人亦有採用者。如元陳基《歸鶴解》：「目曈曈以乍晞，雲屏屏而載陰。」（《夷白齋稿》卷十一）明羅洪先《玉峽廟口弔大義塚文》：「雲屏屏而弗雨兮，風獵獵而扇融。」（《念菴文集》卷十七）

〔一一〕魏仲舉注：「鑠，消也。」蔣抱玄注：「鑠，凡消損之義皆曰鑠。《孟子》：『非由外鑠，我也。』」

〔一二〕蔣抱玄注：「上天，謂上帝。《詩經》（《大雅·文王》）：『上天之載，無聲無臭。』孔，大也。」

〔一三〕蔣抱玄注：「紀綱，典章法度也。《書經》：『有紀有綱。』」謹按：《尚書》未見此語。《吕氏春秋·用民》：「用民有紀有綱：壹引其紀，萬目皆起；壹引其綱，萬目皆張。」

〔一四〕此文用韻，據《廣韻》：由，平聲尤韻；尤，平聲尤韻。幟，去聲志韻；止，上聲止韻。民，平聲真韻；神，平聲真韻。何，平聲歌韻；他，平聲歌韻。事，去聲志韻；旨，上聲旨韻；使，上聲止韻。之，平聲之韻；施，平聲支韻；辭，平聲之韻。綱，平聲唐韻；當，平聲唐韻；傷，平聲陽韻。

伯夷頌①〔一〕

士之特立獨行②〔二〕，適於義而已③，不顧人之是非，皆豪傑之士，信道篤而自知明者也。

一家非之，力行而不惑者寡矣④〔三〕；至於一國一州非之⑤，力行而不惑者⑥，蓋天下一人而已矣；若至於舉世非之⑦〔四〕，力行而不惑者⑧，則千百年乃一人而已耳⑨。若伯夷者，窮天地亘萬世而不顧者也〔五〕。昭乎日月不足爲明⑩，崒乎泰山不足爲高⑪〔六〕，巍乎天地不足爲容也⑫〔七〕。

當殷之亡，周之興。微子賢也〔八〕，抱祭器而去之⑬〔九〕；武王、周公聖也⑭，率天下之賢士與天下之諸侯而往攻之⑮。未嘗聞有非之者也⑯。彼伯夷、叔齊者，乃獨以爲不可⑰〔一〇〕。殷既滅矣，天下宗周〔一一〕。彼二子乃獨恥食其粟⑱，餓死而不顧〔一二〕。繇是而言⑲，夫豈有求而爲哉？信道篤而自知明也⑳。

今世之所謂士者㉑，一凡人譽之㉒，則自以爲有餘；一凡人沮之㉓，則自以爲不足。彼獨非聖人而自是如此。夫聖人，乃萬世之標準也㉔〔一三〕。余故曰：若伯夷者，特立獨行，窮天地亘萬世而不顧者也。

雖然㉕，微二子〔一四〕，亂臣賊子接跡於後世矣㉖〔一五〕。

【彙校】

①〔伯夷頌〕此篇又載《唐文粹》卷二〇，據校。《舉正》出南宋監本「伯夷頌」，云：「以范文正皇祐四年爲蘇才翁手寫本校。」粹本題下多小字夾注「并序」二字。

②〔特立獨行〕粹本「特」作「持」。

③〔適於義〕南宋蜀本「於」下多一「其」字。魏本注：「於義，一作『於其義』。」

④〔不惑者寡〕粹本「寡」作「鮮」。

⑤〔至於〕粹本「於」作「于」。

⑥〔一國一州非之力行而不惑〕南宋蜀本作「一國一州非而力行而不惑」，「力行」下注：「一無『而』。」

⑦〔若至於〕南宋蜀本、魏本作「至若」。

⑧〔力行而不惑者〕魏本注：「一作『而力行不惑者』。」南宋蜀本句上多一「而」字。粹本無「力行」二字。《舉正》出南宋監本「舉世非之力行而不惑者」，删「力行」二字，云：「杭本與《文粹》皆同上。」朱熹從監本，《考異》：「方從杭、粹及范文正公寫本無『力行』二字。」

⑨〔千百年〕粹本「百」上多一「五」字。《舉正》增「五」字，作「千五百年」，云：「杭本與《文粹》皆同上，蜀本只作『千百年』。一云：自周初至唐貞元末幾二千年，公言『千五百年』，舉其成也。」朱熹從監本，《考異》：「方從杭粹及范文正公寫本『千』下有『五』字。今按：此篇自一家一國以至舉世非之而不惑者，汎説有此三等人。而伯夷之窮天地亘萬世而不顧，又别是上一等人，不可以此三者論也。前三等人皆非有所指名，故舉世非之而不顧者亦難以年數之實論其有無。而且以千百年言之，蓋其大約如此耳。今方氏以伯夷當之，已失全篇之大指。至於計其年數，則又捨其幾二千年全數之多，而反促就千五百年奇數之少，其誤益甚矣。方説不通文理，大率類此，不可以不辨。」

⑩〔昭乎日月不足爲明〕魏本注：「昭，一作『照』。」粹本「爲」上多一「以」字。

⑪〔不足爲高〕粹本「爲」上多一「以」字。

⑫〔不足爲容〕粹本「爲」上多一「以」字。

⑬〔而去之〕《舉正》出南宋監本「抱祭器而去之」，删「之」字，云：「杭同。《文粹》與蜀本有『之』字。」朱熹從監本，《考異》：「方無『之』字。」

⑭〔周公聖也〕南宋蜀本、魏本「聖」下多一「人」字。

⑮〔率天下之賢士與天下之諸侯〕粹本「與」作「從」。《舉正》訂「從」字，作「從天下之賢士與天下之諸侯而往攻之」，云：「杭同，謝校。蜀本與《文粹》皆作『率天下之賢士從天下之諸侯而往攻之』。」朱熹從方本，《考異》：「從，或作『率』。與，或作『從』。」

⑯〔未嘗聞有非之者〕粹本無「聞」字。

⑰〔叔齊者乃獨以爲不可〕粹本無「者」字。

⑱〔二子乃獨恥食其粟〕魏本「乃」作「者」。

⑲〔繇是〕粹本、南宋蜀本「繇」作「由」。蔣抱玄注：「繇，同『由』。《易經》：『其所繇來者漸矣。』」

⑳〔自知明也〕「明」下，潮本多一「者」字，祝本、南宋閩本、南宋蜀本、魏本同。《舉正》出南宋監本「信道篤而自知明者也」，刪「者」字，云：「三本同上，李校。」朱熹從方本，《考異》：「『明』下或有『者』字。」今從粹本。

㉑〔今世之所謂士者〕粹本無「所」字。《舉正》：「閣本與《文粹》『所謂』無『所』字。」《考異》：「或無『所』字。」

㉒〔一凡人譽之〕「一凡」，潮本作「凡一」，祝本、南宋閩本、南宋蜀本、魏本同。南宋蜀本注：「凡一，一作『一凡』。」魏本注：「或無『一』字。」《舉正》出南宋監本「凡一人譽之」，乙「凡一」作「一凡」，云：「杭本、三館本、《文粹》皆同，李、謝校。」朱熹從方本，《考異》：「諸本兩句皆作『凡一人』，唯范本兩句作『一凡人』，乃與下文『非聖人』者相發明。諸本非是。」今從粹本。

㉓〔凡一人沮之〕「一凡」，潮本作「凡一」，祝本、南宋閩本、南宋蜀本、魏本同。魏本注：「或無『一』字。」《舉正》出南

宋監本「凡一人譽之」，乙「凡一」作「一凡」，云：「杭本、三館本、《文粹》皆同，李、謝校。」朱熹從方本，《考異》：「諸本兩句皆作『凡一人』，唯范本兩句作『一凡人』，乃與下文『非聖人』者相發明。諸本非是。」今從粹本。

㉔〔標準〕《考異》：「準，方作『准』。今按：『準』字從水隼聲，俗作『准』，方本誤也。又按：此篇之意，所謂聖人，正指武王周公而言也。既曰聖人，則是固爲萬世之標準矣。而伯夷者乃獨非之而自是如此，是乃所以爲窮天地亘萬世而不顧者也，與世之以一凡人之毀譽而遽爲喜慍者有間矣。近世讀者多誤以伯夷爲萬世標準，故因附見其説云。」謹按：「準」、「准」，正俗字。《玉篇》：「準，之尹切。準，平也，俗作『准』。」《莊子·天道》「平中准」，《字林》：「准，與『準』同。」

㉕〔雖然〕南宋蜀本注：「一無『雖』。」

㉖〔接跡於後世〕粹本「於」作「于」。

【箋注】

〔一〕洪興祖注：「武王克商，遷九鼎於洛邑，義士猶或非之，自春秋時已有此説。義士，謂伯夷也。近世學者以太史公所記爲不然，因謂孔子稱餓於首陽之下，非不食周粟，蓋絶糧耳。余謂武王伐紂，太公佐之，伯夷非之。佐之者以拯天下之溺，非之者以懲萬世之亂，其用心一也。不然，則商之三仁或去或不去，或死或不死，何以皆得爲仁邪？」樊汝霖注：「王荆公《伯夷論》謂韓子之頌爲不然。曰：『伯夷嘗與太公聞西伯善養老而往歸焉。當是之時，欲夷紂者，二人之心豈有異耶？及武王一奮，太公相之，遂出元元於塗炭之中。伯夷乃不與，豈伯夷欲歸西伯而志不遂，乃死於北海邪？抑來而死於道路邪？抑其至文王之都而不足以及武王之世而死邪？嗚呼！使伯夷之不死以及武王之時，其烈豈下太公哉？』」荆公之論與此頌相反，學者其審之。」

此篇有石本。明孫克弘《古今石刻碑帖目》卷上「蘇州府」下載：「《伯夷頌》，范仲淹書，在范祠。」方崧卿《韓集舉正》此篇録有「范文正皇祐四年爲蘇才翁手寫本」，孫氏所録，信而有徵。

此篇作年，諸譜失考，方譜録入「無年可考」諸篇。

〔二〕蔣抱玄注：「特立獨行，志節高尚，不隨流俗也。《禮記》（《儒行》）：『其特立獨行有如此者。』」

〔三〕蔣抱玄注：「《中庸》：『力行近乎仁。』」

〔四〕蔣抱玄注：「舉，盡也。舉世，謂盡世上之人。」

〔五〕蔣抱玄注：「亘，音宣，俗作『亙』，亦讀『徑』，究竟也。」

〔六〕祝充注：「崒，慈卹切。」孫汝聽注：「崒，山高貌。」韓醇注：「峰頭巉巖也。」魏仲舉注：「崒，才律切。」

〔七〕蔣抱玄注：「巍，高大貌。」

〔八〕《史記·宋微子世家》：「微子開者，殷帝乙之首子，而紂之庶兄也。紂既立不明，淫亂於政，微子數諫紂不聽。太師少師乃勸微子去，遂行。周武王伐紂克殷，復其位如故。」

〔九〕孫汝聽注：「《史記・宋世家》：周武王伐紂克殷，微子乃持其祭器，造於軍門。」

〔一〇〕魏引補注：「伯夷，姓墨名允，字公信。叔齊，名智字公達。孤竹君之二子。伯，長也。叔，少也。夷齊，謚也。世有不知者多矣，見《春秋少陽篇》。」

〔一一〕蔣抱玄注：「古稱鎬京爲宗周，言王畿之地，爲天下所宗也。」

〔一二〕孫汝聽注：「《史記》：『武王已平殷亂，天下宗周。伯夷、叔齊耻之，義不食周粟。隱於首陽山，采薇而食之，遂餓死。』」

〔一三〕孫汝聽注：「標，表也。準，謂準繩也。」蔣抱玄注：「《晉書・職官志序》：『咸樹司存，各題標準。』」

〔一四〕蔣抱玄注：「微，無也。《論語》：『微管仲。』」

〔一五〕魏引補注：「伊川曰：『《伯夷頌》只説得伯夷介處。要説得伯夷心，須是聖人語。不念舊惡，怨是用希。』」蔣抱玄注：「《孟子》（《滕文公下》）：『孔子作《春秋》而亂臣賊子懼。』接跡，謂相繼而起也。」

卷三

（原本卷十三）此卷以潮本爲底本，以祝本、南宋閩本、南宋蜀本、魏本對校。文本闕此卷。

子產不毀鄉校頌〔一〕

我思古人，伊鄭之僑〔二〕。以禮相國〔三〕，人未安其教①〔四〕。遊于鄉之校②〔五〕，衆口囂囂〔六〕。或謂子產：「毀鄉校則止。」曰：「何患焉，可以成美。夫豈多言，亦各其志〔七〕。善也吾行，不善吾避。維善維否〔八〕，我于此視。川不可防，言不可弭〔九〕。下塞上聾〔一〇〕。邦其傾矣。」既鄉校不毁〔一一〕，而鄭國以理〔一二〕。在周之興，養老乞言〔一三〕。及其已衰，謗者使監〔一四〕。成敗之迹，昭哉可觀③。維是子產，執政之式〔一五〕。維其不遇，化止一國。誠率是道〔一六〕，相天下君④。交暢旁達⑤〔一七〕，施及無垠〔一八〕。於乎⑥，四海所以不理者⑦，有君無臣。誰其嗣之〔一九〕，我思古人〔二〇〕。

【彙校】

①〔人未安其教〕潮本注：「安，一作『知』。」祝本、南宋閩本、魏本注同。《舉正》：「此文皆用韻，以『教』叶『僑』與『囂』，法《車舝》詩也。」《考異》：「安，或作『知』。」

②〔遊于鄉之校〕魏本「于」作「於」，無「之」字。

③〔昭哉可觀〕魏本注：「蔡本『昭』字作『照』。」《舉正》：「蔡、謝本『哉』作『然』。」《考異》：「哉，或作『然』。」

④〔相天下君〕潮本注：「君，一作『者』。」祝本、南宋閩本、魏本注同。《考異》：「君，或作『者』。」

⑤〔交暢旁達〕潮本注：「達，一作『通』。」祝本、南宋閩本、南宋蜀本、魏本注同。《舉正》訂「旁」、「交」二字作「旁暢交達」，云：「三本同。」朱熹從監本，《考異》：「方從三本作『旁暢交達』，非是。達，或作『通』。」

⑥〔於乎〕王本、廖本「乎」作「虖」。蔣抱玄注：「於虖，同嗚乎。乎，古作『虖』。」

⑦〔不理者〕《舉正》出南宋監本「不理者」，據閣、杭本删「者」字。《考異》：「下或有『者』字。」

【箋注】

〔一〕樊汝霖注：「《左傳》（襄公三十一年）：鄭人遊于鄉校以論執政。然明謂子産曰：『毀鄉校，何如？』子産曰：『何爲？夫其所善者，吾則行之；其所惡者，吾則改之。是吾師也。若何毀之？』然明曰：『若果行此，鄭國實賴之。』仲尼聞之曰：『以是觀之，人謂子産不仁，吾不信也。』」

此篇作年，方成珪繫於元和二年，李剛己繫於貞元十四年，高步瀛繫於貞元十五年（七九九）。方譜：「與《釋言》相先後作。」高步瀛注：「李剛己曰：『按：德宗貞元十四年，國子司業陽城出爲道州刺史。太學生王魯卿、李讜等二百七十人詣闕乞留，經數日，吏遮止之，疏不得上。是時朝廷必有忌諱太學諸生之意。此文蓋因是而作，反復詠嘆於子産之事，所以諷切當時君相，其旨微矣。又按：是時柳子厚亦有《與太學諸生書》，推獎甚至。蓋當時公論皆重惜陽公之去位，而深予諸生之所爲也。』步瀛按：貞元十四年，退之方從董晉於汴。《通鑑》唐紀五十一載陽城左遷道州刺史於是年，非也。《考異》卷十九曰：『《實録》、新舊《唐書》無年月，柳宗元《陽公遺愛碣》曰：四年五月，起陽公爲諫議大夫。後七年遷國子司業，又四年九月己巳出拜道州刺史。今從之。』如其説，則當在十五年。且《通鑑》既載城改國子司業於十一年，則『又四年』正當十五年矣。故韓集《太學生何蕃傳》樊注謂貞元十五年九月以城爲道州刺史。《柳子厚年譜》亦載《國子司業陽城遺愛碣》及《與太學諸生書》於十五年。陳曰：『集中《與太學諸生書》題下注貞元十四年，乃後人承《通鑑》之文而失之。當據譜釐正。』其説是也。退之是年秋從張建封於徐州，而冬嘗至京師。故《歐陽生哀辭》曰：『十五年冬，余以徐州從事朝正於京師，詹爲國子監四門助教，將率其徒伏闕下，舉余爲博士。會監有獄，不果上。』所謂監有獄者，不知爲何事。竊以當日太學諸生必於朝政有所建議，而接觸當道之忌疾，固不僅乞留陽司業一事也。即以陽事言，其左遷之故，由於步送太學生薛約，約之得罪由於直言，則當日朝廷惡太學之意可以推見。此子厚所以比之李元禮，而退之所以托意於子産歟！」

〔二〕祝充注：「僑，子産名。《左傳》（襄公二十八年）云：『僑聞之。』」孫汝聽注：「伊，惟也。國僑，字子産，鄭大夫穆公之孫，子國之子。」魏仲舉注：「僑，音喬。」蔣抱玄注：「春秋鄭之公族公孫僑，字子産，居東里。」高步瀛注：「伊，發聲之詞。《爾雅·釋詁》曰：『伊，惟也。』」

〔三〕高步瀛注：「《左》襄公二十六：『公孫揮曰：子産其将知政矣，讓不失禮。』」

〔四〕高步瀛注：「《廣韻》五肴：教，古肴切。」

〔五〕蔣抱玄注引《左傳》襄公三十一年：「鄭人遊於鄉校，以論執政。然明謂子産曰：『毁鄉校，何如？』子産曰：『何爲？其所善者，吾則行之；其所惡者，吾則改之。是吾師也，若何毁之？』然明曰：『若果行此，鄭國實賴之。』仲尼聞之，曰：『以是觀之，人謂子産不仁，吾不信也。』」

〔六〕祝充注：「囂，虚驕切。」孫汝聽注：「囂囂，多言貌。」魏仲舉注：「囂，許堯切。」蔣抱玄注：「衆口，衆人之口也。《國語》（《周語下》）：『衆心成城，衆口鑠金。』囂囂，衆多之意，讀如敖敖。《詩經》（《小雅·十月》）：『讒口囂囂』」

〔七〕高步瀛注：「《論語·先進》：『亦各言其志也矣。』」

〔八〕祝充注：「否，音鄙，惡也。《易》：『否臧凶。』」

〔九〕孫汝聽注：「《左傳》襄公三十年：『子産不毁鄉校，曰：我聞忠善以損怨，不聞作威以防怨。豈不遽止，然猶防川，大決所犯，傷人必多，吾不克救也。不如小決使道，不如吾聞而藥之也。』弭，止也。」蔣抱玄注：「《國語》(《周語上》)：『防民之口，甚於防川。川壅而潰，傷人必多。』」

〔一〇〕孫汝聽注：「文六年《穀梁傳》云：上塞則下闇，下闇則上聾。」

〔一一〕蔣抱玄注：「既，已而也，後來之意。」

〔一二〕高步瀛注：「《廣雅·釋詁三》：『理，治也。』」

〔一三〕孫汝聽注引《詩·大雅·行葦》毛序：「行葦，忠厚也。周家忠厚，仁及草木。故能内睦九族，外尊事黄耇。養老乞言，以成其福禄焉。」蔣抱玄注：「《禮記》(《文王世子》)：『凡祭與養老乞言，合語之禮，皆小學正詔之於東序。』古有是禮，謂擇年老而賢者及時饗以酒食，欲其指陳國政也。」

〔一四〕祝充注：「監，古衫切。《詩》『何用不監』，注：『視也。』」孫汝聽注：「《國語》(《周語上》)：厲王虐，國人謗。王怒，得衛巫使監謗者。」《義門讀書記》卷三十一：「世得云：『監』字乃閉口音，不知公何以同『言』用。」高步瀛注：「案：監。《廣韻》入二十七銜，古音在談部。本閉口音，變音轉元部。此蓋以談鹽添咸銜嚴凡含合元魂痕寒桓删山先仙爲一部。」

〔一五〕蔣抱玄注：「執持政柄者曰執政。式，模範也。《史記》(《孝文本紀》)：『唯二三執政猶吾股肱也。』」

〔一六〕魏引補注：「率，循也。」

〔一七〕蔣抱玄注：「交暢，流行之意。《晉書·桓温傳》：『文武兼宣，信順交暢。宇宙之内，誰不幸甚。』《禮記》：『孚尹旁達，信也。』」《禮記·聘義》鄭玄注：「孚，讀爲浮。尹，讀如竹箭之筠。浮筠，謂玉采色也。采色旁達，不有隱翳，似信也。」

〔一八〕魏引補注：「垠，界限也。五根切，又五巾切。」蔣抱玄注：「垠，音銀，岸也，邊際也。《晉書》（《皇甫謐傳》）：『欲茫茫而無垠際。』」高步瀛注：「《文選·答賓戲》李善注：『垠，限也。』」

〔一九〕高步瀛注：「《左傳》襄三十年：子産從政一年，與人誦之曰：『取我衣冠而褚之，取我田疇而伍之。孰殺子産，吾其與之。』三年，又誦之曰：『我有子弟，子産誨之；我有田疇，子産殖之。子産而死，誰其嗣之。』」

〔二〇〕此銘用韻，據《廣韻》：僑，平聲宵韻；教，去聲效韻；校，去聲效韻；囂，平聲宵韻。止，上聲止韻；美，上聲旨韻；志，去聲志韻；避，去聲寘韻；視，去聲至韻；弭，上聲紙韻；矣，上聲止韻；理，上聲止韻。言，平聲元韻；監，平聲銜韻；觀，平聲桓韻。式，入聲職韻；國，入聲德韻。君，平聲文韻；垠，平聲真韻；臣，平聲真韻；人，平聲真韻。

釋言①〔一〕

元和元年六月②，愈自江陵法曹詔拜國子博士〔二〕，始進見今相國鄭公〔三〕。公賜之坐③，且曰：「吾見子某詩。吾時在翰林，職親而地禁〔四〕，不敢相聞④。今爲我盡寫子詩書爲一通以來。」⑤愈再拜謝〔五〕，退録詩書若干篇⑥，擇日時以獻⑦。

於後之數日⑧，有來謂愈者曰：「子獻相國詩書乎？」曰：「然。」曰⑨：「有讒於相國之座者曰⑩：『韓愈曰：相國徵余文⑪〔六〕，余不敢匿。相國豈知我哉！』子其慎之。」⑫愈應之曰：「愈爲御史，得罪德宗朝。同遷于南者凡三人⑬〔七〕，獨愈爲先收用，相國之賜大矣；百官之進見相國者，或立語以退⑭，而愈辱賜坐語，相國之禮過矣；四海九州之人，自百官已下，欲以其業徹相國左右者多矣〔八〕，皆憚而莫之敢，獨愈辱先索〔九〕，相國之知至矣。賜之大，禮之過，知之至，是三者於敵以下受之⑮〔一〇〕，宜以何報？況在天子之宰相乎⑯？人莫不自知。凡適於用之謂才，堪其事之謂力〔一一〕。愈於二者雖日勉焉而不近⑰，束帶執笏立士大夫之行〔一二〕，不見斥以不肖幸矣〔一三〕，其何敢傲於言乎⑱？夫傲雖凶德⑲〔一四〕，必有恃而敢行。愈之族親鮮少，無扳聯之勢於今⑳〔一五〕；不善交人，無相先相死之友於朝〔一六〕。無宿資蓄貨以釣聲勢㉑〔一七〕，弱於才而腐於力，不能奔走乘機抵巇以要權利㉒〔一八〕，夫何恃而傲？若夫狂惑喪心之人〔一九〕，蹈河而入火，妄言而罵詈者〔二〇〕，則有之矣。而愈人知其無是疾也，雖有讒者百人㉓，相國將不信之矣㉔。愈何懼而慎？」㉕

既累月〔二一〕，又有來謂愈曰：「有讒子於翰林舍人李公與裴公者〔二二〕，子其慎歟！」㉖愈曰：「二公者，吾君朝夕訪焉以爲政于天下而階太平之治㉗〔二三〕。居則與天子爲心膂〔二四〕，出則與天子爲股肱〔二五〕。四海九州之人自百官以下，其孰不願忠而望賜㉘？愈也不狂不愚，不蹈河而入火，病風而妄罵〔二六〕，不當有如讒者之説也。雖有讒者百人，二公將不信之矣。愈何懼而慎？」既以語應客，夜歸，私自尤曰〔二七〕：咄〔二八〕！市有虎〔二九〕，而曾參殺人㉙〔三〇〕，讒者之效也㉚。《詩》曰：「取彼讒人㉛，投畀豺虎。豺虎不食，投畀有北。有北不受，投畀有昊。」〔三一〕傷於讒疾而甚之之辭也。又曰：「亂之初生，僭始既涵。亂之又生，君子信讒。」〔三二〕始疑而終信之之謂也。孔子曰：「遠佞人。」〔三三〕夫佞人不能遠㉜，則有時而信之矣。今我恃直而不戒，禍其至哉！徐又自解之曰㉝：市有虎，聽者庸也〔三四〕；曾參殺人，以愛惑聰也㉞；巷伯之傷，亂世是逢也㉟。今三賢方與天子謀所以施政於天下而階太平之治，聽聰而視明〔三五〕，公正而敦大㊱。夫聰明則視聽不惑㊲，公正則不邇讒邪，敦大則有以容而思㊳。彼讒人者，孰敢進而爲讒哉㊴？雖進而爲之，亦莫之聽矣。我何懼而慎⑩？

既累月，上命李公相〔三六〕。客謂愈曰：「子前被言於一相〔三七〕，今李公又相，子其危哉！」⑪愈曰：「前之謗我於宰相者，翰林不知也；後之謗我於翰林者，相國不知也⑫。今二公合處而會言，若及愈⑬，必曰：『韓愈亦人耳。彼傲相國⑭，又傲翰林，其將何求？必不然！』吾乃今知免矣！」⑮

既而讒言果不行⑯。

【彙校】

①〔釋言〕此篇又載《文苑英華》卷三五三，據校。

②〔元年六月〕南宋蜀本「元年」作「六年」。苑本、南宋蜀本「月」下多「十日」二字。《舉正》出南宋監本「六月」，云：「李本校增『十日』字，然閣本、蜀本皆無之。」朱熹增「十日」二字，《考異》：「方無『十日』字。」謹按：《上襄陽于相公書》：「自幕府至鄧之北境，凡五百餘里；自庚子至甲辰，凡五日。」甲辰，六月十二日。韓愈六月十二日方達鄧州，不當在此前「十日」已拜見鄭公。「十日」必誤，不取。

③〔公賜之坐〕南宋蜀本無重出「公」字。《舉正》出南宋監本「見今相國鄭公公賜之坐」，據閣本删下「公」字，云：「《文苑》同。」謹按：今苑本有重出「公」字。朱熹從監本，《考異》：「方無下『公』字。」

④〔不敢相聞〕句下苑本多一「也」字。

⑤〔今爲我盡寫子詩書爲一通以來〕潮本無「爲一通以」四字，祝本、南宋閩本、南宋蜀本、魏本同。潮本注：「一云『一通以來』。」南宋閩本、南宋蜀本、魏本注同。祝本注：「一有『一通以』字。」《舉正》出南宋監本「今爲我盡寫子詩書」，删「盡」字，增「爲二通以」四字，作「今爲我寫子詩書爲二通以來」，云：「以《文苑》定。閣本、杭本有『盡』字，無『爲』字，『二』作『一』，蜀本闕四字。」朱熹作「今爲我寫子詩書爲一通以來」，《考異》：「『我』下或有『盡』字，而無『爲一通以』字，或無『爲我』字而有『盡』字。一，方作『二』。」今從今苑本。

⑥〔若干篇〕《舉正》據《文苑》訂「若干」作「著于」。謹按：今苑本同監本。朱熹從監本，《考異》：「若干，方作『著于』。今按：『著于篇』雖古語，然施之於此，似不相入。且公亦未必特用此語以爲奇也。」

⑦〔以獻〕潮本「獻」下多一「之」字，祝本、南宋閩本、南宋蜀本、魏本同。南宋蜀本注：「一無『之』。」《舉正》出南宋監本「以獻之」，據杭、蜀、《文苑》删「之」字。朱熹從方本，《考異》：「下或有『之』字。」今從苑本。

⑧〔數日〕潮本「日」作「月」，苑本、祝本、南宋閩本、南宋蜀本、魏本、王本、廖本同。潮本注：「月，一作『日』。」祝本、南宋閩本、南宋蜀本、魏本注同。苑本注：「月，集作『日』。」陳景雲注：「按『月』，南宋本作『日』爲是，洪譜同。公始見鄭相在元和元年六月，而李翰林以次年正月入相，相去僅七月。以下文再云『累月』語推之，則前當作『數日』明矣。」王元啓注：「《秋懷詩》之作距進見相國未久，當從一本作『日』。」方成珪注：「月，陳少章據南宋本作『日』，當從之。」謹按：潮引或本與《韓子年譜》均爲北宋本，陳説不確。今從《韓子年譜》。

⑨〔曰有讒〕魏本無「曰」字。

⑩〔有爲譏於相國之座〕潮本無「爲」字，祝本、南宋閩本、南宋蜀本、魏本同。《舉正》據閣、蜀、《文苑》增「爲」字。朱熹從方本，《考異》：「或無『爲』字。」今從苑本。苑本「座」作「坐」。

⑪〔徵余文〕苑本「余」作「予」，下同。

⑫〔慎之〕南宋蜀本注：「一無『之』。」《舉正》出南宋監本「子其慎之」，删「之」字，云：「三本、《文苑》同。」謹按：今苑本有「之」字。朱熹從監本，《考異》：「方無『之』字。」

⑬〔遷于南〕苑本「於」作「于」。

⑭〔立語以退〕潮本「以」作「已」，祝本、南宋閩本、南宋蜀本、魏本同。《舉正》據《文苑》訂「以」字，云：「謝校。」朱熹從方本，《考異》：「以，或作『已』。」今從苑本。

⑮〔於敵以下受之〕潮本「以」作「已」，祝本、南宋閩本、南宋蜀本、魏本同。《舉正》據《文苑》訂作「以」，云：「《國語》：『自敵以下則有讎。』注：『敵，體也。』今人多用『敵已』字，非。」朱熹從方本，《考異》：「以，或作『已』。」今從苑本。

⑯〔天子之宰相〕南宋蜀本「相」下多一「手」字，注：「一無『相』。」魏本注同。《舉正》出南宋監本「天子之宰相乎」，删「相」字，云：「三本、《文苑》同。」謹按：今苑本有「相」字。朱熹從方本，《考異》：「『宰』下或有『相』字。」

⑰〔日勉焉〕苑本「日」作「曰」，注：「曰，集作『日』。」

⑱〔敖於言乎〕《舉正》：「閣本無『乎』字，李、謝删，然杭、蜀、《文苑》皆有之。」《考異》：「或無『乎』字。」

⑲〔凶德〕苑本「凶」作「兇」。

⑳〔扳聯〕苑本「扳」作「攀」，注：「攀，集作『扳』。」

㉑〔宿資蓄貨以釣聲勢〕潮本「宿資蓄貨」作「宿貨蓄資」，祝本、南宋閩本、南宋蜀本、魏本同。潮本注：「一云『宿資蓄貨』。」祝本、南宋閩本、南宋蜀本、魏本注同。《舉正》訂「資」、「貨」二字作「宿資蓄貨」，云：「三本、《文苑》同。」朱熹從方本，《考異》：「或作『宿貨蓄資』。」今從苑本。南宋蜀本「釣」作「鈎」。

㉒〔乘機〕苑本「乘」作「承」。

㉓〔讒者〕苑本「讒」下多一「言」字，注：「集無此字。」

㉔〔相國〕祝本注：「相國，一作『宰相』。」南宋蜀本、魏本「相國」作「宰相」，魏本注：「宰相，一作『相國』。」《舉正》訂作「相國」，云：「三本、《文苑》同。」朱熹從方本，《考異》：「相國，或作『宰相』。」

㉕〔何懼而慎〕苑本「慎」下多一「歟」字，王本、廖本同。張本同監本。

㉖〔慎歟〕祝本注：「一無『歟』字。」南宋閩本、魏本注同。潮本無「歟」字，注：「一有『歟』字。」《舉正》出南宋監本「子其慎歟」，云：「《文苑》無『歟』字，杭、蜀本有之。」《考異》：「或無『歟』字。」

㉗〔階太平之治〕苑本注：「治，集作『理』。」《舉正》：「《文苑》作『理』，蓋唐舊也。」謹按：今苑本作「治」。《考異》：「治，或作『理』。」

㉘〔孰不願〕苑本「孰」下多一「能」字，注：「一無此字。」《舉正》：「《文苑》作『其孰能不』。」《考異》：「『孰』下或有『能』字，非是。」

㉙〔而曾參〕魏本無「而」字。

㉚〔讒者之效〕南宋蜀本注：「效，一作『効』。」

㉛〔取彼讒人〕魏本「讒」作「譖」。童第德注：「此爲《詩·巷伯》篇成語，廖本『譖』作『讒』，非是。」謹按：《詩·小雅·巷伯》原文作「取彼譖人」，但《禮記·緇衣》鄭注、《後漢書·馬援傳》引《詩》作「取彼讒人」，是作「讒」亦有據。

㉜〔夫佞人〕魏本注：「今本皆脱『夫』字。」

㉝〔徐又自解〕祝本無「徐」字，注：「一無『自』字。」南宋閩本注同。潮本無「自」字，注：「一有『自』字。」魏本注：「一本無『自』字。一本作『徐又解之曰咄』。」

㉞〔以愛惑聰〕潮本「聰」作「聽」，今苑本、祝本、南宋閩本、南宋蜀本、魏本同。南宋蜀本注：「聽，一作『聰』。」《舉正》據《文苑》訂作「聰」，云：「蜀本同，李、謝校，閣本同今本作『聽』，非。」朱熹從方本，《考異》：「聰，或作『聽』，非是。」童第德注：「作『聰』是。『聰』與『庸』、『逢』韻。」今從方本。

㉟〔亂世是逢〕《舉正》出南宋監本「亂世是逢」，據《文苑》乙「亂世」作「世亂」。朱熹從監本，《考異》：「方作『世亂』。」

㊱〔敦大〕潮本注：「大，一作『厖』。」祝本、南宋閩本、南宋蜀本注同。魏本注：「大，一作『厖』，下同。」苑本注：「大，集作『厖』，下同。」

㊲〔視聽不惑〕苑本「視聽」作「聽視」。《舉正》出南宋監本「視聽不惑」，據《文苑》乙「視聽」作「聽視」。朱熹從方本，《考異》：「聽視，或作『視聽』。」

㊳〔敦大〕潮本注：「大，一作『厖』。」祝本、南宋閩本、南宋蜀本注同。

㊴〔孰敢進而〕潮本注：「敢，一作『能』。」祝本、南宋閩本注同。魏本作「能」，魏本注：「能，一作『敢』。」苑本注：

「敢，集作『散』。」《舉正》出南宋監本「孰敢進而爲讒哉」，云：「閣本作『而進』。」《考異》：「或作『而進』。」

⑩〔何懼而慎〕潮本注：「一云『何懼焉』。」祝本注同。南宋閩本注：「一無此（而慎）二字，一云『何懼焉』。」魏本注同。苑本注：「『而慎』二字，集作『爲』。」《舉正》出南宋監本「我何懼而慎」，據閣本刪「而慎」二字，云：「李、謝刪，蜀本與《文苑》存之。」朱熹從監本，《考異》：「方無『而慎』字。」

⑪〔子其危哉〕魏本注：「哉，一作『矣』。」《舉正》出南宋監本「子其危哉」，據閣本刪「哉」字，云：「李、謝刪，蜀本與《文苑》存之。」朱熹從監本，《考異》：「方無『哉』字。」

⑫〔相國〕祝本注：「相國，一作『宰相』。」南宋閩本、南宋蜀本、魏本注同。《舉正》訂作「宰相」，云：「三本、《文苑》同。」謹按：今苑本同監本。

⑬〔若及愈〕苑本「愈」下多一「者」字，注：「集無此字。」

⑭〔彼傲相國〕南宋蜀本注：「相國，一作『宰相』。」苑本「相國」作「宰相」，注：「宰相，一作『相國』。」《舉正》訂作「宰相」，云：「三本、《文苑》同。」朱熹從方本，《考異》：「宰相，或皆作『相國』。」

⑮〔吾乃今知免矣〕潮本「乃今」作「今乃」，無「矣」字，祝本、南宋閩本、南宋蜀本、魏本同。《舉正》出南宋監本「吾今乃知免」，據《文苑》乙「今乃」作「乃今」，增「矣」字，作「吾乃今知免矣」。朱熹從方本，《考異》：「乃今，或作『今乃』，又無『矣』字。」今從苑本。

⑯〔既而〕《舉正》出南宋監本「既而讒言果不行」，據《文苑》刪「而」字。按：今苑本有「而」字。朱熹從監本，《考異》：「方無『而』字。」

【箋注】

〔一〕洪興祖注：「《國語》（《晉語二》）：晉驪姬之難，公子夷吾出奔梁。居二年，驪姬使奄楚以環釋言。注云：『以言自解，釋也。』退之作《釋言》，取此義。」樊汝霖注：「本篇『上命李公相』，按元和二年李吉甫相，則《釋言》其年所作也。公卒避讒求分教東都，李習之所謂『宰相最愛公文者將以文學職處公，有爭先者造公語以飛謗，公恐及難，遂求分司東都』，此也。」

此篇作年，呂大防、程俱繫於元和元年，洪興祖、方崧卿《舉正》、《增考》、《年表》、方成珪、蔣抱玄繫於元和二年（八〇七），呂譜：「是年作《釋言》，云『自江陵詔拜國子博士』。」洪興祖《韓子年譜》：「《釋言》云『拜國子博士，始進見今相國鄭公。後數日，有來謂愈有讒子於相國者。既累月，又有來謂愈曰：有讒子於翰林舍人李公與裴公者。既累月，上命李公相。客謂愈曰：子前被言於一相，今李公又相，子其危矣。』公分教東都生，正以避謗爾。元年，相國鄭餘慶、鄭絪。公爲國子博士在去年六月，時餘慶已罷相。又云：『吾見子某詩，吾時在翰林，職親而地禁，不敢相聞。』鄭絪德宗時爲翰林學士，累遷中書舍人。憲宗即位，爲中書侍郎同平章事。公所見鄭公，即絪也。去年十二月，李吉甫、裴垍皆爲翰林學士、中書舍人。李即吉甫，裴即垍也。今年正月己酉，吉甫爲中書侍郎同平章事。『李公又相』，即吉甫也。公初被召見鄭公，後數日即有讒公者。既累月，又讒於裴、李。既累月，李公又相。《釋言》之作，在今春矣。」《年譜增考》：「按《釋言》作於二年春，時李吉甫已登相位矣。」《舉正》：「元和二年春作，時宰相鄭絪，翰林李吉甫，舍人裴垍也。」方譜：「李吉甫相在是年正月，文即其時作。」

〔二〕《舊唐書·地理二》山南東道荆州江陵府，今湖北江陵。《唐六典》卷三十大都督府中都督下都督官吏：「大都督府法曹參軍事一人，正七品下。法曹司法參軍，掌律令格式，鞫獄定刑，督捕盜賊，糾逖姦非之事。以究其情僞，而制其文法。赦從重而罰從輕，使人知所避而遷善遠罪。」《新唐書·百官志三》國子監：「國子學博士五人，正五品上。掌教三品以上及國公子孫從二品以上曾孫爲生者。五分其經以爲業。」

〔三〕祝充注：「鄭公，絪。」陳景雲注：「按史言公舉進士，投文公卿間，故相鄭餘慶頗爲延譽，由是知名。蓋鄭相知公在早歲，非自江陵召還始受知也。公登第之歲，鄭入翰林，其後鄭相自以職親地近，遂與公久不相聞。及貞元之季，公始登朝，而鄭相已遠謫。再秉國鈞，特擢公幕掾，因悉徵其歷年詩文也。」蔣抱玄注：「相，輔也。以輔佐國君，故稱宰相曰相國。」童第德注：「永貞元年八月，順宗遜位，憲宗立，以鄭餘慶同平章事。元和元年四月鄭餘慶罷相。公言『元和元年六月自江陵法曹詔拜國子博士，始進見今相國鄭公』，時鄭餘慶已罷，則所見鄭公爲絪，非餘慶也。公述鄭公語云：『吾見子某詩。吾時在翰林，職親而地禁，不敢相聞。』絪，德宗時爲翰林學士，累遷中書舍人。憲宗即位，爲中書侍郎同平章事，與公所述亦相合。」謹按：鄭餘慶貞元二十一年八月癸亥以尚書左丞守本官平章事，元和元年五月庚辰罷相爲太子賓客，見《舊唐書·憲宗紀上》。「今相國鄭公」非餘慶。鄭絪，兩《唐書》有傳，其生平如次：鄭絪，字文明，鄭氏南祖房。

擢進士第，登宏詞科。授秘書省校書郎、鄠縣尉。張延賞鎮西川，辟爲書記。入除補闕，起居郎，兼史職。貞元八年，自司勳員外郎知制誥，充翰林學士（丁居晦《重修承旨學士壁記》）。貞元二十一年順宗即位，二月壬戌遷中書舍人（《順宗實録》）。十二月壬戌，爲中書侍郎同平章事、集賢殿大學士。轉門下侍郎、弘文館大學士。四年二月丁卯罷爲太子賓客（《册府元龜》卷三百三十三）。元和五年三月癸巳，出爲嶺南節度觀察等使、廣州刺史、檢校禮部尚書（《舊唐書·憲宗紀上》）。以廉政稱。九年五月丁未，入爲工部尚書。轉太常卿，出爲同州刺史、長春宫使。十三年三月丙申，爲東都留守都畿汝防禦使（《舊唐書·憲宗紀下》）。長慶元年十月壬申，入爲兵部尚書。二年十月庚寅，自吏部尚書爲太子少傅（《舊唐書·穆宗紀》）。四年六月丁未，自兵部尚書爲吏部尚書（《舊唐書·敬宗紀》）。旋爲河中節度使，大和二年六月辛酉，入爲御史大夫，檢校左僕射，兼太子少保。以太子太傅致仕，大和三年十一月庚辰卒（《舊唐書·文宗紀上》），年七十八。贈司空，謚曰宣。

〔四〕蔣抱玄注：「唐時翰林爲内廷供奉之官，故曰職親近而地處禁密。」

〔五〕蔣抱玄注：「《論語》《鄉黨》：『問人於他邦，再拜而送之。』」

〔六〕蔣抱玄注：「徵，求也。」

〔七〕樊汝霖注：「三人，謂公及張署、李方叔也。」

〔八〕蔣抱玄注：「徹，達也。」

〔九〕蔣抱玄注：「索，謂急切欲得之也。」

〔一〇〕蔣抱玄注：「對等曰敵，如匹敵。敵以下，謂對等以下之人也。」

〔一一〕蔣抱玄注：「堪，勝也。堪其事，謂勝任其事也。」

〔一二〕蔣抱玄注：「《論語》《公冶長》：『束帶立於朝。』《儀禮》《士相見禮》：『上朝及餘會聚皆執笏。』」

〔一三〕蔣抱玄注：「不賢曰不肖。《禮記》《王制》：『簡不肖以絀惡。』」

〔一四〕蔣抱玄注：「《中論》《法象》：『君子感凶德之如彼，見吉德之如此。』」

〔一五〕祝充注：「扳，音班，又音攀，引也。」

〔一六〕孫汝聽注：「《禮記》《儒行》：儒有爵位相先，患難相死。」

〔一七〕蔣抱玄注：「宿，固也。宿資，謂固有之資財也。凡誘而取之皆曰釣。《淮南》《主術》：『虞君好寶而晉獻以璧馬釣之。』聲勢，謂聲望勢力也。《後漢書・竇憲傳》：『憲恃宮掖聲勢。』」《國語・楚語下》：「鬬且廷見令尹子常，子常與之語，問蓄貨聚馬。」韋昭注：「貨，珠玉之屬，自然物也。貨馬多則養求者衆，妨財力也。」

〔一八〕祝充注：「巇，虛宜切。」孫汝聽注：「抵，擊。巇，險也。謂擊其危險之處。《鬼谷子》有《抵巇篇》，謂此。」魏仲舉注：「巇，許宜切。」蔣抱玄注：「奔走，奔馳趨走也。（《尚書・酒誥》《傳》：

『奔走事其父兄。』乘機，謂待時也。《南史·宋高祖紀》：『乘機奮發，義不圖全。』要，求也。《孟子》（《告子上》）：『脩其天爵以要人爵。』《漢書·桑弘羊傳》：『桑大夫據當世合時變動慕權利。』」謹按：奔走，趨附。《左传》昭公三十一年：「攻難之士，將奔走之。」杜预注：「奔走，猶赴趨也。」抵巇，鑽營。《鬼谷子·抵巇》：「巇始有朕，可抵而塞，可抵而卻，可抵而息，可抵而匿，可抵而得，此謂抵巇之理也。」陶弘景注：「抵，擊實也。巇，釁隙也。牆崩因隙，器壞因釁，而繫實之，則牆器不敗。若不可救，因而除之，更有所營置，人事亦由是也。」楊雄《法言·重黎篇》「巇可抵乎」，吴祕注：「巇，嶮巇也。言若設巇嶮之詐謀以動之，其可抵乎。」

〔一九〕蔣抱玄注：「喪心，喪失本心也。《左傳》（昭公二十五年）：『哀樂而樂哀，皆喪心也。』」

〔二〇〕蔣抱玄注：「正斥曰罵，旁及曰詈。《史記·魏豹傳》：『今漢王慢而侮人，罵詈諸侯羣臣。』」

〔二一〕蔣抱玄注：「既，過後之義。累月，數月也。《漢書·公孫弘傳》：『銷金石者不累月。』」

〔二二〕樊汝霖注：「李公則吉甫，裴公則垍也。二公與鄭絪皆自翰林學士遷中書舍人拜相，故公於鄭則前云：『吾時在翰林。』於李與裴則又云『翰林舍人』。」李吉甫，兩《唐書》有傳，其生平如次：李吉甫，字弘憲，趙郡人。以蔭補左司禦率府倉曹參軍，貞元三年爲太常博士（《唐會要》卷三），遷屯田員外郎，博士如故，改駕部員外。李泌、竇參推重其才，接遇頗厚。貞元八年陸贄爲相，出爲明州員外長史。貞元十一年爲忠州刺史。六年不徙官，以疾罷免。尋授郴州刺史，貞元十九年遷饒州（《金石補正》卷六十七《路恕李吉甫題名》）。憲宗嗣位，二十一年八月丙寅徵拜考功郎中知制誥。既至闕下，十二月二十四日召入翰林爲學士，二十七日正除中書舍人，仍賜紫金魚袋。元和元年加銀青光禄大夫（元稹《承旨學士院記》）。元和二年正月己酉，爲中書侍郎平章事（《新唐書·德宗紀》）。十二月甲寅，封贊皇侯。己卯，上《元和國計簿》。三年二月丙申，封趙國公。九月戊戌，檢校兵部尚書兼中書侍郎平章事揚州大都督府長史淮南節度使。六年正月庚申，授金紫光禄大夫中書侍郎平章事集賢殿大學士監修國史上柱國趙國公，復知政事（《舊唐書·憲宗紀上》）。八年二月辛卯，進所撰《元和郡國圖》三十卷，又進《六代略》三十卷，又爲《十道州郡圖》五十四卷。元和九年十月丙午暴病卒（《舊唐書·憲宗紀下》），年五十七。再贈司空，謚曰忠。裴垍，兩《唐書》有傳，其生平如次：裴垍，字弘中，絳州聞喜人。弱冠舉進士。貞元十年制舉賢良方正能直言極諫科，九月丁丑（《册府元龜》卷六百四十四），以對策第一授美原縣尉（《册府元龜》卷六百五十）。秩滿，拜監察御史，轉殿中侍御史，遷禮部員外郎。貞元末，遷考功員外郎。貞元十六年至十九年鄭珣瑜爲吏部侍郎，委垍考校詞判。貞元二十一年十二月二十五日，以考功員外郎充翰林學士。二十七日，加考功郎中知制誥，賜緋魚袋。元和元年十一月，加朝散大夫，賜紫。二年四月十六日，遷中書舍人，仍充翰林學士。三年四月二十五日，拜户部侍郎（丁居晦《重修承旨學士壁記》），判度支（《唐會要》卷八十八）。九月丙申，拜中書侍郎、同平章事（《舊唐書·憲宗紀上》），年四十四（《南部新書》卷七）。五年十一月庚申，以風疾罷爲兵部尚書。六年夏四月戊辰，改太子賓客。旋卒。七月庚申，贈太子少傅（《舊唐書・憲宗紀上》)。

〔二三〕蔣抱玄注：「階，階梯也，義與『介』同。」

〔二四〕蔣抱玄注：「心膂，心腹也。《書經》(《君牙》)：『作股肱心膂。』」孔傳：「今命汝爲我輔翼股肱心體之臣。」

〔二五〕蔣抱玄注：「股肱，手足也。」

〔二六〕蔣抱玄注：「風，同『瘋』，謂患瘋癲也。」

〔二七〕蔣抱玄注：「《論語》(《憲問》)：『不尤人。』」

〔二八〕魏引補注：「咄，當没切，呵也。《晉史》(《石苞傳》)：『咄嗟便辨。』」謹按：咄，嘆詞。《漢書・李陵傳》：「咄！少卿良苦。」

〔二九〕韓醇注：「《戰國策》(《魏策二》)：龐葱與魏太子質於邯鄲。謂王曰：今一人言市有虎，王信之乎？曰：否。二人言市有虎，王信之乎？曰：疑之矣。三人言市有虎，王信之乎？曰：信矣。葱曰：夫市之無虎明矣，然三人言而成虎。今邯鄲去大梁也遠於市，而誣臣者過於三人矣，願王察之。」

〔三〇〕韓醇注：「《史記》(《甘茂傳》)：甘茂攻宜陽，言於秦王曰：昔者曾子處費，費人有與曾子同姓名者殺人。人告曾子母曰：曾參殺人。其母織自若。有頃，一人又告之曰：曾參殺人。頃又一人告之曰：曾參殺人。其母投杼踰牆而走。今臣賢不及曾子，而王信臣又未若曾子母也。疑臣者不啻三人，臣恐王之投杼也。」

〔三一〕孫汝聽注：「《小雅·巷伯》之詩。注云：『有北，北方寒凉不毛之地。昊，昊天。』」

〔三二〕孫汝聽注：「《小雅·巧言》之詩。注云：『僭，數。涵，容也。』」

〔三三〕《論語·衛靈公》：「放鄭聲，遠佞人。鄭聲淫，佞人殆。」

〔三四〕蔣抱玄注：「無智識曰庸。」謹按：庸，平庸、凡庸。《國語·齊語》：「臣，君之庸臣也。」韋昭注：「庸，凡庸也。」

〔三五〕蔣抱玄注：「《論語》《季氏》：『君子有九思：視思明，聽思聰。』」

〔三六〕樊汝霖注：「元和二年正月己酉，以中書舍人李吉甫爲中書侍郎平章事。」

〔三七〕蔣抱玄注：「被言，受人讒言也。」

愛直贈李君房別①〔一〕

左右前後皆正人也，欲其身之不正，烏可得邪②〔二〕！吾觀李生在南陽公之側〔三〕，有所不知，知之未嘗不爲之思；有所不疑，疑之未嘗不爲之言。勇不動于氣③，義不陳乎色④，南陽公之舉錯施爲不失其宜⑤〔四〕，天下之所窺觀稱道洋洋者〔五〕，抑亦左右前後有其人乎⑥。凡在此趨公之庭議公之事者⑦〔六〕，吾既從而遊矣；言而公信之者⑧，謀而公從之者，四方之人則既聞而知之矣。李生，南陽公之甥也〔七〕。人不知者⑨，將曰李生之託婚於貴富之家⑩，將以充其所求而止耳，故吾樂爲天下道其爲人焉。今之從事於彼也〔八〕，吾爲南陽公愛之⑪〔九〕。又未知人之舉李生於彼者何辭⑫，彼之所以待李生者何道⑬。舉不失辭，待不失道，雖失之此足愛惜，而得之彼爲歡欣⑭，於李生道猶若也。舉之不以吾所稱，待之不以吾所期，李生之言不可出諸其口矣。吾重爲天下惜之⑮！

【彙校】

①〔愛直贈李君房別〕此篇又載《文苑英華》卷三六一，據校。南宋蜀本作「愛直一首贈君房別」。《舉正》出南宋監本題作「愛直」，《考異》同。王本、廖本題同監本。

②〔烏可得邪〕潮本注：「烏，一作『焉』。」祝本、南宋閩本、魏本注同。《考異》：「烏，或作『焉』。」苑本、南宋蜀本「邪」作「耶」。

③〔不動〕魏本注：「動，一作『爲』。」

④〔陳乎色〕苑本注：「乎，集作『于』。」潮本「乎」作「于」，祝本、南宋閩本、南宋蜀本、魏本同。《舉正》據閣、苑訂作

「乎」。朱熹從方本，《考異》：「乎，或作『于』。」今從苑本。

⑤〔公之舉錯〕「公」下魏本注：「一本無『之』字。」潮本無「之」字，祝本、南宋閩本同。祝本注：「一有『之』字。」南宋閩本注同。朱熹從監本，《考異》：「『公』下或有『之』字。」今從苑本。南宋蜀本、王本、廖本「錯」作「措」。謹按：「措」、「錯」，通假字。《説文》：「措，置也。从手昔聲，倉故切。」段注：「置者，赦也。立之爲置，捨之亦爲置，措之義亦如是。經傳多假『錯』爲之。《賈誼傳》假『厝』爲之。从手㫺聲，倉故切。」《説文》：「錯，金涂也。从金昔聲，倉各切。鍇，古文。」段注：「涂，俗作『塗』，謂以金措其上也。或借爲『措』字。措者，置也。或借爲摩厝字。厝者，厲石也。或借爲这遣字。東西曰这，邪行曰遣也。」

⑥〔有其人〕祝本注：「一無『其』字。」南宋閩本、魏本注同。潮本無「其」字，注：「一有『其』字。」《舉正》出南宋監本「有其人乎」，據閣、苑乙「有其」作「其有」。朱熹從監本，《考異》：「有其，方作『其有』。」

⑦〔凡在此〕祝本注：「一無『此』字。」魏本注同。南宋閩本無「此」字，注：「一有『此』字。」《舉正》增「此」字，云：「杭、蜀、《文苑》同，謝校增。」朱熹從方本，《考異》：「或無『此』字。今按：此下疑當有『而』字。」

⑧〔言而公信〕南宋蜀本「而」作「其」。

⑨〔人不知〕魏本「人」下多一「之」字，注：「一無『之』字。」

⑩〔貴富之家〕苑本「貴富」作「富貴」。

⑪〔吾爲〕「吾」下潮本注：「一有『能』字。」祝本、南宋閩本、魏本注同。苑本、南宋蜀本「吾」下多一「能」字，南宋蜀本注：「一無『能』字。」朱熹從監本，《考異》：「『吾』下或有『能』字。」

⑫〔又未知〕潮本注：「又，一作『且』。」祝本、南宋閩本注同。南宋蜀本、魏本作「且」，魏本注：「且，一作『又』。」《考異》：「又，或作『且』。」

⑬〔待李生者〕南宋閩本無「者」字。

⑭〔歡欣〕「歡」，苑本作「驩」，南宋蜀本、魏本作「懽」。謹按：「歡」本字，「懽」、「驩」，假借字。《説文》：「歡，喜樂也。从欠雚聲，呼官切。懽，喜樂也。从心雚聲。《爾雅》曰：『懽懽愮愮，憂無告也。』古玩切。驩，馬名。从馬雚聲，呼官切。」段注：「懽，喜欵也。『懽』、『欵』疊韵。欵者，意有所欲也。欠部曰：『歡者，喜樂也。』『懽』與『歡』音義皆略同。从心雚聲，古玩切。《廣韻》曰：『懽同歡，呼官切。』《爾雅》曰：「懽懽愮愮，憂無告也。」《釋訓》文。懽懽，即《大雅》之『老夫灌灌』。《傳》曰：『灌灌，猶款款也。』懽本訓喜款，而悳者款款然之誠，亦與喜樂之款款同其誠切。許説其本義，《爾雅》説其引申之義也。」

⑮〔爲天下惜之〕苑本注：「惜，集作『愛』。」潮本「惜」作「愛」，祝本、南宋閩本、南宋蜀本、魏本同。南宋蜀本注：「愛，一作『惜』。」《舉正》訂作「惜」，云：「三本、《文苑》同。」朱熹從方本，《考異》：「惜，或作『愛』。」今從苑本。

【箋注】

〔一〕此篇作年，方崧卿、魏引集注、方成珪繫於貞元十五年（七九九）。《舉正》：「貞元十五年徐州作。南陽伯，張建封也。」魏引集注：「南陽公，謂徐帥張建封也。李君房，張壻也，貞元六年進士。公以十五年秋來佐徐州幕，作此文。其後君房自著作佐郎除太子舍人，知宗子表疏。」方譜：「是年在徐幕所贈。」

〔二〕童第德注：《漢書·賈誼傳》：『故太子廼生，而見正事，聞正言，行正道，左右前後皆正人也。夫習與正人居之不能毋正，猶生長於齊不能不齊言也；習與不正人居之不能毋不正，猶生長於楚之地不能不楚言也。』公語本此。」

〔三〕孫汝聽注：「南陽公，徐泗濠節度使張建封。封南陽郡公，君房仕建封幕府。」張建封，兩《唐書》有傳，其生平如次：張建封字本立，兖州人。大曆初，道州刺史裴虬薦建封於觀察使韋之晉，辟爲參謀，奏授左清道兵曹。轉運使劉晏奏試大理評事，勾當軍務。大曆十年，馬燧爲河陽三城鎮遏使，辟爲判官，奏授監察御史賜緋魚袋。建中初，燧薦之於朝。楊炎將用爲度支郎中，盧杞惡之，出爲岳州刺史。建中四年爲壽州刺史，加兼御史中丞本州團練使（《新唐書·方鎮表五》）。興元元年十二月乙亥，充濠壽廬三州都團練觀察使（《舊唐書·德宗紀上》）。貞元四年十一月（《資治通鑑》卷二百三十三），爲徐州刺史兼御史大夫徐泗濠節度支度營田觀察使。七年進位檢校禮部尚書，十二年加檢校右僕射，十三年十二月丁丑入覲，十四年三月還鎮（《寶刻類編》卷一德宗《送張建封還鎮詩》）。十六年五月庚戌卒（《舊唐書·德宗紀下》），時年六十六，册贈司徒。謚曰襄（《唐會要》卷八十）。

〔四〕蔣抱玄注：「措，施布也。《易經》（《繫辭上》）：『舉而錯之天下之民謂之事業。』」

〔五〕蔣抱玄注：「洋洋，美盛貌。《書經》（《伊訓》）：『聖謨洋洋。』」

〔六〕孫汝聽注：「趨公之庭議公之事者，謂僚幕也。」

〔七〕蔣抱玄注：「婿謂之甥。《孟子》：『帝館甥于貳室。』」謹按：「甥」可指姊妹之子，《詩·大雅·韓奕》：「韓侯娶妻，汾王之甥。」鄭箋：「姊妹之子爲甥。」亦可指女兒之子。《詩·齊風·猗嗟》：「不出正兮，展我甥兮。」毛傳：「外孫曰甥。」亦可指姑舅子婿，《爾雅·釋親》：「姑之子爲甥，舅之子爲甥，妻之晜弟爲甥，姊妹之夫爲甥。」此文下云「託婚於貴富之家」，當指女婿。《孟子·萬章下》趙岐注：「《禮》謂妻父曰外舅，謂我舅者，吾謂之甥。堯以女妻舜，故謂舜甥。」

〔八〕孫汝聽注：「從事於彼，謂爲他帥所辟。」

〔九〕童第德注：「《禮記·表記》：『愛莫助之。』注：『愛，猶惜也。』《吕氏春秋·長利篇》：『不足愛也。』高注：『愛，亦惜也。』」

張中丞傳後叙①〔一〕

元和二年四月十三日夜，愈與吴郡張籍閲家中舊書〔二〕，得李翰所爲《張巡傳》②〔三〕。翰以文章自名，爲此傳頗詳密。然尚恨有闕者：不爲許遠立傳〔四〕，又不載雷萬春事首尾③〔五〕。

遠雖材若不及巡者，開門納巡④〔六〕。位本在巡上⑤，授之柄而處其下，無所疑忌。竟與巡俱守死，成功名。城陷而虜，與巡死先後異耳。兩家子弟材智下，不能通知二父志。以爲巡死而遠就虜，疑畏死而辭服於賊〔七〕。遠誠畏死⑥，何苦守尺寸之地，食其所愛之肉〔八〕，以與賊抗而不降乎？當其圍守時，外無蚍蜉蟻子之援〔九〕。所欲忠者，國與主耳。而賊語以國亡主滅悮之⑦〔一〇〕。遠見救援不至，而賊來益衆，必以其言爲信。外無待而猶死守，人相食且盡，雖愚人亦能數日而知死處矣〔一一〕，遠之不畏死亦明矣。烏有城壞而其徒俱死⑧，獨蒙愧恥求活？雖至愚者不忍爲。嗚呼！而謂遠之賢而爲之邪⑨？

說者又謂遠與巡分城而守〔一二〕，城之陷自遠所分始，以此詬遠⑩〔一三〕。此又與兒童之見無異⑪。人之將死，其藏腑必有先受其病者⑫；引繩而絕之，其絕必有處。觀者見其然，從而尤之，其亦不達於理矣。小人之好議論，不樂成人之美如是哉！如巡、遠之所成就如此卓卓〔一四〕，猶不得免，其他則又何說！

當二公之初守也，寧能知人之卒不救⑬？棄城而逆遁，苟此不能守，雖避之他處何益⑭？及其無救而且窮也，將其創殘餓羸之餘〔一五〕，雖欲去，必不達。二公之賢，其講之精矣〔一六〕。守一城，捍天下⑮。以千百就盡之卒，戰百萬日滋之師〔一七〕，蔽遮江淮〔一八〕，沮遏其勢⑯。天下之不亡⑰，其誰之功也〔一九〕？當是時，棄城而圖存者不可一二數〔二〇〕，擅彊兵坐而觀者相環也⑱〔二一〕。不追議此，而責二公以死守，亦見其自比於逆亂〔二二〕，設淫辭而助之攻也⑲〔二三〕。

愈嘗從事於汴、徐二府〔二四〕，屢道於兩州間⑳〔二五〕，親祭於其所謂雙廟者〔二六〕。其老人往往説巡、遠時事㉑。云：南霽雲之乞救於賀蘭也㉒。賀蘭嫉巡、遠之聲威功績出己上㉓，不肯出師救。愛霽雲之勇且壯，不聽其語，彊留之〔二七〕。具食與樂㉔，延霽雲坐。霽雲慷慨語曰㉕〔二八〕：「雲來時，睢陽之人不食月餘日矣〔二九〕！雲雖欲獨食，義不忍；雖食，且不下咽。」因拔所佩刀斷一指，血淋漓以示賀蘭。一座大驚，皆感激爲雲泣下〔三〇〕。雲知賀蘭終無爲雲出師意，即馳去。將出城，抽矢射佛寺浮圖〔三一〕，矢著其上甎半笴㉖〔三二〕。曰：「吾歸破賊㉗，必滅賀蘭，此矢所以志也。」〔三三〕愈貞元中過泗州〔三四〕，船上人猶指以相語㉘。城陷，賊以刃脅降巡，巡不屈。即牽去，將斬之。又降雲㉙，雲未應。巡呼雲曰：「南八，男兒死耳，不可爲不義屈！」雲笑曰：「欲將以有爲也㉚。公有言，雲敢不死！」即不屈。

張籍曰：有于嵩者，少依於巡。及巡起事㉛，嵩嘗在圍中㉜。籍大曆中於和州烏江縣見嵩〔三五〕，嵩時年六十餘矣㉝。以巡，初嘗得臨渙縣尉㉞〔三六〕。好學，無所不讀。籍時尚小㉟，粗問巡、遠事，不能細也。云：巡長七尺餘，鬚髯若神。嘗見嵩讀《漢書》，謂嵩曰：「何爲久讀此？」㊱嵩曰：「未熟也。」巡曰：「吾於書讀不過三徧㊲〔三七〕，終身不忘也。」㊳因誦嵩所讀書，盡卷不錯一字。嵩驚，以爲巡偶熟此卷，因亂抽他帙以試㊴，無不盡然。嵩又取架上諸書試以問巡，巡應口誦無疑。嵩從巡久，亦不見巡常讀書也。爲文章操紙筆立書，未嘗有草㊵〔三八〕。初守睢陽時，士卒僅萬人〔三九〕，城中居人亦且數萬㊶。巡因一見，問其姓名，其後無不識者。

巡怒，鬚髯輒張。及城陷，賊縛巡等數十人坐，且將戮。巡起旋〔四〇〕，其衆見巡起㊷，或起或泣㊸。巡曰㊹：「汝勿怖。死，命也。」衆泣不能仰視。巡就戮時，顔色不亂，陽陽如平常㊺〔四一〕。

遠寬厚長者，貌如其心。與巡同年生，月日後於巡，呼巡爲兄㊻〔四二〕。死時年四十九。

嵩，貞元初死於亳宋間㊼。或傳嵩有田在亳宋間，武人奪而有之。嵩將詣州訟理㊽〔四三〕，爲其所殺㊾。嵩無子，張籍云。

【彙校】

①〔張中丞傳後敍〕此篇又載《文苑英華》卷三七〇，據校。

②〔所爲張巡傳〕苑本「爲」作「謂」。《舉正》出南宋監本「所爲張巡傳」，據蜀本删「張」字，云：「李校同。」朱熹從監

本，《考異》：「方無『張』字。」

③〔雷萬春〕高步瀛注：「李耆卿《文章精義》曰：『雷萬春，俗本誤耳。前半篇是説巡、遠，後半篇是南霽雲，即不及雷萬春事。』茅順甫《韓文鈔》亦謂『雷萬春』疑當作『南霽雲』，閻百詩《潛邱劄記》卷五亦謂作『南霽雲』爲是。」

④〔開門納巡〕《考異》：「或疑上當有『然』字。」

⑤〔在巡上〕苑本無「巡」字。

⑥〔遠誡畏死〕苑本無「遠」字。

⑦〔賊語以國亡主滅悮之〕苑本、祝本、魏本、南宋閩本、南宋蜀本「悮」作「悟」。南宋蜀本注：「悟，一作『悮』。」《舉正》訂「語」作「悟」，删「滅」下「悟之」二字，作「賊悟以國亡主滅」，云：「今本下有『悟之』二字，閣本、杭本、《文苑》皆無之，閣本移『悟』字於上，杭與《文苑》只作『語以』，李、謝皆從閣本。」朱熹訂作「賊語以國亡主滅」，《考異》：「語，方校作『悟』。『滅』下或有『悟之』字。今按：『悟』字無理，且從諸本作『語』。若果合作『悟』字，即是『誤』字之訛。但『以』字上若有『語』字，或『誤』字，或『語之』字，或『誤之』字，即『滅』字下皆不當復有『誤之』字。若『以』字上無此四種字，即『滅』字下皆當有『誤之』字。」謹按：「悮」、「誤」，異體字。《玉篇》：「悮，五故切。與『誤』同。」《周書·寇儁傳》：「惡木之陰，不可暫息；盜泉之水，無容悮飲。」北宋監本不誤，潮本猶存其舊。南宋監本訛「悮」作「誤」，餘説紛紛，無庸置辯。

⑧〔而其徒〕朱熹删「而」字，《考異》：「上方有『而』字，或又疑『而』字當在『死』字下。」王元啓注：「《考異》無『而』字。按：『城壞』者其徒未必能俱死，『其徒俱死』是又進一步語，正與下文『獨』字相激射。無者非是。」

⑨〔而爲之〕《舉正》出南宋監本「而爲之邪」，據閣、苑删「之」字。朱熹從監本，《考異》：「方無『之』字。」

⑩〔以此訴遠〕南宋蜀本注：「訴，一作『語』。」魏本注同。潮本「訴」作「語」，祝本、南宋閩本同。潮本注：「語，一作『訴』。」祝本、南宋閩本注同。《舉正》出南宋監本「以此訴遠」，云：「杭本作『語遠』，然閣本、蜀本、《文苑》同上。」《考異》：「訴，或作『語』，非是。」今從苑本。

⑪〔此又與〕苑本無「此」字。

⑫〔藏腑〕苑本、魏本「藏」作「臟」。謹按：「藏」、「臟」，異體字。《周禮·天官·疾醫》：「參之以九藏之動。」鄭玄注：「正藏五，又有胃、膀胱、大腸、小腸。」賈公彦疏：「正藏五者，謂五藏肺、心、肝、脾、腎，並氣之所藏。」

⑬〔人之卒〕《舉正》出南宋監本「寧能知人卒不救」，云：「杭本脱『人』字。」《考異》：「或無『之』字。」

⑭〔雖避之〕魏本「雖」作「獨」。

⑮〔捍天下〕南宋蜀本「捍」作「扞」。蔣抱玄注：「捍，與『扞』同，衛也。《禮記》（《祭法》）：『能捍大患則祀之。』」高步瀛注：「『捍』、『扞』字同。《左傳》桓十二年杜注曰：『捍，衛也。』成十二年注曰：『扞，蔽也。』」

⑯〔沮遏〕魏本注：「沮，或作『阻』。」

⑰〔天下之不亡〕《舉正》：「杭本無『之』字，李删。」朱熹删「之」字，《考異》：「或無『之』字，非是。」

⑱〔擅彊兵〕南宋閩本「彊」作「疆」。

⑲〔助之攻也〕祝本無「也」字，注：「攻，一作『也』。」魏本注：「攻，一作『功』。」南宋蜀本作「功」，注：「功，一作『攻』。」《舉正》出南宋監本「助之攻也」，云：「杭作『功』。」《考異》：「攻，或作『功』，非是。」

⑳〔兩州間〕潮本注：「州，一作『府』。」祝本、南宋閩本、魏本注同。苑本作「府」，注：「府，《文粹》作『州』。」《舉正》據蜀、苑訂作「府」字。朱熹從方本，《考異》：「府，或作『州』。」陳景雲注：「按雙廟在宋州，汴府支郡也。又泗州亦徐府支郡。『從事』二句蓋貫下『祭雙廟』與『過泗州』两事言之。或本『两府』作『两州』，非也。」王元啓注：「陳譏或本『两州』爲非是。余謂『府』指幕府，『州』指所治，郡界曰『兩州間』。凡經歷所及二府支郡皆在其中矣。若與上句皆作『府』字，但變『二』作『兩』，何以示別。」高步瀛注：「『汴徐二府』，謂二州幕府也。『兩州』，謂汴州、徐州也。韓集『州』誤作『府』，吴先生依《文粹》校改，今從之。」謹按：《唐文粹》未録此篇。

㉑〔其老人〕苑本「人」作「者」，注：「者，集作『人』。」

㉒〔南霽雲之乞救於賀蘭也〕祝本注：「一無『也』。」魏本注同。《舉正》出南宋監本「南霽雲之乞救於賀蘭」，删「之」字，云：「謝氏從古本删去。」朱熹從監本，《考異》：「方無『之』字。」

㉓〔賀蘭嫉巡遠〕祝本注：「一無『賀蘭』二字。」魏本注同。

㉔〔具食與樂〕祝本注：「具，一作『且』。」魏本注同。南宋蜀本「具」作「且」。

㉕〔霽雲慷慨〕《舉正》：「閣本與《文苑》無『霽雲』二字，疑脱。」謹按：今苑本有此二字。《考異》：「或無『霽雲』字，非是。」

㉖〔輒半笴〕潮本注：「笴，一作『箭』。」魏本注同。苑本、南宋閩本、南宋蜀本作「箭」。南宋閩本注：「箭，一作『笴』。」南宋蜀本注同。《舉正》出南宋監本「輒半箭」，云：「杭、蜀同上，一作非。」朱熹從方本，《考異》：「箭，或作『笴』。」

㉗〔吾歸破賊〕《舉正》：「蜀本作『吾師』。」《考異》：「歸，或作『師』，非是。」

㉘〔船上人〕「船」，南宋閩本作「舡」，南宋蜀本作「舩」。

㉙〔又降雲〕祝本「降」下注：「一有『霽』字。」南宋閩本、魏本注同。苑本、南宋蜀本作「霽雲」。《舉正》據蜀、苑增「霽」字。朱熹從方本，《考異》：「或無『霽』字。」

㉚〔欲將以有爲也〕《考異》：「或疑衍一字。」

㉛〔及巡起事〕潮本「巡」作「其」，祝本、南宋閩本、魏本同。潮本注：「其，一作『巡』。」祝本、南宋閩本、魏本注同。《舉正》據閣、蜀、《文苑》訂作「巡」。朱熹從方本，《考異》：「巡，或作『其』。」今從苑本。

㉜〔嵩嘗在圍中〕魏本「嘗」作「常」。《舉正》出南宋監本「嵩嘗在圍中」，云：「蜀本作『常』。」朱熹訂作「常」，《考異》：「常，方作『嘗』。」

㉝〔嵩時年六十餘〕潮本無重出「嵩」字，祝本、南宋閩本、魏本同。《舉正》增「嵩」字，云：「蜀本、《文苑》皆再出『嵩』字。」朱熹從方本，《考異》：「或無再出『嵩』字。」今從苑本。苑本無「時」字。

㉞〔初嘗得〕「嘗」下苑本注：「集無此字。」潮本無「嘗」字，祝本、南宋閩本、南宋蜀本、魏本同。《舉正》據《文苑》增「嘗」字。朱熹從方本，《考異》：「或無『嘗』字。」今從苑本。

㉟〔籍時尚小〕苑本「小」作「少」，注：「少，集作『小』。」

㊱〔嵩曰何爲久讀此〕苑本脱此七字。祝本注：「久，一作『又』。」魏本注同。南宋閩本作「又」，注：「又，一作『久』。」《舉正》據蜀本訂作「久」，云：「謝校。」朱熹從方本，《考異》：「久，或作『又』。」

㊲〔讀不過〕南宋蜀本「讀」作「獨」。

㊳〔不忘也〕苑本無「也」字，注：「集有『也』字。」

㊴〔他帙〕南宋蜀本「帙」作「秩」。童第德注：「《説文》：『帙，書衣也。从巾失聲。袠，帙或从衣。』『帙』本字，『秩』借字。」

㊵〔未嘗有草〕潮本注：「有，一作『起』。」祝本、南宋閩本注同。南宋蜀本作「起」，魏本同。南宋蜀本注：「起，一作『有』。」魏本注同。《舉正》出南宋監本「未嘗有草」，云：「蜀本作『起草』。」朱熹訂作「起」，《考異》：「起，方作『有』。」

㊶〔居人亦且〕魏本注：「一無『且』字。」《舉正》據苑本「人」下增「户」字。謹按：今苑本無「户」字。朱熹從方本，《考異》：「或無『户』字。」

㊷〔見巡起〕魏本注：「一作『見巡之起』。」

㊸〔或起或泣〕「起」上祝本注：「或，一作『猶』。」魏本注同。南宋閩本作「猶起」，注：「猶，一作『或』。」《舉正》訂「起」上「或」字，云：「諸本多作『猶起或泣』。」朱熹從方本，《考異》：「或，或作『猶』。」

㊹〔巡曰〕苑本無「巡」字。

㊺〔陽陽如平常〕苑本「陽陽」作「揚揚」，注：「揚揚，集作『陽陽』。」

㊻〔呼巡爲兄〕南宋閩本注：「巡，一作『之』。」南宋蜀本注同。潮本「巡」作「之」，祝本、魏本同。祝本注：「之，一作『巡』。」朱熹訂作「巡」，《考異》：「巡，或作『之』。」今從苑本。

㊼〔貞元初〕苑本注：「初，一作『中』。」

㊽〔嵩將詣州〕「嵩」上祝本注：「一有『而』字。」魏本注同。南宋閩本、南宋蜀本「嵩」上多一「而」字。南宋閩本注：「一無『而』字。」《舉正》出南宋監本「而嵩將詣州訟理」，刪「而」字，云：「三本同。」朱熹從方本，《考異》：「句上或有『而』字，非是。」

㊾〔爲其所殺〕南宋蜀本「其」作「人」，注：「人，一作『其』。」《舉正》出南宋監本「爲其所殺」，據《文苑》刪「其」字。謹按：今苑本有「其」字。朱熹從方本，《考異》：「『爲』下或有『其』字，非是。」

【箋注】

〔一〕樊汝霖注：「歐陽文忠《跋張中丞傳後》云：『張巡、許遠之事壯矣，秉筆之士皆喜稱述。然以翰所紀考《唐書》列傳及退之所書，互有得失，而列傳最爲疎略。雖云史家當記大節，然其大小數百戰，智謀材力亦有過人可以示後者，史家皆滅而不著，甚可惜也。翰之所書誠爲太繁，然廣紀備言，以俟史官之採也。』文忠所云《唐書》列傳者，謂舊傳。若新傳則采翰及公所書，并舊傳爲之矣。」

此篇作年，洪興祖、方成珪繫於元和二年（八〇七）。洪譜：「二年丁亥春，公爲博士。是年有《張中丞傳後敘》。」方譜：「是年四月作。」

〔二〕孫汝聽注：「張籍，字文昌，蘇州吴人，公舉薦進士。」張籍，兩《唐書》有傳，其生平如次：張籍，字文昌，吴郡人，居和州烏江（宋湯中《張司業集跋》）。生於大曆元年（白居易《與元九書》），貞元十五年登進士第（張洎《張司業集序》）。調補太常寺太祝（白居易《重到城七絶句》）。元和十一年爲國子助教（韓愈《晚寄張十八助教周郎博士》）。十四年爲廣文博士（韓愈《唐故少府監胡公（珦）墓神道碑》）。十五年爲秘書郎（裴度《酬張秘書因寄馬贈詩》）。長慶初，韓愈薦爲國子博士（韓愈《舉薦張籍狀》）。歷水部員外郎（白居易《張籍可水部員外郎制》），長慶末爲主客郎中（劉禹錫《和蘇郎中尋豐安里舊居寄主客張郎中》），大和二年爲國子司業（白居易《雨中招張司業宿》）。大和三年猶在世（張籍《送白賓客分司東都》），卒年在此後不久（無可《哭張籍司業》）。參見傅璇琮等《唐才子傳校箋》。

〔三〕樊汝霖注：「巡，鄧州南陽人。巡既死，議者或謂巡始守睢陽，衆六萬。既糧盡，不持滿按隊出再生之路，與其食人，寧若全人。於是張建封及翰等咸謂巡蔽江淮阻遏賊勢，天下不亡，其功也。翰爲之傳，表上之。足編列史官。翰等皆有名士，由是天下無異言。」高步瀛注：「《舊唐書・文苑傳》：『李華，趙郡人。華宗人翰，亦以進士知名。禄山之亂，從友人張巡客宋州。巡率州人守城，賊攻圍經年，食盡矢窮方陷。當時薄巡者言其降賊，翰乃序巡守城事迹，撰《張巡》、《姚誾》等傳兩卷，上之肅宗，方明巡之忠義。士友稱之。』」李翰，兩《唐書》附《李華傳》後，其生平如次：李翰，趙郡人，李華宗子。以進士知名，天寶中寓居陽翟。天寶末房琯、韋陟薦爲史官，宰相不肯擬。禄山之亂，從友人張巡客宋州。上元中爲衛縣尉，入爲侍御史。寶應年間遷左補闕，充翰林學士（丁居晦《重修承旨學士壁記》），大曆十二年猶在左補闕任（李翰《通典序》）。大曆末病免，客居陽翟卒。

〔四〕樊汝霖注：「遠，杭州鹽官人，許敬宗曾孫。」

〔五〕孫汝聽注：「萬春事巡爲郎將。至德元年七月，賊將令狐潮圍巡於雍丘。萬春立城上與潮語，伏弩發六矢著面，萬春不動。潮疑刻木人，諜得其實，乃大驚。遥謂巡曰：向見雷將軍，知軍之令嚴矣。潮壁雍丘北，謀襲襄邑寧陵。巡使萬春引騎四百壓潮，先爲賊所包。巡突其圍，大破賊。潮遁去。萬春將兵，方略不及南霽雲，而强毅用命。每戰，巡任之與霽雲均。」蔣抱玄注：「《漢書·儒林傳》：『東萊張霸采《左氏傳》、《書敍》，爲作首尾，凡百二篇。』」謹按：此「首尾」指前言後跋，蔣注不確。此處「首尾」，謂始末。當本之《漢書·賈誼傳》：「本末舛逆，首尾衡决。」

〔六〕孫汝聽注：「至德二年正月甲戌，安慶緒將尹子起，以兵十三萬趣睢陽。遠爲睢陽守，告急於巡。巡時保寧陵，引兵入睢陽與遠合。遠謂巡曰：遠懦不知兵，公智勇兼濟，遠請爲公守，請公爲遠戰。自是戰鬬盡出於巡。」

〔七〕樊汝霖注：「是歲十月癸丑，睢陽城陷，巡、遠俱被執，并南霽雲、雷萬春等三十六人皆遇害，生致遠於洛陽偃師，後死。大曆中，巡子去疾上書曰：『子奇南侵，父巡與睢陽太守遠各守一面。城陷，賊所入自遠分。尹子奇分部曲各一方，巡及將校三十餘皆割心剖肌，慘毒備盡。而遠與麾下無傷。巡死歎曰：嗟乎！人有可恨者。賊曰：恨我乎？答曰：恨遠心不可得，誤國家事。若有知，當不赦於地下。故遠心向背，梁宋人皆知之。使國威喪衄，巡功業隳敗，則遠於巡不共戴天。請追奪官爵，以刷冤恥。』詔使去疾與遠子峴及百官議，皆以去疾證狀最明者，城陷而遠獨生。且遠本守睢陽，凡屠城以生致主將爲功，則遠後巡死不足惑。若曰後死者與賊，其先巡死者謂巡當叛，可乎？是時去疾尚幼，事未詳知。且艱難以來，忠烈未有先二人者。事載簡書，若日星不可妄輕重。議乃罷。」

〔八〕孫汝聽注：「睢陽食盡，食茶紙。既盡，遂食馬。馬盡，羅雀掘鼠。雀鼠又盡，巡出愛妾，遠亦殺其奴以食士。」

〔九〕祝充注：「蚍蜉，上音毗，下音浮。」孫汝聽注：「蚍蜉，大蟻也。」

〔一〇〕孫汝聽注：「令狐潮聞玄宗已幸蜀，以書招巡。有大將六人白巡：『上存亡不可知，不如降賊。』巡責以大義斬之，士心益勸。」沈欽韓注：「案：睢陽被圍於至德元年冬，二年十月陷。自元年七月肅宗即位靈武後，至二年九月，官兵未嘗一出關。當睢陽被圍，賊以此言誘脅，雖無文，亦理所應有。舊注以巡在雍邱時令狐潮所以語巡者當之，與許遠無涉。」

〔一一〕王元啓注：「數，猶計也，上聲讀。」

〔一二〕孫汝聽注：「八月，巡守東北，遠守西南。」

〔一三〕祝充注：「詬，呼漏切。」蔣抱玄注：「詬，病也，又詈也。」

〔一四〕蔣抱玄注：「卓卓，特立貌。《文心雕龍》（《風骨》）：『孔氏卓卓，信含異氣。』」

〔一五〕祝充注：「創，楚良切。羸，倫爲切。創，傷也。《禮記》：『命理瞻傷察創視折。』注云：『創之殘者曰傷。』」

〔一六〕講，謀也。《左傳》襄公五年：「講事不令，集人來定。」杜預注：「講，謀也。言謀事不善，當聚致賢人以定之。」

〔一七〕蔣抱玄注：「滋，多也，蕃也。《左傳》（僖公四年）：『物生而後有象，象而後有滋。』」

〔一八〕樊汝霖注：「賊將尹子奇久圍睢陽。城中食盡，議弃城東走。巡、遠以爲睢陽江淮之保障，若弃之去，賊必乘勝長驅，是無江淮也。温公曰：『唐人皆以全江淮爲巡、遠之功。按睢陽雖當江淮之路，城既被圍，若取江淮，繞出其外，睢陽豈能障之哉？蓋巡善用兵，賊畏巡爲後患，不滅巡，則不敢越過其南耳。』誠如温公所云，是亦遮蔽江淮也。」

〔一九〕高步瀛注：「李翰《進張巡中丞傳表》：『張巡率烏合之衆，當漁陽之鋒。賊時竊據洛陽，控引幽朔，驅其猛鋭，吞噬河南。巡前守雍丘，潰其心腹。及魯炅十萬之師棄甲於宛葉，哥舒以天下之衆敗績於潼關。兩宫出居，萬國波蕩。賊遂僭盗神器，鴟峙兩京，南臨漢江，西逼雍岐。羣師遷延而不進，列郡望風而出奔。而巡獨守孤城，不爲之卻。賊乃繞出巡後，議圖江淮。巡退軍睢陽，扼其咽領，前後拒守，自春徂冬，大戰數十，小戰數百。以少擊衆，以弱制强，出奇無窮，制勝如神，殺其兇醜凡九十餘萬。賊所以不敢越睢陽而取江淮，江淮所以保全者，巡之力也。』」

〔二〇〕祝充注：「數，所拒切。」

〔二一〕沈欽韓注：「《通鑑》至德二載五月，山南東道節度使魯炅棄南陽，奔襄陽；八月，靈昌太守許叔冀奔彭城。睢陽士卒死傷之餘纔六百人。是時許叔冀在譙郡，尚衡在彭城，賀蘭進明在臨淮，皆擁兵不救。』」

〔二二〕王元啓注：「比，去聲，猶黨也。」

〔二三〕孫汝聽注：「《孟子》（《滕文公下》）：『距詖行，放淫辭。』淫辭，謂淫亂之辭。」

〔二四〕孫汝聽注：「董晉鎮汴州，張建封鎮徐州，公皆爲從事。」

〔二五〕蔣抱玄注：「經過曰道。屢道，謂屢次往來也。」

〔二六〕樊汝霖注：「時詔贈巡揚州大都督，遠荊州大都督，皆立廟睢陽，歲時致祭，號雙廟。」《大清一統志》卷一百五十開封府：「雙廟，在中牟縣萬勝鎮，祀唐張巡、許遠。」

〔二七〕祝充注：「彊，其兩切。」魏仲舉注：「彊，其亮切，又其兩切。」

〔二八〕祝充注：「慷慨，上口莽切，下口溉切。」

〔二九〕祝充注：「睢，音綏。」《舊唐書·地理志一》河南道宋州睢陽郡，治所在今河南商丘南。

〔三〇〕樊汝霖注：「《舊傳》云：『霽雲曰：請嚙一指留於大夫，示之以信，歸報本州。』而此云：『因拔佩刀斷一指，血淋漓以示賀蘭，一座大驚。』柳子厚作《霽雲碑》則云：『自嚙其指曰：噉此足矣。』司馬温公《考異》從舊傳。又按《新傳》云：『請置一指以示信，歸報中丞也。因拔佩刀斷一指，一座大驚。』新舊傳與公書大略同，此最爲有理。至如嚙其指曰噉此足矣，則無謂也。中丞，謂巡也。蓋是時巡拜御史中丞。遠侍御史。」

〔三一〕蔣抱玄注：「浮圖，佛塔也。《拾遺記》：『於指端出浮屠十層，高三丈。』」

〔三二〕祝充注：「著，直略切。」魏仲舉注：「著，直亮切。」笴，箭杆。《儀禮·鄉射禮》：「阼階下之東南，堂前三笴，西面北上坐。」鄭玄注：「笴，矢幹也。」賈公彦疏：「案《矢人》注：『矢幹長三尺。』是去堂九尺也。」

〔三三〕樊汝霖注：「《舊傳》云：初，賀蘭進明與房琯素不協。及琯爲相，以進明爲彭城太守河南節度使兼御史大夫。復用許叔冀爲進明都知兵馬使，亦兼御史大夫，重其官以挫進明。叔冀恃名位略等，不受進明節制。及霽雲至乞師，進明擁兵臨淮，懼叔冀見襲，兩觀望，坐視危亡，致河南郡邑爲墟，由執政之乖經制也。或曰：韓作《張巡傳後序》，止言賀蘭嫉巡遠聲威功績出己上，不肯出師救，絶不言許叔冀事。豈舊史傳之誤耶？於是孫之翰論曰：愈敍張巡事，蓋以李翰所遺落，故據汴徐間老人言有所書耳。老人之言，傳當時事迹，又豈能窺進明之情也？況愈之所書，止謂遺事故，不盡言其本末耳。又《高適傳》載移書許叔冀使釋憾同援梁宋事，此亦足證明。則房琯挾怨失人，致睢陽失陷，頗得其實。」孫汝聽注：「河南節度賀蘭進明以重兵守臨淮，巡遣霽雲告急。進明日與諸將張樂高會，無出師意。霽雲泣告之曰：『本州强寇淩逼，重圍半年。食盡兵弱，計無從出。初圍城之日，城中數萬口。今婦人老幼相食殆盡，張中丞殺愛妾以啗軍人。今見存之數不過數千，城中之人分當餌賊。但睢陽既拔，即及臨淮，皮毛相依，理須援助。霽雲所以冒賊鋒刃匍匐乞師，謂大夫深存念亡，言發響應，何得晏安自處，殊無救卹之心。霽雲既不能達主將之意，請嚙一指留於大夫，示之以信。』霽雲還睢陽，未幾城陷。」

〔三四〕《元和郡縣志》卷九河南道泗州(上)，治所在今安徽泗洪东南。

〔三五〕《舊唐書·地理志》淮南道和州烏江縣，今江蘇和縣東北烏江鎮。

〔三六〕孫汝聽注：「『以巡』者，以巡立功，故得官。」《元和郡縣志》卷七河南道亳州臨渙縣(緊)，今安徽宿縣西南臨渙集。《唐六典》卷三十京縣畿縣天下諸縣官吏：「諸州上縣尉二人，從九品下。縣尉親理庶務，分判衆曹，割斷追徵，收率課調。」

〔三七〕蔣抱玄注：「徧，與『遍』同。」

〔三八〕樊汝霖注：「巡，開元二十四年進士。劉夢得《嘉話》載其《謝加金吾表》有云：『主辱臣死，當臣致命之時；惡稔罪盈，是賊滅亡之日。』激勵將士賦詩有云：『裹瘡猶出陣，飲血更登陴。』又《夜聞笛聲詩》有云：『營開星月近，戰苦陣雲深。』觀此，則巡之文章可見矣。」祝充注：「巡有《守睢陽作》詩云：『接戰春來苦，孤城日漸危。合圍侔月暈，分守若魚麗。屢厭黄塵起，時將白羽揮。裹瘡猶出陣，飲血更登陴。忠信應難敵，堅貞諒不移。無人報天子，心計欲何施。』」

〔三九〕高步瀛注：「『僅』字有多少二義，此蓋用其多義。又《與李翺書》曰：『家累僅三十口。』杜子美《泊岳陽城下》詩曰：『山樓僅百層。』皆與此同。今人則作『儘』字。」童第德注：「《説文》：『僅，材能也。』段玉裁曰：『材，今俗用之纔字也。』又曰：『广部廑下曰：少劣之居也。與僅義略同。唐人文字僅多訓庶幾之幾。如杜詩：山城僅百層。韓文：初守睢陽時，士卒僅萬人。又：家累僅三十口。柳文：自古賢人才士被謗議不能自明者，僅以百數。元微之文：封章諫草，繇委箱笥，僅逾百軸。此等皆李涪（《刊誤》）所謂以僅爲近遠者，於多見少，於僅之本義未隔也。』」謹按：僅，幾也，近也。《晉書·趙王倫傳》：「自兵興六十餘日，戰所殺害，僅十萬人。」

〔四〇〕蔣抱玄注：「旋，小便也。《左傳》定公三年：『夷射姑旋焉。』」高步瀛注：「《楚辭·招魂》王注曰：『旋，轉也。』《左傳》定三年杜注曰：『旋，小便也。』此處兩義均通。」

〔四一〕蔣抱玄注：「陽陽，毫不介意也。或曰：得志之貌。《詩經》（《王風·君子陽陽》）：『君子陽陽。』」毛傳：「陽陽，無所用其心也。」朱熹《詩集傳》：「陽陽，得志之貌。」

〔四二〕魏引補注：「遠呼巡爲兄也。」高步瀛注：「《新唐書·許遠傳》云：『遠與巡同年生而長，故巡呼爲兄。』與此異。」

〔四三〕蔣抱玄注：「訟理，謂訟於州而理其事也。」

河中府連理木頌①〔一〕

司空咸寧王尹蒲之七年〔二〕，木連理生于河之東邑②〔三〕。野夫來告〔四〕，且曰：「吾不知古，殆氣之交暢也③。」

維吾王之德，交暢者有五④〔五〕，是其應乎？訓戎奮威〔六〕，蕩戮凶回〔七〕；舉政宣和⑤〔八〕，人則寧嘉⑥〔九〕；入踐台階〔一〇〕，庶尹克司〔一一〕；來帥熊羆〔一二〕，四方作儀〔一三〕；閔人鰥寡⑦〔一四〕，不寧燕息〔一五〕。人樂王德，祝年萬億。府有羣吏，王有從事〔一六〕。異體同心⑧，歸民于理⑨。天子是嘉⑩，俾錫勞王〔一七〕。王拜稽首〔一八〕：天子之光，庶德昭融〔一九〕，神斯降祥。

殊本連理之柯〔二〇〕，同榮異壟之禾⑪〔二一〕，吾徯之産茲土也久矣⑫〔二二〕。今欲明于大君⑬〔二三〕，紀于策書〔二四〕，王抑余也⑭〔二五〕；冶金伐石，垂耀無極〔二六〕，王余抑也⑮。奮肆姁媮〔二七〕，不知所如。願託頌詞，長言之于康衢〔二八〕。頌曰：

木何爲兮此祥？詢厥美兮在吾王⑯。願封植兮永固〔二九〕，俾斯人兮不忘⑰〔三〇〕。

【彙校】

①「河中府連理木頌」南宋蜀本題下小字側注「并序」二字。

②「生于河之東邑」魏本「于」作「於」。祝本注：「一無『之』字。」魏本注同。潮本無「之」字，今從祝本。

③「殆氣之交暢」潮本注：「殆，一作『始』。」祝本、南宋閩本、魏本注同。南宋蜀本作「始」，注：「一作『殆』。」《舉正》

據閣本訂作「殆」，云：「蜀同，杭本作『始』。」朱熹從方本，《考異》：「殆，或作『始』，非是。」

④〔交暢者有五〕潮本注：「一無『五』字。」祝本、南宋蜀本、魏本同。南宋閩本無「五」字，注：「一有『五』字。」方崧卿校增「五」字，《舉正》：「三本同。」朱熹從方本，《考異》：「或無『五』字，非是。」

⑤〔舉政宣和〕魏本「政」作「正」。

⑥〔人則寧嘉〕祝本「嘉」作「加」。

⑦〔閔人鰥寡〕祝本注：「人，一作『仁』。」南宋閩本、魏本注同。方崧卿訂作「仁」，《舉正》：「三本同。」朱熹從方本，《考異》：「仁，或作『人』，非是。」謹按：此處「人」即「民」。「閔人鰥寡」，謂渾瑊同情百姓疾苦。

⑧〔異體同心〕南宋蜀本注：「異，一作『同』。」潮本注：「體，趙作『事』。」祝本注：「體，一作『事』。異體，又作『上下』。」南宋閩本、魏本注同。南宋蜀本注：「一作『上下同心』。」《舉正》據《文録》訂「事」字作「異事同心」，云：「杭本作『上下同心』，蜀作『異體同心』。」朱熹從監本作「異體」，《考異》：「體，方作『事』。二字或作『上下』，非是。」

⑨〔歸民于理〕南宋蜀本「歸民」作「民歸」。魏本注：「理，一作『治』。」

⑩〔天子是嘉〕祝本「嘉」作「加」。

⑪〔殊本連理之柯同榮異壟之禾〕魏本注：「之柯，今作『枝柯』，非。」南宋蜀本「之」作「枝」。《舉正》訂「枝」、「木」二字，作「殊本連理，枝柯同榮，異壟之木」，云：「三館本、潮本皆作『枝柯同榮』，今本『木』作『禾』，由『枝』字訛也。然題義與頌語自可考。」謹按：今潮本同監本。朱熹從監本，《考異》：「殊本連理之柯，即今所頌之木也；同榮

異壟之禾，即《書》（《微子之命》）所謂『異畝同穎』之嘉禾也。蓋追爲前日之預言，而泛舉其類耳。司馬相如（《封禪文》）所謂『雙觡共抵之獸』，其句法亦類此。如方定，則理乖語贅，句分而韻不協，失之遠矣。」童第德注：「『禾』當作『木』，方校是。此文頌連理木，通篇更不旁引其他祥異之物。至此忽及嘉禾，上無所承，下無收束，殊爲不類。且古無同榮異壟之禾，孫氏及朱子謂即《書》『異畝同穎』之嘉禾，實爲僞孔傳所誤。按《書》『異畝』，《史記》（《魯周公世家》）作『異母』，（《周本紀》）《集解》引鄭玄曰：『二苗同爲一穗。』『畝』即『母』之借字，故鄭以『苗』釋『畝』。《尚書大傳》稱『成王之時，有三苗貫桑而生，同爲一穗』。《韓詩外傳》亦云『三苗貫桑而生，同爲一秀』。雖『三苗』、『二苗』伏、韓與鄭不同，其爲『苗』則一，可證『畝』非『壟畝』之『畝』。僞孔釋『畝』爲『壟』，不免望文生義。如其説，則禾長且與連理木等，於理乖矣。朱子又謂如方所定，『理乖語贅，而韻不協。』按：古籍中時有複句，如《詩》之『覯閔既多，受侮不少』，『自古在昔，先民有作』，《書》之『湯湯洪水方割，蕩蕩懷山襄陵，浩浩滔天』皆是。其他未遑枚舉。即如朱子所引司馬相如《封禪文》『雙觡共抵之獸』，其上復云『徼麋鹿之怪獸』，《集解》引《漢書音義》皆以爲武帝所獲白麟。公集中如《送窮文》『子之朋儔，非六非四，在十去五，滿七除二』，皆謂五也。此條依方所定『之柯』作『枝柯』，作一句或三句讀，義皆可通。句不嫌複，理亦無乖。至謂『木』與『柯』韻不協，然作『禾』與下句『久』字仍不韻。此數句自不必拘於用韻，與起數句不用韻例正同，未可執『禾』與『柯』韻，便訂『木』作『禾』也。」謹按：此句依監本，木「殊本」而「連枝」，禾「異壟」而「同穗」，二者均爲「連理」之物，同爲「吾徯之産茲土」者。如據方本，「殊本連理，枝柯同榮」已經説盡「連理」，而「異壟之木」則與「連理」無關；且上文既已言「殊本」，下文再言「木」，内容重複，成爲贅句。依監本，「連理柯」、「同榮禾」上承「吾王之德」，下承「吾」之所「徯」，不能説「上無所承，下無收束」。至於指責監本之文「實爲僞孔傳所誤」，則尤爲荒唐。指孔傳爲僞，朱熹之後始有論辯。無論閻若璩等人的證僞能否成立，方中唐韓愈之時，孔傳仍爲經傳，無可置疑。韓愈化用孔傳之文，其出典可靠而權威。怎麽能因爲後人的否定而斷言「古無同榮異壟之禾」，從而否定韓愈採用孔傳的可能性？童説牽强，不取。

⑫〔吾傒之産兹土也久矣〕祝本、南宋蜀本、魏本「傒」作「徯」。謹按：「傒」、「徯」字通。《説文》：「徯，待也。从徯聲。蹊，徯或从足。胡計切。」《玉篇》：「傒偦，二同。户礼切，待也。本作徯。」《集韻》：「偦，户禮切。《説文》待也。或作傒、蹊、溪、傒。」南宋蜀本注：「一無『之』。」方崧卿删「之」字，《舉正》：「三本皆删。」朱熹從監本，《考異》：「方無『之』字。今按：『之』字疑當作『其』。」童第德注：「《吕氏春秋·音初篇》『之子是必大吉』，高注：『之，其也。』王氏引之引申其説，列舉經典十事以證，詳《經傳釋詞》。」

⑬〔今欲〕「欲」下潮本、祝本、南宋閩本注：「一作『將』。」魏本注同。《舉正》：「謝本『欲』作『將』。」《考異》：「欲，或作『將』。」

⑭〔王抑余也〕南宋蜀本注：「一作『余抑王』。」

⑮〔王余抑也〕祝本、南宋閩本、南宋蜀本、魏本「王余抑」作「余抑王」。祝本注：「一作『王抑余也』。」南宋蜀本注同。魏本注：「一作『王亦抑余』，一作『王余抑也』，一又皆作『王抑余也』。」《舉正》出南宋監本「余抑王也」，乙作「王余抑也」，云：「三本同。洪曰：謂三者皆王所不欲，互其文耳。」朱熹從方本，《考異》：「或作『余抑王也』，或依上作『王抑余也』，方從三本定此。今按：抑余、余抑，蓋互文以叶韻耳。作『余抑王』固無理，作『王抑余』亦重複無它奇，當從方本爲是。」今從方本。

⑯〔詢厥美兮在吾王〕朱熹訂「詢」作「洵」，《考異》：「洵，方作『詢』，非是。」童第德注：「《説文》：『恂，信心也。』古籍或假『洵』、『詢』爲之。《考異》及諸本作『洵』，此本、方本作『詢』，皆假借字。朱子謂『作詢非是』，以『詢』爲

『詢問』字矣。」《説文》段注：「恂，信心也。《毛詩》假『洵』字爲之，如『洵美且都』、『洵訏且樂』，鄭箋皆云：『洵，信也。』《釋詁》曰：『詢，信也。』注引《方言》『宋衛曰詢』，皆假『詢』爲『恂』也。」

⑰〔俾斯人兮不忘〕潮本注：「人，一作『民』。」祝本、南宋蜀本、魏本注同。《考異》：「斯，或作『其』。人，或作『民』。」

【箋注】

〔一〕孫汝聽注：「開元九年正月丙辰，改蒲州爲河中府。《孝經援神契》曰：『王者德至草木，則木連理。』」

此篇作年，洪興祖、韓醇、方崧卿《舉正》、《年表》、方成珪繫於貞元六年（七九〇），樊汝霖繫於貞元八年，蔣抱玄繫於貞元七年。洪譜：「六年庚午：有《河中府連理木頌》。曰：『司空咸寧王尹蒲之七年。』渾瑊以興元元年爲河中同絳陝虢行營副元帥咸寧郡王，至今七年。」樊汝霖注：「公作此頌時年二十四，猶未第也。」韓醇注：「司空咸寧王，謂渾瑊也。德宗興元元年八月癸卯，以瑊爲河中尹河中節度使，封咸寧郡王。七年，謂貞元六年。」《舉正》：「貞元六年作，公時年二十二。咸寧王，渾瑊也。」方譜：「渾瑊以興元元年爲河中副元帥，文云『尹蒲七年』，即貞元六年也。」蔣抱玄注：「興元元年以渾瑊爲河中節度使，此頌當在貞元七年作。」

〔二〕《元和郡縣志》卷十二河東道河中府河東縣，今山西永濟縣蒲州鎮。

〔三〕蔣抱玄注：「《晉中興徵祥記》：『連理，仁木也。或異枝還合，或兩樹共合。』」班固《白虎通·封禪》：「德至草木，朱草生，木連理。」

〔四〕蔣抱玄注：「野夫，農人也。」

〔五〕馬其昶注：「五德，謂訓威、宣和、克司、作儀及閔仁也。」

〔六〕蔣抱玄注：「訓戎，練兵之義。《史記·秦始皇本紀》：『皇帝奮威，德并諸侯。』」

〔七〕孫汝聽注：「蕩戮凶回，謂平朱泚之難。回，邪也。」謹按：《詩·小雅·鼓鐘》：「淑人君子，其德不回。」毛傳：「回，邪也。」凶回，凶邪。此語始見韓文，後人亦有採用者。如唐孫樵《孫氏西齋録》：「登崇善良，蕩戮凶回。」（《孫可之集》卷五）《唐書·李德裕傳》：「逢吉位宰相而顧愛兇回，以累陛下。」

〔八〕蔣抱玄注：「沈約《南郊恩詔》：『宣和布澤，情深待旦。』」謹按：宣和，通暢調和。嵇康《琴賦序》：「導養神氣，宣和情志。處窮獨而不悶者，莫近於音聲也。」

〔九〕寧嘉，安好。此語始見韓文，後人亦多採用者。如黄庭堅《與黄斌老書帖》：「伏奉簡畢，喜承今日寢膳寧嘉。」（《山谷别集》卷十九）毛滂《連雲觀記》：「四方黔首，日以寧嘉。」（《東堂集》卷九）周必大《湘陰林宰書》：「向承惠問，喜審官況寧嘉。」（《文忠集》卷一百八十七）

〔一〇〕孫汝聽注：「入踐台階，珹以功加侍中、司空，故云台階。」蔣抱玄注：「三台，星名，古以比三公。《後漢書·郎顗傳》：『三公上應台階，下同元首。』」章懷注：「《春秋元命包》曰：『魁下六星，兩兩而比，曰三台。』《前書》音義曰：『泰階三台也。』又《黄帝泰階六符經》曰：『泰階者，天之三階也。上階爲天子，中階爲諸侯公卿大夫，下階爲士庶人。三階平則陰陽和，風雨時。』《尚書》曰：『君爲元首，臣作股肱。』言三公上象天之台階，下與人君同體也。」

〔一一〕孫汝聽注：「《書》曰：『百僚庶尹。』庶尹，百工也。」謹按：庶尹，即文武百官。尹，諸曹之正職也。《尚書·益稷》：「百獸率舞，庶尹允諧。」孔傳：「尹，正也。衆正官之長信皆和諧。」《尚書·酒誥》孔傳訓「百僚庶尹」作「百官衆正」，與《益稷》傳同。孫注不確。「庶尹克司」，百官各司其職，各得其所，謂渾瑊領導有方。

〔一二〕孫汝聽注：「來帥熊羆，爲河中節度使也。」蔣抱玄注：「帥，統率也。熊羆，喻武士。《書經》（《康王之誥》）：『則亦有熊羆之士，不二心之臣。』」

〔一三〕蔣抱玄注：「《左傳》襄三十一年：『有儀而可象謂之儀。』謂人民咸作爲儀式也。」謹按：作儀，制定法式。《左傳》昭公六年：「儀刑文王，萬邦作孚。」杜注：「《詩·大雅》言。文王作儀法，爲天下所信。」孔穎達疏：「服虔云：儀，善也。刑，法也。善用法者，文王也。言文王善用其法，故能爲萬國所信也。」《史記·禮書》：「緣人情而制禮，依人性而作儀。」此處「四方作儀」，謂天下奉爲典範。此義始見韓文，後人亦多採用者。如張載《女戒第三》：「彼是而違，爾焉作非；彼舊而革，爾焉作儀。」（《張子全書》卷十三）汪應辰《樞密院計議錢君嬪夫人呂氏墓誌銘》：「爲

善作儀，則以爲戒。」（《文定集》卷二十三）宋方岳《答同官》：「玉麟一角，與世作儀。」（《秋崖集》卷二十八）

〔一四〕蔣抱玄注：「閔，憐惜也。《詩經》（《周頌・閔予小子》）：『閔予小子。』」

〔一五〕蔣抱玄注：「燕息，與『燕安』同。『不寧燕息』，謂不以燕安爲快意也。」謹按：寧，安寧。《尚書・大禹謨》：「野無遺賢，萬邦咸寧。」孔傳：「賢才在位，天下安寧。」燕息，安息。《詩・小雅・北山》「或燕燕居息」，毛傳：「燕燕，安息貌。」所謂「閔人鰥寡，不寧燕息」，謂渾瑊關心民生疾苦，不安於個人享樂。

〔一六〕孫汝聽注：「府，謂節度府。王，謂咸寧郡王。各有僚屬也。」

〔一七〕魏仲舉注：「勞，音去聲。」蔣抱玄注：「錫，同賜。《梁書・武帝紀》：『內外文武各賜勞一年。』」

〔一八〕蔣抱玄注：「《書經》（《益稷》）：『皐陶拜手稽首，颺言曰：元首明哉。』」

〔一九〕蔣抱玄注：「《書經》：『昭明有融。』」謹按：《尚書》未見此語。《詩・大雅・既醉》：「昭明有融，高朗令終。」毛傳：「融，長。朗，明也。」鄭箋：「有，又。令，善也。天既與女以光明之道，又使之長有高明之譽，而以善名終，是其長也。」《宋書・樂志二》載《昭夏之樂舞歌詞》：「昭融教，緝風度。」

〔二〇〕蔣抱玄注：「本，木本也。《晉書・載記》：『殊本共心，上下有莫二之固。』此即謂連理木也。

柯，枝柯也。」

〔二一〕孫汝聽注：「《書》：『唐叔得禾，異畝同穎。』異畝，異壟也。同榮，同穎也。」《尚書·微子之命》孔傳：「唐叔，成王母弟，食邑内得異禾也。畝，壟。穎，穗也。禾各生一壟，而合爲一穗。」

〔二二〕蔣抱玄注：「徯，待也。《書經》：『徯我后。』」《尚書·太甲中》孔傳：「徯我后，待我君來。」《孟子·梁惠王下》趙岐注：「徯，待也。」楊雄《太玄·玄冲》：「徯也出，翕也入。」范望注：「待時動也。」

〔二三〕孫汝聽注：「大君，人主。《易》（《師》上六）曰『大君有命』是也。」蔣抱玄注：「明，陳明也。」

〔二四〕蔣抱玄注：「書於竹簡者謂之策書，見《漢書》注。」謹按：《漢書》注未見此語。《後漢書·光武帝紀》章懷注：「《漢制度》曰：帝之下書有四：一曰策書，二曰制書，三曰詔書，四曰誡敕。策書者，編簡也。其制長二尺，短者半之。篆書，起年月日，稱皇帝，以命諸侯王。三公以罪免亦賜策，而以隸書，用尺一寸，兩行，唯此爲異也。」

〔二五〕蔣抱玄注：「抑，美也。《詩經》：『抑若揚兮。』」《詩·齊風·猗嗟》：「抑若揚兮，美目揚兮。」毛傳：「抑，美色。」馬瑞辰《毛詩傳箋通釋》：「懿、抑古通用。」

〔二六〕蔣抱玄注：「《史記·秦始皇本紀》：『後敬奉法，常治無極，輿舟不傾。』」

〔二七〕洪興祖注：「姁媮，和悦貌。《選》（傅毅《舞賦》）云：『姁媮致態。』」祝充注：「姁媮，上音劬，下音俞。」孫汝聽注：「姁媮，美貌。」蔣抱玄注：「奮肆，鼓氣作勢也。嵇康賦（《長笛賦》）：『震鬱怫以憑怒兮，耾碭駭以奮肆。』」

〔二八〕孫汝聽注：「《爾雅》：『四達之謂衢，五達謂之康。』《史記》（《孟子荀卿列傳》）有『康莊之衢』是也。」

〔二九〕蔣抱玄注：「聚土曰封，種木曰植。」謹按：封植，同「封殖」。《左傳》昭公二年：「敢不封殖此樹。」杜注：「封，厚也。殖，長也。」

〔三〇〕此文用韻，據《廣韻》：威，平聲微韻；回，平聲灰韻。和，平聲戈韻；嘉，平聲麻韻。司，平聲之韻；羆，平聲支韻；儀，平聲支韻。息，入聲職韻；億，入聲職韻。事，去聲志韻；理，上聲止韻。王，平聲陽韻；光，平聲唐韻；祥，平聲陽韻。柯，平聲歌韻；禾，平聲戈韻。余，平聲魚韻；抑，入聲職韻；如，平聲魚韻；衢，平聲虞韻。祥，平聲陽韻；王，平聲陽韻；忘，平聲陽韻。

汴州東西水門記（并序）①〔一〕

貞元十四年正月戊子，隴西公命作東西水門②〔二〕，越三月辛巳朔〔三〕，水門成。三日癸未，大合樂〔四〕，設水嬉〔五〕，會監軍〔六〕、軍司馬〔七〕、賓佐僚屬〔八〕、將校熊羆之士〔九〕，肅四方之賓客以落之〔一〇〕。士女龢會〔一一〕，闐郭溢郛〔一二〕。既卒事〔一三〕，其從事昌黎韓愈請紀成績③〔一四〕。其詞曰：

維汴州河水自中注〔一五〕，厥初距河爲城④，其弗合者⑤〔一六〕，誕寘聯鎖于河⑥〔一七〕，宵浮晝沉⑦，用不潛通⑧。然其襟抱虧疏⑨〔一八〕，風氣宣泄，邑居弗寧〔一九〕，訛言屢騰〔二〇〕。歷載已來〔二一〕，孰究孰思！皇帝御天下十有八載〔二二〕，此邦之人遭逢疾威〔二三〕，囂童噭嘑⑩〔二四〕，劫衆阻兵〔二五〕。懔懔栗栗〔二六〕，若墜若覆。時維隴西公受命作藩⑪〔二七〕，爰自洛京⑫〔二八〕，單車來臨〔二九〕，遂拯其危⑬，遂去其疵。弗肅弗厲〔三〇〕，熏爲大和⑭〔三一〕。神應祥福，五穀穰熟〔三二〕。既庶而豐，人力有餘。監軍是咨，司馬是謀⑮。乃作水門，爲邦之郛。以固風氣，以扞寇偷⑯〔三三〕。黄流渾渾〔三四〕，飛閣渠渠〔三五〕。因而飾之，匪爲觀遊。天子之武，維隴西公是布；天子之文⑰，維隴西公是宣。河之沄沄〔三六〕，源于昆侖〔三七〕。天子萬祀，公多受祉〔三八〕。乃伐山石，刻之日月⑱，尚俾來者知作之所始⑲〔三九〕。

【彙校】

①〔汴州東西水門記并序〕本篇又載《文苑英華》卷八一二，據校。

題下小字側注「并序」二字，祝本無。《舉正》出南宋監本「汴州東西水門記」，無「并序」二字，云：「以石本校，諸本異同注於其下，他文有石本者准此。」《考異》同。今檢原文，「其詞曰」以上實爲序言，應存此二字。

②〔隴西公命作東西水門〕祝本注：「一無『隴西』字。」南宋閩本、魏本注同。潮本無「隴西」二字，「公」上注：「一有『隴西』字。」《舉正》：「蜀本闕『隴西』字，非。董晉本仲舒之裔，自廣川徙隴西，故云。」《考異》：「或無此（隴西）二字，非是。」今從苑本。

③〔請紀成績〕苑本「紀」下多一「其」字，注：「集無『其』字。」

④〔距河爲城〕潮本「距」作「拒」，祝本、南宋閩本、南宋蜀本同。方崧卿據石本訂作「距」，《舉正》：「謝校同。」朱熹從方本，《考異》：「距，或作『拒』。」謹按：「距」同「踞」，有跨越一義。《左傳》僖公二十八年：「距躍三百，曲踊三百。」杜注：「距躍，超越也。曲踊，跳踊也。」此言「汴州河水自中注」，謂汴水自汴州城中流過。則汴州城跨水建城，作「距」字是。「拒」，面對，抵達。《隋書·西域傳》：「東接臨洮、西平，西拒葉護。」「拒河爲城」，謂臨江築城，與上文「河水自中注」不合，今從苑本。

⑤〔其弗合者〕苑本「弗」作「不」，注：「集作『弗』。」方崧卿據石本訂作「不」，《舉正》：「閣本此語同。」朱熹從方本，《考異》：「不，或作『弗』，方從石本。」

⑥〔寘聯鎖于河〕祝本、南宋閩本、南宋蜀本、張本「鎖」作「瑣」。

⑦〔宵浮畫沉〕方崧卿據石本訂「沉」作「湛」，《舉正》：「閣本此語同。」朱熹從方本，《考異》：「湛，或作『沈』。」謹按：「沉」、「沈」、「湛」字通。《説文》：「湛，没也。」段玉裁注：「古書『浮沈』字多作『湛』。湛、沈，古今字。『沉』

又『沈』之俗也。」

⑧〔用不潛通〕潮本「用」作「舟」，苑本、祝本、南宋閩本、南宋蜀本、魏本、王本、張本、廖本同。潮本注：「舟，一作『用』。」祝本、魏本注同。南宋蜀本注：「不，一作『用』。」苑本注：「不，閣本作『用』。」方崧卿據石本訂「用」字，作「舟用潛通」，《舉正》：「閣本此語同。」朱熹從監本作「舟不潛通」，《考異》：「『不』字，方從石本作『用』。今按上下文意，蓋言置鎖雖足以禁舟之潛通，然未免虧疏宣泄之患，故須作水門耳。諸本作『舟不潛通』者是也。今上文既言『置鎖』，而下文乃云『舟用潛通』，則是鎖爲虚設，而其下句亦不應著『然』字矣。若以爲誤，則石本乃當時所刻，不應有誤，然亦安知非其書者之誤？刻者之誤？況或非所親見，則又安知非傳者之誤邪？」《援鶉堂筆記》卷四十一：「『用』字爲近。蓋宵浮其鎖，祇禁舟之夜行耳。」童第德注：「『不』當從石本作『用』，方校、姚説是。惟『舟用潛通』，故下云『襟抱虧疏，風氣宣泄』；又云『乃作水門，以固風氣，以閉寇偷』。如作『舟不潛通』，則襟袍密、風氣固，足以閉寇偷，不煩更作水門矣。朱子云：『上文既言置鎖，乃云舟用潛通。則是鎖爲虚設，下句亦不應著然字。』按：正爲置鎖仍不能禁舟之潛通，故乃更作水門，此不足疑。至質疑於用『然』字，爲釋之如下：『然』猶故也，《禮記·少儀》：『事君者量而后入，不入而后量。凡乞假於人爲人從事者亦然。然故上無怨而下遠罪也。』『然』、『故』連用，『然』與『故』同義。公此文『然其襟袍虧疏』，猶云『故其襟袍虧疏』，乃承上文言之，非用『然』字爲轉語也。」謹按：此句作「用不」、「舟不」、「舟用」，就語義而言均不成問題，「用」，以也，因也。「潛」，沉也。「舟用潛通」，謂行舟因鐵鎖沉潛而得以通行。「舟不潛通」，謂鐵鎖橫江，行舟不得私自通過。「用不潛通」，謂橫鎖於江，用以阻止行舟私自通過。唐代商品經濟已經相當發達，在交通要道設置關卡稽徵關稅，已經成爲制度，户部官員中，司門員外郎即司其職。汴州東西扼汴水，南北扼運河，爲漕運咽喉，交通

要道。設關收税，正是勢所必然。「用不潛通」，正爲此也。但鐵鎖横江，開啓困難，且城垣由此闕而「弗合」，「襟抱虧疏」，有礙觀瞻。修建水門，正所以取代鐵鎖。可知鐵鎖的作用，正是用以阻止行舟私自通過。「用不潛通」，明白曉暢，今從潮本所引或本。

⑨〔襟抱〕南宋蜀本、魏本「抱」作「袍」。童第德注：「《説文》：『褎，褱也。』即『懷抱』、『襟抱』本字。今字作『抱』，抱，假借字。《説文》：『抱，引取也。』」

⑩〔噭噱〕南宋蜀本「噭噱」作「激呼」。

⑪〔隴西公〕「公」下潮本注：「趙有『李勉』字。」祝本注：「一有『李勉』字，非。」魏本注同。南宋閩本注：「一有『李勉』字。」苑本「公」下小字夾注「李勉」二字。《舉正敍録》亦記載《文録》此篇「以隴西公爲李勉」。

⑫〔爰自洛京〕魏本「洛京」作「京洛」。童第德注：「京洛，諸本作『洛京』，孫注亦作『洛京』，應以『洛京』爲是。」謹按：董晉貞元十二年自東都留守爲汴州刺史，見《舊唐書・德宗紀下》。「洛京」即東都洛陽，諸本無誤。但「京洛」亦可指東都洛陽。班固《東都賦》：「子徒習秦阿房之造天，而不知京洛之有制也。」魏本亦可通。

⑬〔遂拯其危〕南宋閩本注：「拯，一作『持』。」魏本注同。潮本作「持」，苑本、祝本、南宋蜀本同。潮本注：「持，一作『拯』。」祝本、南宋蜀本注同。苑本注：「持，集作『拯』。」方崧卿據石本訂作「拯」，《舉正》：「此本『拯』一作『持』，出蜀本。」朱熹從方本，《考異》：「拯，或作『持』。」今從方本。

⑭〔熏爲大和〕苑本、祝本、魏本「大」作「太」。苑本注：「集作『大』。」謹按：「大」、「太」字通。大和，陰陽會和。《易・乾》：「保合大和，乃利貞。」馬融《廣成頌》：「逢迎太和，裨助萬福。」

⑮〔監軍是咨司馬是謀〕苑本「咨」作「諮」。注：「集作『咨』。」方崧卿刪「監軍是咨，司馬是謀」八字，《舉正》：「閣本刪此二語，石本有之。閣本蓋晚日所定，當從之。」朱熹從監本存此八字，《考異》：「諸本及石本皆有此二句，在『人力有餘』之下。方從閣本刪去，云：閣本蓋公晚日所定，當從之。今詳此二語，疑後人惡監軍二字而刪之耳。方氏直謂閣本爲公晚年所定，不知何據而云然。以今觀之，其舛誤爲最多，疑爲初出未校之本，前已辨之詳矣。大抵館閣藏書，不過取之民間，而諸儒略以官課校之耳，豈能一一精善，過於私本？世俗但見其爲官本，便尊信之，而不復問其文理之如何，已爲可笑，今此乃復造爲改定之説，以鉗衆口，則又可笑之甚也。」

⑯〔以扞寇偷〕潮本注：「扞，一作『閈』。」祝本注：「扞，一作『閉』。」苑本注：「扞，集作『閉』。」南宋蜀本作「閉」，注：「閉，一作『扞』。」魏本作「閈」，注：「閈，一本作『扞』。」方崧卿據石本訂作「閈」，《舉正》：「閈，一作『扞』，出蜀本。」朱熹從方本，《考異》：「閈，或作『扞』。」童第德注：「《説文》『扞，忮也。』段玉裁云：『當作『枝』。閈，門也。汝南平輿里門曰閈。』閈禦，字當作『扞』。作『閈』者借字。『扞』又作『捍』，爲後出字。」謹按：「扞」，拒也，禦也。《禮記·學記》：「發然後禁，則扞格而不勝。」孔穎達疏：「扞，謂拒扞也。」《吕氏春秋·恃君》：「肌膚不足以扞寒暑。」高誘注：「扞，禦也。」「閉」有「拒」義，亦可通。《説文》：「閉，闔門也，從門。才，所以距門也。」「閈」，里巷之門。左思《蜀都賦》：「里閈對出。」劉逵注：「閈，里門也。」此處「閈」字不通，方、朱誤。典籍中無「閈」、「扞」通假實例，童説無據。

⑰〔天子之文〕潮本注：「文，一作『淳』。一云『天下之文』。」祝本、南宋閩本注同。南宋蜀本、魏本作「澤」。南宋蜀本注：「一作『文』。」魏本注：「一作『文』，一作『淳』。一又作『天下之文』。」苑本作「淳」，注：「集注云：一作『天下之文』。」方崧卿據石本訂作「醇」，《舉正》：「閣本、蜀本同。」朱熹從監本作「文」，《考異》：「文，方從石、

閣、蜀本作『醇』。今按：此記方氏多從石本，石本固當據信，但上條用字大誤，而此『醇』字亦未安耳。」童第德注：「此文字『神應祥福』以下至末皆有韻。作『澤』與下『宣』字不韻，作『醇』作『文』皆通，尤以作『文』爲長。」

⑱〔刻之日月〕方成珪注：「日，當作『年』。」

⑲〔知作之所始〕苑本「作」下多一「者」字，注：「集無『者』字。」

【箋注】

〔一〕樊汝霖注：「時董晉鎮汴州，公爲之佐。」魏引補注：「陳後山云：『退之作記，記其事耳，今之記乃論也。』以後山語觀公諸記，信然。」此篇石本，僅見方崧卿著録。《舉正敍録》：「碑舊在蔡茂先家，首題云：攝節度掌書記韓愈撰。碑刻於貞元十四年正月，時辟命猶未下故也。」謹按：此篇作年，洪興祖、方崧卿《舉正敍録》、《年表》、方成珪均繫於貞元十四年（七九八）。洪譜：「十四年戊寅，公在汴，有《水門記》。《記》云：『十四年正月，隴西公命作東西水門，三月水門成，其從事韓愈請紀成績。』」方譜：「是年三月作。」「正月」不確，據序文及《年表》，當作「三月」。

〔二〕韓醇注：「隴西公，董晉也。」董晉，兩《唐書》有傳，其生平如次：董晉，字混成，河中虞鄉人。明經及第，至德初謁肅宗於彭原，授校書郎、翰林待制。再轉衛尉丞，出爲汾州司馬。未幾，刺史崔圓改淮南節度，奏晉以本官攝殿中侍御史充判官。尋歸臺授本官。遷侍御史、主客員外郎、祠部郎中。大曆中兵部侍郎李涵送崇徽公主使回紇，奏晉爲判官。使還，拜司勳郎中。歷秘書、太府、太常少卿監、左金吾將軍。旬日，德宗嗣位，改太常卿，遷右散騎常侍兼御史中丞知臺事。尋爲華州刺史兼御史中丞潼關防禦使。久之，加兼御史大夫。朱泚僭逆，晉奔赴行在，授國子祭酒。貞元元年六月辛卯，自國子祭酒遷左金吾衛大將軍。二年八月己巳，改尚書右丞（《舊唐書·德宗紀上》）。復拜太常卿。五年二月庚子，自大理卿爲門下侍郎同中書門下平章事。九年五月丙戌，改禮部尚書，罷知政事。十二年三月戊申，自兵部尚書爲東都留守判東都尚書省東畿汝州都防禦使。會汴州節度李萬榮疾甚，其子迺爲亂。七月乙未，檢校左僕射同中書門下平章事汴州刺史宣武軍節度使宋亳潁觀察使。十五年二月丁丑卒（《舊唐書·德宗紀下》），年七十六。贈太傅，謚曰恭惠。

〔三〕魏仲舉注：「越，於也」。

〔四〕蔣抱玄注：「合衆音而奏之，謂之合樂。《禮記》：『凡大合樂必遂養老。』」《禮記·文王世子》鄭玄注：「大合樂，謂春入學舍，菜，合舞。秋頒學，合聲。於是時也，天子則視學焉。」

〔五〕蔣抱玄注：「水嬉，水上之嬉戲也。《廣博物志》：『夫差作天池，造青龍舟，日與西施爲水嬉。』」

謹按：其事始見梁任昉《述異記》。

〔六〕孫汝聽注：「俱文珍爲監軍。」蔣抱玄注：「監軍，官名，監督軍將之行動者。齊景公使穰苴將兵，以莊賈監軍，是爲監軍之始。唐玄宗始以宦官監軍。」《史記·司馬穰苴列傳》：「願得君之寵臣，國之所尊以監軍。」

〔七〕孫汝聽注：「陸長源爲行軍司馬。」蔣抱玄注：「《周禮》大司馬之屬有軍司馬，與司馬等。春秋晉作三軍，每軍别置司馬，猶今之參謀長也。唐制：節度使皆有行軍司馬。」《新唐書·百官志四下》外官：「行軍司馬，掌弼戎政。居則習蒐狩，有役則申戰守之法。器械、糧糒、軍籍、賜予皆專焉。」

〔八〕蔣抱玄注：「賓佐，處賓位而輔佐軍事者。僚屬，屬員也。《三國志·孫登傳》：『登爲太子，待接寮屬，略用布衣之禮。』」韓愈《贈太傅董公行狀》：「（貞元十二年）八月，上命汝州刺史陸長源爲御史大夫行軍司馬，楊凝自左司郎中爲檢校吏部郎中觀察判官，杜倫自前殿中侍御史爲檢校工部員外郎節度判官，孟叔度自殿中侍御史爲檢校金部員外郎支度營田判官。」

〔九〕蔣抱玄注：「將校，軍官之通稱。《後漢書·順帝紀》：『漢安元年，詔大將軍三公選武猛試用有效驗任爲將校者各一人。』熊羆，喻猛士。《書經》（《康王之誥》）：『則亦有熊羆之士，不二心之臣。』」

〔一〇〕孫汝聽注：「《禮記》（《曲禮上》）：『主人肅客而入。』肅，進之也。宫室始成祭之爲落。」蔣抱玄注：「落，開幕之禮式也。《左傳》：『楚子成章華之臺，願與諸侯落之。』」《左傳》昭公七年杜注：「宫室始成祭之爲落。」

〔一一〕祝充注：「龢，古『和』字。《説文》：『龢，調也。』《楚辭》：『風習習兮龢煖。』」魏引補注：

「《書》：『四方民大和會。』」蔣抱玄注：「龢會，即歡會也。」

〔一二〕蔣抱玄注：「闐溢，充滿也。《韓詩外傳》：『賢者不然，精氣闐溢。』郛，城外大郭也。」

〔一三〕蔣抱玄注：「卒，終也。《禮記》（《文王世子》）：『然後天子至，乃命有司行事，興秩節，祭先師先聖焉。有司卒事反命。』」

〔一四〕蔣抱玄注：「從事，佐吏之稱，凡辟除之職皆曰從事。凡舉事已著效者曰成績。《書經》（《洛誥》）：『萬邦咸休，惟王有成績。』」

〔一五〕《元和郡縣志》卷六河南道汴州（雄）：「今爲汴宋節度使理所，管汴州、宋州、亳州、潁州，管縣二十八。」今河南開封。

〔一六〕弗合者，城牆中斷處。

〔一七〕魏仲舉注：「誕，大也。」蔣抱玄注：「誕，始也。寘，同『置』。《詩·大雅》：『誕寘之隘巷。』聯，同『連』。《南史·齊東昏侯紀》：『王侯貴人除金銀連鎖，自餘新器悉用埏陶。』」謹按：《詩·大雅·生民》毛傳：「誕，大。」「誕」無「始」義，蔣注不確。此處「誕」亦可視爲助詞。《詩·大雅·生民》「誕寘之隘巷」，王引之《經傳釋詞》：「誕，發語詞也。」又《尚書·大誥》「肆朕誕以爾東征」，王引之《經傳釋詞》：「誕，句中助詞也。」聯鎖，即「鐵鎖」，用以封鎖江面的連環鎖鏈。《晉書·王濬傳》：「吴人於江險磧要害之處，並以鐵鎖橫截之。又作鐵錐長丈餘，暗置江中以逆距船。」《南史·蕭摩訶傳》：「周遣大將王軌來赴，結長圍連鎖於吕梁下流，斷大軍還路。」《東昏侯紀》「連鎖」爲首飾，蔣注不確。

〔一八〕孫汝聽注：「襟袍，以衣喻之。」蔣抱玄注：「襟抱，喻水勢也，如『襟三江而帶五湖』之類也。」

〔一九〕蔣抱玄注：「《魏書・源懷傳》：『粒食邑居之民，蠶衣儒步之士。』」

〔二〇〕蔣抱玄注：「訛言，謠言也。《詩經》（《小雅・沔水》）：『民之訛言。』」

〔二一〕蔣抱玄注：「歷載，猶歷年也。《書經》（《堯典》）：『朕在位七十載。』天寶三年正月改年爲載，至乾元復爲年。」

〔二二〕樊汝霖注：「皇帝御天下十八載，即德宗貞元十二年。」

〔二三〕《詩・小雅・雨無正》「昊天疾威」，鄭箋：「疾威，以刑罰威恐天下。」

〔二四〕祝充注：「嚚，愚也。嚚童，李迺。嗷嘑，上音叫，下音呼，皆聲也。《莊子》（《至樂》）：『而我嗷嗷然。』《周禮》（《雞人》）：『夜嘑旦以嘂百官。』」陳景雲注：「嚚童，謂李迺也。與《送張道士詩》中呼吴元濟爲『狂童』同。」謹按：嚚，愚頑。《説文》：「嚚，語聲也。从㗊臣聲。𡈼，古文嚚。語巾切。」段注：「左傳（僖二十四）曰：『口不道忠信之言爲𡈼嚚。』引伸之義也。」朱駿聲《説文通訓定聲》：「《賈子・道術》：『親愛利子謂之慈，反慈爲嚚。』《書・堯典》：『嚚訟可乎。』又：『父頑母嚚。』《蒼頡篇》：『嚚，惡也。』《廣雅・釋詁》一：『嚚，愚也。』」嚚童，愚頑囂張的後生晚輩。此語始見韓文，後人亦有採用者。如宋真德秀《劉閣學墓誌銘》：「雖鄙夫嚚童，亦知有所謂劉左史也。」（《西山文集》卷四十三）明方孝孺《鄭生祐哀辭》：「嚚童惡子，狠戾恣睢。」（《遜志齋集》卷二十）嗷嘑，亦作「嗷呼」，高聲呼叫。此語始見韓文，後人亦多採用者。宋李之儀《和郭功甫遊采石》：「嗷呼江上來席上，迤邐萬古隨雲開。」（《姑溪居士前集》卷一）宋王十朋《輪對劄子三首》：「悍吏持尺牒夫鄉閭，嗷呼隳突，雞犬不寧。」（《梅溪集奏議》卷一）元劉壎《養生賦》：「嗷呼損肝，勞苦傷骨。」（《水雲村稾》卷一）

〔二五〕孫汝聽注：「貞元十二年六月乙酉，宣武節度使李萬榮卒，子迺自爲兵馬使。《左氏》（隱公四年）：『阻兵無衆。』阻，恃也。」

〔二六〕蔣抱玄注：「栗栗，與『慄慄』同，恐懼貌。《漢書》（《元帝紀》）：『朕戰戰栗栗，夙夜思過失。』」

〔二七〕孫汝聽注：「七月乙未，以晉爲宣武軍節度使，代萬榮。」

〔二八〕《董公行狀》：「由（東都）留守未盡五月，拜檢校尚書左僕射同中書門下平章事、汴州刺史、宣武軍節度副大使知節度事、管内支度營田、汴、宋、亳、潁等州觀察處置等使。」

〔二九〕孫汝聽注：「晉自東都留守移鎮宣武，故云『爰自京洛』。晉既受命，與騎從十餘人赴鎮，不用兵衛。故云『單車來臨』。」蔣抱玄注：「單車，謂無侍衛也。」《董公行狀》：「萬榮死，詔未至，惟恭權軍事。公既受命遂行，劉宗經、韋弘景、韓愈實從，不以兵衛。及鄭州逆者不至，鄭州人爲公懼，或勸公止以待。有自汴州出者，言於公曰：『不可入。』公不對，遂行，宿圃田；明日食中牟，逆者至，宿八角。明日惟恭及諸將至，遂逆以入。及郛，三軍緣道讙聲，庶人壯者呼，老者泣，婦人啼，遂入以居。」

〔三〇〕魏仲舉注：「厲，嚴也。」

〔三一〕蔣抱玄注：「太和，陰陽會合沖和之氣。《易經》（《乾·彖》）：『保合太和。』」

〔三二〕祝充注：「穰，如兩切。」蔣抱玄注：「穰熟，豐盛也。《史記》（《滑稽列傳》）：『五穀蕃熟，穰穰滿家。』」謹按：穰，豐收。《史記·天官書》：「所居野大穰。」張守節《正義》：「穰，豐熟也。」《唐開元占經》卷二十四引漢郗萌（《春秋災異》）曰：「歲星守箕：東，歲熟；南，小穰熟；北，大穰；西，饑。」

〔三三〕魏仲舉注：「閈，侯旰切。」

〔三四〕魏仲舉注：「黄流，黄河也。」祝充注：「渾，胡本切。」

〔三五〕魏仲舉注：「渠渠，大也。」蔣抱玄注：「飛閣，高閣也。《東京賦》：『飛閣神行，莫我能形。』渠渠，深廣貌。《詩經》：『夏屋渠渠。』」《文選》李善注：「言閣道相通不在於地，故曰飛。」《詩·秦風·權輿》鄭箋：「渠渠，猶勤勤也。」朱熹《詩集傳》：「渠渠，深廣貌。」《廣雅·釋訓》：「渠渠，盛也。」

〔三六〕祝充注：「沄，音雲。」孫汝聽注：「沄沄，水流貌。」蔣抱玄注：「王逸《九思》：『窺見兮溪澗，流水兮沄沄。』」《楚辭章句》王逸注：「沄沄，沸流。」謹按：沄沄，水流洶湧貌。《春秋繁露·山川頌》：「水則源泉混混沄沄，晝夜不竭。」

〔三七〕孫汝聽注：「《山海經》：『崑崙之山，河水出焉。』」

〔三八〕蔣抱玄注：「祉，福也。《詩經》：『既受其祉。』」《詩・小雅・六月》毛傳：「祉，福也。」

〔三九〕蔣抱玄注：「尚，庶幾之謂也。俾，使、令之義。」

燕喜亭記①〔一〕

太原王弘中在連州②〔二〕，與學佛之人景常、元慧者游③〔三〕。異日，從二人者行於其居之後丘荒之間，上高而望④，得異處焉。斬茅而嘉樹列〔四〕，發石而清泉激。輦糞壤〔五〕，焚椔翳⑤〔六〕，卻立而視之〔七〕：出者突然成丘〔八〕，陷者呀然成谷〔九〕，窪者爲池〔一〇〕，而缺者爲洞，若有鬼神異物陰來相之〔一一〕。自是弘中與二人者晨往而夕忘歸焉，乃立屋以禦風雨寒暑⑥〔一二〕。

既成，愈請名之。其丘曰俟德之丘⑦，蔽於古而顯於今，有俟時之道也⑧；其石谷曰謙受之谷⑨〔一三〕，瀑曰振鷺之瀑〔一四〕，谷言德，瀑言容也；其土谷曰黄金之谷，瀑曰秩秩之瀑〔一五〕，谷言容，瀑言德也；洞曰寒居之洞，志其入時也⑩；池曰君子之池，虛以鍾其美，盈以出其惡也〔一六〕；泉之源曰天澤之泉〔一七〕，出高而施下也；合而名之⑪，以屋曰燕喜之亭，取《詩》所謂「魯侯燕喜」者頌也⑫〔一八〕。

於是州民之聞者相與觀焉⑬，曰：「吾州之山水名天下⑭，然而無與燕喜者比〔一九〕；經營於其側者相接也⑮〔二〇〕，而莫直其地⑯。凡天作而地藏之以遺其人乎⑰？」弘中自吏部郎貶秩而來⑱〔二一〕，次其道途所經，自藍田入商洛⑲〔二二〕，涉淅、湍⑳〔二三〕，臨漢水，升峴首以望方城〔二四〕。出荆門〔二五〕，下岷江〔二六〕，過洞庭，上湘水㉑〔二七〕，行衡山之下〔二八〕。繇郴踰嶺㉒〔二九〕，猿狖所家㉓〔三〇〕，魚龍所宫，極幽遐瓌詭之觀㉔〔三一〕，宜乎其於山水飫聞而厭見也㉕〔三二〕。今其意乃若不足㉖。《傳》曰：「智者樂水，仁者樂山。」〔三三〕弘中之德與其所好可謂協矣。智以謀之，仁以居之，吾知其去是而羽儀於天朝也不遠矣㉗〔三四〕，遂刻石以記㉘。

【彙校】

①〔燕喜亭記〕本篇又載《文苑英華》卷八二六、《唐文粹》卷七四，據校。《舉正》側注：「石本。」洪興祖《韓子年譜》引此篇，題上多「王弘中」三字。潮本「燕」作「宴」，粹本、祝本、南宋閩本、南宋蜀本、魏本同。方崧卿據石本訂作「燕」。朱熹從方本，《考異》：「燕，或作『宴』。此《記》方亦多從

石本。」童第德注：「旻，安也。宴，安也。燕，玄鳥也。引伸爲『宴饗』字。經典多假『燕』字爲之。《詩》『魯侯燕喜』是其一例。篇中引《詩》作『燕』，方、朱本作『燕』，題與文稱。」謹按：李覯《連山燕喜亭後記》以及洪興祖《韓子年譜》引此篇均作「燕」，下文自敍其命名之意，取自《魯頌・閟宮》「魯侯燕喜」，則作「燕」爲是。今從苑本。

②〔在連州〕粹本無「州」字。

③〔學佛之人景常元慧者〕「慧」，苑本作「惠」，注：「石本無『之』字。石本并集本、《文粹》作『慧』。石本無『者』字。」《舉正》出南宋監本「與學佛之人景常元慧者游」，據石本删「之」、「者」二字。朱熹從方本，《考異》：「『佛』下或有『之』字，『慧』下或有『者』字。」

④〔上高而望〕粹本「上」作「土」。

⑤〔焚榴翳〕苑本注：「焚榴，石本作『燔榴』。」《舉正》據石本訂「焚」作「燔」。朱熹從方本，《考異》：「燔，或作『焚』。」

⑥〔乃立屋以禦風雨寒暑〕潮本注：「一云『避風雨禦寒暑』。」祝本、南宋閩本注同。苑本注：「石本與《英華》同，止以『禦』爲『避』。集本作『乃立屋以避風雨禦寒暑既成』，《文粹》作『乃立屋以遊風雨既除寒暑既成』。」今粹本、魏本作「以避風雨禦寒暑」。魏本注：「一作『以禦風雨寒暑』。」南宋蜀本作「以禦風雨以禦寒暑」，「風」上注：「一作『避』。」《舉正》據石本訂「避」字，作「乃立屋以避風雨寒暑」，云：「杭本作『乃立屋以遊風雨既除寒暑既成愈請名之』。蜀本作『以禦風雨以除寒暑』。《左傳》（襄公十七年）：『吾儕小人皆有闔廬以避燥濕寒暑。』語自此也。」朱熹從方本，《考異》：「避，或作『禦』，『雨』下或有『禦』字。或作『立屋以遊風雨既除寒暑既去』，或作『以禦風雨，以除寒暑』。方從石本。」

⑦〔其丘曰俟德之丘〕「其」上南宋蜀本多一「名」字。苑本注：「俟，石本作『竢』，下同。」《舉正》出南宋監本「其丘曰竢德之丘」，云：「閣本、蜀本語上皆有『名』字，非。」朱熹從方本，《考異》：「上或有『名』字。」謹按：「竢」、「俟」，古今字。《説文》：「竢，待也。从立矣聲。𥏫，或从巳。牀史切。」段注：「彳部曰：『待，竢也。』是爲轉注。經傳多假『俟』爲之，『俟』行而『竢』癈矣。俟，大也。从人矣聲。《詩》曰：『伾伾俟俟。』牀史切。俟，大也。此『俟』之本義也。自經傳假爲『竢』字，而『俟』之本義廢矣。立部曰：『竢，待也。』廢『竢』而用『俟』，則『竢』、『俟』爲古今字矣。」

⑧〔有俟時之道也〕苑本注：「時，石本無『時』字，集作『德』。」潮本「時」作「德」，祝本、南宋閩本、南宋蜀本、魏本同。南宋蜀本注：「一無『德』。」《舉正》出南宋監本「有竢德之道也」，據石本删「德」字，云：「三本同上。」朱熹從方本，《考異》：「『竢』下或有『德』字。」今從苑本、粹本。

⑨〔其石谷曰謙受之谷〕苑本「謙受」作「受謙」。

⑩〔志其入時也〕南宋蜀本、魏本「入」下多一「之」字。

⑪〔合而名之〕潮本「名」作「言」，苑本、祝本、南宋閩本、南宋蜀本、魏本同。苑本注：「石本作『名』。」《舉正》據石本訂作「名」，云：「三本同上。」朱熹從方本，《考異》：「名，或作『言』。」童第德注：「上文云『愈請名之』，故曰『合而名之』，作『名』爲長。」今從粹本。

⑫〔燕喜者頌〕潮本「者頌」作「頌者」，苑本、祝本、南宋閩本、魏本同。潮本注：「一云『燕喜者頌也』。」祝本、南宋閩本注同。魏本注：「頌者也，一作『者頌也』，一無『者』字。」苑本注：「石本、《文粹》作『者頌』。」《舉正》出南宋監

本「魯侯燕喜頌者也」，據石本乙「頌者」作「者頌」，云：「三本同上。」朱熹從方本，《考異》：「方從石、閣、杭、蜀本如此，或作『頌者』。今按：『頌』疑衍字。」王元啓注：「朱子云：『頌字疑衍文。』愚按：謂『名之』，是公爲之名，『頌』字似不可少。」方成珪注：「謂取《魯頌・閟宮》之句以爲頌也。『頌』字非衍。若去『頌』字，轉嫌『者』字贅設。」今從粹本。

⑬〔州民之聞者〕「之」下潮本、南宋閩本注：「一作『州之老民』。」祝本注：「一作『州民之老』，一作『州之老民』。」魏本注：「一作『州民之老』，一作『州之老民』，一作『州之老聞而』云云。」苑本注：「『聞者』二字作『本』，《文粹》作『老聞而』。」今粹本作「州民之老聞而相與觀焉」。南宋蜀本作「州民之老聞者而相與觀焉」，注：「一無『老』。」《舉正》據石本增「老」字，訂「而」字，作「州民之老聞而相與觀焉」，云：「閣本、杭本同上，蜀本作『州民之聞者而相與觀焉』。」朱熹從方本，《考異》「方從、石、閣、杭本如此。或無『老』字，而『而』作『者』，州民之老，或作『州之老民』，非是。」

⑭〔吾州之山水名天下〕「名」下潮本多一「於」字，苑本、粹本、祝本、南宋閩本、南宋蜀本、魏本同。苑本注：「石本無『於』字。」《舉正》出南宋監本「經營於其側」，據石本删「其」字，云：「閣同。」朱熹從方本，《考異》：「『名』下或有『於』字。」今從方本。

⑮〔其側者〕苑本注：「石本無『其』字。」《舉正》出南宋監本「經營於其側」，據石本删「其」字，云：「閣同。」朱熹從監本，《考異》：「方從石本無『其』字。」

⑯〔而莫直其地〕潮本「直」作「宜」，苑本、祝本、南宋閩本、南宋蜀本、魏本同。潮本注：「宜，趙作『多』。」祝本、南宋閩本、魏本注：「宜，一作『多』。」苑本注：「石本、《文粹》作『直』。」《舉正》出南宋監本「莫直其地」，云：「直，音

『值』，當也。閣本、杭本皆作『直』，蜀本作『宜』，非。《史記》『樗里子墓正直其北』，《匈奴傳》『諸將居東方直上谷』，司馬《索隱》謂古字例以『直』爲『值』。按《詩·柏舟》『實維我特』，《韓詩》作『直』，云：『相當值也。』義始此。從『直』音讀亦可。」朱熹從方本，《考異》：「直，或作『多』，非是。」方成珪注：「愚按《史記·樗里子傳》原文云：『武庫正直其墓。』《前漢書·匈奴傳上》：『諸左王將居東方，直上谷以東；右王將居西方，直上郡以西。』注所引多誤。」今從粹本。

⑰〔地藏之以遺其人〕「地」下苑本注：「石本無『地』字。」「其」下苑本注：「石本無『其』字。」《舉正》出南宋監本「凡天作而地藏之以遺其人乎」，據石本删「地」、「其」二字，云：「閣同。」朱熹從監本，《考異》：「方從石本無『地』字，方從石本無『其』字。」

⑱〔吏部郎〕「部」下潮本注：「一有『侍』字。」粹本、祝本、南宋蜀本「部」下多一「侍」字。祝本注：「一無『侍郎』字。」魏本多一「外」字，注：「一無『外郎』二字，一作『吏部侍郎』。」苑本、南宋閩本無「郎」字，南宋閩本注：「一有『侍郎』字。」苑本注：「集注有『侍郎』二字，《文粹》有『侍』字，石本有『郎』字。」《舉正》出南宋監本「吏部侍郎」，據石本删「侍」字，云：「三本同。」朱熹從方本，《考異》：「『部』下或有『侍』字，或無『郎』字，皆非是。」魏本引樊汝霖注：「時弘中自吏部員外郎貶連州司户，諸本多作『自吏部侍郎貶秩而來』，誤矣，當作吏部員外郎也。」謹按：韓愈《王仲舒墓誌銘》記仲舒生平：「貞元十年，以賢良方正拜左拾遺，改右補闕，禮部、考功、吏部三員外郎，貶連州司户參軍。」此處「侍」字爲衍文。

⑲〔自藍田入商洛〕「田」下潮本多一「山」字，苑本、粹本、祝本、南宋閩本、南宋蜀本、魏本同。苑本注：「石本無『山』字。」《舉正》出南宋監本「自藍田山」，據石本删「山」字。朱熹從方本，《考異》：「『田』下或有『山』字。」今從

方本。

⑳〔涉淅湍〕潮本「淅」作「浙」，苑本、粹本、南宋閩本、南宋蜀本同。《舉正》出南宋監本「涉淅湍」，云：「今鄧州有淅川縣，以淅水得名。」《考異》：「今按：淅音錫，其縣本楚之析邑。《漢書》所謂析酈者也。湍亦水名，在鄧州穰縣。」今從祝本。

㉑〔上湘水〕魏本注：「上，一作『止』。」童第德注：「自洞庭而來，浮湘水乃逆流而上，故曰『上』。作『止』非。」

㉒〔繇郴踰嶺〕，苑本「郴」作「柳」。

㉓〔猿狖所家〕朱熹訂「猿」作「蝯」，《考異》：「蝯，或作『猿』。」謹按：「猿」，「蝯」之俗體。《説文》：「蝯，善援，禺屬。从虫爰聲，雨元切。」徐鉉注：「今俗别作猨，非是。」段注：「援者，引也。《釋獸》曰：『猱蝯善援。』許意以蝯善攀援，故稱蝯。夒則蝯之屬而已，故不言夒，禺屬。田部曰：『禺，母猴屬。』蝯即其屬，屬而别也。郭氏《山海經傳》曰：『蝯似獼猴而大，臂腳長，便捷，色有黑有黄，其鳴聲哀。』柳子厚言猴性躁而蝯性緩，二者迥異。《干禄字書》曰：『猿俗，猨通，蝯正。』」

㉔〔幽遐瓌詭〕朱熹訂「瓌」作「瑰」，《考異》：「瑰，或作『瓌』。」謹按：「瓌」、「瑰」，異體字。《玉篇》：「瓌，同『瑰』。」

㉕〔宜乎其於山水飫聞而厭見也〕潮本無「乎」字，苑本、粹本、南宋閩本、南宋蜀本、王本、張本、廖本同。魏本無「其」字，注：「乎，一作『其』。」潮本注：「也，一作『之』。」祝本、南宋閩本、南宋蜀本魏本注同。苑本注：「石本無『也』字，集作『之』。」粹本無「也」字。《舉正》出南宋監本「飫聞而厭見也」，據石本删「也」字，云：「三本同。」朱熹從監本存「也」字，《考異》：「方從石本無『也』字，也，或作『之』。」今從祝本。

㉖〔乃若不足〕苑本無「若」字，「乃」下注：「石本、集本並有『若』字。」

㉗〔而羽儀於天朝〕苑本注：「石本、集本并無『而』字。」《舉正》出南宋監本「而羽儀於天朝」，據石本删「而」字，云：「閣同，李、謝此記並從閣本校。」朱熹從監本，《考異》：「方從石本無『而』字。」

㉘〔刻石以記〕「記」下南宋蜀本多一「云」字。

【箋注】

〔一〕韓醇注：「亭在連州。公貞元十九年十二月自監察御史出爲山陽令時作，山陽於連爲屬邑。」《舉正敍録》：「亭在連山郡城北之五里惠宗寺後，蓋景常、元惠者昔居於此也。碑已四刻，然猶故本也。碑後題云：唐貞元二十年、會昌五年、宋咸平六年、康定二年四立石。」按：《文苑英華》有李漢之子李貺《連山燕喜亭後記》，記武興宗重刻《燕喜亭記》一事。當時，貞元所刻碑「石記斷僵，莓昧其字，公整而修之。徵《記》本於余家，易石而琢之。」末署：「會昌五年十一月五日，連州刺史武興宗書。」知貞元原刻，會昌中已殘，會昌新刻所據並非原刻，而是李貺家藏本，書石者則爲武興宗。其後《輿地碑記目》「連州碑記」亦著録有「連州燕喜亭記」，則當爲北宋康定間刻石。又，阮元《廣東通志》著録有明代重刻本，翁方綱《粵東金石略》「連州金石」下著録有乾隆間州牧陶德熹重刻本。

此篇作年，洪興祖、方崧卿《年表》、方成珪均繫於貞元二十年（八〇四）。洪譜：「以公詩考之，蓋以十九年冬末貶官，二十年甲申春始到陽山。公在連州，有《王弘中燕喜亭記》。」

〔二〕樊汝霖注：「王仲舒，字弘中。按《順宗實録》：貞元十九年，左補闕張正買上疏諫他事，得召見。正買與仲舒相善，有告王叔文等云：『正買疏似論君朋黨事，宜少誡。』叔文因譖正買等。九月甲寅，弘中坐與正買善，貶連州司户。弘中之貶與公同年，而公日月後之也。」《元和郡縣志》卷二十九江南道連州（下），今廣東連縣。王仲舒，兩《唐書》有傳，其生平如次：王仲舒字弘中，并州祁縣人。貞元十年十二月舉賢良方正，拜左拾遺（韓愈《故江南西道觀察使贈左散騎常侍王公墓誌銘》）。俄改右補闕，歷禮部考功員外。十八年，爲吏部員外郎（權德輿《吏部員外郎南曹廳壁記》）。貞元十九年，爲韋執誼所劾（《舊唐書・韋執誼傳》），貶連州司户參軍。移夔州司馬，徙荊南節度參謀。元和三年，爲吏部員外郎（韓愈《福先塔寺題名》）。五年，爲職方郎中知制誥。旋貶峽州刺史，遷廬州，未至丁母憂。八年，爲婺州刺史（贊寧《唐婺州金華山神暄傳》）。十三年前徙蘇州（王仲舒《祭權少監文》）。元和十五年穆宗即位，詔爲中書舍人。六月戊寅，出爲洪州刺史、御史中丞，充江西觀察使（《舊唐書・穆宗紀》）。長慶三年十一月十七日卒於洪州，年六十二（韓愈《太原王公（仲舒）神道碑銘》）。

〔三〕沈欽韓注：「《傳燈録》：『釋元慧姓陸，立志持三白，吴會之間謂爲三白和尚。』《翻譯名義》：『善爲白業，惡爲黑業。』」

〔四〕蔣抱玄注：「嘉樹，名木也。《左傳》（昭公二年）：晉侯使韓宣子來聘。既享宴于季氏，有嘉樹焉，宣子美之。」

〔五〕蔣抱玄注：「輂，義演切，上聲。以車載之曰輂。《晉書·孫惠傳》：『屍元曳於糞壤，形骸捐於溝澗。』」

〔六〕祝充注：「檔，音淄，木枯也。」孫汝聽注：「《詩》（《大雅·皇矣》）『作之屏之，其檔其翳』，（毛傳）注曰：『木立死曰檔，自斃曰翳。』」魏仲舉注：「檔，側師切。翳，於計切。」謹按：檔翳，枯死的草木。此語始見韓文，後人採用者甚多。如《新唐書·李元諒傳》：「檔翳榛莽，闢美田數十里。」宋晁公遡《重修城隍廟記》：「悅然如去檔翳，而特立於通衢。」（《嵩山集》卷四十九）魏了翁《永康軍花洲記》：「檔翳榛莽，歲久不治。」（《鶴山集》卷三十八）

〔七〕蔣抱玄注：「《史記·藺相如傳》：『王授璧，相如因持璧卻立倚柱，怒髮上衝冠。』」

〔八〕突然，突兀聳立貌。此義始見韓文，後人亦多採用者。如宋韓琦《遊開化寺》：「全山鑱佛身，萬木亘高閣。突然數百尺，較力陋禹鑿。」（《安陽集》卷二）祖無擇《蔡州新建學記》：「突然而高者爲之講堂，次後如講堂者師所仰息。」（《龍學文集》卷七）秦觀《遊湯泉記》：「仰而視之，或突然傲岸而出，若有恃者。」（《淮海集》卷三十八）

〔九〕祝充注：「呀，虛加切。」魏仲舉注：「呀，張口貌，呼加切。」謹按：「呀」字有空曠一義。《玉篇》：「呀，虛牙切，大空貌。」班固《西都賦》：「建金城其萬雉，呀周池而成淵。」《後漢書》章懷注：「《字林》曰：呀，大空也，音火加反。」呀然，開礦貌。杜甫《南池》：「呀然閬城南，枕帶巴江腹。」

〔一〇〕祝充注：「窪，烏瓜切。《説文》云：『窪，清水。一曰窊也。』《老子》：『窪則盈。』」

〔一一〕蔣抱玄注：「《漢書·郊祀志》：黄龍見成紀。文帝詔曰：『有異物之神見於成紀，毋害於民歲以有年。』」相，輔助、佑助。《尚書·盤庚下》：「予其懋簡相爾。」孔傳：「簡，大。相，助也。勉大助汝。」

〔一二〕蔣抱玄注：「立，建造也。《晉書·元帝紀》：帝從母弟王廙爲母立屋過制，帝流涕止之。」

〔一三〕孫汝聽注：「《書》（《大禹謨》）：『滿招損，謙受益。』衆水所赴，故云謙受。」

〔一四〕祝充注：「瀑，音僕。」孫汝聽注：「《詩》（《魯頌·有駜》）：『振振鷺，鷺于飛。』振振，羣飛貌。」

〔一五〕孫汝聽注：「秩秩，有常德也。」蔣抱玄注：「《詩經》（《鄭·小戎》）：『秩秩德音。』秩秩，言有常也。」

〔一六〕孫汝聽注：「《左氏》：『有汾澮以流其惡。』惡，穢濁也。」《左傳》成公六年杜注：「惡，垢穢。」

〔一七〕蔣抱玄注：「《左傳》（僖公二十五年）：筮之，遇大有之睽曰吉。且是卦也，天爲澤以當日。」

〔一八〕孫汝聽注：「魯侯燕喜，《詩·閟宫》之文。」《詩·魯頌·閟宫》：「魯侯燕喜，令妻壽母，宜大夫庶士，邦國是有。既多受祉，黄髮兒齒。」

〔一九〕蔣抱玄注：「與同如。《漢書》（《韓信傳》）：『大王勇悍仁彊，孰與項王。』」按：無與，尤言無如也。比，近時之意，如比年、比來。」

〔二〇〕蔣抱玄注：「《詩經》《大雅·靈臺》：『經始靈臺，經之營之。庶民攻之，不日成之。』」

〔二一〕蔣抱玄注：「秩，職官也，品級也。《順宗實録》：『貞元十九年右補闕張正買上疏諫他事，得召見。正買與仲舒善，有告王叔文等，謂張疏似論君朋黨事，宜少誡。叔文因譖正買等。九月甲寅弘中坐與正買善，貶連州司户。』弘中之貶，與公同年，而月日先於公。」

〔二二〕樊汝霖注：「在今商州。」

〔二三〕樊汝霖注：「房州舊有淅州有淅川縣，武德五年省縣入房陵，隸房州。貞觀八年省州入内鄉縣，隸鄧州。」祝充注：「湍，他端切。」孫汝聽注：「淅地本楚之白羽，至秦改爲淅。」魏仲舉注：「淅，持益切。」

〔二四〕魏引集注：「漢水、嶓首，並襄州。《禹貢》：『導漾東流爲漢。』顔師古曰：『漾水出隴西氐道，東流過武關，山南爲漢。』方城，山名，今在唐州方城縣界，一名黄城山。」祝充注：「嶓，胡典切。」蔣抱玄注：「方城，山名，在今湖北竹山縣東南三十里。《括地志》：山南有城，長十餘里，故名曰方城。」

〔二五〕樊汝霖注：「荆門，在今江陵府。」沈欽韓注：「《一統志》：『荆門山在安陸府荆門州南三里，上合下開，其狀如門。』《方輿紀要》：『貞元中始置荆門縣，屬江陵府，荆門山本在宜都縣，因州名傳訛也。』按：古云荆門，並指在宜都者，惟此《記》上云『升嶓首』、『望方城』，則自襄陽。宜都縣南百八十里至荆門，州由沔入江，彝陵之荆門去之爲遠。」

〔二六〕祝充注：「岷，眉巾切，山名，江水所出。《書》：『岷山導江。』」

〔二七〕樊汝霖注：「洞庭在岳州，湘水出零陵。」

〔二八〕樊汝霖注：「衡山在衡州。」

〔二九〕樊汝霖注：「郴，謂郴州。在唐隸江南西道。嶺，謂嶺南，連州所隸也。」祝充注：「郴，音琛。」

〔三〇〕祝充注：「狖，音柚。」《玉篇》：「狖貁，二同，羊就切。黑猿也。」

〔三一〕祝充注：「瓌，公回切。」蔣抱玄注：「瑰、詭同音。癸瑰平聲，詭上聲。《文心雕龍》《辯騷》：『遠遊天問，瓌詭而惠巧。』按：瑰與瓌同。」《晉書·禮志下》：「故雖幽遐側微，心無壅隔。」

〔三二〕樊汝霖注：「此段文意，則太史公所謂『年二十而南游江淮，上會稽，探禹穴，闚九疑，浮於沅湘，涉汶泗，講業齊魯之都，觀孔子之遺風，鄉射鄒嶧，戹困鄱薛彭城，過梁楚以歸』，其致一也。」蔣抱玄注：「飽食曰飫。猶言聽多也。」

〔三三〕蔣抱玄注：「傳曰，《論語·雍也第六》。」

〔三四〕蔣抱玄注：「天朝，古者屬國稱中國、朝廷曰天朝。後亦無可分別。《晉書·鄭默傳》：宫臣皆受命天朝，不得同之藩國。是明稱朝廷爲天朝矣。」《漢書·敍傳上》：「皇十紀而鴻漸兮，有羽儀於上京。」

徐泗豪三州節度掌書記廳壁記①〔一〕

書記之任亦難矣〔二〕！元戎總齊三軍之事②〔三〕，統理所部之甿〔四〕，以鎮定邦國③〔五〕，贊天子施教化〔六〕。而又外與賓客四鄰交〔七〕，其朝覲聘問〔八〕，慰薦祭祀祈祝之文④〔九〕，與所部之政，三軍之號令升黜⑤〔一〇〕，凡文辭之事，皆出書記。非宏辯通敏兼人之才⑥〔一一〕，莫宜居之。然皆元戎自辟〔一二〕，然後命於天子⑦。苟其帥之不文，則其所辟或不當⑧，亦其理宜也。

南陽公自御史大夫豪壽廬三州觀察使，授節移鎮徐州〔一三〕。歷十二年⑨〔一四〕，而掌書記者凡三人⑩：其一曰高陽許孟容⑪〔一五〕，入仕于王朝，今爲尚書禮部郎中。其一曰京兆杜兼⑫〔一六〕，今爲尚書禮部員外郎、觀察判官。其一曰隴西李博⑬〔一七〕，自前鄉貢進士授祕書省校書郎〔一八〕，方爲之〔一九〕。南陽公文章稱天下〔二〇〕，其所辟，實所謂宏辯通敏兼人之才者也⑭。後之人苟未知南陽公之文章⑮，吾請觀於三君子；苟未知三君子之文章，吾請觀于南陽公可知矣。蔚乎其相扶⑯〔二一〕，炳乎其相輝〔二二〕。志同而氣合，魚川泳而鳥雲飛也⑰。愈樂是賓主之相得也，故請刻石以紀⑱。而陷置于壁間〔二三〕，俾來者得以覽觀焉⑲。

【彙校】

①〔徐泗豪三州節度掌書記廳壁記〕此篇又載《文苑》卷八〇三、《文粹》卷七十三，據校。

潮本「豪」作「濠」，苑本、今粹本、南宋閩本、南宋蜀本同。苑本注：「濠，粹本作『豪』。」洪興祖《韓子年譜》：「《唐・地理志》云：『濠，初作豪。』元和三年刺史崔公表請其事，由是改爲『濠』，取水名也。退之作記時尚爲『豪』，或作『濠』，誤矣。」方崧卿《年譜增考》：「按杜佑《通典》：濠州本鍾離郡，隋改曰濠州，因濠水爲名，音豪。煬帝復置鍾離郡，唐武德八年爲濠州。佑上《通典》在貞元十年，則『濠』本不爲『豪』，洪蓋爲《地理志》所誤爾。」謹按：方氏所辯，本之於吴曾《能改齋漫録》卷九「辨豪州字誤」條。《舉正》出南宋監本「徐泗濠三州節度掌書記廳石記」，云：「蜀本作『壁記』，『濠』亦作『豪』，已辨於洪氏《年譜》。」朱熹從洪本，《考異》：「豪，諸本作『濠』。石，或作『壁』。今按：顔魯公《干禄字樣》及《唐韻》亦皆作『豪』，而《元和郡國志》云：濠字中間誤去水，元和三年字又加水。皆與《地理志》合，但《通典》偶脱中間去水一節耳。此『豪』字當從洪氏作『豪』。」謹按：《元和郡縣志》卷九河南道濠州（鍾離上）：「隋開皇三年改濠州，因水爲名。大業三年改爲鍾離郡。武德五年，杜伏威附改爲濠州，濠字中間誤去水。元和三年又加水焉。」顔真卿有《祭伯父豪州刺史文》，宋留元剛《顔魯公集年譜》：「豪州，按《通典》，春秋末鍾離子之國，晉僑置徐州，安帝時爲鍾離郡。宋廢入南兖州，齊置北徐州，北齊爲西楚州。隋開皇二年，以地枕濠水，更曰濠州。自大業至唐武德、天寶、乾元，改爲郡若州者再。《地理志》謂『濠字初作豪，元和三年改從濠』；《元和郡國志》『濠字中間誤去水，元和三年字又加水』；彭晁《社亭記碑陰》載武德間州印，豪字亦不從水。元和二年刺史崔公中奏請依舊以濠水爲州名，三年八月敕豪從水，省司重造新印。考之濠州乃開皇舊名，武德以後始作豪也。」今從祝本，下文同。潮本「壁」作「石」，南宋閩本、南宋蜀本、魏本同。《舉正》出南宋監本作「石」，《考異》同。謹按：據下文「請刻石以記之，而陷置于壁間」，作「石」作「壁」均可通。今從苑本、粹本。

②〔總齊三軍之事〕祝本注：「總，一作『整』。事，一作『士』。」南宋閩本注同。南宋蜀本注：「事，一作『士』。」魏本注：「總，一作『整』。」苑本「總」作「整」，注：「整，《文粹》作『總』。事，集作『士』。」《舉正》訂「整」、「士」二字，作「整齊三軍之士」，云：「《文苑》與古本同，蔡校、蜀本亦作『士』。」朱熹從方本，《考異》：「整，或作『總』。士，或作『事』。」

③〔鎮定〕魏本注：「定，一作『守』。」苑本「定」作「守」，注：「守，《文粹》作『定』。」《舉正》據《文苑》訂作「守」，云：「蔡校。」朱熹訂作「守」，《考異》：「守，或作『定』。」

④〔祈祝〕苑本注：「祈，蜀本作『所』。」《舉正》：「《文苑》、《文粹》同上，杭、蜀本『祈』作『所』。」《考異》：「祈，或作『所』。」

⑤〔三軍之號令升黜〕苑本、粹本「三」上多一「下」字。南宋蜀本「黜」作「出」。

⑥〔閎辯通敏兼人之才〕「宏」，苑本、粹本、祝本、南宋閩本、南宋蜀本、魏本、王本、廖本作「閎」。苑本「才」作「材」。《考異》：「閎，或作『宏』。」謹按：「宏」訓「大」爲轉注，「閎」訓「宏」爲通假。《説文》：「宏，屋深響也。从宀厷聲，户萌切。閎，巷門也。从門厷聲，户萌切。」朱駿聲《説文通訓定聲》：「宏，轉注爲『大』。《爾雅·釋詁》：『宏，大也。』《書·盤庚》：『用宏兹賁。』傳：『宏、賁，皆大也。』《酒誥》：『若保宏父。』傳：『大也，司空也。』《易·坤》：『含宏光大。』崔注：『含宥萬物爲宏。』《弔武帝文》：『丕大德以宏覆。』注：『普也。』《禮記·月令》：『其器圜以閎。』以閎爲之。《法言·脩身》：『其爲中也弦深。』以弦爲之。閎，假借爲『宏』。《禮記·月

令》：『其器圜以閡。』注：『謂中寬象土含物。』《上林賦》：『布濩閎澤。』注：『大也。』」

⑦〔然後〕《考異》：「後，方作『后』。」

⑧〔其所辟〕魏本「辟」下注：「一有『之』字。」

⑨〔十二年〕潮本「二」作「一」，苑本、祝本、南宋閩本、南宋蜀本、魏本、王本、廖本同。南宋蜀本注：「一，一作『二』。」苑本注：「一，《文粹》作『二』。」謹按：據洪譜：「建封自貞元四年牧徐，至此首尾十二年。」今從粹本。

⑩〔凡三人〕《舉正》出南宋監本「凡三人」，據《文苑》刪「凡」字。謹按：今苑本有「凡」字。朱熹從方本，《考異》：「『者』下或有『凡』字。」

⑪〔其一曰〕「一」下苑本注：「集本、《文粹》有『人』字。」潮本「一」下多一「人」字，粹本、祝本、南宋閩本、南宋蜀本、魏本、王本、廖本同。今從苑本。

⑫〔其一曰〕「一」下苑本注：「二本有『人』字。」潮本「一」下多一「人」字，粹本、祝本、南宋閩本、南宋蜀本、魏本、王本、廖本同。今從苑本。

⑬〔其一曰〕「一」下苑本注：「二本有『人』字。」潮本「一」下多一「人」字，粹本、祝本、南宋閩本、南宋蜀本、魏本、王本、廖本同。《舉正》出南宋監本「其一人曰隴西李博」，據閣本刪「曰」字，云：「蜀同，《文苑》併上二語『曰』字皆無。」朱熹從方本，《考異》：「『人』下或有『曰』字。」今從苑本。

⑭〔兼人之才〕粹本「才」作「材」。

⑮〔苟未知〕潮本「苟」下注：「一有『有』字。」祝本、魏本注同。南宋閩本、南宋蜀本「苟」下多一「有」字，南宋閩本

注：「一無『有』字。」南宋蜀本注同。《舉正》出南宋監本「茍有未知南陽公」，據苑、粹删「有」字。朱熹從方本，《考異》：「『茍』下或有『有』字。」

⑯〔蔚乎其相扶〕潮本注：「扶，一作『章』。」祝本、南宋閩本、魏本注同。南宋蜀本注：「扶，一作『華』，一作『章』。」苑本作「華」，注：「二本作『扶』。」《舉正》出南宋監本「相扶」，云：「三本同上，《文苑》作『相華』。」朱熹訂作「章」，《考異》：「章，方作『扶』，或作『華』。」

⑰〔魚川泳而鳥雲飛也〕苑本注：「泳，《文粹》作『伏』。」粹本「泳」作「伏」，南宋蜀本無「川」、「雲」二字。《舉正》出南宋監本「魚川泳而鳥雲飛也」，删「也」字，云：「《文苑》無『也』字，杭本作『川伏』。」朱熹從監本，《考異》：「泳，或作『伏』。方無『也』字。」

⑱〔刻石以紀〕苑本「紀」作「記」，注：「記，二本作『紀』。」南宋閩本「紀」下注：「一有『之』字。」苑本「記」下多一「之」字，祝本、南宋蜀本、魏本同。祝本注：「一無『之』字。」魏本注同。《舉正》據苑本增「之」字，作「刻石以記之」。朱熹從方本，《考異》：「或無『之』字。」

⑲〔俾來者〕潮本無「俾」字，粹本、祝本、南宋閩本、南宋蜀本、魏本同。《舉正》增「俾」字，云：「並《文苑》。」朱熹從方本，《考異》：「或無『俾』字。」今從苑本。

【箋注】

〔一〕方崧卿《舉正敍録》謂洪興祖《辨證》有「徐州節度掌書記廳石記」，但並未出校文字，「洪氏亦徒有其目耳」。方氏本人也没有能得到這通碑本，和方氏時代相同的祝充、南宋末年的魏仲舉都曾提及此碑，但同樣地都没有採用此本文字，可知祝、魏與方氏一樣，都是從洪氏轉録。《通志》卷七三《金石略》著録此石於徐州。

此篇作年，洪興祖、方崧卿《年表》、方成珪、蔣抱玄注均繫於貞元十五年（七九九）。洪譜：「十五年己卯：《徐泗豪節度掌書記廳石記》云：『南陽公自御史大夫、豪壽廬三州觀察使授節移鎮徐州，歷十一年。』建封自貞元四年牧徐，至此首尾十二年。」方譜：「是年春作。」

〔二〕孫汝聽注：「景龍元年，置節度府掌書記一人。」沈欽韓注：「《册府元龜》（卷七百十六）：『幕府之職，皆奏請有出身人及六品以下正員官爲之。惟兩省供奉、尚書省、御史臺見任郎官不得奏請。』」蔣抱玄注：「書記，謂任書記之人，即古之記室也。《漢書》：『王公及大將軍幕府皆有記室，掌章表書記。』唐元帥府及節度使屬官並有掌書記撰文字者，省稱書記。今因沿稱辦文書者爲書記官或書記生。」

〔三〕孫汝聽注：「《詩》：『元戎十乘。』元戎，元帥也。古者大國三軍，軍萬二千五百人。」

〔四〕祝充注：「甿，莫耕切。」魏本注：「甿，謨耕切。」蔣抱玄注：「甿，同氓，田民也。古者寓兵於農，故曰甿。」

〔五〕《釋名·釋典藝》：「制法所以鎮定上下。」

〔六〕贊，輔佐。《尚書·大禹謨》：「益贊于禹。」孔傳：「贊，佐。」

〔七〕蔣抱玄注：「四鄰，四方之鄰國也。《左傳》（昭公二十三年）：諸侯守在四鄰。」

〔八〕孫汝聽注：「《周禮》（《春官·大宗伯》）：『春見曰朝，秋見曰覲，時聘曰問。』」蔣抱玄注：「朝覲，即朝正也。《周禮·天官·太宰》：大朝覲會同，贊玉幣玉獻玉几玉爵。」

〔九〕蔣抱玄注：「慰薦，謂安慰而薦達之也。慰，古作尉字。《漢書·胡建傳》：『建守軍正丞，貧無車馬，常步與走卒起居，所以尉薦走卒，甚得其心。』」

〔一〇〕號令，發號施令。《詩·齊風·東方未明》序：「朝廷興居無節，號令不時。」升黜，遷升或降職。《通典·選舉六》：「課績以考之，升黜以勵之。」

〔一一〕孫汝聽注：「兼人，猶過人也。」蔣抱玄注：「兼人，謂一人能兼二人也。《論語》（先進）：『求也退故進之，由也兼人故退之。』」宏辯，雄辯。《北史·張濟傳》：「善談論，有宏辯。」通敏，通達聰敏。《漢書·趙廣漢傳》：「以廉絜通敏下士爲名。」顏師古注：「敏，謂材識捷疾也。」

〔一二〕蔣抱玄注：「辟，徵召也。《後漢書》（鍾皓傳）：『前後九辟公府，皆不就。』」

〔一三〕孫汝聽注：「興元元年十二月，以壽州刺史張建封兼御史大夫，充豪壽廬三州都團練觀察使。貞元四年十一月，置徐泗豪三州節度使，徙建封爲之。」蔣抱玄注：「授節，謂授以符節也。符節，使臣執以示威信者。《周禮》（《地官·司徒下》）：『掌節，掌守邦節而辨其用以輔王室。』徐州，今江蘇銅山縣爲古徐州舊治。」《元和郡縣志》卷九河南道徐州（彭城上）：「今爲徐泗節度使理所，管徐州、宿州、泗州、濠州，管縣一十六。」今屬江蘇省。

〔一四〕魏仲舉注：「歷十一年，貞元四年也。」

〔一五〕魏引集注：「許孟容，字公範，長安人。」許孟容，兩《唐書》有傳，其生平如次：許孟容字公範，祖籍晉陵（《元和姓纂》卷六），京兆長安人。大曆十一年進士及第（《登科記考》）。後究王氏易登科，授秘書省校書郎。趙贊爲荆襄等道黜陟使，表爲判官。貞元初，徐州節度使張建封辟爲從事，四遷侍御史，表爲濠州刺史。德宗知其才，徵爲禮部員外郎。十四年，轉兵部郎中，未滿歲，遷給事中，改太常少卿。元和初，遷刑部侍郎、尚書右丞。四年七月戊辰，拜京兆尹，賜紫。五年十月戊辰，改兵部侍郎（《舊唐書·憲宗紀上》）。元和七年二月壬寅，自兵部侍郎出爲河南尹，旋知禮部選事，徵拜吏部侍郎。由太常卿爲尚書左丞。十二年五月己亥，拜河東留守充都畿防禦使。元和十三年四月壬戌卒（《舊唐書·憲宗紀下》），年七十六。贈太子少保，謚曰憲。

〔一六〕魏引集注：「杜兼，字處弘。」杜兼，兩《唐書》有傳，其生平如次：杜兼，字處弘，洹水人（韓愈《杜兼墓誌銘》）。建中元年舉進士第（《杜兼墓誌銘》韓醇注），建中、興元間馬燧鎮河東，辟爲掌書記，累官至監察御史。歷澤潞判官（《唐國史補》卷中）。貞元中爲張建封徐泗節度掌書記，官至殿中侍御史内供奉，賜緋魚袋，遷觀察判官、尚書禮部員外郎。十六年爲濠州刺史，加御史中丞，賜紫衣金魚。貞元末入爲刑部郎中。永貞元年十二月壬戌拜蘇州刺史，未行，留爲吏部郎中（《資治通鑑》卷二百三十六），遷給事中。元和二年出爲商州刺史、金商防禦使。三年，改河南少尹，行大尹事。四年拜大尹，七月癸亥遷兼水陸運使（《杜兼墓誌銘》文讜注）。十一月二十二日卒，年六十。

〔一七〕樊汝霖注：「許、杜見《唐書》，而李博貞元八年公同年進士也，《唐書》無傳，獨於此見。其後爲宣州客，又見公《送楊儀之序》。」李博，兩《唐書》無傳，其生平不詳。其可知者：李博，隴西人。貞元八年進士登第（韓愈《徐泗豪三州節度掌書記廳壁記》洪興祖注）。貞元十二年八月虢州刺史崔衍爲宣歙觀察使，辟爲從事（韓愈《送楊支使序》孫汝聽注）。貞元十五年，以秘書省校書郎爲張建封徐泗豪三州節度掌書記（《徐泗豪三州節度掌書記廳壁記》）。

〔一八〕唐人稱鄉貢進士爲「進士」，及第則稱「前進士」。程大昌《雍録》卷十「慈恩寺」條：「元和中李肇著《國史補》曰：『進士得第謂之前進士。既解，列名於慈恩寺，謂之題名。大醼於曲江亭，謂之曲江會，亦謂之關宴。』或曰：及第後遇未及第時題名，即添『前』字。故詩曰：『曾題名處添前字。』」《新唐書・百官志二》秘書省：校書郎十人，正九品上。

〔一九〕洪興祖注：「孟容以文詞知名。兼，建中初進士，家聚書至萬卷。博，公同年進士。《贈李君房别》云：『李生在南陽公之側。』或云：恐是博。」

〔二〇〕沈欽韓注：「《藝文志》：『《張建封集》二百三十篇。』」

〔二一〕祝充注：「蔚，音鬱。」

〔二二〕祝充注：「炳，兵永切。」

〔二三〕蔣抱玄注：「没入曰陷，意猶嵌也。」

畫記①〔一〕

雜古今人物小畫共一卷。騎而立者五人，騎而被甲載兵立者十人②〔二〕，一人騎執大旗前立③，騎而被甲載兵行且下牽者十人，騎且負者二人，騎執器者二人，騎擁田犬者一人〔三〕，騎而牽者二人，騎而驅者三人，執羈靮立者二人〔四〕，騎而下倚馬臂隼而立者一人〔五〕，騎而驅涉者二人，徒而驅牧者二人④，坐而指使者一人，甲胄手弓矢鈇鉞植者七人〔六〕，甲胄執幟植者十人，負者七人，偃寢休者二人〔七〕，甲胄坐睡者一人，方涉者一人⑤，坐而脱足者一人⑥，寒附火者一人〔八〕，雜執器物役者八人，奉壺矢者一人〔九〕，舍而具食者十有一人⑦〔一〇〕，挹且注者四人〔一一〕，牛牽者二人⑧，驢驅者四人，一人杖而負⑨，婦人以孺子載而可見者六人⑩〔一二〕，載而上下者三人〔一三〕，孺子戲者九人。凡人之事三十有二⑪，爲人大小百二十有三⑫，而莫有同者焉。馬大者九匹，於馬之中又有上者、下者⑬、行者、牽者、奔者⑭、涉者、陸者〔一四〕、翹者⑮〔一五〕、顧者、鳴者、寢者、訛者〔一六〕、立者、人立者⑯〔一七〕、齕者〔一八〕、飲者、溲者〔一九〕、陟者、降者、痒磨樹者〔二〇〕、噓者〔二一〕、嗅者〔二二〕、喜而相戲者⑰、怒相蹏齧者〔二三〕、秣者〔二四〕、騎者、驟者〔二五〕、走者、載服物者、載狐兔者。凡馬之事二十有七，爲馬大小八十有三⑱，而莫有同者焉。牛大小十一頭⑲，橐駝三頭⑳〔二六〕，驢如橐駝之數而加其一焉，隼一，犬羊狐兔麋鹿共三十。旃車三兩〔二七〕，雜兵器弓矢、旌旗〔二八〕、刀劍、矛楯〔二九〕、弓服、矢房〔三〇〕、甲冑之屬，缾盂、簦笠㉑〔三一〕、筐筥、錡釜〔三二〕，飲食服用之器，壺矢博奕之具㉒〔三三〕，二百五十有一，皆曲極其妙。

貞元甲戌年〔三四〕，余在京師，甚無事，同居有獨孤生申叔者㉓〔三五〕，始得此畫而與余彈碁〔三六〕，余幸勝而獲焉。意甚惜之，以爲非一工之所能運思㉔，蓋叢集衆工之所長耳㉕，雖百金不願易也。明年，出京師，至河陽〔三七〕，與二三客論畫品格，因出而觀之。座有趙侍御者〔三八〕，君子人也，見之感然，若有所感㉖。少而進曰〔三九〕：「噫！余手之所摹也㉗，亡之且二十年矣。余少時常有志乎茲事，得國本㉘〔四〇〕，絶人事而摹得之㉙，遊閩中而喪焉。居閑處獨，時往來余懷也㉚，以其始爲之勞而夙好之篤也㉛。今雖遇之，力不能爲已，且命工人存其大都焉。」〔四一〕余既甚愛之，又感趙君之事，因以贈之㉜。而記其人物之形狀與數而時觀之，以自釋焉〔四二〕。

【彙校】

①〔畫記〕本篇又載《唐文粹》卷七十七，據校。

②〔載兵立者〕《考異》：「或無『立』字。」

③〔一人騎執〕「騎」下潮本注：「一有『而』字。」祝本、南宋閩本注同。《考異》：「『騎』下或有『而』字。」魏本有「而」字。注：「一無『而』字。」

④〔徒而驅牧者二人〕潮本注：「而，趙作『騎』。」祝本注：「而，一作『騎』。」南宋閩本、魏本注同。南宋蜀本作「騎」，注：「騎，一作『而』。」粹本「驅」作「羈」。《舉正》據杭本删「徒」下「而」字，訂「騎」字，作「徒騎牧者二人」，云：「謝校。蜀本『騎』訛作『驅』，然亦無『而』字。」朱熹從監本作「徒而驅」，《考異》：「方無『而』字，『驅』作『騎』。按：徒則非騎矣，方誤也。」

⑤〔方涉者一人〕粹本無「方」字。《舉正》出南宋監本「方涉者一人」，删「方」字，云：「三本并同。」朱熹從監本，《考異》：「方無『方』字。」南宋蜀本注：「一無上五字。」

⑥〔坐而脱足者一人〕「坐」上祝本注：「一有『方涉』二字。」魏本注同。潮本「坐」上多「方涉」二字，粹本、南宋閩本、南宋蜀本同。句末潮本注：「一云『甲冑坐睡者一人，方涉者一人，坐而脱足者一人』。」南宋閩本注同。朱熹無「方涉」二字，《考異》：「方本『坐』上有『方涉』二字。」謹按：今本《舉正》未出此條。今從祝本。

⑦〔具食者十有一人〕祝本注：「具，一作『且』。」南宋閩本、魏本注同。潮本「十」上多一「二」字，祝本、南宋閩本、南宋蜀本、魏本同。句末祝本注：「一作『十有一人』，以總數數之，是。曾子開云。」南宋閩本、魏本注同。《舉正》

出南宋監本「二十有一人」，删「二」字，云：「三本并同。」朱熹從方本，《考異》：「具，或作『且』，『十』上或有『二』字。」今從粹本。

⑧〔牛牽者二人〕潮本「二」作「三」，祝本、南宋閩本、南宋蜀本、魏本同。南宋蜀本注：「三，一作『二』。」《舉正》訂作「二」，云：「三本並同。」朱熹從方本，《考異》：「二，或作『三』。」今從粹本。

⑨〔一人杖而負〕「負」下潮本多一「者」字，粹本、祝本、南宋閩本、南宋蜀本、魏本同。《舉正》删「負」下「者」字，云：「三本並同。」朱熹從監本存「者」字，《考異》：「方無『者』字。今按：『一人』字疑在『負者』之下。」王本、張本、廖本從朱本。今從方本。

⑩〔婦人以孺子載而可見者六人〕潮本注：「人，一作『女』。」祝本、南宋閩本、魏本注同。南宋蜀本作「女」，注：「女，一作『人』。」潮本注：「一無『以』字。」祝本、魏本注同。南宋閩本無「以」字，注：「一有『以』字。」《舉正》訂「女」字，作「婦女孺子」，云：「三本並同。」朱熹從監本，《考異》：「人，方作『女』，而無『以』字。」

⑪〔凡人之事三十有二〕潮本「之」下多一「主」字，祝本、南宋閩本、南宋蜀本、魏本同。南宋蜀本注：「一作『凡人之事』。」《舉正》出南宋監本「凡人之生事」，據閣本、杭本删「生」字。朱熹從方本，《考異》：「『之』下或有『主』字。」今從粹本。

⑫〔爲人大小百二十有三〕「爲」下南宋蜀本注：「一作『焉』。」潮本「爲」作「焉」，屬上句。祝本、南宋閩本、魏本同。潮本注：「焉，一作『爲』。」祝本、南宋閩本、魏本注同。《舉正》訂作「爲」，云：「三本同。」朱熹從方本，《考異》：「爲，或作『焉』，屬上句，非是。」今從粹本。

⑬〔又有上者下者〕祝本、魏本注：「一有『焉』字，一云『亦有馬之下者焉』。」潮本作「又有上者下者焉」，南宋閩本、

南宋蜀本同。潮本注：「一無『焉』字，一云『亦有馬之下者焉』。」南宋閩本注同。粹本作「亦有馬之下者焉」。《舉正》據杭本訂「亦」及「有」下「馬之」二字，云：「蜀本『亦』作『又』，餘同上。閣本無『之下者』三字，疑脱。」朱熹從監本，《考異》：「方從杭本作『亦有馬之下者焉』，蜀本同，但『又』作『亦』，閣本作『亦有馬焉』。今按：此句三本皆無理，唯別本作『又有上者、下者』而無『焉』字，乃與上下文意相屬，今從之。」今從祝本。

⑭〔行者牽者奔者〕「牽者」下南宋蜀本注：「一無『牽者』。」粹本無「牽者」。《舉正》出南宋監本「行者牽者奔者」，删「牽者」二字，云：「杭、蜀同删，閣本併『奔者』亦無。」朱熹删「奔者」二字。《考異》：「牽，方作『奔』，或併無四字。今按：牽，謂牽而行也。後有『走者』，則『奔者』爲重複，當存『牽』而去『奔』。」童第德注：「竊以爲『奔』與『走』析言之則有别。《爾雅》曰：『中庭謂之走，大路謂之奔。』似不應删『奔者』字。」

⑮〔涉者陸者翹者〕「陸者」下潮本注：「一有『牽者』無『陸者』字，一無『牽者』有『陸者』字。」祝本、南宋閩本、魏本注同。南宋蜀本注：「一無『牽者』。」《考異》：「陸者，或無此二字。按：此承『涉者』，則『陸』爲方出水也，不當無。」

⑯〔立者人立者〕潮本無「人立者」三字，祝本、南宋閩本、魏本同。潮本注：「一有『人立者』字。」祝本、南宋閩本、魏本注同。《舉正》增此三字，云：「三本同。」朱熹從方本，《考異》：「或無『人立者』三字，非是。」今從粹本。

⑰〔喜而相戲者〕「而」下南宋蜀本注：「一無『而』。」粹本無「而」字。方崧卿删「而」字，《舉正》出南宋監本「喜而相戲者」，云：「三本同。」朱熹從方本，《考異》：「『喜』下或有『而』字。」

⑱〔爲馬大小〕南宋蜀本注：「爲，一作『焉』。」潮本「爲」作「焉」，屬上句。祝本、南宋閩本、魏本同。潮本注：「焉，一作『爲』。」祝本、南宋閩本、魏本注：「焉，一作『爲』，非是。」方崧卿訂作「爲」，《舉正》：「三本同。」朱熹從方

本，《考異》：「爲，或作『焉』，屬上文，非是。」今從粹本。

⑲〔十一頭〕潮本「十」下多一「有」字，祝本、南宋閩本、南宋蜀本、魏本同。《舉正》出南宋監本「十有一頭」，據杭本、閣本删「有」字。朱熹從方本，《考異》：「『十』下或有『有』字。」今從粹本。

⑳〔槖駝三頭〕魏本注：「槖，一作『駱』。」潮本「槖」作「駱」，祝本、南宋閩本、南宋蜀本同。方崧卿訂作「槖」，《舉正》：「杭、蜀同。古書皆從『槖』。顔氏《子虚賦》注云：『槖駝者，言其可負槖囊而駝物，故以名。』」朱熹從方本，《考異》：「槖，或作『駱』，下同。」今從粹本。

㉑〔簦笠〕祝本注：「笠，一作『𥫱』。」南宋閩本、魏本注同。南宋蜀本注：「笠，一作『豆』。」

㉒〔壺矢博奕之具〕魏本注：「壺矢，一作『投壺之矢』。」粹本作「投壺之矢」。《舉正》據閣本訂「投壺之壺矢」五字，作「飲食服用投壺之壺矢博弈之具」，云：「杭同，蜀本『服用』下出『之器』二字，餘同上。」朱熹從監本，《考異》：「方從閣、杭本『用』下有『投壺』二字，而無『器』字，非是。」謹按：粹本之文，「器」、「矢」、「具」並列，諸本之文，「器」、「具」並列，表述明白。方本之文，總「飲食服用投壺」所需爲一「具」。但「飲食」、「服用」、「投壺」之具，非「壺矢博弈之具」所能該。「投壺」所需爲「壺矢」，「飲食服用」，下無所承；「博弈之具」，上無所自來，不通。今不取。

㉓〔同居有獨孤生〕「有」下祝本注：「一無『有』字。」魏本注同。《考異》：「或無『有』字。」

㉔〔一工之所能〕潮本「工」下多一「人」字，粹本、祝本、南宋閩本、南宋蜀本、魏本同。南宋蜀本注：「一無『人』。」謹按：此注「人」訛作「之」，據下注訂正。魏本注同。《舉正》出南宋監本「一工人」，云：「蜀本二語皆無『人』字。」

朱熹從方本，《考異》：「或無『人』字，下語同。」今從南宋蜀本所引或本。

㉕〔叢集衆工之所長〕粹本「叢」作「藂」，《舉正》據蜀本、粹本訂作「藂」。朱熹從方本，《考異》：「藂，或作『叢』。」謹按：「叢」爲「藂」之俗字。潮本「工」下多一「人」字，粹本、祝本、南宋閩本、南宋蜀本、魏本同。南宋蜀本注：「一無『人』。」魏本注同。今從南宋蜀本所引或本。

㉖〔若有所感〕粹本「所感」作「感然」。《舉正》訂作「感然」，云：「杭、蜀、《文粹》同，閣本無此二語。」朱熹從方本，《考異》：「下或有『所』字，或無此四字。」

㉗〔余手之所摹也〕魏本注：「一作『余之手之所摹也』，一作『余所摹也』，摹，亦作『模』。」粹本作「予之手摸」，祝本作「余手之所摸」，南宋蜀本作「余之手所摹」。《舉正》據閣本訂「之手摸」三字，作「余之手摸」。云：「杭同，蜀本『摸』上有『所』字。」朱熹從方本，《考異》：「『摸』上或有『所』字，或作『手之所摹』。」童第德注：「『摸』即『摹』，隸變以手移左旁，作『摸索』字，讀入聲。『摹』與『模』音義略同。《説文》：『摹，規也。模，法也。』」

㉘〔得國本〕南宋蜀本注：「國，一作『故』。」魏本注同。

㉙〔絶人事而摹得之〕魏本注：「摹，一作『模』。」粹本、祝本、王本、張本、廖本「摹」作「摸」。

㉚〔時往來余懷也〕潮本「往」下多一「日」字，祝本、南宋閩本、南宋蜀本、魏本同。南宋蜀本注：「一無『日』。」魏本注：「一本無『日』字，是。」《舉正》出南宋監本無「日」字，云：「一有『日』字，非。三本皆同上。」朱熹從方本，《考異》：「『往』下或有『日』字。」今從粹本。

㉛〔以其始爲之勞而夙好之篤也〕《舉正》出南宋監本「始爲之勞」，據蜀本删「始」字。朱熹從監本，《考異》：「方無

「始」字，今以下文『夙好』之語推之，當有。」

㉜〔因以贈之〕南宋蜀本「以」作「而」。

【箋注】

〔一〕樊汝霖注：「蘇内翰嘗曰：世有妄庸者作歐陽永叔語云『吾不能爲退之《畫記》』，此大妄也。僕嘗謂退之《畫記》僅似甲乙帳爾，了無可觀。世人識真者少，可歎亦可愍也。」

此篇作年，洪興祖、樊汝霖、方成珪、高步瀛均繫於貞元十一年（七九五）。洪譜：「十一年乙亥：是年去京師，既歸河陽，有《畫記》。遂自河陽如東都。《畫記》：『貞元甲戌，余在京師。明年出京師，至河陽。』」方譜：「是年作，《記》中敍述甚明。」

〔二〕蔣抱玄注：「被，與披同。《穀梁傳》（僖公二十二年）：古者被甲嬰胄非以興國也，則以征無道也，豈曰以報其恥哉。」

〔三〕孫汝聽注：「田犬，田獵之犬。」蔣抱玄注：「擁，抱持也。田犬，獵狗也。《周禮·犬人録》：犬有三種，一者田犬，二者吠犬，三者食犬。」

〔四〕祝充注：「羈靮，上居宜切，馬絆也，下音的，馬韁也。《禮記》（《檀弓下》）：『孰執羈靮而從。』」孫汝聽注：「羈，絡也。靮，韁也。」魏仲舉注：「靮，丁歷切。」

〔五〕孫汝聽注：「臂即臂也。隼者，鷹之類。」高步瀛注：「《詩·采芑》：『鴥彼飛隼。』鄭箋云：『隼，急疾之鳥也。』孔疏引《説文》曰：『隼，鷙鳥也。』又引陸氏《毛詩疏》曰：『隼，鷂屬也。齊人謂之擊征，或謂之題肩，或謂之雀鷹。』」

〔六〕魏引集注：「胄，兜矛也。手，執也。鈇莝，斫刀也。鉞，斧也。植，立也。」魏仲舉注：「鈇，風無切。」高步瀛注：「《禮記・檀弓下》：『陳弃疾謂工尹商陽曰：子手弓而可。』」

〔七〕祝充注：「偃，息也。寢，卧也。」

〔八〕魏引補注：「按《筆墨間録》云：『予嘗愛附火語工。乃王弼（《周易・比・象》注）云：『火有其炎，寒者附之。』附，近也。』」

〔九〕孫汝聽注：「《禮記》（《投壺》）：『投壺之禮，主人奉矢，司士奉中。』矢，所以投也。」魏仲舉注：「奉，音捧。」高步瀛注：「《禮記・曲禮下》：『凡奉者當心。』《釋文》曰：『奉本亦作捧，同，芳勇反。』又《投壺》：『主人奉矢，司射奉中，使人執壺。』鄭注：『矢，所以投者也。』《釋文》：『壺，器名，以矢投其中，射之類。奉音捧，芳勇反。』」

〔一〇〕孫汝聽注：「舍，居屋下也。」蔣抱玄注：「屋居曰舍。具，備也。具食謂預備食糧，即造飯者也。」

〔一一〕魏引集注：「挹，酌也。注，灌也。《詩》（《小雅・大東》）：『不可以挹酒漿。』」魏仲舉注：「挹，音邑。」

〔一二〕高步瀛注：「以孺子載，《詩・江有汜》鄭箋曰：『以，猶與也。』」

〔一三〕孫汝聽注：「載而上下，謂上下車也。」

〔一四〕沈欽韓云：「《莊子·馬蹄篇》：『翹足而陸，此馬之真性也。』司馬云：『陸，地也。』按：陸是陸梁之義。」高步瀛注：「此『陸』疑『踛』之通假字。《莊子·馬蹄篇·釋文》引司馬曰：『陸，跳也。』《文選·江賦》注引作『翹尾而踛』，司馬彪曰：『踛，跳也。』」童第德注：「《文選》郭景純《江賦》『夔䡅翹踛於夕陽』，李注引《莊子》作『踛』。『踛』字不見《說文》，『奞』字注云：『其行奞奞。』則假『夌』爲字，作『陸』者借字。朱豐芑謂其本字應作『奞』是也。此文以『陸者』、『翹者』連文，本之《莊子》，應以『跳』釋『陸』爲是。朱子删『奔者』二字，以『陸者』承『涉者』，故釋『陸』爲方出水。」

〔一五〕孫汝聽注：「翹，舉足也。」高步瀛注：「翹，『蹻』之通借字。《說文》：『蹻，舉足行高也。』」《說文》段注：「蹻、高疊韵。玄應引文穎曰：『蹻猶翹也。』又引《三蒼解詁》云：『蹻，舉足也。』丘消切。按今俗語猶然。」

〔一六〕孫汝聽注：「《詩》（《小雅·無羊》）：『或寢或訛。』訛，動也。」高步瀛注：「《詩·無羊》曰：『或寢或訛。』毛傳：『訛，動也。』案：『訛』當作『吪』。《說文》：『吪，動也。』《玉篇》引《詩》作『吪』。」謹按：「訛」、「吪」字通。《詩·王風·兔爰》「尚寐無吪」，陸德明《音義》：「吪，本亦作訛。」

〔一七〕高步瀛注：「《左》莊八年曰：『豕人立而啼。』」

〔一八〕祝充注：「《禮記》（《曲禮上》）：『庶人齕之。』齕，音揻，又下没切，齧草也。」高步瀛注：「《莊子·馬蹄》：『齕草飲水。』《釋文》：『齕，恨發反，又胡切反。』成玄英疏：『齕，齧也。』

〔一九〕魏仲舉注：「溲，便也，所交切。」

〔二〇〕魏仲舉注：「痒，以兩切。」高步瀛注：「《説文》：『蛘，搔蛘也。』字一作『癢』，書傳或以『痒』爲之。」《説文》段注：「騷，騷擾也。毛云：『動也。』騷痒者，擾動於肌膚間也。玄應引《禮記》『蛘不敢搔』，俗多用『痒』、『癢』、『養』字，蓋非也。蛘从虫者，往往有蟲潛於膜。故『疥』字亦或作『蚧』，作『蚧』。」

〔二一〕魏仲舉注：「噓，吹也。」高步瀛注：「《莊子·齊物論·釋文》：『吐氣爲噓。』引向秀曰：『息也。』」

〔二二〕蔣抱玄注：「嗅，吮物也。」高步瀛注：「《説文》：『齅，以鼻就臭也。』《廣韻》四十九宥曰：『齅，以鼻取氣，亦作『嗅』。許救切。』」

〔二三〕祝充注：「齧，五結切。」魏仲舉注：「踶，踢也，徒計切。」蔣抱玄注：「踶齧，踶，踏也。齧，咬也。《禮記注》(《月令》鄭注)：爲其牝氣有相踶齧也。」高步瀛注：「《莊子·馬蹄》：『馬陸居則食草飲水，喜則交頸相靡，怒則分背相踶。』《釋文》：『踶，大計反，又徒兮反，又徒祁反。李云：踶，踢也。《廣雅》、《字韻》、《聲類》並同。《通俗文》云：小踢謂之踶。』《説文》曰：『齧，噬也。』」

〔二四〕蔣抱玄注：「秣，飼馬曰秣。《詩經·周南·漢廣》：『言秣其馬。』」

〔二五〕蔣抱玄注：「馬疾步曰驟。《詩經》(《小雅·四牡》)：『載驟載駸。』」

〔二六〕孫汝聽注：「橐駝者，言能負橐而駝物。」高步瀛注：「《文選·上林賦》注引韋昭曰：『背上有肉似橐，故曰橐駝也。』《漢書·司馬相如傳》顔注曰：『橐駝者，言其可負橐囊而駝物，故以名云。』與韋説異，而兩説皆通。」

〔二七〕孫汝聽注：「《説文》：『旃，旗曲柄者。』兩，乘也，力讓切。」高步瀛注：「旃，字又作『旜』。《周禮·夏官·大司馬之職》：『師都載旜。』蓋建旃車上，故曰旃車。又疑『旃車』即『氈車』，『氈』、『旃』通借。《南齊書·豫章王嶷傳》曰：『上謀北伐，以虜所獻氈車賜嶷。』《書·牧誓》孔疏引《風俗通》説：『車有兩輪，故稱爲兩。』《廣韻》四十一漾：『兩，車數，力讓切。』」

〔二八〕孫汝聽注：「《周禮》（《夏官·司常》）：『游車載旌。』旌者，謂析羽注於髦首，所以精進士卒。」高步瀛注：「《周禮·春官·司常》：『熊虎爲旗，析羽爲旌。』」

〔二九〕祝充注：「楯，食尹切。」孫汝聽注：「楯，所以扞身蔽目者。」魏仲舉注：「楯，樹尹切。」高步瀛注：「《説文》曰：『盾，瞂也。所以扞身蔽目。』『楯』乃『盾』之借字。」《説文》：「楯，闌楯也。从木盾聲，食允切。」段注：「楯，闌檻也。闌，門遮也。檻，櫳也。此云闌檻者，謂凡遮闌之檻，今之闌干是也。」王逸《楚辭注》（《招魂》）曰：『檻楯也。從曰檻，横曰楯。』古亦用爲『盾』字。」

〔三〇〕孫汝聽注：「服，弓衣，亦作『箙』。房，以盛矢。」蔣抱玄注：「弓服，弓衣也。《唐太宗紀》（《新唐書·東夷》）：『帝伐高麗，師還以弓服賜其臣，蓋蘇文受之不遣使者謝，於是下詔削棄朝貢。』矢房，盛矢之器也。」高步瀛注：「《説文》：『箙，弩矢箙也。』《周禮·夏官·司弓矢》鄭注曰：

『箙，盛矢器也。』《左傳》宣公十二年：『抽矢菆納諸厨子之房。』杜注：『房，箭舍。』是『箙』與『房』爲一物，此言『弓服』，但指弓衣耳。《説文》曰：『韔，弓衣也。』孫曰『服，弓衣』是也。」

〔三一〕祝充注：「簦，音登，笠蓋。《史記》：『虞卿躡蹻擔簦。』」孫汝聽注：「簦，笠之長柄也。」魏仲舉注：「簦，都滕切。」《史記·平原君虞卿列傳》集解：「徐廣曰：蹻，草履也。簦，長柄笠，音登。笠有柄者謂之簦。」蔣抱玄注：「簦，笠之有柄可手執以行者，如今之傘。」童第德注：「『笠』爲『豆』之俗字。如作『豆』，則上『簦』字當作『登』。《詩·生民》『於豆於登』，毛亨曰：『木曰豆，瓦曰登。豆，薦葅醢也。登，大羹也。』『豆登』與『鉼盂』、『筐筥』、『錡釜』爲類，應以作『登豆』爲是。《説文》作『𧯠』、『梪』，經傳或假『鐙』爲『𧯠』。」謹按：「登豆」、「簦笠」，義俱可通。但篇中以「鉼盂」、「簦笠」、「筐筥」、「錡釜」並列爲「飲食服用之器」，其中「鉼盂」、「筐筥」、「錡釜」均爲飲食之器，則「簦笠」必爲服用之器。簦笠，一作「䔲笠」，雨具。有柄曰簦，無柄曰笠。《國語·吴語》：「䔲笠相望於艾陵。」韋昭注：「䔲笠，備雨器也。」

〔三二〕祝充注：「(《詩·召南·采蘋·釋文》)錡，其綺切，又魚倚切，三足釜也。《詩》：『維錡及釜。』」孫汝聽注：「(《詩·召南·采蘋》毛傳)方曰筐，圓曰筥，皆以竹爲之。三足曰錡，無足曰釜。」

〔三三〕蔣抱玄注：「博奕，即今之圍棋。」高步瀛注：「《説文》：『簙，局戲也。六箸十二棊也。』又曰：『弈，圍棊也。』」段注：「簙，局戲也。六箸十二棊也。古戲，今不得其實。箸，韓非所謂博箭。

《招魂》注云：『箟簬作箸。』故其字从竹。从竹博聲，補各切。經傳多假『博』字。」

〔三四〕樊汝霖注：「甲戌年，即貞元十年也。」

〔三五〕魏引集注：「申叔，字子重。」獨孤申叔，兩《唐書》無傳，其生平如次：申叔，字子重，河南人，太子舍人助之子（《新唐書·宰相世系表五下》）。貞元十三年舉進士第，十五年，以博學宏詞爲校書郎。居父喪未練，十八年四月五日卒，年二十七（柳宗元《亡友故秘書省校書郎獨孤君墓碣》）。

〔三六〕洪興祖注：「沈存中（《夢溪筆談》卷十八）云：彈碁有譜一卷，其局方二尺，中心高如覆盂。其巔爲小壺，四角微隱起。李商隱（《無題》）詩：『玉作彈碁局，中心亦不平。』謂其中高也。白樂天（《和春深》）詩：『彈碁局上事，最妙是長斜。』謂抹角斜彈，一發過半局。今譜中有此法。」祝充注：「柳子厚亦有此詩，《畫記》所云彈碁是也。」孫汝聽注：「《西京雜記》：『漢元帝好擊鞠爲勞，求相類而不勞者，遂爲彈碁之戲。』彈碁有譜一卷，盡唐人所爲。柳子厚序碁用二十四碁者，即此戲也。」蔣抱玄注：「《西京雜記》：『漢元帝以擊鞠爲勞，求相類而不勞者，遂爲彈碁之戲。』至唐又有所謂《彈碁譜》者。」高步瀛注：「《文選》魏文帝《與朝歌令吴質書》李善注引《藝經》曰：『碁正彈法：二人對局，白黑碁各六枚。先列碁相當，更先控三彈，不得。各去控一碁，先補角。』《太平御覽·工藝部十二》引《彈碁經序》曰：『昔漢武帝平西域，得胡人善蹴鞠者，盡衒其便捷跳躍，帝好而爲之，羣臣不能諫。侍臣東方朔因以此藝進之，帝乃捨蹴鞠而上彈碁焉。

習之者多在宮禁中，故時人莫得而傳。至王莽末，赤眉凌亂，西京傾覆，此藝爲宮人所傳，故散落人間。及章帝御宇，好諸伎藝，此戲乃盛於當時。』又引《彈碁經後序》曰：『自後漢冲質以後，此藝中絶。至獻帝建安中，曹公執政，博弈之具皆得寘之宮中，宮人因以金釵玉梳戲於粧奩之上，即取類於彈碁也。及魏文帝受禪，宮人因更習彈碁焉。當時朝臣名士無不爭能，故帝《與吴季重書》曰：彈碁，間設者也。』《世説新語·巧藝篇》曰：『彈碁始自魏，宮内用妝奩戲。文帝於此戲特妙，用手巾角拂之，無不中。有客自云能，帝使爲之，客箸葛巾角，低頭拂碁，妙踰於帝。』劉孝標注曰：『傅玄《彈碁賦》敍曰：漢成帝好蹴踘，劉向以謂勞人體竭人力，非至尊所宜御，乃因其體作彈碁。』按玄此言，則之戲其來久矣。」

〔三七〕樊汝霖注：「當是貞元十一年。」孫汝聽注：「河陽，公家世所葬。」蔣抱玄注：「貞元十一年，公往河陽省墳墓。」高步瀛注：「《祭十二郎文》曰：『吾年十九始來京城。其後四年，而歸視汝。又四年，吾往河陽省墳墓。』樊注謂在十一年，方崧卿《年表》載在十年。如方説，則非此文所言『至河陽』。《感二鳥賦序》曰：『貞元十一年五月戊辰，愈東歸。』則『至河陽』殆在此時。」

〔三八〕沈欽韓注：「張彦遠《歷代名畫記》：『趙博宣亦解畫。弟博文，畫子母犬兔，善寫貌。』案：趙博宣，尚書左丞涓子。《畫史會要》云：『博文、博宣皆師周昉。』疑即是趙侍御也。」據《元和姓纂》卷七：「博宣，監察御史。」知趙博宣官終監察御史。《因話録》卷五：「御史臺三院：一曰臺院，其僚曰侍御史，衆呼爲端公。二曰殿院，其僚曰殿中侍御史，衆呼爲侍御。三曰察院，其僚曰監察御史，衆呼亦曰侍御。」則「侍御」亦可指監察御史。據《歷代名畫記》卷十，博文「應進士不第」，知此處「趙侍御」，當爲趙博宣。趙博宣，兩《唐書》附見於其父涓傳。今鈎稽其生平如次：趙博宣，冀州信都人（《元和姓纂》卷七）。初爲冀、定押衙，大曆十四年登進士第（《乾臊子》）。陳許節度使曲環辟爲從事，權知舞陽縣事。朝廷方討淮蔡，環誣奏博宣受吴少誠賂爲反間，又妄説國家休咎，扇惑軍情。詔令决杖四十，流於康州。

〔三九〕蔣抱玄注：「少，有頃也。《孟子》（萬章）：少則洋洋焉。」

〔四〇〕蔣抱玄注：「國本，故本也。」

〔四一〕孫汝聽注：「大都，大略也。」蔣抱玄注：「大都，大概也。」

〔四二〕自釋，自我排遣。《顔氏家訓·勉學》：「元帝在江荆間，復所愛習，召置學生，親爲教授，廢寢忘食，以夜繼朝。乃至倦劇愁憤，輒以講自釋。」

藍田縣丞廳壁記①〔一〕

丞之職，所以貳令〔二〕，於一邑無所不當問。其下主簿、尉，主簿、尉乃有分職②〔三〕。丞位高而偪〔四〕，例以嫌，不可否事〔五〕。文書行〔六〕，吏抱成案詣丞〔七〕。卷其前，鉗以左手③〔八〕，右手摘紙尾④〔九〕，雁鶩行以進⑤〔一〇〕。平立睨丞〔一一〕，曰：「當署。」⑥〔一二〕丞涉筆占位⑦〔一三〕，署惟謹。目吏問：「可不可？」吏曰：「得。」則退，不敢略省〔一四〕，漫不知何事〔一五〕。官雖尊，力勢反出主簿、尉下〔一六〕。諺數慢⑧〔一七〕，必曰丞，至以相訾謷〔一八〕。丞之設⑨，豈端使然哉〔一九〕？

博陵崔斯立〔二〇〕，種學績文〔二一〕，以蓄其有。泓涵演迤⑩〔二二〕，日大以肆⑪。貞元初，挾其能戰藝於京師，再進屈千人⑫。元和初，以前大理評事言得失黜官〔二三〕，再轉而爲丞茲邑〔二四〕。始至，喟然曰⑬：「官無卑，顧材不足塞職。」〔二五〕既噤不得施用⑭〔二六〕，又喟然曰：「丞哉！丞哉！余不負丞，而丞負余。」⑮則盡枿去牙角⑯〔二七〕，一躡故跡〔二八〕，破崖岸而爲文⑰〔二九〕。丞廳故有記，壞陋污不可讀。斯立易桷與瓦墁〔三〇〕，治壁〔三一〕，悉書前任人名氏。庭有老槐四行，南牆鉅竹千挺⑱〔三二〕，儼立若相持〔三三〕，水虢虢循除鳴〔三四〕。斯立痛掃溉〔三五〕，對樹二松，日吟哦其間⑲〔三六〕。有問者，輒對曰：「余方有公事，子姑去。」考功郎中知制誥韓愈記〔三七〕。

【彙校】

①〔藍田縣丞廳壁記〕此篇又載《文苑英華》卷八〇五，據校。

②〔主簿尉乃有〕魏本注：「一本不重出『主簿尉』三字。」

③〔鉗以左手〕南宋蜀本「鉗」作「拑」。高步瀛注：「鉗，『拑』之借字。《説文》：『拑，脅持也。（段曰：謂脅制而持之也。）鉗，以鐵有所劫束也。（段曰：劫者，以力脅止也。束者，縛也。）箝，籋也。（段曰：以竹脅持之曰箝。）』朱豐芑《説文通訓定聲》卷四曰：『以手曰拑，以竹籋拑曰箝，以鐵鉆拑曰鉗。』步瀛案：書傳多通用之。」

④〔摘紙尾〕魏本注：「摘，一作『擿』。」

⑤〔雁鶩〕潮本注：「雁，一作『鳧』。」祝本、南宋閩本、魏本注同。苑本注：「雁，集作『鳧』。」南宋蜀本「雁」作「鳧」，注：「鳧，一作『雁』。」《舉正》：「蜀本作『鳧鶩』。」《考異》：「鴈，或作『鳧』。」

⑥〔曰當署〕《舉正》：「《文苑》『曰』下再有『丞』字。」謹按：今苑本「曰」下無「丞」字。《考異》：「『曰』下或有『丞』字。」

⑦〔涉筆〕《舉正》：「《文苑》作『濡』。」謹按：今苑本作「涉」。《考異》：「涉，或作『濡』。」

⑧〔諺數慢〕潮本「諺」作「劾」，祝本、南宋閩本、南宋蜀本、魏本同。《舉正》訂作「諺」，云：「以《文苑》校。杭、蜀本作『該數慢』，『該』與『諺』字近而訛。今本以『該』爲無義，復校作『劾』，其訛益甚。『數』，所矩切，謂諺語之所舉計者，以丞爲慢之最，且至相訾謷，上下義方相屬也。『謷』與『訾』古義通，公《答張籍書》『囂囂多言，徒相爲訾』，《詩》『讒口嚻嚻』，亦作『謷謷』。《史記·商君傳》『有高人之行者，固見非於世，有獨知之慮者，必見敖於民』，《商子》本書作『必見訾於民』，可以考也。」《考異》：「諺，或作『劾』，或作『該』。」陳景雲注：「按公《酬崔少府詩》云：『但聞赤縣尉，不比博士慢。』與此《記》『慢』字同義。即公《論鹽法狀》中所謂『散慢官』也。『諺數慢

必曰丞』者，蓋當時俗語歷數内外官職之慢莫丞若耳。『數』讀上聲，方説得之。虞山錢受之在萬曆末作《送楊縣丞序》，引韓記以『慢』字作『慢侮』解，誤甚。」今從苑本。

⑨〔丞之設〕潮本注：「設，一作『役』。」祝本、南宋閩本、南宋蜀本、魏本注同。苑本注：「設，集注一作『役』。」

⑩〔泓涵〕潮本注：「涵，一作『澄』。」祝本、南宋閩本、魏本注同。苑本注：「涵，蜀本作『澄』。」南宋蜀本「涵」作「澄」，注：「澄，一作『涵』。」《舉正》：「蜀本作『泓澄』。」《考異》：「涵，或作『澄』。」

⑪〔日大以肆〕《舉正》：「《文苑》，李、謝校同。杭、蜀本作『日以大肆』。」《考異》：「大以，或作『以大』。」

⑫〔再進屈千人〕潮本「屈千」作「再屈于」，今苑本、祝本、南宋閩本、南宋蜀本、魏本同。魏引集注：「立之，貞元四年進士第。公嘗寄其詩曰：『連年收科第，如摘頷下髭。』此其所以再進而再屈于人也。或謂『屈』當作『出』乃與詩意合，是不解公所謂『屈于人』之意耳。『屈于人』，屈人也。」《容齋續筆》卷十二：「杭本韓文作『再屈于人』，蜀本作『再進屈千人』，《文苑》亦然。蓋他本誤以『千』字爲『于』也。」《舉正》訂「屈千」二字，作「再進屈千人」，云：「亦以《文苑》校。杭本只作『再屈千人』，脱『進』字。蜀本增入『進』字，又於下複出『再』字，義愈不可合。樊曰：公《寄斯立詩》『連年收科第，如摘頷底髭』，『屈』當作『出』，謂再出于人也，然諸本無有作『出』字者。斯立，貞元四年進士，六年中博學宏辭。再進而屈千人，少陵詩所謂『筆陣獨掃千人軍』者是也。《文苑》此篇只録到『鉅竹千梃下』，云：『元本闕。』實唐本之舊也。如『諺數慢』、『屈千人』，皆得於僅存。其他如二『喟然』皆無『然』字，『丞喜負余』、『破崖岸爲文丞』皆與閣本合，誠可貴也。」朱熹訂作「再進再屈口人」，《考異》：「杭本無『再進』二字，《文苑》無下『再』字，而『屈』下一字皆作『千』字。方云：斯立貞元四年進士，六年中博學宏詞，再進而屈千人也。今按：杭、苑皆脱字，方從苑爲誤。但唐人試宏詞者甚少，如貞元九年僅三十二人而已，作『千

人』恐非是。或疑『千』當作『其』，如云『屈其坐人』也。然無所據，姑仿《穆天子傳》，闕其處以俟知者。」陳景雲注：「『出於人』三字亦見柳子厚《誌》文，尤可證樊説之有據。」王元啓注：「試宏辭者雖少，以進士試禮部者歲三千人，今統進士、宏辭二科言之，即云『再屈千人』，似亦無害。否則當從樊氏所引或説定作『再出于人』。《聯句詩》云『鬬場再鳴先』，與此文『再出于人』同義。陳曰：『出於人三字亦見柳子厚《墓誌》。』尤可證樊説之有據。若作『再曲其人』，其語差凡。」高步瀛注：「『屈千人』者，如杜子美《醉歌行》所謂『筆陣獨掃千人軍』也，不必問試者數目，朱説似泥。退之《寄崔二十六立之詩》曰：『連年收科第，如摘頷底髭。』乃喻其易。此言『屈千人』，則喻服者之多也。」童第德注：「朱子疑『千』當作『其』，云：『屈其坐人，亦見柳《誌》。』但『千』與『其』聲形不近，應以作『出』與『屈』形近爲長。」今從方本。

⑬〔喟然曰〕《舉正》出南宋監本「喟然曰」，删「然」字，云：「三本同，李、謝删。」朱熹從方本，《考異》：「『喟』下或有『然』字，下同。」

⑭〔噤不得施用〕苑本「噤」作「禁」。祝本注：「用，一作『行』。」南宋閩本、魏本注同。苑本注：「用，集注一作『行』。」

⑮〔而丞負余〕「而丞」下潮本注：「一有『喜』字。」祝本、南宋閩本、魏本注同。丞喜負余《舉正》增「喜」字，云：「喜，許吏切。漢黄霸少學律令，喜爲吏。顔曰：『喜，謂愛好也。』三館本有『喜』字。公《送許郢州序》『相求而喜不相遇』，《上鄭留守啓》『漸不喜爲吏』是也。」《考異》：「『丞』下方有『喜』字。」

⑯〔柝去牙角〕魏本注：「柝，一作『拆』。」

⑰〔破崖岸而爲文〕潮本注：「文，一作『之』。」祝本、南宋閩本、南宋蜀本注同。魏本注：「文，蔡本作『之』。」苑本

注：「文，蜀本作『之』。」《舉正》出南宋監本「破崖岸而爲文丞」，據閣本删「而」字，云：「杭同。蜀本『文』作『之』，亦無『而』字。程夢良曰：文丞句絶，猶文具也。」《考異》：「方無『而』字，『之』作『文』而讀連下句，曰『爲文丞』，言猶文具也。今按：『文丞』不成文理，方説之僻類如此。或疑『丞』亦爲衍文。」《容齋四筆》卷五：「莆田方崧卿得蜀本，數處與今文小異。其『破崖岸而爲文』一句，繼以『丞廳故有記』，蜀本無『而』字。考其語脉，乃『破崖岸爲文丞』是句絶。文丞者，猶言文具備員而已，語尤奇崛。若以『丞』字屬下句，則既是丞廳記矣，而又云『丞廳故有記』，雖初學爲文者不肯爾也。」高步瀛注：「洪説非是。『丞廳故有記』，言舊有記耳。」

⑱〔竹千挺〕《舉正》訂「挺」作「梃」，云：「梃從木。《説文》曰：『梃，一枚也。』」朱熹從方本。謹按：「挺」，「梃」之通假字。《説文》：「挺，拔也。从手廷聲，徒鼎切。梃，一枚也。从木廷聲，徒頂切。」段注：「梃之言挺也。直者則曰梃，如《孟子》『制梃』、《漢書》『白梃』皆是。《禮經》『脯梃』，字本作『梃』，亦作『挺』。俗作『脡』，誤也。」朱駿聲《説文通訓定聲》：「挺，假借爲『梃』。《考工·弓人》『於挺臂中有柎焉故剽』，注：『直也。』《儀禮·鄉飲禮·記》『薦脯五挺』，注：『猶膱也。』《漢書·蓋寬饒傳》『直而不挺』、《左》襄五傳『我心挺挺』，注：『正直也。』」

⑲〔日吟哦〕祝本注：「一無『吟』字。」魏本注同。苑本、南宋閩本、南宋蜀本無「吟」字，南宋閩本注：「一有『吟』字。」苑本注：「集有『吟』字。」朱熹删「吟」字，《考異》：「『日』下或有『吟』字。」

【箋注】

〔一〕高步瀛注：「《封氏聞見記》卷五曰：朝廷百司諸廳皆有壁記，敍官秩創置及遷授始末。原其作意，蓋欲著前政履歷而發將來健羨焉。故爲記之體，貴其説事詳雅，不爲苟飾。韋氏《兩京記》

云：『郎官盛寫壁記以記當廳前後遷除出入，寖以成俗。』然則壁記之由，當是國朝以來始自臺省，遂流郡邑耳。」

此篇作年，吕大防繫於元和九年，洪譜、方崧卿《增考》、《年表》、方成珪繫於元和十年（八一五）。蔣抱玄注繫於元和八年。吕譜：「元和九年甲午，拜考功郎中知制誥，作《藍田縣丞廳記》。」洪譜：「十年乙未：是年有《藍田縣丞廳記》。唐本云：『元和十年。』」《增考》：「公是年（元和九年）十二月十五日知制誥。洪云：唐本《藍田丞記》『元和十年作』，當從之。」方譜：「《記》末銜書『考功郎中知制誥』，當爲是年作。」

〔二〕孫汝聽注：「貳，謂副貳也。」蔣抱玄注：「貳，副也。《周禮》（大宰）：『乃施法于官府而建其正立其貳。』注：『正謂冢宰、司徒、宗伯、司馬、司寇、司空。貳謂小宰、小司徒、小宗伯、小司馬、小司寇、小司空也。』」

〔三〕《唐六典》卷三十京縣畿縣天下諸縣官吏：「諸縣主簿一人。主簿掌付事、句稽，省署抄目，糾正非違，監印，給紙筆雜用之事。」《唐六典》卷三十京縣畿縣天下諸縣官吏：「諸縣尉二人。縣尉親理庶務，分判衆曹，割斷追徵，收率課調。」

〔四〕偪，近也。《左傳》襄公三十年「國小而偪」，杜注：「偪近大國。」此謂縣丞與縣令地位相近。

〔五〕蔣抱玄注：「例以嫌，謂照例以侵權之嫌疑而不顧問縣事也。」

〔六〕蔣抱玄注：「文書，公事也。《漢書》（刑法志）：『文書盈於几閣。』凡衙署公事必由長官盡行而後發，故曰行。」

〔七〕蔣抱玄注：「吏，書吏也。成案，已成之案無可更易者。詣，至也。如詣闕詣府。」

〔八〕魏仲舉注：「鉗，束也。」

〔九〕魏仲舉注：「摘，它歷切。」蔣抱玄注：「摘，摘取之義，謂少留紙尾也。」高步瀛注：「《宋書·蔡廓傳》：『廓曰：我不能爲徐干木署紙尾。』」

〔一〇〕陳景雲注：「按《莊子》外篇：『士成綺雁行。』」謹按：《莊子·天道》「士成綺鴈行避影」，成玄英疏：「成綺自知失言，身心慚愧，於是雁行斜步，側身避影。」是所謂「雁行」者，側身斜步而行。銀雀山漢墓簡書《孫臏兵法·威王問》：「雁行者，所以觸側應□〔也〕。」亦與成疏相合。《穆天子传》：「天子西征，鶩行至于陽紆之山。」郭璞注：「鶩，猶馳也。」是「鶩行」即疾馳。雁鶩行，側身斜步疾行。此語始見韓文，後人亦有採用者。如宋李彭《三益齋》：「抱牘鴈鶩行，欲作故時看。」（《日涉園集》卷二）宋范浚《與林權縣書》：「彼鴈鶩行者且不敢爲讕語，敢爲銖兩姦乎？」（《香溪集》卷十九）此後多以「雁鶩行」代指衙吏，「行」讀作行列之「行」。如宋崔敦禮《送嚴江陰守序》：「今人坐黄堂，閱吏牘，對鴈鶩行，較銖寸升斗，豈其所欲哉？」（《宫教集》卷六）曾丰《增城丞嘉禾張元輔纔過郡輒去未及欵曲也已而同校藝晉康》：「名高未及蓬萊島，心遠寧輕鴈鶩行。」（《緣督集》卷八）楊萬里《十山歌呈太守胡平一》：「豺虎深交鴈鶩行，到官管取汝無妨。」（《誠齋集》卷四十二）章甫《益睡》：「門前吏立鴈鶩行，童奴摇手眠方熟。」（《自鳴集》卷二）

〔一一〕祝充注：「睨，音詣。」魏仲舉注：「睨，邪視。」蔣抱玄注：「睨，邪視也。《中庸》（第十三章）：睨而視之。」高步瀛注：「《莊子·天下篇·釋文》引李曰：『睨，側視也。』」平立，不低頭，不下拜，面對面站立。蘇冕《唐會要》卷一百「大食國」條：「開元初，遣使来朝，進良馬寶鈿帶。其使謁見，平立不拜。云：『本國惟拜天神，雖見王亦不拜。』」

〔一二〕蔣抱玄注：「署，簽字也。」

〔一三〕沈欽韓云：「占位者，丞書名在令之下，簿尉之上也。」蔣抱玄注：「涉筆，猶言動筆也。李昭玘文（《樂靜集·永興提刑謝到任》）：『據案涉筆，擁文墨之紛紜。』占位，占，視也。謂視自己之地位也。」

〔一四〕蔣抱玄注：「略省，省，察也。謂略加考察也。」

〔一五〕蔣抱玄注：「漫，渺茫也。謂無頭緒也。」

〔一六〕力勢，權力、權勢。《潛夫論·交際》：「貨財不足以合好，力勢不足以杖急。」

〔一七〕祝充注：「劾，胡得切。」

〔一八〕祝充注：「呰，音紫。謷，音敖。謷，不省語也。《前漢》：『聲謷謷。』」孫汝聽注：「《説文》云：『不省人也。』」魏仲舉注：「呰，將此切。謷，牛刀切。」蔣抱玄注：「呰謷，音支敖。皆詆毁之意。而謷尤惡詛。蓋當時凡無人無力勢者必曰丞也。」高步瀛注：「《禮記·曲禮上·釋文》曰：

『呰，音紫，毁也。』《爾雅・釋訓》：『敖敖，傲也。』《釋文》曰：『本又作謷，五高反。』又引舍人注曰：『謷謷，衆口毁人之貌。』」謹按：「呰」、「謷」均有詆毁一義，《玉篇》：「呰，同『訿』，毁也。」呰謷，攻訐詆毁。此語始見韓文，後人亦多採用者。如朱熹《建寧府建陽縣長灘社倉記》：「時以相呰謷，而訖不能以相詘。」（《晦庵集》卷七十九）元吴萊《白雲先生許君哀頌辭》：「終日危坐，學徒環列，無憮無敖，無嬉笑，無呰謷昏瞀者。」（《淵穎集》卷七）元朱晞顏《送歸安縣丞沙德潤序》：「壓於上，偪於下，澒涊怯恧，益相呰謷。」（《瓢泉吟稿》卷四）

〔一九〕蔣抱玄注：「端，始也。端使然，謂非國家之始意使之如是也。」高步瀛注：「《禮記・禮器》鄭注曰：『端，本也。』」

〔二〇〕魏引補注：「斯立，字立之，清河人。」崔斯立，兩《唐書》無傳，其生平不詳，今鈎稽其可知者如次：崔斯立，字立之（韓愈《贈崔立之評事》）。博陵崔氏第二房，醴泉令潤之子，巴州刺史滂之孫（《新唐書・宰相世系表二下》）。貞元四年進士登第，貞元六年中博學宏詞（《韓文考異》）。元和初，以前大理評事言得失黜官。元和十年，再轉爲藍田縣丞（韓愈《藍田縣丞廳壁記》）。《元和郡縣志》卷十七河北道深州安平縣（上）：「本漢舊縣，屬涿郡。高帝以鄂千秋爲安平侯，後漢屬博陵郡。後魏以來博陵諸崔，即此邑人也。」今屬河北省。

〔二一〕王元啓注：「曰種曰績，以耕織爲比。讀書以爲學，故曰種；言以爲文，故曰績。若云『績學種文』，則不可也。」高步瀛注：「《禮記・禮運》曰：『修禮以耕之，陳義以種之，講學以耨之。』種學之義本此。《詩・七月》曰：『八月載績，載玄載黄，我朱孔陽。』績文之義本此。」謹按：種學，培養學問。此語始見韓文，後人亦多採用者。如宋謝逸《祭汪伯更教授文》：「砥節礪行，種學積文，期有所建立。」（《溪堂集》卷十）謝薖《送卲尉序》：「平居無事，種學自娱。」（《竹友集》卷八）葛勝仲《與胡學士書》：「種學味道，菽水孝養。」（《丹陽集》卷三）績文，綴詞以爲文，謂著述。柳宗元《送韓豐羣公詩後序》：「嘗績文著書，言禮家之事。」（《柳河東集》卷二十五）

〔三二〕祝充注：「泓，烏宏切。演，以淺切。」高步瀛注：「《漢書・五行志上》顔注曰：『演，廣也。』《詩・秦譜》孔疏曰：『池謂靡池，境界廣被之意。』案：池、迤字同。」蔣抱玄注：「泓涵，深廣貌。演迤，飽滿之意。」謹按：泓，水深廣貌。《説文》：「泓，下深貌。从水弘聲，烏宏切。」涵，沉潛貌。《方言》：「涵，沈也。楚郢以南曰涵，或曰潛。」泓涵，沉潛深廣貌，引申爲學識淵博。此語始見韓文，後人亦多採用者。如宋陳造《與楊總領書》：「正學以從仕，中和以臨下，寬厚慈祥之政，其源流之來，泓涵演漾，儼故家規模未替也。」（《江湖長翁集》卷二十五）魏了翁《眉州新開環湖記》：「湖光眇漭，從廣百丈，泓涵演溁，深廣繚繞。」（《鶴山集》卷四十）許應龍《漳浦橋記》：「鼇峰瑞巖，屹若對峙，中横鹿溪，演迤泓涵。」（《東澗集》卷十三）演迤，漫衍貌，引申爲才華横溢貌。此語始見韓文，後人亦多採用者。如宋晁公武《郡齋讀書志》卷四上：「英辯藻思，閎麗演迤，發於忠正，蔚然爲百代詞章之祖。」宋陳舜俞《説田》：「魯有大野，晉有大陸，秦有陽陓，宋有孟諸，楚有雲夢，吴越有具區，齊有海隅，鄭有圃田，周有焦穫，蓋有汪洋演池不可得而耕植者矣。」（《都官集》卷七）王安石《朝奉郎守國子博士知常州李公墓誌銘》：「茫洋演迤，小大畢浮。」（《臨川文集》卷九十四）毛滂《郢州新修縣尉司記》：「南浮瀟湘，觀洞庭，夷猶於瀰漫演迤間。」（《東堂集》卷九）

〔二三〕《新唐書·百官志三》大理寺：「司直六人，從六品上。評事八人，從八品下。掌出使推按。凡承制推訊長吏，當停務禁錮者，請魚書以往。」

〔二四〕《元和郡縣志》卷一關内道京兆府藍田縣（畿），今屬陜西省。《唐六典》卷三十京縣畿縣天下諸縣官吏：「京兆河南太原諸縣丞一人，正八品下。縣令之職，皆掌導揚風化，撫字黎氓，敦四人之業，崇五土之祠。養鰥寡，恤孤窮，審察冤屈，躬親獄訟，務知百姓之疾苦。所管之户，量其資産，類其强弱，定爲九等。其户皆三年一定，以入籍帳。若五九三疾及中丁多少，貧富强弱，蟲霜旱澇，年收耗實，過貌形狀及差科簿，皆親自注定，務均齊焉。若應收受之田，皆起十月里正勘造簿歷，十一月縣令親自給授，十二月内畢至。於課役之先後，訴訟之曲直，必盡其情理。每歲季冬之月行鄉飲酒之禮，六十已上坐堂上，五十已下立侍於堂下，使人知尊卑長幼之節。若籍帳、傳驛、倉庫、盜賊、河隄、道路，雖有專當官，皆縣令兼綜焉。縣丞爲之貳。」

〔二五〕蔣抱玄注：「塞職，稱職之謙詞。塞職，謂對於職事無實心也。」

〔二六〕祝充注：「噤，巨禁切。」蔣抱玄注：「噤，忌陰切。閉口也。凡不作聲皆曰噤。《史記》（《日者列傳》）：『悵然噤口不能言。』」

〔二七〕祝充注：「枿，牙葛切。」魏仲舉注：「枿，五割切。」蔣抱玄注：「枿，音孽，斬伐也。牙角，淩厲之物，以喻氣概也。」高步瀛注：「枿，同『櫱』。《詩·長發》『苞有三櫱』，《釋文》引《韓詩》曰：『蘖，絶也。』《説文》曰：『欁，伐木餘也。』或體作『櫱』。古文作『不』，又作『梓』。」童第德注：「《漢書·朱雲傳》：『五鹿嶽嶽，朱雲折其角。』是一本作『折』亦通。」謹按：「枿」，「櫱」之或體。《尚書·盤庚上》「若顛木之有由蘖」，《經典釋文》：「蘖，五達反，本又作『枿』。馬云：『顛本而肄生曰枿。』」《説文》段注：「《商頌》傳曰：『櫱，餘也。』《周南》傳曰：『肄，餘也，斬而復生曰肄。』按『肄』者，『櫱』之假借字也。韋昭曰：『以株生曰櫱。』《方言》：『烈、枿，餘也。陳鄭之間曰枿，晉衛之間曰烈，秦晉之間曰肄，或曰烈。』枿者，亦『櫱』之異文。《商書》曰：『若顛木之有甹欁。』《般庚上》文。今《尚書》作『由櫱』，本又作『枿』。馬云：『顛木而肄生曰枿。』櫱，欁或，從木辥聲。今經典用此字。枿，古文欁。從木無頭，謂木禿其上而僅餘根株也。梓，亦古文欁，从木夅聲也。『欁』者『夅』之或字，見羊部。《古文四聲韻》作『梓』。」牙角，猶稜角、鋒芒。朱敬則《諫除濫刑疏》：「斷萋菲之牙角，頓姦險之鋒芒。」（《唐文粹》卷二十八）

〔二八〕陳景雲注：「按《漢書·鄒陽傳》：『人主必襲按劒相眄之迹。』師古注：『言躡其故迹。』」蔣抱玄注：「故跡，謂前人之行徑也。」

〔二九〕蔣抱玄注：「崖岸，《南史·康絢傳》：『或謂江淮多蛟，而乘風雨，決壞崖岸，其性惡。』後人因沿爲性不和易者曰崖岸。」謹按：崖岸，嚴峻端莊貌。《後漢紀·獻帝紀》：「陳侯崖岸高峻，百谷莫得而往。」所謂「文」，即「悉書前任人名氏」之文。「破崖岸而爲文」，謂崔斯立一反昔日之峻嚴，而爲此遊戲之文。

〔三〇〕蔣抱玄注：「桷，椽之方者曰桷。一曰屋角斜枋也。墁，壁之泥飾也。《孟子》（滕文公）：『毁瓦畫墁。』」

〔三一〕魏引補注：「墁泥也」祝充注：「墁，毋官切。《孟子》：『毁瓦畫墁。』注：『畫墁，畫地也。』」魏仲舉注：「墁，莫干切。」

〔三二〕蔣抱玄注：「梃，《説文》：一枚曰梃。梃者獨也。梃然徑直之貌，如《魏書》：甘蔗下梃是也。」

〔三三〕高步瀛注：「《禮記・曲禮上》鄭注曰：『儼，矜莊貌。』」

〔三四〕祝充注：「㶁，音號。《説文》：『水裂聲也。』除，階也。」魏仲舉注：「㶁，古柏反。」蔣抱玄注：「㶁，音號，水徐徐而流之聲。」謹按：㶁，水聲。《説文》：「㶁，水裂去也。从水虢聲，古伯切。」《集韻》：「㶁，水聲，从虢，霍虢切。」疊「㶁」爲水鳴聲，始見韓文，後人亦多採用者。如宋蔡襄《夢遊洛中十首》：「修竹蕭蕭曲檻前，清泉㶁㶁小池邊。」（《端明集》卷五）蘇頌《石縫泉》：「吐溜始涓涓，循除俄㶁㶁。」（《蘇魏公文集》卷三）趙抃《題張果老洞》：「亂山泉㶁㶁，舉世事紛紛。」（《清獻集》卷二）除，臺階。《史記・魏公子列傳》：「趙王埽除自迎，執主人之禮。」《漢書・王莽傳》：「羣臣扶掖莽，自前殿南下椒除。」顔師古注：「除，殿陛之道也。」

〔三五〕韓醇注：「溉，溉灌、溉注也。」魏仲舉注：「溉，居代切。」高步瀛注：「《詩・匪風》毛傳曰：

『溉，滌也。』」謹按：「溉」，「摡」之假借字。朱駿聲《説文通訓定聲》：「溉，假借爲『摡』。《詩·洞酌》『可以濯溉』，傳：『清也。』《禮記·曲禮》『器之溉者不寫』，疏：『滌也。』《長笛賦》：『溉盥汙濊。』」《説文》：「摡，滌也。从手既聲。《詩》曰：『摡之釜鬵。』古代切。」段注：「滌者，洒也。洒，先禮切。《詩》『摡之釜鬵』，傳曰：『摡，滌也。』今本作『溉』者，非。凡《周禮》、《禮經》『摡』字本皆从手，《釋文》不誤，而俗本多譌。」

〔三六〕掃溉，打掃、清除。此語始見韓文，後人亦多採用者。如宋陳師道《後山談叢》：「宣城包鼎每畫虎，掃溉一室，屏人聲，塞門塗牖。」（《後山集》卷十九）鄒浩《治梅圃》：「呼童掃溉放花出，作意相從歸去誇。」（《道鄉集》卷十三）李彭《歸來堂爲韓子蒼題》：「度堂痛掃溉，勝氣自爾隨。」（《日涉園集》卷一）

〔三七〕韓愈以考功郎中知制誥，在元和九年十二月戊午，十一年正月丙戌拜中書舍人，見洪譜引《憲宗實録》。《新唐書·百官志一》尚書省吏部：「考功郎中（從五品上）、員外郎（從六品上）各一人，掌文武百官功過、善惡之考法及其行狀。」《新唐書·百官志二》中書省中書舍人：「開元初，以它官掌詔敕策命，謂之『兼知制誥』。」

新修滕王閣記①〔一〕

愈少時則聞江南多臨觀之美②〔二〕，而滕王閣獨爲第一③〔三〕，有瓌偉絶特之稱④〔四〕。及得三王所爲序賦記等⑤，（王勃作《游閣序》，王緒作《賦》〔五〕，今中丞王公爲從事，作《修閣記》。並題在閣也⑥〔六〕。）壯其文辭⑦，益欲往一觀而讀之，以忘吾憂。繫官于朝，願莫之遂。十四年以言事斥守揭陽⑧〔七〕，便道取疾〔八〕，以至海上，又不得過南昌而觀所謂滕王閣者〔九〕。

其冬，以天子進大號，加恩區内〔一〇〕，移刺袁州〔一一〕。袁於南昌爲屬邑⑨〔一二〕，私喜幸自語⑩，以爲當得躬詣大府⑪〔一三〕，受約束於下執事〔一四〕。及其無事且還，儻得一至其處⑫，竊寄目償所願焉⑬。至州之七月〔一五〕，詔以中書舍人太原王公爲御史中丞觀察江南西道〔一六〕。洪江饒虔吉信撫袁悉屬治所〔一七〕，八州之人前所不便及所願欲而不得者⑭，公至之日，皆罷行之⑮〔一八〕。大者驛聞〔一九〕，小者立變。春生秋殺⑯〔二〇〕，陽開陰閉〔二一〕。令修於庭户，數月之間⑰，而人自得於湖山千里之外。吾雖欲出意見論利害聽命於幕下，而吾州乃無一事可假而行者，又安得舍己所事以勤館人〔二二〕？則滕王閣又無因而至焉⑱。

其歲九月，人吏浹和〔二三〕。公與監軍使燕于此閣，文武賓士皆與在席〔二四〕。酒半⑲，合辭言曰⑳：「此屋不修，且壞㉑。前公爲從事此邦，適治新之㉒。公所爲文㉓，實書在壁。今三十年，而公來爲邦伯〔二五〕；適及期月㉔，公又來燕于此。公胡得無情哉？」㉕公應曰：「諾。」於是棟楹樑桷板檻之腐黑撓折者㉖〔二六〕，蓋瓦級甎之破缺者㉗〔二七〕，赤白之漫漶不鮮者㉘〔二八〕，治之則已。無侈前人，無廢後觀。工既訖功，公以衆飲而賞焉㉙。以書命

愈曰：「子其爲我記之。」㉚

愈既以未得造觀爲歎，竊喜載名其上㉛，詞列三王之次㉜，有榮耀焉㉝，乃不辭而承公命㉞。其江山之好，登望之樂，雖老矣，如獲從公遊，尚能爲公賦之。元和十五年十月某日㉟，袁州刺史韓愈記〔二九〕。

【彙校】

①〔新修滕王閣記〕此篇又載《文苑英華》卷八一〇、《唐文粹》卷七十四，據校。

②〔則聞江南多臨觀〕南宋蜀本注：「則，一作『嘗』。」苑本注：「則，蜀本作『嘗』。」潮本注：「臨觀，一作『登臨』。」祝本、南宋閩本注同。苑本注：「臨觀，《文粹》一作『登臨』。」粹本、魏本「臨觀」作「登臨」。魏本注：「登臨，一作『臨觀』。」《舉正》出南宋監本「則聞」，云：「蜀本作『嘗聞』。」《考異》：「則，或作『嘗』。臨觀，或作『登臨』。」

③〔獨爲第一〕粹本無「獨」字。

④〔瓌偉絶特〕苑本、粹本「瓌」作「瑰」。《舉正》據閣本訂「特」作「時」，云：「李本校。」朱熹從監本，《考異》：「特，方從閣本作『時』，非是。」童第德注：「有瓌偉絶時之稱，言人或稱其瓌偉冠絶當時也。義亦自通，亦兩存之。」

⑤〔三王所爲〕苑本「爲」作「謂」。

⑥〔王勃作游閣序王緒作賦今中丞王公爲從事作修閣記並題在閣也〕句下側注，潮本作「王勃游閣記王緒賦今中丞

修閣記」，祝本、南宋閩本同。粹本、南宋蜀本無「也」字，餘同苑本。魏本無此側注。《舉正》訂句下側注作「王勃作游閣記王緒作賦今中丞王公爲從事作修閣記並題在閣」，云：「杭、蜀本注文並同，《文苑》不出。」謹按：今苑本有側注。朱熹删此側注，《考異》：「注或云『王勃遊閣序王緒賦王公今中丞修閣記』，或並無。」張本從《舉正》存此側注。謹按：句下小字側注爲韓愈自注，觀注文中「今中丞」可知。此注不宜删削，今從苑本。

⑦〔文辭〕魏本「辭」作「詞」。

⑧〔以言事斥守揭陽〕粹本無「事」字。潮本注：「揭，一作『潮』。」苑本注：「揭，集作『潮』。」祝本作「潮」，南宋閩本、南宋蜀本、魏本同。祝本注：「潮，一作『揭』。」南宋閩本、魏本注同。《舉正》訂「揭」字，作「以言事斥守揭陽」，云：「杭、蜀、文苑同，杭本無『事』字。」《考異》：「或無『事』字。揭，或作『潮』。」謹按：「揭陽」、「潮陽」俱可通。「揭陽」縣名，即潮州州治海陽縣；「潮陽」，即潮州郡名。

⑨〔袁於南昌〕苑本注：「集無『袁』字。」粹本無「袁」字。《舉正》出南宋監本「袁於南昌」，據閣本删「袁」字，云：「苑、粹同，蜀有。」謹按：今苑本有「袁」字。朱熹從監本，《考異》：「方無『袁』字。」

⑩〔幸自語〕粹本無「語」字。

⑪〔當得躬詣大府〕南宋蜀本「得」作「時」，注：「時，一作『得』。」粹本、祝本「大」作「太」。

⑫〔及其無事且還儻得一至其處〕苑本無以上十二字，注：「集本、《文粹》有『及其無事且還儻得一至其處』十二字。」

⑬〔竊寄目償所願〕祝本「竊」作「切」。苑本「償」作「賞」，「賞」下多一「適」字。《舉正》出南宋監本「受約束於下執事

及其無事且還儻得一至其處」，删「及其無事且還儻得一至其處」十二字，訂「賞」字，增「適」字，作「受約束於下執事竊寄目賞適所願焉」，云：「《文苑》無上語十三字，嘗疑上二語義不可通，及得《文苑》，始知今本以『賞』爲『償』而去『適』字，誠誤也。」朱熹從監本，《考異》：「諸本皆同。方獨從《文苑》無『及其無事且還儻得一至其處』十二字，而『償』作『賞』，下又增『適』字。今按：敍事當如諸本，乃有曲折。而其先公後私，不以遊覽雜乎受命之重，尤得事大府之體。與《聘禮》『既受饔餼然後請觀乃從下門而入』，意亦相似。如方所定，則皆失之。而『竊寄目賞』語意生澀，『適所願』亦不若『償』字之穩也。」

⑭〔及所願欲而不得〕苑本無「及所願」三字，「便」下注：「集本、《文粹》有『及所願』三字。」

⑮〔皆罷行之〕《舉正》：「《文苑》『行』上有『而』字。」《考異》：「《文苑》『行』上有『而』字，亦非是。」謹按：今苑本「行」上無「而」字。

⑯〔春生秋殺〕潮本注：「生，一作『施』。」祝本、南宋閩本、魏本注同。苑本、粹本、南宋蜀本作「施」。苑本注：「施，集作『生』。」南宋蜀本注：「施，一作『生』。」《舉正》訂作「施」，云：「苑、粹作『施』，杭、蜀作『生』。」朱熹從監本，《考異》：「生，方從《文苑》作『施』。今按：下字對偶，《文苑》亦非。」童第德注：「『生』、『殺』對偶，『施』、『殺』亦對偶，亦兩存之。」

⑰〔數日之間〕南宋蜀本注：「月，一作『日』。」苑本注：「月，《文粹》作『日』。」粹本「月」作「日」。《舉正》訂「月」作「日」，云：「三本同。」朱熹從方本，《考異》：「日，或作『月』。」

⑱〔而至焉〕《舉正》據《文苑》「焉」下增「矣」字。謹按：今苑本無「矣」字。朱熹從方本，《考異》：「或無『矣』字。」

⑲〔洒半〕「半」下苑本注：「集本、《文粹》作『席洒』。」

⑳〔合辭〕南宋蜀本注：「合，一作『酣』。」

㉑〔且壞〕南宋蜀本「且」作「宜」。

㉒〔治新〕苑本「治」作「理」，注：「理，集本、《文粹》作『治』。」《舉正》據苑本訂作「理」。朱熹從方本，《考異》：「理，或作『治』。」

㉓〔公所爲〕《舉正》據苑本删「公」字。謹按：今苑本有「公」字。朱熹從監本，《考異》：「方無『公』字。」

㉔〔期月〕粹本「期」作「朞」。

㉕〔胡得〕潮本注：「胡，一作『烏』。」祝本、南宋閩本、魏本注同。今苑本、南宋蜀本「胡」作「烏」，苑本注：「烏，《文粹》作『乎』。」粹本「胡」作「乎」。《舉正》據杭本訂「胡」作「乎」，云：「苑、粹同。」朱熹訂作「烏」，《考異》：「烏，或作『胡』，方從杭、苑作『乎』。今按：作『乎』語意輕脱，不類公它文，亦非寮屬所得施於其長者。蓋本作『烏』，自『烏』而『胡』，又自『胡』而訛耳。大抵此篇《文苑》多誤。」

㉖〔撓折者〕苑本注：「《文粹》有『易新之』三字。」粹本「者」下多「易新之」三字。

㉗〔破缺者〕苑本注：「破，《文粹》作『故』。」粹本「破」作「故」。《舉正》訂「破」作「故」，云：「閣、杭同，李、謝校。」朱熹從監本，《考異》：「破，方作『故』。今按：瓦甎堅物，破缺乃不可用，而『故』則無甚害也。且修屋而盡易其故，則是新作而非修之謂矣。作『故』非是。」

㉘〔漫漶不鮮〕潮本注：「鮮，一作『圭』。」祝本、南宋閩本、南宋蜀本、魏本注同。苑本注：「鮮，集注一作『圭』。」《舉正》出南宋監本「漫漶」，云：「《漢·楊雄傳》『漫』只作『曼』。」《考異》：「鮮，或作『圭』，説見《祭湘君夫人文》。」

㉙〔飲而賞焉〕苑本無「賞焉」二字，注：「集本、《文粹》有『賞焉』二字。」《舉正》出南宋監本「公以衆飲而賞焉」，據閣本删「賞焉」二字，云：「文苑同。」朱熹從方本，《考異》：「『而』下或有『賞焉』字。」

㉚〔子其爲我〕祝本注：「一無『其』字。」魏本注同。《考異》：「或無『其』字。」

㉛〔竊喜〕祝本「竊」作「切」。

㉜〔詞列〕粹本「詞」作「辭」。

㉝〔榮耀焉〕潮本「耀」下注：「一有『者』字。」祝本、魏本注同。苑本「耀」下注：「集有『者』字。」南宋閩本「耀」下多一「者」字，注：「一無『者』字。」

㉞〔承公命〕苑本注：「承，《文粹》作『成』。」粹本「承」作「成」。

㉟〔十月某日〕《舉正》出南宋監本「十月某日」，云：「李本作『五日』，然閣本只從『某』。」《考異》：「某，或作『五』。」

【箋注】

〔一〕樊汝霖注：「滕王閣在洪州。公自袁州作此記，凡五百五字，首尾敍其不一到爲歎，而終之曰：『其江山之好，登望之樂，雖老矣，如獲從公遊，尚能爲公賦。』蓋敍事之外所以寄吾不盡之意者此而已。歐陽永叔爲襄守史中輝記峴山亭，尹師魯爲襄守燕公記峴山亭，蘇子美爲處守李然明記照水堂，蘇子瞻爲眉守黎希聲記遠景樓。四者其辭雖異，而大意略同。豈作文之法當如是耶？抑亦祖公此意而爲之也？」

元白珽《湛淵靜語》卷二載：「滕王閣舊置王勃詩序碑當正位，昌黎作《重修滕王閣記》居其旁。古心江公治隆興，遂遷韓碑居正，退勃於旁。公嘗刻碑陰，略云：勃八代未變之文，俳優語也。昌黎文一變八代，直至於道。舊見墨本，今忘之。」元隆興路即南昌，知元時南昌滕王閣有此碑。明孫克弘《古今石刻碑帖目》卷下「江西南昌府」下著録「滕王閣記」，注云：「在洪都。」清李光暎《觀妙齋金石文考略》卷十二著録此碑，注云：「韓愈書，元和十五年。」所載書碑年月與此篇作年相合。但其行款、文字，諸家均未涉及，不詳。

此篇作年，洪興祖、方崧卿《年表》、方譜均繫於元和十五年（八二〇）。洪譜：「十五年庚子：閏正月穆宗即位，公以今年春到袁。至袁，有《滕王閣記》。《記》云：『十五年十月，袁州刺史。』《祭湘君夫人》云：『十五年十月，朝散大夫守國子祭酒。』按：唐史云：『九月辛酉，袁州刺史韓愈國子祭酒。』蓋命下在九月，受命在十月。是月爲《滕王閣記》時，猶未受祭酒之命也。」

〔二〕蔣抱玄注：「則，助詞，即也、乃也。古統稱長江以南曰江南，非但指江蘇一省。」

〔三〕孫汝聽注：「滕王名元嬰，高祖之子。永徽中爲洪州都督，作此閣。」

〔四〕祝充注：「瓌，公回切。瓌偉，壯麗也。《選》（嵇康《琴賦》）：『瓌艶奇偉。』」謹按：瑰瑋，亦作「瓌瑋」、「瑰偉」，壯麗也。《淮南子·俶真》：「懷瓌瑋之道，忘肝膽，遺耳目，獨浮游無方之外，不與物相弊摋。」司馬相如《子虛賦》：「若乃俶儻瑰偉異方殊類珍怪鳥獸萬端鱗萃充仞其中者，不可勝記。」《文選》李善注引《廣雅》：「瑰瑋，琦玩也。」絶特，絶世獨立。此語始見韓文，後人亦多採用者。如宋蔡襄《白波發運使廳壁記》：「南北有嵩山少室天壇太行，羣山絶特之美，遠近環合。」（《端明集》卷二十八）司馬光《謝校勘啓》：「國家開圖籍之府，設校讎之官，必求秀偉絶特之人使之執事。」（《傳家集》卷五十八）曾鞏《再與歐陽舍人書》：「二子者又魁閎絶特之人。」（《元豐類藳》卷十五）

〔五〕沈欽韓注：「《新書·文藝傳》（《蕭穎士傳》）：太原王緒，僧辨裔孫。皇甫冉集有《送王緒赴剡中》詩，則肅、代間人也。」

〔六〕韓醇注：「王勃字子安，爲《滕王閣序》；王緒爲賦；貞元元年王仲舒爲連州司户，爲《修閣記》。」謹按：王緒《賦》、王仲舒《修閣記》，後世未見傳本。

〔七〕孫汝聽注：「元和十四年正月，公坐言佛骨事，責爲潮州刺史。」《元和郡縣志》卷三十四嶺南道潮州（潮陽郡）：「今州即漢南海郡之揭陽縣也。管縣三：海陽、潮陽、程鄉。」州治海陽縣，今廣東潮安。

〔八〕孫汝聽注：「便道，捷徑也。」蔣抱玄注：「便道，便路也。取疾，疾與捷同。速也。謂取其迅速也。」

〔九〕魏引集注：「洪州，本漢南昌縣。」

〔一〇〕孫汝聽注：「七月己丑，上尊號，大赦天下。區内，區宇之内也。」

〔一一〕孫汝聽注：「十月丙寅，公量移袁州刺史。」謹按：十月庚午朔，無丙寅，孫注誤。《元和郡縣志》卷二八江南西道袁州（上），今江西宜春。《新唐書·百官志四下》外官：「上州刺史一人，從三品，職同牧尹。掌宣德化，歲巡屬縣，觀風俗，録囚，恤鰥寡。」

〔一二〕孫汝聽注：「袁州隸江南西道。」

〔一三〕魏仲舉注：「大府，謂帥府也。」蔣抱玄注：「大府，尊稱也。凡對上之官署皆稱大府，不僅限於節度府、觀察府也。」

〔一四〕蔣抱玄注：「下執事，稱對方辦事之人曰執事，下執事者，最小之辦事員也。」

〔一五〕蔣抱玄注：「至州之七月，元和十五年七月。」謹按：此「七月」爲基數詞，非序數詞，謂到達袁州之後七個月。韓愈量移袁州，在元和十四年十月二十四日，見《袁州刺史謝上表》。王仲舒爲洪州刺史，在元和十五年六月戊寅，見《舊唐書·穆宗紀》。知韓愈到達袁州，在元和十四年冬月。至元和十五年六月戊寅詔命王仲舒爲洪州刺史，蓋七閲月。

〔一六〕樊汝霖注：「太原王公，即仲舒也。《舊史》：元和十五年六月戊寅，以中書舍人王仲舒爲洪州刺史御史中丞充江西觀察使。」

〔一七〕《元和郡縣志》卷二十江南道洪州（中都督府）：「今爲江南西道觀察使理所，管州八：洪州、饒州、虔州、吉州、江州、袁州、信州、撫州。管縣三十八。」

〔一八〕蔣抱玄注：「罷行，或廢而罷之，或舉而行之。」謹按：「前所不便」者罷之，「所願欲而不得者」行之。

〔一九〕驛聞，馳驛奏聞。《水經注·淇水》：「千里驛聞。」《北齊書·王紘傳》：「如此樂事，何不早馳驛奏聞。」

〔二〇〕《後漢書·張敏傳》：「春生秋殺，天道之常。」

〔二一〕陽開陰閉，猶「陰陽開闔」。「春生秋殺，陽開陰閉」，謂因勢利導。此語始見韓文，後人亦多採用者。如宋歐陽修《平泉草木記跋》：「因其好惡喜懼憂樂而捭闔之，陽開陰閉，變化無窮。」（《集古録跋尾》卷九）陸佃《祭丞相蘇子容文》：「陽開陰閉，一張一翕。」（《陶山集》卷十三）楊萬里《謝復直秘閣表》：「四海九州，陽開陰閉。」（《誠齋集》卷四十七）

〔二二〕《説文》：「勤，勞也。从力堇聲，巨巾切。」

〔二三〕魏仲舉注：「浹，子協反。」蔣抱玄注：「浹與洽同，洽和，猶和洽也。」謹按：浹，融洽。《説文》：「浹，洽也，徹也。从水夾聲，子協切。」浹和，融洽和諧。此語始見韓文，後人亦多採用者。如宋蘇籀《餞判府張參政》：「吏士浹和，郊關相慶。」（《雙溪集》卷十四）汪應辰《史浩辭免恩命乞許仍舊秩改奉外祠不允詔》：「歲勤再閲，氓俗浹和。」（《文定集》卷八）朱熹《瓊州知樂亭記》：「行之朞年，民吏浹和，俗以一變。」（《晦庵集》卷七十九）

〔二四〕魏仲舉注：「與，去聲。」

〔三五〕蔣抱玄注：「邦伯，謂州牧也。《書經》（《周書·召誥》）：『命庶殷侯甸男邦伯。』《注》：『邦伯，方伯，即州牧也。』」

〔三六〕孫汝聽注：「楹，柱也。檻，欄也。」

〔三七〕蔣抱玄注：「級者，層疊而上之義也。」蓋瓦、級甎，語出韓文，後人採用者甚多。如宋穆修《明因院羅漢像新殿記》：「山墟林野間有級磚以爲佛塔者。」（《穆參軍集》卷下）蘇頌《潤州州宅後亭記》：「架梁植楹蓋瓦級甎，積以萬計。」（《蘇魏公文集》卷六十四）晁公遡《墊江縣主簿公廨記》：「其居室壞久矣，蓋瓦缺穿，牆落毀若，不可一日處也。」（《嵩山集》卷四十八）俞德鄰《代重修大成殿記》：「蓋瓦之破碣者完之，級甎之陷缺者甃之，棟梁桷榱之腐橈朽蠹者一切易之。」（《韋齋集》卷九）

〔三八〕祝充注：「赤白，繪畫之色。漫，莫半切。漶，音換，又音渙。《前漢》『爲其泰漫漶而不可知』，注：『漫漶，不分別貌。』」魏仲舉注：「漫，莫幹切。漶，胡館切，又乎貫切。」謹按：赤白，建築塗料。漫漶，亦作「曼漶」，模糊不清貌。《漢書·楊雄傳》注：「張晏曰：曼音滿。漶音緩。師古曰：曼漶，不分別貌，猶言濛鴻也。曼音莫幹反，漶音奐。」

〔三九〕方成珪注：「按《舊史·憲宗紀》：元和十五年九月朔日庚子。二十二日辛酉，召公爲國子祭酒。十月庚午朔，『某』若作『五』，則是日爲甲戌，詔書之下十四日矣。及參閱公遺文《皇帝即位降赦賀觀察使狀》，首云：『二月五日恩赦，今月二十四日到州。』亦刺袁時作也，相距剛二十日。

則遷祭酒之詔，甫將半月，尚未到袁，故仍稱『袁州刺史』耳。」

科斗書後記〔一〕

愈叔父當大曆世〔二〕，文辭獨行中朝。天下之欲銘述其先人功行，取信來世者，咸歸韓氏〔三〕。於時李監陽冰獨能篆書〔四〕，而同姓叔父擇木善八分①〔五〕，不問可知。其人不如是者，不稱三服〔六〕。故三家傳子弟往來。

貞元中，愈事董丞相幕府於汴州〔七〕，識開封令服之者②，陽冰子。授余以其家科斗《孝經》③〔八〕、漢衛宏《官書》④〔九〕，兩部合一卷。愈寶蓄之而不暇學。後來京師爲四門博士〔一〇〕，識歸公〔一一〕。歸公好古書，能通之。愈曰：「古書得據依⑤，蓋可講。」⑥因進其所有書屬歸氏。元和來，愈亟不獲讓〔一二〕，嗣爲銘文薦道功德⑦。思凡爲文詞，宜略識字⑧〔一三〕，因從歸公乞觀二部書。得之，留月餘。張籍令進士賀拔恕寫以留⑨〔一四〕，蓋得其十四五，而歸其書歸氏。十一年六月四日〔一五〕，右庶子韓愈記⑩〔一六〕。

【彙校】

①〔而同姓叔父擇木善八分〕潮本「同姓」作「配」，祝本、南宋閩本、南宋蜀本、魏本同。潮本注：「善，一作『蓋能』。」祝本、南宋閩本注同。魏本注：「一本作『擇木蓋能八分』，一作『同姓叔父擇木善八分』。」南宋蜀本「善」作「蓋能」。《舉正》據閣本訂「同姓」二字，作「而同姓叔父擇木善八分」云：「蜀同，蔡、謝校。杭本作『而配叔父』，『善』作『蓋』。」朱熹從方本，《考異》：「方從閣、蜀本如此。二字或作『配』。今按：《禮》（《大傳》）云：『五世祖免，殺同姓也。』公於擇木已無服矣，故以同姓言之。善，或作『蓋』，或作『蓋能』，非是。」

②〔識開封令服之〕南宋蜀本「識」作「職」，注：「服，一作『復』。」《舉正》出南宋監本「開封令服之」云：「李本校作『復之』，然閣本只同上。」《考異》：「服，或作『復』。」

③〔授余以〕南宋蜀本「余」作「予」。

④〔衛宏官書〕洪譜：「衛宏《官書》，即《舊唐志》所云『衛宏《詔定古文官書》』。《新史》作『字書』，誤也。」《舉正》：「《新唐志》作『字書』，考之《後漢·杜林傳》及《陳蕃傳》注，非也。」方成珪注：「按《陳蕃傳》注：『衛宏有《詔定古文官書序》。』《杜林傳》則云：『林前於西州得漆書《古文尚書》一卷，後傳之衛宏、徐巡，於是古文遂行。』方以是決其非『字書』也。」

⑤〔古書得據依〕潮本「得」下多一「其」字，「據依」作「依據」，祝本、南宋閩本、南宋蜀本、魏本同。《舉正》出南宋監本「古書得其依據」，據閣本删「其」字，乙「依據」作「據依」，云：「杭同。《左氏》：『無所據依。』三本皆無『其』字。」朱熹從監本存「其」字，從方本作「據依」，《考異》：「方無『其』字，『據依』或作『依據』。」今從方本。

⑥〔蓋可講〕南宋蜀本「蓋」作「不」。

⑦〔薦道功德〕薦功德《舉正》出南宋監本「薦道功德」，據閣本删「道」字，云：「杭同。」朱熹從監本，《考異》：「方無『道』字。」

⑧〔宜略識字〕「識」下潮本注：「一有『古』字。」祝本、南宋閩本、南宋蜀本、魏本注同。《考異》：「『識』下或有『古』字。」

⑨〔寫以留〕「留」下潮本注：「一有『愈』字。」祝本注同。南宋閩本、魏本「留」下多一「愈」字，南宋閩本注：「一無『愈』字。」魏本注同。《舉正》出南宋監本「愈蓋得其十四五」，據閣本删「愈」字，云：「杭同。李、謝此篇皆校從閣本。」朱熹存「愈」字，《考異》：「方無『愈』字。」

⑩〔韓愈記〕南宋蜀本「記」下多一「之」字。

【箋注】

〔一〕〔科斗書後記〕魏仲舉注：「作之歲月自見本篇。」清李光暎《觀妙齋金石文考略》卷十二著録「蝌蚪書後記」，注云：「韓愈書，元和十一年。」所載書碑年月與此篇作年相合。但碑存何地，其行款、文字如何，不詳。

此篇作年，洪興祖、方崧卿《增考》、《年表》、方成珪、蔣抱玄注均繫於元和十一年（八一六）。洪譜：「十一年丙申：是年有《科斗書後記》。《記》云『衛宏官書』，即《舊唐志》所云『衛宏詔定古文官書』，《新史》作『字書』，誤也。歸公，歸登也，有文學，工草隸，見《舊史》。」《增考》：「《科斗書後記》云『十一年右庶子』云云。」方譜：「《記》末書是年六月四日。」

〔二〕樊汝霖注：「愈叔父，名雲卿，仕終禮部侍郎。」韓雲卿，兩《唐書》無傳，其生平不詳。今鈎稽其可知者如次：韓雲卿，陳留韓氏（《元和姓纂》卷四），韓愈叔父（韓愈《科斗書後記》），世居河陽。至德年間李白作《武昌宰韓君去思頌碑》，稱爲監察御史。大曆十二年所撰《唐平蠻頌》，署作「尚書禮部郎中上柱國」（《八瓊室金石補正》卷六四）。《元和姓纂》記其終官，作禮部郎中。錢起有《鑾駕避狄歲別韓雲卿》，則其人建中、興元間猶存。李《碑》稱其「文章冠世」，韓愈稱其「當大曆世文辭獨行中朝」（《科斗書後記》），趙明誠稱其「詞頗簡古」（《金石録》卷二十八）。《全唐文》存其文六篇。

〔三〕樊汝霖注：「上元辛丑，特進試鴻臚卿兼御史中丞田神功平劉展於淮西，雲卿爲《平淮碑》，又爲《丞相贈太子太師崔圓廟碑銘》。二碑並載姚鉉《文粹》。李太白《武昌宰韓君去思碑》云：『雲卿文章冠世。』皇甫持正公神道碑云：『先叔父雲卿當肅代朝獨爲文章官。』李習之誌其妻母墓曰：『禮部君好立節義，有大功於昭陵。其文章出於時而官不甚高。』習之妻，雲卿孫女也。觀此，則公所云蓋可見矣。」

〔四〕樊汝霖注：「陽冰爲將作少監，唐人篆書無出李陽冰。舒元輿《志陽冰篆》曰：『斯去千年，冰生唐時。冰復去矣，後來者誰。後千年有，又誰能待。之後千年無人，篆止于斯。』」李陽冰，兩《唐書》無傳，今鈎稽其生平可知者如次：李陽冰，字少温，趙郡人（《書史會要》卷五），李白族祖。乾元二年爲縉雲縣令（李陽冰《縉雲縣城隍神記》），寶應年間爲當塗縣令（李陽冰《唐李翰林草堂集序》）。大曆八年爲國子監丞、集賢院學士（《集古録》卷七「裴公紀德碣銘」條），建中二年仍在國子監丞任（《寶刻叢編》卷十三「唐刺史王密德政碑」條）。興元元年爲將作少監、集賢院學士（《寶刻叢編》卷八「唐咸宜公主碑」條），終秘書少監（《寶刻叢編》卷五「唐説文字源」條）。

〔五〕樊汝霖注：「擇木，代宗時官禮部尚書。杜子美《李潮八分歌》云：『尚書韓擇木，騎曹蔡有鄰，開元以來數八分。』」韓擇木，兩《唐書》無傳，其生平如次：擇木，廣陵韓氏（《元和姓纂》卷四）。開元五年七月前爲國子監太學生（《寶刻叢編》卷十三「唐贈歙州刺史葉慧明碑」條）。歷國子監四門博士（《寶刻類編》卷三）。天寶元年三月前爲翰林院學士、慶王府屬（《寶刻叢編》卷十三「唐桐栢觀碑」條）。天寶元年四月爲諸王侍書、榮王府司馬（《寶刻叢編》卷十「唐韓賞祭華嶽文」條）。十一載，爲太子及諸王侍書、中散大夫、國子司業（《大唐贈南川縣主墓誌銘》）。天寶末爲魯郡太守（《舊唐書·張建封傳》）。至德二載，以刑部侍郎兼御史中丞爲三司使（《舊唐書·刑法志》）。乾元二年爲右散騎常侍（《資治通鑑》卷二百二十一）。上元元年閏四月壬午，自右散騎常侍爲禮部尚書（《舊唐書·肅宗紀》）。二年八月，爲太子賓客（《册府元龜》卷五十六）。九月壬辰，自太子賓客集賢殿學士昌黎伯爲禮部尚書。三年三月戊申，自禮部尚書爲太子太保（《舊唐書·肅宗紀》）。大曆間以太子少保致仕（《寶刻叢編》卷十一「唐鳳翔節度孫志直碑」條）。

〔六〕王應麟《小學紺珠》卷六「三服」條：「韓雲卿文辭，李陽冰篆書，韓擇木八分。」

〔七〕魏引補注：「董丞相晉，貞元中鎮汴州，公爲之佐。」

〔八〕孫汝聽注：「《書序》云：『魯共王壞孔子宅，得《論語》、《孝經》，皆科斗文字。』科斗文字，謂蒼頡古文，其狀類科斗。」

〔九〕孫汝聽注：「衛宏，字敬仲，光武時爲議郎，作《漢儀》四篇，載《西京雜事》。」沈欽韓云：「《隋經籍志》：『《古文官書》一卷，後漢議郎衛敬仲撰。』」

〔一〇〕魏引補注：「來京師爲四門博士，貞元六年。」《新唐書・百官志三》國子監四門館：「博士六人，正七品上。掌教七品以上侯伯子男子爲生及庶人子爲俊士生者。」

〔一一〕樊汝霖注：「歸登，字冲之，有文字，工草隸。」歸登，兩《唐書》有傳，其生平如次：歸登字冲之。大曆七年舉孝廉高第，補四門助教。貞元元年九月登賢良方正直言極諫科（《唐會要》卷七十六）。自美原尉拜右拾遺。轉右補闕，起居舍人。遷兵部員外郎、充皇子侍讀，尋加史館修撰。順宗初，超拜給事中。遷工部侍郎，元和四年十月癸巳，爲東宮及諸王侍讀。改左常侍，轉兵部侍郎，兼判國子祭酒事。十四年六月庚申，自户部侍郎遷工部尚書（《舊唐書・憲宗紀上》）。元和十五年六月己丑卒（《舊唐書・穆宗紀》），年六十七，贈太子太保。

〔一二〕魏仲舉注：「亟，去吏切。」

〔一三〕沈欽韓注：「《宣室志》：泉州南山石壁上有鑿成文字一十九言，字勢甚古，郡中無能識者。傳至東洛，時故吏部侍郎韓愈自尚書郎爲河南令，見而識之。其文曰：『詔赤黑視之鯉魚，天公卑殺牛人，壬癸神書，急急。』詳究其義，似上帝責蛟螭之辭，令戮其害也。其字則科斗篆書，泉人無有識者矣。」

〔一四〕沈欽韓注：「《摭言》有賀拔惎。《書史會要》云：『惎官至員外，有書名。』疑惌即惎也。」賀拔惎，河南洛陽人（《元和姓纂》卷九）。長慶二年進士登第（《唐摭言》卷八），長慶三年，以試弘文館校書郎爲晉慈等州觀察支使（《八瓊室金石補正》卷六五《慶唐觀李寰謁真廟題記》碑陰題名）。會昌年間，拜評事（《劇談録》卷上）。官至員外郎（《書史會要》）。賀拔惎有書名（《書史會要補遺》），長於書法鑑賞（咸通二年河東薛紹彭題虞世南《大唐故汝南公主墓誌銘》後，見《清河書畫舫》卷三上引《米氏書史》）。《寶刻類編》卷五著録所書白居易《修香山寺詩三十韻》、蔣防《題合江亭詩》。

〔一五〕魏引補注：「十一年，元和十一年。」

〔一六〕《新唐書·百官志四上》東宫官：「右春坊：右庶子二人，正四品下。中舍人二人，正五品下。掌侍從、獻納、啓奏，中舍人爲之貳。皇太子監國，下令書則畫日，至春坊則庶子宣傳，中舍人奉行。」